Christoph Gerber

DIE MEDAILLONS

CHRISTOPH GERBER

Die Medaillons

Der Norden erwacht

Pa Verlag

Die Deutsche Nationalbibliothek verzeichnet diese Publikation in der Deutschen Nationalbibliografie; detaillierte bibliografische Daten sind im Internet über dnb.dnb.de abrufbar. Die Schweizerische Nationalbibliothek (NB) verzeichnet aufgenommene Bücher unter Helveticat.ch und die Österreichische Nationalbibliothek (ÖNB) unter onb.ac.at.

Unsere Bücher werden in namhaften Bibliotheken aufgenommen, darunter an den Universitätsbibliotheken Harvard, Oxford und Princeton.

Christoph Gerber:
Die Medaillons
ISBN: 978-3-03830-720-4

Buchsatz: Danny Lee Lewis, Berlin: dannyleelewis@gmail.com

Paramon® ist ein Imprint der
Europäische Verlagsgesellschaften GmbH
Erscheinungsort: Zug
© Copyright 2021
Sie finden uns im Internet unter: www.paramon.ch

Paramon® unterstützt die Rechte der Autoren. Das Urheberrecht fördert die freie Rede und ermöglicht eine vielfältige, lebendige Kultur. Es fördert das Hören verschiedener Stimmen und die Kreativität. Danke, dass Sie dieses Buch gekauft haben und für die Einhaltung der Urheberrechtsgesetze, indem Sie keine Teile ohne Erlaubnis reproduzieren, scannen oder verteilen. So unterstützen Sie Schriftsteller und ermöglichen es uns, weiterhin Bücher für jeden Leser zu veröffentlichen.

Inhalt

Prolog	7
Ein neues Zuhause	11
Tag der Jahreswende	33
Das Urteil	51
Ereignisreiche Ankunft	67
Ein neues Kapitel	85
Eine alte neue Kunst	101
Vergissmich-Kraut	117
Das Medaillon	133
Der Norden erwacht	149
Neue Feinde, alte Freunde	165
Ein unvergessliches Fest	179
Vertrauenssache	201
Die Verhandlung	211
Die Ruhe des Winters	227
Der Plan	245
Kriegsgericht	257
Ordnung kehrt ein	273
Geldsorgen	281
Lohnende Arbeit	299
Die Regeln der Magie	317
Mondteebaum	335
Das Ende der Wache	355

Der Durchbruch zum Norden, Teil I	375
Der Durchbruch zum Norden, Teil II	401
Grigoris Wacht	423
Rat, Lehrling und Verantwortung	439
Ein neuer Trank	457
Die vergessenen Wälder	475
Gute Nachrichten	499
Der Anfang…	515
…vom Ende?	533
Das Ende des Überfalls	551
Niederlage im Sieg	567
Ein neuer Morgen	579
Karte	593
Glossar	595

Prolog

Es ist kalt, ein heulender Wind weht und dichte Schneegestöber wirbeln über die Ebene. Ein greller Blitz erleuchtet die Winternacht. Als das Leuchten nachlässt, ist die kleine Gestalt eines Jungen am Einschlagpunkt des Blitzes zu sehen.

»Mama? Mama!«, wieder und wieder erklingt die von Angst erfüllte Stimme, während sich der Junge mühselig durch die dicke Schneeschicht bewegt. Er schlingt dabei seine Arme um den Körper, doch die Kälte durchdringt ihn gnadenlos.

»Bitte ... ist hier jemand? ... Hilfe«, leiser und leiser werden die Rufe, das Kind bewegt sich immer langsamer und stolpert mehr, als es geht.

Das Heulen des Windes klingt immer höhnischer, während sich die Geister der Nacht über das Unglück des Kleinen zu freuen scheinen. Von Angst und Kälte zitternd läuft er weiter. Die Schneewirbel sehen mehr und mehr wie Geister aus, nach Schatten, die nach ihm greifen. Wie zum Spott öffnet sich kurz die Schneewand und gibt den Blick auf viele kleine Lichter preis. Der Junge schöpft für einen Moment Hoffnung und beginnt, wieder schneller zu gehen. Doch hält die neue Kraft nur kurz an.

»Bitte helft mir doch ... Mama ... Megu ... wo seid ihr?«, mit diesen Worten bleibt er stehen, nicht mehr imstande auch nur ein Bein zu heben. Leise weinend und immer mehr von der Kälte umfangen, beginnt er wieder zu rufen. Doch versagt die Stimme immer mehr. Auch kann er nicht länger weinen, ihm fehlt die Kraft dazu. Seine Glieder schmerzen und die Kälte ist scheinbar bis in sein Innerstes vorgedrungen.

»A oes unrhyw un?«

Die Stimme erklingt scheinbar aus dem Nichts, doch ist sie klar zu hören. Verwirrt und unsicher sieht der Junge auf, doch ausser wirbelndem Schnee ist nichts zu sehen.

»Rwy'n eich gweld chi, stopiwch!«

Diesmal kann er den Sprecher durch eine Lücke im Schneegestöber sehen und die Angst, die er bisher empfunden hatte, weicht einer Panik. Er versucht, sich von dem Schatten, den er gesehen hat, wegzubewegen. Doch kann er kaum noch die vor Kälte tauben Beine heben. Noch bevor er zum zweiten Schritt ansetzen kann, verliert er das Gleichgewicht und stürzt in den Schnee.

»Yn sicr, byddaf yn eich helpu chi! Bleib stehen!« Diesmal ist die Stimme direkt hinter ihm. Er hebt mit letzter Kraft den Kopf und blickt in zwei gelbglühende Augen. Der Junge schreit erschrocken auf und verliert das Bewusstsein.

»Calm i lawr, byddaf yn dod â chi i mewn i'r cynnes!«

Mit diesen Worten wird der Junge vom Schatten ergriffen.

Als der Junge wieder zu Bewusstsein kommt, ist ihm nicht länger kalt. Auch die Schmerzen in den Gliedern sind weg, sie fühlen sich taub an. Er versucht, die Augen zu öffnen, doch gelingt es ihm nicht.

»Yn gyflym mae'n argyfwng!«

Der Ruf klingt so nahe, drängend und ist mit voller Stimmkraft gerufen. Doch die Angst ist einer Taubheit gewichen, die den ganzen Körper immer mehr erfasst.

»Ni ddylech chi gysgu! Nicht schlafen!«

Der Junge bemerkt nicht, wie er in schnellem Tempo über die verschneite Ebene getragen wird, er merkt nicht, wie das Wesen ihn schützend mit einem Arm an den Körper presst. Er bemerkt auch die anderen Wesen nicht, die aus der Nacht auftauchen und neben seinem Träger herlaufen.

»Mae'n farw, does dim pwynt i roi cynnig arno!«
»Nein! Ich lasse ein Kind nicht einfach sterben!«
»Wedi'i ddeall, rydym yn ceisio eto.«

Ein stechender Schmerz rast durch den ganzen Körper des Jungen. Er will aufschreien, doch kann er keinen Mucks von sich geben. Wieder rast eine Welle des Schmerzes durch seine Glieder und auf einmal spürt er, dass er auf etwas Hartem liegt. Wieder und wieder treten die Schmerzen auf und jedes Mal kehrt mehr Leben in den Körper zurück.

Er versucht wieder, sich zu bewegen, und diesmal klappt es, doch die Bewegung löst ein Brennen im ganzen Körper aus. Der Knabe beginnt zu schreien, vor Schmerz und auch vor Angst. Er merkt wie ihn starke

Hände festhalten, und er versucht, sich zu befreien, doch fehlt die Kraft und jede Bewegung schmerzt mehr und mehr.

Auf einmal hört er jemanden singen. Die Stimme dringt durch den Schleier des Schmerzes und fegt die Angst zur Seite. Augenblicklich hört er auf, sich zu wehren. Das kurze Aufbäumen und die Schmerzen waren zu viel für den geschundenen Körper und mit einem leisen Seufzer lässt er sich in die bodenlose Schwärze der Bewusstlosigkeit sinken. Dabei begleitet ihn bis zuletzt der Gesang, dessen Worte er zwar nicht versteht, jedoch beruhigt es ihn, nimmt ihm die Angst. Er hört nicht mehr wie die Anwesenden erleichtert aufatmen.

Ein neues Zuhause

Nach der Rettung aus dem Sturm und der Heilung durch die Herrin, ist der Junge in einen tiefen Schlaf gefallen. Noch immer weiss niemand, wer der Junge ist, noch woher er kam.

»Guten Morgen.«

Verwirrt schlägt der Junge seine Augen auf und blinzelt in die Helligkeit. Ihm ist warm und er liegt in einem gemütlichen Bett.

»Gut geschlafen?«

Er richtet sich auf und versucht zu erkennen, wer da spricht. Doch in diesem Moment wird ein zweiter Vorhang geöffnet. Mit einem erschrockenen Ausruf blinzelt er die Helligkeit weg und sieht auf einmal das Wesen, das ihn geweckt hat.

Der Oberkörper ist der einer jungen Frau, in einfacher, aber eleganter Kleidung. Doch der Unterkörper ist der einer Schlange. Mit grossen Augen starrt er das Wesen an. Sie lächelt, als sie die Verwirrung sieht und verbeugt sich leicht.

»Ich heisse Lia und bin eine Lamia. Ich bin für dich zuständig, bis wir genauer wissen, woran wir mit dir sind.«

»M-mit mir? Ich ... «, er schluckt, das Wesen vor ihm scheint nicht böse zu sein, noch sieht sie besonders furchterregend aus. Als sie sich in Richtung des Bettes auf den Weg macht, weicht er instinktiv zurück. Sie bleibt augenblicklich stehen.

»Ich will dir nichts tun, glaub mir, die Herrin würde mich auf der Stelle erschlagen«, sie sagt das mit einem offenen und ehrlichen Lächeln, doch merkt sie, dass der Knabe sich davon nicht beeindrucken lässt. Sie seufzt und legt den Kopf nachdenklich zur Seite. »Bist wohl neugierig, wie sich meine Schuppen anfühlen, was?«

»Nun ... ja«, gibt der Junge leise zu, was ein amüsiertes Grinsen zur Folge hat. Mit einem Schulterzucken windet sie ihren Unterkörper, der gut fünf Meter lang ist, sodass ihr Schwanzende genau bis zu ihm reicht.

Mit unsicherem Blick auf die Lamia streckt der Junge seine Hand aus und fasst vorsichtig die Schwanzspitze an. Dabei wirkt er auf einmal enttäuscht. Die Lamia beginnt zu lachen und zieht den Unterkörper wieder zusammen. Erst jetzt sieht der Junge, dass sie auf ihrem Schwanz zu sitzen scheint.

»Deiner Miene nach bist du wohl enttäuscht, fühlt sich nicht besonders an. Hast du gedacht, ich sei glitschig? Ich bin doch keine Naga!«

»Was ist eine Naga?«

»Eine Monsterart, die im Wasser lebt. Ihre Schuppen sind immer von einer feuchten Schleimschicht bedeckt. Sie sehen sonst wie wir Lamien aus ... bis auf die Kiemen und die meist grüne, manchmal blaue Haut.«

»Aha ... «

Sie mustert den Jungen und lächelt wieder »Keine Sorge, das musst du dir noch nicht alles merken«.

Als sie sich wieder in Richtung Bett bewegt, bleibt der Junge ruhig sitzen. Er wirkt dabei seltsam nachdenklich. »Was überlegst du gerade?«, fragt sie neugierig.

»Ich versuche, mich an meinen Namen zu erinnern ... Aber ... Ich kann nicht ... «, die Stimme des Jungen beginnt dabei zu brechen, er kann die Tränen nicht zurückhalten. »Wieso kann ich mich an nichts erinnern?«

Die Lamia nimmt das weinende Kind in die Arme und drückt ihn leicht »Shhh, alles wird gut. Die Herrin wird das richten! Mach dir keine Sorgen.«

Sie tröstet ihn, so gut sie kann und als er sich beruhigt hat, lächelt sie ihm freundlich zu. »Jetzt stehst du zuerst einmal auf und gehst dich waschen. Dann gehen wir zusammen zu der Herrin und versuchen, mehr herauszufinden!«, dabei deutet sie auf eine mit einem Vorhang verhangene Nische. Während der Junge aus dem Bett steigt und die Nische untersucht, fordert Lia ihn auf, sich auch hinter den Ohren zu waschen und beginnt die Kleider vorzubereiten.

Der Junge sieht verwirrt den Kristall an der Wand an, »wie funktioniert das?«

»Wie? Ach, klar, kannst du ja nicht kennen«, die Lamia gleitet schnell zu ihm und deutet auf den Kristall, »damit stellst du ein, wie warm das

Wasser ist. Fühlst du seine Temperatur? Die Hand darauf legen und vorstellen, ob wärmer oder kälter, schon wird das Wasser wärmer oder kälter. Dann stellst du die Wassermenge ein. Einfach mit dem Finger darüber streichen, nach unten für mehr, nach oben für weniger. Wenn du kein Wasser mehr brauchst, wieder ganz nach oben streichen.«

»Woher kommt das Wasser?«

»Von da oben«, dabei deutet sie auf einen runden, grünen Stein an der Decke der Nische, »und das Wasser wird von der Bodenplatte wieder aufgesogen ... Frag mich aber nicht wie das geht.« Sie lächelt ihn entschuldigend an, »da musst du eine der Kitsune fragen, ist was Magisches ... «

Als er sich fertig gewaschen und sich frisch angezogen hat, wird er streng gemustert. »Die Kleider sind ein bisschen zu gross, aber für heute geht es, wir haben sie anhand deiner alten Kleider angefertigt.« Die Lamia nickt zufrieden und nimmt ihn an der Hand, »komm, es wird Zeit, dass du die Herrin triffst.«

»Wer ist die Herrin?«

»Na, die Herrin des Nordens, von euch Menschen auch als Monsterlord bezeichnet.«

Nach kurzem Zögern erwidert der Junge: »Ich bin mir nicht sicher, aber ist der Monsterlord nicht der Herrscher über alle Monster?«

»Nicht wirklich ... Ich weiss nicht, wieso ihr Menschen das glaubt«, die Lamia sieht ihren Schützling interessiert an,

»woher weisst du das auf einmal?«

»Ich weiss es nicht ... es ist mir einfach in den Sinn gekommen ... «

»Gut, das ist doch schon mal ein Anfang! Da lang«, sie deutet auf eine Rampe, die nach unten führt. »Wir kommen gleich in den grossen Gang, der führt direkt zum Thronsaal.«

»Warum ... nun ... warum will die Herrin mich überhaupt sehen? Ich meine ... Ich bin doch nur ein Mensch.«

»Na und? Du bist mit einem Blitz in ihrem Reich aufgetaucht, das machen Menschen normalerweise nicht.«

»Ich weiss aber nicht, wie ich das gemacht habe ... oder wieso!«

»Genau deshalb gehen wir ja zu ihr«, Lia lacht leise, »mach dir keine Sorgen, die Herrin will dir helfen, immerhin hat sie beinahe zwei Tage lang um dein Leben gekämpft.«

Der Junge bleibt erschrocken stehen, »zwei Tage lang? Wie lange ist mein Auftauchen her?«

»Etwa fünf Tage«, die Lamia sieht nachdenklich auf ihn herunter, »du musst dir darüber aber jetzt keine Gedanken machen. Wichtig ist, dass wir nicht noch länger trödeln!« Damit zieht sie entschlossen den Jungen mit sich.

Als sie den grossen Gang betreten, begreift er, warum sie vom grossen Gang redet. Der Gang ist ein etwa fünf Meter breites und gute sieben Meter hohes Gewölbe, das sich scheinbar durch das ganze Gebäude zieht.

»Ohhh … «

»Beeindruckend, nicht wahr?«

»Ja, wieso ist der Gang so hoch und breit?«

»Weil einst Hoss, einer der Ur-Monsterlords, hier durchmusste«, die Lamia grinst, »die anderen Ur-Monsterlords nahmen kleinere Gestalt an, doch Hoss war der Meinung, dass er das nicht nötig hätte. Zumindest ist das die Erklärung, die man mir damals erzählte … ich glaube, dass sie stimmt.«

»Aha«

»Immer, wenn du ›aha‹ sagst, frage ich mich, ob du nicht einfach nur so tust, als ob du es verstehst.«

»Ich habe, das schon verstanden … ich weiss nur nicht, was ein Ur-Monsterlord ist oder wer Hoss war.«

»Erkläre ich dir später, wir sind da«, dabei deutet sie auf ein riesiges Portal, vor dem sich zwei Wachen befinden. Die Wachen sind Lamien, die schwere Rüstungen tragen. Während sie sich nähern, öffnen sich die Tore und ein weiterer Lamia gleitet durch die Öffnung und sieht sich suchend um. Als er Lia sieht, lächelt er zufrieden und gleitet auf sie und den Jungen zu.

»Gut, wir machten uns schon Sorgen«, dabei betrachtet er neugierig den Jungen, »ich hoffe, meine Tochter war nett zu dir.«

»Ich darf doch wohl bitten!« Lia sieht kopfschüttelnd ihren Vater an und schiebt den Jungen in seine Richtung. »Das ist mein Vater, Krolu, gewählter Vertreter aller Lamien hier in der Festung und Berater der Herrin.«

»Hallo«, der Junge mustert interessiert den Körper des Lamia. Der Oberkörper ist der eines schon etwas älteren Mannes, in eine feine Robe gekleidet. Der Unterkörper ist wie bei Lia der einer Schlange, wobei er stärker und weniger elegant wirkt.

»Kommt, die Herrin wartet schon«, mit diesen Worten gleitet er durch das Portal.

Der Raum hinter dem Portal ist nicht mit Worten zu beschreiben.

Sie gehen neben mächtigen und scheinbar endlosen Säulen entlang und er sieht, dass dort, wo man eine Decke vermuten würde, nur Dunkelheit zu erkennen ist. Der gigantische Saal ist in mehrere Abteilungen unterteilt.

Vom zentralen Teil des Raumes, dem Thronsaal, gehen mehrere Türen in angrenzende Räume ab. Auf eine dieser Türen gehen sie zu und nun sieht der Junge auch, dass neben jeder der Türen eine Wache steht. Als sie eintreten wird sofort klar, dass dies einst ebenfalls ein Teil des Thronsaals gewesen ist. Die Decke ist genauso hoch und die Abteilungen scheinen nachträglich eingeführt worden zu sein.

Der Raum scheint der Einrichtung nach wohl eine Art Versammlungssaal zu sein. In der Mitte des Raumes brennt ein helles Feuer in einer Grube, doch ist es das Wesen hinter dem Feuer, das die ganze Aufmerksamkeit des Jungen auf sich zieht.

Ihm ist sofort klar, dass dies die Herrin sein muss. Im ersten Moment könnte man sie für eine Lamia halten, doch sofort fallen die Grösse und die Hautfarbe auf. Während die Lamien, die er bisher gesehen hat, die gleiche Hautfarbe besitzen wie er, ist die Haut der Herrin dunkelgrau, ihr Schlangenkörper beinahe schwarz. Nur auf der Rückseite befindet sich eine rote Zeichnung, die sich über den ganzen Unterkörper, den Oberkörper bis zum Gesicht fortsetzt, wobei nur die eine Gesichtshälfte davon bedeckt ist.

Der Schlangenkörper ist mehr als doppelt so lang wie bei Lia, aber der Oberkörper ist nicht viel grösser als bei einem Menschen. Ihre Grösse an sich wäre schon beeindruckend, doch strahlt sie eine Kraft und Würde aus, die selbst von dem Jungen erkannt werden.

Zu beiden Seiten der Herrin sitzen verschiedene Wesen. Auf der einen Seite sitzen mehrere Wesen, die er als Kitsune erkennt. Sie sehen aus wie Menschen, haben aber Fuchsohren und Schwänze, dazu sind sie feiner als Menschen gebaut. Auf der anderen Seite sitzen ihm unbekannte, geflügelte Wesen.

Als sie sich nähern, erhebt sich die Herrin und gleitet mit elegantem Schwingen des Unterkörpers auf die Neuankömmlinge zu. »Guten Morgen Lia. Ist alles gut gegangen?«

»Ja Herrin« mit diesen Worten verbeugt sich Lia leicht und schubst ihren Schützling nach vorne.

»Ah, der kleine Mensch, wie geht es dir?«

»G-gut«, stottert der Junge, sichtlich beeindruckt von der Situation.

»Keine Angst, hier drin bist du so sicher wie sonst nirgends auf der Welt.« Sie lächelt bei diesen Worten offen und augenblicklich beruhigt sich der Junge. Er glaubt ihr, wenn sie es sagt, dann ist es so. Er nimmt seinen Mut zusammen, »danke, für … äh … die Rettung und die … Kleider.« Er wird unsicher, will er doch einen guten Eindruck hinterlassen.

»Keine Ursache, ich freue mich, dich auf den Beinen zu sehen.« Sie beugt sich vor und mustert ihn, nickt dann zufrieden und deutet auf einen Stuhl. »Bitte, setz dich, wir haben ein paar Dinge zu besprechen.«

Nachdem der Junge sich gesetzt hat, nimmt auch die Herrin wieder Platz, dabei sieht er fasziniert zu, wie sie ihren Unterkörper um eine Art Podest wickelt. Sie bemerkt den neugierigen Blick und lächelt amüsiert. Nachdem sich auch die beiden Lamien gesetzt haben, zur Erleichterung des Jungen ganz in seiner Nähe, räuspert sich die Herrin und hebt leicht die Stimme: »Als Erstes stelle ich dir einmal alle Anwesenden vor. Das hier ist meine rechte Hand und die Sprecherin aller Kitsune hier im Palast, Haruna, Neunschwanz des Mondsänger-Klans.« Dabei deutet sie auf die Erste der beiden Kitsune, diese nickt dem Jungen freundlich zu. Er sieht erstaunt das fast silberne Fell der Kitsune an und mustert die neun Schweife, die sie elegant um sich gelegt hat. »Das ist Sadako, Bibliothekarin und Beraterin. Wie du siehst, ist sie auch ein Neunschwanz. Sie stammt vom Klan der Schattenschweife.« Sie deutet auf die zweite Kitsune, auch diese nickt, wirkt aber ernsthafter und seltsamerweise uralt.

»Das ist Aurra, Königin der Blauschwingen, das ist der Harpyienstamm, der hier im Norden lebt.« Sie deutet auf eine der beiden geflügelten Wesen, diese nickt nur kurz und mustert den Jungen danach weiter mit strengen Augen. »Neben ihr ist Kunya, Anführerin der fliegenden Wache und treue Ratgeberin von mir und Aurra«, diese Harpyie nickt ebenfalls, wirkt aber viel freundlicher als die Königin.

»Die beiden Lamien kennst du ja schon, wobei Lia normalerweise nicht Mitglied des Rates ist, doch machen wir heute eine Ausnahme«, die Herrin lächelt und nickt den beiden Lamien zu.

»Dann bleibe noch ich selbst.« Sie holt theatralisch Luft »Ich bin Thosithea die Dritte, Inhaberin der Thronehre, Herrin des Nordens, Monsterlord und Anführerin aller Apepi, das ist meine Art«, sie lächelt kurz, »Mutter von drei Töchtern und zweier Söhne. Dazu bin ich die Matriarchin der Schwarzschuppen, einer der drei Apepi Klane, die es noch gibt«, sie überlegt kurz, »dazu noch etwa ein Dutzend weiterer langweiliger Titel, die sind aber nicht wirklich wichtig.« Sie verbeugt sich leicht und mustert den Jungen freundlich. Dieser wird verlegen und er sieht betreten zu Boden. »Ich ... ich kann mich leider nicht vorstellen ... ich ... ich weiss nicht mehr, wie ich heisse.«

Die Apepi nickt und mustert kurz Sadako, diese nickt ebenfalls und erhebt sich »Das hatten wir schon fast erwartet.« Ihre Stimme ist sanft und wirkt sehr freundlich. »Du musst dich deshalb nicht schämen. Jemand, der so nah am Tod war, sollte froh sein, überhaupt noch etwas zu wissen.« Sie geht zum Jungen und legt ihm vorsichtig eine Hand auf den Kopf. Dieser sieht verwundert auf, doch die Kitsune nimmt die Hand bereits wieder weg und wendet sich an die Herrin, »wir können es schaffen, doch kann ich es nicht alleine.« Die Herrin nickt und mustert den Jungen »Wir würden gerne versuchen, deine Erinnerungen zu wecken. Doch könnte dir das Schmerzen bereiten, auch ist ein Erfolg nicht sicher.« Sie sieht zu Haruna, doch diese schüttelt den Kopf, »das ist keine gute Idee, sein Geist ist noch zu stark geschwächt, wir sollten warten.«

»Wie lange? Sein Geist wird vielleicht immer geschwächt bleiben!«, Sadako mustert ihre Kollegin mit einem entschlossenen Blick, »wenn du hilfst, können wir ihm vielleicht die Schmerzen ersparen. Herrin, wir sollten es versuchen.«

»Er entscheidet, nicht wir!«, erklärt Thosithea leicht verärgert. Sie sieht den Jungen fragend an: »Wie gesagt, wir können es versuchen, aber nichts versprechen.«

»Wenn, nun, wenn es klappt, kann ich dann wieder nach Hause?«, kaum gesprochen, ahnt der Junge, dass es wohl kein Zuhause mehr gibt. Scheinbar vermuten die anderen dasselbe, denn die Herrin antwortet leise: »Wenn es eine Möglichkeit gibt, ja.«

»Dann versuchen wir es!«, er versucht, sich tapfer zu geben, doch kann er ein leichtes Zittern nicht verbergen.

Die beiden Kitsune nehmen links und rechts von ihm Aufstellung, dabei schlagen beide mit ihren Schweifen ein Rad und beginnen, sich zu konzentrieren. Die Herrin setzt sich vor ihn und legt beide Hände auf seinen Kopf. Dabei befiehlt sie: »Erzähle uns alles, woran du dich erinnerst.«

Und der Junge beginnt. Er erzählt vom Aufwachen und dem Weg bis in den Thronsaal. Die Herrin nickt zufrieden und fordert ihn auf, weiter zurückzugehen.

»Ich weiss nicht viel mehr. Nur dass ich auf einmal im Schnee stand. Ganz alleine und dass es kalt war. Und da waren Stimmen im Wind … Sie haben über mich gelacht«, bei diesen Worten steigen Tränen in seine Augen, »und da war ein Ungeheuer!«

»Ein Ungeheuer?«, die Frage kommt schnell und besorgt von der Apepi.

»Ja, es hatte gelbe Augen … aber … mehr weiss ich nicht mehr … ausser ein paar Fetzen … da waren Stimmen und Schmerzen und«, diesmal zögert er, »ich glaube, jemand hat gesungen. Ja, ich kann mich an Gesang erinnern, aber das ist alles. Ehrlich!«

Die Apepi nickt und sie beginnt zu lächeln »Das Ungeheuer kann ich dir erklären. Das war Khornar, ein Sturmwolf. Er hatte dich im Schnee aufgespürt und in die Festung gebracht. Er wollte dir sicher keine Angst einjagen«, sie wird ernst, »wir versuchen jetzt, auf deine Erinnerungen zuzugreifen. Wir versuchen, dir dabei Schmerzen zu ersparen, aber wir können nichts versprechen.«

Kaum hatte sie diese Worte gesprochen, beginnt der Junge zu schreien. Er schlägt die Hände an den Kopf und brüllt vor Schmerz, doch dauert es nur Sekunden. Noch bevor er überhaupt begreift, was gerade passiert ist, wird ihm schwarz vor Augen.

Als er die Augen öffnet, merkt er, dass er fest umarmt und getröstet wird. Es dauert einen Moment, bevor er merkt, dass die sichtlich erschütterte Herrin ihn hält und versucht, ihn zu beruhigen. Nach wenigen Augenblicken fängt er sich und löst sich von ihr, »Was … ist … passiert?«, er schluckt, als er das bleiche Gesicht von Sadako sieht. Sie wirkt auf einmal wie eine Greisin. Auch die Herrin wirkt erschüttert »Wir haben die Barriere durchbrochen und«, sie mustert Sadako unruhig, »wir haben kurz einen Einblick auf deine Erinnerungen gehabt. Doch gab dein Geist auf einmal nach. Haruna konnte gerade noch eine neue Barriere errichten, während ich die Schmerzen ableitete. Ich fürchte, wir waren zu forsch.«

»Es tut mir so leid ... «, Sadako zittert leicht, während sie sich wieder und wieder entschuldigt.

»Schon gut, es war ja nicht böse gemeint«, er versucht, sie anzulächeln, doch wirkt es nicht. Die Kitsune zieht sich erschüttert zurück und murmelt dabei vor sich hin.

Nach einem Moment des Schweigens mustert die Herrin den Jungen und fragt aus heiterem Himmel: »Hast du Hunger?«

»Ich ... «, er zögert, bisher hatte er noch keinen Hunger, doch jetzt wo sie ihn fragt, »ja, sehr sogar.«

»Gut, Lia, könntest du mit ihm etwas Essen gehen? Wir lassen später nach euch rufen, es gibt da gewisse Dinge, die wir besprechen müssen.«

»Natürlich Herrin, komm Kleiner, Zeit was zu essen.« Mit diesen Worten schnappt die Lamia den Jungen an der Hand und verlässt schnell den Raum, bevor er überhaupt richtig begreift, was los ist.

»Habe ich was falsch gemacht?«

»Wie kommst du darauf?« Die Lamia sieht verwirrt auf den Jungen und schüttelt den Kopf. »Nein, aber ich vermute, dass Sadako was gesehen hat, das sie nun mit der Herrin besprechen muss. Und du hast ja Hunger und wer kann bei leerem Magen schon vernünftig denken.« Sie grinst breit und zwinkert ihm zu, »dazu hast du mir soeben ein zweites Frühstück eingebracht, ich würde also sagen, du hast alles richtig gemacht.«

Sie gehen gemeinsam durch verschiedene Gänge und landen am Ende in einem grossen Saal, wo sich offenbar alle zum Essen einfinden.

»Das zweite Frühstück ist für die Wachen und Diener gedacht, die während des ersten noch arbeiten«, erklärt Lia, während sie sich an einen Tisch am Rand des Raumes setzen. Im Saal wimmelt es von Lamien und Harpyien, dazu sieht er auch ein paar Kitsune und auch andere Wesen. Eines davon kommt an ihren Tisch und verneigt sich leicht, es handelt sich um ein katzenartiges Wesen mit grauem Fell und einfacher Dieneruniform.

»Ich sehen, dass junger Herr sein hungrig. Ich bringen ihm Miri Spezial Frühstück, ja?«

Sie mustert ihn freundlich und er nickt, leicht verwirrt von ihrer Sprechweise, »das klingt gut.«

»Für dich, Lia ich bringe Honigbrötchen, ja?«

»Klingt gut, danke Miri.«

»Sein unterwegs«, mit diesen Worten wuselt Miri davon.

»Wer war das?«

»Das? Nun das war Miri, sie ist eine Miniri, du kannst dich geehrt fühlen.«

»Wieso?«

»Nun, sie bedient dich, glaub mir, das soll was heissen. Miri ist ... eigen was das betrifft. Sie sucht sich aus, wen sie bedient. Aber da sie der Herrin schon einmal das Leben gerettet hat, akzeptieren wir dieses Verhalten.« Sie zuckt mit den Schultern, »kleiner Tipp, wenn Miri sagt, sie habe ein schlechtes Gefühl bei einer Sache ... Hör auf sie, sie hat immer recht. Immer!«

»Okay, äh, was ist eigentlich ein Miri-Spezial-Frühstück?«

»Keine Ahnung, aber ich wette mit dir, es ist das beste Frühstück, das du jemals hattest.«

Ein paar Minuten später taucht Miri beladen mit Teller wieder auf. Während Lia ihre Honigbrötchen verschmaust, geniesst der Junge allerlei Köstliches, von Eier mit Speck bis zu ihm unbekannten, doch leckeren Früchten. Als er auch den letzten Krümel verdrückt hat, taucht Miri wieder auf und räumt ab, nachdem sie sichergegangen ist, dass beide satt sind.

»Junger Herr, ich dir geben Rat: Manche Dinge bleiben vergessen und sein gut so!«, sie lächelt, verneigt sich und verlässt den Raum.

Er schaut verwirrt zu Lia, die nicht weniger verwirrt aussieht. »Wenn sie wenigstens normal Zentral sprechen würde ... «, sie seufzt, »ihr Nordisch ist übrigens nicht besser und ich wage zu behaupten, dass sie das mit Absicht macht!«

»Wer ist sie? Ich meine, wie kann sie die Herrin retten?«

»Das ist eine gute Frage, wenn man den Gerüchten glauben soll, ist sie eine der Unnennbaren.« Sie zögert und mustert den Jungen, »die Unnennbaren sind die Besten der Besten unter den Schattentänzern. Eine Assassinen-Organisation aus dem Süden. Schattentänzer verfügen über eine Fähigkeit, die sie in den Schatten wandeln lässt. Die Unnennbaren sind die Champions dieser Assassinen. Doch Genaueres weiss niemand.« Sie schluckt, »wenn das wahr wäre, dann wäre Miri das einzige Lebewesen hier in der Festung, das es mit der Herrin aufnehmen könnte.«

Sie will gerade weitererzählen, als eine junge Harpyie an den Tisch tritt und sich leicht verneigt, »Die Herrin wünscht euch zu sprechen.«

Als die beiden zurück im Thronsaal sind, sieht der Junge überrascht ein neues Monster im Saal. Er erkennt es augenblicklich wieder. Das Ungeheuer vom Schnee. Doch hier im Licht wirkt es deutlich weniger bedrohlich. Es sieht aus wie ein Wolf, der auf zwei Beinen geht, jedoch knapp drei Meter hoch ist. Die Augen sind freundlich und die ganze Haltung drückt eine friedfertige Gesinnung aus.

Thosithea nickt ihnen zu und deutet auf das Monster: »Das ist Khornar, er hat dich im Schnee gefunden. Ich dachte mir, es wird Zeit, dass du dein ... Ungeheuer ... kennenlernst.«

Als sie Ungeheuer sagt, zuckt der grosse Wolf schuldbewusst zusammen und verbeugt sich. »Ich dich nicht erschrecken wollen ... wollte?«, er überlegt sichtlich und ergänzt, »ich sein ... nein bin so schnell gelaufen wie noch nie, ich denke, du schon tot, wenn ich dich an Herrin gebe«, er strahlt. Ein leichtes Wedeln des Schweifs zeigt seinen Stolz über den gelungenen Satz.

»Dein Zentral wird langsam was«, die Herrin grinst, »aber Scherz beiseite, er hat einen Vorschlag, was deinen Namen betrifft.«

»Ich würde ihn gerne hören! Und ich möchte mich auch bedanken für die Rettung ... und mich entschuldigen, dass ich gesagt habe, du seist ein Ungeheuer«, mit diesen Worten hält der kleine Junge tapfer seine Hand dem Sturmwolf hin. Dieser ergreift sie mit einer seine Pranken und schüttelt sie behutsam, »ist schon gut, ich sein ... bin gross und es gewesen dunkel.«

Die Herrin beginnt zu lachen und korrigiert ihn, dann wird sie wieder ernst: »Er schlägt den Namen Grigori vor, nach einer alten Geschichte der Sturmwölfe und des Nordens.«

»Grigori sein ein grosses Held im Norden«, erklärt der Wolf stolz, »er sein gewesen ein Mensch, der von Sturmwölfen gerettet und grossgezogen. Er hat gerettet die Sturmwölfe vor dem Untergang. Ich dachte, Name sei passend.«

»Die Geschichte ist wirklich spannend und sie passt tatsächlich gut. Ich denke, dass Grigori ein guter Name wäre, wenn du einverstanden bist.« Lia nickt dem Sturmwolf anerkennend zu und auch die anderen Anwesenden stimmen zu.

Der Junge nickt: »Ja, Grigori gefällt mir, aber ich hoffe, dass man jetzt keine grossen Taten von mir erwartet«, er schluckt leicht beunruhigt.

»Keine Sorge, Grigori, wir sind nur froh, dass du überhaupt lebst«, die Herrin streicht ihm sanft über den Kopf und seufzt dann schwer, »ich fürchte aber, dass ich dich um etwas bitten muss. Du musst jetzt eine schwere Entscheidung treffen.«

»Okay, um was geht es?«

»Wir müssen noch einmal auf deine Erinnerungen zugreifen. Die Barriere, die deine Erinnerungen zurückhält, ist instabil. Entweder entfernen wir sie ganz oder wir verstärken sie.«

»Das Entfernen ist gefährlich, oder?«

»Ja, es könnte dich töten. Im Moment ist sie so instabil, dass du in der Nacht Albträume bekommen könntest, die ... nun ... zu viel für deinen Geist wären.«

»Lia, meinst du, dass Miri dies gemeint hat?«

»Ich ... «, die Lamia sieht verblüfft auf den Jungen, »ja, aber woher sollte sie das wissen? Ich meine ... «, sie kratzt sich am Kopf, »ich stehe zu meinem Wort, hör auf sie, sie hat immer recht. Immer.«

Die Herrin mustert die beiden fragend: »Von was sprecht ihr?«

Lia erklärt kurz, was Miri gesagt hat. Darauf folgt ein verwirrtes Schweigen und Sadako nickt langsam: »Ich stimme Miri zu, ich würde die Barriere verstärken. Das Risiko ist zu hoch. Noch einmal unterschätze ich das nicht.« Grigori mustert erst Lia und dann die Kitsune, dann sieht er die Apepi an, »ich will zwar wissen, was ich vergessen habe, aber ich höre lieber auf Miri und Sadako ... Ich möchte, dass ihr die Barriere verstärkt!«

Die Herrin nickt, die beiden Kitsune nehmen Stellung und sie beginnen, ihren Zauber zu wirken.

Als Grigori wieder zu sich kommt, hält ihn die Herrin wieder in den Armen und spricht leise mit den anderen.

»Hat es geklappt?«

»Ja, die Barriere ist wieder stabil.« Sie drückt ihn leicht und murmelt leise, nur für ihn bestimmt, »du hast dein altes Leben vergessen, aber ein neues hier gewonnen. Ich wünschte, es hätte einen anderen Weg gegeben.«

Er schluckt, noch versteht er nicht ganz, was das bedeutet, aber er merkt, dass sie es ehrlich meint. Ebenso leise wie sie fragt er: »Wenn ich älter bin ... Können wir es dann noch mal versuchen?«
»Vielleicht, aber das ist nicht sicher.«
»Danke«, er merkt nicht mehr, wie ihm auf einmal die Augen zufallen und er einschläft.

»Hey, aufwachen!«
Grigori windet sich leicht und versucht weiterzuschlafen, doch Lia lässt nicht locker. Nach ein paar weiteren Versuchen bekommt sie den Jungen wach.
»Gleich gibt es Frühstück. Geh dich schnell waschen. Wir haben heute so einiges vor.«
»Was denn?«
»Erfährst du nach dem Waschen! Hopp und auch hinter den Ohren«, die Lamia deutet zur Waschnische.

Kaum hat sich Grigori gewaschen und angezogen, als eine Glocke erklingt.
»Aufruf zum ersten Frühstück«, Lia nickt zufrieden und schiebt den Jungen vor sich her, »beeil dich, sonst ist alles schon gegessen.«
»Du hast gesagt, das wir heute viel vorhaben. Was hast du damit gemeint?«
»Dass wir heute viel vorhaben«, Lia lacht und dirigiert ihn durch die Gänge, »wir müssen zu den Hofschneidern. Du brauchst neue Kleider. Dann will Sadako dich noch mal untersuchen und sichergehen, dass alles in Ordnung ist. Danach wird es wohl Mittag oder Nachmittag sein.«
»Ich habe doch etwas anzuziehen? Warum noch mehr Kleider?«
»Die passen nicht richtig und die Herrin will, das du genug warme Kleidung hast. Der Winter hat erst begonnen.«
»Aber ... «, noch bevor er widersprechen kann, betreten sie den Speisesaal. Diesmal sind andere Wesen im Raum, weniger Lamien und Harpyien, dafür mehr Kitsune, die Sturmwölfe und auch die Apepi sind alle da, dazu ein paar Wesen, die er als Miniri erkennt.
Lia führt ihn zu einem Tisch in einer Ecke, der noch leer ist. Als sich die beiden gesetzt haben, taucht ein Diener auf und stellt ein Teller mit

geschnittenem Brot hin, dazu bringt er Honig und Butter. Nachdem alles aufgebaut ist, geben die beiden ihren Frühstückswunsch auf.

Kaum ist der Diener verschwunden, setzen sich gleich mehrere junge Monster mit an den Tisch. Dabei handelt es sich um eine Apepi, eine Harpyie und eine Kitsune.

»Aha, ihr seid also auch aufgewacht. Sehr gut.« Lia nickt zufrieden und streicht dabei der kleinen Harpyie über den Kopf, »selbst dich haben sie wach bekommen?«

»Nein! Sie hat mich einfach aus dem Bett geworfen!«, die kleine Harpyie sieht mit vorwurfsvollem Blick auf die junge Apepi, die sich neben Grigori niederlässt. Dabei wickelt sie ihren Unterkörper zu einer Rolle. »Ich hatte dich gewarnt!«, die Apepi schüttelt missbilligend den Kopf, »dazu hatte ich dich nicht geworfen, sondern mehr ... mit ... Schwung motiviert.« Die Apepi grinst breit und sieht Lia unschuldig an, als diese ihr einen missbilligenden Blick zuwirft.

»Ich hatte dich gebeten, sie zu wecken, dabei hatte ich doch explizit erwähnt, dass du sanft sein solltest!«

»War ich doch. Sie ist sogar auf ihren Füssen gelandet«, die Apepi zwinkert Lia zu.

»Das nächste Mal wecke ich sie«, die Kitsune seufzt und schüttelt den Kopf.

Grigori sieht zu, wie die kleine Harpyie sich gierig das vorbereitete Honigbrötchen von Lia schnappt. Scheinbar hat sie schon vergessen, dass sie eigentlich wütend ist.

Lia schüttelt den Kopf und bereitet eine weitere Scheibe vor. Danach stellt sie alle vor. Sie deutet auf die Apepi: »Das ist Theameleia, die jüngste Tochter der Herrin«, die Apepi nickt und mustert den Jungen mit einem interessierten, aber gütigen Blick, »nenn mich Thea.«

»Das hier ist Mizuki, die Jüngste aus dem östlichen Herrscherhaus.« Die Kitsune lächelt und nickt Grigori freundlich zu. Auch diese erklärt, dass Mizu reichen würde.

»Und das hier«, dabei legt sie eine Hand auf den Kopf der Harpyie, »ist Xiri, sie ist die Tochter von Aurra, der Königin der Blauschwingen.« Danach deutet sie auf den Jungen »Unser Gast hier ist Grigori, seid bitte nett zu ihm.«

»Ich bin immer nett!«, behauptet die Apepi.

»Nein, bift du nift«, erklärt Xiri mit vollem Mund, was ihr einen Verweis von Lia einbringt.

Während des restlichen Frühstücks erfährt Grigori, dass Mizuki das fünfzehnte Kind ist und das Thea und sie erst seit etwa einem Monat wieder im Norden sind.

Als er nachfragen will, wo sie denn gewesen wären, erklingt wieder eine Glocke.

Lia erklärt, dass dies das Zeichen sei, dass man sich an die Arbeit begibt und im Falle der Kinder in den Unterricht gehen soll. Während die anderen sich verabschieden, bleibt Grigori mit Lia zurück. Sie mustert ihn: »Bereit? Wir sollten zu den Schneidern gehen.«

»Ja, aber wo waren Thea und Mizu?«

»Thea war für drei Jahre bei der Königin im Osten. Du musst wissen, das Apepi-Mädchen über sehr starke Magie verfügen und zuerst ein spezielles Training erhalten. Es ist besser, wenn sie dabei unter den Kitsunen sind, die können viel besser auf ... nun ... «, Lia überlegt wie sie es formulieren soll, »sagen wir es mal so, eine kleine Apepi, die wütend wird oder Angst bekommt, zaubert, ohne es bewusst zu bemerken. Bis sie etwa fünf sind, passiert dabei nicht viel, doch danach kann das sehr schnell zu kleinen Katastrophen führen. Die Königin des Ostens hat jedoch viele der mächtigsten Kitsune an ihrem Hof, diese haben damit Erfahrung und können Schlimmeres verhindern.«

»Wie alt ist Thea?«

»Sie wurde vor einem Monat neun Jahre alt. Mizu wurde vor zwei Monaten neun und Xiri wird im Sommer vier Jahre alt.«

Als der Junge keine Antwort gibt, mustert Lia ihn neugierig, sie sieht, dass er angestrengt überlegt.

Nachdem sie eine Weile schweigend nebeneinander hergehen, hört sie, wie er leise vor sich hin murmelt.

»Alles in Ordnung?«

»Ja, ich habe mich nur gerade gefragt, wie alt ich wohl bin und ich glaube, ich bin neun, aber ich weiss nicht, wieso ich das glaube.« Grigori mustert Lia verunsichert, »ich ... das war das Erste, was mir in den Sinn kam, aber«, er schluckt »ich kann mich nicht erinnern.«

»Ich weiss, aber neun klingt doch gut? Oder willst du etwa älter sein?« Lia streicht mit einer Hand nachdenklich über seinen Kopf, »vielleicht kann da Sadako Genaueres sagen, ich fürchte, ich kenne mich mit Menschen dafür zu wenig aus.«

»Gibt es andere Menschen hier am Hof?«

»Nein, die nächsten Menschen leben in einem Dorf, das etwa eine Tagesreise von hier entfernt liegt.«

»Dürfen hier denn keine Menschen leben?«

»Im Gegenteil, die Herrin wünscht sich sehr, dass auch Menschen hierherkommen. Aber die Menschen misstrauen uns hier im Norden. Nur die Nordlinge, Menschen, die hier aufgewachsen sind, haben keine Vorurteile.«

»Aha«

»Wir sind da«, Lia öffnet eine Tür und dahinter befindet sich eine Schneiderkammer, gefüllt mit Stoffen, Fäden und mehreren Schneidern, die fleissig an der Arbeit sind. Darunter selbst eine Harpyie, die zusammen mit einer Kitsune an einem grossen Stück Stoff arbeitet. Während die meisten nicht mal aufschauen, kommt eine Lamia auf die beiden zu: »Guten Morgen Lia, ich sehe, dass die Kleider ja einigermassen gepasst haben.«

»Ja, gute Arbeit, Nesi. Aber die Herrin möchte, dass Grigori für den Winter genug warme Kleider hat.«

»Gut, stell dich bitte hier auf das Podest, genau, und nun die Arme ausstrecken und kurz stillstehen … «, während der Junge brav den Anweisungen folgt, nimmt die Lamia bereits seine Masse und kontrolliert den Sitz der bisherigen Kleider.

»Lia, ich habe übrigens ein paar neue Entwürfe aus dem Süden bekommen, wenn du willst, können wir die einmal zusammen durchgehen.«

»Oh, das wäre toll.«

»Jetzt bitte die Arme senken«, wieder misst sie etwas und nickt dann zufrieden, »Super, das hast du gut gemacht.« Als Grigori vom Podest gestiegen ist, kann er sehen, wie die Lamia die Masse aufschreibt.

»Nun … «, die Schneiderin dreht sich zu den beiden und überlegt dabei, » … ich sollte heute gegen Abend einen Satz Kleider haben, könntet ihr vor dem Abendessen noch mal vorbeikommen?«

»Klar, danke dir, Nesi.«

»Keine Ursache, bis später Grigori«, die Schneiderin winkt noch einmal, bevor sie sich zu den anderen gesellt und Anweisungen gibt.

»Sie macht mir einfach neue Kleider?«, der Junge wirkt sichtlich beeindruckt bei dem Gedanken.

»Klar, Nesi ist spitze darin, sie näht alle Kleider von mir. Ich teste häufig neue Entwürfe für sie, entweder Experimente von ihr oder Entwürfe, die sie von Händlern ergattert.«

»Darf ich die Kleider dann behalten?«, die Frage kommt unsicher.

»Natürlich, wie kommst du darauf, dass man sie dir wegnehmen will?« Lia wirkt verwirrt, doch führt sie den Jungen entschlossen weiter. »Die sind extra für dich genäht. Die gehören dir ganz alleine. Durch diese Türe.«

Während sie wieder durch verschiedene Gänge gehen, sieht Grigori, wie es im ganzen Schloss vor Leben wimmelt. Überall begegnen sie Dienern, Wachen und Arbeitern, die ihrem Tageswerk nachgehen. Wie beim Frühstück sind verschiedene Arten vertreten, wobei Grigori auffällt, dass die Lamien hauptsächlich die Wachen stellen. Lia erklärt immer wieder, was wo liegt und deutet dabei auf Türen und Durchgänge, aber Grigori hört nur mit einem halben Ohr zu, es gibt zu viel zu sehen.

Als sie die Bibliothek erreichen, bleibt er fasziniert stehen. Der Raum ist über und über mit Regalen voll mit Büchern bestückt. Dabei reichen die Regale bis unter die hohe Decke. Im Eingangsbereich steht ein grosser Tisch, auf dem Bücher und Schriftrollen liegen und an einer der Wände steht ein Tresen, hinter dem Sadako hervorkommt. Sie mustert die beiden Ankömmlinge streng: »Ihr habt euch ja Zeit gelassen, egal. Hast du gut geschlafen Grigori?«

»Ja, habe ich. Danke«, er sieht die Kitsune schüchtern an »Wird es wieder wehtun?«

»Nein, ich verspreche es dir, aber ich muss sichergehen. Dazu möchte die Herrin, dass ich dir gewisse Grundlagen vermittle.«

»Was heisst das?«, der Junge fragt sichtlich beunruhigt, während er zu einem bequemen Stuhl geführt wird.

»Ich verwende meine Magie, um dir Dinge beizubringen. Du sollst mit den anderen unterrichtet werden und dazu musst du sowohl die Sprache des Nordens wie auch die Sprache des Ostens nicht nur kennen, sondern auch lesen können.«

»Du kannst mir die Sprachen einfach beibringen?«

»Ja, wobei ich klare Anweisungen habe. Ich darf dir unter keinen Umständen Schmerzen zufügen, noch deinen Geist überfordern. Die Herrin war diesmal sehr eindeutig mit ihrer Anweisung.«

Die Kitsune legt sanft eine Hand auf seinen Kopf und beginnt, sich zu konzentrieren. Nach einem kurzen Moment seufzt sie erleichtert auf: »Die Barriere ist noch stabiler geworden über Nacht. Sehr gut, das heisst, dass alles in Ordnung ist.« Sie mustert den Knaben und streicht sanft durch sein Haar. »Du musst keine Angst vor mir haben, ich sehe viel gefährlicher aus, als ich es bin.«

»Ich habe keine Angst vor dir«, er verschränkt die Arme und versucht, den Tapferen zu mimen, doch sieht man sofort, wie sehr er sich fürchtet. Lia gleitet neben ihn und stupst ihn an. »Sadako hier ist eine der besten Zauberinnen, die es gibt. Du kannst ihr vertrauen.«

»Ich habe keine Angst! Wirklich!«, wiederholt er trotzig, diesmal wirkt es echter und die beiden Monster nicken sich erheitert zu.

»Gut, wenn du keine Angst hast, dann würde ich dich gerne auf Magie testen, das tut dir nicht weh, kann aber kitzeln«, die Kitsune beginnt sich zu konzentrieren. »Hmmm …«, sie wirkt immer nachdenklicher und sieht auf einmal verwirrt auf, »das kann eigentlich nicht sein. Hast du etwas gespürt?«

Der Junge sieht verunsichert die Kitsune an und verneint, er habe nichts gefühlt.

Wieder beginnt sich die Kitsune zu konzentrieren. Aber auch diesmal erfolgt offenbar nicht, was sie erwartet. Sie schüttelt den Kopf und murmelt etwas in einer unbekannten Sprache. Lia sieht verwirrt die Bibliothekarin an, »sut ydych chi'n ei olygu heb enaid?«

»Noch kann er kein Nordisch, lass uns Zentral sprechen. Ich meine damit, dass er eine Nullseele ist. Oder sein sollte, denn er ist sicher keine Nullseele.«

»Was ist eine Nullseele?«, der Junge wird neugierig, er vergisst für einen Moment seine Angst und sieht die beiden Erwachsenen fragend an.

»Eine Nullseele ist ein Mensch, der keine Magie in sich hat. Du musst wissen, dass alle Lebewesen, ob sie zaubern können oder nicht, über ein bisschen Magie verfügen. Diese Grundmagie bezeichnen die Menschen als Seele. Eine Nullseele ist ein Mensch, und das geht nur bei Menschen, der keine Magie in sich hat und ständig Magie von anderen Lebewesen … «, sie macht eine unbestimmte Handgeste,

»... absorbieren. Das ist für die meisten ein leicht unangenehmes Gefühl, als würde es kälter werden im Raum. Für Magier ist es schlimmer, diese werden immer schwächer und können nach einer Weile nicht mehr zaubern.« Während sie das erklärt, bekommt der Junge angsterfüllte Augen, er versucht, Abstand zu Sadako zu bekommen.

»Ganz ruhig, du bist keine richtige Nullseele, ich wüsste das sonst schon lange«, die Kitsune sieht ihn beruhigend an. »Aber du verfügst nicht einmal über das bisschen Magie, über das die Menschen sonst verfügen. Das verstehe ich nicht, weil ich dachte, das sei gar nicht möglich.«

»Wieso?«, die Frage wird sowohl von Lia wie auch Grigori gestellt.

»Weil ... nun ... ohne Magie kann man normalerweise nicht leben. Deshalb absorbieren Nullseelen Magie, alles Leben ist von Magie erfüllt.« Die Kitsune sieht entschuldigend zu den beiden, »ich kann es euch nicht besser erklären. Aber was auch immer passiert ist, hat scheinbar seine Verbindung zur Magie gekappt. Ich kann aber nicht sagen wie.«

Die Kitsune richtet sich auf und wirkt auf einmal wieder streng: »Wir sollten nicht noch mehr Zeit verlieren! Ich werde dir jetzt die Sprachen beibringen.«

»Aber ... «

»Keine Widerrede«, bevor Grigori reagieren kann, legt sie wieder eine Hand auf seinen Kopf und ihm wird schwarz vor Augen.

Als er die Augen öffnet, sitzt Sadako erschöpft vor ihm auf dem Boden und Lia blättert gelangweilt in einem Buch. Kaum bemerkt sie, dass er wieder wach ist, eilt sie an die Seite des Jungen: »Alles in Ordnung?«

»Ja, ich glaube schon?«

»Du sprichst ja wirklich Nordisch!«, Lia wirkt beeindruckt.

»Echt? Wie? Ich spreche Nordisch?« Er bekommt grosse Augen, »aber wie?«

Die Kitsune seufzt und richtet sich auf: »Du machst es noch unbewusst. Du wirst erst lernen müssen, die Sprachen zu unterscheiden, aber ja, du sprichst Nordisch. Dazu die Sprachen aus dem Osten und ... «, die Kitsune grinst zufrieden, » ... du wirst feststellen, dass du noch sehr viel mehr Sprachen zumindest zu einem gewissen Grad lesen kannst.«

»Ich dachte, du solltest es nicht übertreiben?«, Lia wirkt verärgert, als sie es hört, »Die Anweisungen ... «

»Die Anweisung war, seinen Geist nicht zu überfordern. Ich habe einfach so lange weitergemacht, bis er an seine Grenzen kam.« Die Kitsune sieht stolz auf den Jungen, »du bist ein kluges Kerlchen!«

Kaum hat sie diese Worte gesprochen, erklingt wieder die Essensglocke und Lia zuckt zusammen: »Mist, wir hätten vor dem Abendessen doch noch zu Nesi gehen sollen.«

»Abendessen? Es war doch eben noch Morgen«, er sieht zu einem der Fenster und erst jetzt bemerkt er, wie dunkel es geworden ist.

»Entschuldige, ich hatte wohl länger als geplant.« Die Kitsune gähnt und grinst sichtlich zufrieden, »das war es aber wert! Und mir egal, was die Herrin dazu sagt«, wieder grinst sie und deutet dann zur Türe, »na los, geht essen!« Mit diesen Worten werden Lia und Grigori aus der Bibliothek gedrängt.

Als Grigori von Lia, nach einem grosszügigen Abendessen, zurück in sein Zimmer gebracht wird, wartet Nesi bereits auf sie. Auf dem Bett hat sie den ersten Satz neuer, dunkelblauer, Kleider vorbereitet.

Lia entschuldigt sich zuerst bei ihr, dann hilft sie Grigori, die neuen Kleider anzuziehen. Nachdem die beiden Lamien den Sitz genau kontrolliert haben, fragt Nesi den Jungen: »Und, gefällt es dir?«

»Ja, sie sind richtig bequem und schön warm«, er ist sichtlich von den Kleidern beeindruckt und streicht immer wieder fasziniert über den feinen Stoff. Obwohl die Kleider leicht und dünn aussehen, ist ihm viel wärmer.

»Gut, alles passt, jetzt ist noch die Frage offen, welche Farben du sonst noch willst«, die Schneiderin grinst zufrieden und zieht aus einem kleinen Beutel an ihrem Gürtel ein paar Stoffstreifen. »Ich habe nicht nur blaue, sondern auch grüne und rote. Dazu natürlich schwarz. Helle Stoffe habe ich leider keine im Moment. Aber die kommen hoffentlich mit der nächsten Karawane.«

Grigori mustert die Streifen und wählt dann ein dunkles Grün und ein dunkles Rot aus. Dabei fragt er Lia, ob er überhaupt so viele aussuchen darf. Diese erklärt lachend, dass er jede Farbe haben könne. Nesi bestätigt und erklärt, dass sie mehrere in den gewählten Farben herstellen würde, aber dass dies ein paar Tage in Anspruch nehmen wird.

Nachdem sie sich verabschiedet hat, macht sich der Junge für das Bett fertig. Lia wünscht ihm noch eine gute Nacht, facht das Feuer im Kamin noch mal an und lässt ihn dann alleine. Er hört noch, wie sie vor dem Zimmer kurz mit jemandem etwas bespricht.

Während er in das Flackern des Feuers starrt, beginnt um die Festung ein Sturm zu wüten. Zuerst lässt er sich davon nicht stören, doch je mehr er ins Land der Träume versinkt, umso mehr wird aus dem Heulen des Windes ein höhnisches Geschrei. Er glaubt mehr und mehr, Stimmen zu hören, die ihn verspotten. Kälte beginnt an ihm zu nagen und obwohl er sich dick in die Decke einwickelt, wird ihm nicht wärmer. Auch das Feuer scheint kleiner zu werden. Er will schreien, doch die Stimme versagt. Wieder und wieder glaubt er, das höllische Gelächter und Heulen von Dämonen im Wind zu hören und er beginnt zu weinen. Immer kälter wird ihm, immer mehr fühlt er sich einsam und verlassen. Die Mauern und das Feuer bieten nicht länger Schutz vor der Kälte.

»Hör nicht auf das Heulen des Windes!«, die Stimme klingt ganz nahe, doch niemand ist da. Nur die Stimmen im Wind. Dunkelheit und Kälte, mehr ist da nicht mehr um ihn. Er versucht zu entkommen, doch hält ihn die Dunkelheit fest im Griff. Er versucht zu schreien, aber der Wind übertönt alles.

»Beruhige dich! Erinnerst du dich daran, was ich gesagt habe?«

Er erkennt die Stimme auf einmal, sie gehört der grossen Apepi. Er versucht, sich an ihre Worte zu erinnern, doch die Kälte und der Wind lassen ihn nicht. Er schlägt die Augen auf und findet sich auf einmal auf der Ebene im Schnee wieder. Doch diesmal ist es noch kälter, Schemen im Wind tanzen vergnügt um ihn herum, andere mimen zu erfrieren, nur um dann lachend zu verschwinden. Er fühlt sich verlassen, alleine und verloren. Noch nie war ihm so kalt. Instinktiv will er wieder nach seiner Mutter schreien, doch denkt er dabei an die Herrin, an das grosse Feuer im Saal.

»Gut, erinnere dich daran, was ich dir gesagt habe.«

Wieder die Stimme, sie kommt aus dem Wind, klingt so fern. Er fällt auf die Knie, die Schemen streifen ihn nun schon fast. »Du hast gesagt, dass ich hier sicher sei ... Zuhause.«

Kaum hat er das gesagt, erscheint ein dunkler Schatten, die Schemen jauchzen und schreien in höchster Freude und stürzen sich auf die Gestalt. »Nein, ich will nicht noch jemanden verlieren!« Er ruft es flehend, vor Furcht und Kälte zitternd. »Bitte, ich will nach Hause ... zu Mama.«

»Dann komm zu mir«, diesmal ist die Stimme klar und stark. Als er aufblickt, sieht er wie die Schemen sich auf die Herrin stürzen, aber diese winkt einfach ab, als wenn es nur lästige Fliegen wären. Auf einmal wird es still.

»Wach auf, mein Kleiner, du hast einen Albtraum«, die Herrin beugt sich vor, nimmt den Jungen in die Arme. Kaum hält sie ihn, verschwindet die Kälte, und wo bisher Dunkelheit herrschte, sieht er die Mauern seines Zimmers. Er glaubt kurz, die Schemen wieder zu hören, sie klingen wütend und enttäuscht. »Du bist hier zu Hause. Du bist hier in Sicherheit«, die Herrin drückt den Jungen fester an sich, »du hast nur geträumt. Es gibt hier keine Schemen. Du hörst nur den Wind und der hat hier keine Macht.«

»Weil du da bist? Aber, warum?«, er drückt sich an sie, er braucht es dringender als jemals zuvor. Er will einfach nur umarmt werden, wissen, dass er sicher ist.

»Du bist jetzt ein Teil meiner Familie. Glaub mir, kein noch so böser Schemen wird sich trauen, einen Teil meiner Familie zu stehlen.«

»Versprochen?«

»Versprochen!«

Tag der Jahreswende

Seit seiner Ankunft ist etwas mehr als ein Monat vergangen. Während ausserhalb der Festung tiefster Winter das Land erobert, beginnt für ihn ein neues Leben. Er geht zusammen mit den anderen Kindern in den Unterricht, wobei ihm die Stunden am Nachmittag erspart bleiben. Während Thea und Mizu ihre Magie üben und Xiri Flugunterricht erhält, spielen er und Lia zusammen. Regelmässig wird er dabei von der Herrin oder einer der Neunschwänze kontrolliert. Doch finden sie keine weitere Schwäche. Die Herrin hat angekündigt, dass am Tag der Jahreswende Grigori endgültig und offiziell Teil der Familie wird.

»Du bist dran.«

»Ich weiss … aber ich fürchte, ich habe verloren«, grummelt Grigori und sieht auf das Spielbrett.

»Du kannst noch immer den Ritter verwenden«, erklärt Lia, während sie auf die kleine, rote Holzfigur deutet. Auf dem Spielfeld stehen überwiegend nur noch grün gefärbte Figürchen.

Er will gerade nach seinem Ritter greifen, als die Türe zum Spielzimmer aufgeht und Thea dicht gefolgt von Mizu den Raum betritt.

»Ah, schon fertig mit dem Magieunterricht?«, fragt Lia die Neuankömmlinge.

»Ja, war heute aber langweilig!«, erklärt die Apepi enttäuscht. »Wir haben nur theoretische Bannzauber besprochen.«

»Ich fand es spannend. Wusstest du, dass man einen Zauber auch dann bannen kann, wenn man nur einen Teil der Formel kennt? Ich dachte, man müsse immer den ganzen Zauber kennen«, die Kitsune legt dabei ein paar Bücher auf eine Ablage.

»Nein, das wusste ich nicht. Ich weiss ehrlich gesagt nicht viel über Magie«, erklärt Lia freundlich lächelnd, dabei nickt sie dem Jungen vor ihr aufmunternd zu, »das wäre ein guter Zug.«

Während die beiden weiterspielen, setzen sich die anderen zu ihnen an den Tisch und sehen interessiert zu.

Ein paar Minuten später nimmt der sichtlich frustrierte Junge die letzte Spielfigur vom Tisch.

»Hey, du kannst nicht erwarten, nach nur einem Monat das Spiel perfekt zu beherrschen«, versucht Thea den Jungen aufzumuntern.

»Nein, aber wenigstens einmal will ich auch gewinnen!«

»Du verlässt dich zu fest auf deine Ritter. Denk daran, Lia spielt die Monsterarmee. Du bist im direkten Kampf unterlegen.«

»Aber ich habe Ritter! Die sollten doch stärker sein«, er nimmt die kleine Ritterfigur und sieht sie böse an. Dann nimmt er eine andere Figur und hält sie Thea hin: »Dazu sterben meine Bogenschützen immer.«

»Weil du sie viel zu weit nach vorne bewegst«, diesmal schüttelt die Apepi den Kopf, »wenn du willst, können wir ja zusammen gegen Lia spielen.«

»Gute Idee, Thea«, Lia nickt und bereitet das Spielfeld vor, als Xiri in den Raum stürmt.

»Lia! Ich habe was Dummes gemacht und brauche deine Hilfe!«

»Okay? Was hast du diesmal angestellt?«

»Ich habe meine Bücher verloren!«, die kleine Harpyie hüpft aufgeregt vor Lia auf und ab, »die Bücher für den Unterricht am Morgen. Ich hatte sie am Mittag noch und dann ging ich in den Flugunterricht. Jetzt weiss ich nicht mehr, wo sie sind.«

»Du hast deine Bücher verloren?«, Lia schüttelt den Kopf und verdreht die Augen. Xiri und ihre Bücher sind bereits der Running Gag unter den Festungsbewohnern.

»Keine Angst Xi«, die Kitsune grinst, »Ich habe deine Bücher. Du hast sie im Speisesaal liegen lassen.«

»Echt? Ui danke!«, bei diesen Worten umarmt Xiri die Kitsune und strahlt danach Lia an, »ich brauche doch keine Hilfe.«

Während Thea und Lia seufzen, übergibt Mizu lachend den Bücherstapel. Die kleine Harpyie, sichtlich erleichtert, nimmt die Bücher und setzt sich neben den Kamin. Nach ein paar Minuten des leisen Murmelns sieht sie verwirrt auf »Was müssen wir noch mal lesen?«

»Das nächste Kapitel. Hast du nicht aufgepasst?«, fragt Mizu und nimmt das entsprechende Buch.

»Doch! Aber dann war da noch das Mittagessen und der Flugunterricht! Ich kann mir doch nicht alles merken!«, die Harpyie springt auf und wirkt verärgert. Dabei deutet Sie auf den Bücherstapel, »dazu hat es kaum Bilder!« Dieser Vorwurf wird mit aller Verachtung ausgesprochen.

»Darf ich dir bei den Hausaufgaben helfen?« Mizu, die sich das Lachen kaum verkneifen kann, setzt sich zu Xiri.

»Au ja, dann habe ich sie schneller gemacht. Dann darf ich sicher spielen gehen!«, mit diesen Worten setzt sich die Harpyie neben die Kitsune und sieht sie treuherzig an. Lia, die das Ganze mit gerunzelter Stirn beobachtet hat, bestätigt und dankt Mizu für die Hilfe.

Xiri und Mizu beginnen zusammen, die Hausaufgaben für den nächsten Tag zu erledigen. Oder genauer, während Mizu laut vorliest, versucht Xiri, ihre Federn zu richten. Indessen spielen die anderen eine weitere Runde. Diese verläuft mehr zugunsten des Jungen, doch nur dank Thea.

»Nicht dahin! Du willst doch nicht deine Bogenschützen schutzlos lassen!«

»Aber ich verliere sonst meinen Ritter!«

»Das ist egal. Du musst dich auf das ganze Schlachtfeld konzentrieren. Du verlierst zwar den Ritter, dafür besiegst du gleich drei ihrer Einheiten.« Thea deutet dabei mit ihrem Schwanzende auf eine davon. Ihre Hände braucht sie, um die anderen beiden anzuzeigen. »Lass dich von Lia nicht reinlegen. Sie versucht, dich mit dieser Einheit zu ködern.«

»Aber ... «, er mustert das Feld, und auf einmal wird es ihm klar. Ohne weitere Anweisungen abzuwarten, bewegt er seinen Ritter.

»Mist!«, Lia zögert. Sie kann nun nur noch versuchen, ihren Anführer zu retten.

Thea nickt zufrieden, »siehst du, kleiner Bruder, du musst manchmal ein Opfer bringen, damit du gewinnen kannst.«

»Aber doch nicht meinen Ritter.« Er sieht zu, wie Lia die Figur vom Spielfeld nimmt.

»Warum hängst du eigentlich so an dem Ritter?«, fragt Lia interessiert.

»Er gefällt mir einfach!«, behauptet Grigori, während er unter der Anweisung von Thea seine Figuren bewegt.

»Blödsinn!«, die Apepi grinst breit, »er hat sich ein Buch über Ritter aus der Bibliothek geliehen. Er liest jeden Abend darin und glaubt natürlich alle Geschichten.« Thea hebt ihre Hand in einer zweifelnden Geste,

»selbst die, die damit enden, dass der Ritter alleine Armeen von Monstern überwältigt.«

Ein paar Züge später ist Lia besiegt. Zu ihrer Freude triumphiert Grigori auf und strahlt vor Stolz über den Sieg. Xiri, wenn auch nicht beteiligt, jubelt mit, und auch Mizu gratuliert zum Sieg. Lia fällt dabei auf, wie zufrieden Thea aussieht, scheinbar stolz auf ihren kleinen Bruder.

Nachdem sie aufgeräumt haben, setzen sie sich zusammen um den Kamin, in dem ein Feuer munter vor sich hin knistert.

»Ihr wisst ja, in etwa zwei Wochen ist der Tag der Jahreswende. Und ich habe mit Xiri letztes Jahr eine neue Tradition angefangen.« Lia will gerade weitererzählen, als die kleine Xiri aufspringt und jubelt: »Juhu! Wir backen wieder Kekse!«

»Genau, das hat allen eine grosse Freude bereitet«, Lia schiebt die vor Freude hüpfende Harpyie vorsichtig mit dem Schwanz vom Feuer weg, während sie einen Teller vom Kaminsims nimmt. »Ich schlage vor, wir backen dieses Jahr Honigecken, Canehlsterne und meine Lieblinge, die Schokokekse.« Sie präsentiert dabei die Kekse auf dem Teller und kann gerade noch Xiri und Thea zurückhalten, die sich beide sofort an den Keksen vergreifen wollen. »Hey, wartet gefälligst! Jeder bekommt je einen!«, diesmal dürfen sich alle jeweils einen Keks pro Sorte nehmen. Ohne zu Zögern beginnen Thea und Xiri, fröhlich vor sich hin zu mampfen. Grigori und Mizu schliessen sich ihnen freudig an. Als alle fertig sind, fragt Lia mit hochgezogener Braue, ob alle mit der Auswahl einverstanden sind. Die Kinder bestätigen und sehen sehnsüchtig zum Teller auf dem Sims. Lia beginnt zu lachen und schüttelt den Kopf: »Ihr sollt euch nicht den Magen mit Keksen vollstopfen. Es gibt bald Abendessen.«

Als wollte sie ihre Worte bestätigen, läutet in diesem Moment die Glocke. Zusammen begeben sich alle auf den Weg zum grossen Speisesaal.

Als die Gruppe den Speisesaal betritt, winkt die Herrin freudig und deutet auf freie Plätze an ihrem Tisch. Lia setzt sich zusammen mit Mizu und Xiri an einen anderen Tisch, während Grigori mit Thea am Tisch der Apepi Platz nimmt. Die Herrin sieht neugierig ihre jüngsten Familienmitglieder an und lässt sich berichten, was sie heute erlebt haben. Während die beiden abwechselnd berichten, setzen sich die beiden anderen Töchter, Nysahria und Lysixia, ebenfalls an den Tisch.

Nysahria, das zweitälteste der Kinder der Herrin, sieht streng ihre kleine Schwester an. »Bannmagie ist sehr wichtig, du solltest gut aufpassen.«

»Schon klar ... aber«, Thea macht eine unbestimmte Bewegung mit der Hand, »wir könnten es doch gleich praktisch testen!«

»Keine meiner Töchter scheint Bannmagie spannend zu finden. Nysa, meine Liebe, dich musste ich zwingen, den Unterricht zu besuchen, halte also ja keine Vorträge vor Thea.« Die Herrin lächelt süffisant, was ein verärgertes Grummeln von Nysahria zur Folge hat. »Aber sie hat recht, Thea, merk dir gut, was du da lernst. Es ist wirklich wichtig.«

Nach dem kurzen Zwischenspiel erzählen die beiden weiter.

»Ich beten um Entschuldigung, aber das Essen sein bereit für die Herrin und den jungen Herren. Ich servieren, ja?«, mit diesen Worten serviert Miri das Abendessen für die beiden Genannten. Die anderen am Tisch sehen amüsiert auf die Miniri, die ohne Zögern nur diese zwei Essen liefert und danach wieder verschwindet. Kurz darauf werden die anderen ebenfalls bedient.

»Ich wüsste nur gerne, wie Grischa es geschafft hat, dass er von Miri bedient wird und ich nicht«, erklärt Lysixia kopfschüttelnd. Grigori mustert die Thronerbin verlegen. Sie wirkt wie immer schüchtern, immer etwas durch den Wind. Ihre beinahe weissen Haare hat sie zu einem einfachen Knoten zusammengebunden. Wie ihre Mutter hat sie eine rote Zeichnung. Sie ist die freundlichste und auch gelehrteste der drei Töchter. Noch bevor er antworten kann, lässt sich ein weiterer Apepi am Tisch nieder. Während seine Schwestern ihre Schwänze elegant aufrollen und damit viel kleiner wirken, wickelt Arsax seinen schwarzen Unterkörper mehr schlecht als recht auf. Dabei wirkt er grob und viel grösser. Die dunkelgrauen Haare sind zu einem unordentlichen Pferdeschwanz gebunden. Als Grigori ihm zum ersten Mal begegnete, erschrak er und begann sich zu fürchten. Nur um kurz darauf festzustellen, das Arsax ihn augenblicklich ins Herz geschlossen hat und sich ernsthaft um ihn sorgt. Die blauroten Augen sehen wachsam, aber freundlich zu dem Menschen. Arsax ist der Einzige neben Thea, der Grigori vom ersten Tag an als Bruder bezeichnet hat.

»Der Kleine ist nun mal sympathisch! Dazu finde ich es gut, Miri soll ruhig auf meinen kleinen Bruder aufpassen.«

»Ah, Arsa, heute mal Zeit für die Familie?«, die Herrin, die sich sichtlich über den Kommentar freut, nickt ihrem Sohn zu. Während auch der junge Kommandant der Wache des Nordens etwas zu essen bekommt, berichtet er von kleinen Zwischenfällen, aber auch, dass die Wachen alles im Griff hätten. Auch Nysahria berichtet kurz und Grigori erfährt, dass ein weiteres Reich der Menschen sich dem Kreuzzug des Feuers angeschlossen hat. Diese Neuigkeit löst ein betretenes Schweigen aus. Doch bevor das Thema tiefer erörtert werden kann, winkt die Herrin ab: »Das ist kein Thema für den Abendtisch.« Dabei nickt sie unauffällig in Richtung von Grigori. Doch dieser ist gerade abgelenkt, da Miri eben diesen Moment nutzt, um ihm einen Nachschlag zu bringen. Nachdem alle mit dem Abendessen fertig sind, ziehen sie sich in die privaten Gemächer der Apepi zurück.

Der kleine Saal ist gemütlich eingerichtet und beinhaltet neben einem Spieltisch auch eine kleine Sammlung an Büchern. Das Zentrum der Kammer bildet eine Feuergrube. Dazu verfügt der Raum über einen kleinen Balkon, von dem man auf den Innenhof sieht. Dieser ist im Winter jedoch immer zugeschneit.

Diener bringen warme Getränke und Mizu und Lysixia vertiefen sich in ein Gespräch über Magie. Nysahria und Arsax besprechen mit Thosithea die Pläne für die nächsten Tage. Grigori will sich gerade in eine Ecke zurückziehen, um in seinem Buch weiterzulesen, als Thea zu ihm gleitet.

»Bleib lieber beim Feuer. Es wird bald wieder stürmen.« Mit diesen Worten deutet sie auf einen Sitzplatz neben der Feuergrube.

»Ich habe keine Angst vor dem Sturm!«, er verschränkt verärgert die Arme, doch als wollte der Wind ihn für die Lüge bestrafen, heult er auf. Er zuckt zusammen und sieht erschrocken zum Fenster. Dabei bemerkt er die besorgten Blicke der anderen nicht. Insbesondere Thosithea sieht mit einem traurigen, von Mitleid erfüllten Blick auf Grigori. Als Thea ihn sanft am Arm greift und Richtung Feuer zieht, zuckt er erneut zusammen und geht brav, ohne weiteren Widerstand zu leisten, mit. Kaum hat er sich neben das Feuer gesetzt, zieht er die Beine an und versucht, seine Angst zu unterdrücken. In diesem Moment wirkt er klein und hilflos. Er fürchtet die Stürme und hat noch immer Albträume. Doch will er es nicht zugeben, er will nicht für schwach gehalten werden.

»Du musst dich dafür nicht schämen.« Thea lächelt aufmunternd und setzt sich neben ihn. Dabei windet sie ihren Unterleib nicht wie üblich zu einer Rolle, sondern legt ihn schützend um den Stuhl von Grigori. Dieser sieht sie dankbar an und nach kurzem Zögern beginnt er, Fragen zum Spiel zu stellen.

Thea, erleichtert über das Thema, beantwortet sie und versucht, ihn vom Sturm abzulenken. Nach einer Weile gesellt sich Arsax dazu und sie beginnen verschiedene Taktiken zu diskutieren. Dabei geben sich beide Apepi Mühe, den Jungen mit komplizierten Fragen abzulenken. Wenig später kommt Lia, um die Kinder ins Bett zu bringen.

Die nächsten Tage vergehen ohne Besonderheiten. Die letzte Woche vor der Jahreswende sind Ferien und Lia nützt die freien Tage, um mit ihren Schützlingen verschiedene Spiele zu spielen. Zudem müssen alle bei den Schneidern vorbei, da für die Zeremonie von allen festliche Kleider erwartet werden. Während dies weder für Thea noch Mizu etwas Besonderes ist, bekommt Grigori es mit der Angst zu tun. Ihm wird klar, dass er zum Zentrum dieser Zeremonie werden wird. Doch auch er hält brav hin, als erneut Mass genommen wird. Xiri, die noch nie an einer offiziellen Zeremonie teilgenommen hat, kann es kaum noch erwarten.

Als Lia verkündet, dass nun die Zeit des Backens gekommen ist, versammeln sich alle in einer der Küchen der Festung. Während Mizu und Grigori die Teige anrühren, rollen Lia und Thea den Teig aus. Xiri darf mit kleinen Metallformen Kekse ausstechen. Es dauert dabei nicht lange, bis ihre Federn voll mit Mehl sind. Als sie mit Backen fertig sind, ist von den blauen Federn der Harpyie kaum noch etwas zu erkennen. Als Lia die Anweisung gibt, sich zu waschen und für das Abendessen frische Kleider anzuziehen, verschwindet die Harpyie kreischend aus der Küche. Noch auf dem Gang hört man die entsetzen Rufe, dass sie sich nicht waschen will. Während Lia die Verfolgung des Mehlmonsters aufnimmt, gehen die anderen Kinder lachend in ihre Zimmer, um sich frisch zu machen. Kaum hat sich Grigori gewaschen und umgezogen, hört er vor der Türe das quietschende Lachen von Xiri, die noch immer auf der Flucht vor Lia ist. Dass sie dabei in ihr eigenes Zimmer läuft, scheint sie nicht weiter zu beachten. Erst das entsetzte Geschrei der kleinen Harpyie verrät, dass sie nun doch noch erwischt wurde.

Die letzten Tage vor dem Fest vergehen wie im Flug. Während die Bewohner der Festung mit Festvorbereitungen beschäftigt sind, wird Grigori beigebracht, was von ihm in der Zeremonie erwartet wird. Sie befinden sich gerade im grossen Thronsaal, als auf einmal die grossen Türen geöffnet werden. Durch diese gleitet ein in schwarze Rüstung gepanzerter Apepi.

»Willkommen zurück, Herr.« Die Kitsune, die Grigori unterrichtet, verneigt sich vor dem Neuankömmling. Dieser gleitet auf die beiden zu und nimmt dabei seinen Helm ab. Die schneeweissen Haare trägt er schulterlang. Nachdem er den Helm der Dienerin gegeben hat, beugt er sich zu Grigori und mustert ihn aus strengen roten Augen. Dieser versucht, dem Blick standzuhalten, doch ungleich Arsax, wirkt der Krieger edel und nicht grob. Nach einem Moment beginnt er zu lächeln und augenblicklich verschwindet jede Strenge aus seinen Augen.

»Hallo, ich bin Casos, Kommandant der Armee des Nordens. Es freut mich, dich endlich in Person kennenzulernen. Ich möchte mich dafür entschuldigen, dass ich nicht früher kommen konnte.« Die tiefe Stimme und das selbstbewusste Auftreten beeindrucken Grigori. Sofort fasst er Vertrauen zu dem Krieger. Er streckt dem Erstgeborenen seine Hand hin.

»Hallo, ich bin Grigori. Freut mich, dich kennenzulernen.«

»Cas, hast du dich etwa von der Front davongeschlichen?« Diese Worte werden freudig von der Türe her gerufen. Arsax stürmt auf den schwarz Gepanzerten zu und bevor dieser reagieren kann, wird er grob umarmt. Während die beiden Brüder sich begrüssen, gleiten auch die anderen Apepi in den Raum. Alle bis auf die Herrin. Auch diese begrüssen ihren Bruder herzlich. Umringt von den Apepi, fühlt er sich im ersten Moment klein und nichtig. Doch wird er schnell mit in das Gespräch vertieft und ihm wird klar, dass er von allen als Teil der Familie betrachtet wird. Nach einer Weile kommt Lia und sieht verwundert auf die Versammlung.

»Nanu, habe ich ein Memo verpasst?«, die Lamia gleitet ungeniert auf die Gruppe zu und grüsst freundschaftlich den Neuankömmling. Danach deutet sie auf Grigori und Thea: »Euch brauche ich. Wir müssen noch unsere Überraschung verpacken. Dazu kommt noch die letzte Anprobe.« Die Lamia überlegt, »Lys, ich glaube Sadako sucht dich.«

Die Angesprochene nickt. »Danke, ich mache mich gleich auf den Weg.« Mit diesen Worten verlässt die Thronerbin den Saal. Kurz darauf folgen die anderen. Casos und Arsax sind in eine Diskussion vertieft. Grigori kann gerade noch hören, wie Casos von einem Grenzscharmützel erzählt.

Nachdem die Kekse verpackt und in ihrer Anzahl leicht dezimiert sind, müssen noch einmal alle Kinder zu den Schneidern. Ein letztes Mal wird die Passform der Kleidung kontrolliert. Dabei muss Grigori noch einmal alle Schritte des nächsten Tages wiederholen. Als Lia endlich zufrieden mit den Ausführungen ist, dürfen die Kinder wieder spielen gehen. Die kleine Xiri, die es kaum noch erwarten kann, läuft aufgeregt vor den anderen her und plappert ununterbrochen davon, wie toll das Fest werden würde und wie sehr sie sich auf die Zeremonie freut. Erst als sie direkt und ohne zu bremsen, auf ihre Mutter prallt, wird sie still. Diese sieht missbilligend auf ihre Tochter und mahnt sie, die Augen besser aufzuhalten. Wie immer, wenn sie mit Xiri spricht, wirkt sie streng. Die kleine Xiri hingegen lässt sich kaum davon beeindrucken, dafür ist sie zu gut gelaunt. Nach der Standpauke nimmt Aurra ihre Tochter auf den Arm und drückt sie. Danach sieht sie Lia dankbar an »Ich danke dir für deine Hilfe Lia, ich hoffe die Kleine bereitet nicht zu viel Arbeit.«

»Auf keinen Fall. Sie ist ganz brav gewesen.«

»Schwer zu glauben. Ich muss jetzt leider weiter. Wir haben noch viel vorzubereiten für morgen.« Mit diesen Worten verabschiedet sich die Herrin der Harpyien und schreitet davon.

Dann ist es endlich so weit. Der letzte Abend vor der Jahreswende ist gekommen. Alle Vorbereitungen sind getroffen und jedermann freut sich auf den nächsten Tag, bis auf Grigori. Er fürchtet sich vor der Zeremonie. Als es zum Abendessen läutet, sieht er besorgt von dem Spielfeld auf. Thea, die mit ihm spielt, schüttelt sanft den Kopf.

»Keine Sorgen. Es wird alles gutgehen.«

»Ich weiss. Aber es sind so viele gekommen für die Zeremonie. Ich wünschte, es wären weniger.«

»Hey, es kommt nicht oft vor, dass ein Mensch von einer Apepi adoptiert wird, noch seltener in das Herrscherhaus des Nordens. Das muss gefeiert werden. Dazu ist es gut, wenn so ein Anlass für Aufmerksamkeit sorgt. Mutter konnte so die Beziehung zu mehreren Stämmen gleich verbessern.«

»Aber ... warum?«

»Es hat viele Stammesführer sehr beeindruckt zu hören, dass die Herrin des Nordens einen Menschen als gleichwertig zu ihren eigenen Kindern erachtet.« Die junge Apepi stupst ihren kleinen Adoptivbruder an, »dazu sollen ruhig alle wissen, dass du, Grigori, ab morgen ganz offiziell mein kleiner Bruder bist.« Mit diesen Worten begeben sich die beiden mit den anderen zum Abendessen.

Während des Essens betrachtet er die Gäste, die gekommen sind. Die meisten sind Menschen. Wie man ihm erklärt hat, sind die meisten der Anwesenden Anführer oder Helden der im Norden lebenden Menschenstämme. Jeder davon wirkt grimmig und alle weisen Narben auf. Auch ist die Mehrheit der anwesenden Menschen männlich. Die Frauen, die anwesend sind, wirken nicht weniger grimmig als ihre männlichen Kollegen und einer der Anführerinnen, einer grossen Jägerin, fehlt ein Arm. Aber so grimmig die menschlichen Gäste wirken, sie sind nichts im Vergleich zu dem Sturmwolf, der an diesem Abend gemeinsam mit der Herrin an einem Tisch abseits der anderen speist. Die beiden wirken vertraut und es ist klar, dass sie mehr als nur Bekannte sind.

»Das ist Kweldulf. Der Alpha der Sturmwölfe«, erklärt Thea leise und deutet auf den Sturmwolf. Ihre Stimme wird noch leiser, und so, dass nur Grigori neben ihr sie noch hören kann, ergänzt sie: »Mein Vater, natürlich auch der Vater der anderen.« Sie nickt dabei in Richtung ihrer Geschwister. Grigori sieht verwundert erst Thea, dann die anderen an. Als er wieder in Richtung des Sturmwolfes blickt, sieht er direkt in das verbleibende Auge des alten Sturmwolfes. Der Blick fesselt den Jungen augenblicklich. Wo die Augen von Khornar eine grundlegende Freundlichkeit ausstrahlen, sieht er bei dem alten Wolf eine gewisse Verschmitztheit. Aber auch eine Weisheit, die nur von hohem Alter kommen kann. Als der Junge verlegen auf seinen Teller sieht, hört er das leise Lachen von Arsax, der die Szene mitbekommen hat.

»Wenn nur die Hälfte der Gerüchte um ihn wahr ist, dann ist er der beste Jäger, der jemals im Norden lebte.«

»Du weisst, das die Gerüchte wahr sind, Arsa!«, Casos sieht nun ebenfalls in Richtung des Wolfes. »Ein alter Bastard ist der Kerl, er kennt keine Ehre und schätzt List höher als Stärke.« Bei diesen Worten beginnt er zu grinsen und man sieht, dass er den Alpha der Sturmwölfe von ganzem Herzen mag: »Es gibt keinen besseren Jäger im Norden.«

Während alle zu lachen beginnen, sieht Grigori verwirrt von einem zum anderen. Nach dem Essen ziehen sich alle in ihre Räumlichkeiten zurück. Als der Junge sich bettfertig gemacht hat, betritt Miri sein Zimmer und stellt ein kleines Glas auf seinen Nachttisch.

»Ich bringen dem jungen Herrn einen kleinen Schlaftrunk, ja?« Dabei deutet sie auf das Glas, »du einfach trinken, wenn im Bett. Du dann schlafen die ganze Nacht und sein bereit für grossen Tag, ja?«

»Ja, danke Miri.«

»Schlafen gut«, mit diesen Worten verabschiedet sie sich und verlässt den Raum; nachdem er sich ins Bett gelegt hat, nimmt er das Glas und mustert die glasklare Flüssigkeit darin. Mit all seinem Mut kostet er und sieht verwirrt auf das Glas. Es könnte Wasser sein, aber es schmeckt süss. Ohne zu zögern, trinkt er den Rest, stellt das Glas zurück und legt sich hin. Dabei überlegt er, wie lange das wohl dauert. Noch während er gedanklich auf den nächsten Tag abschweift, schläft er ein. Als Miri kurz darauf den Raum betritt, nickt sie zufrieden, nimmt das Glas und geht.

»Aufwachen!« Mit diesem Ruf landet ein Gewicht auf seiner Brust und raubt ihm den Atem.

»Uff...«

»Aufwaachen!«, wieder und wieder brüllt die kleine Stimme auf ihm.

»Runter«, keucht er und schubst das Gewicht noch immer leicht verwirrt von sich. Als er endlich zu Atem kommt, sieht er auch, dass Xiri auf ihm herumhüpft. Sie ist komplett aus dem Häuschen und hat noch nicht bemerkt, dass ihr Opfer bereits wach ist. Sie ruft noch immer ihr, »Aufwachen!«, in die Welt und hüpft vergnügt weiter. Als Grigori es schafft, sie zu beruhigen, ist er hellwach und mustert die kleine Harpyie streng.

»Du nervst!«

»Selber!«, die Kleine strahlt über ihr ganzes Gesicht, »bist du wach?«

»Ja!«, er schüttelt den Kopf und seufzt. Sie trägt noch immer ihr Nachtgewand. Gerade als er fragen will, was das Theater soll, betritt Lia den Raum und sieht verblüfft auf Xiri.

»Nanu?«, noch bevor sie zu einer anderen Reaktion fähig ist, gleitet Thea in den Raum, auch sie trägt noch immer ihr Schlafgewand und dem wütenden Funkeln in ihren Augen nach, war Xiri auch bei ihr.

»Na warte, du Federvieh!«, sie will gerade ihre Hand heben, als ihr Lia in den Arm fällt.

»Lass das Thea, du sollst deine Magie nicht gegen Xiri einsetzen!«

»Dann soll sie mich nicht so unsanft wecken!«, Thea scheint tatsächlich nicht besser geweckt worden zu sein. »Komm her du Nervensäge!«, wieder hebt sie die Hand und diesmal ist Lia zu langsam. Bevor irgendjemand reagieren kann, wird Xiri in die Waschnische befördert und kaum unsanft gelandet, ergiesst sich ein kleiner Wasserfall über sie. Als das Wasser aufhört, steht die kleine Harpyie bibbernd und sichtlich erschrocken in der Nische und starrt Thea an. Diese, scheinbar besänftigt durch die Rache, nickt zufrieden und verlässt den Raum.

»Xiri? Alles in Ordnung?«, fragt Lia, die sich das Grinsen kaum verkneifen kann.

»J-ja i-ich ... ich g-glaub schon«, stottert die Kleine und tritt vorsichtig aus der Waschnische. »D-das W-was-ser war k-kalt!«

»Hast du Thea und Grischa geweckt?«

»J-ja«, bibbert die Kleine und tapst, eine Spur hinter sich herziehend, aus dem Raum. Auf dem Gang hört man ein lautes Auflachen, gefolgt von einem zwar wütenden, aber dennoch von Bibbern durchzogenen Gezeter. Daraufhin betritt Mizu noch immer lachend das Zimmer.

»Sie hat also alle geweckt. Auch gut. Ich gehe besser nachsehen, dass alles in Ordnung ist.« Mit diesen Worten schlüpft Lia aus dem Zimmer.

»Guten Morgen Grischa«, Mizu nickt ihm zu und mustert die Wasserspur, »Thea?«

»Jup«

»Nun ... Sie hat es verdient. Zumindest wenn sie bei ihr auch so ... nachdrücklich ... vorgegangen ist wie bei mir«, die Kitsune lächelt vergnügt und verlässt den Raum.

Kaum ist er wieder alleine, wird ihm klar, warum Xiri so aufgeregt ist. Heute ist der Tag der Jahreswende. Der Tag, wo er wieder offiziell zu einer Familie gehören wird. Er schluckt, sofort sind all die Sorgen des Vortages wieder da. Kaum ist er aufgestanden, wäscht er sich und zieht die feinen Gewänder an, die für den Tag angefertigt wurden. Er stellt sich vor den Spiegel und mustert sich. Die Kleidung ist einfach geschnitten, wirkt aber gerade deshalb elegant. Auf der Brust der schwarzen Tunika, über seinem Herzen, prangt das Wappen der Schwarzschuppen. Das ist die einzige Verzierung, abgesehen von den silbernen Knöpfen. Er streicht mit seinen Fingern über den feinen Samt. Als er wieder in den Spiegel sieht, steht Thea hinter ihm. Sie trägt ein ähnliches Gewand wie er. Als er sich umdreht, erkennt er, wie sehr sie ihrer Mutter ähnelt. Gleiche Haltung, dasselbe, silberne Haar. Selbst die Augen sind ähnlich, nur dass Thea nur violette Augen hat, ihre Mutter dazu noch einen gewissen Rotton. Eine genaue Kopie, bis auf die fehlende Zeichnung.

»Warum hast du keine Zeichnung wie die Herrin?«

»Du meinst unsere Mutter?«, Thea lächelt, »nun, ich habe eine ganz feine, nur sieht man die nicht wirklich. Alle weiblichen Apepi haben eine. Sie ist, wie die Magie, den weiblichen Mitgliedern vorbehalten. Wenn eine Apepi die Thronehre akzeptiert, bekommt sie die rote Zeichnung. Nysa hat auf den Thron verzichtet, deshalb hat Lys jetzt die Zeichnung. Sollte sie verzichten und ich nehme die Ehre an, bekomme ich die Zeichnung.«

»Aha. Ich glaube, ich verstehe.« Er überlegt und nickt dann zufrieden. Er sieht wieder in den Spiegel und seufzt leise: »Ich hoffe, dass ich nichts falsch mache.«

»Keine Sorge, du schaffst das, ich glaube an dich!«, sie knufft ihn in den Arm und deutet dann zur Tür, »heute gibt es leider kein Frühstück, aber vielleicht können wir Lia ja ein paar Kekse abluchsen.«

»Nichts da! Keine Kekse vor der Zeremonie!«, erklärt Lia streng von der Türe her. Hinter ihr kommen Xiri und Mizu, beide in Festgewändern. Während Xiri eine azurblaue Robe trägt, die zu ihren Federn passt, trägt Mizu ein weisses, langärmliges Kleid, das mit Goldrändern bestickt ist. Ihr Schweif mit dem goldockerfarbenen Fell glänzt im Licht. Auch ihre Haare sind, obwohl kurz geschnitten, sorgfältig zu einer eleganten Frisur geformt. Sie wirkt von allen Anwesenden am anmutigsten, obwohl sich Xiri alle Mühe gibt, besonders prinzessinnenhaft herumzustolzieren. Selbst Lia trägt eine schlichte, aber elegante Robe.

»Na, es sind ja alle bereit für das Fest, was?«, Lia sieht sich alle noch einmal genau an und nickt sichtlich zufrieden. »Ein ganz besonders eleganter Haufen seid ihr heute. Xiri, versuch nicht, deine Brust so herauszustrecken, geh einfach nor ... «, bevor sie es aussprechen kann, stolpert die Angesprochene und knallt der Länge nach hin. Doch ist sie zu gut gelaunt, als dass sie sich davon aus der Ruhe bringen lässt. Nachdem sie wieder aufrecht steht, hält sie Mizu eine Hand hin, diese ergreift sie und schwebt förmlich, mit der kleinen Harpyie im Schlepptau, aus dem Zimmer.

»Federhirn«, murmelt Thea und folgt den beiden kopfschüttelnd. Lia lacht und nimmt Grigori an die Hand. Als sie sich auf den Weg zum Thronsaal begeben, wiederholt Lia noch einmal den Ablauf der Zeremonie.

Als sie den Thronsaal erreichen, wartet Miri bereits auf die Gruppe.
»Gut, sein gerade recht. Ihr gehen rein, ich warten hier und geben dem jungen Herrn sein Signal, ja?«
»Sehr gut, danke Miri. Es dauert einen Moment, die Herrin wird zuerst eine kleine Ansprache halten. Bis gleich und hab keine Angst, es wird alles klappen, Grischa.« Mit diesen Worten verschwinden alle bis auf Miri in dem grossen Saal. Diese nickt dem Jungen freundlich zu, bevor sie ebenfalls in den Saal geht. Dabei lässt sie die Tür jedoch nur angelehnt. Auf einmal fühlt Grigori, wie es ihm kalt wird. Er sieht sich ängstlich um und kann gerade noch einen Schrei unterdrücken, als auf einmal eine grosse Gestalt auf ihn zutritt.
»Keine Angst, mein Kleiner.« Die tiefe Stimme wirkt amüsiert und als der Junge aufsieht, blickt er in das noch vorhandene Auge von Kweldulf. Der grosse Sturmwolf beugt sich vor und legt eine grosse Pranke auf seine Schulter. »Schwachsinn, dich alleine draussen zu lassen. Manchmal denkt sie nicht nach!« Mit diesen Worten schüttelt er den Kopf und grinst breit. Dabei verziehen sich die Narben zu einem hässlichen Muster. Doch wirkt er nicht furchteinflössend. Er strahlt eine Ruhe und Kraft aus, welche sich auf den Jungen zu übertragen scheinen. Dieser mustert fasziniert die Narben; selbst die festliche Aufmachung kann nicht verbergen, dass ihr Träger so manches Abenteuer überlebt hat. »Ich nehme an, dass du gestern erfahren hast, wer ich bin.«
»Ja, auch wenn ich nicht verstehe, warum du nicht in der Festung lebst.«
»Keine Lust, wäre nur langweilig. Zudem, wer soll dann auf meine Sturmwölfe aufpassen? Auch würde meine liebe Tho kaum zulassen, dass ich dauernd irgendwelche Bestien jage.«
»Aber … «, Grigori sieht verwirrt den alten Wolf an. »Du willst also nicht hier leben, weil es zu … sicher ist?«
»Genau, wäre doch langweilig.«
»Aha.« Der Knabe schüttelt verwirrt den Kopf, die Idee, dass jemand freiwillig auf Sicherheit verzichten will, ist unverständlich für ihn. Der

alte Wolf lacht leise. Während die beiden zusammen sprechen, beginnt die Zeremonie. Grigori hört die klare Stimme von Thosithea aus dem grossen Saal. Sie begrüsst die Gäste und erklärt, was der Anlass zu der grossen Zeremonie ist. Dies entlockt dem Sturmwolf ein amüsiertes Kichern »Als ob jemand hier wäre, der nicht weiss wozu.« Kaum ist die Herrin fertig, öffnet Miri die Tür und winkt ihnen zu.

»Los gehts, Kleiner«, der Wolf schiebt ihn in Richtung Türe. »Keine Angst, sieh einfach nur Thosithea an und geh langsam auf sie zu. Du kannst das!«

»Danke, kannst du nicht mitkommen?«

»Ich ... warum eigentlich nicht. Es wurde mir nicht verboten.« Mit diesen Worten tritt er neben den Jungen. Mit steinerner Mine geht der grosse Sturmwolf neben dem Jungen durch das nun komplett geöffnete Portal.

Hinter dem Portal wartet ein beeindruckender Anblick. Zu beiden Seiten des langen Mittelganges stehen die verschiedensten Monster. Auf der linken Seite des Eingangs steht in Reih und Glied ein Trupp der Wache des Nordens. Ihre blauen Uniformen und die silbernen Rüstungen strahlen im Licht tausender Leuchtkugeln. Auf der anderen Seite stehen Soldaten und Palastwächter in grauen Rüstungen. Jeweils am Ende der Reihen steht ein Offizier. Danach kommen auf der linken Seite die fliegenden Truppen der Harpyien. Diese tragen leichte Lederrüstungen. Grigori sieht, dass alle an ihren linken Beinen einen Bogen befestigt haben. Die Arme, die auch als Flügel dienen, sind vor der Brust gekreuzt, die Federn ausgeklappt. Neben ihnen steht Kunya. Ihnen gegenüber stehen die Magier der Kitsune. Diese tragen alle Roben, wie Mizu eine trägt. Ihm fällt beim Vorbeigehen auf, dass die meisten das Zeichen der Heiler tragen. Nach dieser militärischen Demonstration folgen die Gäste. Diese sind entweder in Rüstungen oder einfachen, aber eleganten Kleidern anwesend.

Als er nach vorne sieht, bemerkt er, dass die Herrin mit sichtlicher Zufriedenheit auf die beiden sieht. Neben dem Thron stehen um die Herrin die anderen Apepi. Daneben befinden sich die hohen Vertreter und Ratgeber. Mizu und Xiri stehen jeweils bei den anderen Angehörigen ihrer Art, wobei Xiri sichtlich unruhig ist. Langes Stillstehen ist nicht ihre Stärke. Als sie endlich den Halbkreis vor dem Thron erreichen, bleibt der grosse Sturmwolf stehen. Grigori, verunsichert dadurch, will ebenfalls stehen bleiben, doch wird er mit sanfter Gewalt nach vorne geschoben. Kaum hat er die erste Stufe des kleinen Podestes erklommen, auf dem der Thron steht, beginnt die Herrin zu sprechen:

»Ich, Thosithea die Dritte, Inhaberin der Thronehre, Herrin des Nordens, Monsterlord, Anführerin aller Apepi«, hier pausiert sie kurz, »Richterin über alle Monster, Wächterin über die Festung der Ewigkeit und noch ein paar solcher Titel…«, die Herrin beginnt zu grinsen, als sie das leise Seufzen einer ihrer Beraterinnen hört, »verkünde hiermit, dass der Menschenjunge, der unter dem Namen Grigori bekannt ist, ab sofort als eines meiner eigenen Kinder zu betrachten ist. Er wird hiermit offiziell in den Stamm der Schwarzschuppen aufgenommen und wird Teil meiner Familie. Ihm sollen die gleichen Rechte, aber auch die gleichen Pflichten geboten werden, wie sie auch meinen eigenen, leiblichen Kindern auferlegt wurden.« Kaum hat sie das gesprochen, wird der Knabe noch bleicher. »Hat jemand einen Einwand gegen diesen Entscheid vorzubringen?«

Ein leises Murmeln folgt der Frage, doch lässt sich niemand etwas anmerken. Man hat Grigori erklärt, dass die Frage nur symbolisch gemeint ist, niemand würde etwas sagen. Doch für einen furchtbaren Moment glaubt er, dass jeden Moment jemand einen Einwand vorbringen könnte. Er bemerkt nicht, dass sowohl Kweldulf, wie auch Sadako, drohende Blicke in die Menge werfen. Nach einer gefühlten Ewigkeit, für den Jungen scheinen Minuten vergangen zu sein, beginnt die Herrin wieder zu sprechen.

»Ich erkläre hiermit, dass Grigori von den Schwarzschuppen offiziell als mein Sohn zu betrachten ist.« Mit diesen Worten überreicht sie dem Jungen einen Siegelring, den sich dieser überstreift. Zu seiner Überraschung scheint der Ring seine Grösse zu verändern. Er passt so perfekt, als wäre er für ihn geschmiedet. Nachdem er den Ring genau gemustert hat, sieht er auf und blickt direkt in die liebevollen Augen seiner Adoptivmutter. Diese deutet neben sich und er folgt der Einladung. Kaum hat er seine Position eingenommen, tritt Aurra vor ihn. Dabei schiebt sie Xiri vor sich her.

»Ich, Aurra, Königin der Blauschwingen, schwöre Grigori der Schwarzschuppen die Treue. So er meine Hilfe benötigt, werde ich sie liefern. So ich seine Hilfe benötige, soll er sie gewähren.« Nach diesen Worten wird Xiri angestossen, die sich nun wie ihre Mutter vor ihm aufbaut.

»Ich, Xiri der Blauschwingen, schwöre ... «, hier zögert sie und versucht sichtlich, sich an den Wortlaut zu erinnern, »äh Grischa, dass er mir helfen muss und ich ihm helfen werde. Oder so.« Sie strahlt stolz über das ganze Gesicht, während ihre Mutter entsetzt die Augen schliesst. Schnell wird klar, dass dieser Schwur geübt wurde, aber die Kleine mal wieder nicht aufgepasst hat.

»Ich, Grigori der Schwarzschuppen, nehme die Schwüre an.« Er gibt die rituelle Antwort. Dabei kann er das Grinsen der Gäste sehen, die sich sichtlich über den eigenwilligen Schwur der kleinen Harpyie amüsieren. Nachdem sich die Harpyien zurück auf ihre Position begeben haben, tritt Haruna vor. Wieder und wieder muss der Junge die Antwort geben und sich denselben Schwur anhören. Nach der Anführerin der Kitsune kommt Krolu, danach kommen die verschiedenen Gäste. Mizuki und Kweldulf sind die einzigen Gäste, die den Schwur nicht ablegen.

Nach den Treueschwüren gleitet Casos vor ihn. Dieser erklärt, dass die Befehle von Grigori für die Armee als bindend zu betrachten sind. Nur seine, oder die Befehle der Herrin, seien höherstehend. Danach wiederholt Arsax diese Anweisung für die Nordwache. Auch hier gibt der Junge die rituellen Antworten.

Zum Abschluss der Zeremonie hebt die Herrin ihre Arme und verkündet, dass jetzt die Zeit des Feierns gekommen ist. Nicht nur soll der Zuwachs zum Herrscherhaus gefeiert werden, sondern auch das Ende des Jahres. Sie erklärt, dass es ein gutes Jahr gewesen sei und durch Fortführen der Zusammenarbeit das nächste Jahr noch besser werden solle. Alle applaudieren und auf dieses lautstarke Signal hin öffnen sich die Türen und Diener bringen Getränke und kleine Speisen für die Soldaten. Die Gäste hingegen begeben sich in den grossen Speisesaal, wo das Mittagessen serviert wird. Zur Überraschung Grigoris sieht er, kaum dass die Zeremonie beendet ist, Boten zu Casos laufen. Es handelt sich dabei um Harpyien, die scheinbar frisch in der Festung eingetroffen sind. Das ernste Gesicht, das die Botschaften zur Folge haben, fällt nicht nur ihm auf, sondern auch der Herrin. Diese versucht zwar, sich nichts anmerken zu lassen, doch als Casos sich wieder und wieder vom Mittagessen entfernt, um Befehle zu erteilen, nimmt sie ihren ältesten Sohn zur Seite. Als sie sich wieder an den Tisch begibt, wirkt sie ernst. Jedoch beteiligt sie sich sofort wieder an den Gesprächen und kurz darauf ist Grigori so abgelenkt, dass er sich nicht länger darum kümmert. Nach dem Mittagessen verabschieden sich die Gäste. Mit den Gästen verlässt auch Casos die Festung. In Begleitung seiner Leibwache gleitet der Kommandant der Armee aus der Festung. Dabei braucht er, wie auch die Lamien, die ihn begleiten, keine Pferde. Nur die Kitsune reiten. Nachdem sich die Festung langsam wieder geleert hat, versammeln sich die restlichen Familienmitglieder in den privaten Gemächern. Dort feiern die Apepi unter sich den Jahreswechsel. Während Lysixia eine alte Sage erzählt, hocken Mizu und Nysahria über dem Figurenspiel. Grigori hingegen sitzt neben seiner Adoptivmutter und lauscht der Sage. Thea ist damit beschäftigt, die Kekse zu dezimieren. Nur Arsax ist nicht anwesend. Er hat, ähnlich Casos, auf einmal Botschaften erhalten. Auch hier hat sich die Herrin berichten lassen. Nun nutzt sie die Chance und geniesst den Abend mit ihrer Familie. Selbst Kweldulf ist anwesend, jedoch ist er damit beschäftigt, eine seiner Waffen zu pflegen.

Das Urteil

Das Leben in der Festung bietet Abwechslung. Ob Sommer oder Winter, es gibt immer etwas zu tun, für alle. Jedoch freut sich Grigori jedes Mal auf den Frühling, weil dann die Schneestürme aufhören. Seit seinem Auftauchen sind drei Jahre vergangen. In dieser Zeit hat er zusammen mit Thea, Mizu und Xiri die Schule besucht. Seit Neuestem gehört zum Unterricht auch Kampfunterricht.

»Also meine Lieben«, die alte Kitsune mustert ihre Schüler freundlich. »Heute probieren wir eine neue Waffe aus. Dabei handelt es sich um die Chakras. Wer weiss, wie man damit umgeht?«

»Es sind magische Wurfscheiben, die immer zum Werfer zurückkehren. Richtig geworfen, kann ein einzelner Kämpfer ein grosses Gebiet abdecken und Feinde im Schach halten. Sie werden vor allem von den Mondsängern gebraucht.«

»Richtig, sehr gut Mizuki. Hast du schon einmal welche benutzt?«

»Nein, Mutter ... Nun ... Sie mag Chakras nicht. Sie behauptet, dass ein Kinderspielzeug keine gute Waffe abgeben würde.« Die Kitsune sieht verlegen zu Boden. Wie immer im Training trägt sie eine weite Robe, die ihre Bewegungen nicht einschränkt. Die anderen tragen ähnliche Kleidung, bis auf Xiri, die eine eng anliegende Lederpanzerung trägt. Wie man Grigori erklärt hat, ist dies die traditionelle Rüstung der Harpyien. Sie erlaubt der Harpyie volle Flugfähigkeit und bietet gleichzeitig guten Schutz.

Meisterin Kasumi hingegen trägt eine elegante Robe. Sie wirkt mehr wie eine Priesterin und nicht wie eine Kampflehrerin. Auf die Aussagen von Mizu beginnt sie zu schmunzeln. Ihre Augen leuchten wie immer golden und ihre vier silbernen Schweife sind elegant um den Körper gelegt.

»Du meinst, nur weil die verehrte Herrin des Ostens nicht damit umgehen kann, hält sie Chakras für eine schlechte Waffe?«

»Sie ... Mutter kann nicht mit Chakras umgehen?« Mizu sieht verwundert die alte Kitsune an.

»Ja, ihr fehlt die Geduld für diese Waffe. Aber lassen wir das jetzt. Mizuki und Theameleia, ihr beide nehmt euch jeweils einen Satz und haltet euch bereit. Xiri, du wirst heute wieder mit Kunya trainieren. Sie sollte gleich kommen.«

»Juhu! Mit Ku macht das Training superviel Spass. Wir fliegen sicher wieder ganz viel.« Xiri sieht sich bei diesen Worten aufgeregt um.

»Und was dich betrifft, Grigori, ich weiss nicht, ob du Chakras überhaupt verwenden kannst.«

»Sie brauchen Magie?«

»Ja, ich fürchte, dass es sein könnte, dass die Chakras nicht zu dir zurückkehren. Aber wir wollen das gleich testen.« Mit diesen Worten reicht sie dem Jungen eine fein gearbeitete Metallscheibe. Auch die anderen erhalten jeweils eine. Nach der Erklärung der Grundlagen stellen sich alle in einer Reihe auf. Xiri verabschiedet sich derweilen und verschwindet mit Kunya im Frühlingshimmel.

»Also, alle werfen die erste Chakra. Dabei stellt ihr euch vor, sie soll in einer graden Linie fliegen und danach zurückkehren. Wichtig ist, dass ihr euch darauf konzentriert, dass die Scheibe langsamer wird beim Zurückkehren. Diese Trainingschakras sind nicht geschliffen, aber es ist sehr schmerzhaft, getroffen zu werden.«

Auf ihr Zeichen hin, werfen alle ihre erste Chakra. Nach etwa zwanzig Metern beginnen alle zu wenden. Dabei werden die Chakras von Mizu und Thea langsamer, die Metallscheibe die Grigori geworfen hat, wird hingegen immer schneller. Noch bevor er begreift, was passiert, trifft das Geschoss ihn in der Magengrube und mit einem erschrockenen Ausruf des Schmerzens geht der Junge zu Boden.

»Also das Fangen musst du eindeutig noch üben.«

»Au, sei still Thea. Das tat wirklich weh!«, der Junge sieht mit tränenden Augen zu Thea hinauf, die sich über ihn beugt. Obwohl sie ihn verspottet hat, merkt er, das ihre Magie durch seinen Unterkörper strömt und die getroffene Stelle beginnt augenblicklich, weniger zu schmerzen.

»Danke, Theameleia, ich fürchte, das wird nichts.« Mit diesen Worten beugt sich nun auch Meisterin Kasumi über den Jungen. »Das Wenden hatte mir schon Hoffnung gemacht. Alles in Ordnung?«

»Ja, jetzt schon. Aua.« Er steht auf und reibt sich den Bauch »Danke, Thea.«

»Pah, ich habe dich nur geheilt, damit du die Familie mit deiner Schwäche nicht blamierst.«

»Klar, wie immer, was?«, er grinst schwach. Immer wenn er sich beim Training verletzt, ist sie eine der Ersten, die an seiner Seite ist. Mizu und sie behaupten beide, dass ihre Heilmagie dank ihm stärker ist, als alles andere, was sie können. Er seufzt und übergibt Meisterin Kasumi die Chakras. Seine Enttäuschung, wieder einmal mit einer Waffe versagt zu haben, ist ihm deutlich anzusehen.

»Lass dich nicht unterkriegen, kleiner Grigori.« Die alte Kitsune streicht dem Jungen tröstend über den Kopf. Sie sieht sich um, auf dem Trainingsgelände üben verschiedene Wesen. Als sie den von ihr Gesuchten findet, winkt sie ihn zu sich. Darauf löst sich ein einsamer, von der Masse abgeschiedener Krieger. Wie immer, wenn er trainiert, sondert sich der alte Naga-General ab. Als er nun auf die Gruppe zukommt, schluckt Grigori schwer. Unter General Umashankar zu trainieren, ist anstrengend. Der alte Krieger ist ein strenger Lehrmeister und meistens unzufrieden. Dazu hält er, wie die meisten seiner Art, nicht allzu viel von Menschen. Als der, von Kopf bis zur Schwanzspitze in graugrünen Schuppen gepanzerte Krieger vor Meisterin Kasumi anhält, mustert er Grigori herablassend.

»Chakras. Ein Spielzeug und nicht einmal damit kannst du umgehen. Ja, ich habe das gesehen. Komm, wir trainieren wieder mit dem Langschwert. Vielleicht bekommst du wenigstens das hin.« Die Stimme ist mehr ein Knurren, er klingt wie immer wütend. Während nun Grigori mit dem alten Nagakrieger wieder einmal die Bewegungen durchgeht, die für den Schwertkampf gebraucht werden, üben Thea und Mizu weiter mit den Chakras.

»Achte auf deine Beine!«

Noch bevor der Junge reagieren kann, raubt ihm ein Schwanzschlag des Kriegers sein Gleichgewicht. Als er mit einem erschrockenen Ausruf zu Boden geht, sieht der alte Naga verärgert auf ihn nieder.

»Ich habe dir schon ein paar Mal erklärt, dass du breitbeinig hinstehen musst. Wenn du das Gleichgewicht in einem Kampf verlierst, kann das dein Ende bedeuten. Noch einmal. Diesmal gib dir Mühe!«

»Ja, aber ... «

»Nichts Aber! Weiter jetzt. Breitbeinig, nein, breiter, ja, genau so.« Mit zufriedenem Nicken mustert er den Stand des Knaben. »Die meisten Menschen lassen sich leicht aus dem Gleichgewicht bringen. Ein guter Stand ist der halbe Kampf.« So geht das Training weiter. Als endlich die Glocke zum Mittag erklingt, hat Grigori noch ein paar Mal einen schmerzhaften Schlag abbekommen. Doch, auch wenn Umashankar es nie laut sagen würde, kann er einen gewissen Stolz über den Fortschritt des Menschen nicht unterdrücken.

Beim Mittagessen sieht Grigori müde auf seinen Teller. Wie immer nach dem Training mit Umashankar, fühlt er sich zerschlagen. Thea grinst breit, während sie mit viel Genuss das Mittagsessen verschlingt. Nach der Mahlzeit begeben sich alle zum Unterricht bei der Lamia Nara. Am Nachmittag studieren sie meistens die Geschichte der Reiche oder versuchen, die Politik der verschiedenen Länder zu verstehen. Dabei ist es Nara besonders wichtig, dass die Gruppe versucht, die Motive aller Beteiligten zu verstehen. Im heutigen Unterricht geht es, sehr zum Verdruss von Xiri, wieder einmal um die Politik eines demokratischen Menschenreiches, das vor über tausend Jahren unterging. Dabei soll die Gruppe lernen, dass die Innenpolitik, die das Reich über hunderte von Jahren stabil gehalten hat, auf einmal für den Untergang verantwortlich wurde.

»Ich hatte euch gebeten, den Bericht des gelehrten Homor über das Reich der Tä'rt zu lesen. Auch wenn seine Weltanschauung manchmal extrem ist, finde ich besonders seine Aussage zur Demokratie sehr spannend«, dabei öffnet sie eine markierte Stelle in ihrem Buch. »Der Vorteil eines Herrschers auf Lebenszeit ist, dass er einen Plan ausführen kann. Bei den verschiedenen Demokratien, die es noch heute gibt, ist das häufig ein Knackpunkt. Ein gewählter Herrscher kann zwar versuchen, einen Plan umzusetzen, aber meistens werden ihm viele Steine in den Weg gelegt oder er ist zu kurz an der Macht, um ernsthaft etwas bewirken zu können.«

»Das heisst also, dass die Demokratie immer schlecht ist?«

»Nein Xiri, aber es gibt vieles, worüber das Volk nicht abstimmen müsste. Es ist wichtig, dass man die Balance findet. Warum muss das Volk zum Beispiel über Handelsabkommen abstimmen? Viele Bewohner des Reiches werden kaum direkt etwas damit zu tun haben, noch werden sie alle Konsequenzen verstehen. Es wäre besser, dass in solchen Fällen nur informierte und ausgebildete Personen die Entscheidung treffen.«

»Ähm ... aber ... Mama zum Beispiel bestimmt alles bei den Harpyien und die Herrin bestimmt häufig mit Mama zusammen! Ist das dann eine Demokratie?«, die kleine Harpyie kratzt sich am Kopf. Wie fast immer, wenn es um solche Themen geht, verliert sie schnell den Faden. Auch Grigori hat manchmal Mühe, alles nachzuvollziehen. Eigentlich scheinen nur Thea und, bis zu einem gewissen Punkt Mizu, alles zu verstehen. Nara lächelt freundlich.

»Nicht wirklich, es wäre eine Demokratie, wenn bei den Entscheidungen, entweder vom Volk gewählte Vertreter oder das Volk selber entscheidet. Die Herrschaft deiner Mutter ist eine Monarchie, ebenso wie die Herrschaft hier im Norden. Aber die Herrin lässt sich beraten und fragt bei denjenigen nach, die davon betroffen sind. Das ist aus meiner Sicht die beste Lösung.« Als sie die verwirrte Harpyie betrachtet, deutet sie zur Wandtafel: »Warte, ich erkläre es dir mit ein paar Beispielen.« Damit beginnt Nara, an der Wandtafel ein Beispiel nach dem anderen aufzuschreiben. Xiri beobachtet das Ganze mit ernster Mine, doch ist schnell klar, dass sie den Faden bereits wieder verloren hat. Doch lässt sich die ältere Lamia davon nicht stören. Mit der Ruhe des Alters erklärt sie es Xiri wieder und wieder. In der Zwischenzeit müssen die anderen ein Kapitel in einem der alten Geschichtsbücher lesen. Kaum haben sie damit angefangen, öffnet sich die Türe und eine Harpyie in Dienergewandung tritt ein.

»Die Herrin Theameleia und der Herr Grigori werden im Thronsaal erwartet. Die Herrin bittet um Vergebung für die Störung.«

»Schon gut, geht ihr beiden und beeilt euch!«, und mit einem amüsierten Grinsen ergänzt sie, »und überlegt euch eine gute Ausrede, was auch immer ihr angestellt habt.«

Als die beiden im Thronsaal eintreffen, sehen sie überrascht, dass alle Apepi eingetroffen sind, bis auf Casos. Die Herrin nickt den beiden zu und deutet auf zwei leere Plätze zwischen Arsax und Nysahria. Kaum haben sich die beiden an ihre Position begeben, beginnen vier Kitsune, zusammen einen Zauber zu wirken. Kurz darauf erscheint eine lebensgrosse, jedoch geisterhafte Version von Casos in der Mitte des

Raumes. Noch bevor Grigori die Verwunderung darüber überwinden kann, beginnt die Abbildung zu sprechen.

»Ah, ich sehe, jetzt sind alle da. Gut, hast du sie schon informiert, Mutter?«

»Nein, Cas, ich dachte, das kannst du selber übernehmen.«

»Verstehe.« Der Schemen nickt und sieht sich um. »Ich habe um den Rat und Entscheid der Familie gebeten. Ich bin in eine Situation geraten, die mich zwingen würde, nach alten und meines Erachtens übertriebenen Gesetzen zu handeln. Ich berufe mich auf das Recht, dass die Familie des Nordens, einschliesslich der Thronerbin und aller Geschwister, das Recht haben, gemeinsam eine Entscheidung zu treffen, die über den Gesetzen steht. Es wäre mir zwar erlaubt, diese selber zu übertreten, jedoch will ich dafür den Segen aller haben. Haben das alle verstanden?«

Ein einstimmiges Ja von allen, ausser Grigori, beantwortet seine Frage. Casos wendet sich in Richtung des Jungen und lächelt freundlich. »Keine Angst, kleiner Bruder, du bist nicht am falschen Ort. Du bist auch Teil der Familie und auch deine Stimme soll gehört werden. Du sollst deine ehrliche Meinung sagen, auch wenn du etwas anderes sagst als alle anderen.«

»Verstehe«, der Junge sieht unsicher den geisterhaften Casos an.

Nachdem alle bereit sind, beginnt Casos mit seinem Bericht:

»Das unabhängige Reich, das direkt an unseres angrenzt, war einst Teil des Nordens, wurde aber mit Erlaubnis der damaligen Herrscherin eigenständig. Die Bevölkerung des Reiches besteht aus Amarog. Genauer aus dem Klan der Silberfelle.« An Grigori gewandt ergänzt er: »Dabei handelt es sich um menschenähnliche, auf zwei Beinen gehende Wölfe, welche jederzeit die Gestalt eines echten Wolfes annehmen können. Diese waren seit über eintausend Jahren treue Untergebene. Das Reich der Silberfelle ist ein einziger grosser Wald namens ›Mondwald‹. Direkt an den Wald angeschlossen liegt eine Grafschaft der Menschen. Als den Silberfellen der Wald übergeben wurde, handelte die damalige Herrscherin einen Vertrag zwischen den Menschen und den Amarog aus. Darin wurde den Silberfellen versichert, dass die Menschen sich aus dem Wald fernhalten. Umgekehrt dürfen die Amarog sich nicht in die Grafschaft ausdehnen. Beide Seiten waren einverstanden.« Er räuspert sich und fährt fort:

»Eine weitere Bedingung war, dass die Kinder des jeweiligen Herrschers zu uns gebracht werden und bei uns aufwachsen und geschult werden. Diese Kinder waren keine Gefangenen, sie durften ihre Familie besuchen und umgekehrt. Das System verwenden wir noch heute. Mizuki und Xiri sind gute Beispiele. Auch dazu erklärten sich die Amarog bereit. Zumindest bis vor etwa fünf Generationen. Der damalige Alpha verlor seine Gefährtin bei der Geburt seines ersten Kindes. Verzweifelt bat er Grossmutter um eine Ausnahme, damit er seine Tochter bei sich behalten könne. Diese gewährte es, mit der Auflage, dass weiterhin alle Kinder gemeldet werden müssen. Sollten die Silberfelle diese Meldung auslassen, wäre die Strafe der Tod der ganzen Familie des Alphas.« Bei diesen Worten wirkt Casos verärgert. »Eine ihrer genialen Ideen. Sie war gerade erst die Herrscherin des Nordens geworden und glaubte ernsthaft, dass diese Drohung ausreichen würde. Seit diesem Zeitpunkt wurden alle Nachkommen ordnungsgemäss gemeldet.« Er schnaubt verärgert und berichtet weiter.

»Vor etwas über fünfzehn Jahren kam es zu einem Zwischenfall. Eine Gruppe von Holzfällern aus der Grafschaft wagte sich zu tief in den Wald und es kam zu einem Kampf. Die meisten der Holzfäller starben. Soweit wir wissen, kam es zuerst zu einem Streit.« Er zuckt mit den Schultern. »Wir griffen nicht ein. Die Amarog und die Menschen verhandelten einen Frieden und alles schien wieder in Ordnung.«

»Ich war damals dabei. Der Alpha der Silberfelle und der Graf waren sich einig, dass der Zwischenfall ein unglücklicher Unfall war.« Nysahria sieht nachdenklich auf Casos. »Ich kann mich aber daran erinnern, dass der Sohn des Grafen Rache für die Toten wollte. Er fand, dass sein Vater Schwäche zeigte. Auch auf der Seite der Silberfelle gab es Unruhen. Der Alpha hatte zwei Söhne, der Ältere war auf der Seite seines Vaters, der Jüngere war der Meinung, dass die Menschen die Verträge gebrochen hatten und bestraft werden sollten.« Sie schüttelt den Kopf und murmelt »Hitzköpfe!«

Casos nickt und sieht alle ernst an »Das war die Vorgeschichte. Danach war es lange ruhig. Der ältere Sohn des Alphas ging kurz darauf auf Reisen. Er war noch ohne Kinder und wollte vor der Machtübernahme die Welt sehen. Seither gilt er als vermisst. Sein Vater starb angeblich an Gram. Jedoch gibt es viele Hinweise, die vermuten lassen, dass Lukar, das ist der Jüngere der Söhne, in beiden Fällen seine Finger im Spiel hatte. Doch gibt es keine Beweise.«

»Gut, das sollte als Vorabinformation reichen. Komm bitte zur Sache, Casos«, die Herrin lächelt ihren Sohn aufmunternd an und betrachtet die restliche Familie danach aufmerksam.

Casos berichtet nach kurzem Zögern weiter:

»Vor vier Jahren kam es zu neuen Zwischenfällen. Das waren in den meisten Fällen kleinere Grenzstreitigkeiten. Zur Vorsicht zog ich mit einem Teil der Armee in eine alte Grenzfeste. Es ist unsere Pflicht, solche Zwischenfälle zu untersuchen. Das war Teil der ursprünglichen Abmachung, doch beide Seiten lehnen unsere Einmischung strikt ab. Vor drei Jahren, am Tag der Jahreswende, an dem Tag, als Grigori ein Teil der Familie wurde, griffen die Amarog die Menschen überraschend an. Deshalb musste ich damals so schnell an die Front zurück. Der Angriff konnte von meiner Stellvertreterin abgewehrt werden. Sie berichtete mir aber, dass beide Seiten gleichzeitig zu einem Angriff ansetzten. Wieder wurden unsere Untersuchungen mit allen Mitteln erschwert und abgeblockt. General Konrad Eisenhammer, der Anführer der Armee des Grafen, ist der Einzige, der noch mit uns spricht. Von ihm haben wir erfahren, dass der junge Graf Heinrich vorhat, sich einen grossen Teil des Waldes zu sichern. Der General hatte bereits unter dem alten Grafen gedient.

Die letzten drei Jahren verbrachte ich nun damit, Beweise zu sammeln und ein Katz- und Mausspiel mit den Amarog und den Menschen zu veranstalten. Ohne die Hilfe der Jäger, die Arsa mir geschickt hat, kämen wir gar nicht mehr voran.« Mit diesen Worten nickt er dem jungen Anführer der Nordwache zu.

»Vor knapp zwei Tagen kam es zu dem schon längst erwarteten Alarm. Unsere Späher berichteten von einer grossen Gruppe von Amarog, die zu einem Angriff auf die Menschen ansetzten. Ich begab mich mit einhundert meiner besten Krieger augenblicklich auf den Weg.« Mit diesen Worten streicht sich der Apepikrieger müde über die Augen.

»Wir ... wir waren zu langsam. Das Dorf war vollkommen zerstört. Keine Überlebenden. Ich schickte augenblicklich drei Harpyien aus, eine zu der Grenzfestung mit dem Befehl, dass sich die restliche Armee nun zum Angriff auf den Mondwald begeben solle. Dieser Angriff war schon lange vorbereitet. Eine weitere Harpyie sandte ich zu den Nachtwandlern. Ihr Reich liegt am nächsten und sie hatten uns zuvor ihre Hilfe offeriert. Ich bat nun um ihre Mithilfe, sie sollten den Wald von der anderen Seite einkreisen. Eine weitere Harpyie sandte ich zu euch in die Festung der Ewigkeit mit einem kurzen Bericht.«

»Bei uns kam keine Botin an«, erklärt die Herrin überrascht.

»Ich weiss, sie wurde in der Zwischenzeit tot aufgefunden. Ein Hinterhalt, man rechnete mit Botschaften.« Er schüttelt den Kopf traurig: »Ich folgte den Spuren weiter und kurz darauf trafen wir auf ein Schlachtfeld. Eine kleine Armee unter General Eisenhammer versuchte, die Angreifer abzuwehren. Obwohl sie den Amarog mehr als doppelt in Mannesstärke überlegen waren, hatten die Menschen keine Chance. Wir griffen sofort ein, jedoch unterschätzten auch wir die Kampfkraft der Amarog.«

Er schluckt: »Dazu muss gesagt werden, dass sie nicht nur die Gestalt eines Wolfes annehmen können, sondern auch eine Art Kampfgestalt, die von den Amarog als Blutgestalt bezeichnet wird und beinahe tabuisiert ist. Sie sehen in dieser Gestalt den Sturmwölfen ähnlich, einfach nur kleiner. Sie haben keine Kontrolle über ihr Handeln und gleichen mehr Bestien als intelligenten Wesen. Zumindest war das bisher so.«

Der Krieger verzieht unmutig das Gesicht, bevor er fortfährt:

»In der Armee der Amarog befanden sich gut ein dutzend Krieger in der Blutgestalt. Damit hatten wir gerechnet. Doch waren sie es, die Befehle gaben. Ich gebe zu, dass ich leider ihre Kampfkraft unterschätzte. Als der Kampf vorbei war, lebten noch wenige Menschen, darunter der General, der jedoch schwer verwundet war. Auch wir erlitten Verluste. Von der Hundertschaft waren am Ende nur noch gut siebzig kampffähig. Die anderen Krieger waren entweder tot oder schwer verletzt. Eine unserer Heilerinnen fand bei einer schnellen Untersuchung der gefallenen Amarog-Offiziere, den Kriegern in Blutgestalt, ein silbernes Amulett. Kurz darauf war klar, dass alle anderen in der Blutgestalt ebenfalls so ein Amulett mit sich führten. Diese Amulette sind magischer Natur und ich liess sie vorsichtshalber einsammeln.« Hier zögert er mit dem weiteren Bericht, sichtlich beunruhigt über seine nächsten Worte.

»Wir glaubten zuerst, dass es sich dabei um etwas handelt, mit dem die Amarog ihren Verstand behalten können. Jedoch berichtete einer der Krieger, der die Amulette einsammelte, dass er eine Stimme hörte, undeutlich und scheinbar aus grosser Distanz, aber eindeutig eine Stimme. Andere bestätigten das.«

»Konntet ihr die Amulette in der Zwischenzeit untersuchen?«, die Frage kommt von Lysixia.

»Nein, ehrlich gesagt befinde ich mich seit dem Alarm beinahe durchgehend im Kampf. Nachdem wir den ersten Angriff abgewehrt hatten, zogen auch wir in den Wald. Dabei sandte ich wieder Harpyien aus. Bislang weiss ich nur, dass diejenige die zur Grenzfestung geflogen ist, ihr Ziel erreichte. Auch diesmal wurde die Botin in den Norden getötet. Von den Nachtwandlern habe ich noch nichts gehört, ich befürchte das Schlimmste.«

»Wo sind die Amulette jetzt?«, diesmal kommt die Frage von Thea.

»Bei Tomoko, meiner Stellvertreterin.«

»Das ist der Sechsschwanz, die du so bezaubernd findest, oder?« Thea grinst bei den Worten und bekommt augenblicklich einen strafenden Blick sowohl von ihrer Mutter wie auch von Casos ab. Doch lässt sie sich davon nicht beirren.

»Erzähl weiter Casos«, fordert die Herrin.

»Gut, wie bereits erwähnt, machten wir uns augenblicklich auf den Weg. Dabei mussten wir feststellen, dass aus dem geplanten Blitzangriff ein Debakel wurde. Man erwartete uns und es wurde ein verbissener Kampf, der beinahe zwei Tage andauerte. Wir kämpften uns direkt zu der Festung des Alphas durch. Unterwegs begegneten uns aber auch Amarog, die uns nicht feindlich gesinnt sind. Ohne ihre Mithilfe wären wir kaum am Ziel angelangt. Und genau damit hatte unser Gegner nicht gerechnet. Als ich gemeinsam mit wenigen verbleibenden Kriegern bei der Festung auftauchte, fanden wir diese kaum bewacht und unvorbereitet vor. Obwohl wir kaum noch dreissig Mann zählten, griffen wir an. Wir waren schnell in der Festung, wobei diese Bezeichnung eine klare Übertreibung ist, die Festung ist eher ein besserer Wohnturm. Nun, wir kämpften uns durch die Stockwerke, jedoch gab es kaum noch Widerstand. Tomoko befand sich in einem schweren Gefecht nur wenige Minuten von der Festung entfernt, was wir zu diesem Zeitpunkt jedoch nicht wussten. Sie hatte unwissentlich dafür gesorgt, dass viele der Wachen die Festung verlassen hatten, im Versuch uns noch unterwegs aufzuhalten.«

Bei diesen Worten lächelt er stolz: »Sie hatte kurzerhand die Jäger der Nordwache auf ihre Truppen aufgeteilt und bewegte sich auf unterschiedlichen Wegen auf die Festung zu. Das ermöglichte mir und meiner Leibwache, die Festung schnell zu erobern. Als ich und ein Dutzend meiner besten Krieger den Thronsaal erreichten, erlebten wir gerade noch das Ende eines Kampfes. Eine junge Amarog tötete gerade einen Krieger in Blutgestalt. Es steht übrigens fest, dass es sich dabei um Lukar selbst handelte. Auch er trug ein Amulett. Die Amarog stellte sich als seine Lebensgefährtin, Amy, heraus. Und jetzt kommen wir zum Grund meiner Bitte. Die Alpha der Silberfelle kniete sich augenblicklich vor mir nieder und flehte mich um Gnade für ihre Tochter an.« Er sieht zu Boden. »Scheinbar hatte sich Lukar dazu entschlossen, sie zu töten, bevor sie in unsere Hände fällt. In ihrer Verzweiflung fand sie keine andere Lösung als sich ihm in den Weg zu stellen. Soweit ich aus ihrem panischen Flehen heraushören konnte, wurde ihre Tochter als Druckmittel gegen sie eingesetzt. Sie hätte keine andere Wahl gehabt, als ihm zu gehorchen.« Hier unterbricht er sich, und als er aufsieht, erkennt man, dass er sehr viel mehr erfahren hat als nur das Erzählte.

»Ich weiss nichts von einer Tochter.« Erklärt Thosithea verwundert und sieht dann zu Nysahria »Du?«

»Nein, sie wurde uns nicht gemeldet ... oh nein«, die letzten Worte haucht sie nur noch, dabei wird das Gesicht der Apepi von einem Moment zum anderen ausdruckslos und steinern. »Jetzt verstehe ich.«

»Ich auch.« Erklärt die Herrin und man sieht auch ihr keine Gefühlsregung mehr an. Auch Theas Gesicht wird auf einmal zu einer steinernen Maske. Nur Arsax und Lysixia zeigen erst Verwirrung und dann Zeichen der Erkenntnis. Selbst Grigori versteht in dem Moment und auch sein Gesicht wird kreideweiss.

»Man darf doch ein Kind nicht für die Fehler der Eltern bestrafen!«, unbewusst spricht er laut aus, was er denkt.

»Genau das denke ich eben auch!«, erklärt Casos zustimmend. Seine Miene ist ernst. »Das Kind wird dieses Jahr elf und heisst Kaira. Sie wurde geboren, bevor Lukar die Macht übernahm. Soweit ich es verstanden habe, weigerte er sich, sie zu melden. Er belog Amy und behauptete, dass wir kommen würden, um sie ihr wegzunehmen. Amy, damals noch ganz auf der Seite ihres Gefährten, glaubte es. Als sie das falsche Spiel von ihrem Partner erkannte, drohte dieser damit, Kaira selber zu töten. Sie fügte sich, um das Kind zu schützen. Wenn überhaupt, kann man ihr vorwerfen, falsch gehandelt zu haben. Aber auch da stimme ich nicht zu. Sie handelte unter Zwang.«

»Du willst also, dass wir gegen den Erlass stimmen, den meine Mutter abschloss?«

»Ja! Er ist falsch!«

»Nana, sie hatte ihre Gründe. Gibt es noch weitere Informationen?«

»Nicht wirklich. Alles was ihr für die Entscheidung wissen müsst, ist gesagt.«

»Gut, dann hört mir zu. Jetzt muss jeder seine Meinung sagen und abstimmen.« Die Herrin sieht alle ernst an. »Wer noch Fragen hat, soll sie stellen.« Es tritt eine Grabesstille ein. Als der kleine Grigori seine Hand hebt, sieht ihn die Herrin beinahe zärtlich an. »Ja?«

»Ich verstehe nicht, warum man das Kind töten sollte. Sie kann doch nichts dafür?«, man hört ihm die Unsicherheit und auch die Angst an. »Ich, nun ich bin dagegen.«

»Sehr gut, danke Grigori«, die Herrin nickt und sieht danach zu Arsax, der eine Hand auf die Schulter von Grigori legt, »ich sehe dir die Antwort an. Du denkst dasselbe wie er, oder?«

»Ja! Ich bin ebenfalls dagegen.« Der Kommandant der Nordwache sieht wütend die anderen an, »ein Kind sollte wirklich nicht für die Fehler seiner Eltern büssen.«

»Im Grundsatz stimme ich dir zu, Arsa. Aber wir haben viele Verträge dieser Art und das Brechen von einem kann ungeahnte Konsequenten haben.« Nysahria spricht ohne Gefühlsregung und ohne zu zögern spricht sie weiter: »Ich spreche mich für die Einhaltung der Verträge aus.«

»Gut, Lys, was sagst du?«, die Herrin mustert ihre Nachfolgerin und diese sieht entsetzt auf.

»Ich kann doch nicht einfach so über ein Leben entscheiden. Ich muss erst genau wissen, wie der Erlass war und ob es ähnliche Fälle gab. Dazu ... «, sie zögert und sieht unsicher von einem zum anderen.

»Nein, du musst dich jetzt entscheiden. Das gehört dazu!«, wird sie von der Herrin unterbrochen.

»Aber ... «, die Thronerbin starrt entsetzt ihre Mutter an und auf einmal scheint ihr eine Erkenntnis zu kommen. Augenblicklich sinkt sie in sich zusammen und schlingt die Arme fest um sich. Mit zitternder Stimme erklärt sie, dass sie Nysa zustimmt. Man müsse zu seinem Wort stehen.

»Wenn wir als die Herren des Nordens und Richter über alle Monster ernst genommen werden sollen, dürfen wir keinen Vertrag brechen, nur weil er ›ungerecht‹ ist«, sie wirkt bei diesen Worten aber so niedergeschlagen, dass allen klar ist, dass dies nicht ihre wahre Meinung ist. Casos, der mitleidig seine jüngere Schwester betrachtet hat, sieht erwartungsvoll zu Thea. Diese lässt sich nichts anmerken. In diesem Moment sieht sie genau wie ihre Mutter aus, gleiche Haltung, gleiche versteinerte Mimik. Grigori bemerkt verwundert, dass sie ihn anstarrt.

»Der Erlass beruht auf der Tatsache, das sich die Amarog als Verbündete benehmen. Sie haben aber auch diese Verträge gebrochen. Damit ist der Entschluss aus meinem Verständnis bereits ungültig. Dazu stimme ich Grigori zu. Ich sage, dass wir das Mädchen leben lassen. Nicht weil wir es so abstimmen, sondern weil der Erlass nichtig geworden ist. Dazu soll auch ihre Mutter nicht anhand dieses Erlasses verurteilt werden.« Kaum hat sie das gesagt, gleitet sie neben Grigori und nickt ihm beinahe stolz zu.

»Gut, dann haben wir alle Meinungen.« Die Herrin beginnt auf einmal, zufrieden zu lächeln »Ich bin äusserst stolz auf meine Kinder. Thea, ich stimme dir zu und Nysa, auf die Idee bist nicht einmal du gekommen, nicht wahr?«, die Angesprochene sieht verwundert ihre kleine Schwester an, dann beginnt sie zu lachen.

»Danke Thea, ich hatte mir schon überlegt, wie ich die Kleine doch noch selber hätte retten können.« Nysa sieht zufrieden auf ihre Geschwister und es wird sofort allen klar, sie war von Anfang an gegen den Erlass. Casos nickt nun ebenfalls zufrieden »Gut, ich bin zufrieden. Mutter, hast du genaue Anweisungen?«

»Ja, bring Kaira und ihre Mutter so schnell wie möglich hierher. Ich werde über Amy urteilen, aber zuerst will ich mich mit ihr unterhalten. Dazu kannst du ihr versichern, dass Kaira bei uns in Sicherheit ist und dass sie zusammen mit meinen Kindern ausgebildet werden soll. Dazu will ich mir diese Amulette ansehen. Die Bevölkerung soll, soweit sie kooperiert, unterstützt werden. Wir betrachten die Silberfelle noch immer als unsere Freunde, wenn auch mit gesunder Vorsicht. Verstanden?«

»Ja, ich werde erst hier für Ordnung sorgen müssen. Dazu wird an vielen Orten noch gekämpft. Wenn ich um Verstärkung und vor allem Heiler bitten dürfte.«

»Verstehe, ich schicke, wen ich entbehren kann. Pass auf dich auf, ja?« Das Abbild nickt noch einmal, dann verblasst es.

»Arsa, könntest du Grischa zurück in den Unterricht bringen? Danach kümmere dich bitte um eine verstärkte Grenzwache und wenn du noch Jäger hast, welche du entbehren kannst, wäre ich dir dankbar.«

»Natürlich, komm Kleiner.« Mit diesen Worten greift er Grigori sanft am Arm und führt ihn aus dem Thronsaal.

Unterwegs schaut Grigori zu dem nachdenklichen Arsa. »Ist Casos in Sicherheit? Ich meine ... nun ... «, er sieht verlegen zu Boden, »ich weiss, dass er ein Soldat ist und stark, aber es klang so, als ob er in grosser Gefahr steckt.«

»Casos? Klar kommt er klar. Das Problem ist mehr, dass die Wälder der Silberfelle selbst unter normalen Bedingungen abverlangend sein können. Jetzt muss er nicht nur die Natur, sondern auch einen Gegner im Auge behalten, der sich besser auskennt, schneller und dazu perfekt an diese Wälder angepasst ist. Deshalb schicke ich ihm meine Jäger, auch wenn sie die Wälder nicht so gut kennen, können sie mit ihrer Erfahrung als Bestienjäger und Spurenleser gute Dienste leisten. Leider kann ich nicht so viele schicken, wie ich das gerne hätte.«

Von der Antwort etwas beruhigt, begibt sich Grigori zurück in den Unterricht, wo er eine äusserst nachdenkliche Xiri vorfindet, die offenbar erklärt bekommen hat, worin sich eine Demokratie von anderen Regierungen unterscheidet. Mizu sieht kurz besorgt zu Grigori und nickt ihm aufmunternd zu, Nara hingegen geht nicht weiter auf die Abwesenheit ein und führt den Unterricht wie gewohnt fort. Kurz vor Unterrichtsende kommt Thea zurück. Sie wirkt beunruhigt, lässt sich aber nichts weiter anmerken. Als sie kurz darauf von Lia abgeholt werden, sieht diese ebenfalls ernst aus. Doch nützt Xiri die Chance, sich über den anstrengenden Unterricht zu beschweren und kurz darauf kann sich Lia das laute Lachen kaum mehr verkneifen. Mizu grinst breit, während Thea den Kopf schüttelnd etwas von wegen ›Federhirn‹ murmelt. Nur Grigori schliesst sich der Heiterkeit nicht an, seine Gedanken sind bei Casos und den Silberfellen.

»Keine Angst, es wird alles seine Ordnung finden!«

»Wie? Schon klar Thea, ich kann mir durchaus vorstellen, dass Cas alles im Griff hat. Ich bin auf Kaira gespannt.«

»Ich auch, endlich jemand, der als brauchbarer Trainingspartner dienen kann.«

»Sehr witzig! Du schleuderst mich schliesslich immer durch die Gegend. Ohne Vorwarnung!«

»Das ist der Sinn eines Trainingskampfes«, Thea grinst breit und deutet auf ein Spielbrett, »Komm, ich brauche noch einen weiteren Sieg.«

»Als ob ich dich noch einmal gewinnen lassen würde!«, mit diesen Worten beginnt er das Spielfeld aufzubauen. Dabei bemerkt er das zufriedene Gesicht der jungen Apepi nicht, die ihn erfolgreich abgelenkt hat. Mizu hingegen versucht, mithilfe von Lia, Xiri in der Zwischenzeit davon zu überzeugen, dass die Hausaufgaben nicht unfair sind und trotzdem erledigt werden müssen, auch wenn der Unterricht besonders anstrengend war.

Ereignisreiche Ankunft

Seit dem Urteil sind acht Tage vergangen und Casos hat angekündigt, dass er sich nun auf den Weg begibt, zusammen mit Amy und Kaira. Während der Aufenthalt der beiden Gäste vorbereitet wird, bemerkt Grigori, dass die Wachen verstärkt wurden und auch häufiger Patrouillen ausgesendet werden.

A<small>LS</small> C<small>ASOS IN DER</small> B<small>EGLEITUNG SEINER</small> L<small>EIBWACHE DURCH DAS GROSSE</small> F<small>ESTUNGSTOR GLEITET</small>, erkennt Grigori erschrocken die Verwundungen von allen. Selbst der mächtige Casos ist verwundet. Auch sieht er, dass mehrere Pferde ohne Reiter durch das Tor preschen, gefolgt von Pferden, die Verwundete transportieren. Zwischen den kleineren Kitsunen fällt eine Amarog sofort ins Auge. Bevor Grigori reagieren kann, stürmen Festungswächter den Ankömmlingen zu Hilfe. Arsax, der mit einem Trupp seiner Nordwache gerade auf Patrouille gehen wollte, übernimmt das Kommando und kurz darauf wimmelt der Vorhof von Lebewesen aller Arten.

Grigori, der auf das Signal der Wache hin zum Tor gelaufen ist, steht alleine auf einer der Treppen, die in die Festung führen und sieht verängstigt auf das Spektakel. Als jemand nach seinem Arm greift, zuckt er erschrocken zusammen.

»Komm, das ist nichts für dich!«, und bevor der kleine Mensch begreift, was passiert, zieht ihn Umashankar mit eisernem Griff durch die inneren Tore in die Festung. Im Innern der Festung sieht ihn der alte Krieger verärgert an: »Was hast du hier verloren?«, dabei verzieht er das Gesicht beinahe zu einem Zähnefletschen, »das Signal war ein Alarm, nicht ein ›guck mal, wer da kommt!‹, verstanden?«

»Ja, aber ... «

»Nichts aber!«, der alte General wirkt wirklich verärgert, »wir werden bei nächster Gelegenheit alle Signale der Wache durchgehen, bis dir das klar ist!«

Bevor der Junge reagieren kann, gleitet Nysahria durch den grossen Gang auf sie zu. Sie wirkt leicht verwundert über die Szene und fragt: »Was ist los? Hat er etwas angestellt?«

»Er ist bei einem Alarm blindlings zum Tor gelaufen!« Mit diesen Worten gleitet der Krieger davon, zurück auf den Vorhof.

»Aha«, die Apepi mustert Grigori besorgt, »was ist denn los? Er ist ja sonst nicht ganz so wütend auf dich.«

»Casos ist verletzt!«, antwortet Grigori und deutet zum Tor, »auch die anderen sind verletzt!«

»Ah, das erklärt einiges.« Die Apepi beginnt zu lächeln, bevor sie ihrem kleinen Bruder über den Kopf streicht: »Dann seh ich besser nach. Du hingegen rennst, so schnell du kannst, in den Thronsaal und berichtest Mutter, was passiert ist, verstanden?«

Der Junge bestätigt und läuft, so schnell ihn seine Beine tragen durch den langen Gang. Als er endlich den Thronsaal erreicht, öffnen ihm die Wächter vor dem Tor den Weg und er läuft keuchend zum Thron. Dort angekommen, sieht er zu seiner Überraschung, dass die Herrin mitsamt ihrem Beraterstab zu warten scheint.

»Was ist los?« Die Herrin sieht besorgt ihren Jüngsten an und dieser erwidert nach kurzem Atemholen: »Casos ist verletzt, dazu scheint auch seine ganze Leibwache verletzt zu sein und … «, er zögert, als er hört, dass die Herrin erleichtert auflacht, » … aber Casos … «

»Waren die Amarog bei ihm?«

»Ja, aber was ist … «, ihm kommen beinahe die Tränen. Der Vorfall hat ihn sichtlich mitgenommen und er versteht überhaupt nicht, warum sich scheinbar niemand um Casos sorgt.

»Mein Kleiner, beruhige dich. Casos ist ein Apepi-Krieger. Eine Verletzung, die ihn nicht auf der Stelle tötet, wird ihn kaum länger aufhalten. Die Heiler haben ihn wahrscheinlich bereits wieder hergestellt.« Mit diesen Worten nimmt die Herrin ihn in ihre Arme. Als sie ihn wieder loslässt, hat er sich beruhigt. Kaum dass sie sich aufrichtet, werden die Tore zum Thronsaal wieder geöffnet. Diesmal gleitet Casos in den grossen Raum, dabei wirkt er sehr zufrieden mit der Situation. Grigori bemerkt zu seiner Freude, dass der Krieger tatsächlich keine Wunden mehr aufweist, nur seine zerschlagene und schwer beschädigte Rüstung deutet auf den Kampf hin.

Als Casos vor dem Thron hält, sieht er sich auf einmal fragend um: »Wo ist Tomoko?«

»Bitte?«, Thosithea sieht ihren Sohn überrascht an, »wie meinst du das?«

»Tomo hätte zusammen mit Amy und Kaira bereits hier sein müssen. Sind sie etwa noch nicht angekommen?«

»Nein, ich dachte, dass die beiden Amarog bei dir sind?«

»Planänderung. Ich habe bei mir eine Dienerin. Tomo benutzte ein Portal zum Portalstein in der alten Klippenfestung.« Casos sieht hoffnungsvoll zurück zum Tor, als sich dieses öffnet, jedoch kommt nur Arsax hereingeglitten.

»Casos, warum hast du den Plan geändert?«

»Weil mir Informationen zugetragen wurden, dass wir die Gefahr unterschätzen. Alles deutete auf einen gut geplanten Überfall hin. Deswegen meine Planänderung, Tomoko schlug vor, dass sie ein Portal verwenden könnte.«

»Gut, aber wieso zu der alten Klippenfestung? Es gib einen Portalstein im Nordtor. Der liegt näher und ist besser zugänglich.«

»Das war der Grund für die Klippenfestung. Kaum jemand weiss von dem Portalstein und der Wachturm ist ein Sitz der Nordwache. Dazu kommt, wenn jemand meinen Plan durchschaut, wird er beim Nordtor warten.«

»Die Klippenfestung wurde von der Nordwache aufgegeben. Das Gebiet um die Festung ist nicht bewohnt und der Wachturm war am Einstürzen. Der letzte Bericht, den ich im Kopf habe, berichtete, dass sich wahrscheinlich ein Drasquan dort eingenistet hat.« Arsax bleibt auf halbem Weg stehen, sein Gesicht verrät deutlich seine Überraschung.

»Ein Drasquan?«, das Gesicht von Casos wird beinahe weiss.

»Ja, die Spuren deuten auf ein Nest hin. Ich hatte noch keine Zeit, mir das genauer anzuse...«, noch bevor er den Satz beenden kann, rast Casos an ihm vorbei. Ohne zu halten, schlägt er die Tore zum Thronsaal auf und ein lautes metallenes Scheppern erklingt. Doch lässt sich Casos davon nicht aufhalten und verschwindet in den grossen Gang. Arsax zuckt zusammen und folgt ihm daraufhin.

Nach einem kurzen Augenblick des Schweigens murmelt die Herrin so laut, dass es alle hören: »Manchmal könnte ich ihnen den Hals umdrehen.« Lauter fügt sie hinzu: »Haruna, könntest du bitte nachsehen, ob meine Festungswache vor dem Tor noch lebt? Die anderen, begebt euch zurück an eure Arbeit. Ich werde mich persönlich darum kümmern!«

Mit diesen Worten erhebt sich die Herrin des Nordens und beginnt, leise einen Zauber zu sprechen. Kurz darauf öffnet sich ein Portal vor ihr und sie gleitet sichtlich verärgert hindurch.

Grigori, der noch immer neben dem Thron steht, sieht fasziniert zu. Es dauert einen Moment, bevor er begreift, dass neben ihm Sadako steht. Sie ist die Einzige der Berater, die sich noch im Thronsaal befindet. Auch sie scheint beeindruckt, und als sie sich an Grigori wendet, nickt sie anerkennend: »Das war ein ganz schöner Akt der Magie. Ein Portal für sich selbst zu öffnen ist schwierig, dazu hat sie gerade sämtliche Schutzzauber durchbrochen.«

»Ist Mutter zu der Klippenfestung gegangen?«

»Ja, du kannst ein Portal nur dann öffnen, wenn das Ziel ein Portalstein, oder ein anderer Magier ist.«

»Aber ... Arsa hat doch gesagt, dass in der Festung ein Drasquan lebt, oder? Weil sie hat keine Waffen dabei oder eine Rüstung. Und Drasquan sind doch die grossen Wyvern, wilde Bestien, die hier im Norden alle fürchten!«

»Genau, die einzige Wyvernart, die selbst Drachen jagen kann.« Die Kitsune kratzt sich mürrisch am Kinn, bevor sie den Kopf schüttelt: »Aber glaub mir, die Herrin hat schon mehr als einmal einen Drasquan gejagt. Sie nennt es eine spannende Herausforderung. Ich glaube kaum, dass sie eine Rüstung, geschweige denn eine Waffe braucht. Sie ist schliesslich die Herrin des Nordens.« Wieder schüttelt sie den Kopf, bevor sie etwas von Chaos seufzt und etwas, dass sich schwer nach »immer diese Schlangenhintern« anhört, murmelt. Sie lächelt Grigori freundlich zu, bevor auch sie den grossen Saal verlässt.

Nun findet sich der kleine Mensch alleine im Thronsaal wieder. Nur die Wachen vor den Nebentüren sind anwesend und von dem grossen, noch immer offenen Tor her hört man das geschäftige Treiben des langen Ganges.

»Der junge Herr sein wohl kleiner Wächter der Festung, was?«

»Miri, wo kommst du denn her?« Grigori sieht erschrocken zu der Miniri, die scheinbar aus dem Nichts vor ihm aufgetaucht ist.

»Ich sein gewesen da«, dabei deutet sie auf eine der Ecken des grossen Saales, »ich bringen etwas zu trinken, ja?«

»Oh ja, bitte.«

»Kommen sofort, kleiner Wächter.«

Kopfschüttelnd sieht ihr Grigori nach, bevor er sich auf eine der Treppenstufen setzt, die zum Podest führen, auf dem der Thron steht. Als eine Weile später Haruna zurückkommt, sieht sie verwundert auf den einsamen Jungen, der in Gedanken versunken dasitzt.

»Alles in Ordnung?«

»Wie?«, er sieht verwundert auf, »ja, ich glaube schon.« Nach kurzem Zögern deutet er zum Tor, »alles in Ordnung da draussen?«

»Ja, Casos hat einen der Wächter übel mit dem Torflügel erwischt. Die Heiler kümmern sich um ihn. Der andere hat sich gefühlte tausend Mal entschuldigt, dass sie nicht rechtzeitig geöffnet hätten. Als ob es ihr Fehler war.« Sie deutet auf eine der Türen, »ich gehe jetzt zurück an die Arbeit. Du solltest jetzt auch in den Unterricht zurück.«

»Ich habe keinen weiteren Unterricht heute. Thea und Mizu sind am Zaubern üben und Xiri hat heute ihren Flugunterricht. Ich könnte zwar zu Lia gehen, aber die ist entweder mit Zimmer-Vorbereiten beschäftigt oder bei Nesi wegen irgendwelchem modischen Zeugs.«

»Auch gut, dann nutz deine freie Zeit für etwas Sinnvolles. Hier im Thronsaal kommt man nur unnötig ins Grübeln.« Mit diesen Worten verabschiedet sie sich. Grigori steht seufzend auf und verlässt den Thronsaal, mit dem Ziel die Bibliothek aufzusuchen.

Nach dem Zeichen für das Abendessen begibt sich Grigori in den grossen Speisesaal. Dort wird er zu seiner Überraschung bereits von Thea und den anderen erwartet. Diese berichten, dass eine Botschaft der Herrin verkünden lässt, dass Kaira und Amy gefunden wurden und sich in Begleitung von Tomoko und den Apepi auf dem Rückweg befinden.

»Alles im allem scheint der Vorfall eine gute Wendung genommen zu haben.« Thea wirkt zufrieden, als sie das sagt. »Du weisst ja, dass man im Norden gerne jemanden verflucht, indem man ihm wünscht, dass er in das Nest eines Drasquan fällt.« Sie beginnt zu grinsen, »Casos hat genau das mit Tomo und den Amarog gemacht.«

»Sei nicht unfair, er wusste nichts davon!«, mahnt Lia.

»Trotzdem lustig. Nun ja, laut dem Bericht hat Mutter die Reste der Klippenfestung endgültig zerlegt. Wir sollten von jetzt an von den Klippenruinen sprechen. Cas und Arsa haben die Festung vor etwa einer halben Stunde erreicht. Auch sie konnten noch ein bisschen Ruhm ergattern, Arsa soll ganz alleine zwei junge Drasquan erlegt haben. Beeindruckend, aber es war noch ein frisches Nest. Ansonsten hätten sie die Aktion wohl kaum überlebt.«

»Selbst dann ist das eine beachtliche Leistung. Ich habe zwar erst einen Drasquan erlegt, aber der Kampf hätte mich beinahe Kopf und Kragen gekostet!«, erklärt Nysahria nachdenklich. »Bösartige Viecher sind das. Wobei ich keine gute Jägerin bin.«

»Du hast einen echten Drasquan erlegt?« Grigori sieht fasziniert seine grosse Schwester an, »warum?«

»Die Stämme hier im Norden sehen das Töten einer dieser Bestien als besondere Leistung an. Insbesondere wenn man es alleine hinbekommt. Das kann einem Diplomaten Tür und Tor öffnen. Du musst wissen, dass normalerweise die Dörfer eine Jagd ausrufen. Junge Häuptlinge und erfahrene Jäger schliessen sich zusammen und allen Beteiligten winken Ruhm und Ehre. Eigentlich haben neben uns Apepi vielleicht noch die Sturmwölfe eine Chance, alleine gegen einen Drasquan anzukommen. Soweit ich weiss, liefern sich Kweldulf und Mutter einen Wettkampf, wer den grössten Drasquan erlegt hat.« Sie schüttelt den Kopf missbilligend. »Das Gift dieser Bestien ist stark genug, um selbst für uns gefährlich zu sein. Es verhindert die Heilung von Wunden mit Magie und bei schwächeren Wesen als Apepi ist es in neun von zehn Fällen tödlich. Ein Gegengift ist nicht bekannt, zumindest wüsste ich von keinem.« Sie streicht sich durch die Haare und sieht ihre Zuhörer amüsiert an: »Die Narben von Kweldulf sind fast alle Überbleibsel solcher Jagden. Grischa, bitte versprich mir, dass du dich niemals auf eine solche Jagd begibst.«

»Versprochen!«, der Junge sieht mit grossen Augen auf die Apepi, »Weisst du, wann die anderen hier ankommen? Ich will die Geschichte von Arsa hören!«

»Spät am Abend. Arsa und Casos wurden beide verletzt. Mutter hat nicht gesagt, wie es um sie steht. Sie können bei Weitem nicht so schnell zurückkehren, das war alles, was sie dazu verkünden liess. Dazu sind weder die Amarog noch Tomo imstande, das Tempo der Apepi zu halten.«

»Oh«, man hört die Enttäuschung und auch die Sorge aus seiner Stimme. Auch Thea wirkt auf einmal bedrückt. Allerdings werden beide durch den Nachtisch aufgemuntert. Miri, die wie immer Grigori bedient, erklärt in verschwörerischem Tonfall: »Ich bereiten werde Medizin für die Herren, es sein altes Familienrezept. Schmecken so bitter, dass es einfach wirken müssen!«

Am nächsten Morgen geht der junge Mensch beim ersten Läuten zum Frühstück. Zu seiner grossen Freude sieht er Arsax an einem der Tische sitzen und vorsichtig etwas essen. Ohne zu zögern, setzt er sich zu ihm. Unter der einfachen Kleidung sieht er Verbände und auch am Unterleib sind die Spuren des Kampfes zu sehen. Arsax, der die Musterung über sich ergehen lässt, grinst breit: »Alles noch vorhanden. Wobei ich ehrlicherweise gestehen muss, es war schon verdammt knapp.«

»Wie steht es um Cas und Mutter?«

»Cas hat nur einen Kratzer und Mutter, die ist unverletzt!«, man hört den Vorwurf aus seiner Stimme, »dabei hat er ein ausgewachsenes Männchen und Mutter den Rest der Bestien erschlagen. Aber ich, der gegen zwei Jungtiere gekämpft habe, wurde so übel zugerichtet.«

»Für einen Krieger, der nicht einmal seinen 25. Geburtstag erlebt hat, ist das eine aussergewöhnliche Leistung!«, erklärt eine tiefe Stimme, Umashankar ist leise an den Tisch gekommen und mustert Arsax beeindruckt, danach wendet er sich an Grigori: »Bring etwas zum Schreiben in das Training mit. Wir gehen die Signale durch!«, danach wendet er sich ab und verlässt den Raum. Arsax sieht verwundert zu Grigori, der betreten am Tisch sitzt.

»Bevor du fragst, ich habe die Signale der Wache verwechselt und bin wie ein Trottel während eines Alarmes zum Tor gelaufen. Ich wollte doch Cas sehen, der mit den Amarog kommen sollte ... «

»Ah, mach dir keinen Kopf, ich musste mehr als dreimal zu zusätzlichen Trainings, weil ich sie mir nie merken konnte.« Er lächelt seinem kleinen Bruder freundlich zu, bevor er schmerzhaft das Gesicht verzieht. Kurz darauf trifft die Herrin ebenfalls ein. Sie bleibt verblüfft im Eingang der Halle stehen, bevor sie zu ihrem Sohn gleitet.

»Wie kommt es, dass du schon wieder unterwegs bist? Deine Wunden waren schwer und das Gift verhinderte jede Heilung!«, sie freut sich sichtlich, wirkt aber gleichzeitig ehrlich besorgt.

»Ich bekam von Miri Medizin. Sie sagte, dass sie es Grischa versprochen hätte. Danach weiss ich ehrlich gesagt nicht, was genau passiert ist. Aber die Heiler bemerkten auf einmal, dass meine Wunden anfingen, auf ihre Magie zu reagieren. Zumindest so weit, dass mein Zustand als stabil zu betrachten ist. Die Wunden lassen sich zwar nicht wie sonst heilen, aber es ist besser als nichts. Danke übrigens, Grischa.« Er nickt dankbar seinem Bruder zu.

»Ich werde diesmal mit ihr sprechen müssen. Ein Gegenmittel gegen das Gift ist nichts, was sie geheimhalten darf!«

Ein leises Räuspern erweckt die Aufmerksamkeit aller und Miri verbeugt sich leicht: »Ich fürchten, das sein nicht ganz so einfach. Jedes andere Wesen würde sterben. Medizin extra für Apepi gemacht, nicht für alle. Ihr haben Hunger, ja?«

»Ja, darüber sprechen wir trotzdem noch!«, die Herrin wirkt verärgert, bevor sie sich ebenfalls an den Tisch begibt. Lia, die zusammen mit den anderen Kindern und den beiden Amarog den Raum betreten hat, nutzt die Chance, Arsax zu gratulieren. Danach werden die Kinder den Amarog vorgestellt.

Amy begrüsst alle freundlich und offen. Kaira hingegen sieht man die Angst an und sie murmelt ihre Begrüssung leise vor sich her. Sie reagiert erst, als Xiri sich vor ihr aufbaut und erklärt: »Ich bin Prinzessin Xiri der Blauschwingen, aber du darfst mich ausnahmsweise Xiri nennen.« Dabei versucht sie, die Haltung ihrer Mutter zu imitieren, zumindest bis sie das Gleichgewicht auf dem Stuhl verliert und fluchend unter dem Tisch verschwindet. Sie wird von einer kopfschüttelnden Thea unter dem Tisch hervorgefischt und unsanft auf ihren Hintern gesetzt.

»Ignorier das Federhirn«, Thea grinst breit und alle beginnen zu lachen, selbst Xiri. Amy stimmt in das Gelächter ein, während Kaira immer noch zu verblüfft über das Schauspiel ist. Aber danach wirkt sie bereits weniger verängstigt.

Amy nutzt die Chance und wendet sich an die Herrin, dabei erkundigt sie sich, wie es käme, dass ein Mensch anwesend ist. Xiris Einlage hatte dafür gesorgt, dass Grigori sich nicht vorstellen konnte.

»Das ist mein Jüngster, Grigori.« Erklärt die Herrin, dabei scheint sie sich über die Verwunderung der beiden Amarog zu amüsieren. »Er kam aus dem Nichts hier an und war ohne Familie oder Zuhause. Ich habe ihm beides offeriert.«

Während des restlichen Frühstücks erklärt die Herrin den weiteren Tagesablauf für die beiden Amarog und dabei bemerkt Grigori, wie er immer wieder gemustert wird. Seine Anwesenheit scheint beide Amarog zu interessieren.

Nachdem die Glocke zum Unterricht läutet, begeben sich alle zusammen, in Begleitung von Amy und Kaira, in das Klassenzimmer. Nara, die bereits auf die Neuankömmlinge wartet, gibt allen etwas zu lesen, während sie mit den beiden Amarog spricht.

Als sich Amy verabschiedet, setzt sich Kaira leise und sichtlich bemüht, keine Aufmerksamkeit zu erregen, auf ihren Platz. Nara führt ihren normalen Unterricht fort, dies zur Enttäuschung Xiris, die auf einen Unterbruch gehofft hat. Trotz mehreren Versuchen von Nara, lässt sich der jungen Amarog kein unnötiges Wort entlocken. Aber mit der Geduld der erfahrenen Lehrerin gibt sie ihr die Zeit, die sie benötigt.

Als endlich zum Mittag gerufen wird, begeben sich alle hungrig zum Esssaal. Hier treffen sie auf Casos, der scheinbar reisebereit in voller Ausrüstung isst. Auf die neugierigen Fragen von Grigori hin erklärt er, dass er zurück in den Mondwald gehen müsse. Als er die besorgten Blicke seiner Geschwister bemerkt, erklärt der Kommandant der Armee, dass Tomoko dies hätte übernehmen sollen. Da sie jedoch schwere Verletzungen davongetragen hat, würde nun doch er selber gehen. Er versprach aber, auf sich aufzupassen. Nachdem er sich verabschiedet hat, sieht Thea ihm besorgt nach:

»Dass Tomo verletzt ist, nimmt ihn sichtlich mit. Er glaubt wahrscheinlich, daran Schuld zu haben.«

»Ist das Gift ... nun ... wird sie überleben?«

»Ja, aber es wird eine Weile dauern, bis sie wieder auf den Beinen ist.« Sie schüttelt traurig den Kopf, »aber das beruhigt Cas nicht. Er ist überzeugt davon, einen schweren Fehler begangen zu haben.«

»Tomo hat mir und meiner Mutter nicht nur gestern das Leben gerettet. Auch Casos hat tapfer für uns gekämpft, obwohl er dazu keinen Grund hatte.« Als Kaira aufsieht, bemerkt sie den überraschten Blick von Thea, »habe ich etwas Falsches gesagt?«

»Nein, ich bin nur verwirrt, wieso glaubst du, dass er keinen Grund dazu hat?«

»Wir haben den Norden verraten und ... und«, sie stochert unsicher in ihrem Essen herum. Die angelegten Ohren und der eingezogene Kopf zeigen klar, dass sich die junge Amarog fürchtet. Nach kurzem Zögern fügt sie hinzu: »Mir wurde beigebracht, dass es nur eine Strafe für Verrat gibt. Das ist der Tod. Ich verstehe nicht, warum ihr, als Herrscher des Nordens, alles riskiert habt, um uns zu schützen. Ausser dass ihr uns persönlich verurteilen wollt.«

Als sie die Fassungslosigkeit von Thea bemerkt, macht sie sich noch kleiner und wimmert beinahe: »Ich wollte euch nicht beleidigen.«

»Lass das ›euch‹! Ich bin Thea und du hast mich nicht beleidigt. Aber glaubst du etwa, du bist hier um ... «, sie hebt in einer etwas hilflos wirkenden Geste ihre Hand, »Glaub mir, wenn wir euch als Verräter betrachten würden, wüsstet ihr das. Aber selbst dann wärst du kaum schuldig!«

»Man hat mir einmal gesagt, wenn man im Norden von meiner Existenz erfahren würde, würdet ihr kommen und mich töten. Ich musste mich immer verstecken, wenn Besucher kamen.« Kaum gesprochen hält sie sich erschrocken eine Hand vor die kurze Schnauze. Es ist klar, dass sie das nicht laut aussprechen wollte.

Auf diese Aussage hin wird es am Tisch der Kinder still. Alle sehen Thea an, die mit halb offenem Mund sprachlos am Tisch hockt. Mizuki, die sich bisher nicht am Gespräch beteiligt hat, beginnt auf einmal zu lachen. Augenblicklich löst sich die Spannung, und während sie versucht, sich zusammenzureissen, erklärt Mizuki, dass sie Thea noch nie so fassungslos gesehen habe. Nun beginnen auch die anderen zu lachen und nach kurzem Zögern beginnt selbst Kaira zu lächeln. Thea, die Beleidigte mimend, isst schweigend weiter, während sie alle vernichtend anstarrt. Kaira hingegen scheint entspannter und beginnt vorsichtig Fragen zum Nachmittagsunterricht zu stellen. Während Xiri ihr in allen Details erklärt, wie der Flugunterricht aufgebaut ist, bemerkt Grigori auf einmal, dass sie beobachtet werden. Als er aufblickt, sieht er, dass Sadako zusammen mit Nysahria die Gruppe observiert. Doch bevor er sich seine Meinung dazu bilden kann, wird der Unterricht am Nachmittag eingeläutet. Als sich die Jungen gemeinsam auf den Weg begeben, sieht er noch einmal zum Tisch der beiden. Diese scheinen in ein Gespräch vertieft zu sein und schenken der Gruppe keine weitere Beachtung.

»Richtig, das ist das Signal für Feuer.«

»Und wenn das Signal direkt wiederholt wird, dann müssen wir so schnell es geht hier ins Tal kommen.«

»Genau, du bist ja tatsächlich imstande aufzupassen.«

Grigori zuckt zusammen und betrachtet verwundert den alten Naga-General, der ihn soeben gelobt hat. Dieser sieht wie heute schon des Öfteren interessiert zu Kasumi, die einen Trainingskampf zwischen Kaira und Mizuki überwacht. Die Kitsune, die normalerweise kaum ein Problem hat, mit anderen Kriegern mitzuhalten, scheint komplett ausser Atem zu sein. Es ist klar, dass er lieber die Ausbildung von ihnen übernommen hätte. Zumindest kann Grigori diesen Gedanken nicht verdrängen.

»Das soll es für heute mit den Signalen gewesen sein. Komm, wir gehen zum Weiher. Ich brauche kurz eine Erholung.« Ohne auf eine Antwort zu warten gleitet er vom Trainingsgelände und in Richtung des Weihers.

Im Tal, das komplett von der Aussenwelt abgeschlossen ist, hat die späte Frühlingssonne für eine angenehme Wärme gesorgt. Umashankar, der im Winter immer in der Nähe grosser Feuer bleibt, geniesst die Sonne sehr, doch seine Haut ist auf die regelmässige Befeuchtung angewiesen. Kaum haben die beiden den Weiher erreicht, gleitet der alte Kämpfer ins Wasser und taucht unter. Als er wieder auftaucht, sieht er für einen Moment beinahe glücklich aus, wobei sich seine Miene schnell wieder verfinstert. Grigori, der sich auf einen Felsen neben dem Wasser gesetzt hat, sieht zum Trainingsgelände, wo Xiri und Thea zusammen offenbar Flugattacken üben, während Kasumi den beiden anderen Rückmeldung zu ihrem Kampf gibt.

»Kaira hat Talent. Aber Mizuki liess sich zu oft ködern. Unachtsam!«

»Sie bewegen sich beide so unglaublich schnell!«, man hört die Bewunderung des Jungen.

»Ja, genau deshalb trainieren wir so hart. Was sie an Geschwindigkeit haben, musst du mit Technik ausgleichen.«

Grigori sieht zu ihm und zum ersten Mal sieht er in Gänze die Narben, die sich vom rechten Schwimmkamm über den ganzen Rücken ziehen. Seinen ganzen Mut zusammennehmend fragt er leise, woher die Narben stammen würden. Zu seiner Überraschung wird Umashankar nicht wütend, sondern beginnt spöttisch zu lachen:

»Diese Narben sind die Zeugen meiner grössten Tat, der Verdienst, der mir meinen Rang einbrachte und der Grund für meine Verbannung in den Norden!«, der Krieger dreht sich so, dass der Junge die alte Wunde ganz überblicken kann. Da der Krieger nicht mehr als die für Nagas üblichen Schmuckstücke und die seinem Rang entsprechende dunkelrote Leibbinde direkt beim Übergang zum geschuppten Menschenkörper trägt, ist gut ersichtlich, dass die Narben beinahe perfekte parallele Linien bilden. Sie starten im rechten Schwimmkamm knapp über den Schultern und ziehen sich von da über den ganzen Rücken, wobei der linke Schwimmkamm mehr oder weniger komplett fehlt. Es dauert einen Moment, bevor Grigori das Aussehen der Narbe mit einem Klauenhieb verbindet. Auf seine Nachfrage hin, nickt der Krieger:

»Ja, so sieht ein Schlag eines Drachenältesten aus. Oder die Unaufmerksamkeit der Jugend.«

»Ein Drache? Aber Drachen sind keine Feinde der Nagas, oder?«

»Normalerweise nicht«, bestätigt Umashankar, bevor er seufzend im Wasser neben dem Jungen eine angenehme Stellung einnimmt. »Du musst wissen, dass ich diese Narben seit 50 Jahren habe. Ich war einst ein stolzer Krieger des Westreiches und hatte es endlich geschafft, mir einen guten Rang zu sichern. Ich war der Truppenführer von drei Kampfgruppen, jeweils zwanzig Krieger und eine Heilerin.« Bei diesen Worten wirkt er stolz: »Ich war zwar noch jung, aber ich hatte das Vertrauen meiner Anführer gewonnen. Meine Truppen errangen Sieg um Sieg gegen Menschen und Bestien.« Er schliesst die Augen und scheint sich beinahe genüsslich an die Kämpfe zu erinnern.

»Eines der Fischerdörfer bereitete uns ständig Ärger. Aber da es uns verboten ist, das Dorf selber zu vernichten, kämpften wir halt nur mit kleinen Truppen. Die Krieger des Dorfes waren harte Kerle, aber sie waren ehrlich und sie respektierten uns.« Er legt eine Hand an die kleine Muschel, die er als Anhänger um den Hals trägt: »Weisst du, was das hier ist?«

»Ja, eine Seelenmuschel. Die Menschen sammeln diese, da ihnen besondere Fähigkeiten zugesprochen werden. Nara hat uns erklärt, dass die Nagas bei ihren Angriffen häufig nur versuchen, diese Muscheln zurückzubekommen. Sie sind besonders wichtig für eure Religion.«

»Richtig, für einen Naga ist es unerlässlich, dass die Muschel zum Seelenriff gebracht wird oder die Seele wird für immer gefangen bleiben. Zumindest sagt man das so.« Er nickt zufrieden, bevor er fortfährt: »Die Bewohner des Dorfes wussten um die Bedeutung und haben uns die Muscheln immer zurückgegeben. Nach jeder Schlacht sammelten sie alles ein und die Muscheln wurden in einer Tonschale am Strand aufbewahrt. Sie ehrten auch die Körper, indem sie auf die gleiche Weise verbrannt wurden, wie ihre eigenen Toten. Wir hingegen brachten ihnen ihre Toten immer zurück.« Bei diesen Worten ist ein tiefer Respekt für die Menschen zu erkennen: »Sie waren Bastarde und nutzten jede Gelegenheit, uns zu ärgern. Aber sie hatten Ehre! Nur deshalb haben wir überhaupt auf sie reagiert, als sie uns um Hilfe baten. Der arme Bote wäre mit der Steintafel beinahe ertrunken. Doch auf den Befehl des Sohnes der Herrscher im Westen retteten wir ihn. Ein Drachenältester war von den Dorfbewohnern aus seinem ewigen Schlummern geweckt worden und wütete seither erbarmungslos. Dumme Kerle, aber das war eindeutig nichts, was sie besiegen konnten. Ich wurde zusammen mit zwei weiten Truppenführern ausgesandt. Meine Truppen untersuchten die Wälder, wobei wir einen Fluss benutzten, der vom Meer direkt in die Wälder führte. Ich begleitete eine meiner Kampfabteilungen. Der Befehl war einfach: Findet den Drachen und bringt ihn entweder zur Vernunft oder lockt ihn ins Offene, wo die Macht der Nagas ihn treffen kann!«, er schnaubt verärgert, »Als ob ein vor Wut blinder Drache mit sich reden lässt. Egal, wir zogen aus und fanden eine kleine Höhle. In der Hoffnung, Spuren zu finden, erkundeten wir sie. Als wir endlich begriffen, wo wir uns befanden, war es zu spät. Die Höhle war im Innern gewaltig und ganz klar ein alter Drachenbau.« Er knurrt leise: »Wie die letzten Idioten sind wir blind in die Höhle des Drachens gekrochen.«

Weder Grigori noch Umashankar bemerken, dass Kasumi und die anderen Schüler ihr Training beendet haben und sich auf dem Weg zu den beiden befinden.

»Der Drache kam genau in diesem Moment von einem seiner Ausflüge zurück. Ich habe erst später erfahren, dass er da schon zwei andere Kampftruppen ausgelöscht hatte. Eine von mir und eine, die in den Feldern unterwegs war. Er war wütend, gross und offensichtlich nicht in der Stimmung, um zu verhandeln.«

»Er hatte schon zwei Truppen vernichtet und war nicht einmal verwundet?« Grigori zuckt unter dem strengen Blick zusammen, den die Frage zur Folge hat.

»Ja, aber so übel das klingen mag, das war unsere Rettung. Er war bereits ausgelaugt. Ansonsten hätten wir die erste Feuersbrunst nicht überstanden. Er stand einfach im Eingang und auf einmal war da nur noch Feuer und Hitze. Der Boden glühte beinahe. Doch unsere Heilerin reagierte schnell und errichtete einen magischen Schild. Leider war die Macht des Drachens grösser als erwartet und der Schild wurde immer kleiner. Als er das Feuer abbrach, lebte nur noch die Hälfte meiner Krieger. Puff und weg waren zehn tapfere Krieger.« Die hilflose Wut, die der Krieger bei den Worten empfindet, ist spürbar.

»Wir griffen an, genau nach Plan und trotz der Hitze. Wir umringten das Monster und versuchten, eine der Schwachstellen zu erreichen. Nur dort hatten unsere Waffen überhaupt eine Chance, den Schuppenpanzer zu durchdringen.« Mit einem kurzen Stock ritzt er eine einfache Skizze in den Sand zu Füssen des Jungen, danach sieht er ihn mit dem Blick eines Lehrmeisters an: »Wo sind die Schwachstellen eines echten Drachens?«

»Ich weiss, dass im Rachen eine ist...«, die Stimme versagt ihm als er das genervte Kopfschütteln des Naga sieht.

»Nur ihr Menschen bezeichnet das als Schwachstelle. Es ist ja so heroisch, einen Drachen zu erlegen, indem man sich von ihm fressen lässt. Abgesehen vom Rachen ist die Seite des Halses sehr empfindlich. Unter- und Oberseite hingegen sind dick gepanzert. Aber damit der Kopf frei hin- und herpendeln kann, sind die Seiten nur mit kleinen Schuppen gepanzert, die nicht viel Widerstand bieten.« Dabei markiert er auf der Skizze die Stelle.

»Dann sind da die Übergänge der Beine in den Körper. Auf der Bauchseite ist die Haut dünn und mit einem geschickten Stich kann man das jeweilige Bein für den Drachen unbrauchbar machen. Dann ist da der Schwanz, gleiche Schwäche wie der Hals. Natürlich sind auch die Flügel anfällig, aber in der Höhle war das kein wahrer Vorteil.« Stelle um Stelle wird markiert. Danach fügt er kleine Punkte um den Drachen hinzu.

»Wir umringten ihn, jeweils zwei Krieger zusammen pro Bein, zwei versuchten, den Drachen abzulenken. Mein Partner traf zuerst, wir waren am linken Hinterbein. Kurz darauf landeten die zwei am rechten Vorderbein einen Treffer. Diese beiden Treffer kosteten das Leben von vier weiteren Kämpfern.« Damit streicht er sichtlich erregt je zwei Punkte beim Kopf und beim linken Vorderbein weg.

»Auch die Kämpfer am Schwanz landeten einen Treffer, wurden aber im selben Moment erwischt. Der Drache schlug seinen Schwanz genau in die erhobenen Waffen. Da waren wir nur noch zu viert und da war auch noch die Heilerin. Sie stürmte auf einmal auf uns zu und bevor wir begriffen, was los war, legte sich eine schützende Blase um mich und den Krieger an meiner Seite. Alle anderen verbrannten im erneuten Feuer. Mit letzter Kraft traf einer der Kämpfer aber noch das rechte Hinterbein. Dadurch verlor der Drache sein Gleichgewicht und fiel um.« Wieder werden die Punkte weggestrichen und der Treffer markiert. Als er jetzt zum Jungen sieht, kann man die Schuldgefühle, die er über das Erlebte empfindet, in seinen Augen ablesen. »Wir begingen in dem Moment einen entscheidenden Fehler. Wir wollten den Drachen einfach tot sehen und dachten nicht mehr nach. Wir stürmten beide am Bauch entlang zum Hals des Monsters. Erschöpft und wütend vergassen mein letzter Kämpfer und ich beide ein wichtiges Detail.« Er schluckt, bevor er sich zusammenreisst und den Jungen mustert: »Weisst du, was wir übersahen?«

»Ähm,« er mustert die Zeichnung und versucht, sich die Lage vorzustellen. Als er den Fehler sieht, schliesst er entsetzt die Augen: »Ihr seid genau auf das einzige noch bewegliche Bein zugerannt!«

»Genau, eine kleine Unachtsamkeit unsererseits, doch sie kostete dem Letzten aus meinem Trupp das Leben. Ich erreichte den Hals und stach zu. Der Drache brüllte auf und in seinem letzten Aufbäumen erwischte er mich.« Verbittert fügt er nach einem kurzen Moment hinzu: »Ich dachte für einen kurzen Augenblick, dass ich den Kampf mehr oder weniger unverletzt überstehen könnte. Ein Held für das Volk sein. Dann fühlte ich, wie mein Kamm abgerissen wurde. Halb bewusstlos hörte ich aber auf einmal Stimmen. Genau in dem Moment, als ich den Drachen tötete, stürmte der letzte Kampftrupp von mir in die Höhle. Danach weiss ich nicht, was genau passiert ist. Aber ich erwachte im Meer wieder. Die Königin selber bemühte sich um meine Wunden. Aber die Heilkraft der Naga ist sehr viel schlechter als die der Kitsune oder der Apepi.« Er schüttelt traurig den Kopf: »Ich war der grösste Held meiner Generation und wurde entsprechend geehrt. Aber ich bin auch ein Krüppel. Gewisse Bewegungen sind mir nicht länger möglich und kämpfen kann ich auch nicht mehr richtig. Am Anfang half ich beim Trainieren junger Nagas. Immer in der Hoffnung, mich eines Tages wieder in den Kampf zu begeben. Aber die Zeit verging und junge Kämpfer erlangten Ruhm. Ich hingegen wurde zwar geehrt, aber mein Volk glaubt an Stärke und die fehlte mir. Meine Taktiken und Beobachtungen wurden umgesetzt, jedoch gab es mehrere junge Offiziere, die verkündeten, dass ich nichts mehr in der Armee verloren hätte. Um einen Streit zu verhindern, wurde ich in den Norden geschickt. Ich erhielt das Recht, im Namen des Herrschers im Westen zu sprechen. Eine Ehre soll das sein. Ich wurde verbannt, nicht mehr, nicht weniger.« Als er das sagt, sieht er verärgert auf und stutzt. Kasumi und die anderen hatten sich leise in die Nähe gesetzt und zugehört.

»Dir ist bewusst, dass im Namen von einem der vier grossen Herrscher zu sprechen so ziemlich die grösste Ehre ist, die es gibt?« Kasumi zwinkert ihm zu. Doch reagiert der Krieger nicht auf die Anspielung und richtet sich verärgert auf.

»Ich werde das nie anders sehen. Ich wurde zum Problem und verbannt. Mein Wissen und Können reichen offenbar gerade noch zum Training eines Menschen! Ich war einst ein Krieger der Naga und jetzt bin ich ein … Kindermädchen und Botschafter!«, das letzte Wort spricht er mit absoluter Verachtung aus. Danach gleitet er davon.

»Alter Narr. Hat wohl vergessen, dass die Prinzessin der Nagas für ihn den Platz hier freigeben hat. Die Herrscher des Westens haben ihre Tochter zurückgerufen und ihn mit allen Vollmachten ausgestattet. Aber er fühlt sich verbannt.« Die Kitsune schüttelt den Kopf, bevor sie sich an Grigori wendet, der von den Worten hart getroffen wurde. Sie legt ihm eine Hand auf die Schulter: »Ich verrate dir jetzt etwas. Der gute General Umashankar hat jeden einzelnen Kandidaten für deine Ausbildung herausgefordert und besiegt. Danach hat er erklärt, dass er sich um deine Ausbildung kümmern wird. Die Herrin hatte Bedenken, aber er hat erklärt, dass jemand, der es nicht mit einem alten verkrüppelten Naga aufnehmen könne, kaum als Lehrmeister für dich geeignet sei.« Sie kann sich das Grinsen kaum verkneifen: »Er hat die meisten mit einem Schlag besiegt. Er ist noch immer ein beeindruckender Krieger und mit seinen Erfahrungen genau der Richtige für deine Ausbildung. Aber er ist auch verbittert und hat regelmässig starke Schmerzen. Ich kann nicht mehr als dich um Geduld mit ihm bitten.«

»Er hat um das Recht, mich auszubilden, gekämpft?«

»Ja, war ziemlich beeindruckend. Ich hätte ihm während seiner Blüte nie begegnen wollen.«

Diese Worte stimmen Grigori nachdenklich und er betrachtet die Skizze im Sand, danach sieht er Kasumi ernst an:
»Ich verstehe langsam, warum er mir keine Unachtsamkeit erlaubt.«
»Gut, nun geht spielen. Das Training war heute sehr gut und die Geschichte von Umashankar ein spannender Abschluss. Er hat aber wie immer vergessen zu erwähnen, dass er der Erste seit beinahe 500 Jahren ist, der einen rasenden Drachenältesten erlegt hat, ohne die Hilfe von mindestens zwei anderen Drachen. Seine Tat ist wirklich die eines Helden und die Namen seiner Truppen werden wohl für alle Zeiten in den Lehrbüchern der Nagas stehen.«

Ein neues Kapitel

Seit der Ankunft der Amarog sind zwei Tage vergangen. Während Amy und die Herrin zusammen die Zukunft der Silberfelle besprechen, wird Kaira in ihr neues Leben eingeführt.

»Nanu? Kann ich dir helfen?«
Kaira springt erschrocken auf und steht schuldbewusst vor dem Kamin in Grigoris Zimmer. Der Junge, der gerade durch die Tür gekommen ist, sieht sie neugierig an. Ihre ganze Haltung zeigt das schlechte Gewissen. Die Ohren angelegt, den Kopf eingezogen, wirkt sie klein und verletzlich. Als sie endlich den Mut zum Sprechen findet, stottert sie beinahe:
»Ich ... ich habe ... nun ... ich wollte ... es tut mir leid, ich wollte nicht einfach bei dir eindringen. Aber ich fand kein Feuerstahl und ich wollte meinen Kamin anzünden ... « Sie deutet zum brennenden Feuer. »Aber irgendwas klappt nicht und ... und«, sie sieht betreten zu Boden, »es tut mir leid, ich hätte nicht einfach in dein Zimmer kommen sollen.«
»Schon gut, das stört mich nicht.« Grigori beginnt zu grinsen: »Aber Feuer kannst du so nicht holen. Die Feuerstellen sind alle so verzaubert, dass kein Feuer aus ihnen genommen werden kann. Sie sind absolut sicher. Frag mich aber nicht, wie das geht. Das kann dir Mizu oder Thea besser erklären.«
»Oh, aber wie feuere ich denn an?«
»Komm, ich zeige es dir.« Mit diesen Worten verlässt er sein Zimmer und geht in Begleitung der betretenen Amarog in ihr Zimmer. Kaum dort angekommen geht er zum Kamin und nimmt vom Sims eine kleine Schale. Darin befindet sich ein roter Kristall, den der Junge nun hochhält und erklärt: »Das ist ein Feuerkristall. Du nimmst den Kristall so in die Hand und fährst über ein Holzscheit im Kamin.« Während er das erklärt, führt er eine schnelle ritzende Bewegung aus. Aber es passiert nichts, kein Feuer

entzündet sich und auf den fragenden Blick von Kaira hin beginnt er zu lachen.

»Ich kann Feuerkristalle und andere magische Gegenstände allesamt nicht gebrauchen. Die Waschnische ist die Ausnahme. Aber warum genau, habe ich noch nicht begriffen.«

»Weil du ein Mensch bist?«

»Nicht wirklich, ich habe keine Magie in mir. Aber auch das kann ich dir nicht besser erklären. Komm, probiere es einmal. Sollte das nicht klappen, ich habe immer ein Feuerstahl und frischen Zunder bei mir im Schreibpult.«

Nach ein paar Versuchen flackert ein munteres Feuer im Kamin und Kaira sieht fasziniert den Kristall an. Als sie ihn endlich in die Schale zurücklegt, schüttelt sie nachdenklich den Kopf:

»Ich hoffe, ich darf überhaupt ein Feuer anzünden. Überhaupt verstehe ich nicht, warum ich so ein grosses Zimmer habe.«

»Klar darfst du ein Feuer anzünden. Dafür ist der Kamin ja vorhanden. Heute hatten wir ja beide keinen Nachmittagsunterricht, aber wenn du zum Beispiel willst, dass immer ein Feuer entfacht wird, bevor du den Unterricht verlässt, musst du das nur melden. Die Diener sorgen dann dafür, dass du in ein warmes Zimmer kommen kannst.«

»Das bezweifle ich, ich meine, ich … egal«, die Amarog sieht wieder zu Boden. Sie musste nach dem Mittagessen zusammen mit ihrer Mutter zur Herrin gehen. Was auch immer sie da besprochen hatten, es hat scheinbar ihre Meinung über ihre Situation nicht verbessert.

»Ich verspreche dir, dass dir niemand verbieten wird, ein Feuer im Kamin zu entzünden oder die Diener zu fragen, ob sie das für dich machen können. Wenn das jemand bezweifelt, dann sagst du, dass ich das erlaubt hätte.«

»Danke, aber ich will nicht, dass du Ärger bekommst. Ich will eigentlich nur wieder nach Hause.« Mit diesen Worten ist die Katze aus dem Sack und sie hebt beinahe verzweifelt die Hände. »Die Herrin hat mir erklärt, was mein Vater getan hat. Sie war zwar nett, aber ich will meinen Vater nicht als Verräter sehen. Er war früher anders und ganz nett zu mir. Ich will nicht, dass Mutter alleine in den Mondwald gehen muss. Ich will bei ihr sein und helfen. Ich … «, sie beginnt bei diesen Worten beinahe zu weinen, »ich will sie doch auch beschützen. Ich habe die letzten Jahre so viel trainiert, wie ich konnte. Mutter hat mir gesagt, dass ich und sie in Gefahr währen. Ich ... «, auf einmal sieht sie erschrocken zur Türe. Als Grigori ihrem Blick folgt, bemerkt er überrascht, dass seine Adoptivmutter im Türrahmen steht.

Die Apepi sieht die zitternde Amarog voller Erbarmen an. Während sie nun in den Raum gleitet, lächelt sie Grigori zu: »Würdest du mich und Kaira bitte entschuldigen? Ich wollte mit ihr unter vier Augen sprechen. Amy hatte mich darum gebeten.«

»Klar, ich bin in der Bibliothek, wenn mich jemand sucht.« Als er den Raum verlässt, sieht er, dass Kaira die Arme um sich geschlungen hat und nicht den Eindruckt erweckt, mit der Herrin des Nordens sprechen zu wollen.

In der Bibliothek angekommen, legt er die beiden Bücher, die er zuletzt ausgeliehen hat, auf den Tresen. Sadako sieht ihn mit einer hochgezogenen Braue an: »Schon gelesen?«

»Hat keinen Sinn. Ich kann nicht einmal die einfache Übung ausführen.« Er wirkt niedergeschlagen, sowohl wegen des Vorfalls mit Kaira, als auch wegen des erneuten Misserfolges.

»Ich hatte dich ja gewarnt. Egal, was steht als Nächstes auf deiner Liste?«

»Nichts mehr, ich habe alles probiert.«

»Hmm, Runenschreiben hattest du auch schon. Das war die letzte Version von Magie, die ich kenne. Gratuliere, damit hast du die Geschichte der Magie einmal komplett durchprobiert.« Als sie aufblickt, sieht sie in das deprimierte Gesicht des Jungen. »Tut mir leid, aber selbst die mehr, nun, exotischeren Versionen der Magie haben kaum Sinn. Viele dieser alten Zaubermethoden sind aus gutem Grund nicht länger im Gebrauch. Runen und Inschriften sind zwar bei den Menschen weit verbreitet, aber sie eigenen sich eigentlich nur zum Verzaubern von Gegenständen. Und die Rune, die du versucht hast, war ja beinahe perfekt. Darauf darfst du ruhig stolz sein. Andere müssen dafür jahrelang üben. Du hast es in einem Jahr geschafft, sämtliche Versionen des Runenschreibens und andere Zaubermethoden auszuprobieren.«

»Sie haben nicht funktioniert. Nichts davon hat funktioniert. Weisst du wirklich keine andere Möglichkeit?«

»Nein, es tut mir leid. Aber ich fürchte, das ist der Grund, warum Magier bei so gut wie allen Kulturen so eine wichtige Stellung einnehmen. Nicht jeder kann zaubern.«

»Aber ich kann auch nicht kämpfen«, die Worte klingen beinahe bitter.

»Nachdem was man so hört, bist du gar nicht schlecht mit dem Bogen. Dazu hast du im Kampf nichts verloren. Mach dir keine Sorgen. Sei einfach du selbst. Mehr will hier niemand.«

»Schon klar. Soll ich die Bücher gleich versorgen?«

»Wenn du Lust hast, aber wehe dir, sie sind am falschen Ort, wenn ich nachsehe!«

»Keine Sorge, den Fehler begeht, glaube ich, keiner zweimal.« Mit diesen Worten nimmt er die Bücher und geht durch die hohen Regale in der Abteilung der Bücher über Magie.

Dort angekommen sieht er zu seiner Verwunderung Miri, die in einem Buch blättert. Die Miniri sieht auf und lächelt ihr typisches, katzenhaftes Lächeln.

»Der junge Herr mal wieder viel gelesen, was?«

»Ja, darf ich fragen, was du da nachschlägst?«

»Klar, ich wollen nur nachsehen ob ich doch finden Trick um Tomoko zu helfen.«

»Danke, das ist nett von dir. Ähm, wie genau hast du eigentlich Arsa geholfen?«

»Ich gebraut geheime Medizin. Es sein die alte Kunst der Alchemie.«

»Was ist eigentlich Alchemie? Alles was ich bisher dazu gefunden habe oder in der Schule hatte, war, dass niemand mehr Alchemie braucht.«

»Das sein Lüge! Alchemie sein überall: Zum Beispiel in Küche beim Kochen oder wenn Mutter ihrem Kind Tee gegen Bauchschmerzen macht. Auch wenn Assassinen Gift herstellen. Alles sein Alchemie.«

»Alchemie ist die Magie der Scharlatane!«, erklärt Sadako die zu den beiden tritt. Sie kontrolliert dabei, ob die Bücher von Grigori tatsächlich am richtigen Ort stehen.

»Dann Schattenschweife sein auch Scharlatane, was?«

Die Kitsune erstarrt und dreht sich verärgert um: »Ich darf doch wohl bitten!«

»Das Buch hier geschrieben von Grossmeister Ren der Schattenschweife.«

»Gifte herzustellen und Gegengifte zu entwickeln ist eine der Künste meines Klans. Es ist die einzige sinnvolle Anwendung der Alchemie. Für alles andere gibt es die Magie!«

Grigori sieht interessiert von der Kitsune zu Miri, diese wirkt amüsiert, wobei sie scheinbar sehr viel mehr über das Tun des Schattenklans weiss, als sie sich anmerken lässt.

»Warum wir geben dem jungen Herrn nicht die Chance, das selber herauszufinden?« Ohne zu zögern, nimmt die Miniri ein altes, in bröckeliges Leder gehülltes Buch aus dem Regal und mustert den Titel. Nachdem sie sich vergewissert hat, dass es das richtige Buch ist, reicht sie es an Grigori weiter. Dieser nimmt es interessiert und auch Sadako beugt sich vor, um den Titel zu lesen. Die Buchstaben sind noch immer deutlich zu sehen. Die Sprache kennt Grigori zwar nicht, aber dank der magischen Schulung kann er nach einem Moment den Text entziffern: ›Handbuch zur praktischen Anwendung der wahren Alchemie nach den Lehren von Meister Ostanes‹.

»Ausgerechnet seine Lehren soll er sich ansehen? Viele der Rezepte sind nutzlos und seine Theorien waren lächerlich!«, die Kitsune wirkt genervt bei dem Gedanken an den Autoren.

»Kennst du ihn etwa?«, fragt Grigori überrascht.

»Ich kannte ihn ... leider.« Sie seufzt: »Er war der Sohn einer Onai und eines Menschen. Seine Ideen wurden damals überall diskutiert. Es hiess, er hätte das Potenzial, die Alchemie vor dem Untergang zu retten. Das war noch vor der Zeit der aktuellen Herrscherin des Ostens.« Sie schüttelt den Kopf und deutet auf das Buch: »Das kannst du gleich behalten. Das will ich nicht in meiner Bibliothek haben.« Damit dreht sie sich um und geht zurück an den Tresen. Die Miniri beginnt, leise zu lachen:

»Er haben damals den Klan der Schattenschweife bloss gestellt. Seine Theorien sein gut! Ich haben sie in der Schule gelernt.« Sie nimmt das Buch, in dem sie geblättert hat und verabschiedet sich. Auch Grigori verlässt kurz darauf die Bibliothek, wobei er am Eingang aufgehalten wird von Sadako.

»Das ›Handwerkliche‹ in dem Buch ist brauchbar. Aber wenn du dich wirklich für die Alchemie interessieren solltest, habe ich dir bessere

Bücher. Aber lies dir das Buch einmal durch und wenn du Fragen hast, komm ruhig vorbei.«

»Danke, eine Frage hätte ich, was ist das für eine Schrift?«, er tippt dabei gegen den Titel.

»Die alte Schrift der Onai. Sie ist gut für solche Texte, da sie eine sehr genaue Sprache ist. Keine unnötigen Umschreibungen und blumigen Ausführungen, wie es die Sprachen des Ostens und des Südens gerne verwenden.«

»Oh, danke.«

Als er die Türe zu seinem Zimmer öffnet, findet er zu seiner Überraschung die Herrin des Nordens vor, die scheinbar auf ihn gewartet hat. Sie wirkt in den kleineren Zimmern immer etwas überdimensioniert. Grigori lächelt und legt sein neues Buch aufs Bett. Die Apepi beobachtet ihn dabei amüsiert. Sie deutet auf die anderen Bücher und seufzt: »Du bist bald genauso ein Bücherwurm wie Lys.«

»Die meisten dieser Bücher stammen auch von ihr. Besonders die Sagenbücher hat sie mir extra organisiert.«

»Ja, von diesen Büchern kriegt sie selber nie genug. Egal, verrätst du mir, wer diese Runen angefertigt hat?«, mit diesen Worten deutet sie auf das Schreibpult, auf dem mehrere Runensteine und Pergamente mit einzelnen Runen liegen.

»Nun, ich ... aber sie funktionieren nicht.« Er sieht verlegen von den Runen zu seiner Mutter, die ihn überrascht mustert.

»Du hast versucht, Runen zu schreiben? Beeindruckend. Sie sind gut geworden.«

»Nicht wirklich, keine funktioniert.« Er grummelt diese Worte mehr für sich selber. Er räuspert sich und fragt: »Wie geht es Kaira?«

Die Apepi verdreht die Augen über den fadenscheinigen Versuch, das Thema zu wechseln, geht aber darauf ein:

»Sie ist verwirrt. Ihr Leben lang hat man ihr erzählt, wie böse und schrecklich ich bin. Dass ich sie gefangen halten und bestrafen werde, sobald ich von ihr erfahre. Dann stürzt auf einmal ihre Welt zusammen. Und wer kommt, sie zu retten? Ich, mit meinen Kindern.« Sie lächelt bei diesen Worten stolz. »Casos hat sie besonders beeindruckt. Er hat sich ohne zu zögern an die Seite ihrer Mutter gestellt und versucht, das Chaos, welches ausgebrochen ist, zu bändigen. Sie begreift auch, glaube ich, dass wir sie nicht zur Strafe hier halten. Im Gegenteil, Amy hat extra darum gebeten.«

»Warum darf dann Amy nicht hier bleiben?«

»Oh sie darf, im Gegenteil, ich hatte genau das vorgeschlagen. Aber sie ist die Alpha der Silberfelle und glaubt, dass es ihre Pflicht ist, den Schaden wiedergutzumachen.«

»Aber du hilfst ihr doch, oder?«

»Klar, aber der Mondwald ist gross und unzugänglich. Wir wissen nicht sicher, wie viele Gegner es hat oder wie sie organisiert sind. Casos wird fürs Erste mit einem grossen Truppenaufgebot die Amarog schützen, die sich auf unsere Seite stellen, mehr können wir nicht machen.«

Grigori setzt sich auf sein Bett und mustert die Apepi, die nachdenklich ins Feuer starrt. Als sie sich zu ihm wendet, beginnt sie zu lächeln:

»Keine Angst, wir werden die Probleme schon lösen und Kaira wird hier ein gutes Zuhause finden. Aber jetzt müssen wir zuerst einmal geduldig sein. Ich bitte dich aber trotzdem: Hilf ihr so, wie ich ihrer Mutter helfe. Die beiden sind stark und klug, aber sie können nicht alle Probleme alleine lösen.«

»Versprochen, ich helfe ihr, wo ich kann. Aber sie wollte mir ja kaum glauben, dass sie selber Feuer entfachen darf.« Er wirkt verunsichert, woher soll denn ausgerechnet er wissen, wie man ihr helfen kann. Als er aufsieht, steht die Apepi vor ihm und mustert ihn gütig.

»Sei einfach du selbst. Hilf ihr, wie du es heute gemacht hast. Sprich mit Lia, sie wird dir helfen, wenn du Fragen hast. Oder komm zu mir. Ich habe immer Zeit für dich und die anderen. Ihr könntet eh häufiger vorbeikommen oder mir die Dinge zeigen, die ihr anfertigt, wie Runen zum Beispiel!«, diese Worte klingen beinahe etwas beleidigt. Der Junge wird rot und sieht verlegen zu Boden, was ein Lachen der Herrin zur Folge hat. Sie streicht durch seine Haare und verabschiedet sich, wobei sie in der Tür noch einmal hält:

»Ich wäre dir dankbar, wenn du jemanden informierst, bevor du irgendwelche Tinkturen testest.« Mit diesen Worten gleitet die grosse Apepi aus dem Raum.

Grigori sieht ihr verwundert nach, danach lässt er sich seufzend auf sein Bett fallen und beginnt in dem alten Buch zu lesen.

Am nächsten Morgen verabschieden sich alle von Amy und Nysahria. Der Unterricht wird ausgesetzt, damit Kaira genug Zeit hat, sich zu verabschieden. Während die beiden Amarog sich verabschieden, sieht Grigori fasziniert die in schwarze Rüstungen gehüllten Wächter an, welche Amy begleiten sollen. Er weiss, dass es sich dabei um einen Teil der persönlichen Wache der Herrin handelt. Jeder dieser Krieger, egal ob Lamia oder Kitsune, hat sich im Kampf bewiesen. Nysahria, die als weiterer Begleitschutz mitgeht, ist wie die anderen bewaffnet und gepanzert, dabei wirkt sie aber trotzdem elegant.

»Sobald wir die Schutzzone verlassen haben, öffne ich ein Portal.«

»Gut, die Kitsune vor Ort sind informiert. Danach beeile dich bitte und suche die Blutmutter auf. Wir brauchen die Hilfe der Nachtwandler.«

»Versprochen, nach den letzten Berichten sind sie ja bereits dabei. Du hättest ja mit ihr sprechen können.«

Die Herrin verdreht die Augen, als sie das von Nysa hört:

»Du weisst, ich mag es nicht, mit ihr in magischen Kontakt zu treten. Es fühlt sich einfach falsch an. Ich mag Blutmagie nicht! Zudem geht es mehr um die Koordination mit Casos.«

»Schon gut, ich werde deine Nachricht überbringen.« Nysa beginnt zu lachen. Grigori, der gerade versucht, sich daran zu erinnern, was er über Blutmagie gelernt hat, zuckt zusammen und mustert seine ältere Schwester misstrauisch. Er hat das unangenehme Gefühl, dass sie sich beinahe darauf freut, etwas zu unternehmen. Doch bevor er es genauer in Erfahrung bringen kann, tritt Amy zu der Gruppe und verbeugt sich leicht:

»Ich bin bereit. Nysahria, wenn du deine Truppen bitte vorbereiten könntest«, mit diesen Worten macht sie eine ausladende Geste in Richtung der Krieger.

»Gut«, nach einer kurzen Verabschiedung von allen, fängt die Apepi an, Befehle an die Garde zu geben. Die knapp zwei dutzend Krieger nehmen ihr Gepäck auf und gleiten oder reiten durch das Tor.

»Danke für alles, Herrin. Ich werde mein Bestes geben, vielleicht können wir das Chaos schnell in den Griff bekommen.«

»Nur nichts überstürzen, Amy, ich möchte nicht, dass sich die Alpha der Silberfelle unnötig opfert. Ich habe nämlich ihrer Tochter versprochen, auf sie aufzupassen.«

»Ah, deshalb diese Eskorte, ich werde die Krieger sofort nach der Ankunft zurückschicken.«

»Nein, diese Krieger sind zu deinem Schutz abkommandiert. Casos soll seine Aufgabe wahrnehmen und wir müssen sichergehen, dass in dieser Zeit nichts passieren kann.«

Die Amarog seufzt und sieht den Kriegern nach, bevor sie noch einmal über den Kopf von Kaira streicht, die sich neben ihre Mutter gestellt hat:

»Du bist wohl nicht die Einzige in einem goldenen Käfig. Ich scheine auch unter Hausarrest zu stehen.« Mit diesen Worten verabschiedet sich die Amarog von allen, umarmt noch einmal ihre Tochter und verlässt die Festung. Kaira sieht ihr traurig nach, doch Thea schupst sie an und deutet zum Tor:

»Komm, wir gehen auf die Brüstung. Dann kannst du sie länger sehen.«

»Das wäre toll!«

»Ich komme mit! Wartet doch!«, Xiri, die sich bisher zurückgehalten hat, stürmt ohne Rücksicht auf Verluste über den Hof und folgt Thea und Kaira. Auf dem halben Weg erinnert sie sich aber daran, dass sie ja Flügel hat und mit einem mehr oder weniger eleganten Manöver hebt sie ab und fliegt auf die Befestigungsanlagen über dem Tor.

Die Herrin sieht vergnügt der kleinen Harpyie nach, danach wendet sie sich an Mizuki und Grigori, die beide immer noch neben ihr warten:

»Ich würde empfehlen, diesen freien Tag zu nützen. Geht spielen, wenn möglich lenkt Kaira ab. Mizu, wenn ich dich um etwas bitten dürfte?«

»Natürlich!«, die junge Kitsune strafft sich und sieht erwartungsvoll die Herrin an.

»Ich habe Kaira eine Drachenträne gegeben. Ihre Mutter hat das Gegenstück. Etwa um die Mittagszeit sollte sie die Festung im Wald erreicht haben. Sie sollten zwar beide wissen, wie es geht, aber vielleicht ist es besser, wenn du Kaira zur Seite stehst.«

»Drachentränen?«, die junge Kitsune sieht mit offenem Mund die Apepi an. Grigori sieht zu seiner Verwunderung, dass die beiden Schweife der jungen Kitsune nervös zucken.

»Was ist eine Drachenträne?«, fragt er neugierig nach.

»Einer der seltensten magischen Edelsteine, die es gibt. Es sind faustgrosse Diamanten, aber sie sind nur dann Drachentränen, wenn sie in Päarchen gefunden werden. Sie sind so selten, dass ich nur von neun Paaren gehört habe. Davon sind sechs unter den vier grossen Herrschern verteilt. Ich besitze eine, das Gegenstück hat Mutter.« Die Kitsune wirkt auf einmal ganz aufgeregt: »Natürlich helfe ich ihr!«, mit diesen Worten läuft sie los, in dieselbe Richtung, in die Kaira und Thea verschwunden sind.

»Nanu?«, Lysixia sieht ihr verwundert nach, bevor sie sich an ihre Mutter wendet, »ich gehe zurück an meine Studien. Ich hoffe, dir bald mehr über die Amulette zu berichten.«

»Gut, danke.« Die Herrin wirkt amüsiert, dabei mustert sie Grigori: »Drachentränen sind perfekt für die Kommunikation geeignet. Sie brauchen keinen komplizierten Zauber. Ich dachte mir, dass sich Kaira darüber freuen würde.«

»Ein ziemlich wertvolles Geschenk also?«, fragt Grigori verwundert.

»Ja, für solche Steine wurden schon Kriege ausgetragen. Na los, geh etwas Sinnvolles machen. Zudem wäre ich froh, wenn du am Mittag ein Auge auf Mizu hast. Ihre Reaktion kam... nun... unerwartet.« Sie zwinkert ihm zu und begibt sich zurück in die Festung. Er steht noch eine Weile alleine auf der Treppe, bevor er sich in sein Zimmer zurückzieht und weiterliest.

Als zum Mittagessen geläutet wird, begibt sich Grigori zuerst in das Zimmer von Kaira, wo er auf die anderen trifft. Alle haben sich um ein Kissen geschart, auf dem ein faustgrosser, farbloser Stein liegt. Eine Seite des Steines ist flach geschliffen und Kaira zugewandt. Alles in allem wirkt die Drachenträne nicht besonders beeindruckend. Kaum hat er das Zimmer betreten, wird der Stein auf einmal dunkel. Auf der geschliffenen Seite entsteht eine kleine Abbildung von Amys Kopf, einen Moment später erklingt ihre Stimme aus dem Kristall und bestätigt, dass sie wohlbehalten angekommen ist. Sie bittet Kaira, sich am Abend bei ihr zu melden.

»Siehst du? Es geht ganz einfach. Wenn du heute Abend Hilfe brauchst, kommst du einfach vorbei.« Mizuki wirkt noch immer aufgeregt. Sie würde sich am liebsten den Edelstein packen und ihn untersuchen. Doch halten sie die mahnenden Blicke von Thea davon ab. Einzig Xiri scheint sich nicht für den Kristall zu interessieren. Sie springt auf und deutet zur Türe:

»Kommt, es gibt Essen und ich habe Hunger!«

Auf dem Weg zum Esssaal bemerkt Grigori, dass Kaira viel ruhiger wirkt. Sie geht noch immer angespannt und aufmerksam, aber sie wirkt weniger ängstlich.

Am Nachmittag erfahren sie, dass Tomoko erste Zeichen der Besserung zeigt. Auch Arsax erholt sich von seinen Verletzungen. Er behauptet, auch einen freien Tag verdient zu haben, und verbringt den Nachmittag mit den anderen Kindern im Spielzimmer, wo er zusammen mit Thea, Kaira das Spiel erklärt. Xiri und Mizuki nutzen das gute Wetter und verbringen ihre freie Zeit im Tal, wo Xiri Flugmanöver übt. Grigori, der sich im Spielzimmer dazugesellt hat, liest in seinem neuen Buch. Er ist so vertieft in seine Studien, dass er nicht bemerkt, wie Kaira zu ihm kommt. Als sie ihn anspricht, zuckt er zusammen.

»Entschuldige, ich wollte dich nicht erschrecken, aber hättest du Lust, gegen mich zu spielen? Thea würde mir helfen.«

»Klar, welche Armee willst du?«, er legt sein Buch zur Seite und begleitet die Amarog zum Spieltisch. Dort erwarten ihn Thea und Arsax, beide bereiten gerade das Spielfeld erneut vor. Unter der Anleitung der beiden Apepi beginnt die junge Amarog die Partie.

Als die Glocke zum Abendessen ruft, hat Grigori bereits zwei Partien verloren, obwohl Arsax nach dem ersten Spiel in sein Team gewechselt hat. Aber Thea und Kaira arbeiten gut zusammen, auch wenn Kaira sich nur langsam zu entspannen scheint. Als sie sich zum Abendessen begeben, hört Grigori, wie sich Kaira bei Thea bedankt. Diese lacht nur und erklärt, dass sie zu jeder Zeit bereitstehen würde, um ihren kleinen Bruder zu besiegen.

Im Esssaal angekommen, setzen sich alle zur Herrin an den Tisch. Diese nutzt die Chance und erkundigt sich, mit was sie den Tag verbracht haben. Sie unterbrechen ihre Erzählungen erst, als eine komplett vom Wind zerzauste Xiri in den Raum spaziert. Dicht gefolgt von einer Kitsune, die sich das Lachen kaum verkneifen kann. Als Xiri die anderen sieht, eilt sie auch an den Tisch. Die Herrin betrachtet die Harpyie, deren Flügel und das andere sichtbare Gefieder komplett durcheinander sind.

»Alles in Ordnung? Hast du dir etwa wehgetan?«, man hört ihre ehrliche Besorgtheit.

»Nein, aber da war auf einmal ein böser Wind!«, die kleine Xiri hebt in einer Geste kompletter Unschuld ihre Schultern und zuckt zusammen. Nach einem leise gewimmerten Aua zieht sie eine Feder aus dem Chaos. Als Mizuki das sieht, kann sie sich das Lachen nicht länger verkneifen.

»Sie ist zuerst in einen Baum geflogen, danach hat sie eine Windböe erfasst und im Versuch, sich zu retten, ist sie in die Höhe geflogen, worauf sie prompt in eine andere Böe flog. Sie musste von einer der fliegenden Wachen gerettet werden.«

»Nicht witzig! Die warme Luft im Tal hat den Wind durcheinandergebracht! Dazu war der Baum im Weg! Der war das letzte Mal noch nicht da!«

»Der Baum war im Weg?«, erkundigt sich die Herrin, welche bereits ahnt, dass die kleine Xiri mal wieder nicht aufgepasst hat.

»Ja! Ich habe alles richtig gemacht! Aber der böse Wind war stärker als ich.«

»Böser Wind?«, fragt Kaira verwirrt.

»Das Federhirn hier bezeichnet Turbulenzen als böse Winde. Ignorier es einfach.« Thea sieht kopfschüttelnd auf die Harpyie, die sichtlich beleidigt aufsieht. Aber zur Überraschung aller zetert die Kleine nicht wie üblich los, sondern nickt zustimmend mit dem Kopf.

»Stimmt, hier in den Bergen können gefährliche Winde aufkommen. Man muss ganz fest aufpassen. Ich war vielleicht ein bisschen unvorsichtig.«

Alle sehen sie verwundert an, jedoch beeindruckt sie dies nicht weiter, sie ist viel zu hungrig, als dass sie sich auf eine Diskussion einlassen würde.

»Ich helfe dir nachher, langsam bin ich ziemlich gut darin, deine Federn zu ordnen. Kaira? Vielleicht kannst du mir dabei helfen.«

»Ich kann es versuchen.«

»Danke euch beiden, Thea, ich muss nachher mit dir sprechen.«

»Es tut mir leid, dass ich sie Federhirn genannt habe!«, die junge Apepi sieht genervt zu ihrer Mutter. Diese beginnt zu lachen und schüttelt den Kopf: »Das ist nicht der Grund.«

Der Abend selber verläuft ruhig, Grigori und Arsax treffen sich im privaten Gemach der Apepi. Grigori, der wieder in seinem Buch liest, sieht verwundert auf, als Lysixia durch die Türe gleitet. Es dauert einen Moment, bis er begreift, dass etwas anders ist. Ihr fehlen die roten Musterungen der Thronerbin. Auch wirkt sie erleichtert, als ob ein grosses Gewicht von ihren Schultern genommen worden ist. Als sie den verblüfften Gesichtsausdruck von Grigori sieht, beginnt sie zu lächeln, dabei gleitet sie zu ihm.

»Bevor du fragst, es ist alles in Ordnung. Ich habe die Thronehre abgegeben.« Sie wirkt auf einmal völlig entspannt. Man sieht ihr an, wie sehr sie davon belastet wurde. »Thea hat sie angenommen. Ich ... ich kann seit dem Urteil nicht länger mit gutem Gewissen die Thronfolgerin sein. Ich bin keine Herrscherin.«

»Aber ... «

»Nichts aber, Grischa, sind wir einmal ehrlich: Jeder weiss, dass Thea die bessere Herrscherin wird. Sie ist dazu geboren, ich nicht. Ich bin höchstens eine geborene Bibliothekarin.«

»Oh.« Grigori sieht kurz zu Boden, bevor er sie umarmt. Auch Arsax umarmt seine ältere Schwester, aber er wirkt glücklich.

»Endlich hast du dich dazu durchgerungen. Gut! Ich nehme an, dass du jetzt in den Osten gehst?«

»Nein, ich habe das sofort abgelehnt. Ich will wie Nysa bleiben und helfen. Wenn die Sache mit den Amarog geklärt ist, gehe ich vielleicht wieder auf Reisen, ich hatte ja meine vorzeitig abgebrochen.«

Kurz darauf gleitet die Herrin in Begleitung von Thea in den Raum. Die beiden wirken nun noch ähnlicher. Die rote Musterung die Thea nun hat, ist wie zuvor bei Lys auf ihre linke Körperhälfte beschränkt. Sie wirkt aber nicht fehl am Platz, sondern sie erweckt den Eindruck, dass sie genau dort hingehört. Nachdem ihre Geschwister ihr gratuliert haben, kann Grigori nicht länger an sich halten. Er will genau wissen, wie der Transfer funktioniert.

»Du wirst enttäuscht sein, aber es ist nichts Besonderes. Es gibt eine alte Zauberformel, die ich und Lys gemeinsam sprechen mussten. Das war es.«

»Aber, gibt es da keine Zeremonie?«

»Nein, im Grunde ist es im Moment mehr eine Formalität. Solange Mutter lebt, ist es beinahe unbedeutend, wer die Thronehre innehat.« Thea streicht nachdenklich über die roten Stellen an ihrem Arm und sieht dann zu ihrer Mutter:

»Ich gehe mich hinlegen. Das hat ganz schön ausgelaugt. Gute Nacht zusammen.«

Mit diesen Worten verlässt die neue Thronerbin das Gemach. Die Herrin sieht ihr nachdenklich nach, bevor sie sich an Lys wendet:

»Glaube nur nicht, dass du jetzt nicht mehr helfen musst. Im Gegenteil, ich wäre wirklich froh, wenn du mehr über die Amulette herausfinden könntest. Du hast dich ja gegen die Traditionen entschieden.«

»Versprochen, genau deshalb. Ich will erst noch helfen. Ich gehe mich aber auch hinlegen. Ich freue mich schon auf das erste Erwachen ohne ungute Gefühle.« Auch Lysixia verabschiedet sich und gleitet, vergnügt summend, davon. Eigentlich scheint keine der Apepi besonders von dem Vorfall überrascht zu sein. Nur Grigori wirkt verwirrt. Aber er hakt nicht weiter nach, denn er weiss mittlerweile, dass es Dinge gibt, die für die Apepi normal sind. Nach kurzem Zögern muss er dennoch nachfragen:

»Damit ist also Thea jetzt die Thronerbin. Heisst das, dass sie jetzt keine Zeit mehr für mich und die anderen hat?«

»Wieso? Im Grunde verändert sich nur etwas. Sie hat jetzt die Markierungen, die sie als Thronerbin auszeichnen. Mehr nicht. Sie ist noch immer deine Schwester. Sie wird noch immer mit euch in den Unterricht gehen. Das Einzige, was sie jetzt muss, ist bei wichtigen Anlässen anwesend sein. Aber da ich das so oder so von allen von euch erwarte, ändert sich auch da kaum etwas.«

»Glaubst du, dass Lys richtig gehandelt hat?«

»Ja, ich bin zwar überzeugt, dass auch sie es hinbekommen hätte, aber sie ist zu… nun… gutmütig. Sie kann schwere Entscheidungen kaum treffen. Sie versucht, sich dann immer hinter Büchern und alten Pergamenten zu verstecken. Sie hat mir erklärt, dass sie eigentlich seit ein paar Jahren weiss, dass sie nicht die Richtige für diese Aufgabe ist. Aber sie wollte es halt trotzdem versuchen. Und genau das zeichnet sie aus.«

Die Herrin wirkt ehrlich stolz bei diesem Gedanken. Sie streicht Grigori über den Kopf:

»Gib nie auf. Manchmal sind die Pfade kompliziert, die man für sein Ziel begehen muss. Lys ist die Gelernteste von allen. Aber genau diese Stärke ist auch ihre Schwäche. Alles, was sie nicht in einem Buch findet, macht sie unsicher.«

»Was hast du damit gemeint, sie hat sich gegen die Tradition entschieden?«

»Eine alte Regel besagt, dass alle weiblichen Apepi, die nicht mit dem Thron verbunden sind, die Festung verlassen müssen. Das sollte Streit und Neid verhindern. Diese Regel wurde von den Rotschuppen eingeführt, die von Natur aus sehr ehrgeizig waren.«

»Aber Nysa ist doch auch hier?« Grigori sieht verunsichert auf.

»Ja, sie hatte sich dafür entschieden, um Lys zu helfen. Nun, wir sind Schwarzschuppen und machen Dinge gerne anders als andere.«

»Ich frage mich nur, ob Thea wirklich weiss, worauf sie sich eingelassen hat«, murmelt Arsax.

»Oh ja, ich habe das mit ihr in den letzten Tagen genau besprochen. Sie ist bereit dafür!«

Eine alte neue Kunst

Die nächsten Monate gehen ohne weitere Vorkommnisse vorbei. Die Tage werden kürzer und es kommt vermehrt zu den Stürmen, die den Winter ankünden. Kaira beginnt, sich an ihr neues Leben zu gewöhnen. Insbesondere im Training beweist sie sich. Grigori hingegen beginnt die alten Rezepte aus dem alchemistischen Buch zu übersetzen. Dabei stösst er auf eine Unzahl von Problemen. Doch die Stunden in der Bibliothek beginnen sich auszuzahlen.

»Ah, hier bist du!«, Theas stimme klingt genervt. Sie gleitet durch die Türe und nach einem kurzen, aber alles erfassenden Blick fragt sie: »Botanik? Seit wann interessierst du dich dafür? Du bist eine Katastrophe mit Pflanzen.«

»Ich suche nach einer ganz bestimmten Pflanze, die es aber scheinbar nicht gibt. Niemand scheint sie zu kennen.« Nach kurzem Zögern sieht er verärgert auf: »Ich habe einmal eine Pflanze verkommen lassen. Zudem war dieses Experiment doof!«

»Die Idee war, dass sich jeder von uns um eine Pflanze kümmern sollte. Selbst Xiri hat ihre Pflanze nicht umgebracht.«

»Ach sei still!«, Grigori sieht die Apepi böse an. Diese lässt sich davon nicht beeindrucken und nimmt eines der Bücher.

»Was genau suchst du?«

»Nach einer Pflanze, die hier als Cymbalalis bezeichnet wird.« Dabei hebt er das alte Alchemiebuch. Überall im Buch stecken Buchzeichen.

»Also du weisst den Namen? Wird sie beschrieben?«

»Ja, mit den Worten: Eine kleine, häufig an Mauern wachsende Pflanze mit violett-weissen Blütchen.«

»Das beschreibt mindestens drei Pflanzen, die ich kenne«, Thea seufzt und schliesst das Buch. »Hast du ein Bild der Pflanze?«

»Eine Zeichnung. Aber die meisten seiner Zeichnungen sind … nun … nichtssagend.« Mit diesen Worten schlägt er das Buch auf und zeigt ihr die grobe Zeichnung. Thea zuckt nach dem Betrachten nur die Schulter.

Grigori, der nichts anderes erwartet hat, deutet auf die Bücher.

»Ich habe sonst jede einzelne Pflanze gefunden und die Rezepte entsprechend übersetzen können. Aber diese Pflanze scheint es nicht zu geben. Dazu kommt sie nur in einem Rezept vor, das dazu auch noch seltsam wirkt. Es scheint eher eine Notiz als ein wirkliches Rezept zu sein.«

»Grischa, wenn sie nur in einem Rezept vorkommt und dazu in einem ›seltsamen‹, lass es sein. Teste die Rezepte, die du übersetzen kannst.«

»Ich weiss. Aber wieso kann ich alle anderen Pflanzen und Zutaten übersetzen, nur diese nicht? Niemand kennt sie hier in der Festung. Ich habe alle gefragt, Sadako, die Gärtner, Lys, die übrigens erstaunlich viel über Pflanzen weiss. Niemand hat je von ihr gehört.«

Die Apepi hebt nach einer Weile des Schweigens die Hand und streicht sich durch die silbernen Haare. Sie wirkt für einen Moment abgelenkt, dann nickt sie, als käme ihr in den Sinn, wieso sie nach ihrem kleinen Bruder gesucht hat: »Ich wollte dich ja eigentlich zu einem Spiel auffordern. Auch wenn es Spass mit Mizu macht, ich würde gerne mal wieder dich besiegen. Komm, du verbringst zu viel Zeit mit diesen Büchern. Dazu sind alle anderen im Spielzimmer.«

»Ich komme gleich. Ich räume noch kurz auf.«

»Gut, ich gehe das Spiel vorbereiten. Du spielst heute mal die Monster!«

Als Grigori das Spielzimmer betritt, wartet Thea bereits. Auch Mizu und Xiri sind anwesend. Beide scheinen sich mit den Hausaufgaben zu beschäftigen. Vor dem Kamin hat sich Kaira in Wolfsgestalt zusammengerollt und schläft. Selbst Lia ist anwesend. Sie sitzt wie immer an ihrem Pult und schreibt Briefe. Die Lamia sieht nur kurz auf und nickt ihm freundlich zu.

Während er mit Thea spielt, erwacht Kaira und nimmt ihre normale Gestalt an, wobei sie sich leicht verschlafen zu den Spielern setzt. Nach einer Weile des schweigenden Zuschauens gähnt sie.

»Was ist mit dir Kaira?«, fragt Thea, zur Überraschung von Grigori, ernsthaft besorgt.

»Ich hatte letzte Nacht furchtbare Albträume. Konnte kaum schlafen. Und der Unterricht war heute relativ anstrengend.«

»Nicht schlimmer als sonst. Aber wenn du häufiger Albträume hast, solltest du mit einem der Heiler sprechen. Die kennen sich damit aus. Grischa, du bist am Zug.«

»Schon klar, aber ich werde mal wieder verlieren, wenn ich jetzt einen Fehler begehe.«

Nachdem Grigori seine Figuren bewegt hat, sieht er amüsiert zu Kaira, die im Sitzen wieder eingeschlafen ist.

»Ich frage Miri, ob sie ihr denselben Schlaftrunk geben kann, den sie mir immer bringt, wenn es besonders stark stürmt.«

»Du hast also auch immer noch Albträume?«

»Ab und zu. Besonders, wenn das Feuer ausgeht.«

»Du solltest es Mutter erzählen.«

»Sie hat schon genug Sorgen. Ich kann manchmal nicht schlafen. Kaum Grund für Unruhe.«

»Deine Wahl. Aber ich finde es eine gute Idee, Miri zu fragen. Sie weiss sicher eine Lösung.«

Wenige Züge später hat er das Spiel verloren. Doch ärgert ihn das nicht länger. Thea ist seit einer ganzen Weile unbesiegt. Selbst ihre älteren Geschwister können ihr kaum noch das Wasser reichen. Einzig Mizuki kommt an ihr Können ran. Doch diese ist wieder einmal damit beschäftigt, eine wütende Harpyie von Hausaufgaben zu überzeugen.

»Ich verspreche dir, das ist die letzte Seite. Dann hast du alles gelesen und wir haben sogar die Hausaufgaben für übermorgen erledigt!«

»Das sagst du immer und dann bekommen wir neue! Ich habe keine Lust mehr.« Die kleine Harpyie verschränkt ihre gefiederten Arme und stampft wütend auf. Jedoch lässt sich Mizuki davon nicht beeindrucken. Sie mustert die Harpyie mit strengem Blick:

»Xiri, eine Seite und dann gehen wir zusammen draussen spielen, versprochen!«

»Sicher?«

»Ja, ich habe das Kapitel bereits gelesen. Eine Seite und du bist frei von den Hausaufgaben.«

»Okay, dann gehen wir uns bewegen.« Besänftigt durch das Versprechen, setzt sie sich wieder neben die Kitsune und gibt sich sogar Mühe beim Lesen. Lia, die das Ganze beobachtet hat, nickt Mizuki anerkennend zu. Diese verdreht nur die Augen und kontrolliert wieder, dass Xiri auch alles versteht.

Thea mustert die beiden und schüttelt den Kopf. Sie kann einfach nicht verstehen, woher Mizuki die Geduld nimmt. Danach stupst sie Kaira mit ihrem Schwanz an und weckt die Amarog. Diese seufzt und mustert das Spielfeld. Es dauert einen Moment, bevor sie begreift, dass es kein aktives Spiel mehr zu beobachten gibt. Nachdenklich greift sie sich eine der Figuren und sieht Thea an.

»Lust auf eine Runde? Vielleicht hält mich ein Spiel wach.«

»Klar, danke Grischa, du darfst jetzt wieder in die Bibliothek.«

»Haha, wie grosszügig!«, er erhebt sich und wünscht der Amarog viel Glück. Doch geht er nur zu Lia und bittet um Pergament und Schreibfeder. Nachdem er beides erhalten hat, zieht er sich in eine Ecke zurück und durchforscht seine Aufzeichnungen. Als es zum Abendessen läutet, sieht er beinahe verärgert auf. Die Liste, die er angefertigt hat, rollt er zusammen und steckt sie unter seinen Gürtel. Danach stopft er all die Notizzettel, die herumliegen, in die Tasche, in der sich sein Buch und viele weitere Pergamente befinden.

Beim Abendessen übergibt er Miri die Liste, was ihm einen neugierigen Blick seiner Mutter einbringt. Sie fragt allerdings nicht weiter nach.

Im Verlauf der nächsten Tage wird sein Zimmer immer voller. Glaswaren für die Alchemie, getrocknete Pflanzen und Zutaten aller Art werden von Dienern vorbeigebracht. Am Abend vor dem schulfreien Tag sucht ihn Miri auf und überzeugt sich, dass er alles hat. Nachdem sie all die Waren kontrolliert hat, wirkt sie zufrieden und wünscht dem Jungen viel Glück mit seinen Experimenten. Dieser verbringt den restlichen Abend mit den Vorbereitungen. Er stellt jedoch schnell fest, dass der Brenner von ihm nicht bedient werden kann, da er Magie erfordert. Doch hält ihn das nicht auf. Er sucht Mizuki in ihrem Zimmer auf. Die Kitsune sitzt auf einem grossen Kissen und ist mit der Pflege ihrer Schweife beschäftigt. Sie hört sich die Bitte um Hilfe ruhig an und nickt.

»Klar komme ich dir morgen helfen. Es interessiert mich, wie Alchemie funktioniert. Nach dem Frühstück?«

»Das wäre super. Danke für deine Hilfe.«

Der nächste Morgen beginnt für Grigori mit einem guten Frühstück. Während des Essens stellt sich heraus, das Xiri ihren Tag mit Kunya verbringen wird, die beiden haben einen Ausflug geplant. Thea hingegen will den Tag mit Lys verbringen. Einzig Kaira hat noch nichts geplant und wird kurzerhand von Grigori und Mizu eingeladen. Erfreut darüber wünscht die Herrin allen einen schönen Tag. Kaum kommen die drei in Grigoris Zimmer an, beginnt er mit den Vorbereitungen. Kaira hat die Aufgabe, die Rezepte vorzulesen, während Mizuki den Brenner bedient. Bereits nach einer halben Stunde ist der erste Trank vorbereitet. Es handelt sich dabei um einen einfachen Heiltrank, der gegen Kopfschmerzen und andere kleine Beschwerden helfen soll.

Grigori mischt die Kräuter wie angewiesen und gibt sie in das Becherglas. Dazu gibt er Wasser und überreicht das Gemisch an Mizuki, mit dem Auftrag, das Wasser zum Kochen zu bringen. Dabei bereitet er das letzte Kraut vor. Als auch dieses kleingeschnitten ist, nimmt er den Glasbecher vorsichtig mit einem Tuch vom Brenner und gibt das letzte Kraut hinzu. Dabei rührt er beständig um. Genau wie es Kaira vorliest. Jedoch passiert nichts.

»Sobald alle Kräuterteile sich aufgelöst haben und der Trank eine helle rote Farbe hat, aufhören mit Rühren. Den Trank abkühlen lassen und fertig.«

»Du hast auch garantiert nichts ausgelassen beim Übersetzen?«, Mizuki mustert das Gemisch im Glas misstrauisch.

»Ja, ich verstehe das nicht.« Die Enttäuschung ist klar aus der Stimme zu hören. Noch immer rührt der Junge, doch ist klar, dass etwas schiefgelaufen ist. Doch gibt er nicht so schnell auf. Er wiederholt das Prozedere noch zwei weitere Male, immer mit demselben Misserfolg.

»Ich verstehe das nicht. Dieses Rezept gilt als das einfachste. Viele Menschen verwenden es! Es kann nicht so schwer sein.« Die Stimme bricht beinahe. Er hat sich das letzte halbe Jahr auf diesen Moment vorbereitet und nun funktioniert es nicht.

Mizuki, die seine Enttäuschung versteht, offeriert, das Experiment zu wiederholen, aber diesmal soll er direkt aus dem Alchemiebuch übersetzen. Kaira soll dabei überprüfen, ob er bei seiner Abschrift etwas vergessen hat.

Wieder bereiten sie die Kräuter vor, diesmal übernimmt Mizuki die ganze Arbeit. Schritt für Schritt gehen sie das Rezept durch. Während des Kochens der ersten Kräuter sieht Mizuki zu Kaira:
»Und irgendwas anders?«
»Nein, die Abschrift ist bisher identisch.«
»Gut, dann gebe ich jetzt das letzte Kraut hinzu.«
Kaum hat sie die ersten Kräuter dazugegeben, beginnt die Reaktion. Die Kräuterstücke beginnen sich aufzulösen und der Trank nimmt eine hellrote Färbung an.

Die Stille, die auf die Reaktion folgt, ist erdrückend. Mizuki und Kaira sehen beide den Menschen an, der mit fassungslosen Augen auf den Trank starrt.

»Aber, aber ich habe doch genau das Gleiche gemacht. Ich verstehe das nicht. Du hast dieselben Kräuter genommen, oder?«

»Ja, ich glaube, ich habe nichts anders gemacht als du. Aber versuchen wir es noch einmal.«

Wieder versucht sich der Junge, mit demselben Misserfolg. Diesmal kann er die Tränen kaum noch zurückhalten.

»Kaira, versuche du es bitte einmal.«

Die Amarog bereitet die Kräuter und mit der Hilfe von Mizuki kocht sie das Wasser. Kaum gibt sie das letzte Kraut hinzu, beginnt sich die Farbe zu ändern und die Kräuter lösen sich wieder auf.

»Ich verstehe das nicht.« Diesmal schluchzt Grigori. »Ich mache doch genau das Gleiche! Warum geht es nicht?«

Mizuki und Kaira sehen niedergeschlagen den Jungen an. Beide können die absolute Enttäuschung sehen. Als Kaira auf einmal nachdenklich wird.

»Braucht Alchemie vielleicht Magie? Vielleicht ist das wie mit dem Feuerkristall?«

»Du meinst... Aber...« Mizu mustert die Amarog nachdenklich. »Gute Idee, versuche es noch einmal, ich überwache das Experiment und teste auf verbrauchte Magie! Grischa, könntest du noch einmal das Rezept vorlesen?«

Nachdem der Trank zubereitet ist, nickt die Kitsune nachdenklich:
»Ja, es braucht Magie, in dem Moment, wo das letzte Kraut dazukommt. Die Menge ist so klein, dass ich erahne, wieso niemand bisher

darauf geachtet hat. Das erklärt auch, wieso es bei dir nicht klappt, Grischa.«

»Also wird es wieder nichts.« Grigori lässt den Kopf hängen.

»Das muss nicht sein, ich hätte da eine Idee. Wir haben kürzlich gelernt, Manasteine herzustellen. Das ist kristallisierte Magie. Man benötigt solche Steine für gewisse Zauber.« Mit diesen Worten beginnt die Kitsune sich wieder zu konzentrieren und kurz darauf entsteht ein kleiner, weisslicher Kiesel auf ihrer Hand.

Diesen reicht sie Grigori und setzt sich danach erschöpft auf das Bett.

»Ziemlich anstrengend. Aber versuche es noch einmal ... wirf den Stein einfach mit in den Trank. Eigentlich müsste das gehen.«

»Also ich mische den Trank wie zuvor?«

»Ja, aber mit dem Manastein.«

Wieder mixt der Junge die Zutaten, diesmal mit dem Stein. In dem Moment, wo er das letzte Kraut dazugibt, beginnt die Umwandlung. Die Kräuter lösen sich auf und der Trank verfärbt sich. Aber auch der Manastein löst sich auf. Alle starren auf das hellrote Gebräu.

»Es hat funktioniert? Es hat funktioniert!«, die freudigen Ausrufe von Grigori durchbrechen die Stille. Kaira beginnt zu lachen und gratuliert, nur Mizuki wirkt verunsichert.

»Was ist los, Mizu?«

»Der Manastein, das war genug Magie für tausend Tränke. Aber er hat sich einfach aufgelöst. Bitte verstehe mich jetzt nicht falsch, aber das ist komplett ineffektiv.«

»Aber du könntest mehr davon erzeugen?«

»Nicht viele. Ich fürchte, meine Magie ist noch nicht stark genug. Aber die Herrin kann dir sicher welche erstellen. Nur ob sich das lohnt.«

»Kann man diese Manasteine auch anders herstellen?«

Sowohl Mizuki wie auch Grigori sehen überrascht die Amarog an, die unsicher neben dem Pult steht, auf dem sich Bechergläser gefüllt mit Tränken und den Misserfolgen befinden.

»Ich wüsste keine Methode. Diese Steine werden eigentlich nur für besonders mächtige Zauber gebraucht. Es gibt dem Magier die Chance, mehr Magie aufzubringen, als er in seinem Körper hat.«

Sie will gerade weitererklären, als die Glocken zum Mittag schlagen. Die drei Jugendlichen zucken erschrocken zusammen. Sie alle hatten die Zeit vergessen.

»Gehen wir erst einmal etwas essen. Vielleicht kannst du da ja die Herrin fragen.«

»Gute Idee, wartet, ich nehme einen der Tränke mit. Sie will sicher sehen, was wir da erreicht haben!«, voller Stolz nimmt er einen der Tränke und verlässt in Begleitung von Kaira das Zimmer. Er hört die leise gemurmelte Bemerkung von Mizuki nicht, die scheinbar von der ›Leistung‹ nicht überzeugt ist.

»Ihr habt den ganzen Morgen dafür gebraucht, einen Trank herzustellen?« Thea sieht fassungslos das Becherglas an.

»Nun, indirekt. Wir haben mehrere Fehlversuche und mehrere Erfolge gehabt.«

»Das finde ich super! Ihr hattet ein Problem und habt sogar eine Lösung dafür gefunden.« Die Herrin strahlt, sie freut sich sichtlich für Grigori. Auch Lys nimmt den Trank und mustert ihn interessiert.

»Du musst nachher genau dokumentieren, was ihr gemacht habt. Dazu gehören die Fehlschläge und die Erfolge. Auch solltest du, Mizu, noch ein paar Versuche beobachten, also mit Magie. Vielleicht verbraucht es nicht immer gleichviel Magie.«

»Lys, sie sollen zuerst ihren Spass haben.«

»Aber das gehört dazu! Die ersten Versuche sind die wichtigsten. Ich meine, die drei haben so nebenbei eine wichtige Erkenntnis erlangt. Alchemie braucht also Magie. Das wusste ich noch nicht, ich bezweifle sogar, dass es sonst jemand bemerkt hat. Das ist fantastisch!«

Die Worte der Apepi sind ehrlich und ihre Augen leuchten vor Stolz. Auch die Herrin nickt zustimmend, nur Thea wirkt noch immer verwirrt:

»Aber die Magie, die Mizu verschwend … «, bevor sie weiter sprechen kann, erklingt ein klatschendes Geräusch. Sie zuckt zusammen und sieht verärgert zu ihrer Mutter, die unauffällig den Kopf schüttelt. Grigori, der das bemerkt, seufzt:

»Sie hat ja recht. Für den Trank ist es beinahe schade. Aber vielleicht bei einem der anderen Rezepte? Ich muss nur einen Trank finden, bei dem der entsprechende Zauber mehr Magie verbraucht, als in so einem Manastein steckt!«

»Genau, aber dazu brauchst du wohl noch ein paar.« Mit diesen Worten winkt die Herrin eine junge Dienerin herbei. Nach einer kurzen Anweisung bringt die Gerufene einen kleinen Lederbeutel. Die Herrin nimmt den Beutel mit der Schwanzspitze und bildet mit den Händen einen Trichter. Kurz darauf beginnen kleine, weisse und hellstrahlende Kiesel in den Beutel zu fallen. Innert Momenten ist der kleine Beutel gefüllt. Die Anwesenden sehen fasziniert zu, besonders Mizuki, die von einem einzigen dieser Kiesel ausgelaugt wurde. Aber selbst für die Herrin des Nordens scheint das ein ziemlicher Kraftakt gewesen zu sein. Sie gähnt laut auf und wirkt auf einmal ziemlich erschöpft. Doch übergibt sie den Beutel, gefüllt mit kristalliner Magie, an ihren Jüngsten.

»Bitte, das sollte für heute reichen. Mehr kann ich im Moment nicht erzeugen. Aber Thea und Lys, falls ihr euch ebenfalls dazu bereit erklären würdet? Dann kann er seine Forschungen gut vorantreiben.«

»Natürlich! Ich wäre auch gerne dabei, wenn du einen Trank so herstellst.«

»Klar, danke Mutter, Lys wenn du willst, kannst du jederzeit vorbeikommen. Das gilt auch für dich, Thea.«

Nach dem Mittagessen begeben sich alle, auch Thea und Lys, ins Zimmer von Grigori. Dort testet er zuerst einen der Manasteine mit einem weiteren Trank, bevor er Kaira und Mizuki bittet, ein paar Tränke herzustellen und dabei den Verbrauch festzustellen. Die beiden stimmen zu und beginnen mit den Experimenten. Dabei hilft ihnen diesmal Thea. Lys zeigt Grigori, wie er seine Entdeckung zu dokumentieren hat. Dieser ist gerade am Schreiben, als Mizuki erklärt, dass sie nur noch Kräuter für zwei weitere Tränke hätten. Gemeinsam bereiten sie alles vor. Nachdem sie die letzten Vorräte verbraucht haben, sitzen die Jugendlichen gemeinsam auf dem Bett, während Lys das Chaos auf dem Pult untersucht. Sie scheint sich genauso für die Misserfolge zu interessieren, wie für die Erfolge. Grigori, der die Schriftrolle auf dem Nachttisch ausgerollt hat, schreibt die Beobachtungen von Mizuki auf, so wie es ihm zuvor gezeigt wurde.

Alle bis auf Thea wirken zufrieden mit ihrer Arbeit. Diese lehnt mit verschränkten Armen am Bett und betrachtet Grigori:

»Das ist ja noch langweiliger als Kochen. Kräuter hacken und im Wasser kochen, toll. Dazu weisst du noch nicht einmal, ob der Trank wirklich funktioniert.«

»Ich bin davon überzeugt! Der Trank hat die richtige Farbe, es sind die richtigen Kräuter.«

»Ich glaube auch, dass der Trank der richtige ist, Thea. Aber deine Frage ist berechtigt. Wie willst du die Wirksamkeit testen?«

»Ähm ... «, der Junge sieht verwirrt zwischen den Anwesenden hin und her. »Ich warte, bis jemand Kopfschmerzen bekommt, dann kann er ja einen der Tränke testen.«

Kaira beginnt zu lachen, die Idee scheint sie zu unterhalten, auch Thea muss bei der Vorstellung grinsen. Nur Mizuki bleibt komplett ernst:

»Ich kann mich da an etwas erinnern. Aber es ist lange her. Ich habe Mutter begleitet. Ich werde heute Abend mit ihr Kontakt aufnehmen.«

»Danke, Mizu. Danke euch allen für die Hilfe. Ich werde jetzt erst einmal aufräumen. Danach sehe ich nach, wofür ich noch Kräuter habe.«

»Gute Idee. Kaira, wollen wir zusammen trainieren gehen?«, die junge Thronerbin streckt sich gelangweilt. Die Amarog nickt und springt vom Bett. Einzig Lys bleibt bei ihm.

»Du hast heute etwas ganz Besonderes gemacht. Das kann dir niemand nehmen. Ich helfe dir beim Aufräumen. Danach schauen wir einmal die Rezepte durch. Einverstanden?«

»Klar, danke dir.«

Nach ein paar Stunden des Aufräumens und der Bestandserfassung wird klar, dass mehrere der Kräuter, die sie bisher verbraucht hatten, erst wieder beschafft werden müssen.

Während der Winter ins Land zieht, experimentiert Grigori weiter. Dabei wird aus dem anfänglichen Ausprobieren immer mehr ein gezieltes Arbeiten. So kommt es, dass während der Schulferien, die den Tag der Jahreswende umgeben, Grigori mehr Zeit in seinem Zimmer mit alten Büchern verbringt als mit den anderen beim Spielen. Ohne Thea, würde er sein Zimmer kaum noch verlassen. Doch ist nicht nur er von der Materie fasziniert. Auch Mizuki nutzt die Chance und testet Zauber um Zauber. Ihr Ziel, einen Zauber zu finden, der erlaubt die Tränke ohne Risiko zu testen. Dabei verwendet sie alte Schriftrollen, die Lys und Sadako in den Archiven gefunden haben. Selbst die Herrin des Ostens beteiligt sich an der Suche ihrer Tochter und lässt immer wieder Zauber übermitteln, die vielleicht helfen könnten.

»Okay, der Trank hilft bei gebrochenen Knochen!«

»Sicher?«, Grigori sieht misstrauisch die Kitsune an, vor der die kleine Flasche in der Luft schwebt.

»Ganz sicher!«

»Okay, aber das steht so nicht in den Büchern. Laut Rezept sollte dieser Trank nur gegen kleine Wunden helfen.«

»Aber … «, die Kitsune sieht verwirrt die Schriftrolle an. Wie die letzten Male testet sie einen neuen Zauber. Doch scheint auch dieser zu versagen.

»Es muss doch eine Möglichkeit geben! Die alten Alchemisten kannten einen Trick. Garantiert!«

»Das glaube ich auch, aber nachdem ich die Bücher durchgegangen bin, muss ich ehrlich sagen, dass ich überrascht bin, überhaupt so viele Rezepte gefunden zu haben. Die meisten Alchemisten scheinen nichts vom Teilen gehalten zu haben. Langsam verstehe ich auch, wieso die Alchemie vergessen wurde.« Grigori sieht zu einem Haufen alter Bücher. Er hat zuvor aus allen die Rezepte abgeschrieben. Aber auch schnell festgestellt, dass viele der Rezepte unnötig kompliziert sind. So hat er mehr als fünf verschiedene Rezepte für einen guten Heiltrank. Alle mit denselben oder ähnlichen Zutaten. Aber jeder der Zubereitungen ist anders. Gewisse verlangen ganze Rituale. Als er Sadako darauf angesprochen hat, wurde sie beinahe wütend, der Gedanke, dass jemand Alchemie ohne Rituale ausübt, scheint ihr nicht zu behagen.

Eigentlich spricht nur Miri von der Alchemie als etwas Normales. Dank ihr hat er auch verstanden, was Meister Ostanes so unbeliebt machte. Er hatte versucht, aus der mystischen Alchemie, ein normales Handwerk zu erschaffen. Seine Arbeit beinhaltet kein einziges Ritual. Alle Versuche von ihm wurden sachlich geschildert.

»Mizu, warum versuchst du nicht selber, einen Zauber zu erschaffen?«

»Weil ich das nicht kann. Einen Zauber zu erschaffen ist schwierig. Die Worte müssen stimmen, ein Fehler und es kann sehr böse enden. Mutter hat einen ganzen Beraterstab, die sich mit solchen Themen befasst. Es kann Jahrzehnte dauern, bevor sie es auch nur wagen, einen neuen Zauber zu testen.«

»Klingt kompliziert.«

»Ist es. Aber ich habe von Akira ein Buch bekommen. Es handelt von der magischen Analyse von Pflanzen. Aber vielleicht kann ich die Zauber auch hier anwenden.«

»Du hast eure Magielehrerin gefragt?«

»Ja, ich habe eigentlich alle gefragt, die vielleicht helfen könnten. Aber solche Zauber sind wahrscheinlich mitsamt der Alchemie vergessen worden.«

»Glaube ich gerne. Wenn ich die Rezepte betrachte, welche ich gefunden habe. Das waren die allgemein bekannten Rezepte. In vielen Büchern steht aber geschrieben, dass die alten Alchemisten viel mehr kannten. Nur gingen die Rezepte verloren oder waren in einer geheimen Schrift aufgeschrieben.«

»Geht bei den Zaubern so ähnlich. Jeder will seine Entdeckung für sich behalten. Ich habe alleine von Lys dreimal den gleichen Zauber bekommen. Dabei stammten sie aber aus verschiedenen Zeitepochen.«

Während die beiden weiter testen, stürmt auf einmal Xiri in den Raum und bevor jemand auch nur grüssen kann, ruft sie begeistert:

»Morgen backen wir wieder mit Lia! Juhuu.« Kaum hat sie es ausgesprochen, stürmt sie davon. Grigori kann sich das Grinsen kaum verkneifen, während Mizuki beinahe genervt den Kopf schüttelt.

»Lernt sie es eigentlich nie, dass man anklopfen kann?«

Bevor Grigori antworten kann, stürmt sie wieder in den Raum. Diesmal kann Mizuki ihre Konzentration nicht mehr aufrecht erhalten und der Trank zerschellt auf dem Boden.

»Xiri! Was habe ich dir gesagt?«

»Das ich anklopfen soll, bevor ich in dein Zimmer platze. Das ist aber das Zimmer von Grischa! Dazu hast du gerade die Flasche kaputtgemacht!« Die kleine Harpyie verschränkt trotzig ihre Arme und fragt dann, als wäre nichts passiert:

»Was macht ihr eigentlich?«

»Wir versuchen gerade, einen Zauber zu finden, der den Trank analysieren könnte. Jetzt brauchen wir aber wohl zuerst einen neuen Trank.« Grigori mustert nachdenklich die Scherben und sieht dann in das wütende Gesicht von Mizuki.

»Xiri, ich würde an deiner Stelle das Weite suchen.«

»Wieso? Oh.« Sie kann gerade noch einen Satz durch die Türe nehmen, bevor sich Mizuki auf sie stürzt. Vom Ende des Ganges hört er noch Xiris Entschuldigung. Doch scheint Mizu diesmal nicht in der Stimmung zu sein. Beim Zaubern gestört zu werden, ist eine der wenigen Möglichkeiten, sich den Zorn der Kitsune zu sichern.

Xiri, der das insgeheim Spass zu machen scheint, wird mindestens einmal im Monat durch die Festung gejagt. Dabei richten die beiden häufig nur Chaos an und es endet damit, dass beide beim Aufräumen helfen müssen.

Während er in seinem Zimmer aufräumt, schlendert Kaira in den Raum und betrachtet nachdenklich den jungen Menschen, der gerade damit beschäftigt ist, die letzten Spuren des Unglücks zu beseitigen.

»Etwas schiefgelaufen?«

»Xiri.«

»Ah, das erklärt so einiges.« Die Amarog beginnt zu lachen und Grigori bemerkt erfreut, dass sie dabei für einen Moment komplett entspannt wirkt. Sie setzt sich auf sein Bett und deutet auf das Fenster:

»Du solltest auch mal nach draussen kommen. Es schneit und ist wunderbar!«

»Ich ... ich bin kein grosser Schneefreund.«

»Es würde dir guttun. Komm, du kannst deine Experimente auf später verschieben.«

»Aber ... «

»Komm schon, nur ein bisschen frische Luft schnappen. Ein bisschen Schnee hat noch keinem geschadet. Zudem macht es alleine keinen Spass und Xiri ist ja beschäftigt.«

Die Luft ist tatsächlich frisch und klar. Grosse Schneeflocken fallen vom bewölkten Himmel und der Boden im Tal ist bereits mit einer dicken Schneeschicht bedeckt. Verschiedene Spuren deuten darauf hin, dass sich bereits mehrere der Festungsbewohner in den Schnee begeben haben und eine Gruppe kleiner Monster spielt nach eigenen Regeln ein Spiel zusammen. Grigori sieht unbehaglich auf den Schnee. Er erinnert sich an sein Ankommen in der Festung und bemerkt, dass es nun schon bald das vierte Jahr sein wird, welches er am Hof des Nordens verbringt.

»Alles in Ordnung?«

»Wie? Jaja, ich, ich habe nur gerade über, ähm, die Pflanze nachgedacht, die ich nicht bestimmen kann.«

Er bemerkt den misstrauischen Blick und wird rot. Doch zuckt die junge Amarog nur mit den Schultern und legt denn Kopf zu Seite:

»Das Problem muss dich mitnehmen. Du hast den Schnee gerade angestarrt, man könnte ja meinen.«

»Es ist alles in Ordnung. Wolltest du nicht im Schnee toben gehen?«

»Stimmt, halte mal.« Mit diesen Worten gibt sie ihm eine Tasche und springt dann, sich verwandelnd, in den Schnee. Grigori sieht fasziniert der silberfarbenen Wölfin nach, die im aufgewirbelten Schnee verschwindet. Während er sich im Windschatten einer kleinen Mauer niederlässt, rast die Wölfin hin und her. Er sieht ihr interessiert zu. Sich einmal mehr wundernd, wie es wohl so ist, als Wolf durch den Schnee zu laufen. Er beneidet die Amarog dafür, genauso wie er Xiri beneidet. Er sieht immer noch ganz in Gedanken verloren dem Treiben der Wölfin zu, sodass er aufschreckt, als sich auf einmal jemand neben ihm niederlässt.

»Ganz ruhig. Bin nur ich, hier ein Gruss von Miri. Sie bringt gleich noch eine Tasse für Kaira.«

»Danke, Thea.« Grigori nimmt die dampfende Tasse freudig entgegen. Auch sie hält eine und trinkt mit Genuss das süsse Getränk.

»Dass muss man Miri lassen, ihre heisse Schokolade ist nicht zu überbieten.«

»Stimmt. Hey Kaira, komm zurück, gleich gibt es etwas ganz Leckeres zum Trinken!«

Kurz nachdem Kaira zurück zu den anderen gekommen ist, erreicht auch die Miniri die kleine Gruppe. Sie überreicht der Amarog ebenfalls eine Tasse. Danach verabschiedet sich die Dienerin wieder. Thea sieht ihr nach und scheint sich zu amüsieren.

»Was ist los?«

»Ach, seit ich die Thronerbin bin, hat sie angefangen, mich zu beachten.«

»Eine Dienerin sollte sich anders benehmen!« Kaira schüttelt zwischen zwei Schlucken den Kopf. »Versteht mich nicht falsch, ich halte nicht viel vom Bedientwerden, aber zu Hause würde sie sich dieses Verhalten kaum leisten können.«

»Ach, glaub mir Kaira. Miri ist anders. Sie kann es sich leisten. Dazu hat Grischa ja einen Narren an ihr gefressen und glaubt alles, was sie sagt.«

»Sie hatte bisher immer recht!«

»Das stimmt sogar.« Thea nimmt einen weiteren Schluck und sieht beinahe traurig auf ihre Tasse. »Schon fast leer.«

Die Gruppe sitzt noch eine Weile zusammen und als es anfängt, kälter zu werden, zieht Kaira eine Decke aus ihrer Tasche. Thea und Kaira sehen dem Schneetreiben zu, während Grigori das alte Alchemiebuch auspackt und sich mal wieder mit dem Betrachten der Pflanze, die scheinbar nicht existiert, beschäftigt.

»Die Zeichnung sieht wie das Unkraut aus, das Mutter einfach nicht loswerden konnte. In einem Teil des Gartens hatte es immer davon. Egal, was sie versucht hat, das Kraut kam immer wieder. Dabei wuchs es selbst die kleine Steinmauer hoch. Aber immer nur an einer Stelle.«

Als sie aufsieht, bemerkt sie den überraschten Gesichtsausdruck von Grigori. Sie legt verlegen die Ohren an und murmelt leise, dass sie sich aber nicht sicher sei.

»Du weisst nicht wie das Kraut heisst, oder?«

»Nun ... Mutter nannte es Tunvekkraut, aber ich weiss nicht, ob das stimmt. Ich habe mich nie für die Blumen im Garten interessiert. Aber es hat Spass gemacht, das Unkraut auszureisen. Da durfte man so richtig dreckig werden.«

Grigori sitzt wie vom Blitz getroffen neben den beiden. Thea hingegen sieht verwirrt zu Kaira:

»Ich habe noch nie von Tunvekkraut gehört, bist du sicher, dass du den Namen richtig im Kopf hast?«

»Nein, aber ich frage heute Abend nach. Wieso? Ist das wichtig?«

»Ja, du bist die Erste, die etwas mit der Pflanze anfangen kann.«

»Oh.« Sie blickt nachdenklich in den Schnee und beginnt zu lachen.

»Was ist so witzig?«

»Dass ausgerechnet ich eine Pflanze kennen soll. Mutter hat immer behauptet, dass ich nicht einen Baum von Getreide unterscheiden könnte.«

Alle beginnen zu lachen. Sie sitzen noch eine Weile zusammen, dann wird es ihnen zu kalt und sie ziehen sich in die warme Festung zurück.

Dabei laufen sie Xiri über den Weg, die mit dem Transport von Büchern beschäftigt ist. Als sie kurz darauf auch auf Mizuki treffen, die ebenfalls Bücher schleppt, kann sich Grigori das Lachen kaum noch verkneifen. Nach kurzem Nachfragen erfahren sie, dass Lysixia für die

Bestrafung zuständig ist. Als sich die drei bei ihr melden, schüttelt sie zuerst den Kopf:

»Na, na, Sinn und Zweck einer Strafe ist, dass man etwas lernt. Zum Beispiel, dass man nicht einfach in eine Ratssitzung platzt. Auch wenn Mutter das natürlich extrem amüsant fand. Aber wenn ihr unbedingt helfen wollt. Die Bücher stammen aus dem Ratsarchiv und müssen gezügelt werden. Alle Bücher in dem Raum gehören in die Bibliothek. Dort wird Sadako sie weiter sortieren.«

Ohne zu zögern, packen Thea, Kaira und Grigori mit an und die Bücher sind schnell gezügelt. Trotzdem tapst die kleine Xiri am Ende nur noch mit jeweils einem Buch hin und her. So energiegeladen sie sonst immer ist, schwere Dinge zu tragen liegt ihr nicht. Insbesondere nicht bei blöden Büchern.

Vergissmich-Kraut

Die nächsten Wochen vergehen wie gewohnt. Der Unterricht beginnt wieder und die Jugendlichen erwartet eine Überraschung. Zudem hat Kaira bewirkt, dass ihre Mutter ein paar Setzlinge des Tunvekkrauts schickt.

»Wir haben uns in den letzten Tagen ausführlich mit der Erschaffung unserer Welt beschäftigt. Wir wissen jetzt, dass die urspünglichen Schöpfer dieser Welt als die Alten bezeichnet wurden. Wir wissen auch, dass sie die vier Ur-Monsterlords erschaffen haben.« Nara sieht aufmerksam zu ihren Schülern und vergewissert sich, dass noch immer alle zuhören.
»Die vier Ur-Monsterlords waren Hoss, Gott des Landes und des Himmels. Leviathan, Gott des Meeres und der Gewässer. Yasuko, Göttin des Lebens und der Magie und natürlich Theia, Göttin der Ordnung und des Chaos.« Hier unterbricht sie ihre Rede und schreibt alle vier Namen auf die Wandtafel. »Heute werden wir uns mit den von ihnen erschaffenen Monstern beschäftigen. Weiss jemand, von welchem Ur-Monsterlord die Amarog erschaffen wurden?«
»Von Yasuko, alles mit Fell hat sie erschaffen!«
»Das kann man so nicht sagen, Thea. Aber ja, die Amarog wurden von Yasuko erschaffen. Weisst du noch eine andere Monsterart, die von ihr erschaffen wurde?«
»Kitsunen, die sind ihr Ebenbild. Miniri und ähm«, hier zögert die Apepi und runzelt angestrengt die Stirn, »waren es die Ani?«
»Ani?«, die Lamia sieht verwirrt von der Wandtafel weg.
»Ja, die Füchse, die wie die Amarog aussehen.«
»Ah, du meinst die Onai. Ja, gute Beschreibung.« Nara lächelt und fügt auch diese Art der Liste hinzu. »Sie hat aber auch die Menschen erschaffen. Das war ja leider der ursprüngliche Grund für den ersten Monsterkrieg. Aber es waren nicht die Menschen, die wir heute kennen,

sie waren stärker und grösser. Aber das ist eine andere Lektion für sich.« Sie lächelt Grigori, der enttäuscht aussieht, aufmunternd an, danach wendet sie sich an Xiri: »Weisst du, von wem deine Art erschaffen wurde?«

»Klar!«, die kleine Harpyie plustert sich auf, »von Hoss!«

»Das stimmt so leider nicht, Xiri, die Harpyien sind von Theia erschaffen worden.« Die Lamia ergänzt wieder die Liste und diesmal mustert sie Grigori: »Wen hat Theia noch erschaffen?«

»Öhm, ich glaube die Sturmwölfe und die Nachtwandler«, nach einem kurzen Augenblick ergänzt er, »die Lamien hat sie auch erschaffen, oder?«

»Sehr gut, das stimmt. Wobei die Lamien ursprünglich als das Ebenbild von Theia galten. Die Apepi wurden erst später von ihr erschaffen.«

»Nach dem Monsterkrieg?«

»Genau, nachdem sie im Kampf gegen Leviathan im ersten Monsterkrieg tödlich verwundet wurde, erschuf sie die erste Apepi, eine kleinere und schwächere Kopie ihrer selbst. Wobei schwächer hier nicht falsch verstanden werden darf. Die Herrin ist mit absoluter Sicherheit die mächtigste Magierin der Welt. Auch körperlich können Apepi sich mit so gut wie allem auf dieser Welt messen.«

Wieder wird die Liste ergänzt und diesmal wird Mizuki gefragt.

»Leviathan erschuf die Nagas und die Skyllen.«

»Genau, die Skyllen gelten als sein Ebenbild.« Nara nickt und deutet auf den freien Platz unter dem Namen von Hoss. »Na, weiss jemand, wen Hoss erschaffen hat?«

»Ja! Die Drachen und die Kukilcane«, ruft Xiri begeistert, »beide können fliegen!«

»Kukulcane, nicht Kukilcane!«, mahnt Nara, bevor sie bestätigt und die beiden Genannten aufschreibt. »Aber er erschuf auch die Chentechtai. Dabei handelt es sich um eine aufrecht gehende Echsenart. Die Drachen waren sein Ebenbild.«

Nachdem sie alle Monsterarten ihrem Schöpfer zugeordnet hat, erklärt sie den Anwesenden, dass sowohl die Sturmwölfe wie auch die Onai kurz vor dem Aussterben stünden. Beide seien von den Menschen zu weit aus ihrem ursprünglichen Lebensraum getrieben worden. Während die Sturmwölfe ihr Schicksal akzeptierten, wehrten sich die Onai. Als die Kämpfe vorbei waren, lebten kaum noch genug, um die Art zu erhalten.

»Der Onai-Älteste, Gideon, soll dies mit folgenden Worten kommentiert haben.« Die Lamia räuspert sich, bevor sie vorliest: »Als die erfolgreichen Krieger der vereinten Onai-Stämme vor ihn traten, sah er sie an und rief: ›Erfolglose Narren seid ihr!‹ Die Krieger sahen sich verwundert an und erklärten trotzig, dass sie gewonnen hätten. Darauf antwortete der weisse Gideon: ›Gewonnen? Seht ihr das Dorf? Es sind kaum genügend von allen Stämmen übrig, um alle Häuser zu bewohnen. Ihr seid Narren, weil ihr glaubt, gegen die Menschen gewonnen zu haben und ihr seid erfolglos, weil ihr es nicht geschafft habt, die Onai ganz zu vernichten!‹ Wieder beharrten die Onai auf dem Fakt, sie hätten ihr altes Land zurückerobert. Darauf Gideon ›Ihr habt Land erobert, das wir gebraucht haben für das Volk. Doch lebt das Volk nicht mehr. Es sind kaum genug am Leben, um diese Siedlung zu halten, geschweige denn das von euch eroberte Land! Narren!‹ Damit ging er zurück in seine Hütte und dachte über die Zukunft der Onai nach.«

Als Nara aufsieht, lächelt sie die bedrückte Meute vor sich an. »Nana, das ist etwas über 3000 Jahre her. Noch gibt es Onai, aber sie sind sehr selten geworden. Wichtig ist, dass ihr begreift, dass diese Welt zu klein ist, als dass jede Art ihr eigenes Land haben kann. Die Kululcane haben sich auf eine grosse Insel im Westen zurückgezogen und leben dort friedlich mit den Menschen zusammen. Die Kitsune haben im Osten ein grosses Reich aufgebaut, in dem Menschen, Kitsune und andere Monsterarten in Frieden zusammenleben. Aber das ist erst seit etwa 2000 Jahren so. Im Süden haben die Chentechtai die Wüsten in Anspruch genommen und die Miniri ›teilen‹ sich die Oasen mit Menschen. Die Drachen haben sich mit Menschen in den Vulkanlanden abgefunden, hier im Norden leben wir ja ebenfalls mehr oder weniger im Frieden mit den Menschen. Nur im zentralen Reich scheinen Monster nicht willkommen zu sein.« Bei diesen Worten schüttelt sie verärgert den Kopf: »Wobei die Nagas nicht hilfreich sind, da sie einen Dauerkrieg mit den Menschen an der Küste führen.«

Bevor die Lamia weiterfahren kann, klopft es an die Türe und eine junge Harpyie in Dienergewandung tritt ein. Sie verbeugt sich kurz und verkündet: »Der junge Herr Grigori wird im Thronsaal verlangt!«

Im Thronsaal angekommen, sieht Grigori überrascht eine Amarog bei seiner Mutter stehen. Als er die beiden erreicht, verbeugt sich die

Amarog und überreicht dem jungen Menschen eine Schriftrolle. Dazu deutet sie auf einen Beutel, in dem sich fünf Pflanzen in kleinen Töpfchen befinden.

»Die Alpha lässt grüssen. Sie kann jederzeit mehr dieser Setzlinge schicken. Sie hat alles, was sie über das Kraut weiss, aufgeschrieben.«

»Vielen Dank.« Der Junge sieht sich nach einem Diener um und die junge Harpyie tritt vor.

»Bitte bringe drei Pflanzen zu den Gärtnern, zwei in mein Zimmer. Dazu diese Schriftrolle. Lass sie vorher kopieren.«

»Verstanden, eine Kopie für die Gärtner?«

»Genau, vielen Dank.«

Während die Dienerin mit dem Beutel davonläuft, mustert die Herrin des Nordens ihn neugierig:

»Was genau war das?«

»Das könnte das Kraut sein, das scheinbar nicht existiert. Kaira hatte es erkannt und ihre Mutter gebeten, eine zu schicken.«

»Aha, da bin ich ja gespannt.«

»Ich auch, vielen Dank. Würdest du bitte meinen Dank der Alpha ausrichten?«

»Natürlich, Herr.«

Als er zurück in den Unterricht kommt, erwartet ihn bereits eine Liste auf seinem Pult.

»Ah, gutes Timing. Ich wollte gerade das hier erklären.« Dabei hält sie eine Liste in die Höhe.

»Als Teil eurer Ausbildung sollt ihr verschiedene Handwerksberufe kennenlernen und mindestens in einem müsst ihr einen Abschluss machen. Keine Sorge, der normale Unterricht wird dafür reduziert. Dazu habt ihr länger Zeit als normale Auszubildende. Das Besondere daran: Ein Handwerk wählt ihr, eines wählt die Gruppe für euch und das letzte wählen eure Eltern. Natürlich könnt ihr auch noch mehr ausprobieren. Aber die Methode hat sich bewährt.«

Kaum hat sie fertig erklärt, beginnt ein aufgeregtes Gemurmel und alle beginnen, die Liste genau zu studieren. Die Lamia gibt ihnen dafür Zeit und nachdem alle die Liste studiert haben, beginnt sie mit den Abstimmungen.

»Also, die Stimmen sind wie folgt: Grigori, für dich haben die anderen einstimmig Koch gewählt. Xiri, für dich haben sie Jägerin gewählt.

Kaira, dasselbe gilt für dich. Mizu, für dich Schneiderin und Thea für dich Schmiedin.« Die Lamia sieht amüsiert auf die Wahlzettel. Die Jungen durften sich jeweils kurz beraten.

»Okay, das sind also die Gruppenwahlen. Ihr müsst bis morgen die Wahl eurer Eltern haben. Eure Wahl will ich übermorgen. Macht euch aber keine Sorgen. Solltet ihr unglücklich mit der Wahl sein, können wir nach einer Probezeit noch einmal darüber sprechen. Das Ziel dieser Aufgabe ist es, dass ihr lernt, womit sich euer Volk beschäftigt. Zwei Tage dienen dem Handwerk. Thea und Mizuki, ihr habt leider nur noch einen freien Nachmittag. Euer Zauberunterricht wird ausgeweitet. Ihr seid beide schon sehr weit fortgeschritten, gratuliere. Xiri, auch du wirst nur noch einen freien Nachmittag haben. Dein Flugunterricht wird ebenfalls ausgebaut. Kunya hat darum gebeten.«

Beim Mittagessen übergeben Thea und Grigori ihre Liste. Die Herrin sieht die besorgte Kaira beruhigend an:

»Deine Mutter ist informiert, sie wird sich heute Abend bei dir melden. Sie hat eine Liste erhalten und wird dir die Wahl mitteilen.«

»Danke, ich hatte mich schon gefragt. Die Kommunikation durch die Drachentränen funktioniert zwar gut, aber die ganze Liste vorlesen … «

Während des restlichen Mittagessens beraten sich die Jungendlichen, was sie wählen sollen. Selbst im Sportunterricht am Nachmittag wechseln sie kaum das Thema. Doch sorgen Kasumi und Umashankar schnell dafür, dass sie mehr als nur gefordert werden.

Als Grigori sich am Abend in sein Zimmer begibt, kann er seine Freude kaum noch unterdrücken. Endlich hat er Zeit für die Pflanzen. Doch sieht er zu seiner Bestürzung, dass beide bereits am Welken sind. Nachdem er die Schriftrolle kontrolliert hat, betrachtet er verwundert die Pflanzen. Laut Amys Angaben, sollten die Pflanzen absolut anspruchslos sein und eigentlich noch nicht welken. Er zuckt verärgert mit den Schultern und beginnt mit dem Vergleich der Pflanzen mit der Zeichnung aus den Büchern. Er ist damit so beschäftigt, dass er Thea nicht hört, die in sein Zimmer gleitet.

»Hier, deine Liste. Was ist das für ein Kraut?«

»Tunvekkraut. Kairas Mutter hat es mir geschickt. Ich glaube, das ist meine rätselhafte Pflanze. Aber etwas stimmt nicht. Sie welken bereits.«
Er überfliegt die Liste und stutzt:
»Kaufmann?«
»Sie sagte dazu, dass dir diese Ausbildung helfen könnte. Sie würde dir ja gerne Alchemist anbieten, aber es gibt das Handwerk nicht mehr wirklich. Die Heiler wären die Alternative, aber ohne Magie ... Du weisst schon.«
»Klar, was hat sie für dich gewählt?«
»Eigentlich wollte sie Schmiedin wählen, aber da wart ihr schneller.« Die Apepi grinst: »Also hat sie Bäuerin gewählt. Sie behauptet, es würde mir guttun, mich körperlich zu beschäftigen.«
Beide lachen. Als kurz darauf die anderen dazustossen, erfährt er, dass für Kaira das Kürschnern gewählt wurde, während Mizu auch das Kochen lernen soll. Xiri hingegen soll das Schneiderhandwerk erlernen.
»Wie genau geht das jetzt? Wir können ja nicht drei Berufe gleichzeitig erlernen?«
»Nein, wir verbringen jeweils fünf Monate pro Beruf und lernen die Grundlagen. Danach werden die Meister zu einem Gespräch zusammentreffen und es wird weiter geplant. Danach erfolgt noch einmal ein Jahr Probe, falls das Richtige nicht dabei war, ansonsten beginnt die Ausbildung endgültig.« Thea kann sich das Lachen kaum verkneifen, als sie die Sorge von Xiri hört.
»Die Idee ist nicht nur, dass wir ein Handwerk erlernen, sondern auch, dass wir als Herrscher eines Tages nachfühlen können, wenn wir uns die Sorgen unserer Untertanen anhören. Oder im Falle von Mizu und Grischa dass sie etwas zu tun haben. Sie erben ja beide keinen Thron.«

Nachdem er alle aus seinem Zimmer gescheucht hat, setzt sich Grigori wieder an sein Pult und studiert die Liste. Dabei spielt er gedankenverloren mit den Manasteinen. Nachdem er die Heiler angekreuzt hat, legt er müde den Beutel mit den Manasteinen an eine der Pflanzen und geht zu Bett. Dabei denkt er über die Zukunft nach. Er wird niemals den Thron des Nordens erben, da hat Thea recht. Aber egal was er sich überlegt, ihm wird klar, dass er auch nie einfach nur ein Händler sein wird. Er ist Teil der Herrscherfamilie, so wie Nysahria oder Lysixia. Beide dienen dem Haus. Nysa als Botschafterin und Lys als Beraterin und Gelehrte. Mit diesen Gedanken schläft er ein.

»Herr, bitte entschuldigt die Störung!«
»Was 'n los?«
»Die Gärtner schicken mich, es ist dringend.«
»Wie?«, er blinzelt verwirrt, endlich erkennt er die Harpyie wieder. Die Dienerin wirkt unglücklich.
»Verzeiht, die Glocken läuten bald zum Frühstück. Die Gärtner wollten nach der Pflanze sehen und haben festgestellt, dass über Nacht eine ganz eingegangen ist, eine kurz vor dem Verwelken steht und eine kaum besser aussieht.«
»Was? Aber wie kann das sein?«
»Das ist es ja, die Gärtner verstehen das offenbar auch nicht. Sie bitten, dass ihr vorbeikommt.«
»Okay, einen Moment, ich ziehe mich an.«
Kaum hat der Junge sich angezogen, als er verblüfft stehen bleibt. Die Pflanzen auf seinem Pult blühen in voller Stärke.
»Bei den Alten! Wie kann das sein?«
»Bitte?«, die Dienerin steckt den Kopf durch die Türe und sieht neugierig den Jungen an. Dieser deutet auf den Tisch.
»Die sind gestern Abend am Verwelken gewesen. Jetzt sieht die eine aus, als ob sie am liebsten austreiben würde und die andere blüht auch wieder.«
»Was habt ihr gemacht? Vielleicht ist das die Lösung?«
»Nichts. Ich habe sie untersucht, das war es.«
»Was ist das für ein Beutel? Da stecken ja Wurzeln drin.«
Die beiden stehen fasziniert vor dem Pult. Grigori sieht, dass die Harpyie recht hat. Aus dem Gefäss, an das er den Beutel mit Manasteinen gelehnt hat, ragen mehrere feine, weisse Wurzeln. Sie stecken im Beutel. Als er ihn wegnimmt, bleibt ein Manastein an den Wurzeln hängen und nach kurzem Untersuchen wird klar, dass die Pflanze den Stein umschlungen hat. Nach kurzer Kontrolle des Beutels strahlt er über das ganze Gesicht:
»Es fehlen mindestens drei Manasteine. Ich hatte sie gestern gezählt.«
Er schwenkt den Beutel triumphierend.

»Sie brauchen Magie! Das ist der Trick. Komm, wir müssen zu den Gärtnern!«

Ohne abzuwarten, läuft er los. Die Harpyie folgt ihm dichtauf und als sie die Gärten erreichen, übernimmt sie die Führung.

»Gut, dass ihr kommt!«, der Gärtner, ein Lamia, wirkt niedergeschlagen. »Wir haben die Pflanzen genau nach Angaben angesetzt.«

»Wo?«

»Hier, das ganze Beet ist nur für die Pflanzen gedacht.«

»Was ist das für ein Kristall?«

»Das ist ein Sonnenkristall. Damit können wir das Licht kontrollieren und auch im Winter ernten.« Der Gärtner deutet auf die anderen Kristalle, die über benachbarten Beeten angebracht sind. Grigori mustert das Beet. Eine der Pflanzen wurde direkt unter den Kristall gepflanzt. Sie ist die Einzige, die noch am Leben ist. Die anderen, im gleichmässigen Abstand von der Ersten gepflanzt, sind verwelkt.

»Wir haben sie so gesetzt, dass eine das volle Licht abbekam, eine das halbe und eine im Schatten war. Die Anweisungen sagten, dass es zwar keine Rolle spielt, jedoch mögen nicht alle Pflanzen dieselbe Menge Licht. Ich verstehe nicht, wieso sie verwelkt sind.«

»Keine Sorge«, beruhigt der Junge, »meine beiden leben noch.«

»Was ist hier los?«

Alle drehen sich um. Durch die Beete schreitet die Gartenmeisterin. Die achtschwänzige Kitsune wirkt verärgert. Sie deutet auf die verwelkten Pflanzen:

»Was sind das für Pflanzen? Warum belästigst du den jungen Herrn damit?«

»Das ist das Tunvekkraut, das er uns gegeben hat. Ihr habt es gestern selber angepflanzt und mich beauftragt, sie im Auge zu behalten.« Der Gärtner wirkt verblüfft.

»Selbst wenn dem so wäre, dann hast du schlechte Arbeit geliefert, Kor!«, die Kitsune schüttelt den Kopf und mustert die Pflanze. »Dazu kann ich mich nicht erinnern, diese Pflanzen eingesetzt zu haben! Das würde ich wohl kaum vergessen.«

Nach kurzem Schweigen räuspert sich die Harpyie:

»Verzeiht, Gartenmeisterin Natsumi, aber ich habe dir gestern persönlich die Pflanzen ausgehändigt. Mit einer Abschrift!«

»Ach ja?«, die Kitsune sieht verwirrt die Gruppe an.

»Du kannst dich nicht daran erinnern?«

»Nein, Herr, es tut mir leid.«

»Schon gut, spannend. Nun, ich habe eine Frage: Gibt es hier im Garten oder im Tal einen Punkt, an dem sich Magie konzentriert? Ich glaube, man nennt es einen Kreuzpunkt?«

»Keine Ahnung. Solche Kreuzpunkte sind nicht gerade häufig. Wieso?«

»Dann bitte ich darum, dass nach so einem Punkt gesucht wird. Sobald ihr einen habt, pflanzt ihr eine der beiden Pflanzen aus meinem Zimmer dort ein.«

»Wie?«, die Kitsune wirkt nun endgültig verwirrt.

»Kor war der Name?« Grigori wendet sich an den Gärtner.

»Ja.«

»Lege bitte zu jeder Pflanze so einen Manastein, auch zu den verwelkten Exemplaren. Du bekommst sechs. Kontrolliere am Mittag die Pflanzen noch einmal. Sollte sich etwas ändern, bitte ich um Bescheid.«

»Gut, mache ich, danke.« Der Gärtner nimmt die Steine in Empfang und legt je einen wie angewiesen hin. Grigori beobachtet es und wendet sich danach an die Harpyie:

»Bitte schreib den Auftrag auf und bringe eine Kopie zu den Magiern. Sie kennen vielleicht einen Punkt. Dazu bringe bitte den Beutel zurück in mein Zimmer und lege jeweils einen Stein zu jeder Pflanze.«

Die Harpyie bestätigt und macht sich auf den Weg. Grigori hingegen erklärt der Kitsune seine Absicht. Als sie endlich versteht, auf was er hinauswill, nickt sie.

»Gut, ich suche so einen Punkt. Nur … ich kann für nichts garantieren.«

»Klar, aber es ist einen Versuch wert. Wenn ich recht habe, dann erklärt es auch das seltsame Verhalten im Garten der Amarog Alpha. Sie hat geschrieben, dass sich das Kraut nie weiter ausbreitet. Selbst wenn sie es in Ruhe lässt.«

Danach begibt er sich zuerst zum Frühstück und danach in den Unterricht. Erst beim Mittagessen wird er wieder gestört. Wieder ist es die junge Harpyie, die zufrieden wirkt.

»Die Pflanzen haben sich fast alle erholt. Dazu wurde eine Stelle an der inneren Mauer gefunden. Eine der Pflanzen aus dem Garten wurde dort eingesetzt.«

»Danke, bitte meldet mir weitere Veränderungen.«

»Verstanden. Sollen wir die anderen Pflanzen aus dem Zimmer holen?«

»Nein, die brauche ich für meine Experimente.«

Nachdem die Harpyie gegangen ist, merkt er, dass die Herrin ihn mit einer hochgezogenen Braue mustert:

»Was war das?«

»Die Pflanzen, die ich gestern erhalten habe, sind ziemlich störrisch. Aber ich glaube, das sollte jetzt geklärt sein.«

»Welche Pflanzen?«, die Herrin wirkt neugierig, auch Thea und Mizuki mustern ihn gespannt.

»Das Tunvekkraut. Das wurde mir gestern im Thronsaal vor dir übergeben? Die Amarog hatte es dabei.«

»Ach ja? Kann mich nicht daran erinnern.« Die Apepi wirkt nachdenklich.

»Du hast Tunvekkraut gefunden? Wieso hast du mir nichts davon erzählt?« Thea sieht beleidigt ihren Bruder an. Dieser sitzt fassungslos am Tisch, er ist schon einiges gewohnt, aber das ist doch schon fast unheimlich. Der Junge erzählt, was bisher passiert ist. Er erzählt auch, dass Thea sie am Vortag gesehen hätte. Doch weiss sie nichts mehr davon.

»Das ist das komische Kraut mit den kleinen Blüten, oder? Das hattest du gestern auf dem Pult.«

»Genau Xiri ... Moment, du kannst dich daran erinnern?«

»Ja.« Die Kleine antwortet knapp und isst weiter.

»Ich kann mich auch erinnern. Mizu? Was ist mit dir?«

»Nein, Kaira, ich weiss, dass wir gestern alle bei Grischa waren, aber an eine Pflanze kann ich mich nicht erinnern.«

Es wird auf einen Schlag still am Tisch. Alle sehen auf den Jungen, der mit grossen Augen dasitzt. So sehr er es sich auch zu erklären versucht, das versteht er nicht.

»Mutter, du warst dabei. Die Amarog hatte mir eine Schriftrolle und die Pflanzen übergeben.«

»Tut mir wirklich leid, aber daran kann ich mich nicht erinnern. Nur an die Schriftrolle. Ich hatte mich schon gefragt, was du da für Botschaften erhältst.« Die Apepi wirkt nachdenklich.

»Thea, du hast mir die Liste gebracht und dann hast du mich nach dem Kraut gefragt.«

»Nein, ich habe dir die Liste gebracht, danach haben wir uns noch über die Auswahl der Ausbildung unterhalten.«

»Aber, aber das kann doch nicht sein. Die Gartenmeisterin konnte sich auch nicht daran erinnern. Was ist da los?« Er sieht auf sein Essen, augenblicklich hat er keinen Appetit mehr, das Kraut beunruhigt ihn.

»Ein Kraut, das Magie sucht und von Magiern stets missachtet wird. Ein Unkraut, das niemandem hilft, aber auch niemandem schadet. Vergissmich, ich bin nicht dein Feind. Vergissmich, ich bin nur ein Kraut.«

»Wie bitte?«, Grigori sieht verwirrt auf.

»Das ist ein Spruch, den ich einst in einem alten Buch gelesen habe. Er kam mir eben in den Sinn. Das Buch handelte von den Entdeckungen einer Harpyie, die auf der ganzen Welt Pflanzen studierte. Leider war es ungenau und wurde schnell vergessen. Ich fand es bei meinem Aufenthalt als kleines Mädchen im Palast des Ostens.«

»Du kannst dich an etwas erinnern, dass du vor beinahe 30 Jahren gelesen hast?«, Thea sieht überrascht ihre ältere Schwester an.

»Ich vergesse so gut wie nie etwas, das ich einmal gelesen habe. Es kam mir eben in den Sinn, weil neben dem Spruch eine Beschreibung war, die aussagt, dass es Vergissmich-Kraut auf der ganzen Welt gäbe, überall wo es Magie gibt, gibt es das Kraut. Mondkinder aber können sich nicht daran erinnern, wenn sie es gesehen haben.«

»Mondkinder?«, diesmal fragt Kaira, die neugierig aufblickt.

»Als Mondkinder bezeichnet man alle magisch begabten Lebewesen. Der Mond ist eine der wichtigsten Quellen für Magie. Kitsune sind bei Vollmond am mächtigsten. Alle Nichtmagier sind sogenannte Sonnenkinder. Wobei diese Bezeichnungen veraltet sind und heute kaum noch gebraucht werden.« Lys zuckt mit den Schultern. Sie mustert nachdenklich ihren kleinen Bruder, der ebenfalls nachdenklich am Tisch sitzt. Auch die anderen bemerken das angestrengte Nachdenken des Jungen.

»Sind Onai magisch begabt?«

»Ja und nein. Wie bei den Miniri können Ausnahmen geboren werden, die natürliche Magier sind. Ähnlich der Silberminiri sind die Silberonai aber selten und ich glaube kaum, dass es im Moment noch Lebende gibt. Wieso fragst du?«

»Könnte es sein, dass Meister Ostanes ein Silberonai war?«

»Keine Ahnung, wer ist Meister Ostanes?«

»Ich verwende sein Handbuch zur Alchemie. Ich muss mich darüber mit Sadako unterhalten!«

»Zuerst, mein Lieber, hast du aber noch Unterricht!«, mahnt ihn die Herrin des Nordens. Sie wirkt amüsiert, der Eifer ihres Jüngsten gefällt ihr.

»Was macht ihr beiden?«

Grigori sieht verärgert zu Thea, die, wie so oft, ohne zu klopfen in sein Zimmer gekommen ist.

»Ich habe das Rezept getestet und warte nun darauf, ob es noch weitere Reaktionen gibt. Kaira leistet mir Gesellschaft.«

Nach einem kurzen Blick auf das Bett hebt Thea eine Braue: »Gesellschaft? Aha, du bist wohl noch langweiliger als sonst beim Experimentieren.«

»Wie meinst du das?«, während er das fragt, sieht er zu Kaira und wirkt betreten. Die Amarog scheint tief und fest zu schlafen. »Oh ... «

»Egal, hast du von Sadako erfahren, ob dein Onai-Meister ein Silberonai war?«

»Woher soll ich mich daran erinnern? Das liegt etwa 3000 Jahre zurück. Dazu merke ich mir nicht jeden Möchtegern-Alchemist und Scharlatan!«

»3000 Jahre? Nicht schlecht. Ich wusste, dass Sadako alt ist, aber gleich so alt. Nun denn, es hat also geklappt. Was bewirkt der Trank?«

»Keine Ahnung.«

»Du sitzt also seit dem Abendessen hier und starrst blöde vor dich hin?«

»Nun, nicht ganz. Ich musste erst das Rezept hinbekommen.« Mit diesen Worten deutet er auf eine Reihe von Bechergläsern, die mit Flüssigkeit und Pflanzenresten gefüllt sind. Nur die beiden Bechergläser genau vor dem Jungen scheinen das gewünschte Ergebnis zu enthalten. Dabei ist das eine Glas halb voll mit einer bläulich-violetten Lösung, das andere mit einer klaren Flüssigkeit, die aber kaum ein Viertel des Glases füllt.

»Was soll deiner Meinung nach noch passieren?«

»Nun, gewisse Tränke müssen erst abkühlen, dann gibt es eine neue Reaktion.«

»Soll heissen?«

»Die Farbe könnte sich ändern.«

Nachdem die beiden eine Weile auf die Gläser gestarrt haben, verdreht Thea die Augen.

»Ehrlich, wie du es schaffst, das spannend zu finden.« Sie nimmt die Schriftrolle, auf der Grigori das Rezept übersetzt hat und liest sie durch. Nach einer Weile sieht sie verwirrt auf. »Von der klaren Flüssigkeit steht hier nichts. Was ist das?«

»Nun, das ist das Ergebnis aus den Blüten. Ich habe alle möglichen Kombinationen versucht und die Blüten alleine haben das ergeben.«

»Davon steht aber nichts im Rezept.«

»Ich weiss, aber Meister Ostanes hat nie genauer definiert, welche Teile gebraucht werden. Also habe ich es ausprobiert. Dabei stellte sich heraus, dass die Wurzeln und Blätter zusammen den violetten Trank ergeben, die Blüten den klaren Trank.«

»Okay, was machst du jetzt damit?«

»Ich warte ab, ob sich noch was tut. Danach, nun, ähm … «, er sieht unsicher auf die Gläser, » … ich werde sie Mizuki geben, die kann vielleicht mehr herausfinden.«

»Wie wäre es, die beiden Flüssigkeiten zusammenzuschütten?«

»Nein, es ist wichtig, systematisch vorzugehen. Lys hat mir das erklärt. Wenn ich Schritt für Schritt gehe, dann kann ich genau sehen, wann was passiert!«

»Du getraust dich nicht, oder?«

»Nun, nachdem mir vor Kurzem ein Trank um die Ohren geflogen ist, bin ich vorsichtig geworden.«

»Feigling, lass mich.« Ohne die Erlaubnis abzuwarten, schnappt sich Thea die klare Flüssigkeit und schüttet sie in das andere Becherglas. Grigori springt erschrocken auf und sieht seine Schwester vorwurfsvoll an.

»Du sollst nicht immer reinfingern. Das ist mein Hobby. Lass mich es so ausführen, wie ich es für richtig empfinde. Zudem hast du gerade die Tränke ruiniert. Ich habe kein Material übrig!« Dabei deutet er auf die leeren Pflanzenbehältnisse. »Jetzt muss ich wieder warten! Verdammt noch mal!«

»Wenn du mit dem Ausrasten fertig bist, wirf doch mal einen Blick auf die ruinierten Tränke.« Thea lässt sich von dem Ärger des Menschen nicht im Geringsten beeindrucken. Im Gegenteil, sie scheint sich darüber zu amüsieren. Wütend sieht Grigori auf ihr Werk und stockt.

Die klare Flüssigkeit bildet, wie Fett in Wasser, runde Tropfen, die nach einem kurzen Moment langsam absinken. Während Grigori zusieht, sinkt der erste Tropfen auf den Grund und ein leises Klingen ertönt. Kurz darauf wiederholt sich das Ganze, mehr und mehr der Tropfen sinken auf den Grund und bilden eine Schicht mit scheinbar festen Kugeln, welche an Glasperlen erinnern.

»Was ist das?«

Die beiden Schwarzschuppen zucken zusammen, sie haben das Erwachen von Kaira nicht bemerkt, die neugierig auf die farbige Flüssigkeit sieht, wo gerade der letzte Tropfen versinkt.

»Keine Ahnung. Woher wusstest du, dass so was passieren würde Thea?«

»Keine Ahnung, mir war langweilig und ich hoffte, dass etwas Spannendes passiert.«

»Du hast?! Egal, was das wohl ist?«, mit diesen Worten fischt er mithilfe einer Pinzette vorsichtig nach einer der Perlen. Als er sie aus dem Glas nimmt, sehen die Jugendlichen, dass es sich dabei um eine runde violett-blaue Kugel handelt. Sie schimmert, ähnlich wie Manasteine.

»Nun, sie sind hübsch, das ist schon etwas. Wie viele Manasteine hast du dafür verschwendet?«

»Keine, die Reaktion setzte ohne ein. Den ersten Versuch mache ich immer ohne Manastein, als Test.«

»Immerhin. Hol die anderen raus!«

Kaira, Thea und Grigori mustern den kleinen Perlenhaufen. Bisher hatte niemand auch nur eine Idee, was damit anzufangen ist. Thea hält eine der Perlen in der Hand. Sie konzentriert sich und versucht, mithilfe der Magie eine Lösung zu finden. Doch hatte sie auch noch keinen Erfolg.

»Okay, das wird mir zu doof.« Sie wirkt wütend.

»Noch immer nichts?«

»Nein, ich kann dir nicht einmal sagen, woraus die Perlen bestehen!«

Die Apepi bewegt ihren langen Unterkörper aufgeregt auf der Stelle. Ein Zeichen ihrer Aufregung. Sie schliesst die Faust um die Perle und beginnt, sich wieder zu konzentrieren, diesmal ist es aber anders. Ihre rote Musterung beginnt zu schimmern und als sie die Augen nach kurzem Murmeln wieder öffnet, strahlen sie ähnlich den Perlen. Sie öffnet die Hand. Die Perle beginnt langsam zu schweben. Dabei ist sie von einer farbigen Aura umgeben. Die Macht, die dabei von Thea ausgeht, erinnert Grigori an den Augenblick, als die Herrin das Portal geöffnet hat.

»Oh, was macht sie jetzt?«, Kaira sieht fasziniert zu.

»Ich glaube, sie verwendet gerade ihre gesamte Macht.« Grigori schluckt schwer. Das Leuchten wird immer stärker. Auf einmal verschwindet das Leuchten und Thea blinzelt verwirrt. Noch bevor die anderen verstehen, sinkt die Apepi bewusstlos zusammen.

»Lauf zu Mutter, wir brauchen sofort Hilfe!«, ohne zu zögern, läuft die Amarog los. Dabei nimmt sie die Gestalt eines Wolfes an und hechtet durch die Gänge. Kurz darauf tauchen nicht nur die Herrin, sondern auch Lys und Sadako auf.

Während sich die Herrin und Sadako um Thea kümmern, berichten Grigori und Kaira, was passiert ist. Lys hört aufmerksam zu und stöhnt entsetzt auf, als die beiden die äusseren Veränderungen beschreiben.

»Wie kann man nur so ungestüm sein!« Die Apepi schüttelt den Kopf und sieht verwirrt zur Herrin, die leise lacht.

»Keine Angst meine Lieben, Thea hat sich verausgabt. Sie hat mit Kräften gespielt, die sie noch nicht ganz beherrscht. Sie wird morgen wieder aufwachen. Erschöpft und wütend, aber gesund.«

»Sie wird ein paar Tage brauchen. Sie hat ihre Kräfte komplett aufgebraucht. Beeindruckend!« Sadako sieht mit spöttischen Augen auf die bewusstlose Thronerbin. »Ich bringe sie in ihr Bett, Thosithea, vielleicht solltest du dir diese ›Perlen‹ ansehen.« Damit hebt die Kitsune die Apepi mithilfe eines Zaubers vom Boden und verschwindet aus dem Raum.

»Ja, diese Perlen interessieren mich.« Die Herrin beugt sich über das Pult und nimmt eine der kleinen Kugeln in die Hand. Nach kurzer Musterung beginnt sie wieder zu lachen. Diesmal sehen sie alle im Raum endgültig verwirrt an.

»Was ist daran so lustig?« Grigori wirkt besorgt. Der Schock sitzt noch tief und das seltsame Verhalten seiner Adoptivmutter verwirrt ihn noch mehr.

»Thea hat beim Versuch, herauszufinden, was dies ist, ihre ganze Macht verbraucht, dabei handelt es sich um Tränen der Theia.«

Während nun auch Lys zu lachen beginnt, stehen Kaira und Grigori vor den beiden und begreifen noch immer nicht.

»Was ist eine Träne der Theia?«

»Einfach gesagt? Ein Ur-Manastein. Das hier ist Magie in ihrer reinsten und ältesten Form.«

»Thea hat ihre gesamte Macht beim Versuch, einen Manastein zu untersuchen verbraucht?«

»Ja, das ist ja das Witzige daran.« Die Herrin lächelt und nimmt erst Grigori und danach Kaira tröstend in die Arme. Es ist klar, dass beide den Vorfall nicht besonders lustig finden.

»Was ist Ur-Magie?«, die Frage kommt von Grigori, der sich langsam erholt.

»Als die Alten diese Welt erschufen, gab es keinen Mond. Auch war Magie wild und schwer zu kontrollieren. Niemand weiss mehr, was genau passierte, jedoch sollen die Alten die Welt aufgegeben haben. Einer der ihren entschloss sich, die Welt zu vernichten, doch hatte Theia damals das Ereignis vorausgesehen und mit der Abwehr begonnen. Dafür veränderte sie zusammen mit Yasuko die Magie selbst. Doch fehlte ein Katalysator. Was auch immer passierte, Theia besiegte den Alten, indem sie seine Magie selbst umwandelte. Dabei wurde der Mond dieser Welt erschaffen. Gerüchte besagen, dass es sich um den schlafenden Alten handelt, dessen Magie zur Erhaltung dieser Welt gebraucht wird. Jedoch weiss das niemand genau. Das Wichtigste daran ist, dass jeder Magier, der jetzt zaubert, auf die veränderte Magie zugreift. Nur uns Apepi ist es noch vergönnt, die Ur-Magie zu gebrauchen.«

»Deshalb nannte man früher Magier Mondkinder!«, wirft Lys ein.

»Oh, ich verstehe. Das hier ist also ein Ur-Manastein, ein Magiespeicher und Thea hat ihre Magie verschwendet, ohne zu begreifen, dass sie reine Magie in den Händen hält.«

»Genau«, die Herrin beginnt wieder zu lachen. Auch die anderen beginnen zu lachen. »Thea, die ansonsten immer die Kontrolle über die Situation hat und alles zu wissen scheint.«

»So, ihr geht euch besser auch hinlegen. Ja auch du, Grischa«, die Herrin mustert amüsiert den Jungen, der gerade Widerworte geben wollte.

»Aber ich habe gerade Manasteine hergestellt. Ich muss aufschreiben, was ich genau gemacht habe und … und«, er zögert. Ihm wird erst jetzt klar, was er gesagt hat. Noch bevor jemand ihn aufhalten kann, jubelt er auf.

»Ich habe einen Weg gefunden, Manasteine herzustellen! Ich kann jetzt Alchemie ohne eure Hilfe betreiben!«

Das Medaillon

Seit der Entdeckung der Tränen der Theia ist beinahe ein Jahr vergangen. Die Jugendlichen hatten ihre Probemonate in den verschiedenen Berufen. Grigori war zuerst in der Küche, danach wurde er von den Heilern so weit unterwiesen, wie es ohne Magie möglich ist.

»Er ist äusserst gelehrig, aber ohne Magie kann ich ihn als Heiler nicht gebrauchen.«

»Verstehe, Meister Manabu, ich danke aber für die Chance, die ihm gewährt wurde.«

Auch Grigori bedankt sich bei dem Kitsune. Sie befinden sich im Arbeitsraum der Herrin und wie zuvor wird das Gespräch mit dem jeweiligen Lehrmeister geführt. Auch diesmal nimmt sich die Herrin die Zeit, mit jedem einzelnen der Lehrmeister zu sprechen.

»Ich muss anmerken, dass die Tränke, die der junge Herr getestet hat, sehr viel Potenzial zeigen und ich mich freuen würde, bei weiteren Tests zu helfen.« Der alte Achtschwanz der Mondsänger nickt Grigori freundlich zu. Nachdem er sich verabschiedet hat, mustert die Herrin ihren Adoptivsohn neugierig:

»Tränke?«

»Nun, ich habe ihm meine Forschungen gezeigt und er hat mir erlaubt, bei Freiwilligen Tests durchzuführen. Dabei hat er natürlich stets alles im Auge behalten. Ich habe verschiedene Rezepte für einen Heiltrank getestet. Nach meinen Beobachtungen habe ich die Menge der Zutaten verändert und die Wirkung ist damit beträchtlich gestiegen.«

Die Herrin seufzt leise, bevor sie ihn nachdenklich mustert: »Du hast also die letzten Monate mehr oder weniger offiziell deine Alchemie ausgeübt, anstatt das Handwerk des Heilers zu lernen?«

»Nein, im Gegenteil. Meister Manabu war äusserst streng. Ich habe so viel gelernt, wie ich konnte. Die Tränke entstanden mehr so nebenbei.

Eigentlich kam ich nur auf die Idee, als einer der Nordwachen zu uns gebracht wurde. Er verstarb, bevor die Heiler ihn retten konnten. Meister Manabu hat mir erklärt, dass dies häufig das Problem sei. Die Zeit in der die Wunden ohne Komplikationen verheilt werden können sei sehr kurz. Danach werde es schwieriger. Als ich ihm von den Heiltränken, die ich am Brauen bin, berichtet habe, bat er um einen Test.«

»Und der war erfolgreich?«

»Mehr oder weniger. Die einfachen Tränke helfen entweder zu wenig oder es dauert zu lange. Den Trank, den ich im Moment im Test habe, ist nun eine Eigenkreation, basierend auf verschiedenen Rezepten.«

»Oh, ich sehe.« Die Apepi wirkt beinahe beleidigt »Mir erzählt man davon natürlich wieder nichts!«

»Nun, ich wollte erst Ergebnisse haben. Im Moment habe ich einen Trank der mehr oder weniger funktioniert. Alchemie kann ziemlich aufwändig sein. Die kleinsten Veränderungen können unerwartete Auswirkungen haben.«

»Gut, was ist dein Ziel?«

»Ich möchte einen Trank brauen, der von jedem Nordwächter mit sich geführt werden kann und ihm die nötige Grundheilung bringt, sodass er gerettet werden kann.«

Der Junge sieht selbstsicher seine Adoptivmutter an. Man sieht aber auch, dass die Monate in der Krankenabteilung ihre Eindrücke hinterlassen haben. Er wirkt viel reifer. Die Herrin lächelt zufrieden, bevor sie das Thema wechselt:

»Nun, die letzten Probemonate stehen an. Diesmal wird Quartiermeisterin Nixali sich deiner annehmen. Wie bei den letzten beiden Malen, wird dein Rang und Namen nichtig, während du lernst. Sie wird dir die Grundlagen des Handelns beibringen. Als persönlicher Tipp meinerseits: Sie ist sehr streng und achtet sehr auf Pünktlichkeit.«

»Danke, ich werde mich bei ihr melden.«

»Gut, dann wünsche ich dir noch viel Spass. Bitte schicke Mizuki herein. Und ich würde mich wirklich freuen, wenn du mir ab und zu deine Forschungen zeigst.«

Grigori verabschiedet sich lächelnd. Vor der Türe warten bereits Mizuki und die Chefköchin der Festung. Die alte Lamia sieht erfreut zu Grigori und wünscht ihm noch viel Spass. Grigori bedankt sich und winkt den beiden zum Abschied. Er hatte grossen Spass in der Küche und die

Chefköchin war äusserst zufrieden. Wäre es nach ihr gegangen, hätte sie Grigori gleich in die Lehre genommen.

Die Lagerräume sind tief in den Berg gearbeitet und werden wie immer bewacht. Als sich Grigori nähert, wird er augenblicklich durchgelassen. Doch kaum hat er die Türe passiert, wird er von einer hochmütigen Lamia aufgehalten. Sofort fällt die rötliche Farbe ihrer Schuppen auf. Die anderen Lamien in der Festung weisen normalerweise Brauntöne auf. Grigori hat inzwischen gelernt, dass sich damit die Lamien den unterschiedlichen Regionen zuordnen lassen. Die Lamien mit roter Färbung stammen meistens aus dem Westen der menschlichen Reiche.
»Du bist spät dran!«
»Verzeiht, ich bin auf direktem Weg zu euch gekommen. Meisterin Nixali, nehme ich an?«
»Ja. Komm, die Arbeit wartet!«

»Seit ihr eure dritte Ausbildungswahl gestartet habt, ist nun ein Monat vergangen. Ich möchte, dass ihr kurz zusammenfasst, was eure Eindrücke waren und ob ihr bereits eine Wahl für eure Ausbildung getroffen habt.« Nara lässt sich zwischen ihren Schülern nieder und mustert sie alle der Reihe nach, danach deutet sie zu Kaira: »Du zuerst!«
»Nun, ich habe zuerst gejagt und mir danach das Kürschnern angesehen. Jetzt bin ich bei Meister Icelos und werde in die Kunst des Bogners eingeführt. Das war meine Wahl. Ich muss gestehen, dass ich das nur gewählt hatte, weil ich mit den anderen Gewerken nicht viel anfangen konnte. Ich werde die Ausbildung als Jägerin wählen, es liegt mir am meisten. Das Kürschnern war äusserst lehrreich und Meisterin Orina hat mir in den paar Monaten schon viel zeigen können.« Die Amarog sieht verlegen zu Boden: »Ich habe mit Meister Icelos gesprochen, nachdem ich ihm gesagt habe, dass ich mich für die Ausbildung zur Jägerin entschlossen habe, erklärte er, dass ich dafür eine gute Jagdwaffe brauche. Wir fertigen jetzt zusammen eine Armbrust. Dabei zeigt er mir die Techniken und die verschiedenen Materialien. Er will, dass ich von seiner Ausbildung wenigstens etwas habe.«
»Das ist äusserst aufmerksam von ihm, dazu ist das eine gute Idee, du lernst etwas und hast am Ende auch etwas in der Hand, das du gebrauchen

kannst.« Nara nickt zufrieden, bevor sie sich an Xiri wendet: »Nun, dein Bericht Xiri?«

»Ich fürchte, ich weiss noch nicht, was ich machen will. Das Jagen war interessant, aber man muss leise sein und manchmal lange warten. Das Schneidern war kaum besser. Ich mochte es, aber als Harpyie sind schöne Kleider immer ein Ding für sich. Lange Ärmel sind meistens nur im Weg und ohne sie sieht es nie richtig aus.« Die junge Harpyie, die nur noch wenig kleiner als Mizuki ist, sieht enttäuscht aus. »Dann war meine Wahl ja das Malen. Ich habe schon immer gerne gemalt. Und Meisterin Ayaka sagt, ich hätte ein sehr gutes Gespür für Farben und ihre Komposition. Aber sie macht zwei, drei Pinselstriche und es sieht super aus und ich, ich bekomme überhaupt nichts hin.«

»Nun Meisterin Ayaka hat über zwei Jahrhunderte hinweg die Kunst des Malens studiert und auf ihren Reisen um die Welt hat sie verschiedenste Techniken erlernt. Ich habe aber schon Bilder von dir gesehen, du hast Talent.«

»Das glaube ich nicht. Ich weiss nicht, was ich machen will.«

»Dann werden wir weitere Berufe heraussuchen, die du testen kannst. Dafür ist das System ja da, mach dir keine Sorgen.« Die Lamia lächelt aufmunternd, bevor sie sich an Mizuki wendet. Die Kitsune wirkt wie immer ruhig und lächelt:

»Ich habe mein Glück zuerst in der Küche versucht. Auch wenn Chefköchin Thani mir immer wieder Mut zuredete, nun, ich glaube, ich lasse das Kochen besser sein. Auch das Schneidern ist nicht wirklich das Wahre für mich. Es macht mehr Spass, die Kleider zu tragen, als sie zu nähen. Meine Wahl war ja die Verzauberkunde. Wir hatten die Grundlagen im Magieunterricht, aber ich habe im letzten Monat bereits so viel dazugelehrt. Dazu macht mir das Verzieren der Gegenstände mit den Runen wirklich Spass. Metalle müssen graviert werden, Stoffe bestickt. Auch ist es spannend, Muster anzufertigen, indem die Runen nicht länger sichtbar sind.« Sie wirkt auf einmal beinahe aufgeregt und es ist klar, dass sie ihre Wahl getroffen hat. »Und was die erste Verzauberin Yuriko anfertigt! Die gesamte Ausrüstung von Casos und Arsax wurde von ihr persönlich verzaubert.« Die Begeisterung für die Werke sind ihr anzuhören. Wie immer, wenn es um Magie geht, fasziniert es die Kitsune. Nara beginnt zu lachen:

»Ich sehe, du hast also deine Wahl auch schon getroffen, sehr gut. Grigori, bitte.«

»Ich, nun, ich bin mir auch noch nicht so sicher. Das Kochen hatte mir grossen Spass gemacht und ich habe viel gelernt. Meine Wahl war ja die Kunst der Heiler. Ich weiss ja, dass ich nie eine Ausbildung als Heiler absolvieren kann, ohne Magie, aber Meister Manabu war äusserst geduldig und hat mir so viel beigebracht, wie er konnte. Jetzt bin ich bei Meisterin Nixali und lerne das Handwerk des Händlers.« Er sieht unsicher von Nara zu den anderen Anwesenden. »Ich finde, es macht mir Spass, auch wenn Meisterin Nixali nicht die einfachste Lehrmeisterin ist. Ich glaube auch nicht, dass sie viel von Menschen hält. Sie hat mir ein bisschen von ihren Abenteuern erzählt, die sie früher erlebt hat und ich kann verstehen, woher ihre Abneigung kommt. Doch gibt sie mir die Chance, mich zu beweisen. Auch wenn das heisst, Kisten zu schleppen und deren Inhalt zu katalogisieren.« Er seufzt und fügt leise hinzu: »Sie ist beinahe so streng wie Umashankar. Dazu glaube ich, dass die beiden sich gegen mich verschworen haben, immer wenn mir bereits alles vom Training oder ihrer Ausbildung wehtut, muss ich noch härter ran.«

Die Anwesenden beginnen zu lachen, den Verdacht des Jungen finden alle äusserst amüsant. Nachdem sich alle gefangen haben, berichtet Thea:

»Meine Wahl war ebenfalls die Kunst der Heilung, aber das ist nichts für mich. Danach war ich bei Bauer Tarasos. Ehrlich gesagt, das hat mir mehr Spass bereitet als erwartet. Die Arbeit ist selbst für mich anstrengend gewesen und ich war überrascht, wie viel es auf einem Hof zu tun gibt. Auch wenn man am Anfang unsicher war, wie man sich mir gegenüber zu benehmen hat.«

Die Apepi kichert leise, seit sie die Thronehre übernommen hat, wirkt sie äusserlich viel erwachsener. Dennoch kann sie sich über Kleinigkeiten amüsieren und macht sich gerne über die anderen lustig. Sie ist auch körperlich den anderen weit voraus. Mit ihrem Schwanz misst sie nun schon über fünf Meter und hat damit ihre beiden älteren Brüder überholt.

»Im Moment bin ich Meisterschmied Ronyn unterstellt. Der Sturmwolf hat es in sich! Eine Klinge von ihm ist immer perfekt balanciert und das ohne grosse vorherige Kontrolle. Dazu ist sein Wissen über die verschiedenen Metalle und ihre Verarbeitung unfassbar.« Ihre Bewunderung für die Leistung ihres Lehrmeisters ist sichtlich und die anderen sehen sich erstaunt an. Thea ist normalerweise nicht so leicht zu beeindrucken.

»Meine Wahl steht fest. Ich will zuerst das Schmieden lernen und danach werde ich noch das Handwerk des Bauern besser kennenlernen.«

»Nun, das klingt doch nach einem Plan, freut mich, dass du etwas gefunden hast, das dich so fasziniert. Ich habe allgemein nur gute Rückmeldungen erhalten von den Meistern. Kaira, Meisterin Orina hatte den Vorschlag gebracht, dass du, solltest du dich für die Jagd entscheiden, dich um die Häutung deiner Beute selber kümmern solltest. Und bei dir, Xiri, sowohl Meisterin Ayaka und Meisterin Nesi haben beide klar gesagt, dass sie dich gerne ausbilden würden.« Nara will gerade weitersprechen, als es klopft und ein Kitsune in Dienergewandung eintritt.

»Herr Grigori, Herrin Mizuki und Herrin Kaira werden im Thronsaal erwartet.«

Als die Gerufenen im Thronsaal ankommen, erwartet sie eine kleine Versammlung. Dabei handelt es sich um Lysixia, die Herrin und Haruna. Selbst Aurra ist anwesend, hält sich aber im Hintergrund auf. Dazu ist eine Gruppe von Kitsunen vor Ort. Auch die Magielehrerin Akira ist anwesend. Sie steht zusammen mit Haruna und wirkt sehr nachdenklich. Vor der Herrin schimmert eine magische Abbildung. Während Grigori sich mit den anderen zu der Versammlung begibt, bemerkt er mehrere Kitsune, die kreisförmig im Schneidersitz um die Gruppe hocken. Er weiss, dass es sich dabei um die Magier handelt, die für die Kommunikation zuständig sind. Sie warten das Zeichen eines Dieners ab, danach betreten sie den grossen Kreis.

»Ah, die nächste Generation ist anwesend.« Die Abbildung stellt sich als eine neunschwänzige Kitsune heraus. Die Kleider, die sie trägt, sind zwar einfach gehalten, wirken aber selbst in der magischen Illusion perfekt. Auch ist ihre Haltung selbstbewusst. Sie mustert interessiert die Ankömmlinge und nickt zufrieden. »Mizu, wie geht es dir?«

»Gut, Mutter, danke der Nachfrage.« Die junge Kitsune verbeugt sich leicht vor der Abbildung, bevor sie zur Seite tritt.

»Und das ist wohl die kleine Amarog Kaira.« Die Herrin des Ostens mustert ungeniert die Amarog und nickt: »Eine Kämpferin was? Hübsch und gefährlich, ein wahres Prachtexemplar deiner Rasse.«

»D-danke, Herrin.« Kaira sieht verwirrt auf die Abbildung und verneigt sich ebenfalls. Doch scheint sich die Kitsune für solche Formalitäten nicht zu interessieren. Sie lächelt freundlich und offen, ihr Lob scheint ehrlich gemeint zu sein. Sie wendet sich zu Grigori und mustert auch ihn.

»Und das muss dein Jüngster sein, liebe Thosi. Sieht gesund und munter aus. Kluge Augen. Keine Seele.« Die Abbildung kichert, als der Junge erschrocken zusammenzuckt. »Keine Angst, kleine Schwarzschuppe, das soll nichts heissen. Ein guter Geist ist mehr wert als tausend Seelen.« Mit diesen Worten zwinkert sie verschwörerisch und man hört das leise, beinahe genervte Stöhnen von Mizuki.

Augenblicklich wird Grigori klar, dass sich die Herrin des Ostens einen ihrer berüchtigten Spässe erlaubt hat. Das Verhalten mag für ihre Art zwar typisch sein, so soll sie laut Mizuki aber manchmal übertreiben.

»Lass das Nori!«, die Stimme der Herrin wirkt überraschenderweise genervt.

»Verzeih, kleine Thosi, ich vergass, heute hast du keinen Sinn für Humor.« Die Kitsune wirkt spöttisch. Aber von ihr geht etwas Zeitloses aus, das auch durch die magische Abbildung nicht geschmälert wird.

»Erstens bin ich nicht mehr die kleine Thosi, sondern die Herrin des Nordens, zweitens, ist das hier kein Höflichkeitsbesuch.« Alle sehen überrascht zu der grossen Apepi, die normalerweise kaum auf so etwas reagieren würde. Nach einem Moment des Schweigens räuspert sich eine der anwesenden Kitsunen und tritt vor. Es handelt sich dabei um eine silberfarbige, neunschwänzige Kitsune des Mondsängerklans.

»Ich würde dann gerne beginnen. Die junge Herrin Mizuki hatte den Vorschlag gebra ... «

»Ich werde ihm das selber erklären!« Die Herrin wirkt noch wütender. Sie ist offensichtlich nicht mit dem einverstanden, was sich gerade abspielt. Die so krude Unterbrochene zieht sich sichtlich verstimmt in den Kreis ihrer Artgenossen zurück. Erst jetzt sieht Grigori, dass es sich dabei ausnahmslos um Acht- und Neunschwänze handelt. Fast alle vom Klan der Mondsänger.

»Es hat sich herausgestellt, dass die verehrte Herrin des Ostens, Noriko, fröhlich geheime Forschungsdaten an ihre Tochter weitergegeben hat. Genauer geht es dabei um die Medaillons, die wir bei den Amarog gefunden haben. Wir wissen noch immer nichts über sie. Als wir mit unseren Mitteln am Ende waren, schickte Nori eine Kommission aus den besten Spezialisten, die sie hat. Das liegt nun schon mehr als eineinhalb Jahre zurück. Auch hier gab es keine Fortschritte.«

Sowohl die Kitsunen, wie auch Lys sehen bei diesen Worten betreten zu Boden. Besonders die Apepi wirkt niedergeschlagen. Grigori kann das gut verstehen. Normalerweise löst sie solche Probleme im Handumdrehen, doch diesmal scheint selbst sie mit ihrem Wissen am Ende zu sein.

»Nun, mein kluges Töchterchen hatte die Idee des Jahrhunderts!«

»Ja, kann man so sagen«, erwidert die Herrin des Nordes verärgert. »Mizuki hatte die grandiose Idee, dass wir daran scheitern, weil wir zu mächtige Wesen die Untersuchung leiten lassen. Sie hatte nach den Experimenten mit dir und deiner Alchemie den Verdacht bekommen, dass wir Magiebegabten unbewusst den Effekt der Medaillons abblocken oder verhindern. Auch hat sie herausgefunden, dass Amarog über eine grosse Magiereserve verfügen, aber nicht die nötigen Schutzmechanismen haben, um die Wirkung der Medaillons abzublocken.«

Grigori sieht beeindruckt zu der verlegenen Kitsune.

»Nun, nach den neuen Untersuchungen wird klar, dass sie recht zu haben scheint. Alle die bisher die Medaillons gehandhabt hatten, waren entweder magisch begabt oder entsprechend ausgebildet. Selbst die Lamien, die häufig die Medaillons einsammelten, da es sich dabei um Offiziere oder Mitglieder der Elite von Casos handelte. Nun brauchen wir mehr Daten. Und eine der Ideen der Kommission war es, einen Menschen zu testen!« Die Augen der Apepi beginnen zu funkeln. »Da kommst du ins Spiel, Grischa. Wir müssen imstande sein, selbst kleinste Veränderungen zu bemerken und dafür müssen die Daten über den Testkandidaten bekannt sein. Da wir dich regelmässig überprüfen, bist du dafür ›perfekt geeignet‹.« Die Idee, ihren Jüngsten für ein solches Experiment herzugeben, scheint der Herrin gar nicht zu gefallen.

»Ich kann die Argumentation verstehen und wären wir nicht auf Informationen angewiesen, würde ich das niemals gestatten. Doch kommen wir so nicht weiter und bis wir einen anderen Testkandidaten haben, vergeht schnell wieder ein Jahr. Doch will ich, dass du das letzte Wort hast. Mir wäre es beinahe lieber, wenn du einfach ›Nein‹ sagst!«

»Nana, keine Beeinflussung«, mahnt die Abbildung der Herrin des Ostens.

Nach kurzem Schweigen räuspert sich Grigori:

»Ich habe gar keine Magie in mir, wie soll ich da helfen?«

»Wir würden dir kontrolliert Magie geben. Dabei können wir auch gleich feststellen, wie viel verbraucht wird.« Die Antwort kommt von einem der Kitsunen aus der Forschungskommission. Wieder tritt die Anführerin der Gruppe vor und erklärt in knappen Worten, wie das

Experiment ablaufen sollte. Während sie erklärt, beschleicht Grigori ein unangenehmes Gefühl. Etwas scheint von der Kitsune auszugehen, das ihn stört, doch kann er nicht mit dem Finger darauf deuten. Mit einem kurzen Seitenblick auf Kaira fühlt er sich bestätigt. Die Amarog wirkt auf einmal angespannt und beinahe sprungbereit. Dennoch stimmt er dem Experiment zu.

Während die Anwesenden ihre Vorbereitungen treffen, werden Mizuki und Kaira zu der Herrin gerufen. Auch wenn Grigori nicht hören kann, was sie besprechen, so wird aus den vorsichtigen Gesten klar, dass die drei etwas planen. Doch kann er nicht erkennen, was. Auch wird seine Aufmerksamkeit in Anspruch genommen, als eine junge Kitsune vortritt. Sie ist nicht Teil der Kommission und trägt die Gewandung der Heiler.

»Ich werde meine Magie mit euch teilen, Herr. Das tut nicht weh, es ist mehr ein Kribbeln.«

»Gut, danke.« Grigori mustert beunruhigt den Kreis aus Acht- und Neunschwänzen, der sich um ihn bildet. Alle, bis auf die Anführerin, beginnen leise zu singen. Zwei Diener bringen einen kleinen Tisch, mit einem verdeckten Kissen in den Kreis und danach scheint alles bereit zu sein.

Der Gesang der Kitsune wird lauter, ein farbiges Leuchten und Funkeln beginnt Grigori zu umgeben. Er kennt zwar die Sprache nicht, aber er weiss, dass die Zauber, die hier gewebt werden, mächtig sind. Die Anführerin der Kommission nickt der Heilerin zu, danach nimmt sie das Tuch vom Kissen. Ein kleines, silbernes Medaillon kommt zum Vorschein.

Grigori, der mehr erwartet hatte, wirkt enttäuscht. Doch nimmt er sich zusammen und greift nach dem Medaillon. Wie angewiesen beschreibt er dabei genau, was er fühlt:

»Das Metall ist kalt. Die Gravur ist gut zu spüren, aber ich bin mir nicht sicher, was sie darstellt. Ich kann das Kribbeln fühlen, aber vom Medaillon her spüre ich nichts.«

Momente vergehen, nichts passiert. Auf einmal wird die Anführerin der Gruppe wütend und schupst die Heilerin beinahe grob aus dem Kreis. Die junge Kitsune wirkt verwirrt. Niemand unterbricht sie dabei, noch hören die Kitsunen mit ihrem Zauber auf.

»Nutzlos! Ich werde das selber übernehmen!«

Bevor Grigori sich wehren kann, legt die Kitsune ihm eine Hand auf die Schulter. Augenblicklich durchströmt ihn das unangenehme Gefühl wieder, doch wird es beinahe sofort verdeckt.

»Jetzt ist das Kribbeln viel stärker, beinahe ein Brennen.« Das Kribbeln der Magie ist viel stärker als zuvor und die Schulter beginnt langsam zu schmerzen. Grigori wird klar, dass die Heilerin es nicht gewagt hatte, ihm so viel Magie zu geben. Noch bevor er es richtig begreift, ist auf einmal eine Stimme zu hören:

»*Feinde ... du bist umgeben von Gefahr ... ich kann dir* Kraft *geben. Ich kann dir die* Macht *geben. Du kannst diese Kreaturen* besiegen *und du kannst dein Leben zurück erhalten!*«

Grigori will die Worte wiederholen, die er im Geist hört, doch verweigert ihm sein Körper den Dienst. Immer lauter wird die Stimme in seinem Kopf:

»*Das sind nicht deine Freunde. Ich bin deine einzige Hoffnung. Ich gebe dir* Macht*!*« Das Wort Macht löst ein kleines Echo aus. Wieder und wieder hört Grigori die Nachricht:

»*Ich gebe dir* Macht, *deine Feine zu* besiegen! *Du musst auf mich hören. Ich kann dich retten. Gehorche! Gehorche! Gehorche! Gehorche! Gehor ... «*, mitten im Wort hört die Stimme auf und alle Echos verschwinden. Grigori blinzelt verwirrt. Ein brennendes Gefühl bereitet sich in seinem Körper aus und als er das Medaillon ansieht, bemerkt er, das es nicht länger silbern glänzt. Es wirkt, wie eine alte Kette, die lange in einem feuchten Keller gelegen ist. Verrostet und verfallen und auf einmal fällt ihm auf, dass es nicht länger kaltes Metall ist. Er berichtet sofort, was los ist. Von der Stimme sagt er aber nichts. Als die anderen dies hören, beginnt eine aufgeregte Diskussion. Die Kitsunen unterbrechen ihren Zauber und die Anführerin reist wütend das Medaillon an sich. Von einem Moment zum anderen steht Grigori alleine vor dem kleinen Tisch. Die anderen haben sich zu einem Kreis geschlossen und diskutieren die Daten.

Während dieser Geschehnisse beobachtet Grigori aufmerksam die anderen. Er kann das seltsame Gefühl nicht abwerfen, dass man ihn misstrauisch mustert.

Der Anblick der ansonsten vertrauten Gestalten wird von einem unangenehmen Beigeschmack überlagert. Er fühlt sich auf einmal wie ein Gefangener.

»Alles in Ordnung Grischa?« Lys mustert ihn besorgt.

»Ja.« Grigori will mehr sagen, aber etwas warnt ihn. Woher weiss er, dass er ihr vertrauen kann. Sein Blick wandert zu der Herrin des Nordens. Augenblicklich erkennt er die Gefahr, die von diesem Lebewesen ausgeht. Es dauert einen Moment, bevor er die magische Abbildung bemerkt, die ihn aus halbgeschlossenen Augen mustert. Auch von ihr geht eine Gefahr aus.

»Thosi, du lässt ihn am besten gleich einmal von Sadako überprüfen. Es sollte zwar nichts passiert sein, aber man weiss ja nie.« Sie sagt es beinahe nebenbei. Dennoch fühlt Grigori sich davon bedroht.

»Das ist nicht nötig, ich fühle mich schon wieder normal. Selbst das Brennen hat nachgelassen.« Noch während er es ausspricht, wird ihm klar, dass etwas ganz und gar nicht mehr stimmt. Die Gefahr ist auf einmal greifbar. Doch kann er sie noch immer nicht identifizieren.

»Mizuki, Kaira bitte bringt ihn umgehend in die Bibliothek. Haruna, Lys, ich muss euch sofort sprechen!« Die Anweisungen werden von der Herrin ohne Gefühlsregung gegeben. Sie wirkt auf einmal kalt und abweisend. Hoch aufgerichtet sitzt sie auf dem Thron. Nur das leichte Zucken ihrer Schwanzspitze verrät den inneren Gefühlssturm. Bevor Grigori noch etwas machen kann, wird er von Mizuki am Arm genommen und mitgezogen. Auch wenn die Kitsune einen Kopf kleiner ist als er, so ist sie kräftiger. Auch Kaira wirkt entschlossen. Doch sind ihre Augen vor Angst geweitet. Als sie ihn am Arm packen will, zögert sie kurz, danach greift auch sie zu.

»Mir geht es gut, lasst mich los!«, wieder versucht er, sich aus dem Griff der beiden zu lösen.

»Lass das! Grischa, du kommst mit.« Die Kitsune wirkt beinahe verärgert. Das störrische Verhalten von ihm verwirrt sie sichtlich. Ohne sich von seinen Versuchen beeindrucken zu lassen, zieht sie den Jungen mit sich mit. Wieder stolpert er über einen Teppichrand. Grigori bemerkt, dass auf einmal pochende Kopfschmerzen einsetzen. Der kurze Moment der Ablenkung durch das Stolpern hat etwas verändert.

»Aua, mein Kopf«, diesmal wimmert er nur noch. Der Korridor beginnt, sich zu drehen.

»Kaira, schnell, lauf vor und informiere Sadako!«

Den Spurt, den Kaira darauf hinlegt, ist kaum zu beschreiben. Obwohl er es nur halbwegs mitbekommt, ist es beeindruckend. Als sie Minuten später die Bibliothek erreichen, ist alles vorbereitet. Sadako steht neben einem Stuhl und hilft der jungen Kitsune, den wimmernden Jungen hinzusetzen. Von Kaira hingegen fehlt jede Spur.

»Ruhig, Junge, entspannen. Mizuki berichte!«

Während nun Mizuki berichtet, hört Sadako aufmerksam zu. Dabei legt sie beide Hände auf den Kopf von Grigori. Augenblicklich werden die Kopfschmerzen erträglich und Grigori hört überrascht, dass nachdem die Anführerin ihm die Hand auf die Schulter gelegt hat, ein Moment lang nichts passiert sei und dann auf einmal das Medaillon verfallen ist.

»Verdammt! Ich habe ausdrücklich gesagt, dass so ein Experiment nicht stattfinden darf! Ich verstehe die Herrin nicht.« Die Bibliothekarin wirkt auf einmal wütend. Doch nimmt sie sich zusammen und konzentriert sich wieder auf den Jungen. Ihre Augen öffnen sich auf einmal entsetzt und Grigori fühlt einen ähnlichen Schmerz, wie er ihn kurz nach seiner Ankunft gefühlt hat. Auch verschwindet das seltsame Gefühl der Gefahr. Die mächtige Kitsune beginnt vor Wut beinahe zu zittern:

»Mizuki, du musst den Zauber aufrechterhalten. Ich muss sofort in den Thronsaal! Lass seinen Geist nicht aus dem Griff. Die Barriere ist beinahe zerstört!«

Mizuki übernimmt die Position und stöhnt entsetzt auf, als sie die ganze Macht des Zaubers übernimmt. Ohne weitere Worte verschwindet Sadako mithilfe der Magie.

»Grischa, es tut mir leid!« Die Kitsune beginnt zu weinen, die Belastung scheint zu viel zu werden. Wieder beginnen die Kopfschmerzen. Noch bevor er etwas sagen kann, wird dem Jungen schwarz vor Augen.

»Aufwachen, du Faulpelz!«

Die Stimme ist unverkennbar. Grigori öffnet müde die Augen und mustert Thea. Sie steht genau vor ihm und wirkt spöttisch wie immer. Als er sich umsieht, begreift er, dass er noch immer in der Bibliothek ist. Auch sieht er, dass neben ihm auf dem Boden Mizuki liegt.

»Keine Sorge, sie lebt. Ich kann leider nicht genug Energie aufbringen, um sie zu wecken.«

»Wie? Was ist passiert?«

»Sie konnte mich gerade noch rufen. Gut, dass wir den Zauber so oft geübt haben. Als ich hier ankam, war sie beinahe bewusstlos. Ich habe aus ihrem Winseln eruiert, was los ist und den Schaden behoben. Zumindest soweit ich das kann. Der Zauber dafür ist mir nur im Ansatz bekannt. Eigentlich hatte ich gehofft, von dir zu erfahren, was hier vorgeht.«

Während Grigoris Bericht werden die grossen Türflügel aufgeschlagen und ein Trupp schwer bewaffneter Wächter stürmt in die Bibliothek. Grigori erkennt augenblicklich, dass es sich dabei um die persönliche Leibwache der Herrin handelt. Die schwarzgepanzerten Lamien nehmen um die drei Jugendlichen Stellung auf und zwei Kitsunen, ebenfalls in schwarzen Rüstungen, untersuchen zuerst Mizuki, danach Grigori. Thea wartet das Ganze schweigend ab, erst als sie sicher ist, dass beide so weit in Ordnung sind, wendet sie sich an den Kommandanten der Einheit.

»Darf man fragen, was los ist?«

»Natürlich Herrin. Es sind Feinde in der Festung. Erst wenn die Untersuchungen beendet sind, wird der Alarmzustand aufgehoben.«

»Untersuchungen?«

»Alle Anwohner der Festung werden untersucht. Keine Ausnahme. Wer sich wehrt, wird als Feind eingestuft.«

Sowohl Thea als auch Grigori zucken entsetzt bei den Worten zusammen. Sie wurden beide über diese Massnahmen informiert. Die Leibwache der Herrin hat für diesen Fall genaue Befehle. Wer als Feind eingestuft wird, wird auf der Stelle erschlagen. Kein Risiko wird eingegangen.

»Warum kommt weder Mutter noch Lys? Sie wissen ja, dass Grischa hier ist.«

»Die Herrinnen sind im Gefecht im Thronsaal. Die Kommission hat sich als Feind herausgestellt. Sadako, Haruna und etwa ein Dutzend der Leibgarde kämpfen an ihrer Seite. Aurra hat die Sicherung des Palastes mit der Palastwache übernommen. Dabei wurden sie alle zuerst überprüft.«

»Wo ist Kaira?«

»Tut mir leid, Herr, das weiss ich nicht.«

Thea berichtet Grigori, dass seit ihrem Verschwinden aus dem Unterricht höchstens eine Stunde vergangen sei, als auf einmal das Notsignal von Mizuki kam. Sie sei ohne zu zögern direkt losgesprungen und habe danach gute fünf Minuten gebraucht, um alles einigermassen zu richten.

Der Anführer der Leibwache, der ebenfalls zuhört, erklärt betreten, dass niemand wusste, wo Grigori und die anderen hin sind. Es würde in der Festung das reinste Chaos herrschen. Niemand sei wirklich sicher, was los ist. Er hatte sich augenblicklich beim Alarm auf den Weg gemacht, dabei seien sie zuerst in das Klassenzimmer gegangen. Erst dort hatten sie erfahren, dass sich ihre Schutzbefohlenen in der Bibliothek befinden müssten.

»Na toll, da passiert mal etwas und ich darf Babysitten!« Obwohl die Apepi sich Mühe gibt, genervt zu wirken, bemerkt Grigori ihre Erleichterung darüber, dass sie sich bei ihm befindet. Als kurz darauf Xiri in Begleitung eines weiteren Wachkommandos die Bibliothek betritt, erfahren die anderen, dass die Kämpfe noch immer andauern. Sie wurde von ihrer Mutter in die Bibliothek geschickt.

»Hast du etwas von Kaira gehört?«

»Ja, sie ist zuerst auf ihr Zimmer gerannt und hat Waffen geholt. Soweit ich das verstanden habe, war sie sogar noch schneller als Sadako im Angriff.«

»Wie?«

»Nun, ähm, Kunya?«

Die angesprochene Harpyie tritt vor und erklärt beunruhigt:

»Ich war gerade von Aurra in den Thronsaal beordert worden, als auf einmal Kaira hereinstürmte. Wortwörtlich. Sie verwandelte sich in der Luft und bevor jemand reagieren konnte, hatte sie die Anführerin der Kommission erschlagen. Etwa im gleichen Moment tauchte Sadako auf und legte ein wahres Feuerwerk hin. Ich denke, dass die Lage ohne die doppelte Überraschung bedeutend schlimmer wäre. Die Angegriffenen wehrten sich dennoch sehr schnell und ich bin ehrlich: Wenn Neunschwänze anfangen, sich magisch zu duellieren, dann hilft nur noch eine schnelle Flucht. Aurra, ich und die Diener konnten den Saal gerade noch verlassen. Ich habe aber gesehen, dass Kaira noch im Saal war. Kein Wunder, befand sie sich doch mitten im Gefecht.«

Es wird augenblicklich still in der Bibliothek. Grigori fühlt, wie sein Herz ein paar Schläge auslässt. Kaira war in Gefahr.

»Thea! Wir müssen ihr helfen!«

»Keine Chance. Entweder ist sie bereits in Sicherheit oder sie ist tot. Ich kann mir ungefähr ein Bild machen, was gerade im Thronsaal passiert.« Sie wirkt niedergeschlagen. Grigori merkt, wie ihm die Galle in den Rachen steigt. Ihm ist bewusst, dass Thea niemals zögern würde. Doch ist der Vorfall selbst für die Apepi gefährlich. Wenn die Herrin und Lys noch immer in Kämpfe verwickelt sind, ist mit dem Schlimmsten zu rechnen. In Gedanken fleht er dennoch um Hilfe. Dabei bemerkt er, dass er in erster Line auf Miri hofft. Die Miniri ist im Moment die Einzige, die etwas bewirken kann. Zumindest glaubt er das.

Auch Xiri sieht betreten zu Boden. Ohne etwas zu sagen, setzt sie sich neben Mizuki und streicht ihr sanft über den Kopf. Grigori bemerkt, dass die kleine Harpyie genauso aufgewühlt ist wie er. Sie ist es gewohnt, dass Mizuki bei Schwierigkeiten für sie da ist. Doch die Kitsune wird so schnell nicht erwachen. Ähnlich wie einst Thea, hat die Kitsune ihre gesamte Energie verbraucht. Nach einem kurzen Moment der Stille erklärt sie leise:

»Kaira geht es sicher gut. Die kann auf sich aufpassen!«

Der Norden erwacht

Noch immer wütet der Kampf im Thronsaal. Die ewige Festung befindet sich im Zustand des Chaos, niemand weiss, was genau passiert ist. Doch das rigorose Training und die verlangte Disziplin der Palastwache beginnen sich zu bewähren.

Grigori und Thea stehen beunruhigt im Speisesaal, in den sie kurz zuvor gerufen wurden. Umashankar hat dort zusammen mit Aurra und Krolu das Kommando über die Festung übernommen. Ständig eilen Boten in den Raum und Diener organisieren Berichte und Meldungen so schnell sie können. Es wird klar, dass der Vorfall mit dem Medaillon den Feind genauso überrascht hat, wie die Herren des Nordens.

»Wir haben nun seit mehr als fünf Stunden jeden Kontakt zur Herrin und den anderen im Thronsaal verloren« knurrt Umashankar. Er hat sich inmitten des Saales aufgebaut und scheint ganz Herr der Lage zu sein. Unter seinem Kommando hatte sich die Palastwache schnell wieder organisiert.

»Die alten Schutzsysteme haben sich aktiviert. Der Thronsaal kann nun von niemandem mehr betreten oder verlassen werden.« Aurra sieht beunruhigt auf. Sie hat an einem der langen Tische mit ihren Beratern eine Sammelstelle für die Meldungen der Boten eingerichtet.

»Grenzfeste Mondberg, Meldung. Schwere Gefechte ausgebrochen, Feind wirkt unorganisiert, ist aber in der Überzahl.« Die Harpyie, die Meldung erstattete, wirkt, als wäre sie um ihr Leben geflogen.

»Wie? Mondberg?« Krolu sieht verwirrt auf.

»Ja, Herr, die Festung Mondberg.«

»Verdammt, das ist schon die dritte! Wie ist das so schnell möglich?«

»Grenzfestung Silberwald, Meldung. Argh ... « Die Botin, die gerade durch die Türen getreten ist, bricht beinahe zusammen. Grigori sieht bestürzt den Pfeil. Helfende Hände stützen die Harpyie, während Heiler herbeieilen. Doch sie ist entschlossen, zuerst ihre Meldung vorzubringen.

»Grenzfestung Silberwald, M-Meldung. Die Festung ... ist gefallen. Feinde von innen.« Die Harpyie bricht zusammen. Es wird augenblicklich still im Saal. Einer der Heiler, der neben der Harpyie kniet, steht auf und schüttelt den Kopf. Sie hat mit ihrer letzten Kraft die Meldung überbracht.

»Silberwald? Das heisst, wir sind von Casos abgeschnitten.« Umashankar wirkt ruhig, es ist klar zu erkennen, dass der alte General jetzt endgültig in seinem Element ist. »Wir haben noch immer keinen Kontakt zu Arsax erhalten?«

»Nein, Herr.« Eine Kitsune der Nordwache schüttelt den Kopf. »Wir haben alle Posten in seinem Gebiet informiert. Die Nordwache steht bereit. Doch befindet sich Herr Arsax auf der Jagd.«

Grigori, der den ganzen Meldungen zuhört, begreift nur langsam. Dazu kann er seine Unruhe kaum verbergen. Er macht sich Sorgen um Kaira, seine Adoptivmutter und Lys. Thea hingegen wirkt ruhig, als ob sie die Situation im Blick hat. Sie verlässt ihre Randposition und winkt mehrere Kitsunen zu sich:

»Du, Kontakt: Tomoko. Du, Kontakt: Herrin des Ostens. Du, Kontakt: Nysahria!« Kaum wurde den jeweiligen Kitsunen der Auftrag erteilt, hocken sich diese nieder und beginnen mit ihrer Meditation. Die erste magische Abbildung, welche erscheint, ist die von Noriko. Die Herrin des Ostens wirkt beunruhigt:

»Was im Namen der Alten ist bei euch los? Der Kontakt brach auf einmal ab und seither konnten wir niemanden mehr erreichen.«

»Verzeih, Nori, aber wir stecken in der Klemme.« Thea sieht ruhig auf die kleine, aber lebensechte Abbildung vor sich.

»Oh, verstehe. Braucht ihr Hilfe? Truppen?«

»Ja und ja. Mehrere Grenzfestungen sind in Bedrängnis. Dazu ist die Grenzfestung Silberwald gefallen.«

»Was?« Die Kitsune sieht für einen Moment fassungslos aus, dann nickt sie: »Gut, ich habe bereits damit gerechnet, dass etwas im Argen ist. Ich kann etwa 3000 Soldaten sofort schicken. Ich brauche, wenn möglich, genaue Ziele.«

»Gut. Danke dir.« Mit einem Wink übergibt sie die weitere Koordinierung an Aurra und Umashankar. Danach wendet sie sich an das Abbild von Tomoko, das in der Zwischenzeit entstanden ist.

»Bevor ihr mich um Hilfe bittet, Casos ist mit allen Truppen bereits gebunden. Der ganze Wald scheint sich zum Angriff entschlossen zu haben. Wir haben bereits mehrfach versucht, euch zu erreichen. Wir können die Stellung halten. Zum Glück waren wir auf einen Angriff vorbereitet. Was ist genau passiert?«

»Ehrlich gesagt, wir wissen es selber nicht. Wichtig: Die Grenzfestung Silberwald wurde von Feinden von innen übernommen. Geht davon aus, dass ihr von Feinden infiltriert worden seid.«

»Verdammt. Gut, ich werde Casos augenblicklich informieren. Viel Glück bei euch.«

Damit verschwindet die Abbildung und Thea sieht besorgt zu der dritten Kitsune. Doch diese hat Nysahria noch immer nicht erreicht.

Grigori setzt sich abseits an einen freien Tisch und beobachtet das Treiben um sich. Alle scheinen eine Aufgabe zu haben. Er schluckt schwer, die Sorgen und die Angst legen sich schwer auf seinen Magen. Als er aufsieht, merkt er zu seiner Überraschung, dass sich Thea zu ihm begeben hat:

»Alles in Ordnung? Du siehst nicht gut aus.«

»Nein, ich habe Angst, Thea. Ich will doch helfen, aber ich verstehe nicht, was passiert.« Das Elend ist ihm anzuhören. Doch Thea muss über diese Worte leise lachen:

»Glaub mir, im Moment versteht niemand, was genau passiert ist. Das Einzige, was wir im Moment wissen, ist, dass unsere Feinde sehr viel besser vorbereitet waren als gedacht. Aber ich kann dir nicht einmal sagen, wer uns angegriffen hat. Ich vermute den Kreuzzug des Feuers, doch ist das kaum mehr als eine wilde Anschuldigung.«

»Was machen wir wenn … wenn … «, er kann es nicht über sich bringen, es auszusprechen.

»Ich kann dir im Moment versichern, dass Mutter noch lebt. Aber ich spüre, dass die Festung selbst unter dem Angriff leidet. Die alten Schutzzauber haben an Kraft verloren, seit sie ursprünglich von Theia selbst erschaffen wurden.«

»Können wir helfen?«

»Ehrlich gesagt, das weiss ich nicht. Ich wüsste keinen Weg in den Thronsaal. Deshalb will ich Kontakt zu Nysa. Wenn jemand das weiss, dann sie. Aber selbst wenn wir die Tore öffnen können. Darin befinden sich Neunschwänze. Es hat einen Grund, warum im Osten nur Neunschwänze regieren. Sie sind unglaublich mächtig.«

Die beiden Schwarzschuppen sitzen eine Weile still zusammen und lauschen den Meldungen, als auf einmal das Abbild von Nysahria entsteht. Die Apepi wirkt genervt und sie sieht verärgert zu Thea:

»Was soll das? Ich habe Wichtiges zu erledigen und habe klar durchgegeben, dass ich nicht gestört werden will!«

»Nysa, Mutter duelliert sich seit fünf Stunden mit einer Gruppe Neunschwänze im Thronsaal, die Grenzfestung Silberwald ist gefallen und mindestens drei weitere werden belagert. Casos ist in schwere Abwehrkämpfe verwickelt und wir wissen nicht länger, wem wir trauen können. Ich hoffe, was auch immer du machst, ist wirklich wichtiger!«

»W-Wie?« Die Apepi starrt ihre kleine Schwester fassungslos an. Das Glas, aus dem sie zuvor einen Schluck genommen hat, fällt ihr aus der Hand und verschwindet aus der Übertragung.

»Nysa, wir brauchen Hilfe! Schnell. Etwa sieben Neunschwänze und noch einmal so viele Achtschwänze kämpfen im Moment mit Mutter, Lys, Haruna und Sadako. Wir wissen nicht, was los ist, die alten Schutzzauber haben sich aktiviert.«

»Der Thronsaal hat sich versiegelt?«

»Ja, verdammt, wir brauchen Hilfe. Wir haben die Festung selber unter Kontrolle, aber der Thronsaal ist versiegelt.«

»Ist Grischa bei dir? Wenn ja, legt beide eure Hände mit den Ringen an die Hauptportale. Es sollte die Versiegelung lösen.«

»Und dann? Alle Neunschwänze der Festung befinden sich im Thronsaal. Ich bin die Einzige, die noch einigermassen mithalten könnte.«

»Nein, kannst du nicht. Das ist schlecht, sehr schlecht sogar.« Sie wendet sich auf einmal zur Seite und scheint mit jemandem zu sprechen, der nicht vom Zauber erfasst wird.

»Thea, ist jemand ausserhalb des Schutzfeldes empfangsbereit?«

»Ich, ähm.« Die junge Thronerbin sieht fragend zu Aurra, die sofort nickt. »Ja, wieso?«

»Gut, haltet euch bereit. Die Blutmutter schickt Hilfe.« Die Apepi beginnt zu lächeln, dabei wirkt sie auf einmal sehr gefährlich: »Drei Bluttänzerinnen mit ihren Wachen. Das sollte reichen.«

»Danke. Bitte richte der Blutmutter meinen Dank aus.«

Nysa nickt und die Abbildung verschwindet.

»Was ist eine Bluttänzerin?«

»So nennt man die Töchter der Blutmutter. Es handelt sich dabei um Blutmagierinnen. Die Wachen sind normalerweise Blutritter, aber ich vermute, dass wir es hier mit echten Blutpaladinen zu tun haben werden.« Die Augen von Thea beginnen zu strahlen, auf einmal wirkt sie voller Hoffnung.

»Grischa, Blutpaladine sind die einzigen Kämpfer, die es mit männlichen Apepi aufnehmen können. Im Zweikampf. Die Rüstungen der Leibgarde von Mutter sind nach dem Vorbild dieser Krieger erschaffen worden. Komm, wir gehen in den grossen Gang!«

Als sie die Tore zum Thronsaal erreichen, erwartet sie dort bereits eine Abteilung der Leibwache der Herrin. Die Kitsunen darunter scheinen damit beschäftigt zu sein, ein Portal zu öffnen. Kaum ist es stabil, schreitet eine elegante Kriegerin hindurch. Die Nachtwandlerin strahlt eine übernatürliche Eleganz und Schönheit aus. Jede ihrer Bewegungen wirkt perfekt und gleicht beinahe einem Tanz. Die blutrote Rüstung ist perfekt an den Körper angepasst und wirkt gleichzeitig stark und leicht. Sie verneigt sich vor Thea und Grigori, bevor sie sich mit einer angenehmen Stimme vorstellt.

»Ich bin Isabella, älteste Tochter der Blutmutter und Anführerin der Blutraben.« Als sie den Namen ihrer Truppe ausspricht, erklingt ein donnerndes Stampfen und aus dem Portal treten fünf Krieger. Augenblicklich sieht Grigori, was Thea gemeint hat. Die Krieger sind etwa zwei Meter hohe Gestalten in komplett geschlossenen Plattenpanzern, die noch schwerer aussehen, als die Rüstungen der Leibgarde. In der rechten Hand halten alle einen Streitkolben, der beinahe so gross wie der Krieger ist und am linken Arm ist ein Turmschild angebracht, das so massiv wirkt, dass sich Grigori wundert, wie sie es überhaupt hochheben können. Wie die Rüstung von Isabella sind die Rüstungen der Krieger ebenfalls blutrot. Von ihnen geht eine Aura der Macht aus, die erdrückend wirkt. Die Helme der Krieger sind unter Kapuzen kaum zu sehen, die mit den Umhängen das einschüchternde Bild vervollkommnen.

Kaum sind die fünf Krieger an den beiden vorbeigestampft, tritt eine weitere Nachtwandlerin durch das Portal und das ganze Prozedere wiederholt sich. Nachdem sich zuerst Mariana mit ihren Nachtfalken in schwarzer Rüstung vorgestellt hat, folgt Elizabeth mit ihren in Grün gerüsteten Waldschrecken.

»Sind alle bereit?« Thea mustert zuerst Grigori, danach die fünfzehn Krieger der Nachtwandler. Sie alle stehen vor dem Tor zum Thronsaal.

»Ja, bitte tretet zur Seite, wir werden sofort den Saal stürmen.«

»Gut, Grischa, leg bitte deine Hand auf die Türe und halte dich bereit.«

Wie angewiesen legt der junge Mensch seine Hand auf die Türe und bemerkt beschämt, dass er zittert. Doch scheint das niemand sonst zu bemerken. Im nächsten Moment wird die Türe aufgerissen. Nur die schnelle Reaktion eines Soldaten der Leibgarde verhindert, dass der Junge sich beim Sturz schwer verletzt. Auch Thea wird überrascht. Die Blutpaladine hingegen zucken nicht einmal. Kaum ist das Tor offen, stürmen sie in einem Tempo los, das man ihnen in diesen Rüstungen niemals zutrauen würde. Das schwere Stampfen hallt schwer aus der grossen Halle und verdeckt alle anderen Geräusche. Die drei Bluttänzerinnen folgen ihren Kriegern jeweils dichtauf und beginnen, Zauber zu wirken. Dabei greifen sie auf blutgefüllte Phiolen zurück. Minuten später verstummt das Stampfen. Es wird auf einmal totenstill.

Erst als Elizabeth zurückkommt, atmen alle auf. Sie wirkt ruhig und nickt zufrieden:

»Der Thronsaal ist gesichert. Bitte kommt mit.«

Im Innern des Saales ist kaum noch etwas wiederzuerkennen. Die magischen Gefechte haben mehr als nur deutliche Spuren hinterlassen. Mehrere der grossen Säulen sind umgestürzt oder gebrochen. Sämtliche der nachträglich hinzugefügten Räume sind eingeebnet. Kaum noch eine Mauer steht im Innern. Überall liegen Pergamente und an mehreren Stellen lodern Feuer. Teile des Bodens sind geschmolzen. Überall bemerkt Grigori zu seinem Entsetzen Leichen. Doch beim Thron selber befinden sich die Herrin des Nordens und die Bluttänzerinnen.

Als er in Begleitung der Leibwache und Thea den Thron erreicht, stockt er mitten im Schritt. Neben dem Thronpodest liegt Lysixia. Sadako, deren gesamte linke Körperhälfte verbrannt ist, liegt daneben, doch atmen beide noch, auch wenn es nur noch schwach ist. Ein Stück weiter kann er Haruna erkennen. Sofort wird ihm klar, dass die Anführerin der Kitsunen nicht mehr lebt.

»Grigori, Thea, euch geht es gut.« Die Erleichterung ist der Herrin anzuhören. Sie wirkt ausgelaugt. Scheinbar hält sie nur noch ihre eiserne Willenskraft aufrecht. Sie wankt leicht, als sie sich den Heilern zuwendet, die nun in den Saal eilen. »Lys und Sadako müssen sofort behandelt werden. Dazu sollen die Toten untersucht werden. Alles, was als Information dienen kann, wird sofort gesichert. Thea, bitte überwache das und sammelt alle Medaillons ein, die ihr findet.« Die letzten Worte sind kaum noch zu hören und bevor jemand reagieren kann, sinkt die Herrin bewusstlos zusammen.

Während nun Thea das Kommando über die Festung übernimmt, beginnt Grigori mit der Suche nach Kaira. Mariana, die ihn dabei beobachtet, nähert sich und fragt:

»Kann man vielleicht helfen? Du scheinst jemanden zu suchen.«

»Ja, eine Amarog müsste hier sein!«

»Verstehe.« Ohne weiteres gibt sie ein paar Befehle in einer ihm unbekannten Sprache und die fünf Krieger der Nachtfalken schliessen sich der Suche an. Dabei beseitigen sie Anhäufungen von Schutt, als ob es sich dabei um Papierstapel handelt. Noch während sich die kleine Gruppe durch den Saal bewegt, wird klar, dass nur die beiden, Apepi und Sadako, den Kampf überlebt haben. Alle anderen, die sich im Saal befunden hatten und die Flucht nicht rechtzeitig schafften, fanden ihr Ende.

»Herr, hier!«

Grigori geht zu dem Krieger, der gerufen hat und mustert verwirrt den Geröllhaufen. Es dauert einen Moment, bevor er erkennt, was sich ursprünglich an dieser Stelle befunden hat. Einer der Dienerkammern, in dem Getränke und Materialien gelagert werden. Der Krieger beginnt mit Geschick und Stärke, Geröll zu entfernen und da sieht nun auch Grigori, was der Blutpaladin gesehen hat. Unter dem Geröllhaufen befindet sich ein schwerer Schrank, der dem magischen Sturm scheinbar standgehalten hat. Kaum ist die Türe freigeräumt, öffnet sie sich und Miri springt aus dem Versteck. Ihr folgt zur Freude von Grigori eine ziemlich erschöpfte Kaira. Als diese Grigori sieht, springt sie zu ihm und umarmt den Menschen:

»Du lebst! Ich hatte solche Angst. Ich wusste nicht, wie es dir geht!«
»Schon gut, ich bin wieder heil. Wie geht es dir?«
Die Amarog beginnt zu strahlen:
»Jetzt wieder gut. Das verdanke ich Miri. Ich habe zwar zu kämpfen versucht, aber die Kitsunen waren zu stark. Als ich dann aus dem Raum fliehen wollte, waren die Türen bereits versiegelt. Miri rettete mich.«
»Danke, Miri, du weisst gar nicht, was mir das bedeutet.«
»Keine Sorgen, junger Herr, ja? Ich nur machen was sein richtig. Kleine Amarog gewesen sehr stürmisch.« Die Miniri wirkt absolut gelassen. Sie scheint sich weder durch das Chaos um sich, noch durch die Blutpaladine beeindrucken zu lassen. Im Gegenteil, sie wirkt wie immer leicht amüsiert. Sie dreht sich um und betrachtet den Schrank zufrieden:
»Das sein solides Handwerk, ja? Ich doch gewusst!«

Das gründliche Aufräumen des Thronsaales nimmt beinahe zwei Tage in Anspruch. Doch mit dem Sieg im Thronsaal scheint sich der Kampf endgültig zugunsten des Nordens zu wenden. Die Angreifer können überall zurückgeschlagen werden und selbst die Grenzfestung Silberwald wurde bereits durch die Kitsunen aus dem Osten zurückerobert.

Die Herrin, die nach nur einem halben Tag der Ruhe das Kommando wieder übernommen hat, sitzt im Speisesaal, der noch immer als Ersatz des Thronsaals herhalten muss und liest Berichte. Als Grigori sich ihr nähert, legt sie müde die Pergamente zur Seite und scheucht die Diener davon.

»Ich wollte mich bei dir entschuldigen. Ich hätte niemals dem Drängen nachgeben dürfen.«

»Schon gut, damit konnte niemand rechnen und wenn Umashankar recht hat, dann haben wir den Plan des Feindes mehr oder weniger unbewusst zunichte gemacht.«

»Ja, er hat mir seine Theorien erklärt. Er glaubt, dass der Feind voreilig angriff und damit seinen Vorteil verspielte. Ich habe mich auch mit Sadako unterhalten. Sie ist zwar übel zugerichtet, aber sie hatte eine entscheidende Information für mich.« Die Herrin muss kurz lächeln, bevor sie wieder ernst wird:

»Es scheint, dass der Plan, dich zu unterwerfen oder wie man das sehen will, der entscheidende Fehler war.«

»Wieso?«

»Die Kitsune, welche die angebliche Kommission leitete, versorgte dich nicht mit Magie, sondern sie schwächte deine geistige Barriere. Damit war das Medaillon auf deine körpereigene Magie angewiesen und nun ...«, sie macht eine unbestimmte Geste, » ... es verhungerte, wenn du so willst. Der Zerfall des Medaillons hatte die Gruppe der Attentäter aus dem Konzept gebracht. Als dann auch noch Kaira zurückstürmte und sich auf die Attentäterin stürzte, brach das Chaos aus. Sadako erwischte zu unserem Glück einen grösseren Teil der Gruppe. Der Kampf wäre ansonsten schnell verloren gewesen. Diese Kitsunen waren aussergewöhnlich stark.«

»Also hat die Tatsache, dass ich keine Magie besitze, den Tag gerettet?«

»Kann man so sagen!« Die Herrin wirkt äusserst zufrieden.

»Wir wissen jetzt auch, wer hinter den Medaillons steht, auch wenn wir uns noch nicht ganz sicher sind, wie sie funktionieren. Der Kreuzzug des Feuers steckt dahinter. Was sie damit beabsichtigen, weiss ich nicht. Auch ist noch unklar, wie die Kommission unter ihren Einfluss geraten ist. Nori vermutet, dass der lange Kontakt mit den Medaillons dafür zuständig ist.«

Grigori, der aufmerksam zuhört, sieht auf einmal amüsiert aus. Die Apepi mustert den Jugendlichen misstrauisch:

»Was ist so lustig?«

»Nun, die Idee war ja, mich durch eine angebliche Untersuchung unter ihren Einfluss zu bringen. Sie hätten behauptet, dass sie nichts Neues erfahren haben. Jetzt ist das Gegenteil passiert. Dank ihrem Versuch haben wir Neues erfahren!«

Nun muss auch die Herrin lachen. Sie streicht ihm sanft über den Kopf:

»Stimmt, ihr Plan ist vollkommen gescheitert. Nun ist dazu auch noch der ganze Norden alarmiert. Sämtliche Stammesanführer haben mir ihre Hilfe zugesagt. Wir rekrutieren nun auch Menschen in die Armee. Hinzu kommt die nun ständige Wache, die von den Nachtwandlern hier eingerichtet wird. Isabella bleibt mit ihren Blutraben hier in der Festung. Mariana wird in den Osten geschickt. Ab sofort ist hier und im Osten eine absolut unbestechliche Macht vorhanden. Die Nachtwandler sind nach den bisherigen Erkenntnissen immun gegen den Einfluss der Medaillons. Es ist nun endgültig klar, dass wir den Kreuzzug nicht länger einfach so gewähren lassen können. Auch wenn wir offiziell nicht im Krieg sind, beginnen wir zu handeln. Vorsichtig und im Verborgenen.«

Nachdem die beiden sich noch eine Weile unterhalten haben, gleitet Arsax in den Raum und legt einen kleinen Stapel Pergamente vor seine Mutter:

»Die Berichte. Ich glaube es noch immer nicht! Ich komme von der Jagd zurück und erfahre die reinsten Geistergeschichten!«

»Ich weiss. Zum Glück haben Umashankar und Aurra so schnell gehandelt. Ich bedaure den Verlust von Haruna, sie war eine gute Freundin und Ratgeberin.«

»Kann ich verstehen. Wie lange wird der Wiederaufbau dauern?«

»Wenn ich das wüsste.«

»Ich würde nur gerne wissen, wie Kaira auf die Idee kam, anzugreifen!«

»Soweit ich weiss, hatte sie bereits einen Verdacht, als sie den Thronsaal betreten hatte. Ich glaubte, sie reagiere auf das einzelne Medaillon, aber jetzt weiss ich es besser.«

»Ja, von der Anführerin der Kommission ging ein seltsames Gefühl aus. Ich kann aber nicht sagen, was es ist.« Grigori sieht, dass die Herrin nachdenklich nickt:

»Genau so hatte sie es beschrieben. Ich glaube, wir sollten in Zukunft mehr darauf achten. Dazu wissen wir jetzt auch, dass nicht nur Amarog beeinflusst werden können. Kitsunen und Lamien sind beide anfällig. Die Grenzfestung Silberwald war das bisherige Forschungszentrum der Kommission. Es scheint, dass die Hälfte der Besatzung beeinflusst war. Nysahria hat dort im Moment Stellung bezogen und alle Anwesenden werden kontrolliert. Elizabeth hilft ihr. Die Truppen des Ostens werden ebenfalls kontrolliert. Auch hat Noriko angekündet, dass sie die Schattenschweife beauftragt hat, sich der Sache anzunehmen. Sie will keine offene Kontrolle, wir möchten den Feind nicht mehr warnen als nötig.«

»Du hast gesagt, es sei der Kreuzzug des Feuers, woher weisst du das? Ich dachte, das sind Fanatiker, die behaupten, Magie und Monster seien schuld an allem Schlechten in der Welt.« Grigori sieht fragend die

Apepi an, die auf diese Worte hin ein Dokument aus einem Stapel vor sich nimmt.

»Das hier wurde bei einem der Angreifer gefunden. Der Kommandant der Grenzfestung erkannte die Bedeutung und meldete sie sofort.« Damit reicht sie Grigori das Pergament. Er und Arsax sehen es sich neugierig an, mehr als ein paar Zeilen sind darauf nicht zu sehen und als Grigori sie zu lesen versucht, wird klar, dass der Text verschlüsselt ist. Als er fragend aufsieht, deutet die Herrin auf das Siegel:

»Hier, wir kennen das Siegel nur durch Zufall, aber es ist das Symbol des hohen Priesters des Kreuzzuges in Goldhafen, dem bisher nördlichsten Sitz des Kreuzzuges. Der Text konnte leider noch nicht entschlüsselt werden, aber es wurden die gleichen Dokumente bei den anderen Angriffstruppen gefunden. Die Bedeutung ist für uns damit klar.«

»Angriffsbefehle!« Arsax sieht fassungslos auf die Briefe.

»Genau, das vermuten wir. Ich fürchte, der Kreuzzug des Feuers ist nicht länger eine beunruhigende Entwicklung, sondern eine ernsthafte Gefahr. Wir brachten die Medaillons nicht mit ihnen in Verbindung. Ein Fehler, wie sich herausstellte.« Die Herrin wirkt niedergeschlagen. Man sieht ihr die Erschöpfung und auch die Schuldgefühle an. Sie will gerade fortfahren, als Kaira den Saal betritt. In ihrer Begleitung befinden sich Thea und Mizuki.

Die Kitsune wirkt niedergeschlagen. Als sie zu sich kam und hörte, was passiert ist, war sie beinahe untröstlich. Sie scheint sich die Schuld am Vorfall zu geben. Allgemein sind die Kitsunen, die in der Festung leben, niedergeschlagen. Der Verlust von Haruna und der Verrat durch die anderen Kitsunen haben sie schwer getroffen. Besonders die Mondsänger lassen sich kaum noch sehen. Grigori hat erfahren, dass die Tatsache, dass es so viele Gelehrte aus ihrem Klan waren, besonders schwer auf den Mitgliedern lastet. Obwohl er es nicht versteht, ist ihm klargemacht worden, dass sich jedes Mitglied des Klans persönlich verantwortlich fühlt. Es wird als Versagen des Klans gesehen, insbesondere, da die Kommission aus der Führung der Mondsänger bestand. Jede dieser Kitsunen war eine Koryphäe auf ihrem Gebiet.

»Gut, dass ihr kommt, ich muss mit euch sprechen.« Die Herrin deutet auf freie Plätze und die Jugendlichen nehmen Platz. »Ich möchte mich als Erstes bei euch allen bedanken. Ich hatte bisher nicht die Möglichkeit dazu gehabt. Ja, auch dir Mizuki. Ohne dich hätte ich an dem Tag auch noch Grischa verloren.« Die Kitsune legt die Fuchsohren an den Kopf und wimmert beinahe. Ihr Selbstvertrauen hat einen schweren Schlag erlitten.

»Kaira, ich möchte, dass wir uns verstehen: Wenn du jemals wieder so eine Dummheit begehst, werde ich ernsthaft wütend. Aber diesmal danke ich dir dafür. Du hast uns alle überrascht.«

»Ich, nun ehrlich gesagt, ich wusste nicht, was ich da mache. Ich wollte nur nicht noch jemanden verlieren und als ich in Grischas Augen gesehen habe. Ich habe ... «, sie zuckt hilflos mit den Schultern.

»Schon gut, ich kann dich verstehen. Du wirst dafür sogar eine Auszeichnung bekommen. Aber es ist mir wichtig, dass du auch verstehst, wie unendlich dumm es von dir war!«

»Ja, ich habe mich noch nie so gefürchtet.« Sie legt verlegen die Arme um sich und sieht weg. Es dauert einen Moment, bevor sie aufsieht: »Eine Auszeichnung?«

»Ja, der Stern des Nordens.«

»D-der S-Stern des Nordens!« Die Amarog starrt die Herrin fassungslos an.

»Ja, du hast mit deinen Handlungen zur Rettung des Monsterlords beigetragen. Aber das bedeutet nicht, dass ich die Tat an sich gut heisse, verstanden?«

Kaira nickt und man sieht ihr die Freude darüber an. Die anderen gratulieren ihr und selbst die Herrin wirkt aufgemuntert. Während die Gruppe sich weiter unterhält, werden neue Berichte gebracht. Die Herrin seufzt ergeben und schickt alle davon, um sich um die Arbeit zu kümmern, einzig Arsax bleibt und hilft ihr. Der Vorfall hat einen wahren Sturm ausgelöst.

Eine Woche später ist der Thronsaal zumindest so weit hergerichtet, dass er wieder benutzt werden kann. Ein grosses Treffen wurde vereinbart, Stammesführer wurden eingeladen. Neben dem Besprechen des weiteren Vorgehens soll das Treffen auch als Zeremonie dienen. Kaira und Sadako erhalten beide die höchste Auszeichnung, die der Norden vergeben kann. Die Kitsune hat sich in der Zwischenzeit erholt. Von ihren Wunden ist kaum noch etwas zu sehen, wobei Grigori erfährt, dass sie dazu noch immer ihre Magie einsetzen muss. Auch Lysixia hat sich von ihren Wunden erholt, jedoch zeigen sich noch immer Spuren. So ist der grösste Teil ihres geschuppten Unterkörpers nicht länger schwarz, sondern weiss. Auch ihr Oberkörper zeigt Veränderungen. Ein Muster aus feinen Narben ziert die hellgraue Haut. Sie wurde das Opfer von so mächtigen Zaubern, das die Schäden selbst mit Magie kaum noch zu verdecken sind. Auch wird sie wahrscheinlich nie Nachkommen zeugen können.

Während Grigori den Sitz seiner Kleider kontrollieren lässt, sieht er wie sich Nesi und Lys unterhalten. Die beiden befinden sich in der Schneiderei.

»Ich könnte dir ein Kleid anfertigen, das den ganzen Körper bedeckt.«

»Danke, Nesi, aber ich habe keinen Grund, mich dafür zu schämen. Im Gegenteil, ich habe endlich auch Kampfnarben vorzuweisen. Wie würde das Nysa sagen? Jetzt bin ich eine würdige Verhandlungspartnerin für den Norden.«

Die beiden beginnen zu lachen und Lys, die den erstaunten Blick von Grigori bemerkt, winkt ab.

»Keine Sorge, kleiner Bruder. Du selbst bist der beste Beweis, dass der Körper einen nicht zur Schwarzschuppe macht. Ich bin eigentlich froh, dass es nur bei solch kleinen Schäden geblieben ist. Nesi, ich bräuchte jetzt aber Kleidung, die dazu passt.«

Die Lamia mustert die Verfärbungen und nickt nachdenklich. Während Grigori wie immer in den dunklen Farben gekleidet wird, die er bevorzugt, werden auf die Anweisung von Nesi helle Stoffe herbeigeholt.

»Herr, werdet ihr eine Waffe tragen?«

»Wie bitte?« Grigori mustert verwirrt die Harpyie, die letzte Messungen vornimmt.

»Es geht um den Gürtel und die Tunika. Wenn ihr eine Waffe tragen wollt, wäre eine längere Tunika zu empfehlen. Es sieht sonst mehr wie die Kleidung eines Knappen aus.«

»Ich, ähm, ich habe noch nie eine Waffe an einem Anlass getragen. Wird das etwa von mir erwartet?«

»Nun, ihr seid nun schon vierzehn Jahre alt.«

»Ich, ich weiss es wirklich nicht. Ich habe nicht einmal eine Waffe. Ich meine, ich habe, aber ob die für solche Anlässe geeignet ist?«

Die Harpyie sieht nachdenklich auf den Tisch neben sich. Sie nimmt nach kurzem Zögern eine schwarze Tunika vom Tisch, deren Ränder mit einem eleganten roten Muster verziert sind. Nachdem der junge Mensch diese Tunika angezogen hat, lässt er die strenge Musterung erneut über sich ergehen.

»Herr, ich würde ehrlich gesagt beide Tuniken empfehlen. Die eine für den Anlass. Die andere an den anderen Tagen. Ich denke, ihr und die anderen Schwarzschuppen werdet an ein paar der Ratssitzungen erwartet. Dazu würde ich diesen Gürtel empfehlen.«

Grigori lässt sich brav alles erklären und als er die Schneiderei endlich verlassen kann, hat er aus seiner Sicht genug Kleider für mehrere Anlässe. Unsicher geworden wegen der Waffenfrage, begibt er sich zu Umashankar. Der alte Naga-General befindet sich in seinen Gemächern. Der Raum ist so aufgebaut, dass sich die eine Hälfte unter Wasser befindet. Für Besucher hat es im Eingangsbereich angenehme Sitze und entlang der Wand wurden Waffen, Auszeichnungen und Bilder seiner Heimat aufgehängt.

»Du willst von mir wissen, ob du eine Waffe tragen sollst?«

Die Stimme des Alten wirkt überrascht.

»Nun, ich weiss nicht, ob ich es tun sollte. Ich sehe mich selber nicht wirklich als Krieger.«

»Gut, du bist auch keiner!« Der General verzieht spöttisch die Miene. Er seufzt und begibt sich wieder ins Wasser. Grigori, der dank seiner Zeit bei den Heilern gelernt hat auf Körpersprache zu achten, bemerkt, dass der General Schmerzen hat.

»Ich hätte ein Mittel gegen die Schmerzen. Einer der wenigen Tränke, bei dem ich die Wirkung garantieren kann.«

Der Krieger beginnt zu lachen. Die Idee scheint ihn zu amüsieren.

»Ich habe nun den grössten Teil meines Lebens mit Schmerzen verbracht. Es gibt Schlimmeres. Aber um deine ursprüngliche Frage zu beantworten: Ja, zieh eine Waffe an, ein Schwert. Nicht als Krieger, sondern als Zeichen dafür, dass du zum Kämpfen bereit bist.«

»Ich glaube kaum, dass man mich kämpfen lassen würde.«

»Hoffentlich! Aber jetzt ist es wichtig, dafür bereit zu sein. Man weiss nie, wem man noch trauen kann!«

Grigori sieht dem Krieger zu, der sich im Wasser treiben lässt. Nach kurzem Zögern fragt er:

»Du vertraust nach dem Vorfall wohl niemandem mehr, oder?«

»Ja und nein. Ich verstehe, was passiert ist, aber ein Feind, der zu solchen Mitteln fähig ist, bereitet mir Sorgen. Ich bin der Meinung, dass wir jetzt besonders vorsichtig sein sollten. Ich wäre froh, wenn du allgemein stets einen Dolch tragen würdest. Für etwas haben wir den Umgang damit ja geübt.«

»Ich werde es mir überlegen. Meinst du, dass sich Meisterin Kasumi von dem Schlag bald erholt? Beim letzten Training war sie kaum bei der Sache.«

»Es wird eine Weile dauern. Ein Mitglied der Kommission war offenbar eine Blutsverwandte.«

»Oh, das tut mir leid.«

»Mir auch, aber solche Dinge geschehen. Der Norden ist in dieser Hinsicht sehr einfach. Ehre ist etwas, das man sich verdienen muss. Sie hat nichts mit dem Rang oder dem Namen zu tun. Ich mag das System. Im Westen wird es ähnlich gehandhabt, aber die Leistungen eines Kriegers können Einfluss auf die Familie haben. Je mehr gute Krieger aus einer Familie stammen, umso grösser wird der Druck auf die nächste Generation.«

»Klingt anstrengend.«

»Ist es auch. Aber das spielt jetzt keine Rolle.« Nach kurzem Zögern fügt der Alte hinzu: »Vielleicht teste ich diesen Trank doch einmal.«

»Gut, ich werde dir einen bringen lassen. Danke, Meister Umashankar.«

Der Alte winkt genervt ab und taucht unter. Als Grigori den Raum verlassen will, hört er noch den Ruf seines Kampflehrers: »Vergiss den Dolch nicht. Es ist mir ein persönliches Anliegen.«

Neue Feinde, alte Freunde

Die grosse Zeremonie rückt schnell näher und obwohl es immer kälter wird und der erste Schnee schon gefallen ist, treffen Gäste sowohl aus dem Norden, wie auch aus anderen Regionen ein.

»Schritt, Schlag, Schritt!« Die Stimme von Umashankar wirkt verärgert. Zum Leidwesen des Jungen hat der Unterricht wieder begonnen und damit auch das Training. Ihm wurde erklärt, dass es wichtig ist, dass gerade sie zeigen, dass der normale Alltag wieder begonnen hat. In den letzten Tagen sind die ersten Stammesführer und gewählte Vertreter kleinerer Stämme eingetroffen. Auch wurden Gäste aus dem Südreich angekündigt. Mehrere Vertreter von Harpyienstämmen werden erwartet.

Nachdem er seine Übungen beendet hat, tritt er zum grossen Feuer, das im Gebiet, welches für ihn und den alten General abgetrennt wurde, für angenehme Wärme sorgt. Überall wird trainiert. Die Mitglieder der Leibwache scheinen ihre gesamte Freizeit im Training zu verbringen. Sie können sich ihr Versagen nicht verzeihen. Auch die Nordwache hat das Training intensiviert. Zur grossen Freude der Herrin haben sich dutzende von Menschen freiwillig gemeldet und sind bereits ins Training integriert. Grigori sieht neugierig zu den Menschen, die zusammen trainieren. Dabei sind dort nicht nur die neuen Rekruten, sondern auch mehrere Söhne und Töchter der bereits eingetroffenen Stammesherrscher. Zu seiner Überraschung sieht er, dass sich ein junger Mann von der Gruppe löst und auf sie zukommt. Kaum ist er über die niedrige Absperrung gesprungen, verbeugt er sich lässig.

»Ich, Yan vom Schwarzkliff, fordere euch zum Duell.« Dabei grinst er breit.

»Normale nordische Regeln?«, fragt Umashankar und mustert den Neuankömmling misstrauisch.

»Fünf Körpertreffer, keine gezielten Kopfschläge, keine gezielten tödlichen Schläge. Wer den Ring verlässt, verliert. Ansonsten keine Regeln, wir wollen kämpfen und nicht tanzen.« Der Nachsatz ist typisch für ein Mitglied eines weiter im Norden liegenden Stammes. Es zeigt die Verachtung für die Duellregeln des zentralen Reiches.

»Gut, einverstanden.« Der alte Nagakämpfer nickt zufrieden und Grigori schüttelt den Kopf:

»Ich glaube kaum, dass dies ein fairer Kampf ist. Yan, Umashankar ist ... «

»Er hat dich herausgefordert, Grischa«, wird Grigori unterbrochen.

»Oh, ich, aber ... «, erschrocken sieht er von seinem Lehrmeister zu Yan und wieder zurück.

»Keine Sorge, kommt, wir gehen zum grossen Kreis bei den anderen. Da können mehr meinen Sieg gegen einen Herrscher des Nordens sehen.« Ohne abzuwarten, begibt sich Yan auf den Rückweg.

»Ich habe doch noch nie mit einem Menschen gekämpft!«

»Ja und? Einmal ist das erste Mal und lass dich von seiner Art nicht beeindrucken. Du schaffst das!« Zu überrascht von der positiven Einstellung seines Meisters folgt der Junge und als sie den Kampfkreis erreichen, wurde dieser bereits geräumt. Yan wartet im Innern, eine stumpfe Trainingswaffe in der Hand. Grigori bemerkt beunruhigt, dass alle Anwesenden mindestens einen Kopf grösser sind als er und die Trainingswaffen schwer und gross aussehen. Alleine das Einhandschwert, das Yan genommen hat, ist so gross wie die zweihändigen Waffen, mit denen er selber trainiert.

Kaum hat er den Kreis betreten, beginnt der Kampf. Der Kampflehrer der Nordwache, der das Training der Menschen überwacht, dient als Kampfrichter. Der alte Lamia-Krieger verkündet in aller Ruhe die Namen der Kämpfer. Doch kann sich Grigori kaum darauf konzentrieren. Nervös beobachtet er seinen Gegner, der sich noch einmal spöttisch verbeugt und dann vorstürmt. Der schnelle Schlag wird von Grigoris Klinge abgewehrt und das strenge Training zeigt seinen Erfolg. Mehr Reflex, als gezielte Handlung dreht sich Grigori mit der Parade mit und kann sich so auf die Seite seines Gegners begeben. Mit einem schnellen Hieb in den Rücken des Nordlings trifft Grigori seinen ersten Körpertreffer. Dieser dreht sich sofort in seine Richtung und die Klingen treffen sich wieder. Schnell erkennt Grigori, dass sein Gegenüber weder die Geschwindigkeit von Kaira hat, noch die Geschicklichkeit von Mizuki. Wieder dreht er sich unter einem Schlag weg und trifft sein Gegenüber schmerzhaft an der Seite. Dieser flucht laut und ändert seinen Stand. Doch kann er den Jungen nicht treffen, der mehr oder weniger geschickte Paraden ausführt. Zwei Körpertreffer später ist das Gesicht von Yan zur konzentrierten Maske geworden. Auch Grigori keucht bereits. Die Schläge von Grigori werden selbstsicherer, während die von Yan weniger mit Technik, als mit roher Kraft geführt werden. Doch genau darauf hat Grigori gewartet. Mit einem schnellen Seitenschritt weicht er aus und ködert den zweiten Schlag von Yan mit einer Finte. Dieser fällt darauf herein und präsentiert eine ungedeckte Flanke. Sofort greift Grigori an und landet seinen letzten Treffer.

»Fünf Treffer für Grigori, der Kampf ist beendet.«

Yan, der sich die schmerzende Seite hält, lässt seine Waffe fallen und nach einem kurzen Fluch nickt er Grigori anerkennend zu:

»Ich dachte, ich könnte mir da einen einfachen Sieg sichern, aber bei den Alten. Du hast ein ordentliches Tempo drauf. Autsch, das tut weh!«

»Danke, bei dir alles in Ordnung?« Grigori sieht besorgt das von Schmerzen verzehrte Gesicht an.

»Klar, ein Duell ohne Schmerzen ist kein richtiges Duell.« Mit diesen Worten verlässt er den Ring und wird von seinen Freunden mit aufmunternden Worten und Spott in Empfang genommen. Erst als einer der anwesenden Heiler sich zu ihm durchgerungen hat, wird es still um Yan.

Grigori, der gerade den Ring verlassen will, wird von einem Ruf aufgehalten. Ohne grössere Mühe schwingt sich ein Berg von einem Mann über die Abschrankung und baut sich vor dem Jungen auf. Der Nordmann ist mehr als zwei Meter gross und die Art wie er seine Axt und das grosse Rundschild hält, deuten auf einen erfahrenen Kämpfer hin. Die blonden Haare sind zu einem Pferdeschwanz zusammengebunden. Grigori erkennt eingeschüchtert das Wappen der Drachenfänge, eines im Nordosten beheimateten Stammes, der die grösste Zeit des Jahres damit verbringt, die Küsten zu plündern.

»Ich bin Haldar von den Drachenfängen, Häuptlingssohn und Anführer der Feuerdrachen. Ich fordere ebenfalls ein Duell.« Die tiefe Stimme wirkt ruhig, aber befehlsgewohnt. Grigori sieht besorgt zu seinem Meister, doch dieser nickt nur kurz.

»Gut, aber ich bezweifle, dass ich einem so bekannten Krieger auch nur einen Treffer anbringen kann.« Grigori nimmt sein Schwert fester in die Hand und bereitet sich vor. Haldar nickt zufrieden und lächelt, als er die Bedenken hört:

»Ich habe meine Geschwister trainiert und werde mich deinem Können anpassen. Doch werde ich dich nicht schonen. Greif an, mit aller Kraft und versuche, mich zu treffen.« Damit nimmt er eine leicht geduckte Haltung ein. Er wirkt sprungbereit und die schwere, aber stumpfe Axt wirkt in den Pranken des Kriegers fast wie ein Spielzeug. Ohne weiter zu zögern, springt Grigori vor, kann gerade noch dem Axtschlag ausweichen und versucht, einen Treffer zu landen. Doch bevor er begreift, was passiert, wird er vom Schild getroffen. Der Schlag raubt ihm den Atem und wirft ihn mehrere Schritte zurück.

»Ein Schild dient nicht nur der Verteidigung.«

Wieder greift Grigori an, nur um mit der flachen Seite der Axt in den Dreck befördert zu werden.

»Achte auf beides. Du darfst dabei aber nie verraten, wo dein Angriff erfolgt.« Der Krieger wirkt ruhig und gelassen. Man erkennt, dass er nicht nur ein erfahrener Kämpfer ist, sondern auch ein guter Lehrmeister. Nach zwei weiteren erfolglosen Angriffen steht der Kampf drei zu eins. Grigori atmet schwer, sein linker Arm fühlt sich taub an und ein Stechen in der Brust verrät ihm, dass er mindestens eine Rippe gebrochen hat. Doch will er nicht aufgeben. Wieder greift er an, doch zur Überraschung aller wirft er seine Klinge zwischen die Beine seines Gegners. Dieser stolpert über das unerwartete Hindernis und Grigori nutzt die Chance. Mit aller Kraft wirft er sich gegen das Schild seines Gegenübers und stösst ihn um. Er hört nicht, wie die Zuschauer ihn anfeuern. Er springt über den Gefallenen und verpasst der Hand mit der Axt einen Tritt. Doch lässt Haldar seine Waffe nicht los. Verzweifelt schnappt sich Grigori sein Schwert, nur um es gerade noch rechtzeitig gegen die Brust des Kriegers zu schlagen. Dieser wird am Aufstehen gehindert. Schon befindet sich Grigori über ihm, die Klinge erhoben, er will nur gewinnen. Aber der Häuptlingssohn lässt sich so leicht nicht unterkriegen. Mit einem schnellen Tritt raubt er Grigori das Gleichgewicht. Grigori stolpert zurück und sieht entsetzt, dass sich Haldar wieder aufrichtet. Mit letzter Kraft und all seiner Entschlusskraft, stürzt er sich auf den Kämpfer. Er fühlt nicht mehr, wie seine Klinge trifft, da in diesem Moment die Axt des Nordmannes ihr Ziel findet. Für einen kurzen Augenblick glaubt er, in zwei Hälften geteilt worden zu sein, danach rauben ihm die Schmerzen in der Bauchgegend das Bewusstsein.

»Herr, Herr! Ah, er ist bei Bewusstsein.«

»W-was ist p-passiert?« Grigori sieht verwirrt in das Gesicht der Kitsune, die sich über ihn beugt.

»Nun, der letzte Schlag hat eure inneren Organe übel zugerichtet. Dazu kamen die Knochenbrüche und die Erschöpfung, das war wohl zu viel.« Die Heilerin lächelt und winkt ab, als sich Grigori aufrichten will.

»Wartet, Herr, es dauert noch einen Moment. Die Wunden müssen erst komplett verheilen.«

Grigori sieht sich um, so weit es ihm möglich ist. Noch liegt er im Kampfkreis, umgeben von mehreren Heilern. Neben sich bemerkt er eine andere Gestalt, die am Boden liegt und ebenfalls umsorgt wird.

»Geht ... Geht es Haldar gut?«

»Nun, ihr habt ihn leider am Kopf getroffen. Doch sind seine Wunden kaum nennenswert.« Wie, um ihre Worte zu bestätigen, richtet sich Haldar in diesem Moment auf und schiebt die Kitsunen weg, die ihn aufhalten wollen.

»Lasst das! Ich habe schon Schlimmeres überlebt, wie geht es dem Jungen?«

»Gut, es tut mir leid, ich wollte dich nicht am Kopf treffen!«

»Pah, das war ein Unfall. Himmel, ich habe wohl zu stark zugeschlagen. Das war mehr eine Reaktion als ein bewusster Schlag.« Die Besorgnis ist echt und erst jetzt bemerkt Grigori, dass ausserhalb des Kampfkreises Diskussionen am Laufen sind. Man scheint sich uneinig über das Kampfresultat zu sein. Als sein Blick auf Umashankar trifft, sieht er die Erleichterung des Alten.

»So, ihr kennt das Spiel, Herr. Es wird noch eine Weile schmerzen, aber alles ist in Ordnung.«

»Danke«, damit richtet er sich auf und reicht Haldar die Hand: »Danke für die Lektion. Ich hoffe, dass wir uns nie auf dem Schlachtfeld begegnen.«

»Keine Ursache, ich bin beeindruckt. So eine Wunde einfach so wegzustecken. Aber das soll der Vorteil sein, wenn Heiler anwesend sind, was?«

»Ja, und das ist nicht das erste Mal, das mir so was passiert. Theameleia ist der Meinung, dass es unterhaltsam ist, mich durch die Gegend zu schleudern. Training mit ihr endet eigentlich immer bei den Heilern.«

»Mein Vater sagte immer: Ein Duell ohne Verletzte ist kein richtiges Duell.« Haldar grinst und legt eine Hand auf die Schulter Grigoris:

»Wenn du älter bist und noch mehr trainiert hast, wiederholen wir den Kampf. Ich bin gespannt, was du noch an neuen Tricks entdecken wirst.«

»Es steht fest: Grigori hat einen Moment vor Haldar getroffen. Auch wenn es ein Kopftreffer war, ist klar, dass dieser nicht absichtlich war. Damit hat Grigori gewonnen. Haldar, willst du das Resultat anzweifeln?«

»Nein, das war ein guter Kampf. Ich freue mich schon auf den nächsten.«

»Ja, ich mich auch!«, ruft Yan und grinst breit. Er gratuliert dem Jungen und die anderen Zuschauer stimmen ein, auch Haldar wird bejubelt. So unauffällig, wie es in dem Trubel geht, zieht sich Grigori mit seinem Lehrmeister in den ihnen zugewiesenen Bereich zurück. Kaum ist Umashankar neben dem Feuer angekommen, feuchtet er seine Haut an. Grigori setzt sich vorsichtig hin und wartet.

»Wenn ich dich jemals wieder dabei erwische, wie du deine Waffe wirfst, verprügle ich dich! Das ist das Dümmste, was ich jemals gesehen habe!«

»Ich, nun es hat ja beinahe geklappt.« Während des Sprechens wird er immer leiser, der Ärger in den Augen des Alten ist klar zu erkennen.

»Blödsinn. Gegen einen Kämpfer wie Haldar würdest du niemals gewinnen. Sein erster Schlag hätte dich beinahe ins Reich der Träume geschickt.«

»Ich weiss, ich hatte nach dem Kampf mit Yan das Gefühl, dass ich vielleicht doch eine Chance hätte, in so einem Kampf zu bestehen.«

»Genau deshalb hat dich Haldar herausgefordert. Leichtsinn ist der Tod so manches Heldes.«

»Verstehe. Tut mir leid.«

»Was?«

»Dass ich nicht ... «

»Du hast gewonnen, oder?«

»Ja, schon aber ... «

»Grigori, mich interessiert nicht, wie du gewonnen hast. Ich bin überrascht, dass du überhaupt gewonnen hast.«

Der Junge sieht verwundert auf und kann gerade noch den Stolz in den Augen des Alten sehen. Aber dieser weicht sofort wieder dem Ärger.

»Für heute hast du genug. Geh dich erholen. Wir trainieren dafür morgen noch einmal.«

»Danke, dann bis morgen.«

»Pah, verschwinde, du Möchtegern-Duellant.«

Als Grigori am Abend zum Essen geht, findet er den Speisesaal noch fast leer vor. Doch wartet seine Adoptivmutter am üblichen Tisch. Als sie ihn sieht, beginnt sie zu strahlen:

»Man hat mir von deinem Erfolg berichtet, ich bin schwer beeindruckt.«

»Danke, aber das waren kaum echte Kämpfe. Sowohl Yan wie auch Haldar hätten mich wahrscheinlich besiegt, wenn sie nicht Rücksicht genommen hätten.«

»Egal, du hast dir heute den Respekt von zwei wichtigen Verbündeten gesichert. Sowohl die Schwarzkliffs, wie auch die Drachenfänge sind mächtige Stämme und dein Sieg hat für Aufmerksamkeit gesorgt.«

»Aber, wie?«

»Du hast ihre Duelle angenommen.« Die Herrin grinst zufrieden und sieht amüsiert zur Türe, durch die eine komplett ausgelaugte Xiri getapst kommt. In ihrer Begleitung sind die anderen Herrscherkinder.

»Nanu, was ist den mit dir, Xiri?«

»Blödes Training. Blödes Wetter. Blödes Merken von doofen Dingen!«

»Aha, ich sehe, du brauchst dringend was zu essen, was?«

»Ja, bitte.« Die Harpyie wirkt für einen Moment aufgemuntert. Als sie sich setzt, wird ihr ein Teller mit warmer Suppe und frischem Brot gereicht.

»Was genau war das für ein Training?« Die Herrin wendet sich an Thea, die sich neben ihr niederlässt.

»Mizu und ich haben Offiziere gespielt und dauernd unsere Position verändert. Xiri musste zwischen uns hin und her fliegen und Botschaften überbringen. Kaira hat den Feind gespielt und ist ebenfalls von Position zu Position gelaufen. Xiri musste sie jeweils finden. Dann uns mitteilen, wo sie ist und danach neue Befehle überbringen.« Die Apepi grinst zufrieden. Auch Mizuki wirkt seit Längerem zum ersten Mal wieder entspannt:

»Die Botschaften waren extra kompliziert. Eigentlich trainieren das junge Harpyien zusammen, aber da Xiri den anderen voraus ist, wurden wir um Hilfe gebeten. Ich hatte mit Thea magischen Kontakt und wusste so jeweils, was die Botschaft war und umgekehrt.«

»Und ich hatte heute endlich mal wieder guten Auslauf, auch wenn es nur in den Tälern war, die von der Festung aus erreichbar sind«, ergänzt Kaira, auch sie mampft zufrieden.

»Wie ging dein Training, Grischa?«

»Ganz okay, ich habe zwei Duelle gewonnen, wenn auch nur knapp.«

»Ich wiederhole, Kämpfe mit der Trainingspuppe zählen nicht als Duell!«, erklärt Thea herablassend.

»Nein, mit Menschen!«

»Oh, waren es Anfänger?«

»Ach sei still!« Grigori sieht verärgert die feixende Thea an. Danach erzählt auch er und als er endet, wirkt sie ehrlich beeindruckt.

»Nicht schlecht. Brüderchen macht sich, was?«

»Haha, spotte du nur!«, während er das sagt, bemerkt er, dass Kaira von einem Moment zum anderen aufmerksam wird und sich verstohlen umsieht. Einen Moment später fixiert sie einen der Neuankömmlinge im Saal, ein Mann aus dem Norden.

»Was ist?«

»Ich ... bin mir nicht sicher. Ich kenne ihn. Aber es ist länger her, dass ich ihn gesehen habe.«

»Nun, das soll passieren. Er war wahrscheinlich zu Besuch oder ... «, beginnt Thea, wird aber brüsk unterbrochen.

»Nein, ich kenne ihn von zu Hause. Vater hat sich häufiger mit ihm getroffen. Ich musste mich immer zurückhalten. Er tauchte auch noch auf, kurz bevor es zum ... zum ... ihr wisst schon.« Sie wirkt noch immer verunsichert, dazu kann sie die Schande des Verrats noch immer nicht vergessen. Nun wird auch die Herrin aufmerksam und sieht sich unauffällig um. Nach kurzem Zögern wendet sie sich an Thea:

»Kennst du ihn?«

»Nein, Leute kennen ist Nysahrias Gebiet. Aber das muss nichts heissen. Es kann ein Handelspartner gewesen sein. Kaira, nichts gegen dich.«

»Falsch, ich habe einmal nicht auf sie gehört. Das hat uns viel gekostet! Kaira, auch wenn du dich täuschen magst, wir sind lieber vorsichtig.« Damit winkt sie einen Diener herbei und beauftrag ihn, Miri und auch Isabella herbeizuholen.

Kurz darauf treffen die beiden Verlangten ein. Isabella gleitet förmlich in den Raum, ihre Bewegungen perfekt aufeinander abgestimmt. Grigori sieht amüsiert, dass sie ihre Wirkung auf die anwesenden Menschen nicht verfehlt. Miri hingegen tritt mit einem Krug voll Wasser neben die Herrin und füllt angeblich ihr Glas. Erst als Isabella an den Tisch kommt und sich hingesetzt hat, erklärt die Herrin kurz und knapp, was der Anlass für ihre Anwesenheit ist. Kaira wird darauf hin aufgefordert zu ergänzen. Als auch sie berichtet hat, kichert Miri schelmisch und verbeugt sich:

»Ich werden sehen, was ich finden, ja? Kleines Wölfchen hat gut aufgepasst.«

»Miri, es darf auf keinen Fall auffallen, dass du ihn untersuchst. Wir wollen keinen Verdacht erwecken.«

»Ich werden finden einen Weg, ja? Ich kennen Tricks.« Damit verabschiedet sich Miri. Isabella hingegen beginnt zu essen und unterhält sich mit den anderen. Zumindest erweckt sie den Eindruck. Grigori sieht fasziniert zu, wie sie eine kleine Blutphiole in ihr Glas gibt und etwas murmelt. Daraufhin beginnt das Blut zu kochen. Als es sich wieder beruhigt, nickt sie zufrieden. Als sie die fragenden Blicke bemerkt, verdreht sie die Augen:

»Kaltes Blut schmeckt nicht. Dazu muss der Konservationszauber aufgehoben werden. Ach, er trägt sicher kein aktives Medaillon. Das hätte ich bereits gespürt.«

Die Herrin schüttelt verärgert den Kopf:

»Das hättest du vor dem Brimborium mit dem Blut sagen können. Dazu wäre ich froh, wenn du das nicht am Esstisch machen würdest.«

»Verzeihung. Ich vergass, Mutter hatte mich noch darauf hingewiesen.« Die Nachtwandlerin lächelt, sie wirkt tatsächlich verlegen.

»Schon gut, wie verlaufen die Kontrollen sonst?«

»Anstrengend. Viele Gäste, über den ganzen Tag verteilt. Ich freue mich auf ein paar ruhige Tage mit Ausschlafen nach dem Fest. Darf ich übrigens darum bitten, dass meine Krieger einen abgetrennten Trainingsbereich erhalten? Bevorzugt in einem grossen Saal, wo die Sonne nicht stört?«

»Natürlich, ich werde alles in die Wege leiten. Morgen kommen noch einmal viele Gäste. Ich habe auch noch weitere Informationen, die ich dir nachher noch geben muss.«

»Gut. Ah, Grigori, ich gratuliere noch zu deinen Siegen. Malachi, einer meiner Treuen, hat den Kampf beobachtet. Er war äusserst beeindruckt.«

»Danke, ich habe aber keinen der Paladine gesehen?«

»Gut, das heisst, er hat seine Aufgabe gut ausgeführt.«

»Wie?« Grigori sieht verwirrt auf. Noch während er aufsieht, bemerkt er den vereinzelten Blutpaladin, der an einer der Wände steht.

»Beeindruckend, nicht wahr?«

»Ja, aber wie geht das?«

»Ein paar Zauber, viel Übung und das Wissen, dass alle intelligenten Lebewesen, die gleichen Aufmerksamkeitsschwächen haben. Du hast ihn zwar wahrgenommen, aber er ist dir nicht aufgefallen.« Die Nachtwandlerin wirkt äusserst zufrieden. Grigori fühlt sich, wie so häufig, wenn er mit ihr redet verspottet. Doch hat ihn Thea darauf hingewiesen, dass dies mit Nachtwandlern normal ist.

Am nächsten Morgen trifft sich Grigori mit Umashankar auf dem Kampfplatz und sieht beunruhigt die dicke Schneeschicht an, die überall liegt. Auch wenn die Trainingsbereiche geräumt wurden, fühlt er sich unwohl.

»Keine Sorge, der Schnee wird dich auch heute nicht verprügeln. Das übernimmt wohl Mizuki. Ich will, dass du das Ausweichen übst.«

Die Angesprochene tritt vor, auch die anderen trainieren in der Nähe, bis auf Xiri, die übt auf den Festungsmauern mit einer anderen Harpyie das Landen auf vereisten Flächen.

»Mizuki, bitte greif ihn so an, dass er sich auf beide Hände konzentrieren muss. Gestern ist mir aufgefallen, dass er den Hang hat, immer nur eine Seite seines Gegners im Auge zu behalten.«

»Gut, Waffen?«

»Ja, die Holzstäbe, ähm Tonfas«

»Einen Moment.« Sie verschwindet kurz in der nebenanliegenden Kammer und kommt mit zwei elegant gearbeiteten Holztonfas wieder.

Nachdem sie sich kurz an einer Trainingssäule die Grundschläge ins Gedächtnis gerufen hat, stellt sie sich vor Grigori auf. Dieser hat wieder nur sein Schwert dabei. Das Training verläuft wie immer.

Als die ersten Alarmsignale erklingen, unterbricht Umashankar das Training und mustert den Jungen:
»Na, was bedeuten diese Signale?«
»Gäste ... ähm, aber das klingt sonst anders, oder?«
»Natürlich klingt das anders! Wir werden das noch einmal trainieren müssen. Das bedeutet Gäste im Tal, oder besser fliegende Gäste.« Er knurrt beinahe, wie immer, wenn Grigori Dinge vergisst, die er sich eigentlich längst merken sollte.
»Harpyien? Die landen doch im Innenhof«, fragt Mizuki verwundert.
»Nein, das sind keine Harpyien! Das sind Drachen«, erklärt Thea, die sich zu den anderen begeben hat. Auch Meisterin Kasumi nähert sich und deutet gegen den hellen, aber bewölkten Himmel. An der gedeuteten Stelle sind mehrere dunkle Schatten erkennbar. Grigori, der zwar schon Drachen gesehen hat, kann seine Freude kaum verbergen, die Schöpfungen von Hoss sind stets ein beeindruckender Anblick.
»Auch falsch, nur die grosse Gestalt in der Mitte ist ein echter Drache, die anderen sind Wyvern. Achtet auf die Stelle, wo die Flügel zum Hals übergehen. Bei Wyvern ist das eine Line, bei der Gestalt in der Mitte gibt es einen Versatz. Dazu deutet die Grösse auf einen Drachenältesten hin.« Umashankar, der die Augen mit einer Hand gegen das Licht abschirmt, mustert die Jugendlichen vor sich kopfschüttelnd. Man merkt ihm an, dass er der Meinung ist, sie sollten solche Dinge bereits wissen. Thea pfeift auf einmal überrascht auf:
»Das ist die Brutmutter der Vulkanlande. Mutter hoffte, sie würde kommen, aber es war nicht sicher. Lady Ziorva lässt sich nur schwer davon überzeugen, ihren Palast zu verlassen. Seht, da kommt Mutter.«

Während die Herrin sich mit ihrem Beraterstab bereithält, die Gäste zu begrüssen, landet auf einmal Xiri bei den anderen und deutet auf einen kleinen Punkt am Himmel:
»Der da scheint abzustürzen, hat wohl einen bösen Wind erwischt.«
»Blödsinn!« Thea sieht kopfschüttelnd zu der Harpyie, doch nähert sich der Punkt rasend schnell und bevor die Gruppe wirklich begreift,

was passiert, rast ein grauer Drache auf sie zu, nur um kurz vor ihnen eine spektakuläre Landung hinzulegen. Der dabei entstehende Winddruck schleudert den frischen Schnee in alle Richtungen und ohne die gekonnte Reaktion von Mizuki, wäre nun auch Grigori von einer dünnen Schicht Schnee bedeckt gewesen. Doch die Kitsune hat nur Momente zuvor einen Schutzzauber aufgebaut. Als sie zu Thea sieht, beginnt sie zu grinsen. Die junge Thronerbin hat das meiste abbekommen und ihr Gesicht verrät genau, wie wenig sie von dieser Aktion hält. Xiri, die sich gerade noch in Sicherheit bringen konnte, landet und mustert Thea nachdenklich:

»Lausiger Schneemann. Da sieht man noch zu viel Schwarz!«

»Ich stimme dir zu, kleine Harpyie. Aber an deiner Stelle würde ich verschwinden.« Die Stimme des Drachens ist angenehm tief. Doch zur Überraschung aller reagiert Thea gelassen. Sie wischt sich den Schnee aus dem Gesicht und mustert den Drachen spöttisch:

»Herzlich willkommen in der ewigen Festung. Flugstunden gibt es jeden Tag. Ich empfehle, gut aufzupassen. Das Landen scheint schon mal nicht zu klappen!«

Auf einmal hört die Gruppe das Lachen einer Frau und mit elegantem Schwung springt eine in Leder gehüllte Gestalt vom Drachen. Die schwarzen Haare sind zu einem Knoten zusammengebunden und sie ist von einem Menschen nicht zu unterscheiden. Sie verbeugt sich leicht vor Thea und erklärt:

»Verzeiht meinem Bruder, aber Anstand ist nicht seine Stärke. Er konnte nicht widerstehen, als er euch gesehen hat. Ich bin Teiza, Thronerbin der Vulkanlande. Das hier ist mein Zwillingsbruder Qimo.«

»Theameleia, erzürnte Thronerbin des Nordens. Das ist Grigori, mein Bruder. Mizuki, Prinzessin des Ostens. Kaira, zukünftige Alpha der Silberfelle und Federhirn hier ist Xiri, Prinzessin der Blauschwingen.« Nacheinander grüssen die Genannten und auch Umashankar und Meisterin Kasumi werden vorgestellt. Zur gleichen Zeit scheint die Begrüssung der beiden Herrinen stattzufinden, wobei Grigori amüsiert auffällt, dass die Brutmutter sich alle Mühe gibt, besonders eindrucksvoll zu wirken. Etwas, das er bei vielen gehobenen Gästen bemerkt, wenn sie mit seiner Mutter sprechen.

»Xiri, wollen wir fliegen gehen? Mich langweilen Begrüssungen.«

»Au ja, ich kenne da eine tolle Strecke!« Bevor jemand reagieren kann, heben die beiden ab und fliegen davon. Teiza sieht verärgert hinter ihrem Bruder her und schüttelt den Kopf.

»Er lernt es nie. Egal, es tut ihm gut und Mutter interessiert es so oder so nicht.« Die letzten Worte wirken beinahe verbittert. »Ich hoffe, wir sind nicht zu spät gekommen. Ich will unbedingt das Fest miterleben. Bei uns gibt es nur selten Feste.«

»Keine Sorge, das ist erst heute Abend. Es freut mich, dass ihr nun doch gekommen seit.«

»Das ist so eine Sache. Ich weiss nicht, was es ist, aber etwas geht vor in den Vulkanlanden.«

»Wie an vielen Orten. Wir können das später besprechen. Ich nehme an, du bist müde von der Reise?«

»Nicht wirklich. Ich bin aber auch nicht geflogen. Es ist eigentlich ganz angenehm, mit einem Wyvern oder Drachen zu fliegen.«

»Warum bist du nicht selber geflogen?« Kaira sieht verwirrt die junge Frau an. Für sie ist es unerklärlich, wenn jemand seine Gestalt verändern kann und diese Gabe nicht nützt.

»Nun, ehrlich gesagt, kann ich kaum länger als etwa eine halbe Stunde die Drachengestalt aufrechterhalten. Sowohl ich, wie auch mein Bruder sind Dracaru oder in eurer Sprache wohl eher ... nun ... «, noch während sie nach den richtigen Worten sucht, murmelt Mizuki traurig: »Falscher Drache.«

»Könnte man so übersetzen. Das ist die anständige Variante. Ich bin beeindruckt.« Teiza nickt Mizuki zu und streicht sich über den Kopf: »Ich bin das Paradebeispiel für den Erfolg der Experimente der Drachen. Mein Bruder ist das Paradebeispiel für den Misserfolg. Entsprechend ist seine Stellung zu Hause.« Als sie die verwirrten Mienen der anderen bemerkt, winkt sie ab:

»In den Vulkanlanden versuchen die Drachen, mithilfe von Magie und Zucht die erste Menschheit wieder zu erschaffen. Sie glauben, so den Fehler von Hoss auszugleichen. Ihr könnt euch sicher vorstellen, wie das so läuft, wenn nach beinahe zehntausend Jahren ausgerechnet ich als gutes Beispiel gelte.«

»Das Gift, das die erste Menschheit besiegte, hat doch Leviathan entwickelt. Wieso fühlen sich da die Drachen verantwortlich?«, Grigori sieht verwundert die anderen an.

»Nun, Hoss verteilte es so, das alle Nahrungsquellen betroffen wurden. Nur dadurch wurde die erste Menschheit langsam aber stetig schwächer und zu den heute lebenden Menschen. Die Drachen wussten davon, verhinderten es aber nicht. Auch nicht als der erste Monsterkrieg ausbrach und beinahe das Ende der Menschen einläutete, erst als Hoss im Kampf gegen Theia fiel, erkannten sie den Fehler ihres Handels.« Sie zuckt mit den Schultern. Man kann ihr ansehen, dass sie anderer Ansicht ist:

»Anstatt Vergangenes zu bereuen, sollten wir Drachen uns darum kümmern, dass sich so etwas nie wieder wiederholen kann. Aber die wenigsten Drachen denken so wie ich. Mutter ist ein Paradebeispiel. Sie wollte nicht kommen, da sie der Meinung ist, dass Probleme im zentralen Reich und im Norden nicht wichtig sind. Ich sehe das anders. Auch mein Bruder ist anderer Meinung.«

Bevor sie das Thema weiter besprechen können, nähert sich eine der Beraterinnen der Herrin und verneigt sich vor Teiza:

»Auf Wunsch eurer Mutter werdet ihr hier in der Festung selber untergebracht. Sie und die anderen werden die Drachenquartiere in den Bergen aufsuchen. Wenn ihr mir bitte folgen würdet.«

»Natürlich, dann bis heute Abend. Noch viel Spass mit dem Training. Und wenn ihr meinen Bruder seht, er hat noch mein Gepäck.«

Als sich alle verabschiedet haben, können sie gerade noch sehen, wie die Brutmutter mit ihrer Begleitung abhebt und in Begleitung der fliegenden Wache zu den durch lange Tunnel und endlose Treppen erreichbaren Höhlen fliegt.

»Das war eine nette Ablenkung. Zurück zum Training. Mizuki, bitte wiederhole die letzten Schritte mit Grigori.«

Ein unvergessliches Fest

Während sich alle auf das Fest vorbereiten, treffen die letzten Gäste ein. Darunter selbst die Herrin des Ostens. Nach dem Training gibt es ein kleines Mittagessen, danach beginnen die letzten Vorbereitungen für den Anlass.

Grigori mustert sich im Spiegel. Die schwarze, aus feinem Samt gefertigte Tunika sitzt wie angegossen. Auch der Gurt, an dem das Schwert in der einfachen Scheide baumelt, wirkt durch die feine silberne Schnalle einfach, aber elegant.

»Hier Herr, die Stiefel. Damit ist die Aufmachung komplett. Sieht sehr elegant aus.«

Die ältere Harpyie mustert kritisch ein letztes Mal die Kleider und verabschiedet sich danach. Sie hatte zuvor alle Lederteile der Kleider aufpoliert und sichergestellt, dass alles am rechten Platz ist. Als er alleine ist, sieht er noch einmal auf sein Spiegelbild. Als Thea in den Raum gleitet, nickt sie zufrieden.

»Sehr gut, du kannst dich so durchaus sehen lassen.«

»Danke, du siehst super aus.«

»Ich weiss, danke trotzdem.« Thea beginnt zu grinsen und sieht sich in dem mit alchemistischen Zutaten und Gerätschaften gefüllten Raum um.

»Na, bereit? Mutter hat noch kurzerhand die Sitzordnung angepasst.«

»Was? Warum?«

»Sie will, dass alle Kinder mit einem Titel rechts neben ihr sitzen, mit Ausnahme von Casos, der direkt zu ihrer Linken sitzt. Das heisst, die Reihenfolge zu ihrer Rechten ist jetzt: ich, dann Arsa und dann du.«

»Ich habe keinen ... «

»Doch ›Wächter der Festung‹ ist der traditionelle Titel, der dem dritten Sohn zusteht.«

»Ja, Apepi-Sohn, nicht ado ... «

»Lass das, deine Rasse hat darauf keinen Einfluss. Warum du dich so dagegen wehrst, ist und bleibt mir ein Rätsel.«

Bevor er etwas erwidern kann, springt ein blauer Schemen durch die Türe und ruft begeistert »Tadaa.«

»Hallo Xiri, auch schon fertig?«

»Ja, schaut mal!«, damit bereitet sie ihre Flügel aus und dreht sich auf der Stelle. Es dauert einen Moment, bevor die beiden anderen begreifen, was es zu sehen gibt. Die junge Harpyie trägt ein blaues Kleid mit einer komplizierten Musterung aus verschieden Blautönen. Das Muster überträgt sich auf ihr Gefieder. Die normalerweise einfarbigen Federn ihrer Flügel sind so gefärbt, dass es wirkt, als ob die Federn Teil des Kleides wären. Es wirkt nicht nur elegant, sondern erweckt den Eindruck, dass die junge Prinzessin lange Ärmel trägt. Erst jetzt sieht Grigori, dass sie statt dem Goldreif, der ihren Status markiert, eine Linie aus gefärbten Federn am Kopf hat.

»Das sieht ja toll aus!«

»Danke Grischa, das hat Mizu gemacht. Sie hat jede Feder einzeln gefärbt. Ist doch genial, oder?«

»Auch wenn ich es ebenfalls toll finde, Xiri, du weisst, dass es ein riesiges Tabu ist, sich die Federn zu färben? Kannst du dich daran erinnern, wie deine Mutter das letzte Mal reagiert hat?« Thea schüttelt den Kopf über den Leichtsinn der Kleinen.

»Ach, das war was anderes. Ich hatte da ja richtige Farbe verwendet. Das kann Mizu viel einfacher wieder wegzaubern. Dazu sehe ich nicht ein, wieso sich alle anderen die Haare färben dürfen und ich meine Federn nicht!«

»Weil die Farbe deiner Federn die Zugehörigkeit zu deiner Familie und deinem Stamm anzeigt, Federhirn. Aber es sieht wirklich gut aus.«

»War auch eine Menge Arbeit. Federn müssen einzeln gefärbt werden. Sie reagieren nicht auf meine anderen Zauber.«

Mizukis Stimme verrät die harte Arbeit, aber sie wirkt stolz. In ihre eleganten Kleider gehüllt, schwebt der Dreischwanz förmlich in den Raum. Sie trägt ein ähnliches Kleid, wie damals als Grigori in die Familie aufgenommen wurde, nur sind diesmal deutlich mehr Verzierungen angebracht. Sie wollen gerade weitersprechen, als ein Diener auftaucht und verkündet, dass sich Grigori und Thea zum Thronsaal begeben sollen. Die anderen wollen noch auf Kaira warten und dann nachkommen.

»Also, denkt bitte daran, ihr repräsentiert den Norden. Sagt nichts Unüberlegtes und versucht, niemanden zu beleidigen. Solltet ihr einmal nicht weiterwissen oder unsicher sein, kommt zu mir. Lys, nur weil du kein Amt innehast, heisst das nicht, dass du dich in eine Ecke verdrücken kannst. Ich will auch dich unter den Gästen sehen, klar?«

»Ja Nysahria, ich kenne das Spiel. Wer glaubst du, dass ich bin?«

»Ich kenne dich. Egal. Grigori, ich weiss, das ist dein erster grosser Anlass und du wirst garantiert Fehler machen. Ich wäre froh, wenn du dich deshalb in erster Linie mit den Menschen aus dem Norden unterhältst. Auch du, Thea, bitte pass auf, was du sagst. Versuche auch, mit allen zukünftigen Thronerben zu sprechen.«

Nachdem alle versprochen haben, sich zu benehmen, gleitet die älteste Tochter der Herrin aus dem kleinen Seitenraum und mischt sich wieder unter die Gäste. Die anderen sehen sich missmutig an.

»Seltsam, bevor sie etwas gesagt hat, hatte ich noch keine Angst.« Grigori sieht unglücklich auf die Tür.

»Kenne ich. Das Theater macht sie immer. Verdammt, ich hasse solche Anlässe.« Lys wirkt ebenfalls nervös. Nur Arsax und Casos, die neben Thea sitzen, sind noch ruhig.

»Keine Angst. Grigori, ich weiss, dass die Stammesführer aus dem Norden so oder so mit dir sprechen wollen. Sei einfach ehrlich und du selbst.« Arsax grinst breit. Der Kommandant der Nordwache trägt eine silberne Rüstung und darüber den Blauen Waffenrock. Casos, der in seiner schwarzen Rüstung anwesend ist, nickt ebenfalls »Sie nimmt das Ganze viel zu ernst. Wir wollen den Tag heute geniessen und feiern. Kaira und Sadako haben das verdient. Egal, kommt jetzt.«

Als sie zusammen den Thronsaal betreten, kann Grigori seine Aufregung kaum verbergen. Neben dem Thron befinden sich auf der Erhöhung die kleineren Podeste für die Apepi und ein Stuhl für ihn. Nachdem sie alle ihre Position bezogen haben, kommt auch Nysahria und setzt sich zwischen Casos und Lysixia. Kurz darauf verkünden Hörner den Beginn des Anlasses. Der gefüllte Raum wird still. Erst jetzt bemerkt Grigori, wie viele Gäste anwesend sind. Der grosse Raum, der sonst eher erdrückend wirkt, ist hell ausgeleuchtet und entlang des Mittelganges sitzen die Gäste aus aller Welt. Er kann nicht nur Menschen aus dem Norden erkennen, sondern auch eine grosse Menge Kitsunen aus dem Osten. Lamien aus den grossen Reichen sind gekommen, dabei hat er aber erfahren, dass keine einzige Vertretung aus dem Zentralen Reich aufgetaucht ist. Es sind auch ein halbes Dutzend Harpyien mit ihm fremden Federnfarben zu sehen. Selbst ein paar Onai glaubt er auszumachen. Neben den Miniri aus dem Süden und den wenigen Nagas aus dem Westen fallen nur die grossen Sturmwölfe sofort auf. Auch Qimo, der Drache sitzt in der letzten Reihe. Selbst der grosse Drache hat mühelos Platz in diesem Saal.

Entlang der Wände stehen die schwarzgepanzerten Wachen der Leibgarde und Grigori weiss, dass überall in der Festung Wachen Stellung bezogen haben. Aber es sind nur Mitglieder der Leibgarde zu sehen. Die Palastwache kümmert sich um die äusseren Mauern.

Als die Herrin des Nordens in den Raum gleitet, erheben sich alle. Zu seiner Freude bemerkt Grigori, dass selbst Amy, die Mutter von Kaira, anwesend ist. Sie sitzt zusammen mit Aurra und Krolu in den vordersten Reihen. Nachdem die Herrin ihren Platz auf dem Thron eingenommen hat, eröffnet sie das Fest mit einer kurzen Rede, bei der sie sich für das zahlreiche Erscheinen der Gäste bedankt und kurz zusammenfasst, weshalb die Versammlung und das Fest einberufen wurden. Als sie zu dem Punkt kommt, wie es zum Verrat der Kitsunen kam, bemerkt Grigori, dass alle Anwesenden leise murmeln und den anwesenden Kitsunen misstrauische Blicke zugeworfen werden. Doch lässt die Herrin keine Missstimmung aufkommen. Sie erklärt das Problem der Medaillons und weist darauf hin, dass selbst die Mächtigsten und Gelehrtesten Fehler begehen können. Sie bittet darum, nicht alle Kitsunen als Verräter zu betrachten, sondern als Opfer einer noch unbekannten Bedrohung. Die Worte verfehlen ihre Wirkung nicht und augenblicklich beruhigt sich die Menge. Nachdem sie darauf hingewiesen hat, dass eines der ersten Opfer ihr eigener Sohn geworden wäre, wenn nicht der Zufall und das schnelle Eingreifen von Kaira und Sadako geholfen hätte, werden die beiden auf das Podest gebeten. Während Sadako ähnlich der anderen Kitsunen eine elegante Robe trägt, tritt Kaira in einer schwarzen Lederrüstung vor die Menge. Nachdem der Applaus verklungen ist, erklärt die Herrin des Nordens, womit sich die beiden ausgezeichnet haben und als sie damit fertig ist, überreicht ihr Thea eine kleine Schatulle. Zuerst wird Sadako und danach Kaira jeweils ein kleiner, weisser Stein umgehängt. Kaum berührt der Stein die Trägerin, beginnt er strahlend hell zu leuchten.

»Dies ist der Stern des Nordens, die höchste Auszeichnung, die ich vergeben kann. Ich kann dieser Dekorierung nur meinen persönlichen Dank und meinen tiefsten Respekt beifügen. Es wurden seit Beginn der Aufzeichnungen erst achtzehn dieser Orden vergeben. Die Namen jedes einzelnen Empfängers werden für alle Ewigkeit festgehalten und die Barden werden ihre Taten noch in Jahrhunderten besingen. Ich bitte alle Anwesenden, den beiden, Sadako von den Schattenschweifen und Kaira von den Silberfellen, den höchsten Respekt entgegenzubringen.«

Mit diesen Worten verneigt sich die Herrin zuerst vor Sadako, danach vor Kaira. Auch die anderen Apepi und auch Grigori folgen dem Beispiel. Dabei bemerkt Grigori, dass alle im Saal sich erheben und den Geehrten denselben Respekt zollen. Kaum hat sich die Herrin aufgerichtet, gibt sie beiden die Hand und zwei Stühle werden auf das Podest gebracht. Während sich eine vor Aufregung zitternde Kaira neben Grigori setzt, setzt sich Sadako in aller Ruhe neben Lys. Noch immer leuchten die kleinen Steine wie Sterne und Grigori bemerkt fasziniert, dass sich von der Stelle, wo der Stein Kairas Rüstung berührt, kleine silberne Linien ausbreiten. Er hat erfahren, dass der Träger eines Sterns vor einfachen Zaubern geschützt ist und dass Krankheiten und andere Leiden angeblich ferngehalten werden.

Nachdem sich alle wieder beruhigt haben, erhebt sich die Herrin und bittet um einen Moment der Ruhe, um all den gefallenen Helden zu gedenken. Sie nennt dabei mehrere beim Namen und als sie die Hand hebt, um zu zeigen, dass die Schweigeminute beginnt, wird es totenstill im Saal. Kaum ist die Minute durch, gibt die Herrin einen Wink und Diener eilen mit Getränken beladen in den Saal. Alle Gäste erhalten ein Glas und als auch die Herrin und ihre Familie versorgt wurden, hebt sie das Glas an und verkündet:

»Gedenkt der Toten, zur Ehre der Lebenden!«

Die rituelle Formel des Nordens wird lautstark von allen wiederholt, danach ergänzt die Herrin:

»Gedenkt den Helden, damit wir aus ihren Taten lernen.« Danach trinkt sie. Alle heben ihr Getränk mit Hochachtung und trinken.

Als wieder Ruhe eingekehrt ist, dankt die Herrin noch einmal allen für ihr Erscheinen und eröffnet das Fest. Kaum hört sie auf zu sprechen, öffnen sich die Türen und gefüllte Tische werden an den Wänden aufgestellt. Noch während sich die Gäste von ihren Sitzplätzen erheben, beginnt der komplizierte Tanz der Diener. Sie räumen Stühle zur Seite und bedienen die Gäste. Aus dem grossen Gang erklingt leise Musik und mehre der Gäste ziehen sich in die vorbereiteten, kleineren Säle zurück. Dort erwartet sie Tanz und Unterhaltung. Die Herrin und ihre Familie mischen sich unter die Gäste. Grigori sieht, wie eine überglückliche Kaira zu ihrer Mutter stürmt und von dieser freudig empfangen wird. Grigori selber tritt vom Podest und begibt sich, seinen Mut zusammennehmend, in die Menge. Kaum erreicht er die ersten Menschen aus dem Norden, erkennt er eine bekannte Stimme hinter sich:

»Ah, Grigori, mein Vater möchte dich kennenlernen.«

Als er sich umsieht, erkennt er Yan vom Schwarzkliff, der ihn zu sich winkt. Augenblicklich folgt er der Einladung und findet sich kurz darauf vor einer ganzen Gruppe nordischer Häuptlinge wieder. Auch ohne ihre Vorstellung erkennt er diese Personen. Jeder von ihnen ist im Norden berühmt, entweder als Kämpfer oder als Jäger. Als Rodmar vom Schwarzkliff vortritt und sich vorstellt, deutet Grigori mehr als Reaktion eine leichte Verbeugung an und erklärt, welche Ehre es für ihn sei. Kaum hat er die Worte ausgesprochen, beginnen die Häuptlinge zu lachen.

»Anstand hat der Kleine und wenn es stimmt, was mein Sohn sagt, auch eine schnelle Schwerthand.«

Der Sprecher ist ein Berg von einem Mann. Mit mehr als zwei Metern Grösse überragt er Rodmar zwar nur wenig, aber wo dieser, ähnlich wie Yan, elegant wirkt, hat Gardar, wie sein Sohn, eher die Gestalt eines gewaltigen Bären, als die eines Mannes.

»Wenn sich hier jemand verneigen muss, dann wir. Grigori, ich bin Gardar von den Drachenfängen, auch der Schiffskönig genannt. Mein Sohn war begeistert von seinem Kampf mit dir.«

»Vielen Dank, ich habe schon Geschichten über eure Taten gehört. Es ist mir eine grosse Ehre, solch berühmte Krieger kennenzulernen.«

Nachdem sich auch die anderen Häuptlinge vorgestellt haben, wird er mit Fragen über das Aufwachsen am Hof bestürmt. Auch wird er immer wieder über die Absichten der Herrin bezüglich der Menschen befragt. Während sich Grigori Mühe gibt, alle Fragen zu beantworten, fühlt er sich immer kleiner. Diese Krieger sind Stammesführer und Jäger, jeder von ihnen erfahren, er hingegen ist kaum mehr als ein Junge. Dennoch erweisen sie ihm Respekt. Nachdem sie ihre Neugierde scheinbar gestillt haben, verläuft sich die Gruppe, bis nur noch Gardar und Rodmar mit ihren Söhnen anwesend sind.

»Grigori, du weisst wahrscheinlich, dass ich einer der grössten Widersprecher gegen die Entschlüsse der Herrin bin. Dennoch, sollte es jemals vonnöten sein: Du bist in der Festung Drachenhafen stets willkommen. Du hast dir nicht nur den Respekt von meinem Sohn gesichert, Nach dem, was ich eben erfahren habe, scheint es mir an der Zeit, die Verhandlungen neu zu suchen. Ich kann mir nun eher vorstellen, dem Norden auch meine Krieger zur Verfügung zu stellen. Auch habe ich noch ein paar Kinder, die sich sicher gut in der Nordwache einfügen würden.«

»Auch in Schwarzkliff wird dich stets ein warmes Bett, ein prasselndes Feuer und ein grosser Krug Met erwarten. Ich werde ebenfalls die Verhandlungen suchen. Die Nordwache möchte schon lange einen Stützpunkt in meinem Gebiet errichten.«

»Vielen Dank, Mutter wird sich freuen, dies zu hören. Und ich werde bei Gelegenheit auf die Angebote zurückkommen. Man hört abenteuerliche Geschichten über den Drachenhafen und Schwarzkliff soll eine der schönsten Städte entlang der wilden Küste sein.«

Mit diesen Worten verabschiedet sich Grigori und begibt sich an einen der Tische, auf dem verschiedene Früchte und andere leichte Speisen vorbereitet wurden. Während er sich bedient, tritt jemand neben ihn und fragt höflich:

»Verzeiht, Herr Grigori, würdet ihr mir die Ehre eines Gespräches gewähren?«

»Natürlich«, noch während er sich umdreht, bereut er seine voreilige Zusage. Vor ihm steht der Mann, der von Kaira erkannt wurde. Auf den ersten Blick wirkt er nicht besonders auffällig. Aber etwas in seinem Blick stört Grigori. Die elegante Kleidung, deutet auf einen nordischen Edelmann hin, aber die kurzen Haare und auch der fremdländische Schmuck sind klare Anzeichen, dass es sich hier um einen Mann handelt, der häufig ins zentrale Reich kommt.

»Danke, ich bin Ive de Vere. Ich bitte um Verzeihung, über die direkte Frage, aber ist es wahr? Ihr seid Teil der Familie des Nordens?«

»Ja, meine Adoptivmutter ist die Herrin des Nordens.« Grigori wird durch die seltsame Frage verwirrt. Jeder hier weiss, wer er ist.

»Ihr versteht mich falsch. Auf dem Papier mögt ihr ein Teil der Familie sein, aber werdet ihr wirklich als ein vollwertiges Familienmitglied angesehen? Ich meine, ihr seid ein Mensch und die anderen sind, nun, Monster.«

»Welchen Zusammenhang soll das haben? Das ist meine Familie, ich vertraue ihnen und sie trauen mir!«

»Ich wünschte, dass ich es einfach glauben könnte. Aber wenn sie euch vertrauen, Herr, dann haben sie sicher keine Geheimnisse vor euch. Wie zum Beispiel eure Herkunft.«

Grigori will sofort erwidern, dass man ihm vertraut, aber gerade in dem Bereich vermutet er, dass die Herrin mehr weiss, als sie preisgeben will. Sein kurzes Zögern wird richtig gedeutet. Sofort hakt Ive de Vere nach:

»Herr, am Ende sind es trotzdem Monster. Sie sind berechnend. Euer Hiersein ist vor allem für die Politik im Norden wichtig.« Er spricht jetzt leise und seine Art wirkt beinahe beschwörend. Obwohl Grigori es nicht mag, trifft sein Gegenüber Punkte, die er sich selber immer wieder fragt. Ihm kommt das Gespräch mit den Häuptlingen in den Sinn.

»Nun, wenn ich meiner Familie helfen kann, dann ist das meine Pflicht.« Er wollte das selbstsicher sagen, doch ist seine Unsicherheit hörbar.

»Herr, ich weiss, dass es schwer sein muss für euch. Bitte nehmt dies«, damit überreicht er Grigori einen Beutel, »Es ist ein Buch. Was darin steht, wird euch sehr interessieren. Und nun entschuldigt mich, ich habe noch etwas zu erledigen.«

Kaum gesprochen, mischt er sich unter die Gäste und Grigori verliert ihn aus den Augen. Für einen Moment überlegt er, den Beutel direkt zu seiner Mutter zu bringen. Aber etwas warnt ihn davor. Ohne weiter nachzudenken, übergibt er ihn einer Dienerin. Bevor sie sich auf den Weg macht, weist er die Harpyie an, ihm noch das kleine Fläschchen von seinem Pult zu bringen. Danach mischt er sich wieder unter die Gäste. Während er sich umsieht, erkennt er, dass Xiri zusammen mit Noriko, der Herrin des Ostens, an einem der Tische steht. Neugierig geworden, geht er zu den beiden und bemerkt verwundert, dass sich vor Xiri eine ganze

Reihe kleiner Gläser befindet. Als er näher kommt, hört er die Kitsune in belustigtem Tonfall erklären:

»Und das hier ist Drachenblut. So wird der Met genannt.«

»Schmeckt nach Blüten und die Farbe kommt von ... hmmm ... wieder dieser Beerengeschmack. Ja, das ist Himbeere, nicht wahr?«

»Ja, sehr gut.« Noriko nickt beeindruckt. Als sie Grigori erkennt, nickt sie ihm freundlich zu. Xiri hingegen schnappt sich blitzschnell das Glas von ihm und nippt daran.

»Met und zwar der Bergmet!« Erklärt sie bestimmt. Grigori bestätigt. Es ist das einzige alkoholische Getränk, mit dem er etwas anfangen kann. Da aber die Tradition verlangt, dass bei der Totenehrung mit Alkohol angestossen wird, blieb ihm keine andere Wahl. Xiri hingegen scheint fasziniert von der Auswahl zu sein. Aber ihre glänzenden Augen und das leichte Schwanken verraten, dass selbst die kleinen Proben ihre Wirkung nicht verfehlen. Als Mizuki zu der Gruppe tritt, wendet sich Xiri zu ihr und will nach ihrem Glas greifen. Aber bevor sie auch nur einen Schritt hinbekommt, wird sie bleich.

»Mischu? W-warum bewegt sich der Boden?«

»Weil du betrunken bist, Xiri! Mutter, was soll das?« Die Kitsune sieht verärgert ihre Mutter an, die sich ein breites Grinsen nicht verkneifen kann.

»Sie wollte wissen, was das alles ist und da ich mich damit ein bisschen auskenne, hab ich es ihr gezeigt. Dazu ist heute ein Tag der Feier. Da darf man sich ein bisschen gehen lassen.«

Bevor Mizuki antworten kann, wankt Xiri zu ihr und nimmt ihr überraschend geschickt das Glas ab und leert es in einem Zug:

»Dasch isch ein B-Blumenschnappsch ausch dem Oschten. Ui, der schmeckt gut!«

Mizuki, zugleich verärgert und beeindruckt nickt:

»Ja, das ist Tausendblüten-Nektar. Woher weisst du das?«

»Weilsch scho schüssch isch. Daschu schmeckt Oschtzeusch immer blumisch.« Nach kurzem Zögern sieht sie Mizuki auf einmal treuherzig an:

»Isch will insch Bett, ja?«

»Na gut, Mutter, bitte hilf mir mal.«

Damit verschwindet sie und nachdem ihre Mutter ein Portal geöffnet hat, tritt auch die kichernde Xiri hindurch. Danach kann sich die Herrin des Ostens ein Lachen nicht mehr verkneifen.
»Da war ich wohl ein bisschen unvorsichtig. Arme Xiri, aber einmal, ist immer das erste Mal, was?«

Die Zeit vergeht und auf einmal wird ihm klar, dass die Dienerin nicht zurückgekommen ist. So höflich, wie es geht, verabschiedet er sich von Noriko und ohne aufgehalten zu werden, verlässt er den Thronsaal durch eine der Dienstkammern. Die daran angeschlossene Treppe führt direkt in die Festung, die aus dem Felsen der Berge ragt, in dem der Thronsaal liegt. Während er in Gedanken versunken die gewundene Treppe hochsteigt, erreicht er bald den ersten Treppenabsatz mit einem Fenster. Hier hält er kurz inne. Durch das Glas kann er erkennen, dass es wieder schneit. Auch ist es bereits dunkel geworden.

Er steigt die Treppe weiter hinauf und als er endlich das richtige Stockwerk erreicht, will er das Treppenhaus verlassen. Zu seinem Erstaunen ist die Türe verriegelt. Noch während er überlegt, was das soll, bemerkt er eine Bewegung hinter sich. Ohne nachzudenken, springt er zur Seite. Der Dolch verfehlt ihn nur haarscharf und als er sich umdreht, erkennt er, dass sein Angreifer niemand anderes ist, als die Harpyie. Doch ist ihr Gesicht vor Hass zu einer hässlichen Grimasse verzogen. In ihrer Hand hält sie einen langen, aber eleganten Dolch, wie er von den Harpyien häufig verwendet wird. In der anderen Hand hält sie den Beutel. Die vier Finger sind verkrampft. Wieder springt sie vor und verfehlt ihn nur knapp.
»Ich lasse nicht zu, dass du den Norden zerstörst!«
»Bitte? Was soll das? Ich bin es, Grigori!«
»Ich muss den Norden beschützen!« Die Stimme der Harpyie ist vor Zorn und Hass verzerrt. Noch immer verwirrt über die Situation weicht er wieder aus, doch diesmal bleibt sein Schwert in der Scheide an der Wand hängen. Der Schlag, der ihn töten sollte, zerteilt einen Teil der Tunika und ein Brennen verrät Grigori, dass nicht nur seine Kleider getroffen wurden. Endlich reagiert er und zieht sein Schwert. Den nächsten Angriff pariert er, doch ist die Harpyie kaum aufzuhalten. Wieder wird er zurückgedrängt. Diesmal wird er gegen den Fenstersims gedrängt. Noch immer mit der Situation überfordert, zögert er einen Moment. Die

Harpyie springt vor, noch immer ihren Willen verkündend, ihn aufzuhalten. Grigori hebt sein Schwert, nur um in diesem Augenblick vom Beutel getroffen zu werden. Er verliert den Griff des Schwertes aus seiner Hand und ein lautes Klirren, sowie ein eisiger Windhauch verraten ihm sofort, dass sich seine Klinge soeben verabschiedet hat. Er versucht, wieder zu einer der Treppen zu gelangen, doch verwehrt ein schneller Dolchhieb ihm den Weg. Endgültig in die Defensive gedrängt, zückt er den kleinen Dolch, den er seit seinem Gespräch mit Umashankar bei sich hat. Mit einem schnellen Sprung bringt er sich ausser Reichweite, allerdings erst, nachdem die Klinge der Harpyie seinen Rücken ein weiteres Mal streift. Ähnlich wie im Duell, versinkt die Umgebung im Hintergrund. Seine Konzentration gilt der Harpyie, die sich langsam, aber stetig auf ihn zubewegt. Ein leises Sirren nimmt er nur am Rande wahr, doch sieht er die Harpyie einen Schritt nach vorne stolpern. Wieder erklingt das Sirren und diesmal begreift er, was passiert.

Noch während die Dienerin endgültig zusammenbricht, landet eine Harpyie in der Rüstung der fliegenden Wache im Raum. Dabei durchbricht sie die beschädigte Scheibe. Grigori sieht ängstlich in ihre Richtung, doch die Harpyie hebt ihre leeren Hände und erklärt:

»Verzeiht, Herr, ich musste schnell reagieren. Ist alles in Ordnung?«

»Nein, fass den Beutel nicht an!« Er kann gerade noch verhindern, dass die Wache sich zur Toten begibt.

»Herr?«

»Der Beutel, darin muss es sein. Flieg zum Tor, niemand darf die Festung verlassen! Und löse den Alarm aus!« Seine Gedanken beginnen zu rasen. »Halt, keinen Alarm. Nur den Stillen der Leibwache. Ich warte hier. Schnell!«

»Verstanden!« Ohne sich weiter um die Gefallene zu kümmern, springt die Harpyie aus dem Fenster und lässt den noch immer vor Kälte und Angst zitternden Grigori zurück.

Noch bevor er seine nächsten Schritte richtig geplant hat oder sein heftig schlagendes Herz sich etwas beruhigen konnte, wird die Tür geöffnet. Durch sie gleiten gleich drei Mitglieder der Leibwache, gefolgt von einer Kitsune. Alle wirken ruhig und sofort ist Grigori in ihrer Mitte. Noch während dieser die Erleichterung fühlen will, hört er einen leisen Schrei.

»Was war das?«

»Der Wind, Herr, ruhig, ihr seid jetzt in Sicherheit. Kommt, wir bringen euch von hier weg.«

»Nein! Ich brauche jemanden, der diesen Beutel öffnet. Dazu muss sofort einer meiner Brüder alarmiert werden.«

»Herr, ihr wisst, wir können jetzt keine Befehle von euch annehmen. Bitte kommt mit uns, ihr seid verängstigt.« Der Lamia-Krieger wirkt freundlich, während er spricht, doch augenblicklich schallen alle Alarmglocken in Grigoris Kopf.

»Ich befehle euch, sofort einen meiner Brüder zu holen!«

»Herr, ihr seid aufgeregt, kommt, wir bringen euch in Sicherheit.« Mit diesen Worten nähert sich der Krieger und streckt seine Hand nach Grigori aus.

Von einem Moment zum anderen springt Grigori zur Treppe und rast sie herunter. Die Wachen rufen ihm nach, aber er hört nichts mehr. Alle Sinne sind alarmiert, augenblicklich erkennt er, was ihm beim Eintreten der Wachen nicht sofort aufgefallen ist.

»Zu schnell, sie kamen zu schnell!« Er flucht laut und stürmt durch die Türe zwei Treppenabsätze tiefer. Kaum ist er durch die Tür gestürmt, erkennt er ein Mitglied der Leibwache, das sich auf der vorgeschriebenen Patrouille befindet. Der Krieger hält sofort an und erkundigt sich, was passiert sei. Grigori, seinen Mut zusammennehmend, befiehlt:

»Stiller Alarm, schnell! Feinde im Innern!«

Ohne zu zögern, greift der Krieger nach einer kleinen Pfeife und obwohl Grigori nichts hört, weiss er, das jetzt die Wache alarmiert ist. Bevor das Signal noch ganz durchgegeben wurde, springt die Tür wieder auf, durch die Grigori zuvor geflohen ist. Die kleine Gruppe stürmt mit gezogenen Waffen auf sie zu.

»Lauft, Herr!« Der einzelne Lamia-Kämpfer zieht seine Waffen und ohne zu zögern wirft er sich den Angreifern entgegen. Grigori hingegen rennt, so schnell er nur kann, davon. Ihm ist klar, mehr als ein paar Momente wird das Opfer des Leibwächters kaum bringen.

Als er wieder um eine Ecke biegt, verstummt der Kampflärm hinter ihm. Für einen winzigen Augenblick hofft er, dass die Angreifer tot sind, aber ihm wird klar, dass selbst der beste der Leibwache, es kaum mit vier Angreifern aufnehmen kann, geschweige denn einen solchen Kampf gewinnen.

Seinen Instinkten folgend, biegt er wieder in einen der kleinen Gänge. Er befindet sich jetzt wieder in einem Teil der Festung, der in den Felsen selber gearbeitet wurde. Hier würde er keine Hilfe von einer Harpyie erhalten. Doch wird ihm auch klar, dass er schon längst auf ein weiteres Mitglied der Wache hätte stossen müssen. Als er endlich den zentralen Gang erreicht, von dem eine Treppe bis zum grossen Gang führt, hört er seine Verfolger dicht hinter sich. Er will gerade um die Ecke in den Gang biegen, als er gegen ein rotes Turmschild prallt. Noch bevor er begreift, was passiert, wird er mit scheinbarer Leichtigkeit zur Seite geschoben. Im nächsten Moment hört er ein donnerndes Scheppern. Jetzt erkennt er die Situation und für einen Moment hüpft sein Herz vor Freude. Einer der Blutpaladine steht im Gang und seine schwere Waffe hat ihr erstes Ziel gefunden. Der Krieger wurde zurück in den kleinen Gang geschleudert, wo er gegen seine Gefährten prallt.

»In den Thronsaal, beeilt euch Herr!«

Die Stimme des Paladins ist tief und beherrscht. Grigori rennt wieder los. Hinter ihm beginnt wieder der Kampf, doch kann er nicht darauf achten. Als er die grosse Treppe erreicht, stutzt er. Niemand ist anwesend. Dabei ist in jedem Stockwerk ein Wächter platziert, selbst wenn es keinen Alarm gibt. Im Falle eines Alarmes muss hier jemand sein. Wieder folgt er seinen Instinkten und eilt die Treppe hoch, statt runter. Einen Absatz später, wieder ist niemand anwesend, schlägt er den Weg zu der Bibliothek ein. Obwohl sie geschlossen sein wird, kann Grigori die Türen mit seinem Ring immer öffnen. Er hofft nur, dass Sadako auch an diesem Abend ihre üblichen Überwachungszauber gewirkt hat. Sie erlaubt niemanden, die Bibliothek zu betreten, wenn sie nicht dabei ist. Als er die Türe erreicht, legt er seine Hand auf den Knauf. Im selben Moment, in dem sich das Schloss klickend öffnet, hört er hinter sich das Scheppern von Rüstungen. Ohne sich auch nur umzusehen, schlüpft er durch die Tür und kaum ist sie geschlossen, kann er hören, wie sie sich verriegelt. Nur einen Moment später taucht Sadako vor ihm auf. In einer Hand hält sie ein Glas, in der anderen eine Scheibe Brot.

»Was soll das! Niemand hat ... Grigori? Was ist passiert?«

Bevor er erklären kann, wird die Türe von einem schweren Schlag beinahe aus der Angel gerissen, doch noch halten die alten Scharniere.

»Hilfe, bitte Sadako!« Er kann sich kaum noch die Tränen verkneifen. Die Angst, die ihn seit seiner Flucht vor den Verrätern erfasst hat, beginnt ihr Opfer zu fordern. Zu seiner Erleichterung reagiert die Kitsune blitzschnell. Während sie Brot und Getränk achtlos fallen lässt, öffnet sie ein Portal. Ohne zu zögern, springt Grigori hindurch, er kann gerade noch das Splittern von Holz hören und einen wütenden Aufschrei.

Als er seine Umgebung wieder wahrnimmt, erstarrt er. Sadako hat ein Portal direkt in die Wachstube der Leibgarde geöffnet. Vor ihm stehen gut ein Dutzend Leibwächter in ihren schwarzen Rüstungen. Lamien und Kitsunen sehen dem Neuankömmling entgegen, der sofort zurückweicht. Als er auf einmal an der Schulter gepackt wird, kann er einen leisen Aufschrei nicht unterdrücken.

»Ruhig, mein kleiner Grischa, jetzt bist du in Sicherheit!«

Als er aufblickt, erkennt er, dass hinter ihm Casos steht. Die roten Augen strahlen Ruhe und Kraft aus, aber er wirkt besorgt.

»Casos, die Wache…«, Grigori versagt die Stimme, er weiss nicht, wie er Casos warnen soll. Aber wenn ein Teil der Wache unter den Einfluss des Gegners geraten ist, dann ist zu vermuten, dass auch hier Feinde warten. Bevor Casos antworten kann, erklingt die Stimme von Visil, dem Anführer der Leibgarde:

»Herr, wir haben das Signal erhalten, wissen aber nicht, was los ist. Was ist passiert?« Er nähert sich dabei Grigori, der sich alle Mühe gibt, zurückzuweichen. Casos scheint in diesem Moment zu begreifen und schiebt Grigori hinter sich. Dabei verwendet er seinen Unterkörper als eine Art Barriere, die er schützend um Grigori legt.

»Zurück, ihr alle!«

Obwohl der Befehl weder laut, noch wütend, war, ist etwas in seiner Stimme, das Grigori einen kalten Schauer über den Rücken laufen lässt. Die reine Befehlskraft reicht aus, dass mehrere der Anwesenden reagieren. Doch ist es auch eine gnadenlose Kälte, die klarmacht, dass Casos bereit ist, Ungehorsam sofort zu bestrafen. Visil bleibt sichtlich irritiert stehen. Erst als Casos sein Schwert zieht, weicht auch er zurück. Augenblicklich erfüllt eine Spannung den Raum, die beinahe greifbar ist. Grigori macht sich jedoch keine Illusionen, sollte es jetzt zum Kampf kommen, wäre das ihr Ende. So gewaltig sein Bruder als Kämpfer sein mag, er steht alleine gegen die besten Krieger des Nordens. Als sich die Tür öffnet, zuckt Grigori erschrocken zusammen, aber als er erkennt, wer durch die Tür in den Raum gleitet, kann er die Erleichterung beinahe körperlich spüren. Arsax mustert das Bild, das sich ihm bietet und als er Grigori sieht, atmet er erleichtert auf, nur um nun ebenfalls seine Waffe zu ziehen und an die Seite seiner Brüder zu eilen. Die Wachen lassen ihn bereitwillig passieren. Als er die beiden erreicht, nickt er Casos zu und übernimmt dessen Wachposition. Casos hingegen wendet sich an Grigori und lässt sich in Stichworten berichten, was los ist. Obwohl er sich Mühe gibt, ruhig zu bleiben, kann Grigori die ständige Anspannung kaum noch verkraften. Er gelangt gerade zu der Stelle, wo er die Bibliothek erreicht, als eine Lamia in Dienergewandung in den Raum gleitet. Sie hält ein Kleiderbündel in Händen. Als sie sich nähert, erklärt sie:

»Frische Kleider für den jungen Herrn.«

Casos, in Gedanken, nickt nur. Die Lamia nähert sich und kaum ist sie in Reichweite von Arsax, schlägt dieser zu. Grigori kann einen Aufschrei nicht unterdrücken und Casos sieht nachdenklich auf den Körper, der ohne Kopf zu Boden fällt. Arsax hingegen schnappt sich das Kleiderbündel und überreicht es seinem älteren Bruder.

»Warum hast du das gemacht?« Grigori beginnt zu zittern. Es ist weniger die Tat an sich, die ihn schockiert. Er hat Verletzte und Tote sowohl in seiner Ausbildung zum Heiler gesehen, wie auch beim letzten Angriff. Was ihn erschreckt hat, ist die Selbstverständlichkeit, die Gnadenlosigkeit mit der Arsax zugeschlagen hat. Dieser erwidert ruhig:

»Niemand weiss, dass du hier bist, Kleiner. Geschweige denn, dass du neue Kleider brauchst.«

»Aber, aber ... «

»Hier, Grischa, sieh dir das an, aber sag nichts dazu!«

Casos hält ihm die Tunika so hin, dass er in die kleine Tasche sehen kann. Darin befindet sich ein Medaillon, aber was Grigori besorgt feststellt, es ist auch einer der Manasteine, die er selber herstellt, vorhanden. Scheinbar hat der Feind endlich seinen entscheidenden Fehler begriffen. Während Casos beides an sich nimmt, übergibt er Grigori die Tunika. Dieser nimmt sie und bevor er richtig versteht, was passiert, springt Visil vor. Von Grigori unbemerkt, hatte der Kommandant seine Waffe gezogen. Doch kommt der Angreifer nicht weit. Wieder reagiert Arsax mit unnachahmlicher Geschwindigkeit. Auch Casos reagiert. Das reine Tempo der beiden Apepi wäre beeindruckend, aber Grigori ist zu erschrocken und entsetzt über das sich anbahnende Massaker. Von einem Moment zum anderen wird ihm klar, warum man die Apepi als Monsterlords bezeichnet. Jeder einzelne Schlag ihrer Klingen fordert ein Leben. Wo Kitsunen schnell sind, sind die beiden schneller. Wo Lamien stark sind, sind sie stärker. Die tödliche Welle aus reiner Gewalt, die von den beiden Brüdern ausgeht, ist erdrückend.

Auf einmal verschwimmt das Bild vor Grigori und es dauert einen Moment, bevor er begreift, dass er sich in einer Blase aus reiner Magie befindet. Die Kitsune, die das von Sadako geöffnete Portal empfing, hat beide Hände erhoben und scheint damit beschäftigt zu sein, die Schutzzauber aufrechtzuerhalten. Im selben Augenblick treffen mehre Objekte auf die Blase, prallen aber wirkungslos ab. Auch der Kampflärm wird leiser und Grigori wird schmerzhaft bewusst, wie hilflos er wieder einmal ist. Als die Blase auf einmal platzt, zuckt er erschrocken zusammen, aber es gibt keine Gefahr mehr im Raum. Fassungslos betrachtet er das Blutbad, das seine Brüder angerichtet haben. Obwohl er das Gefühl hatte, nur einen Moment von der Aussenwelt getrennt worden zu sein, scheint dieser gereicht zu haben.

»Grischa, alles in Ordnung?«

Als der bleiche, zitternde Junge sich umwendet, sieht er, dass hinter ihm die Kitsune auf dem Boden kniet, die Klinge von Casos am Hals.

»Ja, sie hat mich gerettet. Bitte lass sie leben!« Den letzten Satz ruft er entsetzt. Seltsamerweise wirkt die Kitsune nicht verängstigt. Ihre vier Schweife liegen elegant um ihren Körper drapiert. Als Casos sein Schwert sinken lässt, sieht sie überrascht auf:

»Herr?«

»Gut, keine falsche Bewegung, verstanden?«

»Ja, Herr.« Die Kitsune nickt und nach kurzem Zögern fragt sie leise:

»Herr, darf ich mich um die Wunden eures Bruders kümmern?«

Grigori sieht an sich runter und bemerkt erst jetzt, als die unmittelbare Gefahr abgeklungen ist, in welchem Zustand er sich befindet. Seine Tunika ist zerschnitten und wo man seine Haut sehen kann, ist sie blutverschmiert. Dazu fehlt das Schwert. Er zögert einen Moment, doch auch der Dolch ist weg, er muss ihn auf der Flucht verloren haben.

»Gut, Grigori, zieh die Tunika aus.« Casos Stimme wirkt noch immer streng. Während Grigoris Wunden versorgt werden, halten die beiden Apepi ein Auge auf ihn. Als die Kitsune fertig ist, will sie sich wieder

hinknien, doch Casos winkt ab. Ohne Zögern reicht er ihr das Schwert, das zuvor Visil hatte:
»Hier, damit übergebe ich dir das Kommando über die Leibwache. Befiehl sofortigen Rückzug in die Kasernen. Jeder der sich dem Befehl widersetzt, ist ein Feind.«
»Ja, Herr. Wer übernimmt die Bewachung der Gäste?«
Casos zögert, das Fest scheint er komplett vergessen zu haben. Doch öffnet sich in diesem Moment die Türe und in Begleitung mehrerer Palastwachen stürmt Isabella in den Raum. Sie sieht verblüfft auf die Toten und auf die drei Schwarzschuppen.
»Ich sehe, ihr habt bereits bemerkt, dass die Leibwache gefallen ist. Nun, ich habe noch mehr gute Nachrichten. Die Wachen am Tor wurden ermordet und mehrere Pferde fehlen. Die Stallknechte sind ebenfalls tot. Auch haben wir mehrere Mitglieder der fliegenden Wache tot aufgefunden. Ich habe mir erlaubt, das Kommando über die Palastwachen zu übernehmen, da ich ihre Mitglieder kontrollieren konnte. Ich war, als die Toten entdeckt wurden, gerade in ihrer Kaserne.«
»Danke. Gut, das Kommando bleibt bei dir.« Casos nickt erleichtert. Als Isabella fortfährt und erklärt, dass mindestens zwei ihrer Paladine tot seien und dass überall im Palast gekämpft wird, kann Casos seine Unruhe kaum verbergen.
»Wissen die Gäste etwas?«
»Nein, die Leibwache hat ihre Posten schon vor einer Weile verlassen. Sie scheinen etwas vorzuhaben. Jetzt halten ausgewählte Mitglieder der Palastwache die Stellung. Das Problem war, dass wir Grigori nicht finden konnten. Als auch eure Abwesenheit gemeldet wurde, befürchtete ich das Schlimmste. Im Moment scheinen wir aber die Oberhand zu gewinnen. Die Tore sind wieder bewacht, dazu habe ich die Harpyien der fliegenden Wache alarmiert und auch kontrolliert. Deshalb komme ich erst jetzt.«
»Sehr gut. Grigori, wasch dich kurz ab und zieh die frische Tunika an. Danach bringen wir dich zu Mutter.«
»Ich würde vorschlagen, dass sich Acheron darum kümmert«, als sie den Namen nennt, betritt einer der Paladine den Raum. »Das ist der Hauptmann meines Trupps, einer ist beim Tor und der andere überwacht die Kämpfe. Acheron: Du bringst Grigori zur Herrin. Maximal fünfzehn, keine Gnade und er darf den Raum nicht verlassen, ausser die Herrin ver-

lässt ihn. Niemand kann dir einen anderen Befehl geben und nur ich persönlich kann ihn aufheben. Verstanden?«

»Ja, Herrin.« Der Paladin verbeugt sich und tritt zu Grigori. Dieser nutzt den kleinen Waschzuber, um sich herzurichten. Er hat gerade seine Tunika übergestreift, als er Arsax neugierig fragen hört:

»Fünfzehn?«

»Fünfzehn Schritte Abstand zu Grigori und keine Gnade bedeutet, dass er sofort und ohne Warnung von seiner Waffe gebraucht macht, sollte er dies für angemessen halten.«

Als sie den Thronsaal erreichen, sieht sich Grigori besorgt um. Noch immer wird gefeiert. Er kann Nysahria bei einer Gruppe Miniri sehen, auch Lys ist mit Gästen am Sprechen. Aber von seiner Mutter fehlt jede Spur. Kurzerhand wendet er sich an einen der Diener, dieser schickt ihn in einen der Nebenräume. Als er den kleinen Saal betritt, sieht er, dass die Herrin des Nordens an einem Tisch sitzt und die anwesenden Gäste beim Würfelspiel überlistet. Darauf lässt zumindest der Münzhaufen schliessen, der vor ihr liegt. Grigori versucht, einen gelassenen Eindruck zu erwecken, während er eine Gruppe Sitzplätze vor einer der Feuergruben ansteuert. Dort hat er nämlich Noriko und Kweldulf erkannt. Der Sturmwolf ist in eine Diskussion mit einer Nachtwandlerin vertieft, die Grigori als die Blutmutter erkennt. Ihre überirdische Schönheit ist wie bei Isabella nicht zu übersehen und selbst auf die Distanz hin kann er die herablassende Haltung Kweldulf gegenüber erkennen. Als er die grossen Sessel fast erreicht hat, kann er gerade noch Kweldulf hören:

»... keine Chance, dass noch mal so etwas passiert. Niemand konnte damit rechnen, jetzt sind wir gewarnt.«

»Warum, oh grosser Jäger, sind dann die Wachen so seltsam ausgetauscht worden? Erst waren sie überall und dann gingen sie einfach. Jetzt stehen Krieger der Palastwache da. Erklärung?« Ihr Tonfall wirkt genervt.

»Keine Ahnung. Aber ich versichere dir, Bluthexe, dass dies der sicherste Ort auf dieser Welt ist!« Kweldulf wirkt ebenfalls genervt. Grigori erkennt trotz seiner Unruhe, dass sich die beiden schon lange kennen müssen.

»Ich stimme Aurelia zu, Grigori kann offensichtlich ein Lied davon singen.«

»Ja, er wurde als Schwachstelle angesehen. Aber er hat sich bewiesen! Niemand ist so blöde und versucht denselben Trick noch einmal.« Diesmal wirkt Kweldulf wirklich verärgert. Er scheint Grigori noch nicht wahrgenommen zu haben. Ungleich der Herrin des Ostens, die ihren Blick nicht von dem Jungen nimmt. Auch Aurelia, die Blutmutter, wird jetzt auf ihn aufmerksam.

»Oh ja, die Sicherheit hier scheint fantastisch zu sein! Wolfskopf. Niemand würde es wagen, heute etwas zu versuchen, was?«

»Zum hundertsten Mal, die Festung ist sicher. Die Leibwache hat alle Reserven aufgeboten. Vierhundert Elitekrieger und über zweitausend Palastwächter sind genug, um diese Festung gegen alles zu verteidigen.« Er will weiter ausführen, doch erkennt er in diesem Moment Grigori, der sich in einen freien Sessel setzt. Das Sitzmöbel ist so gewaltig, dass selbst ein Sturmwolf gemütlich Platz findet. Der Alpha der Sturmwölfe hält inne und sein Auge weitet sich. Für einen Moment wirkt er fassungslos, danach schliesst er seine Schnauze und sinkt betreten zusammen. Grigori hingegen kann sich kaum noch zusammenreissen, es war einfach zu viel passiert. Er kann fühlen, wie eine Kälte in ihm nagt, die nichts mit der Temperatur zu tun hat. Auch kann er sein Zittern nicht mehr verbergen. Doch versucht er trotzdem, sich ruhig zu geben.

»Ich hoffe, ich störe nicht.«

»Bei den Alten, was ist passiert?«

»Kwel, das sollte klar sein, seine Waffen fehlen und er trägt neue Kleidung. Denk doch einmal mit.« Die Blutmutter beugt sich vor, ihr Blick bannt den Menschen förmlich an Ort und Stelle.

»Ich bin Aurelia, die Blutmutter und eine gute Freundin von Thosithea. Wir gingen damals zusammen auf Reisen.«

Als Grigori antworten will, versagt ihm die Stimme. Er weiss, dass er allen dreien vertrauen kann, aber das Erlebte spuckt durch seinen Kopf. Nicht nur der Angriff beschäftigt ihn, sondern auch die Gnadenlosigkeit seiner Brüder. Auch wenn er versteht, dass sie wohl so handeln mussten. Sie schienen davon nicht betroffen zu sein. Zum ersten Mal versteht er, warum die Menschen den Begriff Monster verbreitet haben.

»Ich wurde angegriffen. Zudem wird noch immer gekämpft. Die Leibwache selber ist der Angreifer. Casos und Arsax sind zusammen mit Isabella dabei, die Festung zu ... nun erobern.«

»Warum wird kein Alarm ausgelöst?«

»Wir wollen keine Panik verursachen. Blutmutter, ich fürchte, dass bereits zwei Paladine gefallen sind und mache mir Sorgen wegen meinen Brüdern!«

Die Nachtwandlerin beginnt leise zu lachen:

»Keine Angst, die Paladine erfüllen ihre Pflicht und deine Brüder sind starke Krieger.« Auf einmal wirkt sie nicht mehr unnahbar und spöttisch, sondern sie erinnert ihn an seine Mutter.

»Grigori, jetzt bist du sicher. Ich bezweifle, dass es jemand mit zwei Herrscherinnen, mir und dem besten Jäger des Nordens aufnehmen kann.«

»Nun, ich bin mir nicht sicher, wie weit ich und Kweldulf helfen können. Neunschwänze sind nicht immun gegen den Einfluss und ich bin sicher, dass auch Sturm …« Bevor die Herrin des Ostens weitersprechen kann, wirft ihr Aurelia einen vernichtenden Blick zu. Sie verstummt und sieht verlegen zu Boden.

»Wie gesagt, ich bezweifle, dass dir hier etwas passieren kann.« Die Blutmutter lächelt aufmunternd und Grigori bemerkt, dass er ihr glaubt. Er sieht von ihr weg ins Feuer und beginnt leise zu berichten. Dabei bemerken sie nicht, dass sich die Herrin des Nordens nähert. Sie hatte ihr Spiel beendet, als sie ihren Sohn erblickte. Als Grigori zum Massaker in der Wachstube kommt, knurrt Kweldulf wütend:

»Verdammt, das hätte nie passieren dürfen.«

»Ja, die Festung ist ja so sicher, was?« Aurelia wirft ihm einen verächtlichen Blick zu.

»Nun, danach wurde ich hierhergeschickt. Isabella gab mir Acheron als Wache mit.«

»Warum bist du nicht zu mir gekommen?« Die Stimme der Herrin wirkt beinahe vorwurfsvoll, aber im nächsten Augenblick befindet sie sich an der Seite ihres Sohnes und drückt diesen an sich. Obwohl es nur ein kurzer Moment ist, hilft er ihm, seine Beherrschung wieder zu erlangen. Als sie sich hinsetzt, wirkt es, als ob sie sich zu den anderen gesellt. Doch liegt noch immer eine Hand auf Grigoris Schulter.

»Warum wurde ich nicht informiert?«

»Ich weiss es nicht.« Grigori kann ihren Zorn fühlen, aber er gilt nicht ihm.

»Weil du überreagieren würdest, liebe Thosi«, die Herrin des Ostens wirkt noch immer ruhig, doch als sie wieder vernichtend gemustert wird, grummelt sie:

»Was isn heute los, alle sehen mich böse an, Thosi, Aurelia und meine Tochter ... Sind wohl alle schnell beleidigt.«

Grigori zuckt zusammen, Mizuki und Xiri sind in Gefahr! Für einen Moment vergisst er seine Angst und er sieht erschrocken seine Mutter an:

»Xiri und Mizu sind vor dem Vorfall vom Fest gegangen!«

»Verdammt!« Mit diesem Wort löst sich die Herrin des Ostens in Luft auf. Einen Moment später erscheint sie wieder, rot angelaufen und sichtlich betreten.

»Es ist alles in Ordnung bei ihnen. Sie sollten jetzt aber nicht gestört werden.«

»Lass das, Nori, sie sollen hierherkommen!« Die Herrin wirkt verärgert.

»Nein, sie ähm ›schlafen‹ und ich will sie nicht unnötig ähm ... « Die Kitsune sucht noch nach Worten, als Kweldulf, die Herrin und auch die Blutmutter gleichzeitig zu Grinsen beginnen. Nur Grigori versteht nicht, was los ist. Seine Verwirrung lenkt ihn von der Angst ab. Doch bevor er sich erkundigen kann, eilt eine Dienerin zur Herrin und überreicht ihr eine Notiz. Grigori kann darauf eine hastige Nachricht erkennen.

»Scheint mir, dass meine Söhne die Sache im Griff haben. Bis auf vereinzelte kleine Gruppen wurde die Leibwache ausgeschaltet. Verluste bisher ... «, hier seufzt sie entsetzt auf. »Bis auf dreissig Mann wurde die Leibwache entweder bereits ausgeschaltet oder als Feind eingestuft. Verdammt. Dazu sind um die neunhundert Palastwächter gefallen. Die Kämpfe werden jeden Moment als beendet angesehen.«

»Bis auf dreissig Mann?«

»Ja, davon befinden sich zwei dutzend im Silberwald.«

»Was, das heisst nur noch 6 Krieger ... «

»Es waren wahrscheinlich mehr, aber die Umstände, nun, keine Wahl. Bei den Alten, diese Verluste sind nicht länger auszugleichen.« Die Herrin wirkt auf einmal niedergeschlagen. Mehr in Gedanken streicht sie durch die Haare von Grigori und murmelt leise:

»Warum kann man uns nicht in Ruhe lassen. Warum meine Familie?«

»Was wirst du jetzt machen?« Grigoris Stimme durchbricht das entsetzte Schweigen, welches die Gruppe erfasst hat.

»Nun, ich hoffe, dass die Menschen des Nordens ihr Wort halten. Wir sind auf sie angewiesen. Wir haben kaum noch Rekruten für die Armee.«

Wieder wird es still. Grigori zuckt erschrocken zusammen, als auf einmal die Stimme eines Mannes erklingt:

»Gut, dass ich mehr als fünftausend Krieger aufbringen kann.«

Alle drehen sich zum Sprecher um. Gardar steht mit verschränkten Armen da und grinst breit. Neben ihm steht wieder Rodmar. Auch dieser nickt: »Ja, ich habe mit der Rekrutierung bereits angefangen. Man meldete mir vor meiner Abreise mindestens siebentausend. Das sollte für einen Moment reichen. Aber wir müssen da ein paar Dinge besprechen. Wir wollen zum Beispiel, dass von nun an auch Menschen im Rat sind.«

»Ich will das schon lange, aber gewisse Dickschädel stellen sich da immer quer.« Die Herrin kann ihre Erleichterung kaum verbergen.

»Na, wäre sonst langweilig hier im Norden, nicht wahr, Dickschädel?« Rodmar grinst breit und stupst Gardar an. Dieser verdreht die Augen und erklärt gelassen:

»Gut, wir besprechen das morgen.« Ohne sich noch einmal umzusehen, verlassen die beiden den Saal.

Vertrauenssache

Das Fest ist kaum beendet und die Gäste versorgt, da beginnt die Dienerschaft, alle Spuren zu beseitigen. Dabei wird nicht nur der Thronsaal aufgeräumt, sondern auch die Festung selber so weit hergerichtet, dass keine Spuren der Kämpfe übrig bleiben.

Als Grigori erwacht, sieht er sich benommen und verwirrt um. Er liegt in einem Bett, jedoch nicht in seinem Zimmer. Es dauert einen Moment, bevor er den Raum, als einen der leerstehenden Räume erkennt, die für Kinder anderer Herrscher gedacht sind. Als er sich aufrichtet, hört er ein Geräusch und kurz darauf gähnt Thea:

»Wasn‹ los?«

»Warum bin ich nicht in meinem Zimmer?« Grigori sieht nachdenklich die Apepi an, die sich streckt und danach die Vorhänge öffnet. Das Letzte, was er weiss, ist, dass er in dem grossen Sessel sass. Nachdem das Gefühl der Angst von ihm abgefallen war, wurde er schrecklich müde.

»Nun, das ist so eine Sache. Komm, ich zeige es dir.«

Als sie seinen Raum betreten, stockt Grigori der Atem. Nichts ist mehr vorhanden. Aschehäufchen, geschmolzenes Glas und Metal bedecken den Boden. Brandspuren an den Wänden zeigen genau, wo die Möbel standen.

»W-was ist passiert?«

»Gute Frage, eines deiner Experimente?«

»Niemals. Die Regale und das Pult wurden mit Schutzrunen versehen. Nachdem mir eines der Experimente um die Ohren geflogen ist, hatte ich diese Vorsichtsmassnahme bereits getroffen. Selbst wenn in einem der Regale Feuer ausgebrochen wäre, würde es sich nicht ausweiten.«

»Dann hat jemand etwas gegen dich.« Die trockene Feststellung lässt Grigori auflachen.

»Ach, meinst du? Die beiden Anschläge haben das ja nicht vermuten lassen.«

»Nein, das gehört zum Rang dazu. Berufsrisiko. Das hier hingegen ist klare Sabotage.« Thea beginnt zu grinsen. Sie winkt ihn aus dem Raum und als sie zurück im Raum sind, indem er aufwachte, sieht er frische Kleidung. Während Thea sich in ihren Raum begibt, um sich zu erfrischen, wechselt auch Grigori aus den Festkleidern in seine bequeme Alltagskleidung. Er fühlt sich sofort besser. Als dann noch ein Diener klopft und ein Bündel auf den Tisch legt, sieht er zu seiner Freude, dass sein Dolch gefunden worden ist. Auch sein Schwert ist dabei, aber so schnell würde er die Klinge nicht mehr verwenden können. Sie hatte den Sturz nicht überstanden. Mit dem Dolch auf dem Rücken, wie im Norden üblich, ist er bereit. Kaum hat er den Raum verlassen, eilt ein weiterer Diener zu ihm:

»Herr, ihr werdet sofort im Arbeitsraum der Herrin erwartet.«

Als er den Raum betritt, sieht er, dass seine Mutter noch immer ihre eleganten Kleider trägt. Sie richtet sich auf und wirkt erleichtert, ihren Jüngsten gesund und munter zu sehen.

»Tut mir leid, dich jetzt schon stören zu müssen, aber ich habe ein paar wichtige Fragen.«

»Schon gut. Ich hoffe, ich kann alle beantworten.«

»Also als Erstes: Wer hatte dir den Beutel gegeben?«

»Ive de Vere, er gab mir den Beutel, mit den Worten, dass mich der Inhalt interessieren würde. Zuvor hatte er mich gefragt, ob ich wirklich Teil der Familie wäre. Ich hatte keine Zeit dafür, war aber neugierig. Also gab ich den Beutel der Harpyie, die mich dann später angegriffen hat.«

»Gut. Was passierte, als er dir den Beutel gegeben hatte?«

»Er hat sich zurückgezogen. War seltsam. Aber es war der Mann, den Kaira erkannte.«

Nach kurzem Zögern sieht ihn die Herrin nachdenklich an:

»Die Sache ist die, Miri hat sich nicht zurückgemeldet und ist unauffindbar. Aber Ive de Vere wurde gestern noch in seinem Quartier verhaftet. Er wusste scheinbar nichts und Untersuchungen haben ergeben, dass er kein Medaillon trägt.«

»Aber ... was war dann im Beutel?«

»Das Buch des Glaubens des Feuers.«

»Wie? Dann ist er doch ein Feind!«

»Nein, ich habe ihn persönlich überprüft. Seine Absichten waren sogar ganz nett. Er macht sich Sorgen, dass du nur ein Werkzeug bist. Auch glaubt er nicht alles, was im Buch steht. Er hat sich seine eigene Meinung dazu gebildet. Er hält die grundlegenden Lehren für richtig, kann aber den Hass auf die Monster nicht verstehen. Sein Aufenthalt im Silberwald lässt sich auch einfach erklären. Er ist ein Fellhändler und die Silberfelle waren seine wichtigsten Handelspartner.«

Grigori sitzt mit offenem Mund vor ihr. Sie nickt zustimmend:

»Ja, dachte ich auch. Die Dienerin erhielt das Medaillon von jemand anderem. Aber auch da haben wir vermutlich eine Antwort.«

»Von wem?«

»Wir haben ein paar der Leibwächter lebendig gefangen nehmen können. Als wir ihnen das Medaillon abnahmen, konnten sie sich an das meiste erinnern und beantworteten unsere Fragen, so gut sie konnten. Leider starben alle kurz darauf. Keine Heilung oder magische Vorkehrung wirkte.«

»Oh.« Grigori wirkt bedrückt. Er kann sich vorstellen, welchen Aufwand das Gefangennehmen bedeutet hat.

»Nun, stellte sich heraus, dass nicht alle gleich auf die Medaillons reagieren. Die Harpyie wollte dich töten, das war gegen den Plan. Auch wissen wir jetzt, dass alle Träger untereinander verbunden waren. So wussten die Wächter stets, wo du zu finden bist. Die Wache sollte dir das Medaillon zusammen mit einem Manastein aufzwingen. *Sie* wollen dich, *sie* wollen die Kontrolle über dich!«

»Wer sind *Sie*?«

»Keine Ahnung. Das wusste niemand.« Die Herrin wirkt enttäuscht.

»Zweite Frage: An was hast du geforscht? Dein Zimmer wurde zerstört, mitsamt allen Unterlagen.«

»Heiltränke, eigentlich nichts Besonderes.«

»Sicher? Denk nach!«

Grigori beginnt zu grübeln, aber ihm kommt keine Antwort in den Sinn, die das Zerstören aller Unterlagen rechtfertigen würde. Nachdem er die Sache erklärt hat, nickt seine Mutter unzufrieden:

»Schade, wir haben heute wieder viel gelernt. Wäre spannend gewesen, auch dieses Rätsel zu lösen.« Sie winkt ab. »Egal, wir haben noch mehr zu besprechen. Aber zuerst eine Bitte. Ive de Vere sitzt noch immer

in einem benachbarten Raum in Haft. Würdest du bitte mit ihm sprechen und ihm das hier zeigen?«, damit zieht sie ein Medaillon aus einer Tasche. Als sie das erschrockene Gesicht ihres Jüngsten bemerkt, lächelt sie:
»Es ist entschärft. Jetzt ist es nur noch ein Anhänger, garantiert.«
»Okay, aber warum? Du weisst doch bereits alles über ihn?«
»Nein, ich habe, nachdem ich erfahren habe, dass von ihm kein Medaillon gekommen ist, meine Untersuchungen eingeschränkt.«
»Oh, was soll ich ihm sagen?«
»Die Wahrheit.«

Als Grigori den Raum betritt, sieht er, das Ive de Vere vor dem Kamin betet.
»Verzeih, störe ich?«
»Schon gut. Ich sollte nicht beten. Ich glaube kaum, dass mein Glaube hier willkommen ist.« Er setzt sich an den Tisch und Grigori kann sehen, dass er sich fürchtet. Als auch er sich setzt, schliesst sich die Türe und die beiden sind alleine.
»Ich bin hier, um mich persönlich zu entschuldigen«, eröffnet Grigori.
»Für was?« Der Nordmann sieht verwundert auf.
»Es ist meine Schuld, dass du gestern verhaftet wurdest.«
»Aber wie? Wegen des Buches? Ich, ich weiss, dass ich es nicht hätte tun sollen. Aber ... « Grigori unterbricht ihn mit einer Geste und schüttelt den Kopf:
»Nein, man hat gestern versucht, mich zu ermorden und dein, nun seltsames Verhalten, machte dich verdächtig.«
»Wie?«
Nun beginnt Grigori zu erklären. Er lässt nur Dinge weg, die er für unwichtig hält und als er zu den Medaillons kommt, zieht er das Vorzeigestück hervor und überreicht es ihm. Ive nimmt es zögernd in die Hand und hört weiter zu.
»Alles deutete darauf hin, dass du mir ein Medaillon unterjubeln wolltest«, beendet er.
»Ja, ich verstehe. Aber ich schwöre, dass ich es nicht war. Die Herrin hat mich schon magisch untersucht.«
»Ich weiss, deshalb bin ich hier. Ich bitte auch im Namen der Schwarzschuppen und der Herrscher des Nordens um Verzeihung.«

»Schon gut. Ich bin froh, dass es ein Missverständnis war. Herr, ich kann fast nicht glauben, was ich da höre. Aber ich habe vielleicht eine Information für euch. Ich kenne ähnliche Anhänger. Die Priester in Goldhafen tragen sie.«

»Das ist eine Information! Ich werde sie umgehend weiterleiten. Ive de Vere, ich danke. Und ich werde das Buch gerne lesen.«

»Freut mich. Darf ich jetzt zurück in mein Quartier?«

»Ja, aber bitte verlass die Festung nicht. Wir, nun im Moment …« Grigori sucht nach den richtigen Worten, aber Ive beginnt zu lächeln:

»Im Moment könnt ihr niemandem trauen, verstehe.«

Als Grigori den Raum verlässt und seiner wartenden Mutter Bericht erstattet hat, kommt Sadako auf sie zu. Die Kitsune wirkt verärgert:

»Die Bibliothek ist noch immer ohne Türe und mein Tresen hat sich in Rauch aufgelöst. Als ich mich vorhin bei den Schreinern meldete, erklärte man mir, sie hätten Wichtigeres zu tun!«

»Nun Sadako, Grigoris Zimmer wurde komplett niedergebrannt. Zudem war die Türe zur Bibliothek eine der alten, magischen. Sonst könnte Grischa sie nicht mit seinem Ring öffnen.« Die Herrin lächelt beschwichtigend.

»Er soll sie auch nicht öffnen können. Andauernd muss ich ihn abends aus der Bibliothek werfen. Verdammt noch mal, dann muss ich mich eben selber darum kümmern.« Damit dreht sie sich um und verlässt die beiden, die noch immer vor dem Zimmer stehen, in dem Ive festgehalten wird.

»Na, die hat ja wieder eine Laune«, erklärt die Herrin verwundert.

»Sie hat mich gestern gerettet.«

»Kann man so sagen. Genaugenommen hat sie Casos und Arsax gerettet. Deine Anwesenheit hat den Plan der Wächter durcheinandergebracht.«

»Wie?«

»Nun, Casos und Arsax hätten zusammen in einem Überraschungsangriff sterben sollen. Dein Auftauchen brachte das Ganze aber zum Scheitern, weil durch dich Casos misstrauisch wurde. Da du nicht sterben solltest, wussten sie kurz nicht, wie sie sich zu verhalten hatten.«

»Wie kommt es, dass die Wache mit den Medaillons in Berührung kam?« Grigori kann seine Neugierde kaum zurückhalten. Als sie den

Arbeitsraum der Herrin erreichen, warten dort bereits ein paar Diener mit Botschaften. Als alle gegangen sind, seufzt die Apepi traurig:
»Das war meine Schuld. Ich habe alle Medaillons, die wir zuvor eingesammelt hatten, zusammentragen und im Verlies in einen Raum bringen lassen. Dieser wurde von ausgewählten Wächtern meiner Leibgarde bewacht. Leider scheint einer zu neugierig geworden zu sein und damit begann die Misere. Alles deutet darauf hin, dass meine Auswahl der Grund für das Übel war. Ich wählte stoische Krieger, die sich nicht unbedingt beweisen wollen. Ich war überzeugt, dass sie ihre Aufgabe am besten ausführen würden. Doch lag ich falsch, zumindest bei einem von ihnen. Alle Mitglieder, die nicht unter den Bann fielen, sind entweder frisch befördert worden oder kommen aus der Reserve. Wir wissen nur, dass sie den Auftrag erhielten Arsa, Cas und wenn möglich noch Lys oder Nysa zu töten und dich unter ihre Kontrolle zu bringen.«
»Aber warum?«
»Schwächung des Nordens, ich kann mir nichts anderes vorstellen.«
Während Grigori über das frisch Gehörte nachdenkt, überfliegt die Herrin ihre Berichte. Immer wieder erreichen neue Botschaften den Raum und als auf einmal ein Alarmsignal erklingt, zucken beide zusammen.
»Komm, du bleibst jetzt in meiner Nähe.«

Als sie das Tor erreichen, das auf den Innenhof führt, öffnet sich gerade das äussere Tor. Durch die grosse Öffnung reitet ein einzelner Reiter, dem mehrere Pferde ohne Reiter folgen. Erst als der Reiter den Innenhof halb überquert hat, erkennt Grigori, dass es sich dabei um Miri handelt. Bevor irgendjemand etwas sagen kann, stürmen ein Dutzend Palastwächter den Innenhof und umstellen die Miniri und die Pferde. Doch scheint sie das kaum zu beunruhigen. Auch als Isabella in Begleitung eines Paladins auftaucht, wirkt sie noch ruhig.
Grigori hingegen erschrickt beim Anblick der Nachtwandlerin. Sie wirkt nicht länger perfekt. Das Gesicht wirkt verfallen und um Jahre gealtert. Auch die Augen, die vor Kraft sonst nur so leuchten, sind dumpf. Alles in allem wirkt sie kraftlos und erschöpft.
»Miri, wo warst du?«, die Stimme der Herrin ist kalt und abweisend.
»Ich gemacht meine Arbeit, ja?«
»Wie bitte?«

Ohne weiter zu Antworten springt die Miniri vom Pferd. Kaum im Gemisch aus Dreck und Schnee gelandet, mustert sie sichtlich amüsiert die Waffen, die in ihre Richtung deuten:

»Ich wohl was verpasst, was? Aber ich Wichtiges erledigt habe.«

»Sie trägt Medaillons mit sich!«, ruft auf einmal Isabella. Augenblicklich wird die Lage ernst.

»Ja, ich gefunden! Hier, du fangen!« Damit zieht sie einen Beutel aus ihren Taschen und wirft ihn Isabella zu. Diese fängt ihn und als sie ihn ausleert fallen, mehrere mit Blut verschmierte Medaillons in ihre Hand. Als sie den Kopf hebt, wirkt sie verunsichert:

»Sie, nun sie trägt keine mehr am Körper ... Aber wie ist das möglich?«

»Das sein grosses Geheimnis!« Miri kann ein breites Grinsen kaum zurückhalten. Ohne auf die anderen zu achten, geht sie zu einem der Pferde und beginnt an einem seltsamen Beutel zu hantieren. Erst jetzt sieht Grigori, dass die Tiere schwer beladen sind. Auch erkennt er das Zaumzeug und die Sättel der Leibwache. Noch während er sich fragt, was das bedeutet, öffnet sich der Beutel ganz und zum Entsetzen aller rollen mehrere Köpfe auf den Boden. Es dauert einen Moment, bevor Grigori den Mut findet, die grausige Präsentation zu betrachten. Er erkennt, dass es sich dabei um Köpfe von drei Lamien und drei Kitsunen handelt. Der siebte und letzte Kopf ist der einer Harpyie.

»Das waren Mitglieder meiner Leibwache!« Die Herrin wirkt gleichzeitig überrascht und verärgert.

»Nein, das seien Verräter!«, verteidigt sich Miri und wirkt beleidigt. Danach stellt sie eine Kiste, die sie von einem anderen Pferd genommen hat, vor allen auf den Boden. Dabei ignoriert sie sowohl die Köpfe auf dem matschigen Boden, wie auch die Anwesenden. Grigori kann das Gefühl nicht abwerfen, dass sie die Show absichtlich in die Länge zieht. Als sie die Kiste öffnet, sehen alle, dass sich darin ein grosser Haufen Gold befindet.

»Andere Kisten sein auch gefüllt. Ich glauben, das sein gestohlen.«

»Miri! Ich will jetzt wissen, was das soll. Warum hast du den Palast verlassen, wo warst du?« Die Stimme der Herrin zittert beinahe vor Zorn, doch wieder ignoriert Miri das. Als wäre es ihr erst gerade in den Sinn gekommen, zieht sie einen kleinen Beutel aus einer weiteren Tasche. Sie will gerade zur Herrin gehen, als die schwer gepanzerten Mitglieder der Palastwache ihr den Weg versperren. Doch beginnt Miri nur leise zu lachen und ohne sich weiter aufhalten zu lassen, verschwindet sie. Als sie wieder auftaucht, steht sie vor der Herrin und übergibt ihr den Beutel. Die Apepi, zu überrascht von dem Geschehenen, nimmt ihn. Kaum hat sie ihn, verschwindet Miri wieder und taucht an der Stelle auf, wo sie zuvor stand. Als die Herrin den Beutel öffnet, fallen mehrere Siegelstempel in ihre Hände. Augenblicklich verliert sie alle Farbe in ihrem Gesicht.

»Miri! Woher? Wie? Bei den Alten wären die in die falschen Hände geraten!«

»Ich weiss, ich gefunden habe auch viele offizielle Dokumente, so wie leere Dokumente mit der offiziellen Schwarzschuppen-Verzierung. Ich denke, das sein wichtig, ja?«

Noch während sie spricht, bemerkt Grigori, wie ein einzelner Soldat seine Position verlassen will. Doch bevor er auch nur einen halben Meter vorangekommen ist, dreht sich Miri blitzschnell um. Im Drehen macht sie eine ausholende Geste und als sie sich ganz gewendet hat, wirft sie etwas, das Grigori nur als Blitzen wahrnimmt. Im nächsten Moment bricht der Krieger tot zusammen. Nur der Griff des Dolches, den Miri geworfen hat, ragt noch aus der Brustplatte.

Es wird still auf dem Innenhof. Alle starren die Miniri fassungslos an.

»Er ein Verräter«, erklärt Miri in aller Seelenruhe.

Isabella, die sich bereits auf den Weg gemacht hat, kann ein beeindrucktes Pfeifen nicht unterlassen. Erst jetzt wird allen klar, warum. Miri hat den Dolch durch die Brustplatte geworfen. Als die Nachtwandlerin die Klinge entfernt hat, zieht sie ein Medaillon aus der Rüstung des Toten. Das entsetzte Schweigen, das darauf folgt, wird nur vom leisen Wiehern eines der Pferde durchbrochen. Grigori wird auf einmal klar, wie surreal das Bild vor ihm ist.

Da steht Miri in ihrer typischen Haltung und einfachen Dienerkleidung vor ihnen. Umgeben von mehr als einem dutzend Lamien in schweren Rüstungen. Dazu kommen die Nachtwandler, seine Mutter und er. Alle starren fassungslos die Miniri an. Diese scheint sich förmlich in der Aufmerksamkeit zu sonnen.

»Ich gehen essen, ja? Sein gewesen lange Nacht.« Wieder geht sie auf die Wand aus Wächtern zu, doch diesmal hält sie niemand auf. Im Gegenteil, die Wachen weichen scheinbar verängstigt vor ihr zurück. Als sie Grigori passiert, schlägt sie sich an den Kopf:

»Ich vergessen doch immer was, hier, du das wohl brauchen, kleiner Wächter der Festung.« Damit überreicht sie ihm ein paar Papiere. Wieder hat sie die Blätter aus einer ihrer Taschen gezogen. Kaum hat der Junge sie, verschwindet Miri in der Festung.

Als sie verschwunden ist, scheint sich ein Bann zu lösen. Augenblicklich beginnt ein Chaos, das die Herrin nur mit Mühe in den Griff bekommt. Als sie sich endlich Gehör verschaffen hat, kann Grigori sein Grinsen kaum zurückhalten. Die Miniri hatte ihm wirklich etwas gebracht, das er brauchen kann. Die Papiere sind herausgerissene Seiten aus seinen Büchern. Darunter das Rezept für die Manasteine, sowie die Heiltränke, die er am Erforschen war. Auch ist ein unscheinbares Rezept dabei, das magische Abhängigkeiten, wie sie bei der Benutzung bestimmter Artefakte entstehen können, heilen sollte. Jetzt versteht er, warum man seine Unterlagen vernichtet hat.

Die Herrin beginnt, Anweisungen zu geben. Alle in der Festung sollen erneut kontrolliert werden. Diesmal gründlicher. Dazu sollen alle Medaillons, die noch auftauchen, vernichtet werden.

»Verzeiht, Herrin. Ich kann das nicht noch einmal.« Die Stimme von Isabella zittert vor Erschöpfung.

»Ich verstehe, dass du deine Reserven auffüllen musst. Ich werde dir genug Blut zur Verfügung stellen.«

»Das war nicht, was ich gemeint habe. Ich brauche eine Pause. Das Risiko, mich zu verlieren, ist zu gross.« Die letzten Worte sind von Angst erfüllt. Bevor jemand etwas erwidern kann, schreitet die Blutmutter durch das Tor.

»Mich schickt eine gewisse Miri, sie hat erklärt, dass man hier meine Hilfe brauche.«

»Ja, Aurelia, wie es scheint, sind noch Medaillons im Umlauf.«

»Na so was.« Sie wirft ihrer Tochter einen strafenden Blick zu, als sie jedoch erkennt, in welchem Zustand sich die Bluttänzerin befindet, kann sie ihren Schrecken kaum verbergen. Ohne weitere Worte hebt sie beide Hände und beginnt mit einem leisen, aber intensiven Singsang. Grigori, der von jeder Form der Magie fasziniert ist, sieht fassungslos auf den Leichnam, der sich in rote, blutige Schlieren zu verwandeln beginnt. Die Blutnebel formen sich zu kleinen Kugeln und bevor irgendjemand reagieren kann, werden alle anwesenden Krieger auf der Brust getroffen. Die kleinen Blutkugeln hinterlassen eine rote Rune in den grauen Rüstungen der Krieger.

»So, das sollte helfen. Leider hält der Zauber nur für einen halben Tag.«

»Was genau ist das?«, fragt die Herrin verwundert und beugt sich vor, um eine der Runen genauer zu untersuchen.

»Ein einfacher Alarm. Hast du mir ein Medaillon?«

»Ja, hier.« Isabella überreicht ihrer Mutter den Beutel. Diese zieht ein Medaillon daraus hervor und geht auf einen der Krieger zu. Dieser weicht sofort zurück. Der Gedanke, mit einem der verfluchten Dinger in Berührung zu kommen, scheint ihm zuwider. Doch kaum ist die Blutmutter auf zwei Schritte herangetreten, beginnt die Rune hell zu strahlen.

»Ich schlage vor, dass alle in der Festung an diesen Kriegern vorbei müssen. Wer sich weigert, oder wenn die Runen aufleuchten: Nun, dann können wir handeln. Ist das eine Idee?«

»Ja, warum hast du das nicht früher gemacht!« Wieder wirkt die Herrin verärgert.

»Weil der Zauber bis vor wenigen Stunden nicht in der Form existierte. Ich habe ihn nach den gestrigen Ereignissen entwickelt und angepasst. Die Medaillons strahlen eine ganz bestimmte Art der Magie aus. Darauf reagieren die Runen. Aber ich kann dir nicht garantieren, wie lange er anhält. Ich hoffe auf einen halben Tag.«

»Also gut. Danke. Ihr alle, ihr habt den Plan gehört. Zuerst die Palastwache, danach alle Diener. Wenn der Zauber dann noch hält, die Gäste und anderen Bewohner der Festung. Los jetzt.« An Grigori gewannt:

»Du gehst jetzt frühstücken. Dann erklärst du mir, was Miri dir gegeben hat. Wenn es so wertvoll wie meine persönlichen Siegel ist, dann hat sie mal wieder eine kleine Heldentat vollbracht, ohne es auch nur zu erwähnen. Ich wünschte nur, sie würde sich nicht immer so ... «, sie sucht nach Worten.

»So wie Miri benehmen?«

»Ja! Woher wusste sie davon? Wie erlegt sie alleine sieben meiner Leibwachen? Woher wusste sie das mit dem Palastwächter? Verdammt, diesmal wird sie nicht so leicht davonkommen.«

Die Verhandlung

Während Grigori zusammen mit den anderen frühstückt, werden die Gäste geweckt und über das Zusammentreffen am Nachmittag informiert. Wieder wird die Anwesenheit von allen erwartet.

»Ich habe Kopfweh!«, beklagt sich Xiri wieder. Als sie zum Frühstück gekommen ist, war sie schlecht gelaunt. Das Essen hat ihre Stimmung aber merklich verbessert.

»Dann solltest du dich nicht volllaufen lassen!« Mizuki mustert sie streng.

»Bitte, du kannst sie doch wegmachen!«

»Nein, wer saufen kann, kann auch die Kopfschmerzen ertragen.« Die Kitsune lässt sich nicht erweichen.

»Grischa? Kannst du mir was geben?«

»Tut mir leid Xiri, aber mein Zimmer wurde gestern zerstört. Ich werde eine Weile brauchen, bevor ich wieder etwas mit Alchemie herstellen kann.«

»Wie?« Xiri starrt Grigori fassungslos an, auch Mizuki wirkt überrascht.

»Habt ihr das etwa noch nicht mitbekommen?« Grigori sieht die beiden verwundert an.

»Was mitbekommen?« Die Frage kommt von Kaira, die sich soeben an den Tisch setzt. Sie wirkt ausgeruht und Grigori bemerkt das leichte Wedeln ihrer Rute, was für eine ausgesprochen gute Laune spricht.

»Man hat gestern einen Anschlag auf mich verübt, die Leibwache von Mutter wurde ausgelöscht und etwa die Hälfte der Palastwache ist tot. Zudem wurde mein Zimmer zerstört.«

Am Tisch wird es totenstill. Alle bis auf Thea starren Grigori entsetzt an.

»W-was?« Die Frage kommt zugleich von Kaira und Mizuki.

»Nichts weiter Schlimmes, die Sache hat sich geklärt und die Gefahr ist gebannt«, erklärt nun Thea gelassen. Im nächsten Moment streicht sie kurz über Xiris Kopf, die erleichtert aufstöhnt. Scheinbar hat sich die junge Apepi ihrer erbarmt.

»Nichts weiter Schlimmes? Grischa wurde angegriffen!« Von Kairas guter Laune ist augenblicklich nichts mehr zu merken. Sie knurrt beinahe vor Wut über die herablassende Art von Thea.

»Schon gut Kaira, ich bin mit heiler Haut davongekommen. Wichtiger ist aber, dass wir wieder viel gelernt haben.«

Das beruhigt Kaira zwar, aber sie wirkt noch immer aufmerksam und scheint jede Bewegung im Raum zu verfolgen.

»Wie genau habt ihr das eigentlich verpasst?« Thea sieht interessiert die anderen an. Dass sie selber erst in der Nacht darüber informiert wurde, verschweigt sie geflissentlich.

»Nun, Xiri fühlte sich nicht gut und wollte ins Bett. Ich habe ihr, äh, Gesellschaft geleistet, da sie sich krank fühlte.« Der schnelle Blick von Mizu zu Xiri entgeht den anderen nicht. Doch die Harpyie stimmt zu und lässt sich nichts weiter anmerken. Kaira hingegen stochert verärgert in ihrem Essen.

»Ich habe bis spät in die Nacht mit Mutter gesprochen. Wir hatten uns in eine Ecke des Thronsaals zurückgezogen und gingen erst zu Bett, als Diener kamen und verkündeten, dass das Fest vorbei sei.« Nach kurzem Zögern fügt sie leise und mehr im Selbstgespräch hinzu.

»Ich habe nicht aufgepasst. Ich war so froh, Mutter zu sehen, dass ich nicht mehr aufgepasst habe.«

»Keine Sorge, niemand hat es bemerkt. Das Fest war ungestört und die Gäste konnten zufrieden feiern.«

Grigoris Worte wirken nicht. Kairas Unzufriedenheit ist deutlich zu spüren. Er bemerkt den schuldbewussten Blick von ihr nicht. Für einen Moment ist es still am Tisch, dann fragt Xiri neugierig:

»Was genau ist passiert?«

Während Grigori berichtet, füllt sich der Saal langsam mit den Gästen. Kaum ist er fertig, nähert sich eine Dienerin und fordert die Jugendlichen auf, sich für die Verhandlung vorzubereiten. Die Mädchen ziehen sich in ihre Räume zurück, um frische Kleider anzuziehen, Grigori, dessen Festtagskleider entweder Opfer der Flammen wurden oder nach einer langen Nacht nicht länger geeignet sind, begibt sich wieder zum Arbeitszimmer seiner Mutter. Diese hat in der kurzen Zeit ebenfalls ihre Kleider gewechselt und ist mithilfe einer Drachenträne mit jemanden am Kommunizieren. Da sie die Sprache des Südens verwendet, deren er nicht mächtig ist, kann er nur vermuten, dass sie mit dem Herrscher des Südens spricht. Als sie fertig ist, wirkt sie besorgt, aber sie gibt keinen Kommentar zum Gespräch ab. Sie nickt ihm zu und deutet auf einen grossen Papierhaufen:

»Die Unterlagen, die Miri zurückgebracht hat. Wären die in die falschen Hände geraten...?« Sie wirkt nun wirklich besorgt. »Kinia, eine meiner Beraterinnen wurde als Spionin entlarvt. Sie stand unter dem Einfluss eines Medaillons. Sie hat die Unterlagen in den letzten Wochen scheinbar gesammelt und vorbereitet. Sie liegt jetzt im künstlichen Koma im Verlies.«

»Wie konnte sie unbemerkt bleiben?«

»Gute Frage. Aber ich fürchte, aus demselben Grund, warum die Leibwache unbemerkt blieb. Niemand vermutete, dass der Feind so weit vorgedrungen ist. Wir wissen jetzt im Moment nicht, wem wir noch trauen können. Ohne Aurelia würde hier wohl Chaos ausbrechen. Sie hat meinen Beraterstab kontrolliert und ist gerade dabei, alle anderen bisher kaum beachteten Personen zu testen. Zusammen mit den Kriegern, die sie mit der Rune ausgestattet hat.«

»Miri hat also den Tag gerettet?«

»Den Tag? Sie hat den Norden vor unermesslichen Schaden bewahrt. Alleine die Informationen in diesen Unterlagen, hätten den Tod vieler bedeutet. Schlimmer jedoch ist die Tatsache, dass sie meine persönlichen Siegel gefunden hat. Die Folgen dieses Diebstahls sind nicht auszudenken. Ein so versiegelter Befehl wäre unbedingt befolgt worden. Nicht auszudenken.« Für einen Moment wirkt die Herrin niedergeschlagen und hilflos, aber sie richtet sich sofort wieder auf.

»Wir sind jetzt schon mehrfach nur knapp einer Katastrophe entkommen. Aber jetzt sind wir endgültig gewarnt und mehr, wir haben viele neue Erkenntnisse.«

Grigori bemerkt, dass die Herrin selber nicht ganz an das Gesagte glaubt, aber er versucht, die Sache selber positiv zu sehen. Er legt ihr die Rezepte vor:

»Das einzige Rezept, das ich bisher nicht beachtet habe, ist das gegen die Abhängigkeit von Artefakten. Ich kann mich erinnern, dass ich mich noch darüber gewundert habe. Aber Lys hat mich damals aufgeklärt. Scheinbar gibt es gewisse seltene magische Gegenstände, die bei längerer Benutzung den Körper schädigen. Dagegen soll der Trank helfen. Aber ob er wirkt oder wie er wirkt, keine Ahnung. Die Zutaten selber sind mir alle bekannt, jedoch sind sie nichts Besonderes.«

»Es muss etwas dran sein, sonst hätten sie es nicht zu entwenden versucht oder sie hätten es vernichtet.«

»Das ist es ja eben. All diese Rezepte stammen von Meister Ostanes. Aber sein Buch wurde damals veröffentlicht. Es gibt sicher noch andere Kopien. Ich verstehe den Diebstahl nicht.«

»Das ist wahr, wir sollten dem nachgehen. Von wem hast du das Buch damals bekommen?«

»Von ... von Miri. Sie gab es mir in der Bibliothek.« Grigori fasst sich an den Kopf, wie konnte er das damals nicht bemerken. »Sadako sagte, ich solle es behalten, sie hätte nicht einmal gewusst, dass sich dieses Buch in der Sammlung befindet.«

»Gut, das ist ein Anhaltspunkt. Ich fürchte, wir werden mit ihr sprechen müssen. Aber das muss jetzt warten. Erst kommt die Sitzung. Grischa, warte bitte draussen. Ich muss mich noch vorbereiten.«

Als er in einem der Nebenräume zum Thronsaal ankommt, sieht er Lysixia, die scheinbar die kurze Ruhe geniesst. Als sie ihn bemerkt, lächelt sie aufmunternd:

»Na, hat heute schon jemand versucht, dich loszuwerden?«

»Nein, aber wir wollen den Tag nicht vor dem Abend loben, was?«

Als er sich neben sie setzt, grinst sie noch immer. Er hingegen nutzt die Chance:

»Lys, was hat Isabella gemeint, als sie sagte, sie würde sich selber verlieren?«

»Dass sie für ein paar Tage keine Magie mehr wirken sollte. Du musst wissen, dass Blutmagie schädlich für den Wirker ist.«

»Wie? Was kann passieren?«

»Nun, einfach gesagt: Dein Körper wird von einer Energie am Leben erhalten, die wir als Magie bezeichnen. Blutmagier müssen diese Energie von anderen Lebewesen übernehmen. Nachtwandler sind auf eine stetige Versorgung mit frischen Nahrungsmitteln angewiesen, weil sie selber keine Magie im Blut haben. Blut ist eine einfachere und mächtigere

Quelle. Aber diese Macht ist das Problem. Der Körper gewöhnt sich an die regelmässige ›Überfütterung‹ und will mehr. Isabella trinkt Blut nicht nur zum Genuss. Sie muss Blut zu sich nehmen, ansonsten wird sie krank.«

Lys wirkt bei diesen Worten seltsamerweise traurig:
»Grischa, Blutmagierinnen, insbesondere Bluttänzerinnen gehen ein grosses Risiko ein. Sie können viel Macht aus Blut gewinnen, aber jeder Zauber, jedes Mal, wenn sie Blut verwenden, werden sie abhängiger. Die Blutmutter muss immer mächtigere Rituale abhalten, um ihren Körper zu bewahren. Ohne diese Zauber würden ihre Körperzellen die Funktion aufgeben und sie könnte zu Staub zerfallen. Isabella kam gestern in der Nacht an den Punkt, wo sie ihre Zellen überladen hat. Das ist etwas, das Kitsunen zum Beispiel nicht kennen. Sie haben so viel Energie, wie sie im Körper haben.«

»Deshalb haben Neunschwänze mehr Macht, weil sie mehr... nun Körper haben?«

»In etwa. Genau kann ich dir das nicht sagen. Aber Körpermasse und magische Reserven stehen im Zusammenhang. Wohl gemerkt, Reserven bedeutet nicht gleich mehr Macht.«

»Und Nachtwandler können, da sie ihre Magie von anderen Lebewesen beziehen, ihre Körper überladen?«

»Ja, sie verbrennen ihre Lebenszeit. Jede Zelle in einem Körper hat genug Energie für das ganze Leben. Bei Magiern ist dieser Energievorrat so gross, dass sie darauf zugreifen können. Nachtwandler hingegen, müssen ihn stetig erfrischen, da sie eigentlich zu wenig davon haben. Sollten sie dabei zu aggressiv vorgehen, verbrauchen sie im wahrsten Sinne des Wortes ihr eigenes Leben. Diese Aktion ist insbesondere gefährlich, da sie dabei in eine Art Blutrausch verfallen. Sie beginnen ihrer Umgebung Magie zu entziehen, ohne Rücksicht auf Verluste. Unter den Nachtwandlern nennt man so jemanden einen Dämon der Nacht.«

»Klingt übel«, Grigori schaudert es bei der Erklärung.

»Ist es auch. Das ist eines der besser gehüteten Geheimnisse der Nachtwandler und einer der Gründe für Blutpaladine.«

»Woher weist du das alles?«

»Weil ich Magie erforsche. Ich habe mir ein persönliches Bild von einem Dämon der Nacht machen können. Es ist etwas, das man nie wieder vergisst. Aber ich habe daraus auch gelernt.« Ohne ihren Oberkörper zu bewegen, schlängelt sie den langen Leib, bis eine der weiss verfärbten Stellen zum Vorschein kommt.

»Grischa, das darf Mutter nie erfahren. Aber ich habe dieselbe Methode verwendet im Abwehrkampf. Mein Körper wurde nicht verändert durch magische Angriffe. Ich habe meine Lebensessenz selber geopfert.«

»Was?« Grigori sieht die Apepi entsetzt an.

»Glaub mir, es war nötig. Im Moment weiss nur Thea davon. Jetzt du. Bitte sag Mutter nichts. Sie würde es mir nie verzeihen!«

»Ver-versprochen«, stottert Grigori, »Wie wirkt sich das auf dich aus?«

»Nun, ich hätte normalerweise eine Lebenserwartung von etwa 250 Jahren. Davon habe ich um die zweihundert Jahre geopfert, um Mutter zu schützen.«

»Aber ... das heisst, du wirst nur noch ein paar Jahre leben!«

»Ich kann dir das nicht einmal genauer beantworten. Tatsache ist, meine Magie hat beinahe komplett nachgelassen. Ich kann kaum noch ein Feuer entfachen. Aber ich merke auch, dass mein Körper sich leicht zu erholen beginnt. Vielleicht hat es nicht die Auswirkung, die ich befürchte.«

Sie wirkt bei diesen Worten seelenruhig. Grigori hingegen ist sichtlich niedergeschlagen. Er weiss, dass sie lügt. Sie ist erst vor einem Monat 37 geworden. Jetzt wird sie wohl kaum noch ein dutzend Jahre überstehen.

»Grischa, das ist meine Pflicht. Der Schutz von Mutter und Thea hat die höchste Priorität. Als ich auf den Thron verzichtet habe, habe ich Eide abgelegt, die mich dazu zwingen, so vorzugehen. Das Gleiche gilt für Nysa, Cas und Arsa. Wir alle haben solche Eide abgelegt.«

»Warum hat das niemand von mir verlangt?«

»Weil du in vielen Hinsichten eine Ausnahme bist. Im Moment scheinst du auch genug damit zu tun haben, dich selber zu schützen, was?«

»Selbst da versage ich.« Er flüstert das beinahe. Da sitzt er, nicht imstande einen Angreifer zu töten, neben Lys, die ihr eigenes Leben aufgegeben hat, um die Herrin zu schützen.

»Ich denke, dass du nicht versagt hast. Gnade zu zeigen ist etwas, dass nie als Schwäche angesehen werden sollte. Im Gegenteil. Ich will nicht wissen, wie viele Leibwächter noch auf unserer Seite waren, aber aufgrund der Situation falsch reagierten. Wir können es nie genau wissen. Vielleicht ist deine Gnade genau das Richtige. Die Kitsune, die du vor Casos Zorn gerettet hast, wird von nun an alles geben, um dich zu schützen. So viel war aus ihren Aussagen zu entnehmen.«

Bevor Grigori antworten kann, gleiten die anderen Schwarzschuppen in den Raum. Casos und Arsax tragen wieder ihre Rüstungen, aber Grigori kann keine Spuren der Kämpfe daran entdecken. Nysahria hingegen trägt ein elegantes Kleid und freut sich sichtlich auf die Verhandlungen. Als die Herrin zu ihnen stösst, wirkt sie ruhig und besonnen. Gemeinsam betreten sie den Thronsaal, der wieder gefüllt ist. Jedoch wurden die Stühle so angeordnet, dass die jeweiligen Sprecher vor ihren Begleitern sitzen und eine Art Kreis bilden. Dabei wurden die Gäste so gesetzt, dass alle aus dem Osten auf einer Seite sitzen, dann kommen die Botschafter aus dem Süden und zuletzt die Botschafter und Häuptlinge aus dem Westen und Norden.

Die Herrin setzt sich auf ihren Thron, während ihre Kinder ihre Positionen links und rechts davon beziehen. Nachdem Ruhe eingekehrt ist, eröffnet die Herrin die Versammlung. Als Erstes bedankt sie sich wieder und beginnt, die Gründe für das Zusammenkommen zu nennen. Hier fällt Grigori auf, dass sie viele Dinge weglässt, die er weder für geheim, noch für gefährlich hält. Als sie zum Silberwald kommt, übergibt sie ihr Wort an Amy, die sich aufrichtet und berichtet, was unter den Amarog der Silberfelle vorgefallen ist. Sie beendet ihren Bericht sichtlich niedergeschlagen:

»Im Moment finden Evakuierungen statt. Familien werden in den Norden gebracht und von da in neue Gebiete im Osten. Aber der Silberwald muss als verloren betrachtet werden. Ohne die Armee des Nordens gäbe es wohl keine freie Amarog mehr.«

»Danke, Amy.« Die Herrin nickt ihr zu und während die Amarog sich setzt, kommt es kurz zu aufgeregten Gesprächen. Grigori, der von der Neuigkeit ebenfalls überrascht wurde, sieht zu Kaira, die aufgerichtet und seltsam verkrampft hinter ihrer Mutter sitzt.

Als sich alle beruhigt haben, berichtet die Herrin weiter. Sie erzählt nochmals von dem Angriff und fügt hinzu, dass selbst während des Festes ein Angriff stattfand. Dabei erwähnt sie jedoch nichts vom Fall der Leibwache. Wieder folgt aufgeregtes Gemurmel, Grigori bemerkt beunruhigt, dass auf einmal alle ihn anstarren.

»Nun bitte ich, alle Vertreter und Herrscher zu sprechen. Ich bitte um klare Zusage zu unserer Sache oder um Ablehnung.« Die Herrin setzt sich und Grigori sieht gespannt in den Raum. Kaum sitzt sie Apepi, erhebt sich Noriko und verkündet:

»Ich, Noriko, Herrin des Ostens verkünde: Ich fürchte, der Osten kann keine Hilfe stellen. Wir müssen zuerst unser eigenes Reich sichern. Was wir da vernommen haben, ist besorgniserregend, gewiss, aber es scheint mir, dass dieser ›Feind‹, den wir nicht einmal beim Namen nennen können, es zuerst auf den Norden abgesehen hat. Ich bezweifle, dass der Kreuzzug dahintersteckt. Seit er sich ausgebreitet hat, ist es noch nie zu ähnlichen Berichten gekommen. Ich werde aber ein Auge offen halten und mich keinen Aktionen des Nordens, soweit sie die Sicherheit des Ostens nicht gefährden, entgegenstellen.« Damit setzt sich die Kitsune. Ihre Beraterinnen nicken zustimmend. Grigori versucht, die Ruhe zu bewahren, kann aber sein Entsetzen über diese Aussage kaum verbergen.

Als Nächstes spricht Aurelia, die Blutmutter:

»Ich, Aurelia, Blutmutter der Nachtwandler verkünde: Auch ich kann keine Hilfe leisten. Wir Nachtwandler sind zu wenig dafür. Die Sicherheit des eigenen Reiches hat Vorrang. Ich habe bereits Hilfe gesendet, diese muss ausreichen. Ich werde mich aber ebenfalls nicht in den Weg stellen.«

Kaum sitzt die Blutmutter, erhebt sich eine elegant gekleidete Frau:

»Ich, Ziorva, Brutmutter der Vulkanlande verkünde: Die Drachen werden ebenfalls nicht eingreifen. Solange es nicht genug Beweise gibt, sehen wir unsere Hände gebunden. Aber wir beginnen mit dem Sammeln eigener Beweise. Sollte es sich ergeben, dass genug zusammenkommen, werden wir uns dem Norden anschliessen.«

So geht es weiter. Jeder, der an die Reihe kommt, verkündet dieselbe Absage. Niemand scheint zur Hilfe bereit zu sein. Als eine junge Naga spricht, sieht Grigori, dass Umashankar hinter ihr sitzt:

»Ich, Dhrardekha, Prinzessin des Westens, verkünde: Wir sind bereits im Kampf mit dem Kreuzzug und sehen uns ausserstande weitere militärische Hilfe zu leisten. Wir sind aber an persönlichen Gesprächen interessiert und hoffen auf eine Zusammenarbeit.«

Kaum hat sie sich gesetzt, erhebt sich Kweldulf. Der Sturmwolf hat sich die Mühe gemacht, frische und beinahe elegante Kleider anzuziehen.

»Ich, Kweldulf, Alpha aller Sturmwölfe, verkünde, dass wir dem Norden bedingungslos helfen, denn wir sind keine Feiglinge!«

Ohne auf die zusammenzuckenden Botschafter zu achten, lässt er sich auf seinen Stuhl fallen. Die Sturmwölfe, die hinter ihm sitzen, nicken grimmig. Ihr Zorn ist auf die Distanz hin spürbar und Grigori, den alle Hoffnungen verlassen haben, muntert die offene Beleidigung ein wenig auf.

Als Nächstes erhebt sich ein einzelner Häuptling. Der alte Mann, trotz seines Alters eine beachtliche Persönlichkeit, verkündet mit starker Stimme:

»Die Stämme des Nordens werden sich gemäss den Traditionen dem Monsterlord, Herrin Thosithea, unterstellen. Wir freuen uns, an der Seite tapferer Krieger, wie den Sturmwölfen, kämpfen zu dürfen.«

»Die Freude ist ganz meinerseits«, erklärt Kweldulf, ohne zu zögern. Dass er dabei weder Etikette noch Anstand beachtet, ist typisch für ihn. Dennoch sitzt auch dieser Seitenhieb. Viele der Botschafter sehen betreten zu Boden.

Zuletzt erheben sich Krolu und danach Aurra, die beide verkünden, dass sie mit dem Norden mitkämpfen. Mehr eine symbolische Geste, die jedoch hilft, die Laune von Grigori zu heben.

»Vielen Dank. Ich vertage hiermit die Versammlung, da ich gerne noch mit allen Botschaftern einzeln sprechen möchte. Danach steht es allen frei, nach Hause zurückzukehren. Mir ist bewusst, dass der Schutz der eigenen Territorien Vorrang hat und ich verurteile niemanden dafür.«

Mit diesen Worten beendet sie die Versammlung und verlässt den Thronsaal. Auch die Gäste machen sich auf den Weg. Grigori hingegen bleibt sitzen. Ihm ist übel. Während er noch überlegt, bemerkt er, dass die Nagas auf ihn zukommen.

»Ich kann mir die Chance nicht entgehen lassen, den Menschen kennenzulernen, der von General Umashankar persönlich ausgebildet wird.«

Die Naga verbeugt sich leicht und Grigori bemerkt, dass sie es ehrlich meint. Wo der alte General grob und stark wirkt, ist sie beinahe zierlich und elegant.

»Die Ehre ist ganz meinerseits, Prinzessin Dhra…« er bemerkt beschämt, das er den Namen bereist wieder vergessen hat. Doch sie lacht nur leise:

»Dhrardekha, aber meine Freunde nennen mich Dekha.«

»Freut mich, darf ich fragen, warum der Westen keine militärische Hilfe leisten kann? Umashankar erzählt mir immer, wie mächtig die Nagas sind.«

»Oh das?«, sie lächelt zufrieden, »war eine Lüge. Natürlich werden wir uns auch militärisch dem Norden zur Verfügung stellen. Aber nachdem so viele Spione gefunden worden sind, hatte deine Schwester die Idee, das Schauspiel abzuhalten. Zumindest mit allen Botschaftern, denen bedingungslos vertraut werden kann.«

»Wie? Warte, du meinst Nysahria damit, oder?«

»Natürlich, oder weisst du sonst jemanden, der Diplomatie als Waffe verwendet?«

»Nein, auch wieder wahr.« Nachdem sie noch ein paar freundliche Worte ausgetauscht haben, ziehen sich die Nagas zurück. Diesmal findet er sich beinahe alleine im Thronsaal wieder. Nur Amy und Kaira sind noch anwesend, die zusammen in ein ernstes Gespräch vertieft sind. Dennoch fühlt er sich besser. Die vielen Absagen. Vielleicht besteht doch Hoffnung. Im selben Moment fragt er sich, wenn das Schauspiel nötig war, heisst dies, dass unter den Botschaftern Feinde waren? Wenn ja, warum wurde das zugelassen. Wieder beginnt er zu grübeln. Doch unterbricht ihn diesmal eine Dienerin, die nervös neben ihm steht.

»Kann ich helfen?«

»N-Nein, ich müsste nur aufräumen.«

»Oh, verzeih.« Ohne sich weiter darum zu kümmern, verlässt er den Thronsaal. Als er die Türe fast erreicht hat, holen ihn die Amarog ein, die ebenfalls mehr oder weniger höflich aus dem Thronsaal geworfen wurden.

»Ist es wahr, dass der Wald verloren ist?« Grigori mustert Amy fragend.

»Nun, ja und nein. Viele wichtige Stützpunkte sind verloren, aber noch halten wir eine der wichtigsten Strassen. Auch kommen noch immer Flüchtlinge aus den Wäldern. Casos will bis nächsten Sommer warten, vielleicht können wir noch mehr retten. Aber von meinem Volk sind nur noch ein paar Tausend übrig. Die Zahl wird aber jeden Tag kleiner. Die Erleuchteten, so nennen sich die Amulettträger, haben mit einer systematischen Unterwerfung angefangen.«

»Schrecklich.« Grigori geht niedergeschlagen neben den anderen her. Als sie das alte Spielzimmer erreichen, treffen sie auf Mizuki und Xiri.

Die beiden sitzen vor dem Kamin auf dem Boden und sind in ein ernstes Gespräch vertieft. Als sich Amy zusammen mit Grigori und Kaira um den Spieltisch setzt, beginnt Kaira von ihrem Unterricht zu erzählen.

Als ein Diener den Raum betritt, sehen alle neugierig auf, doch eilt er zu Grigori und bittet ihn, sich in einen der kleineren Versammlungsräume zu begeben. Ohne zu zögern, folgt er der Anweisung und als er durch die Tür tritt, sieht er verwundert, dass sich die Häuptlinge der Nordstämme darin versammelt haben.

»Ah, Herr Grigori, verzeiht die Störung.« Der Sprecher der Versammlung verneigt sich leicht.

»Schon gut, womit kann ich dienen?«

»Wir sind am Beraten und hofften, auf gewisse Fragen eine Antwort zu erhalten.«

»Nun, ich äh ... «, Grigori zögert, wie soll er sich jetzt verhalten, was wird von ihm erwartet?

»Keine Sorge, wir wollen keine Zusagen erwirken. Das werden wir mit der Herrin selber verhandeln.«

»Gut, ich höre.« Er setzt sich und bemerkt beschämt, dass er genau da sitzt, wo sonst seine Mutter wäre. Als er sich umsieht, wird ihm klar, dass er keine andere Wahl hat. Die Häuptlinge haben sich so platziert, dass er im Mittelpunkt ist.

»Warum wurden wir nicht genauer über die Medaillons informiert?«

»Das kann ich nicht beantworten. Aber ich vermute, dass Mutter keine Unruhe erzeugen wollte. Dazu wissen wir selber erst seit Kurzem mehr darüber. Nun, genauer seit den Angriffen.«

»Die Angriffe auf dich?« Diesmal spricht eine ältere Frau in weisser Fellkleidung. Er erkennt sie als die weisse Hexe, eine gefürchtete, aber auch respektierte Stammesführerin.

»Ja, ich scheine ein Talent zu haben, die Pläne unserer Gegner zu ruinieren. So hätten meine Brüder die gestrige Nacht nicht überleben sollen.«

»Danke.« Die Hexe nickt und lächelt zufrieden. Wenn die Gerüchte um sie stimmen, ist sie ein Mischling aus Nordmann und Kitsune.

»Werden Menschen in der Armee gleichwertig behandelt?«

»Ja, warum nicht? Es muss halt klar sein, dass eine Lamia sehr viel stärker ist und länger durchhält als ein Mensch. Auch ist die Magie der Kitsunen nicht zu verachten. Aber Casos und auch Arsax versuchen schon länger, Menschen zu integrieren. Soweit ich weiss, haben die ersten Versuche in der Nordwache sehr gut geklappt. Wobei, aus meinen Beobachtungen, die Probleme eher von den Menschen her kommen.«

»Werden sie auch in Führungspositionen kommen?« Die Frage wird von einem anderen gestellt.

»Nun, wenn sie sich beweisen, ja. Aber ich bin da der Falsche. Ich fürchte, ich könnte eher über Vorräte und Handel Auskunft geben.« Er sieht verlegen von einem zum anderen.

»Glaubst du, dass der ganze Norden in Gefahr ist? Wir sind Menschen.«

»Das ist so eine Sache. Wir haben nur wenige Hinweise, was unser Feind will. Ehrlich gesagt, wir wurden klar überrascht.«

»Natürlich, ansonsten wäre es nie zu einem zweiten Angriff auf dich gekommen.« Dies wird von einer anderen Anführerin beinahe spöttisch eingeworfen.

»Nun«, Grigori sieht sich unsicher um, »ja, ich vermute, Mutter hätte es gerne verhindert.« Kaum ist es gesprochen, beginnen die Nordmänner zu lachen. Grigori hört dem darauf folgenden Dialog interessiert zu. So sind mehrere Häuptlinge klar der Ansicht, dass der Angriff auf ihn Beweis genug sei, um davon auszugehen, dass auch Nordmenschen nicht verschont bleiben würden. Andere hingegen sind der Meinung, dass Grigori nur wegen seiner Position als Ziel gewählt wurde.

Immer wieder wird nachgefragt, wie sich die Herrin den Menschen gegenüber sehen würde und Grigori beantwortet nach besten Wissen und Gewissen. Als auf einmal die Türe aufgeht und Kweldulf in den Raum tritt, verstummen die Gespräche.

»Ich bin gekommen, um Grigori zu retten. Man meldete mir, dass er in politische Gefahr geraten ist.«

»Sehr witzig! Er ist freiwillig hier und uns steht das Recht auf so eine Versammlung zu!«

»Natürlich, Harkar, das bestreitet niemand.« Der alte Sturmwolf nickt zufrieden und setzt sich zu den Menschen. Zu Grigoris Überraschung diskutieren sie sofort weiter. Kweldulf wird scheinbar von allen genug respektiert, dass sie ihm vertrauen. Schnell wird Grigori auch klar, warum. Der Sturmwolf hört aufmerksam zu und scheint sich ausführlich mit den Problemen der Menschen beschäftigt zu haben. Auch hört Kweldulf amüsiert den Fragen und Antworten zu, die Grigori über sich ergehen lassen muss. Dabei gibt ihm die Anwesenheit des alten Wolfes ein Gefühl der Sicherheit.

Als er endlich die kleine Sitzung verlassen kann, wartet Thea auf ihn.

»Na, alles ruiniert?«

»Ich hoffe nicht. Worauf hast du gewartet?«

»Auf dich und dass ihr endlich fertig seid. Mutter will noch heute gewisse Dinge beraten. Die ›Botschafter‹ sind alle gegangen.« Ohne zu zögern, gleitet sie neben ihm in die kleine Ratskammer und verkündet den Wunsch der Herrin. Kurz darauf finden sie sich im Thronsaal ein. Dort wird klar, dass nur noch wenige der Gäste anwesend sind. Neben der Blutmutter und der Herrin des Ostens warten nur noch die Brutmutter mit ihren Kindern. Auch die Naga ist wieder anwesend.

»Gut, um es kurz zu machen. Die Botschafter aus dem Süden und der grösste Teil der Harpyien waren Feinde. Wir wurden reingelegt.« Hier kann sich die Herrin ein teuflisches Grinsen nicht verkneifen. »Das Pech ist, dass die grossen Herrscher untereinander immer im Kontakt stehen. Als ich mich heute Morgen mit der Herrin des Südens unterhalten habe, war sie ganz überrascht. Sie wusste weder etwas von einer Delegation noch von der Einladung.«

Auf diese Erläuterung folgt ein gespanntes Murmeln. Als die Herrin die Hand hebt, wird es wieder still.

»Nun, wir hatten es geahnt. Alle hier im Raum wurden intensiv und mehrfach überprüft. Wir können also frei sprechen. Ich bitte zuerst die Drachen um Stellungnahme.«

»Nun, ich habe beinahe die Wahrheit gesagt, die Gesetze der Vulkanlande verbieten mir, direkt einzugreifen. Aber ich kann natürlich keinem Drachen vorschreiben, ob er dir helfen will. Dazu haben mich meine Kinder gebeten, für eine Weile hierzubleiben. Ihnen tut die Abwechslung gut. Dass wir damit in Kontakt bleiben, ergibt sich von selbst. Ich ernenne meine Tochter Teiza für die nächste Zeit zu meiner Stimme hier im Norden. Sie kennt unsere Gesetze und so wie ich sie kenne, kennt sie auch viele Wege, diese zu umgehen.« Damit setzt sie sich. Als Nächstes spricht die Naga:

»Wir werden, wie bereits besprochen, die Angriffe des Kreuzzugs weiter abwehren. Dabei sorgen wir dafür, dass wir möglichst viele Kräfte binden können. Unsere Rekrutierungen haben begonnen. Schon jetzt befinden sich über dreissigtausend neue Rekruten in der Ausbildung.«

Sie setzt sich und wirkt sichtlich zufrieden mit der Situation. Als auch Noriko und Aurelia ihre Zusagen gegeben haben, wird es still.

»Wir werden also eine Allianz bilden. Ich übernehme die militärische Führung bei gemeinsamen Aktionen. Ich bitte um Absprache bei eigenen Plänen. Wir wollen für den ersten Moment das Bild aufrechterhalten, dass wir im Norden alleine dastehen. Unsere Feinde werden früh genug erfahren, dass sie getäuscht wurden.« Damit wendet sie sich an die Menschen: »Ich bitte euch um Stellungnahme. Mir wurde mitgeteilt, dass ihr euch ausführlich mit meinem Sohn unterhalten habt. Wie habt ihr euch entschieden?« Als sie das erwähnt, wirft Nysahria Grigori einen besorgten Blick zu. Die Menschen, die in fünf Gruppen verteilt sitzen, sehen sich kurz an und dann steht der Sprecher der ersten Gruppe auf:

»Ich spreche für die Stämme, die sich ausserstande sehen, in der nächsten Zeit zu helfen. Wir verfügen über zu wenig Reserven, als dass wir es uns leisten könnten. Ich bitte aber Herrn Arsax um Gespräche, wir würden gerne eine engere Zusammenarbeit mit der Nordwache suchen.«

Arsax erklärt sich einverstanden und der nächste Sprecher erhebt sich. Es handelt sich um Rodmar:

»Ich spreche für die Stämme an der wilden Küste im Westen des Reiches. Wir sagen unsere Unterstützung zu. Wir erwarten, um die 15'000 Mann stellen zu können. Dazu kommen unsere Schiffe. Wir übernehmen den Schutz der Küste. Als Gegenleistung verlangen wir aber einen Vertreter im Rat. Nicht einen pro Stamm, aber einen für die Region, der von uns gewählt wird. Er soll als Berater und Bittsteller dienen.«

»Also so, wie ich es seit meinem Amtsbeginn immer wieder vorschlage?«

»Genau, nach den Gesprächen mit Herrn Grigori sind wir zum Entschluss gekommen, dass dies doch keine Schnapsidee ist. Dazu glauben wir nun auch an die ehrlichen Absichten.« Rodmar kann sich das Grinsen nicht verkneifen, als die Herrin die Augen verdreht. Noriko beginnt zu lachen und die Brutmutter verzieht das Gesicht. Dieses Verhalten scheint sie zu entsetzen.

Danach erhebt sich Gardar:

»Wir von der Drachenküste schliessen uns dem an. Wir wollen eine Vertretung. Dafür stellen wir unsere Flotten und werden die Handelswege sichern. Damit kann der Transport von Gütern aus dem Osten ungesehen erledigt werden.«

»Also ihr hört für eine Weile auf, meine Handelsschiffe zu überfallen?« Die Herrin hebt eine Braue, sie wirkt zugleich genervt und amüsiert.

»Für den Moment, ja. Wobei wir kleine Ausrutscher kaum unterbinden können.«

»Kleine Ausrutscher?«

»Ja, die Kommandanten der Flotte erhalten ihre Befehle, aber das ist ja immer so eine Sache. Dazu wollen wir den Monsterhafen!«

»Nein!« Die Herrin wirkt sofort streng.

»Gut, war ein Versuch wert.« Gardar zuckt mit den Schultern und setzt sich. Die Häuptlinge hinter ihm grinsen breit. Die Forderung war nicht verwunderlich. Es handelt sich um eine Festung der Nordwache und den einzigen sicheren Hafen, wo die Schiffe der Herrin laden können.

Daraufhin erhebt sich Harkar, der für die Region direkt nördlich der Berge, in denen die ewige Festung sitzt, spricht. Dieser sichert auch seine Hilfe zu, verlangt aber auch eine Vertretung und er will, dass die Nordwache die Zusammenarbeit mit den verschiedenen Stämmen verbessert. Als Letzter erhebt sich ein alter Anführer und zieht eine Schriftrolle aus seinen Taschen. Diese übergibt er einer Dienerin, die wiederum die Rolle der Herrin bringt:

»Wir von der Eisenküste können leider keine militärische Hilfe liefern. Aber wir können die Fördermenge unserer Minen um etwa fünf Prozent steigern. Wir wären aber im Gegenzug froh über Nahrungslieferungen. Die Eisenküste ist noch immer wild und das Klima, nun, wilder.« Die drei anderen Häuptlinge, die hinter ihm sitzen, nicken zustimmend. Die vier Anführer sprechen für vier Dörfer, die beinahe den gesamten Erzabbau im Norden kontrollieren. Dabei befinden sie sich jedoch hinter einer weiteren Bergkette und damit vom Hauptteil des Nordens abgeschottet.

Die Herrin überfliegt die Schriftrolle und gibt sie dann, mithilfe ihres langen Unterkörpers, an Grigori:

»Das ist dein Fachgebiet.« Und an den Sprecher gewannt:

»Ich nehme an, dass du auch einen Vertreter forderst?«

»Nein, ich bitte darum. Ich weiss, dass wir kaum etwas zu melden haben, aber ich wäre auch froh, wenn die Nordwache sich unserer mehr erbarmen würde.«

»Natürlich, Ulfrik, wir werden uns darum kümmern.« Die Herrin nickt zufrieden. Dabei mustert sie kurz Grigori, der scheinbar verwirrt die Schriftrolle zusammenrollt.

»Nun denn. Ich bitte jetzt alle, sich zum Abendessen zu begeben. Lady Ziorva, wir besprechen uns danach. Noriko und Aurelia, ihr kehrt danach ebenfalls zurück in eure Reiche. Prinzessin Dhrardekha, ich bitte darum, dass du deinen Besuch um einen, zwei Tage verlängerst. Dasselbe gilt für die Menschen. Ich habe morgen vor, mich mit euch zusammenzusetzen und alles genau zu planen. Doch jetzt: Essen!«

Damit klatscht sie in die Hände und die Sitzung ist beendet. Während sich alle auf den Weg machen, wird Grigori mit sanfter Gewalt an seinem Platz gehalten. Erst jetzt hat er bemerkt, dass die Herrin ihren langen Unterleib um seine Beine gewickelt hat. Als der Saal bis auf ihn und die Herrin wieder leer ist, mustert sie ihn:

»Was ist los?«, sie deutet dabei auf die Schriftrolle.

»Nun, ich weiss, dass Ulfrik sehr gewissenhaft ist, was seine Bürokratie anbelangt. Aber wenn diese Angaben stimmen, dann geht etwas nicht auf. Ich habe vor einer Weile die Bücher nachführen müssen und ich kann diese Zahlen nicht verstehen.«

»Was heisst das genau?«

»Nun, dass bei jeder monatlichen Lieferung irgendwie um die fünf Tonnen Erz fehlen. Und das ist vor der Steigerung.«

»Was? Fünf Tonnen?«

»Ja, ich sage doch, da ist etwas seltsam. Aber ich muss die Zahlen erst überprüfen, so genau habe ich es nicht im Kopf.«

Als sie ihn loslässt, wirkt sie unzufrieden:

»Immer ist etwas. Bitte kontrolliere das morgen genau. Sprich mit Ulfrik, vielleicht ist es ein schlichter Fehler. Kann passieren. Komm, gehen wir essen. Ich bin am Verhungern.«

Die Ruhe des Winters

Als die Bewohner der ewigen Festung wieder erwachen, hat sich eine dicke Schneeschicht über alles gelegt. Die Nordmänner, die noch in der Festung sind, nutzen die Chance und verhandeln nicht nur mit der Herrin des Nordens, sondern auch untereinander. Grigori hingegen findet sich in den Archiven der Festung wieder.

»Was machst du hier? Du wurdest bis nächste Woche abgemeldet.«

»Verzeiht, Meisterin Nixali, ich erledige einen Auftrag von Mutter. Ich kann leider die Aufzeichnungen nicht finden, die ich vor zwei Wochen angefertigt habe. Die mit den Erzlieferungen von den Minen im Norden.«

»Die sind in meinem Arbeitszimmer. Ich bin dabei, sie zu kontrollieren. Warum brauchst du die?«

»Ich habe eine Auflistung von Ulfrik, dem Sprecher der Minen, erhalten. Doch stimmt da etwas nicht.«

»Aha, dann wollen wir einmal sehen. Komm mit.«

Damit gleitet die Quartiermeisterin aus dem Archiv und Grigori folgt ihr. Als er das Arbeitszimmer der Lamia betritt, sieht er das dicke Buch, in dem alle Lieferungen eingetragen wurden. Er hatte einen ganzen Tag gebraucht, um alle Lieferscheine abzuschreiben und zusammenzufassen. Die rotgeschuppte Lamia öffnet das Buch und schlägt die letzten Einträge auf. Grigori kann erkennen, dass jemand bereits die neuesten Lieferungen ergänzt hat.

»Brauchbare Arbeit. Alle Rechnungen stimmen und deine Handschrift kann beinahe gelesen werden. Mit ein bisschen Übung wird das was.«

»Danke.« Grigori verdreht kurz die Augen, ähnlich wie Umashankar, scheint auch sie nur ungern zu loben.

Nach ein paar Minuten steht es fest. Die Zahlen von Ulfrik und die Einträge stimmen nicht überein.

»Meisterin? Da sind alle Einträge?«
»Ja, eine alle acht Tage. Vier pro Monat. Das kennst du doch. Jede Woche werden sechs Tonnen Erz und Metal in die Festung gebracht. Jeweils am zweiten Tag der Woche. Du selbst nimmst die Lieferung ja entgegen und kontrollierst sie!«
»Ja, aber das ist es eben. Es geht etwas nicht auf. Laut Ulfrik müssten es wöchentlich sieben und eine Vierteltonne sein und die letzte Lieferung müsste sogar acht Tonnen betragen.«
»Blödsinn. Die Zahlen stammen ja von ihm. Unsere Kontrollen ergeben genau das, was er aufschreibt. Du kennst seine Lieferscheine, er ist sehr genau.«
»Genau darum geht es. Wie können fünf Tonnen Erz im Monat verschwinden?«
»Gib das her!« Ohne zu zögern, nimmt sie die Liste von Ulfrik und vergleicht die Zahlen. Nach kurzem Rechnen gibt sie die Unterlagen zurück.
»Stimmt, da fehlt etwas. Nur das du es weisst, wenn ich herausfinde, dass du geschludert hast, habe ich keine Hemmungen, dich zu bestrafen.«
»Wie soll ich …, egal, ich muss sofort mit Ulfrik sprechen und mich vergewissern.« Ohne zu zögern, nimmt er sowohl das Buch, wie auch alle anderen Unterlagen mit. Die Lamia sieht ihm nachdenklich nach.

Als er den Saal erreicht, indem sich die Häuptlinge zusammenfinden, wenn sie nicht verhandeln, sieht er den Alten vor dem Kamin sitzen und sich entspannen.
»Störe ich?«
»Nicht doch, mein Junge, komm setzt dich zu mir.« Der Alte deutet auf einen Stuhl in der Nähe und mustert ihn neugierig.
»Ulfrik, ich bin in der Ausbildung zum Händler und Quartiermeister.« Bevor er weitersprechen kann, lächelt der Alte und unterbricht:
»Keine Sorgen, ich teile gerne meine Erfahrungen mit Jüngeren. Die Kunst der Buchhaltung würde sonst verloren gehen.«
»Das war zwar nicht, was ich gemeint habe, aber danke. Ulfrik, die Zahlen auf diesem Beleg, wurden die von euch selber kontrolliert?«
»Natürlich! Ich kontrolliere jede Lieferung und alle Erträge, soweit es mir möglich ist, immer selber.« Der Häuptling wirkt beleidigt.

»Gut, dann haben wir ein grosses Problem. Es fehlen um die fünf Tonnen Erz im Monat.«

»Unmöglich!«

»Hier, kontrolliert bitte selber.« Damit übergibt Grigori ein paar der Lieferscheine und während der Alte sie kontrolliert, bemerkt er, dass dessen Gesichtszüge immer ungläubiger werden.

»Aber, das ist falsch! Diese Lieferung hier als Beispiel, die habe ich garantiert selber kontrolliert.« Dabei hält er einen Zettel hoch.

»Wo könnte das Erz verschwinden? Wenn die Wagen beim Start komplett sind, dann muss das Erz unterwegs, nun, verschwinden!«

»Selbst dann wären meine Unterlagen korrekt. Da ist etwas im Argen. Das Problem daran ist, dass es mehr als eine Woche dauert, bis eine Lieferung von uns im Norden hier ankommt. Die Eisenkronen, das Gebirge, hinter dem wir unsere Minen aufgebaut haben, ist mühsam zu umfahren. Leider gibt es keine Tunnel wie in den Festungsbergen. Der Transport dauert also immer lange.«

»Das wurde mir berichtet. Drei Tage von eurem Dorf bis zur nächsten bewohnten Region, aber da ist nur eine kleine Jagdsiedlung der Nordwache.«

»Genau. Wenn überhaupt, muss es in diesen drei Tagen geschehen. Danach befinden sich die Wagen auf gut erschlossenen Handelswegen.«

»Warum gibt es keinen Tunnel? Ich meine, als Experten für den Bergbau, solltet ihr das Problem doch lösen können.« Grigori fragt mehr als Neugierde, für einen Moment vergisst er beinahe seinen Auftrag.

»Nun, die einzige Stelle, wo ein Tunnel mit unseren Mitteln möglich wäre, ist über eine Tagesreise entfernt. Der Felsen der Berge ist das Problem. Wie die Festungsberge besteht er zum grössten Teil aus Endgranit. Du weisst, wie hart dieser Stein ist, oder?«

»Ja, die Tunnelbauer der Festung sind nun seit mehr als vier Jahren damit beschäftigt einen grösseren Raum in den Berg zu schneiden. Die Lagerräume werden langsam voll.«

»Eben, wir haben nur wenige Magier der Kitsunen. Die sind jedoch in den Minen wichtiger. Ohne ihre Hilfe würden wir sehr viel weniger Erz abbauen.«

»Sind die Kitsunen vom Klan der Winterfelle?«

»Ja, wenn du dich dafür interessierst, du bist jederzeit willkommen. Aber zuerst müssen wir das Problem mit den Lieferungen untersuchen.«

»Ja, genau.« Grigori sieht verlegen zu Boden.
»Nun, wir könnten es mit einer Falle versuchen. Die nächste Auslieferung, die ich kontrollieren kann, wird in zwei Wochen sein. Diese Lieferung wird exakt acht Tonnen an Erz enthalten. Versprochen. Sollte sie wieder nicht vollständig ankommen, dann wissen wir, dass etwas nicht stimmt.«
»Wie soll ich das melden?«
»Du gibst den Fahrern einen Brief mit, worin die Festung um mehr Erz bittet. Sollte die Lieferung nicht stimmen, dann schreib, dass ab jetzt sieben Tonnen geliefert werden sollen. Wenn sie stimmt, schreibe, dass neun Tonnen gefordert sind.«
»Gut, aber wer sagt, dass diese Nachricht nicht auch gefälscht wird?«
»Ganz einfach. Derjenige, der das Erz stiehlt, wird sicher wollen, dass mehr Erz gesendet wird. Ich vermute, dass bei Problemen Zahlen in den Bereichen von acht und zehn Tonnen gefordert werden.« Der Alte grinst zufrieden. Grigori hingegen wirkt beeindruckt. So einfach das klingt, so genial ist es.
»Sollten wir also ein Problem feststellen, dann lasse ich eine der Kitsunen magischen Kontakt aufnehmen.«
»Gut, danke. Ich werde das mit Mutter so besprechen. Aber wir behalten das ansonsten unter uns. Ich weiss langsam nicht mehr, wem man noch vertrauen kann.«
»Verständlich. Herr Grigori, dürfte ich um etwas bitten?«
»Ja, klar.«
»Bitte überzeuge deine Mutter davon, dass ein Tunnel in den Eisenkronen vonnöten ist. Die Apepi vergangener Generationen hatten solchen Vorschlägen gegenüber kein offenes Gehör.«
»Natürlich, komm bitte mit, du kannst mir sicher eine geeignete Stelle auf einer Karte zeigen.«

Die Herrin ist gerade in Berichte vertieft, als Grigori ihr Arbeitszimmer betritt. Nachdem sie ihre Lektüre beendet hat, sieht sie erschöpft auf:
»Noch mehr schlechte Nachrichten?«
»Leider ja. Uns wurden monatlich um die fünf Tonnen Erz gestohlen. Zwar ist das eine kleine Menge im Verhältnis, aber wir kaufen die Restmenge zu hohen Preisen ein. Wir könnten die Ausgaben reduzieren.«

»Natürlich. Aber seit wann wird uns das Erz gestohlen?«

»Keine Ahnung, ich habe das noch nicht kontrolliert. Ulfrik und ich haben einen Plan entwickelt.« Während er alles erklärt, nickt die Herrin mehrfach nachdenklich.

»Gut. Ich überlasse das dir. Denk aber daran. Du handelst jetzt als Wächter der Festung und jeder deiner Taten wird von vielen Augen bewertet werden. Ein Fehler kann mehr Schaden anrichten als der Diebstahl des Erzes selber. Auch musst du deine Versprechen halten. Du bist in diesem Fall nicht nur der Repräsentant von mir, sondern auch von deiner Familie.«

»Ehrlich gesagt, ich dachte eigentlich mehr an Arsax oder Nysa bei den Ermittlungen. Beide haben mehr Erfahrung und Kontakte.« Der Gedanke, für eine solche Aufgabe verantwortlich zu sein, wirkt erdrückend auf Grigori.

»Nein, das ist jetzt deine Aufgabe. Keine Widerworte! Ich weiss, dass du das hinbekommst. Dir stehen alle Mittel zur Verfügung. Egal ob Truppen, Agenten oder finanzielle Mittel.«

»Aber ... ich weiss nicht einmal, wo ich anfangen soll.«

»Ich würde jetzt erst die abgemachte Lieferung abwarten.«

Die grosse Apepi kann ein leises Lachen kaum unterdrücken, als sie den so wenig begeisterten Menschen vor sich mustert. Als wollte sie ihn aufmuntern, überreicht sie ihm eine lange Liste.

»Bitte sieh die kurz durch.«

Nachdem Grigori alles gelesen hat, sieht er fragend auf:

»Das sind so ziemlich alles alchemistische Instrumente und Zutaten. Bedeutend mehr als ich hatte.«

»Ist alles, was du für deine Forschungen brauchst, dabei?«

»Ja, aber das passt niemals in mein Zimmer!«

»Soll es auch nicht. Du bekommst ein Labor. Kennst du die alten Lagerräume der ursprünglichen Festung?«

»Die, tief im Berg?«

»Genau. Dort stehen mehrere Kammern schon lange leer. Sie werden hergerichtet. Der Vorteil dieser Räume ist ihre Lage. Du kannst dort ohne grösseren Aufwand magische Isolationen einrichten lassen. Das war doch eines deiner Probleme, oder?«

»Ja, genau! Danke. Aber, ich kann keine Erfolge garantieren.«

»Das musst du nicht. Mir ist beinahe wichtiger, dass du herausfindest, warum man es für nötig empfunden hat, dein Zimmer niederzubrennen.«

Die nächsten Wochen vergehen langsam. Nach der Aufregung der letzten Monate wird die Ruhe aber als Segen empfunden. Der Alltag kehrt wieder in der Festung ein, aber er ist klar gestört. Überall finden Reparaturen statt, die geschwächte Palastwache übernimmt nun auch die Bewachung des Thronsaals. Die wenigen noch lebendigen Mitglieder der Leibgarde haben sich unter dem Kommando der Kitsune, die Grigori vor Casos Zorn gerettet hat, neu formiert. Sie sind damit beschäftigt, neue Rekruten unter den Veteranen der Palastwache zu finden.

Auch die Nordwache beginnt sich zu verändern. Wo in der Festung einst nur Monster ausgebildet wurden, finden sich mehrere Menschen unter den Rekruten wieder. Zur Überraschung der skeptischeren Monster erweisen sich diese Rekruten als zuverlässige und fähige Krieger. Grigori, der nun unter Aufsicht von Umashankar regelmässig mit den anderen Menschen zusammen trainiert, bemerkt, dass dieser beinahe Respekt vor den Nordmännern hat. Grigoris Leistungen hingegen werden nun noch kritischer betrachtet. Auch seine Arbeit bei Nixali geht gut voran. Die Probezeit nähert sich dem Ende und sein Entschluss steht fest. Er will die Ausbildung bei ihr antreten, in erster Linie, weil er sich davon erhofft, mehr von der Aussenwelt zu sehen und zu erfahren. Während Kaira und Xiri regelmässig die Festung verlassen, ist es ihm zwar nicht direkt verboten, aber wenn er sich auch nur den äusseren Toren nähert, wird er zwar freundlich, aber klar aufgehalten.

War das alleinige Erkunden der Aussenwelt vor den Angriffen noch in greifbarer Nähe, so stehen seine Chancen nun sehr schlecht. Selbst die Jagdausflüge, auf die er vorher eingeladen wurde, finden nun ohne ihn statt. Nicht dass ihm die Jagd gefallen hätte, aber er konnte so immerhin die Festung verlassen.

Thea und die anderen versuchen, ihn zwar aufzumuntern, aber gerade die junge Thronerbin kann kaum verheimlichen, wie gut sie die Massnahmen findet. Zu seinem grossen Leidwesen scheint auch Kaira äusserst zufrieden mit dieser Tatsache zu sein.

»Also, die Probenzeiten sind fast vorbei. Ich bitte um Berichte und um eure Entscheidungen.« Nara, die noch immer den Unterricht der Jugendlichen leitet, mustert die Anwesenden.

»Ich weiss noch immer nicht, was ich machen will.« Platzt Xiri heraus.

»Ich weiss, wir haben das ja besprochen. Du bekommst noch einmal die Liste, wir finden sicher etwas.« Die alte Lamia lächelt sie aufmunternd an.

»Ich werde die Jagd erlernen. Dazu habe ich mit Meisterin Orina gesprochen. Sie wird mir zeigen, wie ich meine Beute ausnehme und die Häute verarbeite.« Kaira wirkt zufrieden mit ihrer Wahl. Allgemein hat sich die Amarog verändert. Sie wirkt selbstsicherer und die körperlichen Veränderungen des Erwachsenwerdens unterstreichen die geistige Wandlung nur. Sie präsentiert während des Sprechens eine Armbrust.

»Das ist meine Jagdwaffe. Ich habe sie selber gebaut. Meister Icelos hat mir dabei natürlich viel geholfen. Sie ist perfekt auf mich angepasst. Dazu haben wir einen Köcher und Bolzen angefertigt.« Die Freude an der Waffe ist kaum zu überhören und Grigori, der die Armbrust auch schon testen durfte, kann es verstehen. Sie ist ein Meisterwerk.

»Sehr schön, es freut mich, wenn ihr eure Probezeiten so gut nutzen könnt.« Nara nickt ihr zu und wendet sich an Mizuki.

»Meine Wahl ist ebenfalls klar. Ich will Verzauberin werden. Die vielen Herausforderungen, die dieser Beruf bietet, reizen mich.«

»Sehr gut. Ein respektables Handwerk, das nur wenige meistern. Ich freue mich schon auf deine Werke.«

Danach berichtet noch Thea, auch ihre Meinung hat sich nicht geändert. Sie will noch immer das Schmieden erlernen. Nachdem alle berichtet haben, sitzt Xiri sichtlich niedergeschlagen an ihrem Tisch.

»Xiri, mach dir keine Sorgen. Alle Meister, bei denen du warst, haben klar gesagt, dass du bei ihnen willkommen bist. Besonders Meisterin Ayaka hofft, dass du dich doch noch fürs Malen entscheidest. Sie ist überzeugt von deinem Können.«

»Sag doch, was du noch probieren willst.« Mizuki sagt es ohne besondere Betonung, dennoch sieht Xiri kurz zu ihr und wird auf einmal rot.

»Nun, ich will das Brauen testen. Ich ... , die vielen Getränke auf dem Fest waren so spannend. Ich will wissen, wie das geht!«

Nach einem Moment der Stille nickt Nara nachdenklich:

»Warum nicht, gute Braumeister werden beinahe mehr von den Barden verehrt, als so mancher Held. Ich werde gerne mit den Zuständigen sprechen.«

»Mutter wird das nie erlauben. Sie ist jetzt schon verärgert, dass ich meine Federn gefärbt habe, meine Wahl nicht getroffen habe, meine Pflichten nicht ernst nehme ... nun ... irgendwas ist immer falsch.« Der Frust darüber ist deutlich zu hören. Aber die alte Lamia winkt ab:

»Wenn du dich dafür entscheiden würdest, dann wird sie das verstehen.«

Die geplante Lieferung von Ulfrik trifft ein und Grigori, der wie immer mit der Kontrolle der Lieferung beauftragt wurde, kann seine Aufregung kaum verbergen. Auch ohne die Erze zu wägen, sieht er klar, dass es zu wenig ist. Die Wagenführer scheinen von nichts zu wissen. Während nun die Lagerarbeiter die Wagen leeren, wie üblich wurden auf dem Weg in die Festung auch Felle und andere Waren aufgenommen, kontrolliert Grigori den Lieferschein. Kein Unterschied ist festzustellen. Der Schein wirkt wie jeder andere, den er kontrolliert hat. Meisterin Nixali, die ihn beobachtet, scheint zu ahnen, was das Problem ist:

»Zu wenig?«

»Leider. Ich habe hier einen Brief an Ulfrik vorbereitet. Würdet ihr ihn unterschreiben, Meisterin?«

Die Lamia nimmt die Schriftrolle und liest sich deren Inhalt durch. Danach unterzeichnet sie das Dokument und versiegelt es mit ihrem persönlichen Siegel.

»Die Herrin hat mir erklärt, um was es geht. Ich hoffe, du missbrauchst das nicht.« Damit händigt sie ihm das nun offizielle Dokument aus. Grigori nimmt es erleichtert entgegen:

»Versprochen. Ich bin gespannt, was mir Ulfrik meldet.«

Eine Woche später, Grigori ist gerade dabei, den Inhalt einer neuen Lieferung zu erfassen, eilt ein Bote der Nordwache zu ihm:

»Herr, diese Botschaft wurde mit grösster Dringlichkeit geschickt.« Ohne weitere Anweisungen abzuwarten, verlässt der Bote die Lagerkammern. Grigori unterbricht seine Arbeit und überfliegt die Niederschrift.

»Verdammt. Das kann doch nicht sein!«

»Alles in Ordnung?«, fragt Yuto, ein junger Kitsune, der seine Ausbildung beinahe beendet hat.

»Nein, kannst du kurz übernehmen? Ich muss sofort zu Nixali und danach zu Mutter.«

»Natürlich.« Yuto nimmt das Klemmbrett und fährt mit der Erfassung fort.

»Du willst damit behaupten, dass jemand nicht nur Belege von Ulfrik, sondern auch Botschaften von uns fälscht?«

»Ja, ich habe Ulfrik geschrieben, dass wir sieben Tonnen brauchen. Wie abgemacht. Er lässt mir über die Nordwache mitteilen, dass eine Steigerung auf neun Tonnen nicht möglich sei. Dazu ergänzt er, dass die Lieferung von morgen dieselbe Menge beinhalte, wie die letzte Lieferung.«

»Dann kümmere dich darum. Ich mache dich dafür verantwortlich, löse das Problem. Und zwar schnell!« Nixali wirkt verärgert. Die Tatsache, dass sie jemand bestiehlt, scheint sie zu nerven, dass es jemand wagt, ihre Unterschrift und Siegel zu fälschen verärgert sie sichtlich.

»Ich werde morgen agieren.«

»Gut, ich werde die Zeit erfassen, sodass du sie nachholen kannst.«

»Danke, ich ... wie?« Grigori sieht verwundert die Lamia an, die sich wieder über ihre Bücher beugt.

»Du hast mich verstanden. Nun, zurück an deine Arbeit.«

»Und, Problem gelöst?« Yuto mustert ihn neugierig.

»Nein, verdammt. Manchmal übertreibt sie es!«

»Nixali, ja, das ist so. Kann ich dir helfen?«

»Nun, wie gut ist deine Magie?«

»Ich arbeite im Lager, sagt so einiges, oder?« Yuto grinst breit, Grigori hingegen sieht beschämt zu Boden.

»Keine Sorge, Grigori, ich weiss, wie du das gemeint hast. Ich kann die absoluten Grundlagen, mehr nicht.«

»Kommunikationszauber?«

»Nein, aber ich bin ziemlich geschickt darin, Feuer zu erzeugen!«

»Hilft leider nicht viel. Reich mir mal bitte die Flasche dort.« Die beiden räumen die grosse Kiste weiter zusammen aus und versorgen die Waren.

Danach begibt sich Grigori zum Arbeitszimmer der Herrin. Doch wird er dort von einer Gruppe Kitsunen in schwarzen, eng anliegenden Roben aufgehalten. Die Schweife der Anwesenden sind allesamt grau und lässt sie als Mitglieder der Schattenschweife erkennen. Eine Kriegerin mit sieben Schweifen versperrt ihm den Weg:

»Die Herrin ist beschäftigt, Diener.« Ihr Tonfall ist arrogant und Grigori bemerkt schnell die herablassende Art. Ihm wird klar, dass sein Gegenüber keine Ahnung hat, wer er ist.

»Ich sehe, dass sie beschäftigt ist. Ihr seid die Schattenschweife, die Noriko angekündigt hat. Sehr gut.« Er hat unbewusst in der Sprache des Ostens geantwortet. Im selben Augenblick zücken die Anwesenden ihre Waffen. Obwohl keine sichtbar war, als er zu ihnen gestossen ist, halten nun alle gefährlich aussehende Dolche in den Händen. Die Sprecherin knurrt wütend:

»Das ist für dich die Herrin des Ostens! Dazu ist das geheimes Wissen. Woher hast du diese Information? Antworte! Oder ich hole mir die Antwort.«

Grigori, der seinen Fehler sofort erkannt hat, hebt vorsichtig die Hände:

»Ich bin ... «, doch wird er rüde unterbrochen.

»Ich will nicht wissen, wer du bist, woher weisst du, wer wir sind!«

»Nun, graues Fell ist ein guter Indikator, dazu eure Kleidung. Ihr könntet kaum mehr auffallen, um ehrlich zu sein.« Er merkt zu seiner Freude, dass seine Stimme ruhig und gefasst klingt.

»Wir ... «, die Kitsune wird für einen Moment aus dem Konzept geworfen. Die Ruhe ihres Gegenübers und die sachliche Erklärung scheinen sie zu verwirren. Doch bevor sie die Kontrolle zurückerlangen kann, öffnet sich die Türe und ein Achtschwanz, in derselben Tracht, tritt hindurch.

»Rin, ich wäre froh, wenn du darauf verzichten könntest, den Adoptivsohn der Herrin des Nordens zu ermorden.« Die Stimme des Anführers der Gruppe ist ruhig. Auf seine Worte hin verschwinden die Waffen aus den Händen und alle verneigen sich leicht. Alle, bis auf die mit Rin Angesprochene. Sie sieht erschrocken den Menschen vor sich an.

»Wie ich vorher sagen wollte, ich bin Grigori und wurde von Mutter selber informiert. Zudem weiss ich, was eure Kleidung bedeutet.« Er grinst und nickt dem Kitsunen zu, der sich neben Rin stellt.

»Gruss euch, Herr Grigori. Verzeiht, meine Stellvertreterin nimmt ihre Arbeit sehr ernst.« Dabei mustert er die Kitsune, die sich nun tief verneigt.

»Schon gut. Aber ich meine das ernst, ihr fallt auf. Ich hätte mir die berühmten Schattenschweife ... unauffälliger vorgestellt.«

»Wir haben im Moment keinen Grund, uns zu verbergen. Aber wenn es sein muss«, damit schnalzt er und von einem Moment zum anderen stehen er und Grigori alleine im Gang. Zumindest im ersten Augenblick. Grigori bemerkt in den Augenwinkeln Schatten, die sich bewegen. Doch ist er sich nicht sicher, ob es nur ein Flackern der Lichter ist, oder sonst eine Illusion.

»Beeindruckend.« Er nickt fasziniert. Die Kunst des Schattenlaufens ist immer wieder faszinierend. Er weiss, dass es sich dabei nicht um Magie handelt, sondern um eine angeborene Fähigkeit, die im Klan der Schattenschweife die grösste Verbreitung hat. Nur unter den Miniri ist es häufiger anzutreffen.

Nachdem sich der Anführer, der nun alleine im Gang steht, verabschiedet hat, betritt Grigori das Arbeitszimmer. Die Apepi sieht gespannt zur Türe und lächelt, als er eintritt:

»Probleme?«

»Keine nennenswerten. Die wollten mich nur umbringen.«

»Gut, dann ist ja alles wie immer, was?«

Beide beginnen zu lachen und als sie sich wieder beruhigt haben, informiert Grigori sie über die neuen Entwicklungen.

»Interessant. Wie willst du vorgehen?«

»Ich, nun ich werde morgen die Wagenführer verhaften, sollte sich herausstellen, dass wieder ein Teil der Lieferung fehlt. Ich brauche morgen gegen Mittag ein paar Wächter.«

»Verstehe, das lässt sich einrichten. Was genau wirfst du den Wagenführern vor?«

»Diebstahl, ich habe genug Beweise und Lys hat mir genau erklärt, was ich sagen muss.«

»Gut, Grigori, du weisst, was du da anrichtest?«

»Ja, Menschen zu verhaften kommt sicher nicht gut an, aber mit den vorliegenden Informationen denke ich, kann mir niemand Vorwürfe machen.«

Als er den Raum verlässt, wartet Miri auf ihn. Sie grinst ihr übliches selbstsicheres Grinsen und verneigt sich leicht:

»Wächter der Festung, ich was fragen, ja?«

»Ja Miri, wie kann ich helfen?«

»Du brauchen Miri morgen?«

»Ich will nicht wissen, woher du das weisst, aber ja, ich brauche dich morgen tatsächlich.« Er nickt erleichtert, die Miniri an seiner Seite ist ein Trumpf.

»Gut, ich kommen morgen dann in grossen Lagerraum, ja?«

»Bitte und Miri?«

»Ja?«

»Kannst du es unterlassen, meine Nachrichten zu lesen?«

»Ich nicht wissen, wovon du reden!« Sie wirkt beinahe beleidigt. Als sie sich abwenden will, zwinkert sie ihm zu und ergänzt: »Ich lesen alle Nachrichten, nicht nur deine.« Damit macht sich die Katzenartige aus dem Staub. Grigori seufzt und sucht sein inzwischen wieder voll eingerichtetes Zimmer auf. Das neue Labor hingegen wartet noch auf wichtige Glaswaren, ohne die er seine Alchemie jedoch nicht weiterführen kann.

Nachdem er sich gewaschen hat, fühlt er sich bereits besser und nutzt die Zeit bis zum Abendessen, um den Plan für morgen vorzubereiten. Nicht, dass er auch nur eine Idee hätte, wie er genau vorgehen wird. Die Tatsache, dass der Brief auf neun Tonnen umgeändert wurde, lässt ihm keine Ruhe. Es kann Zufall sein, aber daran will er nicht glauben. Zu viele dieser Zufälle hatten sich in den letzten Monaten als Teil eines komplizierten Planes herausgestellt. Noch während er sich das überlegt, beginnt sein eigener Plan zu reifen. Mit allem was er gelernt hat und nun weiss, beginnt er, einen Schlachtplan zu entwerfen. Ein gewagtes Spiel, aber eines mit grossen Erfolgschancen, zumindest aus seiner Sicht.

»Mutter, ich brauche die Schattenschweife morgen.«

»Warum?« Die Apepi mustert ihn überrascht. Auch die anderen Familienmitglieder sehen ihn neugierig über ihre Teller an.

»Kann ich nicht sagen. Ich habe einen Plan.«

»Grischa, du kannst uns vertrauen!« Thea kann ihre Kränkung nur schwer verbergen.

»Ich weiss, aber hier im Esssaal hat es zu viele neugierige Ohren. Ich werde nicht mehr sagen.«

»Gut, wir besprechen das in unserem privaten Gemach. Schrecklich, jetzt können wir schon nicht mehr offen reden, weil wir überall Feinde vermuten.« Die Herrin wirkt unglücklich über diese Entwicklung. Nach dem Abendessen ziehen sich die Apepi, die noch in der Festung sind, geschlossen in das Privatgemach zurück. Während Lys und Thea kaum warten können, übernimmt Arsax die Sicherung des Raumes, indem er sich vor die Türe begibt.

»Also, warum brauchst du die Assassinen?«

»Nun, ich will sie als Spione einsetzen. Sie sollen die Rolle der Wagenlenker übernehmen. Ich weiss, dass sie dazu imstande sind. Sie sollen herausfinden, wo man uns das Erz stiehlt. Dazu sollen sie dann die Hintermänner infiltrieren und so viele Informationen wie möglich gewinnen.«

»Das ist ein ziemlicher Aufwand, für ein bisschen Erz.«

»Es geht nicht nur um das Erz, jemand fälscht unsere Dokumente. Ich will die Hintermänner. Wenn ich jetzt die Wagenführer verhafte, dann verspielen wir jede Chance.«

»Stimmt. Gut, ich gebe sie dir. Grischa, das ist kein Spiel. Du weisst das, oder?«

»Ja, ich weiss, Mutter. Aber wenn mein Plan klappt, wissen wir in etwa einem Monat, wer hinter allem steht und dann können wir schnell und gezielt zuschlagen.«

»Ich bin beeindruckt, das ist ja ein richtiger Plan!« Thea kann ihren Spott kaum verbergen.

»Thea, lass das. Grischa, das ist ein guter Gedanke, aber was machen wir, wenn da etwas schiefgeht? Die Schattenschweife sind gut, aber auch sie können keine Wunder bewirken.«

»Müssen sie nicht, selbst wenn sie nur die Stelle finden, wo das Erz gestohlen wird, ist das ein Erfolg. Ich vermute aber, dass dort jemand auf die Lieferungen wartet. Die interessieren mich. Die Wagenführer sind nur Werkzeuge.«

Nachdem auch Arsax eingeweiht wurde, stimmen die anderen zu. Der Plan, so einfach er scheint, verspricht grossen Erfolg. Als ihm die Hilfe aller sicher ist, sucht er den Speisesaal wieder auf. Hier trifft er auf Miri, die gerade ihr Mahl beendet.

»Miri, ich muss unter vier Augen mit dir sprechen. Suche mich bitte in meinem neuen Labor auf.«

Der Raum ist gross, die Wände bestehen aus dem Felsen des Berges. Vom Treiben in der Festung ist hier nichts zu hören. Grigori sieht sich zufrieden um. Hier würde er seine Forschungen gut wieder aufnehmen können. Platz für mehrere Versuchsaufbauten ist vorhanden und die beiden Nachbarräume, die ebenfalls ihm gehören, bieten sich als Lager an. Dieser Teil der Festung wird von den meisten als Keller bezeichnet. Jedoch lässt sich das Labor ohne grosse Umwege von Grigoris Zimmer aus erreichen. Der grösste Pluspunkt aus seiner Sicht, ist aber die Tatsache, dass ihn hier niemand stören wird.

»Ich sein hier, ja?« Miri betritt den Raum und mustert den Jungen, der an einem der grossen Pulte sitzt und auf sie wartet.

»Gut, Miri, setz dich bitte.«

»Oho, das wohl ein ernstes Gespräch, was?« Sie setzt sich und scheint auf eine Standpauke zu warten.

»Ja, Miri, ich weiss, wer du bist, ich muss jetzt zwei Dinge wissen. Bist du bereit, mir ehrlich zu antworten?«

»Ich sein immer ehrlich!« Sie grinst auf einmal breit:

»Wer bin ich?«

»Du bist eine der Unnennbaren. Aus dem Süden.«

»Aha«, ihr Grinsen wird breiter.

»Lass das, bitte Miri, ich brauche jetzt deine Hilfe.«

»Sagen wir mal, ich sein eine Unnennbare, was sind deine Fragen?«

»Nun, woher stammte das Buch, das du mir gegeben hast? Das Alchemiebuch.«

»Aus meiner Sammlung. Eines der wenigen guten Bücher, das ich gerettet habe.«

»Ich ... «, Grigori starrt die Miniri fassungslos an. Die Antwort an sich ist weniger verwunderlich, damit hat er gerechnet, aber dass sie überhaupt geantwortet hat, erstaunt ihn.

»Was? Ich habe keinen Grund zu lügen. Das Buch stammt aus meiner eigenen Sammlung. Leider konnte ich mit dem letzten Rezept nie etwas anfangen. Aber das hast du ja übernommen.« Die Miniri zuckt mit den Schultern.

»Nun, schade dass es vernichtet wurde. Ich bezweifle, dass es eine weitere Kopie davon gibt. Zum Glück haben wir die wichtigsten Rezepte ja zurückbekommen.« Als sie die Fassungslosigkeit ihres Gegenübers bemerkt, grinst sie breit. »Was ist?«

»Du ... du sprichst ja ganz normales Nordisch!«

»Natürlich.«

»Aber warum dann das Theater?«

»Jetzt enttäuscht du mich aber.«

»Wie?«

»Kannst du dir das nicht denken? Ich falle viel weniger auf.«

»Was genau machst du hier im Norden?«

»Ich versuche, einen unverzeihlichen Fehler wieder gutzumachen. Ich bin, wie du korrekt erkannt hast, die dritte Unnennbare. Doch gelte ich im Süden als tot. Nur der Herr des Südens und seine Gattin, die aktuelle Herrin des Südens wussten es besser. Auch weiss einer der anderen Unnennbaren, wo ich mich befinde. Sonst niemand.«

»Was ist passiert?«

»Mein Tempel und meine Schule wurden zerstört. Der Angriff an sich ist unbegreiflich, war der Tempel doch geheim. Aber wichtiger ist mein Fehler. Ich hatte drei Untergebene, denen ich vollständig vertraute. Beim Angriff starben alle, auch sie. Zumindest dachte ich das. Als der Angriff abgewehrt war, suchte ich nach Überlebenden. Als mir Dirar, mein engster Vertrauter aus meinem Raum entgegenkam, war ich zu erleichtert. Jedoch änderte sich das, als ich meinen Raum betrat. Ich sah sofort, dass drei wichtige Artefakte fehlten. Kaum war mir mein Fehler klar, nahm ich die Verfolgung auf. Aber es war zu spät. Ich kehrte in den Tempel zurück und vernichtete alles. Danach bin ich hierhergekommen.«

Grigori starrt die Miniri nun endgültig mit offenem Mund an. Die Gerüchte, die er einst von Lia hörte, sind also wahr. Als er sich gefasst hat, fragt er mit einem Kloss im Hals:

»Was hatte er gestohlen?«

»Eine Probe des Giftes, das Leviatan gegen die Menschen einsetzte. Ein Dolch, der einst Hoss gehörte und ein Rezept.«

»W-wie bitte? Woher? Wie?«

»Nun, das Gift ist harmlos. Nachdem ich es analysiert hatte, war nichts mehr übrig. Jeder Unnennbare des Tempels hatte das getan. Ich verwendete den letzten Tropfen. Danach füllte ich es mit einer dem Gift ähnlichen Flüssigkeit. Der Dolch hingegen ist ärgerlich. Er ist aus einem mir unbekannten Material und kann alles zerschneiden. Oder besser, er konnte es. Aber die Klinge ist in den letzten Jahrtausenden stumpf geworden. Ich bezweifle, dass jemand ihn schleifen kann.«

»Und das Rezept?«

»Das ist der Grund für meine Anwesenheit. Es ist ein Gift, dass Apepi töten kann. Wenn das Rezept in die falschen Hände gelangt, nicht auszudenken.«

»Warum hattest du das Rezept?«

»Mein Tempel war auf Gifte und Täuschung spezialisiert. Das Rezept war ein Teil eines alten Notfallplanes, sollten die Apepi ihre Macht missbrauchen.«

»Gibt es ein Gegenmittel?«

»Nein, oder besser, noch nicht.«

Grigori schluckt, er hatte erwartet, dass sie alles abstreitet. Er war sich nicht einmal sicher, ob sie wirklich diejenige ist, die er vermutete. Mit diesen neuen Informationen hatte er nicht gerechnet. Erst jetzt wird ihm klar, was sie da gesagt hat.

»Bist du daran, ein Gegenmittel zu finden?«

»Nein.« Sie grinst breit. Scheinbar amüsiert sie sich königlich über die Situation.

»Wie soll dann ein Gegenmittel entstehen?«

»Das wirst du schon herausfinden.«

»Was?«

»Na, das Gegenmittel. Ich bin davon überzeugt, dass du da eine Lösung findest.«

»Ich kenne das Gift nicht!«

»Noch nicht, ich hätte dir das Rezept unauffällig zugespielt. Jetzt werde ich es dir übergeben, sobald du dazu bereit bist.«

»Aber unsere Feinde könnten das Gift bereits einsetzen!«

»Nein, das Rezept war ... fehlerhaft. Ich konnte den Fehler umgehen, aber Dirar hatte nie mein Talent in der Alchemie. Er war dafür zu ungeduldig. Dazu ist es in einer alten, kaum bekannten Sprache verfasst. Ich hoffe darauf, dass er es nicht verwenden kann.«

»Aber sollte er es verwenden können, willst du hier sein und es rechtzeitig entdecken?«

»Das ist der Plan. Deshalb meine Position als eine der Leibdienerinnen deiner Mutter. Ich erkenne das Gift am Geruch wieder. Er ist einmalig.«

»Oh gut.« Grigoris Kopf beginnt zu schwirren.

»Was war deine zweite Frage?«

»Welche Frage?«

»Du hast gesagt, dass du zwei Fragen an mich hast.«

»Äh, ja genau. Ich, äh, wollte ... «, nervös zieht er seine Notizen aus der Tasche. Das soeben Gehörte hat ihn verunsichert.

»Kannst du ungesehen Ulfrik überprüfen?«

»Ja.«

»Ich meine, du darfst von niemanden, wirklich niemanden, bemerkt werden.«

»Schon klar.«

»Wie lange würdest du dafür brauchen?«

»Etwas über drei Wochen. Alleine die Hin- und Rückreise dauert ewig.«

Nach einem Moment des Schweigens platzt es aus Grigori:

»Weiss irgendjemand hier im Norden, wer du bist?«

»Ja, du. Die Herrin vermutet es zwar, aber ich habe vor langer Zeit bereits Gerüchte in den Umlauf gebracht, dass ich eine Unnennbare bin. Sie ist sich nicht sicher.«

»Miri, was hindert mich, nun direkt zu ihr zu gehen und alles zu berichten?«

»Nichts, aber was bringt das? Du verärgerst mich, was ungesund ist und machst meine Arbeit schwerer. Ich bin nicht dein Feind, das sollte klar sein. Grigori, ich bin hier, um deine Familie zu schützen. Ich weiss, dass Dirar noch lebt. Ich weiss auch, dass er sich vor mir versteckt. Das heisst, er hat das Rezept noch. Sonst wäre das nicht nötig. Ich vermute, er dachte, ich sei bei dem Angriff umgekommen. Sein Fehler ist derselbe, wie der meine. Er hat mich am Leben gelassen.« Die Miniri wirkt bei diesen Worten erschreckend kühl. Obwohl sie die Stimme nicht erhebt oder wütend wirkt, glaubt ihr Grigori. Die Drohung ist mehr als gerechtfertigt und bisher hatte die Miniri sich stets als zuverlässig herausgestellt. Er vertraut ihr noch immer, wenn nicht sogar noch mehr als zuvor.

»Miri, bitte bereite dich auf die Reise vor.«

»Kein Befehl?«

»Wie soll ich dir Befehle erteilen?«

»Nun, wie du anderen Befehle erteilst. Ich bin nur eine einfache Dienerin hier am Hof.«

»Miri, ich befehle dir, Ulfrik zu überprüfen. Solltest du etwas entdecken, dann musst du mir Beweise bringen. Du hingegen darfst nicht entdeckt werden.«

»Gut«, damit zieht sie aus einem vorbereiteten Stapel leerer Pergamente eines heraus und reicht es Grigori.

»Bitte schreib auf, dass ich für drei Wochen beurlaubt bin. Ich will nur ungern auf meinen Lohn verzichten oder gar Ärger bekommen, ja?«

Er schreibt das Gewünschte auf und Miniri erhebt sich zufrieden. Sie mustert ihn wieder amüsiert:

»Ich denken, ich dir ein paar Tricks zeigen werden, was? Wenn ich kommen zurück, wir trainieren!« Damit verbeugt sie sich und lässt einen nachdenklichen Menschen zurück. Dieser sitzt noch über eine Stunde in seinem neuen Labor und versucht, sich über das Gehörte eine Meinung zu bilden.

Der Plan

Die Vorbereitungen für Grigoris Plan sind abgeschlossen. Ein Trupp der Palastwache wartet auf sein Zeichen und die Kitsunen wurden eingeweiht. Als die Wagen das Tor passieren, beginnt das Spiel.

Es verläuft wie immer, die Wagen fahren vor, die Papiere werden übergeben. Grigori, der sich darum kümmert, überfliegt die Lieferscheine und als klar ist, dass diese Lieferung genauso fehlerhaft ist, wie die letzte, gibt er das Signal. Die Wagenführer, allesamt starke und erfahrene Nordmänner, sehen verwundert den Aufmarsch an. Ihr Anführer tritt vor und hebt die Hand:

»Was geht hier vor?«

»Ich, Grigori von den Schwarzschuppen, Wächter der Festung, lasse euch wegen Diebstahl verhaften. Dazu kommt ein schwerwiegender Verdacht auf Dokumentenfälschung. Legt eure Waffen nieder. Sollte sich herausstellen, dass ihr unschuldig seid, dann wird euch nichts geschehen.«

»Was? Wir haben nichts gestohlen! Die Papiere weisen klar aus, dass alles da ist!« Der Sprecher wird wütend, auch die anderen Fahrer scheinen nichts davon zu halten. Die Tatsache, dass jeder dieser Männer mehr als zwei Köpfe grösser ist als Grigori, lässt sie unvorsichtig werden. Aber die immer näherkommenden Wächter verhindern ein Ausschreiten. Grigori bemerkt das mit einem unguten Gefühl. Sie scheinen ihn nicht wirklich ernst zu nehmen.

»Wir lassen uns nicht so behandeln!«

»Frechheit, da arbeitet man sich den Rücken krumm und dann so was!«

Immer mehr stimmen in die Proteste ein, aber Grigori schüttelt den Kopf und erhebt seine Stimme gerade genug, um sicher gehört zu werden:

»Ruhe! Es werden jeden Monat um die fünf Tonnen Erz gestohlen. Selbst unter normalen Bedingungen wäre das ein Verbrechen, im Moment hindert dies die Kriegsvorbereitung. Das macht es zu einem Kriegsverbrechen, darauf steht der Tod. Ich an eurer Stelle würde kooperieren, dann könnte man die Strafe entsprechend anpassen!«

Diese Worte wirken. Augenblicklich werden die Fahrer still, sie scheinen sofort erkannt zu haben, wie schlecht es um sie steht. Besonders einer der jüngeren Fahrer sieht sichtlich betreten zu Boden. Ohne sich weiter zu wehren, werden die Männer, Wagenführer, wie auch die anderen Begleiter abgeführt. Als sie in der Festung verschwunden sind, mustert Grigori die Wagen nachdenklich. Wenn sein Plan aufgehen soll, muss seine Vermutung stimmen.

»Rin, bitte untersuch die Wagen. Es darf keine noch so kleine Klappe ungeöffnet bleiben. Verstanden?«

»Ja, Herr. Wonach suchen wir genau?«

»Dokumente und alles was nicht auf so einen Wagen gehört. Ich vermute, dass die echten Lieferscheine als Vorlagen verwendet werden. Vielleicht finden wir ja noch einen.«

»Gut, mein Meister verhört die Gefangenen. Wir werden bald alles wissen.«

Damit beginnen mehrere der Schattenschweife die Wagen zu untersuchen. Es dauert nicht lange und die erfahrenen Assassinen finden mehrere Verstecke. Darin kommen nicht nur Lieferscheine zum Vorschein, sondern auch Dokumente, die verschlüsselt sind. Alles wird Grigori vorgelegt. Besonders die leeren Lieferscheine fallen ihm auf.

»Spannend. Ulfrik scheint also die Wahrheit zu sagen.« Zusammen mit Nixali geht er die alten Lieferscheine durch und schnell wird klar, dass die Diebstähle schon eine ganze Weile andauern.

»Der ist bereits zwei Jahre alt.« Nixali hebt das eine Dokument hoch. Ihr Zorn ist kaum zu bändigen. »Wie können die das wagen!«

»Nun, bisher ist es niemandem aufgefallen und hätte Ulfrik uns nicht persönlich informiert, wäre das noch eine ganze Weile so weitergegangen. Jetzt wissen wir es aber und können reagieren.«

»Was genau ist dein Plan?«

»Das möchte ich nicht sagen. Verzeiht Meisterin, aber je weniger davon wissen, umso besser.«

»Einverstanden. Nun denn, zurück an deine Arbeit.«

Am nächsten Morgen bereiten sich die Assassinen auf ihre Abreise vor. Sie haben mithilfe der Magie die Gestalt der Gefangenen übernommen.

Früh, wie es für die Wagenführer üblich ist, machen sie sich auf den Weg. Wie Grigori erfahren hat, wurde ihnen so viel Wissen, wie nur möglich, übermittelt. Alles was von den Gefangenen freiwillig und mithilfe von Magie zu erfahren war. Dabei haben die Assassinen die Hauptarbeit übernommen. Die Nordmänner befinden sich noch immer in einem künstlichen Tiefschlaf. Dieser soll erst am Abend aufgehoben werden. Scheinbar sind die Kitsunen nicht gerade zimperlich vorgegangen. Wie es sich herausstellte, waren alle daran beteiligt. Aber wie Grigori vermutet hatte, sind es nur unbedeutende Handlanger, die Hintermänner sind noch immer im Verborgenen. Trotz aller Magie war nichts Hilfreiches zu erfahren. Ihre Gegner schienen damit zu rechnen, dass die Wagenführer eines Tages erwischt werden. Genau auf diese Hintermänner hat er es aber abgesehen, ohne sie zu erwischen, kommt die Wahrheit nie ans Licht.

»Herr, nach allem Recht können wir nun die Gefangenen offiziell richten. Ihre Schuld ist bewiesen.« Grigori sieht beunruhigt den Lamia-Kämpfer neben sich an.

»Nein, wir warten damit. Sie sollen weiterhin unsere Gefangenen bleiben und anständig behandelt werden.«

»Sie sind Kriegsverbrecher!«

»Mag sein, aber sie haben das schon vorher gemacht. Sie sollen einen fairen Prozess bekommen. Aber erst wenn die Kitsunen zurück sind. Solange sind wir unter Umständen noch froh, sie hier zu haben.«

»Verstanden.« Die Stimme verrät, wie wenig der Krieger davon hält. Grigori hingegen begibt sich zum Frühstück und danach in den Unterricht. Als am Nachmittag das Training beginnt, eilt ein Bote zu ihm:

»Herr, ihr werdet sofort im Thronsaal erwartet.«

Noch bevor er den Thron selber erreicht, wird ihm klar, dass etwas nicht stimmt. Die Berater der Herrin, Ausgewählte und meist hochrangige Untergebene stehen auf der einen Seite des Thrones. Auf der anderen Seite stehen Lys und Khornar, der in Abwesenheit von Kweldulf für die Sturmwölfe spricht. Auch ist die Anführerin der neuen Leibwache bei ihnen. Aurra und Krolu scheinen sich zu enthalten. Er kann das unangenehme Gefühl nicht abschütteln, dass hier über ihn gerichtet wurde.

Die Herrin sitzt wie immer auf dem Podest und wirkt ruhig und gelassen, jedoch hat Grigori gelernt, diese Maske als solche zu erkennen. Nachdem Grigori die Anwesenden gegrüsst hat, mustert er die Berater.

Eine der Lamien gleitet vor und verkündet:

»Herr Grigori, wir verlangen, dass die gefangenen Menschen als Kriegsverbrecher zu richten sind. Sie sollen morgen öffentlich enthauptet werden. Die Unterlagen, die wir erhalten haben, zeigen mehr als deutlich, dass sie Diebe sind.« Ihren Worten folgt zustimmendes Gemurmel der anderen.

»Das ist unmöglich. Ich brauche diese Gefangenen für meine Ermittlungen.« Grigori sieht verärgert die Anwesenden an. Er ahnt, was los ist.

»Das ist es eben. Wir können verstehen, dass die Herrin diese Untersuchungen an ein Familienmitglied geben will, aber wir denken, dass ihr dafür ungeeignet seid.« Obwohl sie ihn mit der Anrede ehrt, kann er den leisen Spott kaum überhören.

»Ich bin der Wächter der Festung und das sind meine Gefangenen. Ich handle im Auftrag der Herrin! Das muss euch als Zusage genügen.«

»Nein, muss es nicht. Verzeiht Herr, jedoch ist euer Titel nicht mehr als eine Ehrung. Wir verstehen, dass die Tradition verlangt, ihn euch zu geben. Aber das Amt ist ohne Macht. Ihr seid maximal ein Sprecher der Herrin. Aber ihr könnt nicht einfach über Recht und Gesetz hinweg entscheiden!«

Grigori sieht überrascht die Lamia an. Sie hat ihn mehr oder weniger entmachtet. In diesem Augenblick begreift er, was passiert. Der Rat hatte seinen Titel geduldet, weil sie dachten, er würde nichts bedeuten. Jetzt sehen sie sich übergangen. Wie ein Schleier, der weggezogen wird, sieht er ein, wie es zu dieser Sitzung kommen konnte.

Seine Anwesenheit wird von den meisten nicht beanstandet. Aber er wurde mehr als eine Spielerei der Herrin gesehen. Das Menschlein, das man als Gnade aufgenommen hat und das sich wunderbar als politischer Streich benützen lässt. Obwohl er gerade alt genug ist, ein Handwerk zu erlernen, wurde er gut geschult und die Zusammenhänge werden ihm klar. Jetzt dankt er Nara für die vielen Stunden, wo sie politische Motive durchgekaut haben.

Nun will er auf einmal mitmischen. Er streicht sich kurz über die Augen. Jetzt ist es so weit:

»Wenn ihr diese Gefangenen hinrichtet, gefährdet ihr die Untersuchungen, was als Sabotage angesehen werden kann. Dazu missachtet ihr einen direkten Befehl von mir. Ihr wollt auf das Kriegsrecht bestehen? Gut. Jeder, der es wagt, gegen meine Befehle zu verstossen, ist ein Verräter und wird nach demselbem Recht verurteilt. Ich weiss, welchen Titel ich innehabe und mir ist die Rechtslage sehr deutlich bekannt gemacht worden. Scheinbar etwas, das man euch gegenüber vergessen hat. Die Aufgabe eines Wächters der Festung ist einfach und klar umrissen. Ich bin verpflichtet, die Diebstähle aufzuklären, da sie die Sicherheit der Festung betreffen. Ich habe vor, diese Aufgabe ernst zu nehmen.«

Dabei verschränkt er die Arme und mustert die Sprecherin mit festem Blick. Dass er die Arme verschränkt, um sein Zittern zu verbergen, fällt, zumindest hofft er das, keinem auf.

»Wären es Monster, würde es kein Zögern geben!« Diese Aussage kommt von einem der älteren Lamien. Die Stille, die auf diese Aussage folgt, ist greifbar. Damit ist die Katze aus dem Sack. Grigori mustert den Alten traurig.

»Nein, es ändert nichts an der Situation. Ich habe es nicht nötig, zwischen Monstern und Menschen zu unterscheiden. Sie liefern mir beide im Moment den Beweis, nichts Besseres zu sein!«

»Es sind die Menschen, die diesen Krieg angefangen haben!«

»Ja, also machen wir dasselbe? So wie die Onai? Kämpfen einen Kampf, der niemals enden wird, solange bis alle tot sind? Gut, dann meldet euch bei der Armee! Freiwillige sind gerne gesehen. In den Silberwäldern ist sicher jedermann froh, über jemanden mit solchem Weitblick.«

Grigori bemerkt den warnenden Blick seiner Mutter gerade noch rechtzeitig. Er sieht zu seiner Schwester und den anderen:

»Und Ihr, seid ihr auch der Meinung, dass ich als Mensch keine rationalen Entscheidungen treffen kann?«

»Nein, wir sind der Meinung, dass du genau so handelst, wie es die Situation erfordert. Wenn wir diese Menschen jetzt verurteilen, löst das einen politischen Albtraum aus. Ohne genaue Beweise dürfen wir nicht handeln. Ein Fehler und unsere Bemühungen der letzten Monate sind vergebens.« Lys scheint sich zu amüsieren. Der Sturmwolf Khornar nickt nachdenklich:

»Wenn wir jetzt nicht aufpassen, säen wir Misstrauen und Angst. Genau solche Aussagen, wie wir sie eben gehört haben, sind das wahre

Problem. Wir Sturmwölfe haben uns mit den Menschen abgefunden und angefreundet. Sie sind tapfer und klug, aber auch launisch. Ich will ehrlich sein. Aber wenn sich die Menschen jemals vereinen und wirklich zusammenarbeiten, dann ist es vorbei mit den Monstern. Sorgen wir also dafür, dass wir Freunde werden.«

Bevor es zu einer ernsten Diskussion kommen kann, hebt die Herrin ihre Hand:
»Stopp, wir verlieren den Grund des Treffens aus den Augen. Ihr zweifelt die Fähigkeit meines Sohnes an, die Rolle des Wächters auszuführen?«
»Ja! Er ist am Ende nur ein Mensch.«
»Gut. Grigori, dein Standpunkt dazu?«
»Wenn der Rat glaubt, so vorgehen zu müssen, dann akzeptiere ich das nicht. Die Begründung ist nicht mein Alter, sondern meine Spezies? Ihr wollt gnadenlos bleiben? Weiterhin genau das machen, was zum Hass und Misstrauen der Menschen gegen euch geführt hat? Die Geschichten über den Monsterlord und das tyrannische Regime im Norden, wie es im Zentralen Reich so gerne dargestellt wird, scheinen doch näher an der Wahrheit zu stehen, als ich dachte.«

Es wird still im Saal. Grigori versucht, den Blick zu seiner Mutter zu vermeiden. Er weiss, dass er soeben zu weit gegangen ist. Aber er kann es nicht riskieren, dass man seinen Plan ruiniert. Jetzt hängt nicht nur sein Rang davon ab, sondern das Leben der Assassinen. Sie sind in seinem Auftrag unterwegs. Ein Fehler und aus der geplanten Falle könnte ein Hinterhalt werden, der mehr Schaden anrichtet, als wenn die Diebstähle unbemerkt geblieben wären. Zum ersten Mal wird ihm klar, was Verantwortung bedeutet. Er erahnt, welche Stärke seine Mutter hat, um jeden Tag Entscheidungen zu treffen, die das Leben so vieler beeinflussen kann. Er kann nun auch Lys besser verstehen.

»Gut. Ich gebe dem Rat eine Woche Zeit, sich zu entscheiden. Stimmt ihr dafür, wird Grigoris Titel aberkannt. Seid euch aber der Konsequenzen bewusst.« Damit ist die Versammlung aufgehoben. Die Ratsmitglieder verlassen den Raum und nachdem sich die Türe hinter ihnen geschlossen hat, tritt die Anführerin der Leibwache vor:
»Nur damit das klar ist, ich lege in dem Moment mein Amt nieder, wo der Rat sich so entscheidet. Ich werde lieber eidbrüchig, als das zu

akzeptieren.« Bevor die Herrin auch nur eine Chance hat, etwas zu sagen, tritt auch Khornar vor:

»Dasselbe trifft auf mich zu. Aber ich garantiere, dass sich dann alle Sturmwölfe sofort zurückziehen. Wenn man uns vor die Wahl stellt, ist sie bereits getroffen!« Als auch Lys ihren Unwillen bekannt gemacht hat, grummelt die Herrin verärgert:

»Lasst ihr mich jetzt auch mal sprechen? Ich kann euren Ärger verstehen, aber wir können es nicht riskieren, uns zu streiten. Warten wir ab. Ich habe da noch ein paar Tricks im Ärmel. Grigori, das war vielleicht nicht gerade das Intelligenteste, was du sagen konntest, ich stimme dir aber zu. Zudem weiss ich, warum du so handelst. Wenn es so weit kommt, greife ich ein. Aber ich wäre froh, wenn wir das anders lösen können.«

»Soll ich ihnen die Wahrheit berichten?«

»Wäre eine Idee, aber ich weiss, warum du es nicht machen kannst. Leider hatten sie mich heute Morgen damit überfallen. Ich schlage jetzt vor, dass wir Nysahria kontaktieren.« Damit beginnt sie einen Zauber zu wirken. Einen Moment später erscheint die übliche Abbildung.

»Mutter?«

»Kannst du offen sprechen?«

»Ja, bei mir ist nur die Blutmutter.«

»Gut, hör bitte gut zu«, damit berichtet die Herrin, was geschehen ist. Als sie endet, wirkt Nysa sehr nachdenklich.

»Schlecht. Solche Machtspielchen sind immer von Nachteil für alle. Dazu hat Grischa das ja meisterlich in den Sand gesetzt.«

»Er hört zu ... «

»Schon klar. Verdammt, so ein Mist.« Wieder beginnt sie sich zu konzentrieren. Als sie auf einmal die Augen aufschlägt, wirkt sie wieder ruhig:

»Sie wollen einem Mitglied der Familie einen militärischen Rang aberkennen? Könnte man das so formulieren?«

»Ja, aber was macht das für einen Unterschied?«

»Nun, der Unterschied, wer etwas zu sagen hat. Wir befinden uns offiziell in einem Kalten Krieg. Damit gilt das Kriegsrecht in solchen Bereichen. Grischas Rang ist so hoch, dass nur der Kriegsrat ihn antasten kann.«

»Und das macht die Sache weshalb besser?«

»Der Kriegsrat muss das mit einer Zweidrittelmehrheit bestimmen. Dabei ist die Grösse des Rates so bemessen, dass alle Stimmen der Apepi niemals mehr als ein Drittel ergeben.«

»Ja, damit ist…«, bevor die Herrin weitersprechen kann, beginnt Aurra zu lachen. Die Königin der Blauschwingen war zuvor in ein Gespräch mit Krolu vertieft.

»Damit ist es unmöglich. Ich werde niemals dafür stimmen und da Xiri, rein technisch gesehen, ebenfalls Mitglied ist, kann ich sicher zwei Stimmen dagegen zählen.«

»Dasselbe bei mir, ich stimme ebenfalls nicht dafür.« Erklärt der Anführer der Lamien gelassen.

Nachdem Nysahria über die Aussagen informiert wurde, nickt sie: »Eben, es sind auch Menschen im engen Kriegsrat. Die stimmen ebenfalls dagegen, dessen bin ich mir sicher. Sollten sie nun darauf bestehen, dass die Apepi-Stimmen nicht gezählt werden, dann müssen dennoch zwölf Mitglieder des Rates dafür stimmen. Einem Rat dem Noriko, die Blutmutter, Kweldulf und Umashankar beiwohnen. Im Moment zählt der Rat offiziell fünfundzwanzig Mitglieder. Davon stimmen bereits jetzt sicher vier Nicht-Apepi dagegen. Dazu die vier Menschen.«

»Sie können einen vollständigen Rat verlangen. Mit einem Misstrauensantrag gegen mich und die Familie!«

»Blödsinn, die Liste ist dann noch mehr zu ihren Ungunsten. Aurra, Kunya und Xiri bei den Harpyien, Krolu bei den Lamien, Kweldulf bei den Sturmwölfen. Dazu die Amarog, Amy und Kaira. Beide sind eingetragen. Ich bezweifle nun doch sehr, dass sich Kaira gegen Grischa stellt.« Dabei schmunzelt sie amüsiert.

»Der ganze Rat sind vierzig Mitglieder. Ohne die Apepi sind es dreiunddreissig. Davon müssen zweiundzwanzig für den Antrag stimmen. Vergiss es. Das wird nicht stattfinden. Keine Sorge also. Dazu haben sie sich selber in diese Ecken manövriert. Sie bestehen auf das Kriegsrecht mit den Gefangenen. Ohne diese Forderung aber haben sie kein Mittel gegen Grischa.«

Die Abbildung der Apepi überträgt das zufriedene Grinsen mehr als deutlich. Ihre Mutter hingegen starrt sie an, als ob sie ein Geist wäre:

»Woher weisst du jetzt so was?«

»Wer hat wohl die Liste für den Kriegsrat erstellt? Ich gehe doch kein Risiko ein. Wir können uns jetzt keine Fehler erlauben. Jetzt, wo wir zum ersten Mal seit der Geschichte des Nordens eine echte Zusammenarbeit in Aussicht haben.« Damit verabschiedet sie sich und die Herrin schüttelt den Kopf:

»Na so was, meine Kinder scheinen es jetzt schon als notwendig zu empfinden, hinter meinem Rücken zu agieren. Den Alten sei Dank dafür.«

Während sie das sagt, öffnet sich die Türe und Umashankar gleitet in den Raum. Er wirkt seelenruhig, was Grigori sofort misstrauisch werden lässt:

»Verzeiht meine Störung. Aber mein Schüler muss die verlorene Zeit nachholen, es wäre also erfreulich, wenn er sich so schnell wie möglich auf dem Trainingsgelände einfinden würde.«

»Was haben nur alle mit dem blöden Nachholen!«, murmelt Grigori verärgert. Er hatte schon am Vortag mehr als eine Stunde länger arbeiten müssen.

»Wenn mein Schüler noch mal so etwas sagt, dann wird er die doppelte Zeit nachholen.« Umashankar wirkt beinahe vergnügt bei dem Gedanken. Die anderen Anwesenden beginnen zu lachen, danach wird Grigori entlassen. Die Herrin ruft aber den alten Naga zurück und informiert ihn. Statt dadurch Zeit zu gewinnen, wird Grigori klar gemacht, dass diese ebenfalls nachgeholt werden muss.

Als er auf dem Trainingsgelände ankommt, erwartet ihn Kaira, die scheinbar den Auftrag hat, mit ihm zu üben. Sie bemerkt die schlechte Stimmung ihres Gegenübers jedoch sofort:

»Probleme?«

»Ja und nein. Ich mag jetzt nicht darüber reden, sonst muss ich das auch noch nachholen!«

»So schlimm?«

»Ja.«

Als Umashankar den Hof betritt, sucht er als Erstes seine Wasserstelle auf. Es braucht keine gute Beobachtungsgabe, um die Wut des Alten zu bemerken. Als er Grigori nach einer halben Stunde zu sich ruft, hat er sich wieder beruhigt:

»Aufgrund der Umstände verzichte ich auf das Nachholen. Denn du hast gerade eine wertvolle Lektion erhalten: Warum Politik zu nichts taugt.« Er knurrt wütend.

»Wie können sie es wagen, dich so zu behandeln! Du hast mehr als einmal bewiesen, wie klug du bist. Stattdessen misstraut man dir und versucht, deine Autorität zu untergraben! Wären das Soldaten, ich würde sie allesamt auspeitschen lassen!«

Grigori, zu überrascht von dem ehrlichen Lob, schluckt schwer. Der Alte ist bekannt dafür, nicht viel von Politik zu halten. Der Vorfall scheint dies nicht verbessert zu haben.

»Grigori, ich bin stolz auf dich, du hast deine Meinung vertreten und bist nicht eingeknickt. Wenn du jetzt nur halb so viel Mut beim Kämpfen an den Tag legen könntest.«

Hier muss der Junge sein Grinsen im Schach halten, bevor er mehr oder weniger rüde wieder zum Training geschickt wird. Kaira, die wieder mit ihm trainiert, mustert ihn ratlos. Der kurze Ausraster seines Lehrmeisters hat Grigori sichtlich aufgemuntert.

Als er sich am Abend an den Tisch setzt, wo die Herrin bereits mit Lys in ein Gespräch vertieft ist, wird ihm eine Schriftrolle gereicht. Als er sie entrollt, erkennt er darin die Urlaubsbescheinigung.

»Willst du mir was dazu sagen?«

»Ähm, nein?«

Die hochgezogene Braue verrät die Skepsis, aber die Herrin akzeptiert es, ohne weiter zu fragen. Lys hingegen scheint sich königlich zu amüsieren:

»Scheinbar hat er doch mehr von Nysa gelernt, als wir uns alle gedacht haben. Ich bin übrigens stolz auf dich. Du hast deine Meinung vertreten und das, obwohl wir dich ins kalte Wasser geworfen haben. Ich hätte das nie so gut hinbekommen.«

»Du wärst auch nie in diese Position geraten, Lys. Ich fürchte, daran musst du dich gewöhnen Grischa. Jetzt bist du nicht länger nur mein Sohn, sondern eine politische Macht. Deine Meinung hat mehr Gewicht, als du ahnst. Besonders unter den jüngeren Monstern in meinem Rat scheint der Entschluss der Alten sehr schlecht angekommen zu sein. Sie haben mich heute wirklich alle aufgesucht und erklärt, dass sie davon nichts halten würden.« Sie seufzt ergeben. »Ach ja, bevor ich es vergesse: Die Leibgarde steht ab sofort geschlossen unter dir. Sie sind nun so etwas wie deine kleine Streitmacht. Zumindest für den Moment. Zwar bilden sie keinen Machtfaktor mehr, wie noch vor Kurzem, aber unterschätze sie nicht.« Danach konzentriert sich die Herrin mehr auf die Vernichtung des Bratens, als auf die Gespräche der Anwesenden. Arsax, der den ganzen Tag damit verbracht hat, die Nordwache umzuorganisieren, hört sich fasziniert den Bericht von Lys an. Dabei sprechen die beiden aber so leise, dass es sonst niemand hört.

Als er am Abend sein Zimmer betritt, warten die anderen Jugendlichen auf ihn. Besonders Thea wirkt genervt:

»Was war heute los? Was ist überhaupt los? Irgendwie scheint es niemand für wichtig zu halten, mich zu informieren!«

»Nun, wie du weisst, stiehlt man uns Erz und ich bin mit der Untersuchung beauftragt worden. Das hat Unmut unter den hochrangigen Ratsmitgliedern geweckt.«

»Warum?« Theas Frage wirkt ernsthaft überrascht.

»Nun, scheinbar halten die nicht viel davon, einen Menschen mit so viel Macht in ihrer Mitte zu haben«, erklärt Grigori niedergeschlagen.

»Du bist mein Bruder! Was hat das für einen Einfluss?« Thea starrt ihn verärgert an. Scheinbar ist die Idee für sie absurd. Mizuki hingegen nickt ernst:

»Nun, ich glaube, viele beginnen erst jetzt zu verstehen, was das bedeutet, Thea. Wir sind damit aufgewachsen. Für uns ist es klar, dass wir Grischa vertrauen können. Es tut mir leid, dass du das durchmachen musst.«

»Schon gut. Das Schlimme daran ist, ich zweifle selber an meiner Fähigkeit. Aber ich bin jetzt verantwortlich für die Ermittlungen. Ich habe einen Plan entworfen und dieser ist bereits in der Ausführung. Wenn alles klappt, wissen wir in etwa zwei Wochen mehr.«

»Zwei Wochen?« Xiri seufzt theatralisch auf und lässt sich auf das Bett fallen, »Bei deinem Glück bist du bis dahin aus der Festung geworfen worden!«

Die anderen beginnen zu lachen. Grigori bemerkt, dass ihre Nähe ihm viel bedeutet. Diese Wesen sehen in ihm nichts anderes als Grigori, einen Freund.

»Können wir dir helfen?«, die Frage kommt von Kaira.

»Ja, ich glaube schon. Xiri, wie lange hättest du von hier bis zum Schwarzkliff?«

»Zwei Tage, ich habe die Strecke schon mal mit Kunya gemacht. Bevor du fragst: Drachenhafen ist zweieinhalb Tage und die Minen sind zwei Tage. Also eine Strecke. Zurück dasselbe. Wieso?«

»Könnte sein, dass ich eine sehr wichtige Botschaft verschicken muss.«

»Gut, schreib sie aber auf. Merken kann ich mir solange nichts!«

Wieder lachen alle. Danach beginnen sie, sich über die Berufswahl zu unterhalten und erst spät in der Nacht verabschieden sich die anderen. Als Letzte geht Kaira, die sich in der Türe noch mal zu ihm dreht:

»Ich glaube, dass du das Richtige machst. Ich glaube auch, dass es niemand Besseren für diese Aufgabe gibt!« Verlegen verlässt sie den Raum und Grigori merkt, wie viel ihm diese Worte bedeuten. In Gedanken versunken starrt er noch eine Weile ins Feuer, bevor er sich endgültig ins Bett begibt. Er wüsste gerne, wo sich Miri und die Kitsunen jetzt befinden. Welche Gefahren sie überwinden müssen. Ihm wird klar, wie wenig er von der Welt ausserhalb der Festung kennt. Ob die Miniri sich in ein Gasthaus begeben hat? Er weiss nicht einmal, wann sie die Festung verlassen hat, oder wie. Beschämt wird ihm klar, dass er ihr weder Ausrüstung noch Geld für die Reise angeboten hat. Aber er war so durch die Informationen abgelenkt, die sie ihm gegeben hatte.

Kriegsgericht

Die Woche, die dem Rat gegeben wurde, vergeht ohne neue Informationen von den Kitsunen. Auch fehlt jede Spur von Miri. Grigori, der neben seiner Ausbildung und dem Unterricht nun auch die finale Bestückung seines Labors verwalten muss, hat kaum Zeit sich Sorgen zu machen.

Die Liste, die Grigori nun zum dritten Mal kontrolliert, beinhaltet alles, was noch im Labor fehlt. In Gedanken versunken wartet er vor dem Arbeitsraum seiner Mutter, die in wichtige Verhandlungen mit Noriko vertieft ist.

»Na, nervös?«

»Wie? Hey, Nysa, wo kommst du auf einmal her?«

»Nun, heute verkündet der Rat seinen Entschluss und ich will verhindern, dass du deine Position noch mehr verschlechterst!«

»Heute? Das ist schon heute?«

»Ja, wie kannst du so etwas vergessen?« Die Apepi schüttelt genervt den Kopf. Danach setzt sie sich neben ihn. »Also, das Wichtigste ist, dass du sie nicht noch mehr provozierst.«

»Nysa, ich kann nicht nachgeben! Ich weiss nicht, wie weit du über meine Aufgabe und meinen Plan informiert wurdest, aber ich muss verhindern, dass sie die Gefangenen töten.«

»Mutter hat mich, soweit sie konnte, eingeweiht. Ich verstehe dein Problem, aber so etwas erfordert Feingefühl.« Nach kurzem Zögern fügt sie hinzu:

»Ich weiss, das ist eine schwierige Sache. Du bist eigentlich zu jung für so eine Aufgabe. Aber Mutter glaubt an dich. Also tue ich das auch. Leider war ich nicht da, um dich entsprechend einzuweisen. Jetzt müssen wir sehen, wie wir das wieder gutmachen.«

»Ich weiss nicht, ob ich das überhaupt so hinnehmen will. Wenn der Rat wirklich so denkt, dann stimmt die ganze Grundlage nicht. Wie sollen wir dann jemals Frieden hinbekommen?«

»Mithilfe der Zeit. Grigori, bis vor einem Jahrzehnt wäre es kaum auszudenken gewesen, dass die Stammesführer um Vertretung im Rat gebeten hätten. Jetzt warten wir nur auf das Eintreffen der ausgewählten Menschen. Du musst verstehen, der Rat muss jetzt handeln, sonst müssen sie zusehen, wie sie entmachtet werden. Zumindest glauben sie das.« Die Apepi seufzt und streicht sich gedankenverloren durch die Haare. Nach einem kurzen Moment der Stille lächelt sie auf einmal:

»Grischa, du bist jetzt der Erste, der das erfährt, aber ich bin schwanger.«

»Ich gratuliere!«

»Danke, wird zwar noch eine Weile dauern, bis es so weit ist, aber sorgen wir dafür, dass der Onkel von meinem Kind auch dann noch der Wächter der Festung ist, einverstanden?«

»Wie hat Xiri es so schön gesagt? Ich kann froh sein, wenn man mich nicht als Nächstes aus der Festung wirft.«

Die beiden fangen an zu lachen. Als Grigori sich beruhigt hat, erkundigt er sich, wer der Vater ist.

»Nun, Constantin, der zweitälteste Sohn der Blutmutter. Wir sind damals zusammen auf Reisen gegangen. Ich, nun, ich mochte ihn schon immer. Er lehnte die Umwandlung zum Blutritter ab und wählte das Dasein als Händler. Er ist äusserst gesellig und weiss, wie man an Informationen kommt. Häufig ist er meine Quelle von wichtigen Neuigkeiten.«

»Klingt nach einem guten Fang, bist du deshalb so oft bei den Nachtwandlern?«

»Ja und nein. Das Reich der Blutmutter liegt perfekt für meine, sagen wir, diplomatischen Bemühungen. Natürlich ist seine Anwesenheit, ein, nun … günstiger Umstand.«

»So nennt man das also?« Grigori grinst breit. Die Apepi hingegen winkt genervt ab und erhebt sich, um nachzusehen, ob die Herrin bereit ist, Besuch zu empfangen. Kurz nachdem sie das Arbeitszimmer betreten hat, ruft sie nach Grigori. Gemeinsam stehen sie vor der Herrin des Nordens, die mehr oder weniger zufrieden wirkt.

»Ah, wie schön, meine Familie besucht mich, mal sehen was sie diesmal wollen.«

»Ich will wissen, wie es um den Ratsentschluss steht.« Erklärt Nysahria in aller Ruhe.

»Ich wollte nur die Liste bringen. Aber wenn ich schon mal da bin, würde mich der Entschluss auch interessieren.«

»Natürlich, nun, die offizielle Verkündung ist vor dem Abendessen. Noch sitzen sie zusammen und diskutieren. Scheinbar hat sich der Rat gespalten. Es ist wahrhaftig wundervoll zu sehen, wie wir uns noch immer in den eigenen Reihen bekriegen können.« Die Herrin wirkt seltsam ruhig, während sie das verkündet. Grigori und Nysahria mustern sich beunruhigt, die seltsame Antwort macht klar, das sonst etwas nicht stimmt.

»Mutter?«

»Ja?«

»Alles in Ordnung?« Nysa mustert die ältere Apepi vor sich besorgt.

»Wie sollte alles in Ordnung sein? Mein Sohn wird behandelt wie ein … minderes Wesen und Monster, denen ich bisher vertraut habe stellen sich gegen mich. Ich hasse das!« Der Frust über die Aktion ist deutlich zu merken.

»Nun, das ist Politik.«

»Nein, das ist Müll! Ich will gar nicht wissen, was passiert, wenn die Geschichte sich verbreitet. Wir sitzen da und verurteilen die Menschen, weil sie Monster verachten und was machen wir? Wir verachten Menschen! Bravo!« Die Herrin knurrt und sieht sich dann die Liste durch. Grigori, der sie noch nie so erlebt hat, wird unsicher. Aber Nysahria beginnt zu lachen.

»Was ist so witzig?«

»Es ist alles in Ordnung. Ich habe bereits alles in die Wege geleitet.«

»Danke, das bedeutet mir viel. Grigori, mach dir keine Sorgen. Aber manchmal muss auch ich meinen Ärger loswerden. Egal was heute passiert, es wird Konsequenzen haben. Ich kann und will das Verhalten nicht dulden. Ich weiss, dass Nysa dir sicher schon ins Gewissen geredet hat, aber ich will, dass du heute deine Meinung genauso verteidigst, wie das letzte Mal!«

Als die Versammlung beginnt, kann Grigori seine Nervosität kaum verbergen. Der Rat ist vollständig anwesend, so wie die Apepi. Selbst Casos wurde mithilfe der Magie dazu geholt. Alle warten auf das Zeichen der Herrin, dass die Verkündung beginnen kann.

»Ich bitte den Rat zu beginnen.«

»Danke. Wir haben nach eingehenden Studien der alten Gesetze und Regeln festgestellt, dass wir über die Befehlsgewalt des Titels ›Wächter der Festung‹ nicht genügend informiert wurden. Wir verstehen, dass die Gesetze und Traditionen vorschreiben, dass ein allfälliger dritter Sohn automatisch diesen Titel bekommt. Aber dies ist seit der Aufzeichnung nur vier Mal passiert. Diese Regelung wurde erschaffen, unter der Annahme, dass nur Apepi in diese Position kommen könnten. Damit sehen wir keinen Grund, dass Grigori diesen Titel erhalten sollte. Dazu beweist seine erste, offizielle Amtshandlung, dass er seine Aufgabe nicht richtig ausführt. Die Tatsache, dass er die Menschen verschont und sie nicht nach dem Kriegsrecht verurteilt, zeigt deutlich, dass er nicht neutral richten kann!« Nach kurzer Pause erläutert die Sprecherin weiter:

»Wir fürchten, dass er von den Menschen beeinflusst werden wird und sein Amt missbraucht. Wir wollen dem vorbeugen und verlangen, dass er freiwillig auf seinen Titel verzichtet. Ansonsten sehen wir uns gezwungen, ihm den Titel abzuerkennen.« Kurze Pause, danach wendet sie sich an Grigori:

»Ich bitte Herrn Grigori um Stellungnahme.«

»Nein.« Ohne besondere Betonung, ohne sich sein Unwohlsein anmerken zu lassen, schüttelt er den Kopf.

»Nun denn, ich verkünde hiermit, dass der Rat Herrn Grigori den Titel als Wächter der Festung entzieht. Es tut mir leid, dass es so weit kommen musste.« Den Nachsatz kann sie nur mit Mühe ohne ein zufriedenes Lächeln vorbringen. Nicht nur ihr, sondern auch anderen Ratsmitgliedern ist der Triumph anzusehen.

Nun gleitet Nysahria vor und verneigt sich in Richtung des Rates:

»Vielen Dank. Damit erkennen wir den Ratsentschluss an und werden den Kriegsrat so schnell wie möglich einberufen. Grigori, bis dahin bist du von deinen Pflichten befreit. Die dir unterstellten Kräfte werden zurückgerufen.«

»Verzeiht, wofür der Kriegsrat?« Die Sprecherin sieht verwundert die Apepi an.

»Nun, Grigori ist Teil der Familie der aktuellen Herrin des Nordens und sein Titel ist ein Militärischer. Da wir uns, nach eurer eigenen Aussage, in einer Situation befinden, wo wir das Kriegsrecht anwenden müssen, muss der Kriegsrat einberufen werden und ihm seinen Titel aberkennen. Ich stelle euch gerne die nötigen Gesetze und Unterlagen zur Verfügung. Dazu muss ich nun wissen, ob der geschlossene Kriegsrat aus eurer Sicht reicht, oder ob ein vollständiger einberufen werden muss. Natürlich können wir so lange die Gefangenen nicht verurteilen, da bis zu diesem Zeitpunkt davon ausgegangen werden muss, dass Grigori rechtmässig gehandelt hat.« Sie wirkt ruhig, komplett in Kontrolle.

»Verzeiht, aber ich bezweifle sehr, dass dies eine Entscheidung ist, die der Kriegsrat treffen kann. Es handelt sich um eine innenpolitische Aktion.«

»Tut mir leid, da ihr auf das Kriegsrecht beharrt, ist es komplizierter. Die Aberkennung seines Titels kann nur von der Mehrheit des Kriegsrates beschlossen werden. Einen geschlossenen Rat können wir in der nächsten Woche zusammenbekommen, den vollständigen Rat zusammenzurufen wird länger dauern.«

Kaum hat sie das ausgesprochen, erheben sich mehrere der Ratsmitglieder und scheinen sich nur mit Mühe zurückhalten zu können.

»Wir werden umgehend Bescheid geben! Aber damit das klar ist, wir werden nicht akzeptieren, dass die Apepi mitbestimmen. Ich stelle jetzt schon einen Misstrauensantrag. Ihr seid als Familie vorbelastet.«

»Gut. Danke.« Nysahria nickt zufrieden. Sie sieht den Monstern nach, die nun den Saal verlassen. Doch ist der Rat nicht geschlossen verschwunden. Etwa die Hälfte scheint sich an den neuen Entwicklungen nicht beteiligen zu wollen. Auf die fragenden Blicke von Nysahria hin erhebt sich ein junger Kitsune und räuspert sich:

»Wir wollen nur anmerken, dass wir weder mit dem Ratsbeschluss, noch mit seinen Begründungen einverstanden sind. Wir hoffen, dass ihr eine Lösung habt, denn wir wurden leider durch geschickte Spielchen der anderen mehr oder weniger übergangen.« Die anderen stimmen zu. Nach kurzem Zögern ergänzt er:

»Herr Grigori, wir möchten offiziell unsere Unterstützung zusagen. Wir sind nach wie vor der Meinung, dass ihr den Titel verdient habt. Auch wenn wir jetzt nicht verstehen, woher das Zögern mit den Menschen kommt, ist uns klar, dass wir wahrscheinlich gewisse Informationen nicht haben. Nachträglich gesehen können wir diese Geheimhaltung sogar gut verstehen.« Diese Worte werden sichtlich niedergeschlagen ausgesprochen.

»Susumu, ich danke für diese Zusage. Ich verspreche, dass alles aufgeklärt wird, aber im Moment kann und darf ich dazu keine Aussage machen.« Grigori nickt ihm zu und danach verlassen auch sie den Saal. Als die Apepi unter sich sind, mustert Nysa zufrieden die Anwesenden:
»Na, ich sagte doch, ich bekomme das hin. Besonders schwer wiegt der Misstrauensantrag. Damit haben sie sich selber aus dem Rennen genommen. Schön, wenn Dinge mal so funktionieren, wie sie sollen. Nach dieser Aktion haben sie so viel von ihrer Glaubwürdigkeit verloren, dass sie nicht länger eine Gefahr sind.«
»Nysa, du bist wirklich sicher, dass der Rat nicht gegen uns stimmt?« Die Frage kommt von Casos, die Abbildung von ihm wird von der Herrin selber aufrechterhalten.
»Ja, Cas, ich hoffe, sie sind schlau genug, um zu wissen, dass sie das Spiel verloren haben. Grigori reicht das an Zeitgewinn?«
»Ja, auf jeden Fall. Nur kann ich jetzt mein Amt nicht mehr ausführen. Ich wurde ja suspendiert!«
»Das ist mehr symbolisch gemeint gewesen. Du wirst weitermachen wie bisher, halt weniger ... offiziell.« Nysa strahlt und klatscht zufrieden in die Hände:
»So, nun zu etwas Erfreulichem: Ich werde Mutter!«

Am nächsten Morgen geht das Leben wie gewohnt weiter. Lysixia und Nysahria arbeiten an der Einberufung, Arsax scheint immer mehr von der Verwaltung der neuen Nordwache übermannt zu werden. Beim Training sieht Grigori, wie beinahe im Minutentakt Boten zu ihm eilen und seine Übungen unterbrechen. Umashankar beobachtet das Ganze amüsiert:
»Nun Grigori, das ist der Fluch der Verantwortung. Arsax muss häufig nur ›ja‹ oder ›nein‹ sagen. Aber wehe ihm, er sagt einmal das Falsche. Ich dachte als junger Soldat immer, meine Anführer würden ihre Aufgabe nicht ernst nehmen. Als ich General wurde, verstand ich es erst.«
»Gut, dass mir so etwas nicht passieren wird. All diese Ämter sind bereits vergeben.«
»Das glaubst auch nur du. Nun, wo waren wir? Ach ja.«
Das Training geht weiter. Als auf einmal ein Bote auf ihn zueilt. Grigori unterbricht seine Übungen und sieht verwundert die Harpyie an.
»Herr, das wurde als dringend markiert.«

»Danke.« Nach einem kurzen Seitenblick zu seinem Lehrmeister öffnet er das Dokument und stutzt. Die Schriftrolle ist leer. Einzig die Worte »Für Grigori, dringend!« sind zu lesen.

»Und, was Wichtiges?«

»Ja, sehr sogar. Aber ich muss dafür in mein Labor.«

»Warte bis nach dem Training, bevor du jetzt was sagst: Du bist offiziell ohne Titel. Solche Botschaften und auffälliges Verhalten können jetzt gegen dich verwendet werden.«

»Stimmt. Danke, ich wünschte, wir müssten nicht solche Spielchen treiben.«

»Wenn es um Macht geht, ist das leider unmöglich.«

Am Abend, nach dem Essen sucht Grigori zusammen mit Kaira sein Labor auf. Die Amarog sieht sich fasziniert um, sie sieht das Labor zum ersten Mal eingerichtet. Grigori beginnt mit den Vorbereitungen. Ein Teil seiner Bücher wurde bereits wieder ersetzt. Auch wenn viele Werke verloren sind, so wurden ihm von der Herrin des Ostens Kopien geliefert, zumindest von all den Büchern, die sie in der kurzen Zeit auftreiben konnte. Wie es sich herausstellte, finden sich in den alten Bibliotheken der Kitsunen so manche Alchemiewerke, die beinahe in Vergessenheit gerieten. Nachdem er das richtige Buch gefunden hat, reicht er Kaira die Schriftrolle:

»Bitte sag mir, wonach das riecht.«

Die Amarog nickt und schnüffelt an dem Pergament. Nach einer Weile nickt sie nachdenklich:

»Ich kenne den Geruch, kann dir aber so nicht das Kraut sagen. Du weisst, wie ich und Pflanzen sind.«

»Ich habe einen Teil meiner Vorräte ersetzt bekommen. Komm, vielleicht findest du das Richtige darunter.«

Kurz darauf steht Grigori wieder vor seinem Buch. Dank Kairas Spürnase hat er gefunden, was er sucht. Mit ihrer Hilfe mischt er nun ein Mittel an, um die Schrift lesbar zu bekommen. Dabei übernimmt sie die Bedienung der Instrumente, da er keine Manasteine mehr hat. Bis im Frühling, wenn das Vergissmichkraut wieder blüht, würde er auf die Hilfe von anderen angewiesen sein. Gleichzeitig bereitet er einen der Tränke, die Umashankars Schmerzen behandeln. Auf die Frage von Kaira hin erklärt er:

»Sollte jemand neugierig sein, kann ich erklären, dass ich nur einen Trank für meinen Lehrmeister gebraut habe.«

»So schlimm?« Kaira wirkt beunruhigt.

»Leider im Moment ja, ah, wir sind so weit.« Damit giesst er die gelbliche Flüssigkeit über das Pergament. Augenblicklich erscheinen Worte.

»Bin angekommen, Ulfrik sicher unschuldig, Spuren gefunden, Gefahr!« Kaira die sich vorbeugt, liest die Worte vor und mustert Grigori verwirrt:

»Was soll das bedeuten? Von wem kommt das?«

»Miri! Verdammt, sie wird doch nicht den Kitsunen in die Quere kommen.«

»Bitte?«

»Nun, Miri ist nicht ganz so harmlos, wie sie sich gibt ... «

»Ich weiss, sieben Leibwächter sind dafür Beweis genug. Dazu hat sie etwas an sich, dass mir ehrlich gesagt ein bisschen Angst macht. Als wir zusammen im Schrank sassen, war sie ruhig und gelassen. Ich hatte den Eindruck, dass sie es beinahe lustig findet!« Der vorwurfsvolle Ton von Kaira lässt Grigori laut auflachen:

»Kaira, ich bin absolut überzeugt davon, dass sie das gefährlichste Wesen hier in der Festung ist. Aber ich glaube, sie steht auf unserer Seite. Wenn du jemandem vertrauen kannst, dann ihr.«

»Das glaube ich auch ... meinst du, du könntest sie fragen, ob sie mich unterrichten würde? Ich will auch gegen sieben Leibwächter kämpfen und gewinnen können!«

»Frag sie doch selber ... ich denke aber, sie wird nein sagen.«

»Ich, nun, ich ... «, die Amarog nuschelt etwas, dass sich nach, »traue mich nicht«, anhört.

»Gut, ich frage sie. Seltsam, du fürchtest dich doch sonst vor nichts?«

»Bei ihr ist es weniger Furcht wie vor einem Gegner oder vor den Amuletten, mehr wie ein Gefühl der Hilflosigkeit. Sie ... «, hier gestikuliert Kaira nach Worten suchend und seufzt, als sie die richtigen nicht findet. Um von dem Gespräch abzulenken, wendet sie sich den Tränken zu und kontrolliert angeblich etwas. Grigori, der sie beobachtet, muss lächeln. Miri scheint einen besonderen Eindruck auf Kaira gemacht zu haben. Die Amarog wirkt zutiefst beeindruckt. Sie scheint die Miniri zu bewundern. Grigori, der ihren Wunsch kennt, die stärkste Kriegerin zu werden, kann das verstehen.

»So, das vernichten wir jetzt besser.« Damit wirft er das Pergament und alles, was von der Flüssigkeit übrig ist, in einen dafür vorgesehenen kleinen Brennofen. Auch die Reste des Trankes für Umashankar werden hinzugefügt und auf die Anweisung von Grigori entfacht die Amarog das Feuer. Wie alle magischen Vorrichtungen, kann er auch diese nicht alleine bedienen.

»Warum haben die Kitsunen das nicht gelöst? Sie wissen, dass du das nicht verwenden kannst!«

»Mizu hat mir das erklärt. Das Problem ist der Aufwand. Ich kann die Geräte bedienen, sobald ich einen Manastein in der Hand habe. Aber bis dahin muss ich halt Hilfe holen.«

Nachdem alles vernichtet wurde und sie zusammen jede Spur beseitigt haben, verlassen sie das Labor. Auf dem Gang begegnet ihnen eine Dienerin, die sich verbeugt und verkündet, sie würde die Reinigung des Labors besorgen. Ob Grigori spezielle Anweisungen hätte. Als dieser verneint, verschwindet die Dienerin im Labor. Grigori hingegen sieht traurig zu Kaira:

»Wie ich befürchtete.« Er flüstert es nur, doch sie nickt, um zu zeigen, dass sie versteht. Auf einmal kommt ihm eine Idee und er bittet Kaira zu warten.

»Verzeihung, kannst du bitte diesen Trank zu Umashankar bringen? Er sollte sich geehrt fühlen, der erste Trank aus meinem neuen Labor! Bitte richte ihm das aus.«

Die Dienerin nickt und nimmt den Trank entgegen. Danach verlässt Grigori das Labor wieder und kann ein zufriedenes Grinsen nicht unterdrücken. Als er mit Kaira in dem Stockwerk angelangt ist, in dem sie ihre Zimmer haben, fühlt er sich bedeutend wohler. Kaira hingegen wirkt auf einmal nachdenklich:

»Woher wusste sie, dass wir im Labor waren?«

»Tja, das ist die Frage. Kaira, ich weiss, dass ich dir vertrauen kann, aber bitte sag niemandem etwas über die Botschaft.«

»Eher sterbe ich!« Die Amarog wirkt todernst, als sie das sagt. Als sie ihr Zimmer erreicht, mustert sie Grigori kurz:

»Das hat, trotz allem, Spass gemacht. Vielleicht können wir ja öfters zusammen Tränke brauen.« Bevor er antworten kann, verschwindet sie durch die Türe.

Grigori, der überrascht stehen bleibt, sieht ihr verwirrt nach. Verlegen merkt er, dass er sich wirklich darüber freuen würde.

Wieder vergehen die Tage ohne besondere Vorkommnisse, bis auf die Tatsache, dass Grigori scheinbar nicht mehr alleine gelassen wird. An einem Abend ist es Mizuki, dann wieder Kaira. Er kann es nur vermuten, aber die anderen Jugendlichen scheinen sich entschlossen zu haben, ihn für den Moment nicht unbeobachtet zu lassen. Am Tag der neuen Verhandlung ist die Ruhe allerdings weg. Die Ratsmitglieder haben auf einen geschlossenen Kriegsrat bestanden und alle dafür erforderlichen Parteien sind eingetroffen. Wie bei den letzten Treffen findet die Versammlung im Thronsaal statt. Alle Apepi sind diesmal persönlich anwesend. Auch ist Amy gekommen, jedoch wirkt die Amarog erschöpft. Die ständige Sorge um ihr Volk verlangt ihr viel ab. Von den Menschen sind Gardar, Rodmar und zwei der zukünftigen Ratsmitglieder anwesend. Bei den beiden handelt es sich um angesehene Krieger und Jäger aus dem Zentrum und dem hohen Norden. In Gedanken zählt Grigori die Anwesenden, vier Menschen, Aurelia, Noriko, Aurra, Krolu, Kweldulf, Amy, Umashankar und dann noch sieben Mitglieder des Rates. Mit den Apepi fünfundzwanzig. Aber die Stimmen von ihm und seiner Familie zählen nicht, also sind es noch achtzehn. Davon müssten zwölf gegen ihn stimmen. Als der Rat beginnt, erklärt die Herrin, dass die Ratsmitglieder den Grund für das Treffen nennen sollen. Nachdem die übliche Sprecherin die Vorwürfe vorgetragen hat, spürt Grigori, dass man ihn intensiv beobachtet. Die Anwesenden bekommen die Chance, Fragen zu stellen. Die erste Frage kommt von Rodmar, der sich Mühe gibt, ruhig zu bleiben:

»Warum wurden Menschen verhaftet?«

»Es stellte sich heraus, dass die Wagenführer Erze gestohlen haben. Ich habe Hinweise und Beweise, aber noch wissen wir nicht, wo das Erz hinkommt. Solange diese Ermittlungen andauern, will ich sie nicht verurteilen.«

»Gut, danke, Herr Grigori.« Er wirkt erleichtert.

Die anderen Fragen drehen sich um die Begründung von Grigori. Doch bleibt dieser eisern bei seiner Aussage, im Moment nichts weiter sagen zu können. Was durchaus der Wahrheit entsprach, denn in den letzten zwei Wochen hat er nichts von den Kitsunen gehört. Die früheste Gelegenheit ist mit der nächsten Lieferung, die am darauffolgenden Tag eintreffen sollte.

»Wir verlangen die Abstimmung durch den Kriegsrat. Aber wir fordern den Misstrauensakt. Die Stimmen der Apepi dürfen nicht gezählt werden. Auch muss Kweldulf, Umashankar, Aurelia und Noriko auf eine Stimmabgabe verzichten, da alle zu eng mit der Familie der Schwarzschuppen verbandelt sind.«

Es wird augenblicklich still im Saal. Nysahria wirkt für einen Moment überrascht, bevor sie sich wieder fängt:

»Gut, das ist eine gerechte Forderung. Sind die Genannten einverstanden?«

Nachdem diese mehr oder weniger begeistert ihre Zustimmung gegeben haben, wird Grigori mulmig zumute. Damit sind es auf einmal nur noch vierzehn Stimmen. Die sieben Ratsmitglieder brauchen also nur zwei weitere Stimmen, um ihm den Titel abzuerkennen.

»Ich verlange eine Vertagung«, erklärt Gardar auf einmal.

»Warum?«

»Wir diskutieren hier nicht nur über den Titel von Herrn Grigori, sondern auch über das Leben von Menschen. Mir wurden zu wenige Unterlagen zur Verfügung gestellt. Ich will erst genau wissen, wie es zu den Vorwürfen kommen konnte!«

»Ihr wurdet soeben informiert, das reicht.« Der Unwille über die plötzliche Unterbrechung ist deutlich zu hören. Doch nutzt Nysa die Chance:

»Es steht jedem Ratsmitglied zu, eine Vertagung zu fordern. Wir stimmen darüber ab.« Mit klarer Mehrheit wird die Vertagung gewählt. Grigori kann seine Erleichterung kaum verbergen. Als sich die Versammlung aufgelöst hat, wird Grigori in ein Arbeitszimmer geschickt. Der Raum dient als Anlaufstelle für alle, die Fragen haben. Kaum hat er den Raum betreten, öffnet sich die Türe und Rodmar tritt hindurch:

»Das war knapp, was?«

»Noch ist es nicht vorbei. Kann ich helfen?«

»Ja. Was ist hier los?«

»Nun, der Rat hat was gegen mich.«

Der Krieger kann ein Lachen nicht unterdrücken:

»Gut, warum hast du die Verbrecher nicht sofort richten lassen?«

»Weil ich am Ermitteln bin.«

»Hat das mit der interessanten Tatsache zu tun, dass ich den ›Gefangenen‹ auf meiner Reise hierher begegnet bin?«

»Nun«, Grigori wird rot, ihm wird sofort klar, warum Gardar die Sammlung vertagt hat. Er und Rodmar scheinen bedeutend besser informiert zu sein als erwartet.

»Sagen wir es so, wenn morgen alles klappt, kann ich vielleicht mehr dazu sagen.«

»Gut. Ich gehe und sorge zusammen mit den anderen für möglichst viel Aufwand. Wir wollen ja alles genau wissen, was?« Damit erhebt er sich und zwinkert Grigori verschwörerisch zu:

»Zeigen wir Menschen mal, was passiert, wenn man uns so behandelt.«

Am nächsten Morgen begibt sich Grigori sofort zu den Lagerräumen, wo ihn Nixali anblafft:

»Du wurdest abgemeldet und bis suspendiert! Was willst du hier?«

»Ich hoffe auf Informationen. Bitte, ich brauche jetzt wirklich Hilfe, Meisterin.«

Nach kurzem Zögern nickt sie nachdenklich:

»Du hast gute Arbeit geleistet. Ich werde heute ein Auge zudrücken. Sei dir aber bewusst, dass ich das nur mache, weil ich selber wissen will, was los ist!« Damit wendet sie sich ab und lässt Grigori alleine zurück. Dieser nutzt die Chance und sucht eine Stelle auf, von wo er alles im Blick hat, ohne selber sofort gesehen zu werden.

Nachdem über eine Stunde vergangen ist, öffnen sich endlich die Tore und die beladenen Wagen fahren ein. Nixali empfängt die Menschen und alles scheint wie immer. Als auf einmal jemand neben Grigori tritt:

»Herr, wichtige Nachrichten: Wir haben die Übergabestelle gefunden und konnten mit der Infiltration beginnen. Erste Hinweise über die Hintermänner wurden gesammelt. Wir haben Beweise gefunden, die darauf hindeuten, dass mindestens ein Ratsmitglied über die Diebstähle Bescheid weiss. Das Erz wird per Magie zur Brecherklippe gebracht. Die Stadt steht unter der Kontrolle von Lady Zela. Ihre Tochter ist das Ratsmitglied Daphete.«

»Warum zur Brecherklippe? Die Stadt liegt an der Grenze zum Zentralreich. Wenn sie schon Magie verwenden, dann könnten sie gleich einen der Portalsteine im Zentralreich gebrauchen.«

»Das Erz wird nicht in den Süden gebracht, Herr. Ihr kauft einen Teil des Erzes von Händlern aus dem Norden des Zentralreiches, oder?«

»Ja, zu hohen Preisen. Aber wir brauchen das Erz dringend.«

»Nun, ein Teil des gestohlenen Erzes wird in Brecherklippe an diese Händler ›verkauft‹.«

»Bitte? Habt ihr Beweise dafür?«

»Ja, aber noch ist nicht klar, ob das nur eine Zwischenstation ist oder ob mehr dahinter steckt.« Grigori mustert die Kitsune neben sich nachdenklich.

»Ich sehe, dass ihr zu sechst seid. Wo ist der Rest?«

»Mein Meister folgt mit drei anderen den Spuren, die ins Zentrale Reich führen, Rin und zwei weitere sind in Brecherklippe und versuchen, mehr über die Involvierung von Lady Zela herauszufinden. Ich wurde mit den anderen zurückgesandt. Mein Meister bittet darum, dass wir uns ihm schnellstmöglich wieder anschliessen. Ausser ihr habt andere Befehle.«

»Ich brauche alle Beweise, die ihr bisher gesammelt habt. Ich wäre auch froh, wenn du deine Aussage vor dem Kriegsrat wiederholen würdest.« Nach kurzem Zögern erklärt er, in welche Situation er geraten ist. Die Kitsune nickt nachdenklich:

»Wir gehen so aber das Risiko ein, dass sich die Spuren verlaufen. Wenn wir aber keine Stellung beziehen, können wir vielleicht noch mehr finden.«

»Das ist ein gutes Argument. Verdammt.«

»Vorschlag: Ich halte mich bereit, die Aussage zu liefern. Ich habe Dokumente bei mir, die klare Beweise für meine Aussagen darstellen. Sollte es notwendig werden, ruft nach mir.«

Als die Versammlung beginnt, hat Grigori alles vorbereitet. Die Unterlagen wurden kopiert, wobei er sie so abändern lies, dass keine Spur zu Lady Zela oder ihrer Tochter führen würde. Alles deutet auf Machenschaften aus dem zentralen Reich hin. Niemand wurde eingeweiht, selbst seine Familie weiss noch nichts von den neuen Entwicklungen. Kaum wurde die Verhandlung eröffnet, erhebt sich die Sprecherin der Ratsmitglieder, Daphete, und fordert die geschuldete Abstimmung. Ohne auf die Zustimmung der anderen zu warten, beginnen die Ratsmitglieder ihre Meinung zu verkünden. Grigori, der sich bereits erhoben hatte, um zu sprechen, wird gekonnt ignoriert. Erst als alle sieben Ratsmitglieder ihren Unwillen ihm gegenüber geäussert haben, kommt er zu Wort:

»Eigentlich wollte ich vor der Abstimmung noch etwas sagen!« Er schüttelt verärgert den Kopf und mustert die Anwesenden.

»Ich denke kaum, dass es jetzt noch Informationen gibt, die unsere Meinung ändern würden!«

»Ansichtssache: Ich habe neue Beweise!«

Für einen Moment scheint die Lamia erschrocken, doch winkt sie ab: »Woher? Wie wir gestern ganz klar gemerkt haben, fanden bisher keine neuen Ermittlungen statt. Dazu wurdest du von deinem Amt befreit. Ich denke, das ist ein trauriges Manöver, um Zeit zu gewinnen.«

Grigori mustert sie überrascht, nicht nur war das eine Beleidigung, sondern eine klare Missachtung seines Ranges. Um dem Ganzen die Krone aufzusetzen, wendet sie sich an einen der Menschen und lächelt herablassend:

»Bitte, was ist dein Entschluss?« Ihre Sicherheit macht Grigori auf einmal Sorgen. Und wie er es erwartet hat, stimmt dieser ebenfalls gegen ihn, mit der Begründung, dass niemand über den Gesetzen stünde und dass alle Unterlagen klar gegen Grigori sprechen würden. Immerhin hatte er keine Details zu seinen Ermittlungen bekanntgegeben. Doch bevor die Lamia die nächste Stimme bekommen kann, greift die Herrin ein:

»Egal, was kommt: Er ist Mitglied im Rat und mein Sohn. Du wirst ihm den nötigen Respekt erweisen und ihm jetzt zuhören. Gestern wolltest du doch neue Beweise? Jetzt will er sie präsentieren und du ignorierst es? Grigori, bitte?«

»Nun, ich weiss jetzt, wo die Erze gestohlen wurden und wohin sie gebracht werden.« Er beobachtet die Lamia und kann seine Zufriedenheit nur schwer verbergen. Ihr Gesicht verrät für einen Moment ihre Besorgnis.

»Die Erze werden in das zentrale Reich gebracht. Leider weiss ich noch nicht mehr, aber ich habe eine Zeugin. Darf ich sie holen lassen?«

Als die Assassine den Raum betritt, trägt sie einfache Kleider, nichts würde auf ihre wahre Identität hindeuten:

»Ich wurde gebeten, die Beweise vorzubringen. Als Erstes, die schriftlichen Unterlagen.« Damit überreicht sie den Anwesenden die Abschrift, die sie selber angefertigt hat. Darin ist zu lesen, wie Grigori seine Ermittlungen betrieben hat und dass die Ermittler, die er beauftragt hat, Spuren gefunden haben, die als klare Beweise betrachtet werden können. Nichts über die Magie, nichts über Brecherklippe. Auch ist darin ausgewiesen, wie der Rat durch sein Verhalten die Ermittlungen gestört hat und damit verantwortlich dafür sei, dass die Täter nicht auf frischer Tat ertappt werden konnten. Gerade diesen Punkt betont die Assassine bei ihrem Bericht besonders deutlich:

»Dank des Vorsprunges von uns, konnten wir gerade noch die wichtigsten Informationen ergattern. Danach kam es zu den ersten Gerüchten und auf einmal führten die zuvor klaren Spuren ins Leere. Scheinbar wurden die Täter durch die Vorgänge in der Festung gewarnt.«

»Hätte Grigori uns über diese Tatsachen informiert, wie es seine Aufgabe gewesen wäre, dann hätten wir vielleicht anders reagiert. Aber er hat über unseren Kopf hinweg entschieden und wertvolle Ressourcen fahrlässig und falsch eingesetzt.« Die Lamia wirkt entschlossen, jede Schuld abzuwälzen.

»Moment, gestern hast du uns persönlich erklärt, dass Grigori keine Ermittlungen durchführen würde. Ich habe meine Zustimmung im Glauben gegeben, dass Grigori der Aufgabe nicht mit dem nötigen Respekt begegnet sei!« Der zweite Sprecher, der von den Menschen in den Rat gewählt wurde, erhebt sich wütend. Auch Gardar und Rodmar verkünden ihren Unwillen. Erst als die Herrin eingreift, verstummt die Diskussion:

»Grigori hat andauernd erklärt, dass er noch am Ermitteln ist. Wieso wurde das nicht geglaubt?«

»Man legte uns gestern bei den persönlichen Gesprächen Unterlagen vor, die klar aufzeigten, dass er weder die lokalen Behörden im Norden informiert hat, noch Streitkräfte ausschickte. Dazu wurde uns weisgemacht, dass Grigori nur deshalb nichts unternehmen würde, weil er keinen Streit mit uns Menschen wünscht.«

»Ich habe Beweise vorgelegt, die wahr sind! Woher hätte ich wissen sollen, dass ein Trupp Schattenschweife damit beauftragt wurde, im Geheimen und ohne Involvierung der Menschen, zu agieren. Es scheint beinahe so, dass er den Menschen im Norden nicht traut!«

Grigori kann nicht anders, als Bewunderung für die Lamia zu empfinden. Nicht nur, dass sie es beinahe geschafft hätte, ihn zu entmachten, sie scheint sogar die Menschen davon überzeugt zu haben, dass er ihnen nicht vertrauen würde. Ihm wird klar, wie knapp er der Falle entronnen ist. Als wieder Ruhe eingekehrt ist, lässt die Herrin die Abstimmung beenden. Ohne weitere Probleme wird dafür gestimmt, dass Grigori seinen Titel behalten kann. Kaum steht das fest, werden ihm seine Machtmittel wieder übergeben.

»Gut, da das geklärt ist: Ich, Grigori von den Schwarzschuppen, Wächter der Festung, lasse die anwesenden Ratsmitglieder wegen Verdacht auf Dokumentenfälschung und absichtlicher Behinderung der Ermittlungen verhaften. Daphete wird zusätzlich der Mithilfe bei den Diebstählen beschuldigt. Um zu verhindern, dass die Ermittlungen weiter gestört werden, wird jede Kommunikation zur Brecherklippe unterbunden. Ich hoffe auf einen schnellen Abschluss der Ermittlungen.« Kaum hat er ausgesprochen, erscheinen die anderen Assassinen, die am Morgen mit den Wagen eingetroffen sind, scheinbar aus dem Nichts und umstellen die Angeklagten. Für einen Moment ist es still im Saal, bevor ein Tumult losbricht. Jeder der sieben scheint gleichzeitig zu sprechen und auch die anderen Anwesenden protestieren. Doch auf ein Zeichen der Herrin des Nordens hin, werden die Verhafteten abgeführt. Kaum haben sie den Saal verlassen, ruhen alle Augen auf Grigori:

»Bitte sage mir, dass du wirklich gute Beweise hast«, murmelt Nysa hinter ihm.

»Die habe ich. Bitte berichte dem Rat, was du mir heute Morgen berichtet hast.«

Die Assassine berichtet erneut und diesmal berichtet sie die Wahrheit. Alle sehen danach verwundert Grigori an:

»Warum hast du das erst jetzt bekanntgemacht?«, fragt die Blutmutter, eine Frage die scheinbar alle haben.

»Nun, wenn die Abstimmung gegen mich gewesen wäre, hätten die Ermittlungen dennoch weiter stattfinden können. So seltsam das für einige scheinen mag, mich interessiert der Diebstahl mehr, als ein Titel!«

Ordnung kehrt ein

Die nächsten Tage vergehen langsam. Jede Minute, die Grigori nicht im Unterricht verbringt, braucht er um die neuen Beweise zu verarbeiten, die ihm laufend vorgelegt werden. Nach der Verhaftung wurde der ganze Beraterstab der Herrin überprüft und es stellte sich heraus, dass neben Daphete noch zwei weitere involviert waren. Alle anderen sind unschuldig.

GRIGORI MUSTERT DIE LISTE, DIE MAN IHM GEBRACHT HAT. Von den etwa fünfzig Namen sind mehr als die Hälfte bereits durchgestrichen. Als er das Dokument zur Seite legt, mustert Thea ihn besorgt. Sie befinden sich in seinem Labor, das als Zentrale der Ermittlungen dient.

»Schlechte Nachrichten?«

»Nun, wir haben alle Beweise und wissen jetzt, dass die Händler aus dem Zentralen Reich unschuldig waren. Sie erledigten nur ihre Arbeit. Die Assassinen haben mit den Verhaftungen begonnen. Ich hätte aber klarstellen müssen, dass sie dabei nicht ganz so, sagen wir, effizient vorgehen sollen.«

»Soll heissen?«

»Nun, jeder, der sich der Verhaftung widersetzt und gegen den klare Beweise vorliegen, stirbt.«

»Bitte?« Thea wirkt überrascht.

»Ja, besonders die Menschen scheinen zu glauben, sich mit den Kitsunen messen zu können.«

»Nun, es erwartet sie der Tod hier. Sie sind, rein technisch gesehen, Kriegsverbrecher.«

»Ich weiss, aber ich finde, sie sollten einen gerechten Prozess bekommen. Manchen kann man höchstens unterlassene Meldepflicht vorwerfen. Das ist kein guter Grund, um zu sterben.«

»Du kennst die Menschen hier im Norden. Sie sterben lieber in einem Kampf, als auf dem Richtbock.«

»Toller Kampf. Assassinen, die allesamt über einhundert Jahre Erfahrung haben, gegen junge Nordmänner.«

»Zumindest geht es schnell vorbei.«

»Sehr witzig!«

»Grischa, es ist nicht deine Schuld. Du hast ein Verbrechen aufgedeckt und jetzt müssen die Schuldigen dafür büssen.«

Als er nicht reagiert, verdreht die Apepi genervt die Augen, bevor sie das Thema wechselt:

»Hast du schon mit Daphete gesprochen?«

»Wozu? Mutter hat die Verhöre übernommen. Auch Lady Zela wird von ihr verhört. Das ist nicht länger ... «

»Daphete ist noch immer deine Gefangene. Lady Zela eigentlich auch.«

»Was soll ich machen? Am liebsten würde ich sie als Verräterin nach Kriegsrecht verurteilen lassen. Nur um ihr zu zeigen, dass ich nicht ... , ach egal.«

»Aber dann musst du auch die Menschen so verurteilen. Ich verstehe dein Zögern nicht. Die Sachlage ist klar.«

»Thea, ich glaube an Gnade.«

Zu seiner Überraschung beginnt sie weder zu lachen, noch kritisiert sie ihn. Im Gegenteil, er hat den Eindruck, dass sie darüber ernsthaft nachdenkt. Nach einer Weile nickt sie:

»Ich verstehe. Derselbe Grund, wieso du die Kitsune vor Casos gerettet hast. Wie es sich herausstellte, genau das Richtige. Nun, ich kann dir da nicht weiterhelfen. Ich würde sie sofort richten lassen. Aber, vielleicht ist es gut, dass du da zögerst. Die Zeit wird es zeigen.«

»Du hast mit Lys gesprochen, oder?«

»Ja.« Thea grinst breit.

Als er den Zellentrakt betritt, zögert er kurz. Was soll er hier, alles was er wissen will, hat er bereits erfahren. Doch geht er weiter, neben den Zellen mit den Menschen vorbei, zu der Zelle, in der Daphete gefangen gehalten wird.

»Ah, du kommst doch noch. Was willst du? Mir deinen Triumph zeigen? Du hast bereits verloren. Verurteile mich als Kriegsgefangene und deine wertvollen Menschen müssen ebenfalls sterben. Verurteile mich normal und du weisst, ich werde eines Tages wieder frei sein. Ich lebe länger als du. Du kannst nur verlieren!« Sie spuckt die letzten Worte beinahe. Grigori muss sich zusammenreissen, das Wesen vor ihm ist kaum noch als Ratsmitglied wiederzuerkennen.

»Nein, ich bin gekommen, um mir eine Meinung zu bilden. Daphete, warum hasst du die Menschen?«

»Ich hasse sie nicht! Ich finde nur, sie sollten ihre angemessene Position innehaben. Als unsere Diener!«

»Warum? Bist du etwa etwas Besseres?«

»Ja!« Für einen Moment wirkt sie wieder stolz und selbstbewusst. Grigori mustert sie und sieht dann zu den Menschen. Die meisten scheinen interessiert zuzuhören. Doch sieht er auch, dass einer der Jüngeren zusammengekauert in einer Ecke sitzt. Grigori weiss, dass er der Sohn von einem der Wagenlenker ist und erst seit ein paar Jahren mitarbeitet. Er kann sein Mitleid scheinbar nur schlecht verbergen, denn die Lamia beginnt zu lachen:

»Da! Ich sehe doch die Wahrheit. Du bist zu schwach für das Amt. Du bist es nicht wert, ein Teil der Familie der Herrin zu sein.«

»Nur weil er Mitleid hat, macht ihn das nicht schwach!« Einer der Wagenlenker springt auf und sieht die Lamia wütend an.

»Grigori, ich spreche nur für mich, aber ich sterbe noch so gerne auf dem Richtblock, wenn sie dasselbe Schicksal ereilt.«

Andere stimmen dieser Aussage zu. Grigori hört sich alles an. Die meisten Nordmänner scheinen bereit zu sein, ihre Strafe zu akzeptieren. Als er kurz darauf den Zellentrakt verlässt, ist ihm übel. Er wollte die Gesichter sehen, die Menschen und die Lamia sprechen, im Glauben, es würde die Sache leichter machen. Als er endlich den Durchgang erreicht hat, der in die bewohnten Teile der Festung führt, setzt er sich auf eine der Bänke und legt den Kopf in seine Hände.

»Hey, alles in Ordnung?«

Als Grigori aufsieht, steht seine Mutter vor ihm. Er will sich die Tränen wegwischen, doch sie schüttelt den Kopf:

»Schon gut, das ist schwer, über Leben und Tod zu richten.«

»Wie soll ich damit umgehen?«

»Nun, so wie du mit allen Problemen umgehst. Stell dich ihnen und löse sie. Diese Menschen und Monster sind an ihrer Situation selber schuld. Sie haben ein Verbrechen begangen.«

»Ich weiss, aber ich, ich kann sie zum Teil sogar verstehen.«

»Das ist gut.« Die Herrin lächelt und setzt sich neben ihn. Nach einem Moment des Schweigens erklärt sie:

»Als ich das erste Mal ein Lebewesen zum Tod verurteilen musste, war ich nur ein paar Jahre älter als du. Ich war mir damals so sicher, es einfach machen zu können. Als der Gefangene vor mir stand und ich mit ihm sprechen konnte, war ich auf einmal nicht mehr so sicher. Dennoch verurteilte ich ihn.«

»Bereust du es?«

»Ehrlich gesagt, nicht mehr. Aber ich habe es nie vergessen.«

»Was würdest du an meiner Stelle machen? Die Gesetze sind klar, aber ich kann damit punkten, dass die Diebstähle lange vor dem Kriegszustand begonnen haben.«

»Nur musst du dann akzeptieren, dass auch Zela und Daphete weniger streng bestraft werden. Meine Frage ist jetzt: Warum zögerst du? Wegen der Menschen, die dir leidtun oder wegen der Lamia, bei der du dir nicht sicher sein kannst, wie weit es Rache ist, die du willst?«

»Ich, ich ... «, er sieht zu Boden. Ja, warum zögert er eigentlich.

»Das wird dein Problem jetzt nicht lösen, aber ein Tipp von mir. Such dir Vertraute hier in der Festung. Nicht nur Thea und die anderen, sondern Wesen, denen du vertrauen kannst. Freunde, die dir beistehen und dich beraten, die es aber nicht nötig haben, dabei Rücksicht auf deinen Rang zu nehmen. Für mich ist das Kweldulf und Sadako. Ich kenne beide und vertraue ihnen. Auch hilft mir Noriko und auch Aurelia regelmässig.«

»Wem soll ich trauen? Ich lerne im Moment nur, dass scheinbar jeder etwas gegen mich hat.«

»Das ist nicht wahr und du weisst das!«

»Schon gut. War nicht so gemeint.« Er seufzt und lässt sich kurz in die Arme nehmen. Als die Herrin ihn wieder loslässt, mustert sie ihn stolz:

»Ich bin froh, dass du dir die Gefangenen angesehen hast. Es gehört Mut dazu, sich so einer Verantwortung zu stellen. Aber lass dich nicht zu sehr aus dem Konzept bringen. Am Ende bist du auch nur an die Gesetze gebunden. Lerne, das zu unterscheiden.«

Als sie sich verabschiedet, merkt er, dass er sich wieder gefangen hat. Dennoch bleibt er sitzen und grübelt über die Worte nach. In Gedanken versunken merkt er nicht, wie sich jemand neben ihn setzt.

»Hallo, es geben Probleme?«
»Miri! Wo kommst du auf einmal her?«
»Von da.« Dabei deutet sie in den Gang und mustert ihn spöttisch.
»Das war nicht, egal, ja es gibt Probleme.«
»Gut, dann sein alles beim Alten, was?« Dabei zieht sie aus einem kleinen Beutel, den sie in den Händen hält, ein Pergament hervor und übergibt es ihm. Als er es öffnet, fällt ein Medaillon auf seinen Schoss.
»Was? Woher?« Sofort legt er das gefährliche Schmuckstück zur Seite. Danach betrachtet er die Liste auf dem Pergament. Fünfzehn Namen stehen darauf.
»Sie alle tot, ich gewesen sehr fleissig!« Die Miniri wirkt zufrieden mit sich selber, doch Grigori starrt sie fassungslos an:
»Wen hast du da getötet?«
»Wir gehen in Labor, ja?«

Als sie im Labor ankommen, verschliesst Miri die Türe und wendet sich an den Jungen, der sich an seinen üblichen Platz begibt:
»Du hast das wunderbare Talent, die Pläne unserer Feinde zu durchkreuzen, ohne es zu merken.«
»Was habe ich jetzt wieder angestellt?«
»Nun, Ulfrik ist unschuldig. Aber als ich angekommen bin, ist mir ein Spion des Kreuzzuges über den Weg gelaufen. Ich konnte da nicht widerstehen.«
»Von ihm hast du das Medaillon?«
»Ja und die Liste. Er war allgemein äusserst freundlich und hat mir alles erzählt, was ich wissen wollte.«
Grigori merkt, wie ihm ein kalter Schauer über den Rücken läuft. Die Art, wie sie es sagte, ist klar genug.
»Nachdem er einen Unfall hatte, suchte ich die anderen Spione auf, die er mir nannte.«
»Sie sind alle tot?«
»Ja, ich habe bei allen Amulette gefunden.«
»Wie? Wie bist du so schnell durch den Norden gereist?«
»Magie, ich habe Portalmagier dafür bezahlt. Dafür bekommst du übrigens noch die Rechnung.«
»Miri, du bist dir sicher, dass alle Spione waren?«

Die Miniri mustert den jungen Menschen mit einem Blick, der deutlich ihren Unwillen über die seltsame Frage ausdrückt.

»Ich habe fünfzehn Medaillons, reicht das als Antwort?«

»Ja, war nicht so gemeint. Wird das nicht auffallen?«

»Nein, ich habe mir Mühe gegeben, die Tode äusserst natürlich aussehen zu lassen. Jagdunfall, Ziegel von einem Dach, etc.«

»Das war wieder nicht, was ich gemeint habe. Ich wollte wissen, ob das dem Kreuzzug nicht auffallen wird?«

»Nein, der arme Tropf im Norden war die Kommunikationszentrale und scheinbar konnte er nur alle drei bis vier Monate einen Bericht senden. Seinen letzten Bericht sendete er kurz vor seiner Entdeckung. Bis sie es also merken, vergeht eine Weile. Besonders da er mir gestanden hat, dass er manchmal ein halbes Jahr warten muss, bevor er seinen Bericht unauffällig genug senden kann.«

Nachdem er sich die Unterlagen angesehen hat, die Miri ihm brachte, nickt er zufrieden:

»Danke, Miri, du hast uns allen einen grossen Dienst erwiesen!«

»Ich weiss, die Rechnung dafür kommt auch noch.«

»Verstanden. Miri, wie genau erkennst du, dass jemand ein Medaillon trägt?«

»Eigentlich habe ich das nur durch Zufall festgestellt. Wenn ich in den Schatten wandle, dann ist ein Träger eines Medaillons von einem seltsamen Schimmern umgeben. Leider habe ich das erst nach dem Kampf mit der Leibwache entdeckt.«

»Das ist ja mal eine gute Nachricht. Das wird Isabella entlasten.«

»Hoffentlich. Was genau ist hier passiert?«

Nachdem Grigori alles berichtet hat, nickt die Miniri nachdenklich:

»Verurteile sie als Kriegsgefangene.«

»Aber es gibt ... «

»Grigori, verurteile sie als Kriegsgefangene, aber lass deutlich werden, wie sehr du das hasst. Zeig der Welt, wie schwer es dir fällt.«

»Ich, wie? Dann halten mich alle für schwach!«

»Diejenigen, die das wollen, werden dich so oder so für schwach halten, aber die meisten sehen, dass du dich an die Gesetze halten willst, auch wenn es dir persönlich schwerfällt. Das macht dich, nun, menschlich. Aber nicht nur dich, sondern auch die Regierung des Nordens.«

Grigori nickt:

»Ich verstehe. Man wird sich fragen, ob ein paar der ›tyrannischen‹ Entscheidungen, vielleicht doch nur die Einhaltung alter Gesetze waren.«

»Genau, du begriffen.« Damit zwinkert sie ihm zu und verlässt den Raum. Grigori sucht seine Mutter auf und übergibt die Beweise und Medaillons. Auf die Frage, woher er die nun hätte, antwortet er nur:

»Schick Miri in den Urlaub. Das lohnt sich scheinbar.«

Geldsorgen

Die Lage beruhigt sich langsam wieder. Der Rat wird neu zusammengestellt und Grigoris Position bestätigt. Die Gefangenen werden gerichtet, wobei die jüngeren Menschen unauffällig in den Osten gebracht werden, wo sie neue Leben beginnen sollen. Die Lamien und ursprünglichen Verbrecher werden jedoch zum Tod verurteilt.

Die Wochen nach dem Urteil sind anstrengend und die Festung summt vor Gerüchten. Die Herrin hat alle Hände voll zu tun, um die Stimmung wieder zu beruhigen. Der Unterricht wird wieder aufgenommen und beim Mittagessen wird Grigori von Miri eine Schriftrolle gereicht. Dieser, gerade beim Trinken, entrollt sie geschickt und überfliegt deren Inhalt. Vor Schreck verschluckt er sich und erst, als sein Hustenanfall vorbei ist, bemerkt er die verwunderten Blicke seiner Familie:
»Alles in Ordnung?«
»Jaja, habe mich nur verschluckt, aua.« Er reibt sich die schmerzende Brust und steckt die Schriftrolle weg. Ihr Inhalt hat sich als Rechnung herausgestellt. Nachdem er noch einmal versichert hat, dass alles in Ordnung sei, wendet sich seine Mutter wieder den anderen zu. Sie lässt sich über die Tagespläne informieren. Grigori hat frei, die anderen müssen entweder in spezielle Trainings oder im Falle von Kaira, auf die Jagd. Kaira erklärt stolz, dass sie ihren Meister begleiten darf, der die ersten Spuren suchen will. Der Winter ist vorbei und die Jagdbeute sollte zurückkehren.

Nach dem Mittagessen begibt sich Grigori zur Schatzkammer der Festung. Kaum hat er die Kammer der Schatzmeisterin betreten, wird er aufgefordert, seinen Antrag vorzulegen. Als er zu sprechen beginnt, schüttelt die alte Lamia den Kopf.
»Alle Anträge müssen schriftlich erfolgen. Kiri!«

Eine junge Harpyie tritt vor und überreicht Grigori eine Schriftrolle. Dabei führt sie ihn aus dem Raum, in dem die Schatzmeisterin auf einem erhöhten Podest die Berichte kontrolliert, die vier junge Monster um sie herum, verfassen. Kiri, eine davon, erklärt ihm, wie der Antrag auszufüllen sei und deutet auf ein Stehpult, das im Vorraum eingerichtet wurde. Dort befinden sich auch mehrere leere Anträge:

»Meisterin Praxyxio mag es nicht, wenn die Anträge falsch ausgefüllt werden. Bitte gebt euch Mühe, genau und leserlich zu schreiben.« Damit verabschiedet sie sich und begibt sich zurück an ihre Arbeit.

Ohne zu zögern, schreibt er den gewünschten Betrag auf und füllt das Dokument wie angewiesen aus. Wieder betritt er die Kammer und überreicht das Dokument.

»Abgelehnt!«

»Bitte?«

»Es muss genau aufgelistet werden, wozu das Gold gebraucht wird.«

Wieder wird Grigori mehr oder weniger höflich aus dem Raum eskortiert. Wieder füllt er das Dokument aus.

»Abgelehnt!«

»Warum? Ich habe ausgeführt, wofür das Gold gebraucht wird!«

»Die 1500 Goldkronen für Transport sind unmöglich. Angestellte der Festung zahlen keine Transportkosten, sondern am Ende des Monats gibt es eine Abrechnung.«

»Ich brauche das Gold im Namen des Festungswächters.«

»Nur die Herrin kann solche Mengen an Gold einfach abheben. Zudem muss ein Betrag dieser Höhe vorher angemeldet und schriftlich genehmigt werden. Herr, ich habe zu tun.«

Als sich Grigori auf dem Gang zur Schatzkammer befindet, flucht er laut. Nun versteht er, wieso Meisterin Nixali einen grösseren Goldvorrat in ihrem Arbeitsraum aufbewahrt. Auch kann er verstehen, warum in der Festung behauptet wird, das Praxyxio schlimmer sei als jeder Drache. Sie scheint weder vor seinem Namen noch seinem Rang Respekt zu empfinden. Angeblich sei es einfacher, einem Drachen Gold abzunehmen, als ihr. Unsicher, wie er nun vorgehen soll, sucht er sein Labor auf und überlegt. Miri will 2100 Goldkronen, einen Betrag, der dem Jahreseinkommen eines Dorfes entspricht. Die meisten Diener in der Festung verdienen um die 12 Kronen im Jahr. Wobei es sich um ein gutes Einkommen handelt. So bekommt er für seine Lehrzeit gerade mal neun Silber pro Monat. Was grosszügig ist, da er sehr viel weniger arbeitet als die anderen Lehrlinge. Schnell wird klar, dass er das Gold nur über seine Mutter bekommen kann. Also sucht er sie auf, wird aber aufgehalten, da sie sich in einer Ratssitzung befindet. Er wartet vor dem Arbeitszimmer und zu seinem Glück dauert es nicht allzu lange.

»Nanu, du kommst mich besuchen? Ist etwas passiert?«

»Nein, nun doch.«

Die Herrin mustert ihren Jüngsten amüsiert und setzt sich hinter ihren Arbeitstisch: »Also?«

»Ich brauche Gold.«

»Aha, wie viel brauchst du?«

»Nun, 2100 Kronen.«

»Bitte?« Die Herrin starrt ihn an, als ob er gerade Geister beschworen hätte.

»Kannst du dich an den Urlaub von Miri erinnern?«

»Ja.«

»Sagen wir mal, ich habe zugesagt, diesen Urlaub zu bezahlen.«

»Dann hast du natürlich klargestellt, dass du über das nötige Geld verfügst.«

»Ich, nun ich wusste nicht, wie viel so ein Urlaub kostet.«

Nach kurzem Schweigen beginnt die Herrin zu grinsen.

»Bitte, ich war bei Praxyxio, sie sagte, dass nur du so einen Betrag genehmigen kannst.«

»Ist so, warum aber sollte ich?«

»Nun, ähm, Miri hat sechzehn Spione getötet.«

»Das stimmt.«

»Ich, nun, bekomme ich das Geld?«

»Nein.«

»Aber ... «

»Fandest du es nötig, mich über Miris Urlaub einzuweihen?«

»Nun nein, ich wusste ja nicht, wozu das führen wird! Ihr Auftrag war ganz anderer Natur.«

»Was war ihr Auftrag?«

»Will ich nicht sagen. Ich habe meine Gründe, dass möglichst wenige davon wissen.«

»Siehst du, ich habe meine Gründe, dir das Geld nicht zu geben. Was machen wir jetzt?«

Grigori kann das ungute Gefühl nicht loswerden, dass sich die Apepi amüsiert. Er hingegen findet es nicht besonders witzig.

»Wer ist Miri?«

»Kann ich nicht sagen. Ich bitte dich, frag mich das nicht.«

»Ich zahle, wenn du mir die Frage beantwortest.«

Für einen Moment zögert Grigori, doch schüttelt er den Kopf: »Nein, dann muss ich sehen, wie ich an das Geld komme.«

Zu seiner Überraschung zieht sie ein Pergament hervor und füllt es aus. Danach hält sie ihm die Schriftrolle hin:

»Letztes Angebot: Wer ist sie?«

»Wie gesagt, das kann ich nicht sagen.«

Jetzt beginnt die Herrin zu lachen: »Sehr gut, du stehst zu deinem Wort. Ich bin stolz auf dich. Jetzt erklär mir einmal, wozu Miri 2100 Kronen gebraucht hat.«

»Nun, einhundert Kronen Reisekosten, fünfhundert nicht genauer definiert und der Rest für die magischen Portale. Sie musste den ganzen Norden bereisen.«

»Du hättest ihr einen Beleg geben sollen, dass sie im Auftrag der Festung reist!«

»Ich, das ging nicht. Zudem wusste ich das nicht.«

»So? Warum ging das nicht?«

»Sie reiste anonym.«

»Aha. Warum?«

»Weil ich sie beauftragt habe, etwas zu machen, was die politische Stimmung sehr negativ hätte belasten können. Bitte, ich kann dir das nicht erklären. Vertrau mir doch einfach.«

»Warum? Du vertraust mir ja auch nicht.«

»Das stimmt nicht!«

»Warum hast du mir also nichts gesagt?«

»Weil, nun, weil ich dachte …«, hier zögert er, ihm wird klar, dass er da tatsächlich falsch gehandelt hat.

»Grischa, ich habe dich damals gefragt, hättest du gesagt, dass Miri in geheimer Mission unterwegs ist und ich dir vertrauen soll, hätte das gereicht. So hast du hinter meinem Rücken gehandelt, ohne Bewilligung

Geld zugesagt und das Schlimmste ist, dass du noch immer nicht sagen willst, warum.«

»Ich habe sie beauftragt, Ulfrik zu überprüfen. Ich wurde misstrauisch«, erklärt er mürrisch.

»Bei den Alten! Dümmer hättest du das nicht einfädeln können. Du weisst, wie der Norden solche Dinge handhabt. Der Vorwurf ist berechtigt, aber deine Lösung ist ein Vertrauensbruch! Du weisst, wie viel Unmut der Einsatz der Assassinen auslöste. Stell dir vor, was passiert, wenn das rauskommt.«

Grigori starrt seine Mutter betreten an. Er weiss genau, was sie meint und sein bisher so guter Plan fühlt sich auf einmal schrecklich an. Doch ist sie noch nicht fertig.

»Noch nie hat eines meiner Kinder so viel Mist gemacht. Du bist doch sonst nicht so gedankenlos!«

»Ich ... ich dachte, so wäre nur ich dafür verantwortlich. Deshalb habe ich dir nichts sagen wollen.« Er sieht niedergeschlagen zu Boden.

»Grischa, jede deiner Handlungen wird immer auf mich zurückkommen. Das ist schwer zu verstehen, aber am Ende habe ich das letzte Wort. Niemand würde glauben, dass du mich nicht informiert hast. Aber das ist für mich nicht das Schlimmste. Ich kann nicht verstehen, warum du mich nicht einfach gefragt oder mich zumindest um mein Vertrauen gebeten hast. Bisher habe ich dir doch keinen Anlass zu solchen Heimlichtuereien gegeben und dich in deinem Handeln immer unterstützt.«

»Ich, es tut mir leid. Ich wollte doch nur ... ich weiss auch nicht. Ich hatte Miri im Affekt beauftragt. Ich wusste, dass sie nicht erwischt wird.«

Die Herrin schüttelt den Kopf und mustert den Jungen, dessen Körpersprache die Schuld deutlich offenbart.

»Wie genau wurde aus einer Ulfrik-Ermittlung eine Hetzjagd auf Spione?«

»Keine Ahnung. Das war nicht geplant und hatte mich genauso überrascht.«

»Du hattest also wirklich keine Ahnung von der Menge an Geld, die du da einfach frei gegeben hast?«

»Nein, ich hätte das nie einfach so zugelassen. Ich bin über den gewaltigen Betrag wirklich erschrocken.«

»Gut, weil du jetzt ehrlich warst, bezahle ich einen Teil. Aber sei gewarnt, das nächste Mal, wenn du so etwas machst, stehst du alleine da.

Zudem will ich, dass du Ulfirk einen Brief schreibst und ihm erklärst, was passiert ist. Du kennst die Gerüchteküche der Festung. Ich möchte das Schlimmste vermeiden. Ich zahle aber nur die Reisekosten. Die fünfhundert Kronen, die nicht näher definiert werden können, musst du selber auftreiben.«

»Aber, wie?«

»Nun, du kannst offenbar hinter meinem Rücken handeln, also kannst du auch Geld auftreiben. Nur, dass wir uns da verstehen: Ich erlasse den Befehl, dass dir kein Gold aus der Schatzkammer übergeben werden darf. Sieh es als Strafe an. Ich mag es überhaupt nicht, wenn man so über mich hinweg entscheidet. Aber, da du Erfolg hattest, kneife ich ein Auge zu.«

»Aber ... «

»Kein ›Aber‹, ich bin gespannt, wie du das Geld auftreibst. Und nun entschuldige mich, ich habe noch viel zu tun.«

Als er sein Labor verlässt, ist es kurz vor dem Abendessen. Er hat den restlichen Tag damit verbracht, Pläne auszuarbeiten und wieder zu verwerfen. Keine der ihm bekannten Möglichkeiten, Geld zu verdienen, sind für ihn verfügbar. Weder ist er ein guter Jäger, noch kann er etwas anfertigen, das sich zum Verkauf eignet. Selbst Wertsachen besitzt er neben seiner Laboreinrichtung kaum. Er konnte sich nie für Schmuck begeistern und die wenigen Bilder, die er ursprünglich hatte, sind Opfer der Flammen geworden.

Als er den Raum, der einst als Spielzimmer fungierte, passiert hat, hört er Thea in einem Tonfall, den Unwissende wohl als freundlich bezeichnen würden, ihm jedoch kalte Schauer den Rücken runter jagen, rufen:

»Grigori? Kommst du freiwillig erzählen, was los ist oder muss ich dich zwingen?«

»Schon gut.« Seufzend betritt er den Raum. Alle sind anwesend und sehen ihm neugierig entgegen.

»Was ist los?«

»Nichts, Thea, unerwartete Entwicklungen, das ist alles.«

»Was soll das heissen?«

»Nun, habt ihr mitbekommen, dass ich Miri in den Urlaub geschickt habe?«

»Ja, wir haben auch erfahren, dass sie mehrere Spione des Kreuzzuges beseitigt hat. Wer ist sie?«

»Das kann und will ich nicht beantworten. Aber ich hatte ihr einen anderen Auftrag gegeben. Ich wurde auf einmal misstrauisch gegenüber Ulfrik und sendete sie, um ihn zu überprüfen. Dabei war ihr expliziter Auftrag, sich nicht erwischen zu lassen.«

Die Thronerbin mustert ihn nachdenklich, bevor sie nickt:

»Das hätte Ärger bedeutet, keine Frage. Aber wie genau hat sie dabei Spione gefunden?«

»Nun, scheinbar ist ihr der Mittelsmann der Spione im Norden vor die Füsse gelaufen und hat ihr, nach ihren eigenen Worten, alles erzählt. Mit den Informationen hat sie den ganzen Norden bereist und die Spione gefunden und getötet.«

Während er erzählt, verliert Mizuki jede Farbe aus ihrem Gesicht. Kaum ist er fertig, fragt sie:

»Wie genau ist sie gereist?«

»Mit Portalen. Sie hat Magier bezahlt.«

»Spielt doch keine Rolle, das ist so geplant und abgemacht, ich will wissen, wie sie das gemacht hat«, unterbricht Thea die Kitsune.

»Nun, das kann ich dir nicht sagen, aber leider wusste ich nicht, dass die Festung über bessere Preise verfügt. Selbst wenn, ich hatte ihr klar befohlen, dass sie nicht mit der Festung in Verbindung gebracht werden darf. Heute hat sie mir die Rechnung gegeben.«

»Wie viel?« Thea bekommt grosse Augen, auch ihr wird nun klar, was Mizuki bereits erahnt hat.

»2100 Goldkronen.«

»Bitte?« Alle starren den jungen Menschen entgeistert an.

»Davon alleine fünfzehnhundert für die Portale. Ich dachte mir erst nichts dabei, aber Praxyxio gab mir das Geld nicht.«

»Warum? Du bist…«, beginnt Xiri, wird jedoch unterbrochen.

»Nicht berechtigt solche Geldsummen abzuheben.« Ergänzt Thea verstehend. Sie beginnt zu grinsen:

»Also musstest du zu Mutter.«

»Leider.«

»Sie hat dir das Geld nicht gegeben?«

»Ja und nein. Sie zahlt 1600 Goldkronen.«

»Und die anderen fünfhundert?«

»Die muss ich als Strafe selber auftreiben. Ich habe aber keine Ahnung wie.« Er hebt vielsagend die Schulter und sieht die anderen niedergeschlagen an. Diese jedoch beginnen zu lachen. Scheinbar hatten sie etwas Schlimmeres erwartet. Danach beginnen sie aber doch zu überlegen. Als Kaira sich auf einmal meldet:

»Ich hätte dir um die zweihundert Goldkronen.«

Alle starren sie an und Grigori fragt erstaunt:

»Woher?«

»Nun, ich hatte Glück bei der Jagd letztes Jahr. Ich konnte ein paar gute Trophäen ergattern. Ihr wisst ja, Gesetz der Jagd, das Geld der Trophäen geht an den Jäger. Grossjagdmeister Goro war begeistert. Eigentlich wollte ich das Geld Mutter senden, aber ... nun, wenn du es willst.«

»Danke Kaira, aber deine Mutter sollte das Geld bekommen. Ich bin auch überzeugt, dass meine Mutter dagegen wäre.« Er versucht zu lächeln, aber das Angebot, so gerne er es auch angenommen hätte, ist nicht akzeptabel. Wie sollte er dieses Geld mit gutem Gewissen beanspruchen.

»Wie genau willst du also das Geld auftreiben?«, fragt Thea neugierig.

»Keine Ahnung. Ehrlich gesagt stecke ich fest.«

»Kannst du keine Heiltränke herstellen und verkaufen?«

»Nun, nicht wirklich, keiner der Tränke ist lange haltbar und die Wirkung ist nicht immer ganz so garantiert. Ich bin noch immer in der ›Hoffentlich-klappt-es‹-Phase der Experimente.«

»Schade.«

Als sie sich zum Abendessen begeben, ist Grigori niedergeschlagen, egal was sie besprochen haben, die Sache hatte immer einen Haken. Trotzdem hatte er die restliche Zeit noch verwendet, um den Brief für Ulfrik zu schreiben. Als er sich an den Tisch setzt, will er ihn seiner Mutter zeigen, doch schüttelt sie den Kopf und lächelt:

»Ich denke, dass du das Richtige gemacht hast. Ich bin ja gespannt, wie die Antwort ausfällt. Ich werde die Nachricht noch heute auf den Weg schicken.«

Während des Abendessens ist die Stimmung wie immer und auch Grigori wird aufgemuntert. Besonders Kairas Bericht von der Jagderkundung ist spannend, scheinbar sind die Beutetiere auf dem Weg zurück. Sie äussert sich jedoch besorgt über den Zustand von Grossjagdmeister Goro. Sie vermutet, dass die körperlichen Leiden des Alterns den alten

Sturmwolf nicht mehr lange auf die Jagd gehen lassen. In Gedanken verloren offeriert Grigori am Abend mit ihrer Hilfe einen der Tränke zu brauen, die bei Umashankar geholfen hätten. Sie stimmt dankbar zu. Also suchen sie zusammen das Labor auf. Während sie noch am Brauen sind, kommen die anderen ebenfalls ins Labor. Sie sehen sich Grigoris Werk an und Thea fragt nachdenklich:

»Was genau bewirkt dieser Trank?«

»Nun, eigentlich hatte ich ihn für gebrochene Knochen entwickelt. Jedoch hatte er da vollkommen versagt. Jedoch hat der Veteran der Nordwache sich einen Tag später gemeldet und erklärt, dass er seit Langem wieder ohne Schmerzen sei. Der Arm wurde zwar von Meister Manabu geheilt, jedoch hatte der Veteran viele alte Wunden. Wir untersuchten das und stellten fest, dass die Wirkung ganz unerwartet war. Der Trank wirkt über lange Zeit schmerzstillend. Besonders bei Schmerzen, die durchs Alter kommen, zeigt er Erfolg. Etwa sieben Tage bis eine Woche hält der Effekt. Leider kommen die Schmerzen danach wieder.«

»Hat der Trank Nebenwirkungen?«

»Nicht wirklich, Umashankar hat jedoch in einem schwachen Moment zugegeben, dass er sich langsam an die Wirkung gewöhnt und es ihm schwerer fällt, wenn die Wirkung nachlässt. Zwar sind die Schmerzen weniger schlimm geworden, aber er hat zum ersten Mal seit Jahren fast keine Schmerzen.« Grigori schüttelt den Kopf:

»Meister Manabu hatte davor gewarnt, jedoch auch zugegeben, dass es an sich ein gutes Zeichen sei, dass die Probanten nach der Woche erklärten, dass ihre üblichen Schmerzen geringer seien. Umashankar ist da halt eine Ausnahme, da sein Rücken übel zugerichtet worden ist.«

Es dauert einen Moment, bevor Grigori die Stille bemerkt.

»Was ist?«

»Du hast doch gesagt, dass du keinen Trank hast, den du herstellen könntest.«

»Ich glaube kaum, dass sich dieser Trank verkaufen lässt. Wer sollte da schon Interesse haben.« Grigori schüttelt den Kopf. Mizuki beginnt zu lachen:

»Jeder, der über Schmerzen klagt. Viele der Veteranen der Nordwache, Palastwache und Armee, alte Jäger und ähnliche. Oder anders gesagt, Wesen die ihr Leben lang hart gearbeitet haben und nun das Geld haben, aber nichts mehr gross damit anfangen können, da sie nicht mehr so fit sind wie früher.«

»Nun, ich ... «, Grigori wird auf einmal nachdenklich, so hatte er das noch nicht gesehen. Ohne sich weiter auf das Gespräch zu konzentrieren, beginnt er Zahlen aufzuschreiben und als er fertig ist, hat Kaira den Trank beendet. Sie musste ihn eigentlich nur noch umschütten.

»Ich könnte den Trank in grosser Menge herstellen. Die Zutaten habe ich alle im Vorrat und dank Mutter ist mein Lager an Fläschchen gut gefüllt. Sie hat eine ganze Monatslieferung für mich reserviert.«

»Warum verwendest du eigentlich diese Glasfläschchen?«, fragt Kaira, während sie das noch heisse Getränk in eine kleine Phiole gibt und verschliesst. Grigori nimmt eines der birnenförmigen Fläschchen aus dem Regal.

»Wir stellen sie hier in der Festung her. Das spart Kosten, denn sie sind leider nicht ganz billig. Etwa zwanzig Silber das Stück. Aber ich konnte sie so genau nach Wunsch anfertigen lassen. Ich wollte keine Korken, sondern Glasverschlüsse. Weil ich in der Küche gelernt habe, dass Korken den Geschmack verändern können.«

»Ziemlich viel Aufwand, der Geschmack ist doch egal.« Thea schüttelt den Kopf.

»Nein, ich will nicht, dass ein Trank dadurch verdorben wird. Dazu hat mir einer der Köche einen Trick gezeigt, der sich bereits als hilfreich herausstellte. Wenn man das Getränk heiss in die Phiole gibt und den Stöpsel sofort aufsetzt, verschliesst sich das Fläschchen beim Abkühlen so, dass man es sogar auf den Kopf stellen kann. Wenn man es öffnet, gibt es ein leises Geräusch.«

Als er aufsieht, sieht er noch, wie sich die anderen vielsagende Blicke zuwerfen. Details, wie dieses, interessieren sie nicht und zur gleichen Zeit amüsieren sie sich über den Eifer, den er bei solchen Erklärungen an den Tag legt. Nachdem er den Trank von Kaira kurz kontrolliert hat, nickt er zufrieden:

»Super, ich hoffe, das hilft deinem Meister, aber mehr als ein Schmerzmittel ist es nicht.«

»Danke, ich werde ihn morgen übergeben.« Damit macht sie sich mit den anderen auf den Weg. Grigori hingegen beginnt wieder zu rechnen und kontrolliert seine Vorräte. Schnell wird ihm klar, dass ein Trank alleine in der Herstellung um die vierzig Silber kosten wird. Als er sich zu

Bett begibt, ist er mehr als zufrieden. Wo er vor dem Abendessen planlos war, hat er jetzt ein genaues Bild vor Augen.

»Du möchtest, dass ich was mache?« Nixali mustert den Jungen vor sich verwundert.

»Ich möchte einen Trank herstellen und ihn verkaufen. Aber ich möchte mein Konzept erst mit dir besprechen, Meisterin. Ich bin mir nicht sicher, ob ich an alles gedacht habe.«

»Gut.«

Nachdem sie alles durchgelesen und die Berechnungen überprüft hat, sieht sie nachdenklich auf:

»Nicht schlecht, aber du gehst ein Risiko ein. Ich an deiner Stelle würde mindestens das Doppelte der Materialkosten verlangen. Dazu kommt auch noch deine Arbeit.«

»Dann wird der Trank aber ziemlich teuer.«

»Nun, ›Grigoris Jungbrunnen‹ darf etwas kosten.« Sie grinst bei diesen Worten spöttisch.

»Wie? Mein was?« Erschrocken nimmt er seine Unterlagen und sieht, dass sich jemand daran zu schaffen gemacht hat. »Das habe nicht ich geschrieben! Das darf doch nicht wahr sein!«

»Schon gut, das sehe ich selber.« Die Lamia winkt ab. Zusammen mit ihrem Lehrling berechnet sie die Preise und macht ab, dass er am Ende des Monats eine Ladung an einen der Händler verkaufen darf, der die Festung regelmässig aufsucht. Am Abend, nachdem er seine Arbeiten im Lager beendet hat, sucht er die Verwalterin der Diener auf. Die Kitsune, überrascht von seinem Wunsch, wirkt nachdenklich:

»Klar, ich werde mich umhören. Aber Herr, zusätzliche Arbeit ist nur selten erwünscht.«

»Schon gut, ich brauche einfach bis Ende Monat ein paar Freiwillige. Ich werde jedem, den es interessiert, die Grundlagen beibringen, dafür muss man mir beim Zubereiten helfen.«

Am nächsten Abend treffen gleich drei Interessierte in seinem Labor ein. Die Diener hören sich den Wunsch des Jungen an und stimmen zu. So beginnt die Produktion. Jeden Abend und freien Tag arbeitet Grigori im Labor. Es wird immer später, wenn er ins Bett geht und von den ursprünglich drei Interessenten ist nur noch eine bereit, ihm zu helfen. Die Kitsune stellt sich als Talent heraus und scheint Spass an der seltsamen Arbeit zu haben. Wie Grigori erfährt, ist sie schon in dritter Generation Dienerin der Festung und war noch nie im Osten. Dennoch zeigt ihr braunes Fell ihre Zugehörigkeit zum Klan der Braunohren, der sich im Osten hauptsächlich um die Arbeiten auf den Höfen kümmert. Dank ihrer Hilfe erreicht er sein Ziel, auch wenn er die ganze Nacht vor dem gesetzten Termin durcharbeiten muss. Als er, übermüdet, aber zufrieden, seine Arbeit im Lager aufsucht, mustert Nixali ihn verärgert:

»So nützt du mir nichts! Ausserdem, wo sind deine Tränke?«

»Die werden gleich gebracht. Verzeiht Meisterin, aber ich musste sicherstellen, dass noch immer alle in Ordnung sind.« Er kann ein Gähnen kaum noch zurückhalten.

»Pah! Wie viele sind es jetzt eigentlich?«

»Fünfhundert. Ich hoffe, Ketil nimmt sie.«

»Bitte? Wie viele Tränke?« Die Lamia sieht ihn zweifelnd an, jedoch schleppen in diesem Moment mehrere Diener Kisten in den Raum. Gemeinsam mit seiner Meisterin kontrolliert er den Inhalt. Jede der fünf Kisten ist mit einhundert der kleinen Fläschchen gefüllt und gut mit Stroh gepolstert.

»Nanu, du hast ja die Wahrheit gesagt.« Nixali klingt beeindruckt. Als kurz darauf der nordische Händler Ketil eintrifft, erledigt erst die Quartiermeisterin der Festung ihre Geschäfte und übergibt dann an Grigori. Er erklärt sein Anliegen und zeigt die Ware. Der Nordmann hört aufmerksam zu und nickt nachdenklich:

»Das ist eine Idee, aber kannst du mir die Wirkung garantieren?«

»Ja, ich gebe mein Wort. Das darf ruhig so weitergegeben werden. Sollte es zu Problemen kommen, übernehme ich jede Verantwortung.«

»Gut. Eine Goldkrone pro Fläschchen, macht fünfhundert. Grigori, wir kommen ins Geschäft, ich würde mich nicht wundern, wenn das ein Verkaufsschlager wird.« Der Händler grinst und reicht dem erleichterten Jungen die Hand. Danach lässt er zwei Geldbeutel herbeibringen, die nach Grigoris Erfahrung jeweils um die 250 Kronen enthalten. Unsicher, wie er vorgehen soll, starrt er auf die Beutel. Er würde am liebsten nachzählen, jedoch will er Ketil nicht beleidigen. Dieser beginnt zu lachen, als er das Dilemma bemerkt:

»Ein Tipp von einem Händler zum anderen. Geld zählt man immer! Da geht Misstrauen vor Ehre.«

Erleichtert kontrolliert er mit Geschick die Beutel und dankt danach. Doch der Händler winkt ab:

»Schon gut, ich bin ja mal gespannt. Die Erklärung hast du mir ja schriftlich gegeben und bei Fragen melde ich mich natürlich.« Als alles verladen ist, läutet es zum Mittagessen. Grigori, erleichtert und durch seinen Erfolg wieder munter geworden, freut sich schon darauf.

»Ich habe gehört, du warst fleissig.« Die Herrin mustert den Jungen, der gierig die Suppe zu sich nimmt. Als er fertig ist, bringt Miri bereits den Nachschlag.

»Nun, ich habe mir Mühe gegeben. Aber es war wirklich viel Arbeit. Nur durch die Hilfe der anderen erreichten wir das Ziel. Besonders Mari war sehr fleissig. Dank ihr haben wir in der Stunde um die zehn Tränke hergestellt. Dennoch war der Termin knapp. Zwei Wochen, warum habe ich mich auf so etwas eingelassen?«

Die anderen beginnen zu lachen. Grigori sieht, wie seine Mutter kurz zögert und ihm dann eine Schriftrolle übergibt. Als er sie gelesen hat, seufzt er kurz und nickt dann:

»Gut, ich lasse dir das Geld bringen. Aber ich möchte, dass Mari mehr erhält. Sie hat die meiste Arbeit geleistet. Ich schreibe dir das noch auf.«

»Keine Widerworte?«, die Herrin wirkt überrascht.

»Warum sollte ich. Damit hätte ich ja rechnen können.« Grigori lächelt müde. Anstatt nun die fünfhundert Goldkronen an Miri zu übergeben, muss er jetzt zweihundert Kronen alleine an Materialkosten abtreten, dazu kommen noch einmal zweieinhalb Goldkronen als Lohn für die Helfer. Nun dankt er im Stillen, dass er auf Nixali gehört hat. Ursprünglich wollte er die Tränke für die Hälfte verkaufen. Als er am Abend in seinem Labor das Geld abzählt, betritt Miri den Raum.

»Nun, ich komme mein Geld holen.« Ihr Grinsen verrät sie jedoch.

»Miri, ich kann dir 250 Goldkronen geben.«

»Nein, ich warte, bis du alles hast. Solange du mir Geld schuldest, bin ich nämlich im Vorteil.«

»Miri! Ich will dir nichts schulden.« Er schüttelt den Kopf. Im Norden sind Schulden nur ungern gesehen.

»Schon gut. Ich bin beeindruckt, das war ganze Arbeit.« Die Miniri nickt ihm anerkennend zu, bevor sie Anstalten macht, den Raum zu verlassen.

»Ach ja, ich verlange, dass du die Sprache des Südens lernst. Ab sofort. Zudem, so als Tipp: Mari ist klug und talentiert. Ich an deiner Stelle würde mir Gedanken über einen Wechsel des Arbeitsverhältnisses machen.« Bevor Grigori antworten kann, ist sie durch die Türe verschwunden. Verwirrt sieht er ihr nach. Was sollte das wieder? Kaum hat er das Gold zusammen, sucht er den Arbeitsraum seiner Adoptivmutter auf. Die Herrin des Nordens liest gerade Berichte. Als sie ihn sieht, lächelt sie:

»Na, hast du das Geld?«

»Hier. Ausserdem auch den Beleg. Ich hoffe, das reicht.«

»Schon gut. Ich muss zugeben, ich hatte Widerstand erwartet.«

»Nun, ich hoffte, dass ich es einfacher hätte, aber in diesem Jahr scheint wohl alles etwas schwierig. Ich hoffe nur, dass Ketil sie verkaufen kann.«

»Warum?«

»Weil ich darauf angewiesen bin, dass er in vier Wochen noch einmal fünfhundert kauft. Mir fehlt ja noch ein Teil.«

Die Herrin beginnt zu lachen:

»Du willst also das Ganze noch einmal wiederholen? Und dann?«

»Nun, wenn alles klappt, habe ich meine Pläne.«

»Muss ich mir Sorgen darüber machen?«

»Im Gegenteil, ich habe durchaus verstanden und sehe ein, dass ich vielleicht besser hätte vorgehen können. Ich bitte dich aber um Vertrauen.«

»Das hast du. Du hast gezeigt, dass du deine Aufgaben ernst nimmst. Dazu gönne ich dir deinen heutigen Erfolg. Ich bin gespannt, was du da ausgeheckt hast.«

»Ich auch, ehrlich gesagt. Ach ja, ich bitte um zusätzlichen Unterricht. Ich möchte die Sprache des Südens erlernen.«

»Wie? Klar, das lässt sich machen, diesmal aber auf die klassische Art!«

»Schon gut, Sadako hat mir bereits erklärt, dass die Methode, mit der sie mir alles beigebracht hat, mehr Nachteile als Vorteile besitzt. Übrigens ist die neue Türe ziemlich mühsam.«

»Weil dein Ring sie nicht länger öffnet?«

»Ja, ich hätte vorgestern am Abend ein Buch gebraucht.«

»Nun, du sollst die Bibliothek ja eigentlich nicht betreten, wenn sie nicht anwesend ist. Sie ist ziemlich glücklich darüber.«

»Langsam verstehe ich die private Bibliothek von Lys!«
»Sagt der, dessen Labor mehr als ein dutzend Bücher beinhaltet.«
»Schon gut.« Grigori gähnt wieder.
»Lange Nacht gewesen, was?«
»Ja, eigentlich war jede Nacht lang. Ich gehe schlafen. Nixali dreht mir sonst den Hals um, wenn ich morgen wieder so müde bin.«

Eine Woche vergeht seit seinem ersten Verkauf und Grigori beginnt mit der neuen Produktion, diesmal jedoch ohne Hilfe der anderen. Die ersten Ernten des Vergissmichkrauts sind eingegangen und er kann endlich wieder Manasteine herstellen. Auch erreichte ihn die Antwort von Ulfrik, der für die Ehrlichkeit dankt und ihm verzeiht. Laut seinem Schreiben, kann er das Vorgehen mehr als nur nachvollziehen und er sieht keinen Grund, dadurch seine Freundschaft mit ihm zu belasten. Erleichtert darüber, entschliesst sich Grigori, den Wunsch des Alten zu erfüllen. Zu seinen Zielen gehört, dass noch vor Ende des Jahres mit dem Bau des Tunnels begonnen wird. Aber erst muss er sich um seine Schulden kümmern. Eine erste Rückmeldung lässt keine Zweifel an dem Erfolg seiner Tränke. Auch wenn er zu seinem Wehleiden feststellt, dass nun auch Ketil sie als ›Grigoris Jungbrunnen‹ verkauft. Der Name, den er eigentlich gegeben hat, war wissenschaftlich korrekt, jedoch kaum auszusprechen. Verwundert, woher der Händler den Namen kennt, sucht er Nixali auf, die jedoch behauptet, damit nichts zu tun zu haben. Erst am Abend, nach der erfreulichen Mitteilung, kommt die Wahrheit ans Licht. Grigori, der gerade von seinem neuen Sprachtraining kommt, trifft sich mit den anderen Jungen im Spielzimmer. Dort beobachtet er wie Kaira und Mizuki zusammen versuchen, Thea in dem Figurenspiel zu schlagen. Die junge Thronerbin ist nun schon seit Jahren ungeschlagen. Xiri, die etwas am Basteln ist, springt auf einmal auf und reicht ihm das Produkt. Es handelt sich um eine seiner Phiolen, die mit einem Etikett ergänzt wurde. Auf dem Etikett sieht Grigori das Wappen der Schwarzschuppen. Doch hat Xiri es verändert, sodass die Apepi im Wappen sich nun um eine Phiole schlängelt. Darunter kann er die Worte ›Grigoris Jungbrunnen‹ lesen und danach steht in kurzen, kappen Anweisungen wie der Trank funktioniert. Das Ganze sieht nicht nur sehr seriös aus, sondern wirkt auch einladend.

»Mein Meister hat gesagt, dass ein gutes Getränk einen guten Namen und ein passendes Etikett braucht.« Erklärt die Harpyie zufrieden. Ihre neue Probezeit hat zwar erst begonnen, aber mit so viel Interesse hat sie sich bisher noch an keine Probezeit begeben.

»Dann bist du das gewesen, die meine Unterlagen verändert hat!« Grigori sieht sie böse an und die so rüde Beschuldigte zuckt erschrocken zusammen.

»Nun, ich, ähm, oh ... «, scheinbar wird ihr erst jetzt klar, was sie gerade gemacht hat, »Ich, ähm, kann das erklären!«

»So? Erklär mir mal, woher Ketil von diesem Namen weiss!«

»Nun, das ist so ... «, stottert die Harpyie, » ... ich bin auf einem meiner Trainingsflüge in ein Dorf gekommen, wo er den Trank verkauft hat und hörte, wie er versucht hat, den Namen auszusprechen, den du gegeben hast und da habe ich ihn gefragt, warum er es nicht als ›Grigoris Jungbrunnen‹ verkauft.«

»Danke! Jetzt muss mich ja jeder für einen eingebildeten Schnösel halten!«

»Aber wieso? Du hast doch den Trank gemacht und er entspricht den Sagen der Jungbrunnen, von denen mir Mizu erzählt hat!«

»Aber er macht nicht jung!« Grigori versucht, seinen Ärger runterzuschlucken.

»Was ist los?«, fragt da Mizuki und mustert die beiden. Xiri steht sichtlich betreten vor Grigori, der wiederum aussieht, als ob er kurz vor einer Explosion steht. Nachdem er mehr oder weniger ruhig erklärt hat, was sie angerichtet hat, sehen sich Thea und Kaira verwundert an. Einzig Mizuki schüttelt den Kopf und mustert die Harpyie streng:

»Ich habe dir gesagt, dass du das nicht machen sollst. Lass die Finger von unseren Sachen.«

»Aber, aber ... «, die Prinzessin der Blauschwingen lässt traurig den Kopf hängen. Sie hatte es wirklich nicht böse gemeint. Grigori flucht leise und verlässt den Raum. Als Kaira sein Zimmer betritt, hat er sich etwas beruhigt.

»Alles in Ordnung?«

»Nein.«

»Oh, kann ich helfen?«

»Nicht wirklich. Der Schaden ist angerichtet und, ach verdammt, sie wollte mir doch helfen und ich bin noch gemein zu ihr!«

»Wie?« Kaira, verwirrt von dem Ausbruch steht nun neben ihm.

»Xiri, sie hat sich so Mühe gegeben und ich brülle sie an. Verdammt.«

»Moment, bist du jetzt etwa wütend darauf, dass du auf sie wütend geworden bist?«

»Ja, ich fühle mich mies. Schau dir doch ihren Entwurf an. Sie hat sich solche Mühe gegeben.« Dabei reicht er ihr die kleine Phiole. Nachdenklich mustert die Amarog das Fläschchen und sieht dann den Jungen an, der niedergeschlagen an seinem Pult sitzt.

»Darf ich ehrlich sein?«

»Bitte.«

»Ich finde den Namen gut und es macht dich nicht arrogant. So, wie ich den Norden kenne, werden die meisten deinen Namen eher als eine Art Garantie ansehen. Der Trank kommt von dir, also muss er wirken.«

»Nun, mag sein, aber ich will nicht, dass man so über mich hinweg entschei ... «, im selben Moment lässt er stöhnend den Kopf auf den Tisch fallen. Ob bewusst oder nicht, hat Xiri ihm gerade genau gezeigt, was er ursprünglich angestellt hat. Als er aufsieht, merkt er, dass Kaira ihn besorgt mustert:

»Gehts besser?«

»Nein, ich fühle mich nun noch schlechter.«

»Warum gehst du nicht zu ihr?«

»Ja, warum nicht. Wo ist sie?«

Die Amarog wird verlegen und murmelt, dass die Kleine sich weinend in ihr Zimmer geschlossen hat. Als Grigori das hört, wird ihm übel. Ohne zu zögern, springt er auf und sucht das Zimmer der Harpyie auf. Zu seiner Überraschung lässt sie ihn herein.

»Es ... tut ... mir leid.« Sie kann kaum sprechen.

»Schon gut, das war falsch von mir. Komm her.« Er nimmt sie in die Arme und versucht, sie zu trösten. Nachdem sie sich beruhigt hat, entschuldigt sie sich und verspricht, es wiedergutzumachen. Doch Grigori winkt ab:

»Ehrlich gesagt, ich habe mir vorher Gedanken darüber gemacht. Der Name ist wirklich besser als meiner und das Etikett, das du da gemacht hast, ist super. Ich würde es gerne verwenden.«

»Echt? Natürlich darfst du es verwenden!« Xiri, so sehr sie auch über seinen Zorn erschrocken ist, so schnell hat sie ihm verziehen. Der Gedanke, dass ihm das Etikett gefallen hat, freut sie sehr.

»Du müsstest es halt noch einmal zeichnen, damit ein Holzschnitt angefertigt werden kann, so können wir es schneller verdoppeln.«

»Ja, ich weiss! Meister Tarou hat mir das gezeigt.«

»Meister Tarou?«

»Ein berühmter Braumeister von den Starkpfoten. Die Herrin hat ihn extra herkommen lassen, sodass ich vom Besten lernen kann. Er ist Braumeister in der zehnten Generation und das soll bei Kitsunen was heissen.«

»Nicht schlecht.« Grigori nickt beeindruckt. Der Klan der Starkpfoten ist bekannt für seine Handwerker und Braumeister.

Lohnende Arbeit

Die Produktion kommt nur schwierig voran. Ausbildung und Arbeit fordern Zeit und dazu kommt das neue Sprachtraining. Auch wird auf einmal von Thea und ihm erwartet, sich mindestens einmal in der Woche im Rat sehen zu lassen.

DIE RATSSITZUNG GEHT SCHEINBAR EINE KLEINE EWIGKEIT. Das Gespräch handelt von den ersten Berichten der Farmer und Jäger, weder spannend noch lehrreich. Als sie endlich fertig sind, eilt er in sein Labor. Wieder hat er nur noch zwei Wochen Zeit und kaum die Hälfte des Solls ist geschafft. Sich endlich eingestehend, dass er ohne Hilfe nicht weiterkommt, nimmt er seinen Mut zusammen und verfasst mehrere Dokumente. Damit macht er sich auf den Weg und nach kurzem Erkunden erfährt er, dass Mari ihren freien Tag hat. Kurz darauf steht er vor der Türe, die zu ihrem Raum führt. Diesen Teil der Festung betritt er nur selten. Alle Angestellten, die nicht über eine Familie verfügen, werden in den kleinen, aber gemütlich eingerichteten Räumen untergebracht. Als er klopft, dauert es einen Moment, doch ist Mari anwesend. Die so überraschte Kitsune wirkt erschrocken:

»Herr! Ist etwas nicht in Ordnung?«

»Nein, nein, ich störe doch nicht, oder?«

»Nein, ähm, kommt doch herein.« Verlegen macht die Kitsune Platz und Grigori betritt das Zimmer. Neben dem Bett hat es noch einen Tisch und eine Kommode. Grigori setzt sich auf den einzigen Stuhl, Mari nimmt auf dem Bett Platz. Dabei legt sie ein Buch zur Seite.

»Tut mir leid, dich an deinem freien Tag zu stören, aber ich möchte dir einen Vorschlag machen.« Grigori räuspert sich nervös:

»Wie viel verdienst du im Moment?«

»Im Monat eine Goldkrone und zehn Silber.« Sie wirkt stolz, als sie das sagt.

»Gut, hat dir die Arbeit bei mir im Labor Spass gemacht?«
»Ja, sehr sogar. Ich, nun ich hatte gehofft, dass ich wieder helfen könnte. Ich möchte mich auch noch für die grosszügige Belohnung bedanken.« Grigori mustert sie, ihre Antwort scheint ehrlich zu sein.
»Deswegen bin ich hier. Ich möchte, dass du von nun an für mich arbeitest. Du würdest dich um die Produktion der Tränke kümmern, die verkauft werden. Am Anfang wärst du alleine, aber wenn alles klappt, würdest du zur Produktionsleiterin.« Ihr verblüffter Blick verunsichert ihn kurz, als er fortfährt:
»Ich biete dir am Anfang drei Goldkronen im Monat an. Du wärst verantwortlich für Produktion und Qualitätskontrolle. Zudem müsstest du das Lager verwalten.«
»Herr, ich habe so etwas noch nie gemacht! Ich bezweifle, dass ich die Richtige dafür bin.«
»Ich denke, dass du sogar die perfekte Wahl bist. Nicht nur, dass du sehr fleissig warst, deine Idee mit dem gestaffelten Brauen hat die Produktion massiv beschleunigt.«
»Dürfte ich noch immer hier wohnen? Und das Essen?«
»Das würde sich nicht ändern. Solltest du nach einer Weile feststellen, dass du im Labor nicht glücklich bist, werde ich dafür sorgen, dass du deine jetzige Arbeit wiederbekommst. Du solltest also keine Nachteile haben.« Dabei zieht er eines der Dokumente aus seiner Tasche und gibt es ihr. Sie liest es durch und nickt dann entschlossen:
»Einverstanden. Ich würde es gerne probieren.«
»Dann brauche ich nur deine Unterschrift, um den Rest kümmere ich mich.« Kaum verlangt, steht die Kitsune auf und fischt ein kleines Tintenfass mit Stift aus der Kommode, danach unterschreibt sie. Sie dankt Grigori noch einmal für die Chance und als er den Raum verlässt, folgt sie ihm.
»Du darfst ruhig deinen freien Tag noch geniessen.«
»Ich danke, aber ich glaube, ich habe viel zu tun. Immerhin bekomme ich mein Geld ja nur, wenn die Arbeit erledigt ist.« Sie grinst breit und eilt dann davon. Grigori sucht dafür das Arbeitszimmer seiner Mutter auf.

»Nanu, was brauchst du diesmal?«
»Gehst du immer davon aus, dass ich etwas will, wenn ich dich besuche?«, fragt Grigori verwundert.

»Ja, aber nicht nur bei dir, auch meine anderen Kinder leiden unter diesem Verdacht.« Die Apepi lächelt süffisant, als sie den verlegenen Blick ihres Jüngsten sieht.

»Nun ich, ähm, ich habe Mari angestellt.«

»Bitte?«

Grigori erklärt, was er soeben gemacht hat und die Herrin des Nordens hört immer faszinierter zu.

»Natürlich darf sie den Raum behalten. Ich sorge dafür, dass es da keine Probleme gibt.«

»Danke, ich hätte das aber gerne schriftlich. Nur, dass mir niemand etwas vorwerfen kann.« Damit überreicht er das zweite Dokument, das er geschrieben hat. Es ist eine Garantie, dass Mari ihre Arbeit jederzeit wieder bekommen kann und dass sie auch weiterhin allen Komfort geniesst, der mit ihrer früheren Anstellung verbunden war. Die Herrin liest das Dokument durch und nickt zufrieden, danach unterzeichnet sie es.

»Grischa, sollte etwas schieflaufen und du kannst einmal ihren Lohn nicht zahlen, dann kommst du zu mir. Ich übernehme das dann.«

»Danke«, diese Garantie erleichtert ihn.

»Deine erste Angestellte und das bevor du selber volljährig bist. Nicht schlecht.« Sie nickt zufrieden.

»Nun, wenn alles klappt, folgen weitere.«

»Grosse Pläne, was?«

»Nun ja, sagen wir mal, ich habe meine Gründe, so zu handeln. Ich habe mir sagen lassen, dass der Rat trotz der grosszügigen Anerkennung, nicht ganz glücklich ist mit meiner Macht. Ich habe vor, ihnen ein Schnippchen zu schlagen.«

»Pass auf, dass du dich nicht verspielst. Deine bisherigen Erfolge sind zwar gut, aber noch bist du kein Meister«, warnt die Herrin besorgt.

»Ich weiss, aber ich lerne schnell und zudem habe ich nicht vor, alleine zu agieren. Ich kenne da ein paar Experten. Nysa zum Beispiel.«

»Bei den Alten! Bitte, bitte, mach nichts Dummes. Grischa, ich vertraue dir ja, aber wenn du so etwas sagst, muss ich mir Sorgen machen!«

»Wie gesagt, ich habe einen Plan, der eigentlich klappen müsste. Aber ich warte damit, bis der Rat seine Karten zeigt. Ich hoffe, dass dies noch eine Weile dauert. Ich muss mich erst noch um mein Unternehmen kümmern.«

»Dein Unternehmen?«
»Nun, im Moment ist es erst im Aufbau.«

Der Rest des Monats vergeht schnell und Mari beweist sich. Nicht nur, dass sie das Produktionsziel erreicht, sie findet sogar noch Zeit, sich um das schwindende Lager zu kümmern. Grigori bekommt am Tag der Übergabe an Ketil von ihr eine Liste, die er sogleich an Nixali weitergibt. Diese nimmt die Bestellung erstaunt entgegen, sagt aber nichts dazu. Auch nicht, als er die ganze Bestellung im Voraus zahlt. Wieder hatte er fünfhundert Kronen erhalten. Mit dem Geld vom letzten Monat begleicht er die Kosten für diese Lieferung und zahlt Mari zum ersten Mal ihren neuen Lohn aus. Dabei übersieht er geflissentlich die Tatsache, dass sie nur einen halben Monat gearbeitet hat. Als er am Abend in seinem Labor alles kontrolliert, findet er ein Dokument von Miri vor. Darauf steht eine ganze Liste von Eiden, die Verschwiegenheit und Treue garantieren. Es dauert einen Moment bis ihm klar wird, was das soll. Am nächsten Tag sucht er Mari auf. Diese zögert keinen Augenblick und stimmt zu. Grigori, der selber Eide geleistet hat und weiss, wie es geht, bittet Kaira, als Zeugin zuzuhören. Verwundert, aber wie immer hilfsbereit, hört sie sich die Eide an und leistet ihren Beitrag. Auch Miri ist anwesend. Zwar war sie nicht eingeladen, aber das stört sie scheinbar nicht. Grigori, der die Zeremonie schnell beenden will, wird jedoch rüde unterbrochen.

»Auch Kaira muss schwören.«
»Bitte? Miri, das geht zu weit!«
»Du weisst warum!« Die Miniri ist unerbittlich. Mari und Kaira tauschen verwunderte Blicke.
»Kaira, wärst du bereit, die Eide abzulegen?«
»Ja, für dich, aber was ist los?«
»Das kann ich dir erklären, wenn du geschworen hast«, erklärt Grigori geschlagen. Diesmal dient Mari als Zeugin. Kaum ist Kaira fertig, setzt sich Miri mit den anderen an einen Tisch im Labor und berichtet.
»Du, du bist also eine Unnennbare?«, fragt Mari beeindruckt.
»Ja, wobei ich vielleicht gerade ein paar der alten Regeln missachte. Ich habe aber meine Gründe. Grigori vertraut Kaira und ich habe euch beide beobachtet. Er scheint auch dich für fähig zu halten. Das deckt sich mit meinen Feststellungen. Aber seid beide gewarnt. Ich habe keinen Grund euch gegenüber dieselbe Rücksicht an den Tag zu legen wie

bei ihm. Ein unbedachtes Wort und ihr werdet bestraft.« Die Miniri klingt dabei erschreckend sachlich.

»Warum hast du sie eingeweiht?«

»Weil es so einfacher ist. Ich kann mich nun unter euch frei bewegen. Ausserdem mag ich dich, Kaira. Du hast mich schwer beeindruckt mit deinem Angriff auf die Kitsunen und dafür werde ich dich belohnen. Du wolltest, dass ich dir beibringe, so zu kämpfen, wie ich es kann? Lässt sich einrichten. Ich wollte erst anders vorgehen, so geht es einfacher. Auch du«, dabei deutet sie auf Mari, »wirst das eine oder andere lernen.«

»Und ich?«

»Verzeih, kleiner Wächter der Festung. Aber du nützt mir im Labor mehr, als auf dem Schlachtfeld.«

»Hey!«

Die anderen beginnen zu lachen. Die angespannte Stimmung lässt sofort nach und als Miri gegangen ist, unterhalten sich Kaira, Mari und Grigori noch eine ganze Weile über das Gehörte. Ihm wird dabei klar, was Miri gemacht hat. Endlich kann er sich jemanden anvertrauen. Mit ihrer Erfahrung hat sie die Personen ausgewählt, die dafür am besten geeignet sind.

Die Produktion unter Mari verläuft planmässig und Grigori nutzt seine wenige freie Zeit, um Mari die Grundlagen der Alchemie beizubringen. Dabei wird der Mangel an Lehrmaterial immer klarer, doch löst Mari das Problem mit einer schnell wachsenden Sammlung an Aufzeichnungen. Neben der Produktion der Tränke übt sich die Kitsune auch an den Rezepten, die Grigori ihr jeweils als Aufgabe übergibt.

»Sehr gut! Der Trank ist perfekt.«

»Danke Herr, aber was genau bewirkt er?«

»Eigentlich sollte er gegen Erkältungen wirken. Aber da in der Festung so gut wie nie jemand krank wird, ohne direkt von den Heilern umsorgt zu werden ... nun ... ich konnte ihn bisher noch nicht testen. Ich hoffe auf diesen Herbst, Manabu hat mir versprochen, dass er nach Freiwilligen Ausschau hält.«

»Woher wissen wir, was ein Trank bewirken sollte, wenn wir ihn nicht testen können?«

»Die Kräuter, die wir verwenden, sind der Hinweis. Zum Beispiel brauchen wir Sonnengras in ›Grigoris Jungbrunnen‹. Sonnengras ist aber auch ein wichtiger Bestandteil aller Tränke, die Knochenbrüche behandeln. Also können wir davon ausgehen, dass Sonnengras etwas enthält, das Knochen betrifft. Alle Kräuter und Zutaten lassen sich so einordnen.«

»Das herauszufinden, klingt nach viel Arbeit...«, die Kitsune sieht besorgt auf das Regal, das mit Kräutern gefüllt ist.

»Ja, aber darum geht es doch in der Alchemie. Ich habe durch Vergleichen vieler alter Rezepte um die drei Dutzend Kräuter so sortieren können, dass ich mir ungefähr vorstellen kann, was sie bewirken. Leider ist das nur ein grober Überblick und alles andere als genau. Ich versuche deshalb, eine Methode zu finden, mit der wir das beschleunigen können.«

»Wie haben die alten Alchemisten das gemacht?«

»Gute Frage, ich weiss es leider nicht. Scheinbar ist Alchemie etwas, das man nicht gerne mit anderen teilt. Kaum jemand hat seine Methode aufgeschrieben. Zudem bin ich zur Überzeugung gelangt, dass viele der alten Meister magisch begabt waren und über Zauber verfügten, die bei der Arbeit geholfen haben. Diese Zauber sind jedoch ebenfalls verloren. Ich werde jedoch Mizuki bitten, dir alles beizubringen, was wir gefunden haben.«

»Ich bezweifle, dass ich dafür die Richtige bin.« Die Kitsune wirkt niedergeschlagen. Sie streicht in Gedanken verloren über einen ihrer beiden Schweife. »Ich kann gerade mal die Grundlagen.«

»Nun, ein Versuch ist es immer wert!«, erklärt er entschlossen und zufrieden sieht er, dass sie sich davon aufmuntern lässt.

»Gut, danke. Bevor ich es vergesse, das Sonnengras geht langsam zur Neige. Ich habe genug für diesen und nächsten Monat. Auch die anderen Kräuter gehen zur Neige. Ich hoffe, dass wir Nachschub bekommen.«

»Seltsam, der hätte bereits eintreffen sollen. Ich werde mich einmal umsehen. Geh aber sicherheitshalber zu den Gärtnern und lasse alle Kräuter anpflanzen. Ich hoffe, dass dies notfalls ausreicht.«

»Gut, dürfte ich eine schriftliche Bestätigung haben?«

»Klar.«

Der Monat geht zu Ende und wieder kauft Ketil die Tränke, jedoch erklärt er, dass er eigentlich mehr bräuchte. Er habe alleine dreihundert Vorbestellungen. Grigori, erfreut darüber, verspricht, die Produktion, wenn möglich, zu steigern. Jedoch hat er kurz zuvor erfahren, dass keine weiteren Nachschublieferungen eintreffen werden. Der Händler, der sonst die Kräuter aus dem Osten bringt, begründet den Ausfall mit der gesteigerten Nachfrage in der Heimat. Da Sonnengras bei den Kitsunen eine beliebte Zutat in der Küche ist, überrascht es Grigori nicht besonders. Seine Hoffnungen ruhen nun in den Gärten der ewigen Festung, jedoch scheint dort nicht alles ganz so zu laufen wie geplant. Die ersten Ernten, die ihm geliefert werden, sind mehr schlecht als recht. Mari und er finden zu ihrem Leidwesen heraus, dass sie mehr als die doppelte Menge benötigen, um den Trank herzustellen. Auch die anderen Kräuter sind schwächer. Die Feuernessel, die wegen ihrer schmerzstillenden Wirkung im Zentralreich bei den Menschen bekannt ist und von allen als Kräutertee genutzt wird, ist kaum zu gebrauchen. Als Grigori die Gärten aufsucht, wird er von der Gartenmeisterin empfangen. Diese zeigt ihm die Beete und erklärt, dass ihnen das Problem bewusst sei, jedoch würden sich nicht alle Pflanzen so einfach in einem Gewächshaus grossziehen lassen.

»Wie bauen die Kitsunen im Osten Sonnengras an?«

»Auf grossen Feldern. Dabei ist es wichtig, dass sie viel Sonne abbekommen. Wir simulieren das so gut es geht, jedoch kann Magie nicht alle Probleme lösen.«

»Nun gut, was ist mit der Feuernessel?«

»Verzeiht Herr, doch ist das mehr ein Unkraut als ein Kraut. Ich verstehe ja, dass ihr die Pflanze als Zutat braucht, aber alle Lehrbücher und Informationen, die mir vorliegen, sind mehr gegen das Wachstum des Krautes gedacht. Wir versuchen natürlich, weiterhin Erfolg zu erzielen.« Damit verabschiedet sie sich und überlässt Grigori der Obhut eines alten Lamia-Gärtners, der sich alle Mühe gibt, die Fragen des Jungen zu beantworten. Als er die Beete wieder genauer in Augenschein nimmt, fällt ihm auf einmal ein einzelnes kleines Beet am Rande der Anlage auf und neugierig geworden, geht er es sich ansehen. Auch wenn er nicht viel von Pflanzen versteht, ist ihm sofort klar, dass hier jemand, mit viel Liebe zum Detail, ein wildes Durcheinander gepflanzt hat. Jedoch scheinen die Pflanzen davon nicht besonders beeindruckt. Im Gegenteil, sie erwecken einen viel gesünderen und kräftigeren Eindruck. Es dauert einen Moment, bevor er erkennt, dass unter den Pflanzen auch Feuernesseln sind, die bedeutend besser aussehen, als diejenigen in den offiziellen Anlagen.

»Was ist das?«

»Das ist die Meisterarbeit von Sera. Sie könnte eine grossartige Gärtnerin werden, wenn sie nicht dauernd Ärger hätte.«

»Warum Ärger?«

»Nun, Meisterin Natsumi ist eine sehr klassisch eingestellte Kitsune. Sie vertritt die Meinung, dass man Pflanzen sauber und ordentlich anpflanzen muss und dass die Lehrbuch-Meinung sich nicht umsonst seit langer Zeit bewährt hätte.«

»Nun, ich sehe hier zumindest ein Beispiel, welches dagegen spricht.« Grigori mustert die Feuernesseln dabei nachdenklich.

»Natürlich! Pflanzen sind aufeinander angewiesen! In der Natur gibt es keine Monokulturen.« Die Stimme ist aufgeregt und trotzig. Als sich Grigori umdreht, steht hinter ihm eine Harpyie. Sie wirkt nur wenig älter als Xiri, wo diese jedoch versucht, ihre blauen Federn im perfekten Zustand zu halten, scheint diese Harpyie sich kaum dafür zu interessieren. Geknickte und dreckige Federn deuten auf die harte Arbeit in den Gärten hin und Grigori vermutet, dass sie sich weniger für das Fliegen interessiert als für Pflanzen.

»Sera, nehme ich an?«

»Ja! Na gefällt meine ›nicht akzeptable Abschlussarbeit‹?« Dabei äfft sie den Tonfall von Natsumi nach. Sie ist sichtlich aufgeregt, ihre Augen blitzen vor Zorn.

»Ja, sehr sogar. Ich würde gerne eine Probe der Feuernesseln testen.«

»Du kannst nehmen, was du willst. Das Beet wird nicht für meine Meisterprüfung akzeptiert, obwohl meine Pflanzen gut und stark gewachsen sind.« Sie gibt sich nicht einmal Mühe, den Rang von Grigori zu beachten. Scheinbar hat sie die schlechte Nachricht gerade erfahren. Nachdem er Proben der Kräuter gesammelt hat, verabschiedet er sich. Sera beachtet ihn nicht weiter und stampft davon.

»Die sind perfekt!«, erklärt Mari überrascht.

»Ja, alle Kräuter, die von Seras Beet stammen sind massiv besser als die anderen.« Grigori nickt und mustert die Reihe von Gläsern und alchemistischen Gerätschaften. Er, Mari und Mizuki sind dabei, die Proben zu analysieren, wobei Mizukis Fähigkeiten sich wieder einmal als besonders wertvoll herausstellen. Seit dem Abendessen sind die drei beschäftigt.

»Ich würde sagen, die lösen deine Probleme, Grischa.« Mizu nickt nachdenklich. »Achtung, Mari, wenn du das so machst, besteht die Gefahr, dass der Zauber den Trank zerstört!«

»Entschuldigt Herrin, ich kann den Zauber einfach nicht stabilisieren.«

»Keine Sorge, das lernst du noch. Zudem bin ich noch immer keine Herrin, sondern Mizuki«, bei diesen Worten schmunzelt die Kitsune. Mari, die sich scheinbar schwertut, die Tochter der Herrin des Ostens als gleichrangig anzusehen, zuckt erschrocken zusammen und mit einem lauten Krachen zerspringt das Becherglas, mit dem sie gerade beschäftigt war. Mit einem traurigen Seufzer mustert sie den Scherbenhaufen auf dem Tisch.

»Nun, wenn es dich tröstet, der Zauber ist nicht ausgereift und uralt. Ich brauchte beinahe eine Woche, bis ich ihn beherrschte.«

»Ich habe das schon von Herrn Grigori erfahren. Scheinbar sind die alten Alchemisten ziemlich geheimnistuerisch.«

»Nicht nur die alten, die neuen auch. Ich habe versucht, ein Buch der Schattenschweife zu bekommen. Keine Chance«, erklärt Grigori amüsiert, während er mithilft, das Chaos zu beseitigen.

»Danke, Herr, aber ich würde empfehlen, einen anderen Magier für diese Analysen zu finden. Ich bin dafür nur bedingt die Richtige.«

»Sehen wir noch. Mizu, ich danke für deine Hilfe. Wenn es dich nicht stört, würdest du die Zauber alle aufschreiben und mir geben? Wir sammeln im Moment alles über die Alchemie zusammen, was wir finden können.«

»Klar, Mari, ich werde die Zauber noch ein paar Mal mit dir üben. Wäre das in Ordnung?«

»Natürlich Herrin, ich meine Mizuki. Danke für die Geduld.«

Mizuki zieht sich zurück, während Mari und Grigori für Ordnung Sorgen. Dabei unterhalten sie sich über das Pflanzen-Problem. Als er sich zu Bett begibt, steht sein Plan fest, wieder hat er Dokumente vorbereitet.

Wieder sucht er die Gärten auf und als er diesmal dort eintrifft, sieht er gerade, wie Sera ihr Beet leert.

»Warte, bitte«, ruft er und eilt zu ihr. Die meisten der Pflanzen sind in kleine Töpfe umgesiedelt und den zwei feuchten Spuren im Gesicht der

Harpyie nach ist sie noch immer unglücklich über die Situation. Dennoch hört sie auf und wischt sich schnell über das Gesicht:

»Warum? Ist doch eh alles falsch.«

»Nein, deine Pflanzen sind genau das, was ich brauche. Ich wollte ...«, bevor er weitersprechen kann, eilt Gartenmeisterin Natsumi auf sie zu. Ihr besorgter Blick verrät, dass sie nicht viel von der Idee hält, dass sich Sera und er in Ruhe unterhalten.

»Verzeiht, Herr, ich konnte nicht eher kommen.«

»Schon gut, ich wollte ja eigentlich zu Sera.«

»Bitte?« Die Kitsune kann ihre Überraschung nicht verbergen.

»Nun, ihre Kräuter sind genau das, was ich brauche. Es ist klar, dass sie eine meisterhafte Gärtnerin ist. Wie du ja gestern gesagt hast, Meisterin Natsumi, ihr alle habt hart an einer Lösung für mein Problem gearbeitet und ich danke dafür.« Er muss sich zusammenreissen. Beide, Sera und Natsumi, starren ihn verwirrt an:

»Ich meine, dass so gute Arbeit belohnt werden muss. Soweit ich gehört habe, war das die Meisterarbeit? Dass sie diese bestanden hat, ist kaum zu bezweifeln, wenn selbst ein Amateur wie ich die Qualität ihrer Pflanzen feststellen kann.« Er weiss natürlich, dass dem nicht so ist, jedoch hat er diesen kleinen Trick von seiner Mutter gelernt.

»Natürlich!«, verkündet Natsumi scheinbar von sich selber überrascht. »Sera hat hier klar bewiesen, dass es manchmal abnorme ... ähm ... Lösungen braucht. Das zeichnet einen wahren Meister aus?« Sie klingt komplett verwirrt, als sie das sagt. Grigori, der ein Grinsen unterdrücken muss, nützt seine Chance und wendet sich an Sera:

»Ich gratuliere, Meistergärtnerin Sera. Dazu danke ich auch für die gute Arbeit. Ich sehe, du bist im Moment beschäftigt, ich würde mich aber gerne mit dir in Ruhe unterhalten, sobald du Zeit hast.«

»Natürlich, ich komme am besten in dein Labor, nach dem Mittagessen?«

»Perfekt. Ich muss jetzt leider los, mein Training wartet. Danke noch einmal Meisterin Natsumi, ich wollte wirklich nicht stören.« Damit eilt er davon. Hinter sich hört er, wie die Gartenmeisterin beinahe knurrt:

»Ich weiss ja nicht, wie du das gemacht hast, aber ich gratuliere ebenfalls. Aber das wird noch Konsequenzen haben, Meisterin Sera!«

Als er vom Mittagessen in sein Labor kommt, hockt Sera bereits dort. Sie hat sich sichtlich Mühe gegeben, die Federn gereinigt und frische Kleider angezogen. Als er den Raum betritt, springt sie auf und wie es scheinbar ihre Art ist, grüsst sie:

»Ich weiss nicht, wie ich dir danken soll! Zwar ist Meisterin Natsumi wütend, aber das ist ja egal.«

»Schon gut, das war nicht ganz wie geplant, aber es hat sich so ergeben.« Er kann ein Grinsen nicht unterdrücken. Mari, die wieder am Brauen der Tränke ist, wirft der Harpyie einen verärgerten Blick zu. Die Missachtung seines Ranges scheint sie zu ärgern.

»Nun, was hast du vor, nach bestandener Prüfung?«

»Ich? Keine Ahnung, ich kann nur hoffen, dass mich Natsumi nicht rauswirft.«

»Ich bräuchte dringend eine Gärtnerin, die offen für neue Ideen und imstande ist, alles anzupflanzen, was wir brauchen.«

»Ich denke, da bin ich die Richtige. Es gibt keine Pflanze, die ich nicht zum Wachsen bringe!« Die Antwort ist grossspurig, doch kann Grigori sehen, dass sie es ernst meint.

»Du müsstest allerdings eine Anlage hier in einem der Räume einrichten. Ich sorge dafür, dass du alle Materialien bekommst.«

»Ich darf so einrichten, wie ich es will?«

»Ja, mich interessieren die Ergebnisse mehr als der Weg. Ich brauche jeden Monat frische Kräuter. Mari würde dir eine genaue Liste geben, wie viel von was. Am Anfang wärst du alleine dafür verantwortlich. Sollten sich die Umstände jedoch verändern, bekommst du Untergebene.«

»Einverstanden, wann fange ich an?«

»Sofort, wenn das so in Ordnung geht.«

»Geht, ich bin sicher, dass Natsumi froh darüber ist.« Die Harpyie strahlt zufrieden.

»Gut, du bekommst zweieinhalb Goldkronen im Monat. Mari ist dir im Rang zwar vorgesetzt, was die Gartenanlagen betrifft, hast du jedoch das Sagen, einverstanden?«

»Klar!« Die Harpyie nickt zustimmend. Auf den fragenden Blick von Grigori hin, nickt auch Mari:

»Natürlich Herr, ich werde ihr die Liste sofort geben. Dazu helfe ich gerne beim Aufbau.«

»Keine Sorge Mari, ich werde gleich noch zu den Handwerkern gehen, wir brauchen jemanden, der uns hilft. Ich möchte die Kisten für die Tränke selber herstellen, ausserdem brauchen wir mehr Regale. Ich denke, hier gibt es genug Arbeit für drei.« Damit reicht er Sera den Vertrag und diese unterzeichnet.

»Zuerst suchen wir uns den Raum aus, dann gehe ich alles organisieren.«

Als er den Bereich der Festung aufsucht, in dem die Handwerker sind, wird er unsicher. Er weiss nicht genau, wonach er sucht. Er braucht sicher jemanden, der schreinern kann, aber auch die anderen Handwerke sind für ihn spannend. Also sucht er zuerst die Schreiner auf. Dort wird er von einem jungen Kitsunen empfangen, der sich auf die Beschreibung von Grigoris Vorstellung hin nachdenklich in der grossen Werkstatt umsieht.

»Schwierig, ich brauche eigentlich alle hier. Aber da war vor ein paar Jahren eine Lehrtochter, Cassandra. Eine talentierte Schreinerin, aber nicht zufrieden mit der Arbeit. Sie ging zu den Schmieden, so weit ich weiss, hat sie diese Ausbildung auch abgeschlossen. Würde mich aber nicht wundern, wenn sie bereits nach einer neuen Herausforderung sucht.«

Nachdem er sich für die Information bedankt hat, sucht er die Schmiede auf, wo Meisterschmied Ronyn, der Sturmwolf, ihn freundlich empfängt. Er bestätigt die Informationen um Cassandra und erklärt, dass sie nun bei den Glasbläsern ist. Auch erfährt Grigori, dass er sie gerne als Schmiedin behalten hätte. In der Hoffnung, diese Cassandra zu finden, sucht er die Glasbläser auf. Wie immer sitzt der alte Meister in seinem Büro. Das Fell des Kitsunen ist ergraut und die vielen Falten zeugen vom hohen Alter des Dreischwanzes.

»Herr, wie kann ich helfen? Braucht ihr mehr Phiolen?«

»Nein, noch nicht. Meister Yasu, ich suche eine gewisse Cassandra, eine Lamia, die bei euch in der Ausbildung sein soll.«

»Cassandra? Ja, die ist bei meinem Sohn in der Lehre. Sie ist ein Naturtalent, aber schnell unzufrieden, wenn die Arbeit zu monoton wird. Aber das soll die Jugend doch dürfen. Wo wären wir, wenn man nicht mal was Neues probiert.«

»Gut, dürfte ich mit ihr sprechen?«

»Klar, kommt mit.«

Als sie die Halle betreten, wird Grigori von der Hitze beinahe umgeworfen. Doch lässt er sich nichts anmerken und folgt dem Alten. Überall arbeiten die Glasbläser, dabei sind sie meistens zu zweit. Fasziniert sieht Grigori wie eine Gruppe junger Monster gerade eingewiesen wird, dabei präsentiert ein alter Lamia die Werkzeuge, indem er eine komplizierte Glasfigur formt.

»Wir sind dabei, neues Personal auszubilden. Wir kommen kaum noch nach mit den Aufträgen, alleine eure monatlichen Lieferungen wären genug. Aber dazu muss die ganze Festung versorgt und das Handelsgut hergestellt werden. Auch fallen viele potenzielle Lehrlinge aus, da die Rekrutierungen für viele verlockender wirkt, als die Arbeit in den Werkstätten.«

»Im Moment geht es erst mal wieder um das Aufstocken der Armee. Wir haben grosse Verluste erlitten und brauchen junge und tüchtige Kämpfer.«

»Ich weiss, Herr, das war kein Vorwurf. Im Gegenteil, ich finde es gut, so können junge Interessenten den Beruf erlernen, den sie wollen. Keine Familienbande zwingen sie, das Handwerk des Vaters zu lernen. Ich wurde nur Glasbläser, weil es Tradition war. Als sich mein Sohn dazu entschlossen hat, war ich überglücklich. Aber ich fürchte noch immer, dass er es nur mir zuliebe tat.«

»Nun, ich kenne Kyo langsam, ich bin mir sicher, dass er sich wirklich für das Handwerk interessiert. Immerhin ist er derjenige, der meine alchemistischen Gerätschaften erschaffen hat.«

Sie erreichen eine der kleineren Seitennischen. Darin arbeitet eine Lamia gerade unter der Anweisung von Kyo an einer Skulptur. Grigori mustert die Lamia interessiert, sie trägt das Haar kurz geschnitten und ihr Gesicht wirkt entschlossen. Mit geschickten Drehungen formt sie das Glas und Kyo nutzt ein Holzpaddel, um es zu stützen. Als die beiden ihre Besucher bemerken, bittet der zukünftige Werkstattchef um Geduld. Gespannt sieht Grigori zu, wie aus dem Glas eine einfache, aber elegante Spirale gedreht wird, die zur gleichen Zeit selber verdreht wird. Das dabei entstehende Muster hat beinahe etwas Hypnotisches. Als sie ein paar Minuten später unterbrechen, wirkt Kyo zufrieden:

»Sehr gut, perfekt gedreht und gleichmässig. Das ist eine schwere Übung. Schönes Stück. Wird Teil eines Zimmerbrunnens, für die Bibliothek. Sadako nutzt die Chance, gewisse Einrichtungen zu verändern.«

»Bin ich ja gespannt, tut mir leid, euch zu stören. Aber ich hatte gehofft, mit Cassandra zu sprechen.« Grigori bemerkt, dass die Lamia überrascht aufsieht. »Keine Sorge, ich bin hier, aufgrund der Empfehlung von mehreren Handwerksmeistern.«

»Natürlich, Herr. Grossmeister Yasu, können wir uns in das Büro zurückziehen?«

»Gewiss!«

Als sich die beiden in dem kleinen Raum hinsetzen, mustert die Lamia den jungen Mann vor sich neugierig:

»Wie genau komme ich zu dieser Ehre, Herr?«

»Nun, ich bräuchte dringend eine helfende Hand in meinem Labor, bevorzugt jemanden mit handwerklicher Erfahrung. Als ich die Schreiner aufsuchte, fiel dein Name und die Schmiede bestätigten dein Talent.«

»Ich werde mich bei ihnen bedanken, aber was genau wäre die Aufgabe, für die ihr eine helfende Hand sucht?«

Während Grigori erklärt, beginnen die Augen der Lamia zu leuchten, scheinbar fasziniert sie die Aussicht, nicht nur verschiedene Handwerke gleichzeitig auszuüben, sondern auch noch die Alchemie zu erlernen. Dabei reagiert sie überhaupt nicht auf den überdurchschnittlichen Lohn, den er offeriert.

»Herr, das klingt sehr spannend, aber ich bin hier in der Lehre und habe versprochen, sie durchzuziehen.«

»Kann ich verstehen, ich würde mit deinen Meistern sprechen, vielleicht können sie einen Monat auf dich verzichten. Ich würde alle Kosten übernehmen.«

Als sie die beiden Kitsunen dazu holen, wird schnell klar, dass Kyo es zwar bevorzugen würde, sie als Angestellte zu behalten, da er grosses Potenzial in ihr sieht, aber er versteht auch die Reize, die von dem Angebot ausgehen, welches Grigori ihr gemacht hat. Yasu hingegen spricht sich sofort dafür aus, dass sie ihre Chance nützen solle. Er hat bereits erkannt, dass die Lamia sich schnell wieder bei ihnen langweilen würde. Sie sucht immer nach neuen Herausforderungen und auch wenn die Glasbläserei da viele zu bieten hat, ist sie schnell unterfordert.

Da sie so gut wie fertig war mit der Ausbildung und beide Meister der Ansicht sind, sie könne das Handwerk, wird die Ausbildung als beendet erklärt und Cassandra offiziell als Glasbläserin anerkannt. Während Grigori die Dokumente vorbereitet, die ihm als Absicherung dienen, hört er, wie Yasu der Lamia gratuliert und leise erklärt, dass sie sich durch Zufall genau auf diesen Moment vorbereitet hätte. Auch Kyo stimmt zu und erklärt eine Bereitschaft, sie jederzeit wieder willkommen zu heissen.

Als Grigori zurück zu seinem Labor kommt, sieht er wie sich Miri und Sera unterhalten.

»Nanu, kennt ihr euch?«

»Das ist einer dieser lustigen Zufälle«, verkündet Miri amüsiert.

»Warum?«

»Weil du gerade meine Gärtnerin angestellt hast. Als sie ihre Ausbildung zum Gärtner angefangen hat, suchte ich sie aus, um für mich gewisse seltene Kräuter anzubauen.«

»Was?« Grigori starrt die Miniri verdattert an, das konnte doch nicht wahr sein.

»Nun, ich war die Erste, die von Miri damals im Garten angesprochen wurde und da mich die Aufgabe reizte, versuchte ich mich. Viele dieser Kräuter lassen sich nicht mit der alten Weise der Kitsunen grossziehen, ich musste also herausfinden, wie es geht. Verbunden mit meinem persönlichen Interesse, ergab sich eine gute Zusammenarbeit. Aber ich muss jetzt los, so ein Garten organisiert sich nicht von alleine!« Damit verschwindet sie durch die Türe und Grigori steht vor der feixenden Miniri:

»Okay, wie genau hast du das eingefädelt?«

»Das wüsste ich auch gerne, ich scheine besser im Manipulieren zu sein als gedacht. Zufälle gibt es, was?« Damit verschwindet auch sie und Grigori bleibt alleine mit Mari zurück, die sich Mühe gibt, nicht laut zu lachen.

»Verdammt, ich weiss langsam nicht mehr, wer hier eigentlich die Entscheidungen trifft!«

»Nun Herr, das war wohl wirklich nur ein Zufall. Ich bezweifle, dass sie das geplant hat. Immerhin seid ihr, als Sera ihre Ausbildung angefangen hat, noch nicht einmal hier in der Festung gewesen.«

Als er wieder einmal in den Arbeitsraum seiner Adoptivmutter kommt, scheint diese gerade mithilfe der Magie mit Noriko zu sprechen. Als sie ihren Sohn sieht, lächelt die Apepi:

»Ah, der nächste Streich meines Jüngsten, sind wir mal gespannt, wen er diesmal angeheuert hat. Ich melde mich wieder.« Damit unterbricht sie den Zauber und mustert ihn neugierig.

»Ich habe mehrere angeheuert, Sera, die Gärtnerin und Cassandra die Handwerkerin.«

»Kenne ich beide nicht, tut mir leid.« Die Herrin wirkt nachdenklich: »Moment, Gärtnerin? Du darfst die Gärten auch so benützen!«

»Nun, die Kräuter waren schlecht. Gartenmeisterin Natsumi ist eine gute Gärtnerin für normale Anfragen, aber ich habe nun einmal besondere Anforderungen. Und Sera hat bereits beweisen, dass sie diese erfüllen kann.« Damit berichtet er, was passiert ist.

»Gut, verstehe. Ich hoffe, du weisst, was du da angerichtet hast. Du willst mir aber sicher nicht nur von deinen neuen Angestellten berichten, oder?«

»Nein, ich brauche mehr Platz.«

»Für was? Du hast bereits drei Räume.«

»Die reichen nicht aus. Ich brauche die anderen Räume in dem Stockwerk auch, besonders den grossen Lagerraum.«

»Nein.«

»Bitte, ich zahle auch Miete, wenn es das ist.«

»Blödsinn, wie kommst du jetzt auf die Idee? Ich will dir den Raum nicht geben, weil wir ihn brauchen.«

»Nicht wirklich, darin lagern ein paar Baumaterialien, die uralt sind. Die könnte man in einen der kleinen Räume bringen und alles wäre in Ordnung. Zudem wird das Stockwerk sonst von niemandem mehr benutzt. Zumindest seit die Lagerhallen ausgebaut wurden. Ich würde dort niemanden stören und könnte alles so einrichten, wie ich es brauche.«

»Und in einem halben Jahr kommst du mir erklären, dass der Stock nicht mehr ausreicht und du mehr Platz brauchst?«

»Ich hoffe nicht.«

»Hoffe?«

»Nun, ähm...« Grigori wird rot. Er hatte sich verraten, was seine Mutter sofort realisiert hat.

»Du bekommst das Stockwerk gegen eine schriftliche Erklärung, dass du für mindestens fünf Jahre keine zusätzlichen Räume beanspruchen darfst. Zudem keine weiteren Rekrutierungen in diesem Jahr.«

»Ich brauche aber noch einen Magier!«

»Nein, da muss ich sogar wirklich streng sein, wir haben schon so kaum noch Reserven. Alle werden entweder in der Nordwache oder der Armee gebraucht. Wir mussten bereits zusätzliche Magier aus dem Osten holen.«

»Ich brauche ja nur einen ... «

»Nein!«

»Na gut, dann darf ich aber andere rekrutieren!«

»Gut, aber fünf Jahre keine neue Platzvergrösserung.«

»Einverstanden.«

Damit beginnen er und seine Mutter die notwendigen Unterlagen auszufüllen. Dabei bemerkt sie amüsiert, dass ihr Jüngster sich wirklich Mühe gibt, alle Seiten abzusichern. Als sie fertig sind, steht Grigori auf und mustert die Apepi nachdenklich:

»Ich darf also keinen voll ausgebildeten Magier anstellen?«

»Nein, die werden alle gebraucht.«

»Gut, einverstanden, kein voll ausgebildeter Magier dann, schade.« Als er den Raum verlässt, wirkt die Apepi etwas resigniert, die Art und Weise, wie er seinen Satz formulierte, scheint sie alarmiert zu haben und sie kann bereits erahnen, dass er ihre Anweisungen wieder geschickt umgehen wird.

Die Regeln der Magie

Mithilfe der neuen Angestellten kommt die Produktion wieder auf einen grünen Zweig, nicht nur, dass er mehr Tränke anbieten kann, sondern auch mehr Gewinn macht. Seras erste Gartenanlage ist innerhalb eines Monates einsatzbereit. Doch ist dies nur eine einfache Einrichtung in einer der kleineren Räume. Ihr Hauptprojekt fordert Zeit.

GRIGORI MUSTERT ZUFRIEDEN DIE FERTIGEN TRÄNKE. Mari und Cassandra arbeiten gut zusammen. Die beiden Monate, die seit ihrer Einstellung vergangen sind, haben gezeigt, dass Cassandra genauso vertrauenswürdig ist, wie die anderen und auch sie wurde eingeschworen. Doch hat er noch immer sein Magier-Problem nicht gelöst. Mizuki hilft zwar, so viel sie kann, jedoch hat sie selber genug zu tun, denn seit der Frühling begonnen hat, gibt sie Nachhilfe in der Magie. Auch die anderen werden mit zusätzlichen Projekten beschäftigt, wobei ihr normaler Unterricht langsam zu seinem Ende kommt. Während Kaira, Thea und Xiri intensive Trainings erhalten, um eines Tages als Anführer ihrer Rolle gerecht zu werden, müssen Grigori und Mizuki einen zusätzlichen Tag in der Lehre verbringen. Dabei wird Grigori kurzerhand zum Assistenten von Nixali befördert. Nun muss er weniger Kisten schleppen, aber dafür umso mehr Zeit mit dem Rechnen und dem Kontrollieren der Waren verbringen.

Der beginnende und kurze Sommer wird so effizient genützt wie nur möglich. Als die Herrin verkündet, dass neu auch alle das Reiten lernen müssen, freut sich Grigori bereits:

»Tut mir leid, Grischa, aber wie immer findet der Unterricht in den Tälern statt. Bevor du dich jetzt wehrst, bei dir ist es ein Auffrischen, die anderen haben es entweder noch nicht gelernt oder es ist eine Weile her. Xiri, für die Dauer des Reitunterrichts wirst du in einen Menschen verwandelt. Keine Widerworte! Du musst reiten können. Wenn ihr in ein paar Jahren eure traditionelle Reise durch die Welt beginnt, ist es wichtig.«

»Aber ich kann fliegen!«

»Ich weiss, aber du willst doch mit auf die Reise und bei den aktuellen Umständen ist es besser, wenn ihr euch unauffällig bewegen könnt.«

»Warum muss Kaira sich nicht verwandeln lassen? Und Mizu und Thea?«

»Thea muss auch, Mizuki ist von Natur aus menschlich genug, um zu reiten. Im Moment benötigt sie die Maskerade noch nicht. Bei Kaira funktionieren die normalen Zauber nicht.«

»Na gut, wenn Thea auch muss«, mault die Harpyie verärgert. Auch die anderen wirken wenig begeistert, nur Kaira amüsiert sich.

»Tut mir leid, aber ich muss darauf bestehen. Grischa, du kannst zwar reiten, aber eine Auffrischung schadet nicht. Kaira, du musst auch reiten lernen. Ich weiss noch nicht, wie wir das handhaben sollen, wenn ihr auf Reisen geht, aber wir finden eine Lösung. Vielleicht einen Zauber, den dein Körper nicht automatisch abwehrt?«

»Wird schwer, Amarog sind von Natur aus immun gegen Gestaltwandlungszauber«, erklärt Lys nachdenklich. Teiza und Isabella, die mit am Tisch sitzen, unterhalten sich kurz und dann offeriert Isabella:

»Wir würden Blutmagie vorschlagen.«

»Nein, das ist keine Lösung«, lehnt die Herrin des Nordes sofort ab. »Wir lösen das Problem ein anderes Mal. Noch ist Zeit dafür.«

Als Grigori den Arbeitsraum seiner Mutter betritt, mustert sie ihn streng:

»Würdest du deiner Gaunerbande mitteilen, dass sie nicht unbegrenzt unter deinem Schutz stehen?«

»Bitte?«

»Sera! Sie hat zusammen mit Cassandra und Mari einen der Apfelbäume gestohlen!«

»Stimmt nicht! Den habe ich gezahlt!«

»Meisterin Natsumi war da anderer Meinung. Sie wollte den Baum nicht verkaufen.«

»So eine Frechheit!«

»Deshalb seid ihr in der Nacht in den Garten eingebrochen und habt einen geklaut?«

»Nein, wir sind offiziell am Abend mein Eigentum abholen gegangen.«
»Grischa!«
»Ich habe genug Geld liegen lassen!«
»Grigori!«
»Sie wollte keinen der Alten hergeben! Ich war gezwungen, besondere Massnahmen zu ergreifen.«
»Ich darf doch bitten! Besondere Massnahmen?«
»Ja, Sera sagte, sie brauche den Baum, also wollte ich ihn kaufen, aber Natsumi wollte nicht.«
»Also stiehlst du ihn?«
»Ich habe einhundert Goldkronen hingelegt! Das ist mehr als das Dreifache des eigentlichen Wertes.«
»Also gut, ich regle das. Aber du bekommst das besser in den Griff! Ich bekomme andauernd zu hören, dass deine Leute sich vergnügt mit deinen Vollmachten in den Gärten bedienen und auch sonst allerhand anstellen.«
»Nun, ich, wir, ähm ... «, er wird rot, »gewisse Kräuter sind schwer zu bekommen und wir brauchten sie dringend. Ich habe immer gezahlt! Zudem sind das Vollmachten, die zum Einkaufen verwendet werden sollten.«
»Deshalb ist es also in Ordnung, wenn du eine ganze Holzlieferung für neue Beete abfängst?«
»Nixali hatte es mir erlaubt!«
»Netter Versuch. Du und deine Gaunerbande!« Sie schüttelt den Kopf. Grigori hatte in den letzten Monaten mit dem Aufbau seines Alchemiegartens die Nerven der Gartenmeisterin schwer belastet. Dabei war es wohl weniger die Tatsache, was er organisiert hat, sondern mehr die verwendete Methode. Besonders Sera scheint keine Hemmungen zu haben, seltene und teure Kräuter im Garten auszugraben und sie mitzunehmen.
»Ist der Garten fertig?«
»Der erste ja, wenn du ihn dir ansehen willst?«
»Klar, aber erst am Abend, ich darf jetzt Natsumi erklären, dass sie den Baum nicht zurückbekommt. Lass die Spiele in Zukunft!«
»Ich glaube, wir brauchen aber noch einen anderen Baum ... «
»Grigori von den Schwarzschuppen!«
»Schon gut, ich organisiere ihn sonstwo.«

Als Grigori wieder an der Terrasse vorbeireitet, wird er von Isabella zurückgepfiffen. Die Bluttänzerin sitzt im Schatten neben Teiza, welche die Sonne zu geniessen scheint. Auf der anderen Seite des kleinen Tisches sitzt Lysixia.

»Wie kann ich helfen?«

»Bitte sag mir, dass dies nur ein Übungspferd ist.«

»Bitte?« Grigori sieht verwirrt das kleine, aber überraschend starke Pferd unter sich an. Seit er reiten lernt, ist dies sein Pferd. Treu, ausdauernd und geschickt im Klettern, ist es ein typisches Pferd für den Norden. Dabei sieht es sogar ganz gut aus, findet er.

»Nun, doch, ich glaube, das ist mein Pferd. Soweit ich weiss, stammt es aus der Zucht von Harkar, er ist neben der Weissen Hexe, der mit der meisten Kavallerie. Die grosse Ebene zwischen den beiden Bergketten lohnt sich dafür.«

»Aber ... aber das ist ein Arbeitstier!«

»Ja, und?« Grigori fühlt sich seltsamerweise angegriffen. Nicht, dass ihm das Pferd viel bedeutet, aber es ist dennoch sein Pferd: »Snips hat mir schon treue Dienste geleistet. Die wenigen Ausflüge ausserhalb der Festung, auf die ich durfte, war er immer dabei!«

»Snips?«

»Mein Pferd!«

»Welches? Du meinst doch nicht dieses Pony?«

»Hör auf, mein Pferd zu kritisieren!«

»Fang an, eines zu reiten!«, grinst Isabella, wie immer wirkt sie perfekt dabei. Dennoch kann ihr Grigori ansehen, dass sie es nicht ganz so ernst meint.

»Ich muss Grigori in Schutz nehmen, das ist für den Norden ein gutes Pferd.« Erklärt Lys auf einmal.

»Traurige Sache. Wenn ihr mal ausreitet, dann habt ihr doch sicher andere Pferde.«

»Nun, eigentlich reiten nur die Kitsunen, Lamien und Harpyien brauchen es beide nicht und wir Apepi sind auch nicht darauf angewiesen. Ausserdem habe ich auch auf so einem Tier reiten gelernt.«

»Und du, Teiza?«

»Ich reite nur Wyvern und Drachen.« Erklärt die Prinzessin der Drachenlande amüsiert.

»Auch gut, was genau macht dein Bruder da eigentlich?«

»Nun, einer der Offiziere der Nordwache ist heute Morgen bei uns vorbeigekommen und hat gefragt, ob Qimo als Model für den Unterricht herhalten würde. Er fand die Idee lustig. Allgemein geht es ihm hier sehr gut. Niemand verurteilt ihn oder behandelt ihn schlechter wegen seiner Unfähigkeit.«

»Du kennst den Norden langsam, die ticken hier ganz anderes. Sieht man schon an den Ponys!«

»Pah, ich habe Besseres zu tun, als mein Pferd beleidigen zu lassen!«, erklärt Grigori mit gespieltem Ärger und trabt davon. Er kann das Lachen noch eine Weile hören. Dabei beginnt er, sich wieder Gedanken über seine Pläne zu machen. Seine Vorstösse im Rat, bezüglich des Tunnels, werden immer sofort als unnötige Kosten abgeblockt und das Problem des Magiers ist auch noch immer ungelöst. Zwar läuft die Produktion jetzt auf Hochtouren und er kann sich über die Zusammenarbeit seines Teams nicht beklagen, dennoch würde er gerne seine Forschungen wieder aufnehmen. In Gedanken verloren reitet er wieder an der Terrasse vorbei und findet dort seinen Reitlehrer vor, der sich mit Isabella zu unterhalten scheint:

»Was versuchst du jetzt?«

»Nichts, Grischa, nichts. Ich wollte nur ein paar Dinge wissen.« Diese Antwort beruhigt ihn überhaupt nicht.

»Herr, ihr reitet sehr gut. Ich denke kaum, dass ihr jede Woche einen ganzen Nachmittag opfern müsst. Ich werde mit der Herrin sprechen.«

»Danke, das wäre hilfreich.«

Bevor jemand reagieren kann, landet Qimo zwischen den beiden Reitern. Während das Tier von seinem Reitlehrer beinahe durchgeht, reagiert Grigoris Pferd mit einem treudoofen Blick zu dem Drachen. Isabella, die das sieht, beginnt zu lachen:

»Ein wunderbar intelligentes Tier hast du da … «

»Ach sei still! Qimo, was soll das?«

»Ich bin hungrig und da du deinen Reitunterricht beendet hast, wollte ich fragen, ob du das Pferdchen nun noch brauchst.«

»Natürlich! Was ist heute nur los?« Beleidigt trabt er zu den Ställen, während das tiefe Lachen des Drachen ihn verfolgt.

Als er am Abend in seinem Zimmer durch das Bündel an Berichten geht, die er von seinen Angestellten erhalten hat, betritt Mizuki den Raum:

»Darf ich dich kurz stören?«
»Natürlich.«
»Ich habe da eine Idee für dein Problem. Ich betreue seit Kurzem einen jungen Mondsänger. Könnte genau der Richtige für deine Gaunerbande sein.«
»Wir sind Alchemisten!«
»Ach, so nennt man das? Die halbe Festung lacht über den ›Apfelbaum-Kauf‹.«
»Lassen wir das lieber. Was genau zeichnet diesen jungen Mondsänger aus?«
»Nun, die Tatsache, dass er zu den klügsten Lebewesen gehört, die ich kenne und dazu einer der stärksten Magier in seinem Alter ist.«
»Warum braucht er dann deine Hilfe?«
»Nun, Dorian ist ungewöhnlich.«
»Soll heissen? Überdies ist das ein seltsamer Name für einen Kitsunen.« Grigoris Neugierde wird durch die seltsame Formulierung geweckt.
»Er ist ein Waisenkind und wurde hier in der Festung grossgezogen. Die Kitsune, die ihn aufnahm, benannte ihn nach einem Helden aus dem Zentralreich. Was das Ungewöhnliche betrifft: Du weisst, wie die Magie-Schulung für normale Kitsunen funktioniert?«
»Ja, bis sechzehn werden alle zusammen ausgebildet, danach werden durch Tests die Stärken jedes Schülers herausgefunden und in den entsprechenden Gebieten werden sie dann spezialisiert. Das passiert aber nur, wenn genügend magisches Talent vorhanden ist. Mari hat mir gestanden, dass sie die Tests nicht geschafft hat. Wobei sie ziemlich stolz auf die wenigen Zauber ist, die sie kann.«
»Gut, weisst du auch, was passiert, wenn jemand das Potenzial hat, aber keine, sagen wir, besonderen Begabungen in einem Gebiet aufweist?«
»Nein.«
»Nun, wenn es ein Mädchen ist, dann wird eine spezielle Schulung veranlasst. Das ist zum Beispiel bei mir der Fall. Ich bin in fast allen Arten der Magie fähig. Das ist normaler weise ein frühes Zeichen für einen Neunschwanz.«
»Was passiert bei einem Jungen?«
»Das ist das Problem. Das darf es bei einem Jungen nicht geben.«
»Weil es keine männlichen Neunschwänze gibt?«

»Nun ... das ist so nicht ganz wahr ... «, murmelt Mizu zögernd.

»Bitte?«

»Ich habe nachgeforscht. Es gab mindestens drei männliche Neunschwänze in der Geschichte der Kitsunen. Jeder brachte Veränderungen mit sich und immer folgte auf einen von ihnen eine Katastrophe. Sie gelten als schreckliches Omen.«

»Wie gross ist die Chance, dass es nur Zufall war?«

»Tja, das ist schwer herauszufinden. So hat der Erste dieser Kitsunen das erste Magiesystem erschaffen, das die Kitsunen verwenden konnten. Es war eine Art Mix aus Runen und Zaubersprüchen. Heute ist kaum noch etwas darüber bekannt. Kurz darauf kam es zum ersten Monsterkrieg.«

»Oh, das ist aber wirklich nicht seine Schuld!«

»Nun, der Zweite hat die Grundlagen des jetzigen Magiesystems erschaffen. Kurz darauf kam es zum Beinahverfall des Ostreiches, als zwei mächtige Neunschwänze um die Macht rangen.«

»Wieder sehe ich keinen Zusammenhang.«

»Ich auch nicht. Aber das ist auch zu lange her, um Genaueres herauszufinden. Nun, der Dritte erschuf viele der noch heute im Gebrauch befindlichen Zauberrunen und Sprüche. Dabei baute er auf den Grundlagen auf.«

»Und was folgte auf ihn? Schlechtes Wetter?«

»Nein, der zweite Monsterkrieg.«

»Oh ... «, Grigori wirkt betreten.

»Nun, das ist auch schon wieder um die 3000 Jahre her. Ich bezweifle, dass die männlichen Neunschwänze wirklich Schuld daran tragen. Tatsache ist, dass die Kitsunen damals mit Magie experimentierten und dass die neun Anführerinnen der Klane sich zu einem Experiment trafen.«

»Ja, sie wollten einen Zauber bei Vollmond wirken und auf einmal wurde er schwarz. Das hat etwas mit den Kitsunen angestellt. Sie griffen daraufhin die junge Blauschuppe Selene an, die als Erste ihres Klans die Herrschaft über den Norden übernommen hatte, nachdem die letzte der Rotschuppen keine eigenen Kinder hatte.«

»Genau. Wir wissen heute, dass vieles damals am Schieflaufen war und wir wissen auch, dass Yasuko selber eingreifen musste.«

»Schön zu wissen, dass ein Ur-Monsterlord noch ein Auge auf uns hat.«

»Das ist so. Leider hat das zu ein paar erbarmungslosen Gesetzen geführt.«

»Man darf nicht mehr einfach so neue Zauber erschaffen?«

»Zum Beispiel. Auch dürfen männliche Kitsunen niemals die spezielle Neunschwanz-Schulung besuchen. Sie müssen immer eine Spezialisierung wählen und ihnen ist es verboten, in mehr als zwei Gebieten eine Meisterschaft zu erlangen.«

»Nützt das was?«

»Ja, wenn ich jetzt aufhören würde, Zauber zu lernen und nicht weiter übe, würden mir keine weiteren Schweife wachsen.«

»Oh, da du aber in allen Gebieten eine Meisterschaft erlangen kannst, musst du entsprechend trainieren. Ich verstehe. Und dieser Dorian hat wie du keine speziellen Talente, sondern ist in allen Bereichen fähig.«

»Genau. So fähig, dass er Probleme bereitet. Man will, dass ich ihm helfe, weil ich das auch bei Xiri geschafft hätte. So soll ich das Interesse an einer Art der Magie in ihm wecken. Nur dann wird er weiter ausgebildet.«

»Was hat Xiri damit zu tun?«

»Angeblich ist ihr jetziger Eifer beim Brauen nur mir zu verdanken. Keine Ahnung, wer auf die blöde Idee gekommen ist. Xiri ist ganz alleine darauf gekommen und ich unterstütze sie gerne dabei.«

»Seltsam. Aber dieser Dorian interessiert mich.«

»Gut, nun, da wäre noch etwas.«

»Und das wäre?«

»Er ist nicht immer ganz anwesend.«

»Bitte?«

»Nun, er ist immer in Gedanken. Manchmal sagt man ihm etwas und er reagiert für Minuten auf nichts mehr. Dann auf einmal äussert er sich zu dem Gesagten. Dabei ist es immer eine kluge und durchdachte Bemerkung. Leider ist das nicht gerade hilfreich, wenn man ihm Magie beibringen will.«

»Du sagst aber, er sei fähig.«

»Fähig? Der hat mich mit seinem Angriffszauber beinahe aus dem Raum geschleudert. Dabei hatte er nur etwas ausprobieren wollen.«

»Er hat dich angegriffen?«

»Training. Ich wollte wissen, was er so kann. Meine ganze Kraft reichte gerade so aus, um seinen Zauber zu neutralisieren. Er hingegen war nicht einmal ins Schwitzen geraden. Er hat mir den Zauber inzwischen erklärt. Nun, er hat alle Regeln gebrochen, aber der Zauber ist genial. Einfach, braucht kaum Kraft und die Wirkung ist, nun, umwerfend.«

»Er hat einen neuen Zauber erschaffen?«

»Nein, er hat eine neue Art des Zauberns verwendet. Ich durfte sie probieren. Es ähnelt mehr der Magie, wie die Apepi sie einsetzen.«

»Sehe ich richtig, dass du ihn in meine Obhut geben willst, damit er geschützt wird?«

»Ja! Er hat das Zeug, etwas Neues zu erschaffen! Du bist auch dabei, etwas Neues zu erschaffen. Ihm fehlt ein Medium, ich hoffe, dass die Alchemie ihm hilft.«

»Wie sollte das gehen?«

»Er ist sehr an allem interessiert. Ich hoffe, dass die Alchemie ihm genügend Halt in der Realität gibt, dass er vielleicht, nun, bewusster agiert. Im Moment ist sein Tun ziellos. Er liest Buch um Buch und lernt Zauber auswendig, ohne sie wirklich zu gebrauchen. Du brauchst jemanden, der deine Tränke analysieren kann, oder?«

»Ja, aber da kann ich ihm keine Zauber bieten ... oh!«

»Genau, du verstehst, auf was ich hinaus will?«

»Ja, um Schlimmeres zu verhindern, setzen wir ihm ein genaues Ziel vor, das seine Talente braucht.« Grigori beginnt zu grinsen. Er kann genau verstehen, auf was die Kitsune es abgesehen hat. Sie fürchtet, dass die alten Kitsunen Massnahmen ergreifen könnten. Wenn er jedoch die Schirmherrschaft übernimmt, wird er ihn schützen können.

»Ist er gefährlich?«

»Nein, er hasst es, andere zu verletzten. Seine Gedankenlosigkeit ist zwar hinderlich, aber normalerweise würde er niemals mit Absicht jemandem Schaden zufügen.«

»So mancher ist aus Versehen gestorben!«

»Das stimmt. Aber du experimentierst mit Gift und was weiss ich nicht alles. Ist das nicht gefährlich?«

»Schon gut, habe verstanden.« Grigori winkt ab. Die Kitsune lächelt zufrieden. Dabei streicht sie sich durch die Haare.

»Ich stelle ihn dir morgen vor, wenn du möchtest.«

»Unbedingt, er klingt genau nach dem, was ich gesucht habe. Ausserdem ist er kein ausgebildeter Magier, also kann mir Mutter keine Vorwürfe machen.«

Als Grigori die kleine Lesekammer betritt, wartet dort ein junger, schlaksiger Kitsune auf ihn. Sofort sieht Grigori, was Mizuki gemeint hat. Er sieht abwesend auf das geschlossene Buch vor ihm.

»Stören wir?«

Keine Antwort. Mizuki, die ihm folgt, lächelt und deutet auf einen der Stühle. Wie alle Lesekammern um die Bibliothek, ist auch diese gemütlich eingerichtet. Kaum haben sie sich gesetzt, sieht der junge Kitsune auf und blickt dabei genau in Grigoris Augen.

»Verzeiht Herr, ich war in Gedanken. Nein, ihr stört mich nicht. Wusstet ihr, dass die Heiler einen Zauber verwenden, der eigentlich unnötig ist? Die Blutung wird bereits von ›Meister Masarus Wundpflege‹ gestoppt.« Er wirkt dabei abwesend.

»Nein, das wusste ich nicht. Ehrlich gesagt, weiss ich nicht viel über Magie.«

»Natürlich, entschuldigt, ich habe gerade die Lektüre beendet, die mir Mizuki gegeben hat.«

»Gut, weisst du noch worüber wir uns das letzte Mal unterhalten haben?«, fragt Mizuki vorsichtig.

»Ja, Herr Grigori sucht einen Magier. Ich bezweifle, dass ich der Richtige dafür bin, aber mich würde die Alchemie sehr interessieren. Immerhin gehört sie zu den ältesten magischen Künsten. In Meisterin Akikos Abhandlungen über die Geschichte der Magie stellt sie das klar. Aber wie die alte Runenmagie ging auch dieses Wissen verloren.«

»Nun, ich versuche, es wieder zu finden.«

»Gut, das finde ich sehr gut sogar«, murmelt er kurz abwesend. Auf einmal zuckt er erschrocken zusammen:

»Herr! Ich möchte mich entschuldigen. Ich bin Dorian. Es ist mir eine Ehre, euch persönlich kennenzulernen. Ich sollte mich erst vorstellen! Das war es!« Er sieht verlegen von Grigori zu Mizuki.

»Genau.« Mizuki kann ein Grinsen nicht unterdrücken.

»Schon gut. Ich höre aber zum ersten Mal davon, dass die Alchemie so alt ist.«

»Nun, das liegt daran, dass Meisterin Akikos Abhandlungen nicht wirklich anerkannt sind. Sie gilt als unzuverlässig«, erklärt Mizuki schnell.

»Sie teilt also nicht die Meinung der alten Meister, was?«

»Genau. Du hast das Problem erkannt, Grischa.«

Dorian räuspert sich leise und versucht, eine selbstbewusste Haltung einzunehmen. Dabei sinkt er noch mehr zusammen und wirkt beinahe unglücklich über die Situation.

»Alles in Ordnung?«, fragt Grigori, mehr als Reflex.

»J-ja, ich, nun, ähm ... « Man kann sehen, das er unsicher ist.

»Ganz ruhig, wir sind hier unter Freunden.«

»Ich weiss, Mizuki«, nuschelt Dorian betreten. Scheinbar schämt er sich noch immer über die vergessene Begrüssung, die er offenkundig mit Mizuki geübt hat.

»Meinst du, du kannst mir mit deiner Magie aushelfen?«, fragt Grigori, um den Jungen abzulenken.

»Ich habe das noch nie probiert. Aber ein Versuch ist es auf jeden Fall wert. Dazu würde ich wirklich gerne die Alchemie kennenlernen. Vielleicht ist das ja mein Gebiet. Dann kann ich vielleicht doch ausgebildet werden.«

»Dorian, du weisst, warum das nicht geht.«

»Ich bezweifle wirklich, dass ich, egal. Herr, ich würde wirklich gerne für euch arbeiten.«

»Nun, dann leite ich alles in die Wege. Ich freue mich schon darauf.« Grigori reicht ihm die Hand und nach kurzem Zögern ergreift der junge Kitsune sie. Kaum ist der Pakt geschlossen, beginnt Dorian zu strahlen:

»Ich muss los! Ich habe da ein paar Bücher, die ich brauche und, und so.« Damit springt er auf und verlässt den Raum.

»Danke, Grischa. Ich werde dir helfen, er braucht manchmal einen Moment. Aber ich glaube, er ist wirklich glücklich über die Chance.«

Der Monat vergeht schnell und Dorian wird von Grigoris anderen Angestellten schnell akzeptiert. Nicht nur, dass er sich mit unnachahmlichem Tempo über die Alchemie informiert, so hilft er Sera, indem er Unmengen von Sonnensteinen produziert. Dabei stellt sich heraus, dass seine ein viel natürlicheres Licht von sich geben. Auch sonst integriert er sich gut in das Team. Zur Erleichterung von Grigori scheint sich besonders Cassandra um den Jungen zu bemühen. Durch ihre schnelle und gute Arbeit wird dem jungen Magier ein Arbeitsraum eingerichtet. Der kleine Raum wird genau nach den Wünschen des jungen Kitsunen ausgebaut und Grigori bekommt einen Einblick in die Handwerkskünste seiner Angestellten. Auch sie hat sich einen der Räume gesichert. Darin stehen bereits eine kleine Schmiede, eine Schreinerwerkstatt und auch die Glasbläserecke ist beinahe fertig. Dennoch ist im Raum genug Platz für mehr. Auf die Frage hin, wieso, erklärte die Lamia verlegen, dass sie hofft, weitere Ausbildungen mit seiner Erlaubnis zu absolvieren und dann bräuchte sie den Platz für die neuen Werkzeuge. Amüsiert über die Zukunftsplanung, stimmt er zu. Solange am Ende des Monats alle Arbeiten erledigt sind, die er ihr aufträgt, hat sie Handlungsfreiheit. Dasselbe gilt für die anderen auch. Das System bewährt sich bereits. So stellen sie um die achthundert Jungbrunnen im Monat her, die wiederum mit Freude von Ketil aufgekauft werden. Durch die Eigenproduktion von fast allem, sind die Kosten von vierzig Silber auf knapp die Hälfte gesunken. Zufrieden mit dem Fortschritt unterrichtet Grigori in der wenigen Freizeit, die er noch hat, seine Mitarbeiter in der Alchemie, wobei sich die Notizen von Mari als immer nützlicher erweisen.

Als er mal wieder mit den anderen am Abend zusammensitzt, sucht Lys sie auf. In ihren Armen trägt sie ein paar Bücher:
»Hier, Grischa, das sind die Kopien deiner Unterlagen. Ich habe sie mit meinen Leuten gleich mehrfach gesichert. Wir wollen ja nicht den Fehler der Alten wiederholen, was?«
Damit reicht sie ihm eines der in feines Leder gebundenen Bücher.
»Grigoris Handbuch zur modernen Alchemie?«
»Nun, ein Buch braucht einen Titel.«
»Aber das stimmt nur bis zu einem gewissen Punkt. Darin stehen die Werkzeuge und Methoden zur Alchemie. Kaum ein Handbuch, wenn du mich fragst.«
»Kann ich Alchemie mit diesem Buch betreiben?«
»Klar, wenn du die Rezepte dafür hast.«
»Siehst du! Ein Handbuch!« Die Apepi lacht zufrieden.
Die anderen erhalten alle ebenfalls eine Kopie.
»Was schulde ich dir?«
»Nichts, dank dir habe ich jetzt ein ganzes Team von Schreibern zusammen. Wir haben uns entschlossen, die ganzen alten Bücher zu retten. Was ich bisher alleine versucht habe. Du weisst ja, Zeit ist auf einmal eine Mangelware.«
»Danke, das ist super. Sobald ich genug Rezepte zusammen habe, gebe ich sie wieder dir, einverstanden?«

»Klar.« Die Apepi gähnt leise und sieht zu, wie Mari und Cassandra zusammen den Raum verlassen. Sera sitzt in einer Ecke und liest in dem neuen Buch und Dorian sieht nachdenklich auf die Regale mit den Glaswaren. Scheinbar prägt er sich alle Namen ein.

»Alle fleissig, was?«

»Ja, gibt immer was zu tun. Wie geht es dir?«

»Ganz okay, ich bin einfach nur müde vom Training. Ich versuche noch immer, wieder auf einen grünen Zweig in der Magie zu kommen, aber das klappt nicht wirklich.«

»Tut mir leid, das zu hören. Willst du dir mal den Trainingsraum ansehen, den Mizuki hier unten eingerichtet hat?«

»Klar.«

Zusammen suchen sie die Kammer auf. Nachdem klar wurde, dass Dorian weiter unterrichtet werden muss und einen Ort braucht, um seine Zauber gefahrlos zu testen, hat Mizuki zusammen mit Cassandra und Thea den letzten der kleinen Räume eingerichtet. Die Wände sind über und über mit Schutzrunen und magischen Isolationen beschrieben, wobei Mizuki die Symbole vorzeichnete und Thea sie in den Endgranit brannte. Cassandra füllte die Runen dann mit einem speziellen Metallmix und Mizuki aktivierte die Runen.

»Ich bin schwer beeindruckt. Der Raum kann mit den grossen Schulungszimmern gut mithalten.«

»Ja, dazu hat Mizuki noch ein paar Extras eingebaut. Ich kann hier gewisse Tests machen, ohne dass Magie aus der Umwelt einen Einfluss spielt.«

»Das wolltest du schon lange oder?«

»Ja.« Grigori wirkt zufrieden. Er sieht zu, wie Lys die einzelne Träne aufhebt, die auf dem kleinen Tisch liegt.

»Mizuki gibt nicht auf. Sie hofft noch immer, dass Ur-Mana anzapfen zu können.«

»Gut, soll sie nur kämpfen. Dafür findet sicher Dorian einen Weg. Wirklich kluger Junge.«

»Danke, dass du dir die Zeit nimmst, ihm zu helfen.«

»Keine Ursache, ich würde ihn ja gerne weiter unterrichten, aber du weisst ja.« In Gedanken spielt sie mit der leuchtenden Perle und auf einmal sieht Grigori, wie sie sich auflöst. Mit einem zufriedenen Seufzer entspannt sich Lys. Von ihr geht wieder das gewohnte Gefühl der Macht aus, das alle Apepi umgibt. Doch hält das nur kurz an.

»Was war das?«

»Ich, es tut mir leid, ich konnte nicht widerstehen.«

»Schon gut, ich kann jederzeit mehr herstellen.«

»Seltsam, warum bin ich nicht vorher auf die Idee gekommen. Dürfte ich ein paar Tests durchführen?«

»Klar, wenn dir das hilft, kannst du kistenweise davon haben. Du siehst übrigens besser aus.«

»Danke, ich fühle mich besser, ich fürchte aber, das vergeht wieder.«

»Ich sage Mari, dass sie für morgen ein paar vorbereiten soll. Im Moment haben wir Zugriff auf Vergissmichkraut. Es wächst wie wild, zumindest an der Stelle, wo es damals gepflanzt wurde. Ich glaube, Sera hofft, hier unten einen Ort zu finden.«

»Sie will wohl das ganze Jahr ernten können.«

»Genau genommen will ich das. Sie will, glaube ich, nur allen beweisen, dass sie eine bessere Gärtnerin als Natsumi ist.«

»Das ist sie bereits. Ich komme bei schlechtem Wetter immer hier vorbei. Die Anlage in dem grossen Raum ist wundervoll. Das ist ein Garten, wie nur wenige ihn vorzeigen können. Zudem ist die andere Halle, wo sie die Kräuter für die Produktion zieht, auch immer schön zum Ansehen. Überall blüht es.«

»Noch fehlt der Mondteebaum. Ich suche schon eine Weile, aber das ist schwieriger als gedacht.«

»Nanu, warum so einen?«

»Weil laut Sera gewisse Kräuter nur in seinem Schatten wachsen. Dazu sind die Blätter eine bekannte Wundmedizin. Ich will den Wirkstoff daraus.«

»Du weisst schon, dass es verboten ist, einen solchen Baum aus dem Osten zu exportieren, oder?«

»Nun, ähm, ich hatte da auf Nysa gehofft. Die hält schon eine Weile für mich die Augen offen.«

»Gauner! Aber was soll man vom Anführer von Grigoris Gaunerbande schon erwarten«, grinst die Apepi zufrieden. »Ich höre mich mal um, Noriko will schon lange einen für ihren privaten Garten im Palast. Du weisst ja, es dauert eintausend Jahre, bis so ein Baum ausgewachsen ist.«

»Ja, leider. Samen hätte ich bereits, aber die nützen nichts, da der Baum ebenfalls nur im Schatten eines anderen Mondteebaums wächst. Ich brauche also einen erwachsenen Baum. Weil selbst, wenn Sera es hinbekäme, ich kann keine tausend Jahre warten.«

»Stimmt. Ich höre mich um, versprochen. Noriko hat ja eine Plantage anlegen lassen, in der Hoffnung, einen Baum für ihren Garten zu bekommen, ich frage mal unauffällig nach. Da ich mich so oder so für Pflanzen interessiere, wird das kaum Aufmerksamkeit erregen.«

»Du solltest ausweichen!«

»Ich, ah, versuchte auszuweichen!«, grummelt Grigori mit schmerzverzerrtem Gesicht. Wieder einmal wurde er beim Training übel getroffen. Thea beugt sich über ihn und kümmert sich um die Wunde. Wie immer kommentiert sie den Vorgang mit Spott und Hohn.

»Ach sei still! Du hast zu viel Spass, mich im Training zu verprügeln!«

»Natürlich, aber die Übung war, mir auszuweichen.«

»Schon gut. Gib mir wenigstens die Chance auszuweichen!«

»Ach, hast du vor, in einem echten Kampf deinen Gegner auch darum zu bitten?«, fragt Umashankar belustigt.

»Nein! Aber ich würde mich niemals auf so einen Kampf einlassen. Zumindest nicht ohne Rüstung. Apropos, warum muss ich immer ohne Rüstung trainieren!«

»Hast du vor, nur noch gerüstet herumzulaufen?«

»Natürlich nicht, Meister.«

»Warum solltest du also in einer trainieren?«

»Weil ... weil ich vielleicht einmal eine tragen werde?«

»Ah, der grosse Kriegsherr, ich will dich nicht enttäuschen, aber wenn ich oder die anderen Trainer der Meinung wären, dass du dazu taugst, dann würdest du das wissen. Dann hättest du auch erweiterte taktische Schulungen und was sonst noch dazu gehört.«

»Warum muss ich dann kämpfen lernen?«

»Weil es erstens gut für die Moral der anderen ist, wenn du auch trainiert wirst. Zweitens musst du dich verteidigen können. Die Grundlagen kannst du. Das hast du bewiesen, aber ich will, dass du mehr als das kannst. Du sollst imstande sein, auf dich selber aufzupassen. Aber das heisst, ich muss dafür sorgen, dass dein Training so erfolgt, dass du jederzeit bereit bist.«

»Aber vielleicht trage ich ja ab und zu eine leichte Rüstung«, murmelt der so klar Zurechtgewiesene.

»Für was? Entweder trägst du eine richtige Rüstung oder lässt es sein. Kannst du dich an deine ersten Duelle erinnern?«

»Die mit Yan und Haldar?«

»Genau, was hatten die an Rüstungen an?«

»Nun, Yan trug wie ich Trainingskleider und Haldar … oh.«

»Beide sind fähige Kämpfer, bevorzugen es aber, ohne Rüstungen zu kämpfen, Haldar trug nur eine Hose.«

»Das waren aber Duelle!«

»Glaubst du, Haldar trägt sonst eine Rüstung?«

»Ja?«

»Nein! Die Drachenfänge sind sogar stolz darauf, ohne eine zu kämpfen!« Umashankar schüttelt genervt den Kopf, Thea hingegen hört interessiert zu.

»Warum?«, fragt Grigori verwirrt. Die Idee, auf eine Rüstung zu verzichten, ist aus seiner Sicht seltsam.

»Das kann ich vielleicht beantworten.«, erklingt es aus dem Hintergrund und als sich die anderen umdrehen, sehen sie eine Harpyie der Wache näherkommen. Sie wirkt verlegen, hat sie doch offensichtlich zugehört.

»Gut, da bin ich gespannt«, erklärt der alte Naga-General amüsiert.

»Mein Vater ist ein Rüstungsmacher. Er lebt direkt nördlich der Festungsberge und hat mir so einiges darüber beigebracht. Seine wichtigste Aussage war aber immer: ›Wenn du alles richtig machst, dann brauchst du keine Rüstung. Wenn du eine Rüstung brauchst, dann kämpfst du nicht richtig!‹«

»Dem stimme ich zu, das ist auch der Leitsatz der Drachenfänge«, erklärt Umashankar zufrieden.

»Aber warum tragen denn alle hier Rüstungen?«

»Weil Soldaten teuer sind.«

»Die Rüstung schützt also doch vor Verletzungen!«, triumphiert Grigori zufrieden.

»Nein, eigentlich schützen Rüstungen vor dem Tod. Jede Rüstung hat ihre Schwachstellen. Aber sie soll mehr die Schäden minimieren, die entstehen, Herr. Meine Rüstung zum Beispiel würde mich kaum vor einem starken Schwertschlag oder direkten Treffer mit einem Bogen schützen, aber ich habe eine grössere Chance, nur eine schwere, wenn nicht sogar nur eine leichte Wunde davonzutragen.«

»Aber, die schweren Plattenrüstungen ... «

»Sind so schwer, dass du in den Bewegungen eingeschränkt wirst. Zwar kannst du ein paar Treffer überstehen, jedoch wirst du auch schneller getroffen.«

»Genau, mein Vater zeigte es mir einmal anhand einer Rüstung, die er reparierte. Die Brustplatte war vollkommen eingedellt, der Schlag tötete den Träger. Zwar kam die Waffe des Angreifers nicht durch, jedoch reichte die reine Wucht aus.«

»Oder einfach gesagt, wenn du getroffen wirst, kannst du nur hoffen, dass dich nicht die Wucht des Treffers umbringt«, vermutet Thea nachdenklich. Wie Grigori trainiert sie stets ohne Rüstung.

»Ja, Herrin. Deshalb verzichten so viele auf die Rüstung und versuchen stattdessen, den Schlag abzuleiten, mit einem Schild aufzuhalten oder gar nicht getroffen zu werden.«

»Warum aber tragen die Menschen im zentralen Reich die schweren Rüstungen?«

»Weil sie meistens gegen Menschen kämpfen, dann ist eine Rüstung sogar sehr nützlich. Aber sobald dein Gegner dich mit reiner Kraft überwältigen kann, dann verändert sich die Situation.«

»Die notwendige Polsterung wäre zu schwer und zu dick«, wirft die Harpyie ein. Dabei deutet sie auf eine Gruppe von Lamien, die zusammen in den schweren Plattenpanzern trainieren.

»Diese Art von Rüstungen ist nur dann von Nutzen, wenn der Gegner nicht viel stärker ist und die Wucht eines Schlages abgefangen werden kann. Dafür braucht es Polsterung und zusätzliche Panzerungen. Diese wiegen wiederum mehr.«

»Verstehe. Selbst wenn ich eine volle Rüstung trage, mit dem Maximum an Gewicht, das ich tragen kann, würde mich das vor einem Menschen schützen, aber ein Schlag, von einem der Palastwächter würde mir dennoch die Knochen brechen.«

»Genau, Herr, es verlockt, eine Rüstung zu tragen, aber wenn man nicht über die Kraft oder den nötigen Körperbau verfügt, dann wird aus dem schützenden Panzer schnell eine Todesfalle. Deshalb verzichten zum Beispiel die wahren Drachenjäger immer auf Rüstungen. Nur die Ritter, die sich für etwas Besseres halten, versuchen einen Drachen in, nun, in einer Pfanne anzugreifen.«

»Die Aussage deines Vaters?«, vermutet Thea grinsend.

»Richtig, Herrin.«

»Danke, das war sogar sehr informativ. Gut gemacht«, bedankt sich Umashankar und als sich die Harpyie verabschiedet hat, mustert er den Jungen, der frustriert den gepanzerten Kämpfern zusieht. Er kennt das Leid des jungen Mannes, der sich so gerne beweisen würde, aber nicht einmal in die Nähe der Messlatte kommt, die in der Festung als Standard gilt. Dass er sich dabei mit Monstern und nicht mit Menschen misst, scheint er wie immer zu übersehen.

Mondteebaum

Die Tage beginnen, wieder kürzer zu werden und der Sommer neigt sich dem Ende zu. Grigoris Labor wird mehr und mehr zur Produktionsstätte und auch die Forschung beginnt wieder.

Als Grigori den Raum betritt, der ihm als Büro im Lager dient, wartet seine Meisterin bereits.

»Heute kommt Utnas!«

»Ich weiss, der Empfangsraum ist vorbereitet und die Waren für ihn sind sortiert.«

»Gut, du wirst dich um seinen Empfang kümmern. Ich habe keine Lust auf den Miniri. Er nervt.«

»Nanu? Klar, ich würde gerne meine Sprachkenntnisse testen. Dafür habe ich das Verhandeln extra geübt. Im Süden ist das ja eine wahre Zeremonie.«

»Wenn du willst, ich habe keine Lust darauf. Ausserdem dauert es immer Stunden für nichts. Wir kaufen immer dasselbe, zum selben Preis.«

»Ich mochte immer die Schausteller, die er mitnimmt.«

»Pah, das ist ein Zirkus, kein Händler. Hier, meine Liste. Du hast Handlungsfreiheit. Wir zahlen nie mehr als 480 Goldkronen. Aber da er dich über den Tisch ziehen wird, mich jedoch nicht nerven kann, erlaube ich dir, mehr zu zahlen.«

»Danke, ich versuche mein Bestes.« Grigori sieht grinsend der Lamia nach. Ihre Ungeduld bezüglich Utnas ist bekannt. Er scheint es förmlich zu geniessen, sie zu ärgern. Sich die ausführlichen Anweisungen ins Gedächtnis rufend, bereitet er alles vor. Als die Wächter den Besuch ankünden, kann Grigori kaum noch warten. Als sich die Tore öffnen, hört man sofort Musik. Durch die grossen Tore rollen mehrere Wagen, der vorderste ist ein festlich geschmückter, halb offener Wagen, in dem es sich ein dicker, aber unglaublich grosser Miniri auf einem Berg von

Kissen bequem gemacht hat. Der Wagen wird von Tänzerinnen begleitet. Hinter diesem folgt das übliche Prozedere, mehrere Schausteller, die ihr Geschick im Jonglieren beweisen, düster wirkende Wachen und die exotischen Zugtiere, die im Süden weit verbreitet sind. Kamele und Pferde sind alle mit bunten Tüchern behangen und alles strotzt nur so vor Reichtum. Auch wenn es sich bei den meisten Dienern um Sklaven handelt, ist Grigori erklärt worden, dass es im Süden als unschicklich gilt, diese schlecht zu behandeln. Als der grosse Wagen anhält, wartet Utnas, bis Diener eine Treppe errichtet haben und diese mit einem langen Teppich, der bis kurz vor den Eingang der Lagerhallen reicht, bedeckt haben. Danach erhebt sich der in elegante Gewandung gehüllte, stattliche Miniri. Um den Kopf trägt er einen grossartigen Turban, der mit goldenen Anhängern verziert wurde. Der Katzenartige tritt mit festem und selbstsicherem Gang auf Grigori zu und begrüsst ihn, dabei die wohlklingende Sprache des Südens verwendend:

»Gruss dir, Freund. Die Sonne hat mir den Weg in deine Oase geschienen. Freue dich, denn ich habe seltene Waren dabei.«

»Gruss dir, Freund. Dann danke ich der Sonne und freue mich auf die Waren. Hoffentlich waren dir die Sande gnädig.«

Utnas bleibt beinahe stehen. Grigori, der sich leicht verbeugt hat, kann die Überraschung in den Augen des anderen lesen.

»Natürlich, Freund, die Sande sind einem Sohn der Wüste immer gnädig, jedoch kann man das über das Wasser nicht sagen.«

»Gut, dass ich dir da helfen kann, Freund.« Hier winkt Grigori und wie abgemacht wird ein kleiner Tisch mit einem frischen Glas Wasser gebracht. »Mögest du die Ungunst des Wassers vergessen, denn hier findest du stets einen kühlen Trunk.«

»Welch Freude, welch Freude!«, exklamiert der Händler begeistert und klatscht die Hände zusammen. Dabei ist das Klingen der vielen Ringe kaum zu überhören. Danach setzt er sich auf das Kissen, das ein Diener neben den Tisch gelegt hat und trinkt zufrieden das Wasser aus. Auch Grigori wird ein Kissen gebracht und wie er es gelernt hat, setzt er sich ebenfalls. Jetzt werden die Verhandlungen beginnen. Ein Spiel, das wie er erfahren hat, Jahrtausende alt ist.

»Nun, Freund, es scheint mir, dass Freundin Nixali heute keine Lust hat, mich zu sehen, schade, schade. Doch wollen wir uns davon keine schlechte Laune bereiten lassen. Nicht wahr, Freund?«

»Nein, das würde doch nur das Geschäft trüben und das wollen wir nicht, Freund.« Grigori gibt sich Mühe und bemerkt, dass sein Gegenüber sich scheinbar königlich amüsiert.

»Nun, ich präsentiere, den feinsten Wein aus den Bergen von Asa.« Damit bringt ein Diener eine Flasche.

»So sehr mich das ehrt, so sehr muss ich darauf bestehen, eine Flasche aus der Kiste zu nehmen. Freund, es wird erzählt, dass schändliche Gestalten die Flaschen in den Kisten nur mit Wasser befüllen. Nicht, dass ich das bei dir glaube, doch ist es eine Frage der Ehre für uns beide, nicht wahr, Freund?«

»Natürlich, natürlich, Freund. Düstere Zeiten sind es, wo dies nötig ist.« Damit öffnen die Diener eine der grossen Kisten und Grigori wählt eine der Flaschen aus. Die ursprünglich präsentierte Flasche wird verwendet, um die dadurch entstandene Lücke zu schliessen. Kaum ist die Flasche geöffnet, wird Grigori ein kleines Glas gereicht, in das eine Dienerin den Wein füllt. Auch Utnas erhält ein Glas und beide kosten. Grigori, kein Freund von normalem Wein, kann sich gerade noch zusammenreissen. Beinahe hätte er das süsse Getränk in einem Zug getrunken.

»Nanu, schmeckt er nicht, Freund?«

»Das soll der feinste Wein aus den Bergen von Asa sein?«, fragt Grigori, gespielt entsetzt.

»Natürlich, ich habe ihn dort selber ausgesucht!«

»Dann wurdest du betrogen, Freund. Bei der Sonne, ich hatte schon Wasser, das nach mehr schmeckte!«

»Freund, Freund! Du verletzt mich. Beim Mond, ich garantiere, dass dies der feinste Wein aus den Bergen von Asa ist!«

»Nun denn, ich hoffe, die anderen Waren sind besser, Freund.«

Als Nächstes werden die Früchte des Wüstenbaumes gereicht. Die faustgrossen, apfelartigen Früchte gehören zu Grigoris Lieblingen. Wieder wird eine Frucht präsentiert, wieder verlangt Grigori eine aus der Kiste. Als er in die Frucht beisst, fühlt er, wie ihm der Saft das Kinn hinunterläuft. Nur mit Mühe kann er sich wieder zusammenreissen und verkündet:

»Freund! Hast du die vertrockneten Früchte etwa als frisch bezeichnet?«

»Natürlich, natürlich! Freund, würde ich dir etwa alte bringen, beim Mond, das wäre doch schändlich!«

»Wenn ich es nicht besser wüsste, würde ich an unserer ehrlichen Freundschaft zweifeln! Doch bei der Sonne, so bringe die nächste Ware.«

Hin und her geht das Spiel. Jede der Waren ist perfekt, doch Grigori kritisiert und Utnas beteuert die Qualität. Dass Grigori dabei an die Grenze seiner Sprachkenntnisse kommt, stört den Miniri kaum, er scheint sich prächtig zu unterhalten und spielt vergnügt den Entsetzten.

»Nun, Freund, was wünscht du für deine Waren?«, fragt Grigori, als sie mit der Präsentation fertig sind.

»Normalerweise würde ich mich nicht unter 800 Goldkronen davon trennen, doch um unserer Freundschaft willen sage ich 700!«

»700! Und du wagst es, mich Freund zu nennen? Beim Mond, willst du mir dafür die Sklaven und Tiere überlassen, denn nur so wäre das Angebot akzeptabel.« Grigori muss sich beherrschen. »Doch verstehe ich, du musst harte Zeiten haben, wenn du mir solche Dinge bieten willst. Beim Mond, ich stehe zu meiner Freundschaft und zahle dir 300 Goldkronen. Dafür darfst du sogar die Tiere und Diener behalten.«

»300! Schrecklich, schrecklich, Freund, dafür kannst du die Kisten haben, ohne Inhalt. Als mich die Sonne hierher führte, scheint sie sich geirrt zu haben. Unter 600 verkaufe ich niemals!«

»600! Dafür kann ich drei Mal so viel kaufen, erst noch besseres. Doch will ich nicht glauben, dass die Sonne uns so schlecht gesinnt war. Unserer Freundschaft zuliebe, 350 Kronen.«

»350! Wenn ich es nicht besser wüsste, würd ich glauben, er will mich beleidigen! Freund, das sind Waren, die einem Fürsten gebühren. 500!«

»400! Ja, dem Fürsten der Bettler! Freund, sei doch ehrlich!«

»Ich muss doch auch von etwas leben, doch will ich unsere Freundschaft nicht verspielen. 450 Kronen. Dann verliere ich wenigstens nur mein Geld, nicht einen Freund!«

»450 Kronen sind mir unsere Freundschaft wert. Ich werde dir das Geld bringen lassen, Freund. So lange darfst du dich hier im Schatten erholen. Die Sonne möge Zeuge unserer Freundschaft sein!« Damit schlagen die beiden ungleichen Handelspartner ein und das Zeremoniell ist beinahe abgeschlossen. Noch fehlt der letzte Teil des Spiels. Während Grigori Anweisungen erlässt und das Gold gebracht wird, kann er sehen, dass sich der massige Händler kaum noch im Zaum halten kann. Er reicht ihm die Truhe, in der sich exakt 400 Goldkronen befinden und ein Diener beginnt sofort, das Geld zu zählen.

»Herr, es befinden sich nur 400 Kronen in der Truhe«, verkündet der Sklave, selber ein Miniri mit unterwürfigem Ton.

»Freund, wir scheinen ein Problem zu haben.«

»So? Wir hatten doch 400 abgemacht. Oder willst mich etwa des Betruges bezichtigen, Freund?«

»400? Ich könnte schwören, es waren 490 Kronen! Vielleicht hat die lange Sonne deine Sinne verwirrt! Freund, setzt dich zu mir in den Schatten. Das soll helfen.«

»490? Niemals! Ich weiss genau, es sollten 410 sein. Doch will ich nicht so sein. Freunde betrügen sich nicht. Hier, nimm diese dreissig Kronen und wir vergessen diese Unannehmlichkeit.« Grigori reicht ihm dabei einen Beutel, der nun tatsächlich dreissig Kronen enthält, dies wird auch umgehend bestätigt.

»Freund! Es ist mir wie immer eine Ehre, wenn ein Geschäft so ordentlich abläuft. Es beweist, es geht nichts über die wahre Freundschaft unter der Sonne!«

»Danke, doch das Lob gehört dir, Freund, es ist schön, einen so ehrenhaften Mann als Freund zu wissen.« Wieder reicht Grigori ihm die Hand und nun kann der Miniri nicht länger an sich halten. Er beginnt brüllend zu lachen. Als er sich beruhigt hat, erklärt er in perfektem Nordisch:

»Alle Achtung. Du wurdest gut ausgebildet. Es ist lange her, dass es jemand gewagt hat, das Spiel so weit zu treiben. Schön zu wissen, dass die Kunst des Handels selbst hier, fernab der Heimat, noch nicht verloren ist.«

»Vielen Dank, ich konnte nicht widerstehen, alles zu tun, wie man es mir beigebracht hat. Ich hoffe, nicht allzu viel falsch gemacht zu haben.«

»Nicht doch, bis auf kleine Fehler bei der Aussprache beinahe perfekt. Bei der Sonne! Ich wünschte, mehr würden noch dieser Tradition folgen, wobei, dann würde ich wohl kaum noch etwas verdienen. Wer auch immer dich unterrichtet, Junge, der Trick mit der Truhe, wahrer Händlergeist! So was sehe ich doch gerne. Nun will ich es aber doch wissen. Mit wem habe ich da eigentlich die Ehre?«

»Ich bin Grigori von den Schwarzschuppen.«

»Der Menschensohn der Apepi? Persönlich?« Wieder klatscht er und lacht. »Welch wunderbaren Freunde ich doch habe!«, verkündet er zufrieden.

Als Utnas Stunden später die Festung wieder verlässt, sieht Grigori noch immer zufrieden auf die Liste. Er hatte nicht nur weniger gezahlt als Nixali, er hat auch mehr für die eigenen Waren bekommen. Sehr zur Erleichterung von Grigori hatte der Miniri beim Einkauf auf das Spiel verzichtet, er wollte nicht einmal beim Preis handeln. Da Grigori ihm von Anfang an einen guten Preis offerierte, war er sofort einverstanden. Als er sich verabschiedet hat, lächelte der Händler zufrieden. Was zum Teil auch an der ungewöhnlichen Bestellung lag, die Grigori aufgegeben hat. Er möchte an eine der Kisten kommen, die von den Assassinen im Süden als Gartenstarter bezeichnet werden. Er hatte per Zufall davon gehört und sein Nachfragen bei Miri hat ergeben, dass sich darin alle Samen befinden die von den Assassinen gebraucht werden. Jedoch ist der Handel mit diesen Kisten verboten und die Beschaffung würde dem Händler gutes Geld einbringen. Das Risiko scheint er hingegen kaum ernst zu nehmen. Kein Wunder, war er doch einer der reichsten Händler im Lande. Gold, so wurde Grigori erklärt, kann im Süden mehr als Handelswaren bezahlen.

Seit Lys versprochen hat, sich wegen dem Mondteebaum umzuhören, sind ein paar Wochen vergangen. Die Ernten werden eingebracht und Grigori hat im Lager alle Hände voll zu tun. Als Lys ihn am Abend im Labor aufsucht, sieht sie den erschöpften Jungen Berichte lesen.

»Na, viel zu tun?«

»Leider. Ich komme kaum zum Forschen. Entweder bin ich zu erschöpft oder ich muss mich um organisatorische Dinge kümmern.«

»Dann komme ich wohl ungünstig?«

»Nein, du bist hier immer willkommen. Wie gehen deine eigenen Forschungen voran?«

»Ich kann mithilfe deiner Manasteine wieder zaubern. Auch kann ich mich damit langsam wieder aufladen. Aber der Vorgang ist langwierig und anstrengend. Ich bin aber nun wieder imstande, einfache Zauber ohne Mühe auszuführen, selbst wenn ich gerade keine Träne zur Hand habe.«

»Super, ich sorge dafür, dass du immer genügend hast. Leider haben wir herausgefunden, dass sie nur einen Monat halten, sonst würde ich mehr für dich herstellen.«

»Schon gut, ich danke dafür. Ich habe im Gegenzug auch etwas für dich: Einen Mondteebaum.«

»Echt? Wo?«

»Nun, genau genommen hat ihn Noriko. Ich wurde eingeladen, bei der Einpflanzung anwesend zu sein. Sie will ihn nächste Woche holen und sogar persönlich einpflanzen. So, dass er sich gut verwurzeln kann und im nächsten Frühling bereits die volle Blüte zeigt.«

»Super! Weisst du, wo der Baum ist?«

»Nein, ich weiss aber, wann er in die Festung gebracht wird.«

»Nun, ich kann doch nicht in den Palast einbrechen!«

»Theoretisch schon, der grosse Palast ist nicht durch das gleiche Magiefeld geschützt, wie die ewige Festung.«

»Mutter würde mir den Hals umdrehen!«

»Ach, da wäre ich mir nicht so sicher. Aber wenn du willst, treffen wir uns doch morgen Abend und planen zusammen. Ich bringe Mizuki und Thea mit, du wirst ihre Hilfe brauchen.«

»Gut, danke.«

Als sie sich zusammenfinden, mustert Grigori verwundert Xiri und Kaira, die ebenfalls anwesend sind. Doch vertraut er beiden und lässt zu, dass sie ebenfalls mithelfen. Während Lys genau erklärt, wie sich die Herrin des Ostens den Ablauf für die Einpflanzung des Baumes vorstellt, fragt sich Grigori, ob er nun doch zu weit geht.

»Du hast gesagt, er wird am Nachmittag in den privaten Garten gebracht?«, fragt Mizuki noch einmal nach.

»Ja, warum?«

»Weil der Teil des Palastes durch zusätzliche Zauber geschützt wird. Wie hier die Zauber der ewigen Festung, die eure Ringe als Eintrittsberechtigung brauchen, muss man offiziell von der aktuellen Herrscherin des Ostens in den Garten eingeladen werden. Ausser man ist ein Familienmitglied. Ich kann jederzeit dorthin«, erklärt Mizuki nachdenklich.

»Oh, das wusste ich nicht.«

»Eigentlich sollte das niemand wissen. Ich verrate es nur, weil ich Grigori helfen will.«

»Danke, aber was heisst das genau?«

»Das nur ich hineinspringen kann. Das Problem ist aber, dass ich nicht sicher bin, ob der Zauber mich noch immer bedingungslos akzeptiert. Ich habe mich verändert, ich bin jetzt ein Vierschwanz.«

»Nun, ich werde ja eingeladen und könnte ein Portal öffnen. Soweit ich weiss, geht das.«

»Ja, das geht, Thea, wir warten ausserhalb der hiesigen Schutzzone und ich gehe durch. Du, Lys, kannst dich dann zu Mutter begeben und sie ablenken, während Grischas Gauner den Baum stehlen.«

»Hey!«

»Ach, lass das Grischa, du kannst dich jetzt wirklich nicht mehr rausreden«, winkt Thea ab.

»Brauchen wir ausser dem Baum noch etwas?«

»Ja, laut Noriko braucht es die originale Erde. Es sind etwa zwanzig Säcke.«

»Nun, ich kann locker zehn davon tragen«, verkündet Cassandra.

»Ich zwei«, wirft Sera ein.

»Ich werde dann wohl den Baum nehmen. Dinge mit Magie bewegen, ist so ziemlich das Einzige, was ich kann«, meint Mari.

»Nun, ich kann sicher um die drei oder vier der Säcke tragen«, verkündet Kaira.

»Gut, Dorian, du bleibst hier in der Festung, wir müssen schnell zurückkommen.«

»Dann nehme ich auch einen der Säcke«, verkündet Grigori.

»Nein, du bleibst hier in der Festung!«

»Aber ... «

»Kein ›Aber‹, ich helfe nur unter der Bedingung, dass du hier bleibst«, erklärt Thea streng.

»Du kannst mich nicht einfach ... «

»Ich kann und tue es auch! Keine Widerworte. Wenn Mutter erfährt, was hier passiert ist, kann ich wenigstens sagen, dass du nie in Gefahr warst!«

»Was soll schon passieren? Wir werden uns kaum mit Wachen prügeln!«

»Nein, aber wir müssen eine Weile ausserhalb der Festung sein und um diese Jahreszeit sind viele dämmerungsaktive Jäger unterwegs«, erklärt Kaira sofort.

»Also gut!«

»Gut, Xiri, wir brauchen einen Ort, wo der Zauber der ewigen Festung aufhört, aber nicht in der normalen Wachzone liegt. Du weisst, was ich meine?«

»Ja, ich habe da schon eine Idee, wir können das morgen zusammen auskundschaften.«

»Gut, du bleibst dann hier und sorgst dafür, dass Grigori nichts anstellt.«

»Einverstanden.« Die Harpyie kichert, ihr scheint es zu gefallen, einmal die Aufpasserin spielen zu dürfen.

Nachdem alle ihre Aufgabe haben, erklärt Lys noch einmal:

»Wir haben jetzt genau eine Woche, also acht Tage Zeit. Ich bin noch zwei Tage hier, so lange können wir den Plan noch anpassen. Danach werde ich, sobald der Baum in der Festung ist, ein Signal senden. Ab dann kann ich leider nicht mehr weiter helfen.«

»Danke, das musst du auch nicht. Es wäre mir lieber, wenn du nicht mit dem Diebstahl in Verbindung gebracht wirst.«

»Keine Sorge, ich schiebe alle Schuld auf dich!«

»Ja, Grischa, keine Sorge, wir schieben alle die Schuld auf dich. Ich bin ja gespannt, wie du dich diesmal rausreden willst«, erklärt eine feixende Thea.

Als der Abend des Diebstahls anbricht, ist alles bereit. Im Garten ist ein grosses Loch vorbereitet worden, in das die Erde und der Baum kommen sollen. Xiri hat zusammen mit Mizuki den perfekten Ort für das Portal gefunden, ein flaches Plateau, das nur zur Hälfte im Schutzfeld der Festung liegt. Wie er erfahren hat, ist das ein Zeichen dafür, dass die alten Schutzzauber immer mehr nachlassen.

Alle sind bereit, warme Kleider schützen vor der Kälte und ein spezielles Tragegestell für Cassandra sollte ihr ermöglichen, die Erde gut zu transportieren. Als das Zeichen endlich kommt, geht es Schlag auf Schlag. Zumindest am Anfang. Kaum sind alle bis auf Dorian und Xiri verschwunden, wird es still im alchemistischen Garten. Grigori, von Unruhe gepackt, geht auf und ab, Dorian sitzt neben dem Loch in einer meditativen Haltung und Xiri sitzt auf einem der Bänke, die Cassandra auf Wunsch von Mari und anderen Festungsbewohnern angefertigt hat. Nach einem Moment der Stille hört Grigori sie fragen:

»Kann ich kurz mit dir sprechen?«

»Natürlich, Xiri.«

»Du, du weisst was ›Bezirzen‹ ist, oder?«

»Ja, die Methode, wie Harpyien ihre Partner an sich binden.« Grigori hatte natürlich schon davon gehört. Als er sich neben sie setzt, merkt er, dass Xiri unruhig wird.

»Nun, genau, weisst du auch, dass es nicht immer klappt und manche Harpyie es schon unbewusst getan hat?«

»Nein, ich dachte immer, das sei wie ein Zauber.«

»Nicht ganz, es ist mehr eine Fähigkeit. Der Punkt ist, du bist bereit, mir und Mizu zu vertrauen, also wollen wir auch dir vertrauen. I-ich mag Mizu ganz fest.«

»So?«, verwirrt von dieser Aussage, mustert er sie.

»Nun, beim Fest habe ich mehr getrunken, als gut war für mich.«

»Kann man so sagen.«

»Und ich habe, vielleicht, unbewusst, nun, ähm … « Sie sucht sichtlich nach einem Weg, wie sie es formulieren könnte, findet aber keinen, wie sie es eigentlich möchte:

»Ich habe sie wohl bezirzt. Ich weiss es aber nicht genau. Das Problem ist, sie mag mich auch ganz fest. Aber sie mochte mich schon zuvor. Wir sind uns nicht so sicher, verstehst du?«

»Ja, ich glaube schon. Aber, so wie du das sagst, ist das was Schlimmes?«

»Nun, ich bin eine Thronerbin, man erwartet gewisse Dinge von mir. Das könnte jetzt ziemlich kompliziert werden. Ich weiss nicht, was ich jetzt machen soll. Mutter wird nur noch ein paar Jahre regieren, das ist mir klar. Ich meine, sie ist jetzt schon über vierzig Jahre alt. Bei uns Harpyien ist das alt. Du weisst ja, wir werden nur selten älter als fünfzig. Sie hatte scheinbar auch Schwierigkeiten mit dem Bezirzen und als es endlich klappte, nun, Vater starb ein Jahr nach meiner Geburt bei einem Jagdunfall.

Ich weiss, sie versucht, es sich nicht zu deutlich anmerken zu lassen, aber sie wünscht sich sicher, dass ich eine bessere Thronerbin wäre. Wie soll ich jemals regieren? Ich bin dazu wirklich unfähig und nun kommt auch noch diese Sache hinzu.« Die Harpyie scheint trotzdem etwas erleichtert zu sein, es scheint zu helfen, wenigstens darüber zu sprechen.

»Nun, erstens bist du bei den Harpyien sehr beliebt. Ausserdem ist das mit dem Regieren ja so eine Sache. Die Blauschwingen sind so sehr in die Gesellschaft des Nordens integriert. Zudem hättest du ja Mizu zur Seite.«

»Ja, ich weiss, aber, ach du weisst schon.«

»Nur bedingt. Ich werde niemals Herrscher. Aber so wie ich dich kenne, findest du eine Lösung, die alle glücklich macht. Darin bist du gut. Soweit ich gehört habe, halten viele deine Einstellung zur Zusammenarbeit und Integration in den Norden für wichtig und auch richtig. Überall leben die Harpyien mit den Menschen zusammen.«

»Danke, aber du bist wie Mizu. Du glaubst zu fest an meine verborgenen Talente. Ich kann nur gut fliegen. Und Mist anstellen.«

»Wie wäre es, wenn du dich mit deiner Mutter darüber unterhältst?«

»Hab ich versucht. War kein Erfolg. Sie hört mir nie richtig zu.«

»Nun, dann wäre da noch meine Mutter, sie kannte ja noch deine Grossmutter.«

»Habe ich mir auch schon überlegt, doch hat sie im Moment genug Sorgen. Ich meine, ihr Sohn klaut gerade einen Baum im Osten.« Sie kichert amüsiert.

»Auch wahr. Wie wäre es mit Thea? Ich weiss, sie ist manchmal schwierig, aber ich glaube, sie würde dir helfen.«

»Meinst du? Sie macht sich so häufig über mich lustig.«

»Über mich auch, dennoch ist sie immer die Erste, die nach meinem Wohlbefinden sieht. Mizu behauptet, dass Thea glaubt, dass sie als ältere Schwester so handeln muss. Dazu sei es ihr Instinkt, auf uns zu achten, du weisst ja, Schwarzschuppen sind sehr auf ihre Familie und Freunde fixiert.«

»Ja, glaubt wohl, als Älteste in der Gruppe für alles verantwortlich zu sein.«

»Du weisst, dass Mizu älter ist, oder?«

»Natürlich, aber das sagen wir Thea nicht.« Die Harpyie kann ihr Grinsen nicht verbergen. »Danke, dass du mir zugehört hast. Seltsam, das hat geholfen. Ich habe mich mit Kaira schon darüber unterhalten, aber nun, sie hat genug eigene Sorgen. Auch wenn die Berichte aus dem Silberwald sehr gut klingen. Vielleicht besteht doch noch Hoffnung für die Amarog, Casos hat ja die Evakuierungen verlangsamt und sogar ein bisschen Boden zurückgewonnen.«

»Habe ich auch gehört, seltsam, Kaira glaubt, dies sei der Anfang vom Sieg, ich halte es für eine Falle. Jedoch bin ich vielleicht zu sehr gebrandmarkt von den letzten Ereignissen.« Während er das sagt, denkt er an die feinen Narben, die noch immer an den Angriff der Harpyie erinnern.

Zwar wurden die Wunden mit Magie geheilt, jedoch dauerte es gerade lange genug, um doch noch Narben zu hinterlassen.

»Nun, du hast ein Talent dafür, in Fallen zu geraten, deshalb wollte Thea, dass du die Festung nicht verlässt.«

»Sehr witzig! Ich kann nicht mein ganzes Leben hier verbringen.«

»Doch, das tun andere ja auch.«

»Ich weiss, das war nicht, was ich gemeint habe. Du fliegst dauernd im Norden rum und hast Freunde in den Dörfern. Ich kann noch nicht einmal den Weg zum nächsten Dorf erklären.«

»Aus der Festung, dann bei der Weggabelung nach rechts. Danach dem Weg folgen. Kannst das Dorf nicht verfehlen. Sonst fragst du bei der Wachstation nach dem Weg.« Xiri erklärt es, ohne nachzudenken. Als sie aufsieht und den beleidigten Blick des jungen Menschen sieht, muss sie lachen: »Ah, das war nicht, was du damit gemeint hast. Entschuldige.«

Als sie wieder schweigend eine Weile gewartet haben, fragt Grigori:

»Wie geht das Brauen?«

»Super, das macht total viel Spass und ich lerne viel.«

»Gut, was genau willst du eigentlich damit erreichen?«

»Ich will das beste Getränk aller Zeiten erstellen. Eines, das Mizu besonders mögen wird. Dazu ist es so spannend, man setzt bei Bier zuerst die Maische an und die muss man dann vorsichtig filtern und dann gärt die Würze. Dabei kann jedes noch so kleine Detail den Geschmack verändern. Sogar das Wasser! Du kannst dir gar nicht vorstellen, was man da alles beachten muss. Einmal nicht richtig gemessen und das Bier schmeckt ganz anders.«

»Nun, ich habe da so einen Verdacht«, grinst Grigori.

Es dauert beinahe eine halbe Stunde, doch als Dorian aufspringt und ein Portal öffnet, taucht zuerst Mizuki auf, die hilft, das Portal zu stabilisieren, danach kommt Mari mit dem Baum und die anderen mit der Erde durch. Zuletzt taucht Thea auf. Gemeinsam pflanzen sie den Baum ein und als sie fertig sind, ist die Erleichterung bei allen gross.

Jedoch plagt Grigori bereits jetzt das schlechte Gewissen. Scheinbar ist er jedoch der Einzige, der nun doch langsam realisiert, was sie da eigentlich gemacht haben. Der nächste Tag vergeht nur langsam und Grigori wartet nur auf den Moment, wenn er in das Büro seiner Mutter gerufen wird. Doch passiert nichts. Der Tag darauf beginnt ebenfalls ereignislos. Doch kurz vor dem Mittagessen tauchen auf einmal zwei Kitsunen der Palastwache im Klassenzimmer auf und öffnen ein Portal. Grigori wird aufgefordert, sofort hindurchzutreten. Kaum hat er dies getan, findet er sich vor seiner Adoptivmutter wieder, die ihn mit einem Mix aus Besorgnis, Ärger und Verwirrung mustert:

»Was auch immer du gemacht hast, Nori wartet in meinem Büro. Sie hat persönlich nach dir verlangt.«

Als er den Arbeitsraum der Apepi betritt, merkt er sofort, dass die Herrin des Ostens einen grossen Auftritt plant. Der sonst gut ausgeleuchtete Raum ist dunkel und vor der grossen Feuerstelle steht Noriko. Ihre neun Schweife elegant um sich drapiert, starrt sie ins Feuer. Kaum hat er den Raum betreten, folgt die Herrin des Nordens. Diese sieht sich verwirrt um und nimmt ihre übliche Position hinter dem grossen Schreibtisch ein. Noriko hingegen dreht sich um und in einer eleganten, beinahe dramatisch wirkenden Geste, setzt sie sich in einen der bequemen Sessel. Mit gekreuzten Beinen und die Fingerspitzen aneinandergelegt mustert sie den Jungen streng. Dabei tippt sie sich gegen die Lippen:

»Ah, der Schurke wurde gefasst. Doch wird er gestehen?«

Grigori, sich der skurrilen Situation bewusst, steht ruhig und aufrecht vor ihr und fragt scheinbar überrascht:

»Was soll ich gestehen?«

»Deine üblen Taten, du diebischer Schuft!«

»Verzeiht, doch weiss ich von nichts, das diesen Titel rechtfertigen würde.« Im Stillen dankt er dem Training, das er von Miri bekommen hat.

»So? Er leugnet also sein Verbrechen?«

»Nun, ich weiss nicht, welches Verbrechen gemeint ist, also kann ich es nicht leugnen.«

»Pah! Nichts als Lügen, doch was soll ich von einem Gauner anderes erwarten!« Noriko wirkt bei diesen Worten zugleich pikiert und herablassend. Ihre zeitlosen Augen funkeln jedoch belustigt.

»Was, bei den Alten, ist hier los?«, fragt nun Thosithea.

»Oh, verehrte Freundin, dein Jüngster, es schmerzt mich, das zu sagen, ist ein Taugenichts und Dieb.«

»Was? Verdammt, was soll das!« Damit macht die Herrin eine schnelle Geste und die Beleuchtung im Raum wird wieder normal. Nun sieht die Kitsune beleidigt zu ihr:

»Hey! Ich war gerade dabei, deinen Sohn nach wahrer Theaterkunst eines Verbrechens zu überführen.«
»Lass das! Grigori, wovon spricht sie?«
»Ich vermute, es könnte sich um ein Missverständnis handeln.«
»Missverständnis? Du hast meinen Baum gestohlen!«
»Ach ja, das hatte ich doch glatt vergessen.«
»Du gaunerischer Schurke!«
»Noriko! Grigori!«
»Schon gut, Langweiler! Grigori hat meinen Mondteebaum gestohlen! Ich warte eintausend Jahre und er stiehlt ihn mir!«

Die Herrin des Nordens seufzt und reibt, scheinbar um Beherrschung kämpfend, ihre Stirn. Grigori tauscht einen schnellen Blick mit Noriko, die sich Mühe gibt, ihn böse anzusehen.

»Okay, langsam. Grigori soll dir einen Baum gestohlen haben?«
»Ja!«
»Wie? Er kann ja nicht zaubern.«
»Nun, er nicht, aber er hatte Komplizen! Ich habe mindestens einen gefasst. Die anderen werden meinen Ermittlungen nicht entgehen! Es wird Gerechtigkeit herrschen am Ende der ...«
»Nori, bitte! Das ist eine ernste Sache!«
»Ja, finde ich auch! Ich will meinen Baum zurück.«
»Das wird schwierig«, erklärt Grigori, sich Mühe gebend, nicht zu lachen. Er hat begriffen, wen Noriko da imitiert. Einen im Osten, durch eine Serie von Romanen und Theaterstücken, bekannter Stadtwächter, der immer ein Verbrechen aufklären muss.
»Was hast du mit meinem Baum angestellt?«
»Ihn gepflanzt. Was sonst?«
»Du hast was?!« Die Kitsune verliert kurz die Fassung.
»Ich habe ihn im Garten eingepflanzt.«
»Oh du schurkischer Gauner! Der arme Baum.«

Die Herrin schlägt mit der Faust auf den Tisch. Grigori und Noriko zucken beide zusammen und sehen die Apepi erschrocken an, diese wirkt allerdings genervt:

»Noch einmal, diesmal will ich eine klare Antwort: Grigori, hast du tatsächlich ihren Mondteebaum gestohlen?«

»Nun, ich hatte noch keine Zeit, die für den Kauf erforderlichen Verhandlungen zu führen. Da ich mich gezwungen sah, mir den Baum zu sichern, bevor er eingepflanzt wurde.«

»Wie hast du das gemacht?«

»Ich kann darüber leider keine Auskunft geben, da ich zum Zeitpunkt der Beschaffung hier in der Festung war.«

»Grigori von den Schwarzschuppen!«

»Ehrlich! Ich habe die Festung nicht verlassen.«

»Wer hat also den Baum gestohlen?«

»Ich verrate doch meine Komplizen nicht!«

»Aha! Siehst du Thosi, er gibt es zu!«, triumphiert die Kitsune.

»Gut. Ich verstehe. Was, im Namen der Alten, fällt dir ein, in den Palast des Ostens einzubrechen und einen Baum zu stehlen!«

»Genau genommen bin ich nirgends eingebrochen.«

»Ach, ist das so, wie bei deinem letzten Baumraub?«

»Könnte man so sagen.« Grigori hat Mühe, dem Blick der Apepi standzuhalten.

»Moment, er hat schon einmal einen Baum gestohlen?«

»Ach, das hatte ich dir nicht erzählt?«

»Nein, das ist ja noch schlimmer! Ein Wiederholungstäter! Bäume dieser Welt, versteckt euch!«

»Nori, lass das bitte. Grigori, wozu brauchst du einen Mondteebaum?«

»Ja, wozu hast du meinen Baum gestohlen, auf den ich eintausend Jahre gewartet habe!« Die Kitsune tippt dem jungen Menschen dabei vorwurfsvoll gegen die Brust.

»Ich brauche ihn als alchemistische Zutat und gewisse Pflanzen wachsen laut Sera nur im Schatten von so einem Baum.«

»Sera! Eine weitere Komplizin wird ans Licht gebracht.«

»Sera ist meine Gärtnerin!«

»Oh, ist es eine Kitsune?«

»Nein! Eine Harpyie.«

»Schade.« Die Herrin des Ostens wirkt enttäuscht.

»Lass dich nicht so leicht reinlegen, Nori. Sera ist Teil seiner Gaunerbande und war garantiert am Diebstahl beteiligt.«

»Aha! Das Licht der Gerecht ... «

»Noriko!«

»Schon gut, Mann, du bist sonst nicht so langweilig!«

»Ich darf doch bitten!«

»Nur so nebenbei, Grigori hat eine Gaunerbande?«

»So nennen wir seine Angestellten.«

Die beiden Herrinnen sehen Grigori an und dieser schluckt schwer. Ihm wird klar, in welch aussergewöhnlichen Situation er gerade steckt. Kaum ein Wesen kann es sich leisten, gleich zwei der grossen Herrscher zu verärgern und kann dann trotzdem damit rechnen, mit heiler Haut davonzukommen.

»Dein Sohn hat Angestellte, die ihr als Gaunerbande bezeichnet und hat schon einmal einen Baum gestohlen?«

»Nun, leider ja.«

»Das ist nicht fair, ich habe den Baum gekauft!«

»Du hast das Geld an die Stelle des Baumes gelegt! Das zählt kaum als ›gekauft‹«, mahnt die Apepi streng.

»Moment! Was genau machst du mit den Bäumen?«

»Wie gesagt, in meinem Garten einpflanzen.«

»Zeig ihn mir!«, verlangt die Kitsune. Gemeinsam machen sie sich auf den Weg. Schweigsam marschiert die seltsame Gruppe durch die Festung und als sie den Keller erreichen, seufzt die Kitsune:

»Das wird wohl ein trauriger Anblick. Ich weiss, was ihr Nordlinge als Garten bezeichnet, hat kaum etwas damit zu tun.«

Ohne auf den offenen Spot einzugehen, öffnet er die Türe zu seinem alchemistischen Garten und lässt Noriko eintreten. Bevor er ihr folgen kann, wird er von seiner Mutter aufgehalten:

»Mir egal, was Noriko da für ein Theater abhält. Du hast grossen Ärger am Hals! Was fällt dir ein!«

»Ich kann mich erklären!«

»Oh, das hoffe ich doch schwer.«

Gemeinsam folgen sie der Kitsune. Diese steht fassungslos im Eingang und sieht sich um:

»Das ... das ist also dein Garten?«

»Ja, was hast du erwartet?«

»Nun, ein paar traurige Pflanzbeete und sterbende Bäume. Ich kenne ja deinen privaten Garten, Thosi.«

»Hey!«

Grigori muss sich Mühe geben, sein Grinsen zu unterdrücken. Es stimmte, seine Mutter versuchte sich ab und zu mit mässigem Erfolg im Gärtnern. In ihrem privaten Gemach gab es extra einen kleinen Raum dafür.

»Das hier ist wundervoll! Diese Pflanzen! Alle blühen! Ein Meisterwerk!« Die Kitsune klatscht begeistert und geht von Beet zu Beet. Ein angenehmer Geruch nach frischen Kräutern liegt in der Luft und wären die schwarzen Felswände nicht, könnte man meinen, sich wieder ausserhalb der Festung zu befinden. Im Hintergrund ist das leise Summen der Bienen zu hören, die Sera zwecks Bestäubung angesiedelt hat. Die Harpyie ist gerade dabei, einen Strauch zurückzuschneiden. Sie lässt sich von der Anwesenheit des hohen Besuches nicht beeindrucken.

Der grosse Raum ist nun gefüllt mit Pflanzen. Dabei stechen die drei Bäume im hinteren Teil besonders hervor.

»Moment, was ist der dritte Baum?«

»Ach, der wurde mir von Qimo gebracht. Ist ein Nussbaum. Er will unbedingt Mitglied in meiner Gaunerbande werden und da Sera so einen brauchte, nahmen wir ihn dankbar an.«

»Und, ist er jetzt Mitglied?«

»Nun, ein Ehrenmitglied.«

»Bei den Alten, jetzt stehen sie schon an, um dir zu helfen?«

»Ja, ich war auch überrascht davon«, gibt Grigori zu. Er sieht amüsiert, wie die Kitsune sich fachmännisch vom Zustand der Pflanzen im Raum überzeugt.

»Ich gebe zu, da war ein wahrer Meister am Werk.«

»Danke, das von einer Kitsune zu hören, freut mich«, erklärt Sera, sichtlich zufrieden mit dem Lob.

»Ah, die Gärtnerin. Sag, geht es meinem Baum gut?«

»Welchem?«

»Dem Mondteebaum!«

»Das ist mein Baum! Genauer, ist es der Baum von Grigori, aber er hat ihn meiner Obhut anvertraut.«

»Gut, geht es dem Baum gut?«

»Ja, warum nicht? Der Transport wurde fachmännisch durchgeführt, dafür habe ich gesorgt.«

»Sera, du weisst schon, mit wem du sprichst, oder?«, fragt Grigori besorgt. Es war eine Sache, seinen Rang nicht zu beachten, eine andere, dies bei der Herrin des Ostens nicht zu tun.

»Natürlich.«

»Schon gut Grigori«, die Kitsune winkt ab und wendet sich wieder an die Harpyie: »Würdest du mir erklären, wieso deine Trauerblüten nicht halb verwelkt sind? Egal, was ich versuche, meine sterben immer.«

Während nun Sera und die Herrin des Ostens immer tiefer in Fachgespräche über Pflanzen versinken, wendet sich die Herrin des Nordens an ihren Jüngsten:

»Mein lieber Grigori, wie gedenkst du, dich aus dieser Situation rauszureden?«

»Gar nicht. Ich vermute, Lys hatte genauso ein schlechtes Gewissen wie ich und hat gestanden. Also hat Lügen keinen Sinn. Die Tatsache, dass Noriko es so gelassen nimmt, beruhigt mich.«

»Lysixia hat dir geholfen?«

»Ja, nur deshalb ist sie in den Osten gereist.«

»Aber das ist mehr die Sache von, nun, Nysa. Diebstahl und Heimlichtuerei!«

»Die war leider unabkömmlich. Andererseits hätte sie mich sicher nicht verraten.«

»Grigori!«

»Wie gesagt, ich hätte es schon gestanden. Ich bereue es auch ein bisschen. Aber ich brauche den Baum.«

»Gut, nur dass wir uns da ganz klar sind. Sie mag zwar ruhig wirken, aber sie ist eine gute Schauspielerin.« Die Apepi streicht sich in einer müden Geste durchs Haar. Dann muss sie ebenfalls grinsen:

»Eigentlich sollte ich dir ja danken. Du hast meinen Baum gerächt!«

»Bitte?«

»Als ich ein kleines Mädchen und im Osten war, da wuchs ein wunderbarer, alter Baum vor meinem Zimmer. Ich habe den Baum geliebt. Er war genau richtig, um sich in seinen Ästen einzunisten und ein Buch zu lesen. Und als ich einmal vom Unterricht zurückkam, war der Baum weg!«

»Zum tausendsten Mal: Der Baum war krank und die Wurzeln hatten die Mauern des Palastes beschädigt, wir hatten keine Wahl!«, erklärt Noriko, die zu den beiden getreten ist.

»Du hättest dieses Jahr warten können! Du wusstest genau, wie sehr ich den Baum mochte!«

»Ja, ich gebe zu, wir sind taktisch unklug vorgegangen. Ich wusste ja nicht, dass du das so tragisch nimmst!«

»Sagt die, welche hierhergekommen ist, weil ihr ein Baum gestohlen wurde!«

»Wag es nicht Thosi, so einfach haust du deinen Jungen nicht aus der Klemme!« Die Kitsune wirkt auf einmal sehr ernst.

»Grigori, straffrei gehst du nicht aus, das ist dir klar, oder?«

»Ja.«

»Gut. Ein Teil deiner Strafe ist, dass ich Sera für eine Weile mitnehme.«

»Bitte?«

»Sie muss mir im Garten helfen. Ich habe mehrere Pflanzen entdeckt, die ich schon lange will.«

»Gerne, mehr als drei Tage kann ich jedoch nicht. Ich muss mich auch hier um die Pflanzen kümmern«, erklärt Sera, sichtlich geschmeichelt.

»Verstehe. Dann kommst du dreimal für drei Tage zu mir. Dabei sollen sich die Gärtner in meinem Dienst gleich mal Notizen machen!« Die Kitsune wirkt entschlossen. »Nun zu dir, Grigori: Deine Strafe hängt davon ab, ob du deine Komplizen verrätst!«

»Was ich nicht tun werde, da mich die gesamte Schuld trifft.«

»Ich meine es ernst, deine Strafe wird viel härter, wenn du nicht sagst, wer dir geholfen hat!«

»Das akzeptiere ich!«, erklärt Grigori selbstbewusst. Der anerkennende Blick, den er von der Kitsune dafür bekommt, entgeht ihm dabei nicht. Doch bevor sie weitersprechen kann, stürmen Thea und Mizuki, dicht gefolgt von Xiri und Kaira in den Raum und bevor er es verhindern kann, beginnen alle vier aufgeregt zu gestehen. Noriko, die sich so schnell nicht aus der Ruhe bringen lässt, hört aufmerksam zu und als endlich wieder Ruhe herrscht, lächelt sie süffisant.

»Meine Lieben, ihr habt gerade Grigoris Parade versaut. Gerade du, Thea, du willst also der Kopf hinter dem Diebstahl sein? Gut, einverstanden.«

Alle starren die Kitsune verwirrt an, nur Thea, die klar aussagte, dass sie alles geplant hätte, sieht verlegen zu Grigori, der sich an den Kopf fasst. Scheinbar begreift sie, dass ihr ungestümes Verhalten, genau das Falsche war. Thosithea und Noriko hingegen werfen sich zufriedene Blicke zu. Die Schuldgeständnisse zeugen doch davon, dass die Jugendlichen ihre Tat bereuen. Zwar schützt das vor Strafe nicht, aber es zeigt den beiden erfahrenen Herrschern doch so einiges.

»Also gut, alle ausser Grigori müssen eine Woche lang in der Küche aushelfen. Da ihr so bereitwillig alle Schuld auf euch nehmt, kann ich ihn ja nur schwer verurteilen. Thea, bei dir sind es zwei Wochen. Grigori, du und deine Angestellten sind vielleicht so freundlich und helfen ihnen dabei.« Die Kitsune sieht fragend zur Herrin des Nordens, diese nickt zustimmend. Nachdem alle bestätigt haben, die Strafe zu akzeptieren, wendet sich Noriko an den Menschenjungen:

»Sieh mal, wenn du so einen Baum dringend gebraucht hast, dann melde dich doch bei mir! Ich lasse durchaus mit mir reden. Hast du wirklich geglaubt, dass ich nicht herausfinden kann, wer mich bestohlen hat?«

»Nicht wirklich. Ich weiss, ich hätte mich anders verhalten sollen. Aber ich habe in den letzten Monaten gelernt, dass Kitsunen manchmal sehr stur sein können, was alte Regeln anbelangt.«

»Gut, zugegeben, das ist so. Ich, ach, ich weiss auch nicht. Im ersten Moment war ich wirklich wütend. Ich warte wirklich schon eintausend Jahre. Da ich aber auf Nummer sicher gehen wollte, nun, ich habe dafür gesorgt, dass ich in den nächsten vier Jahren jedes Jahr einen Baum bekommen werde.« Die Kitsune schüttelt den Kopf und mustert Grigori streng: »Wage es nie wieder, in meinen Palast einzubrechen. Diesmal kommst du mit einem blauen Auge davon. Das nächste Mal bin ich nicht so rücksichtsvoll. Aber in Anbetracht dessen, was deine anderen Familienmitglieder sich bei mir geleistet haben, ist das schon fast ein harmloser Streich. Als diesen betrachte ich das Ganze auch.« Die Art, wie sie das sagt, verdeutlich, wie sehr sie die Schwarzschuppen als Teil ihrer Familie betrachtet. Interessanterweise sehen Thea und ihre Mutter gleichzeitig äusserst betreten zu Boden. Scheinbar gab es da Geschichten, die Grigori noch nicht gehört hat. Die alte Kitsune lächelt und deutet auf den Gang:

»Nun zeig mir noch den Rest deiner Anlage. Wenn ich schon mal hier bin.«

Das Ende der Wache

Seit dem Diebstahl ist ein Monat vergangen und der Herbst ist angebrochen. Grigori, der nicht nur die vollen zwei Wochen freiwillig mit Thea in der Küche Strafdienst geleistet hatte, wurde zusätzlich von seiner Mutter bestraft. So musste er noch für drei Wochen jeder Regierungssitzung beiwohnen, die in seiner Freizeit stattfindet. Die letzte Woche, die nun anbricht, ist wie die vorhergehenden gefüllt mit Schule, Training, Ausbildung und Sitzungen.

»E<small>S IST ÄUSSERST WICHTIG, DASS WIR DIE</small> E<small>INNAHMEN UND</small> A<small>USGABEN BESSER KONTROLLIEREN</small>!«, erklärt der Sprecher des Rates. »Insbesondere die militärischen Ausgaben sind kaum noch tragbar. Ich kann verstehen, dass die Palastwache so schnell wie möglich wieder aufgebaut werden muss. Aber mit den Verlusten im Silberwald gehen uns die Rekruten und Materialien immer schneller aus. Ausserdem soll die Leibgarde und Nordwache neu organisiert und aufgebaut werden. Jedes dieser Projekte alleine wäre kaum finanziell abzudecken. Ich fürchte, wir müssen Kompromisse eingehen.«

Grigori seufzt leise, seit drei Wochen steckt er in den Haushaltsversammlungen und sie haben keinen Fortschritt erzielt. Schlimmer noch, da seine Anwesenheit angeblich ausreicht, nutzt seine Mutter die neu gewonnene Freizeit und lässt ihn am Abend eine Zusammenfassung liefern. Sein Vorschlag bezüglich des Tunnels wurde komplett übergangen, aber man zeigte wenigstens genug Anstand, ihn einmal aussprechen zu lassen. Viele der jüngeren Ratsmitglieder waren interessiert, jedoch wurde Grigori schnell klar, dass gerade die Älteren dagegen sind, insbesondere, da dem Sprecher der Haushaltsversammlung dadurch ein Verlust beschert werden würde. Immerhin gehört ihm ein beachtlicher Anteil der Gasthäuser, entlang der langen Strecke.

»Ich schlage vor, dass wir den Wiederaufbau der Leibgarde auf Eis legen. Die Veteranen würden sich besser in der Palastwache und der Armee wiederfinden. Zudem sind von den einst vierhundert nur sechzehn im Silberwald und die, dank letzter Reserve, auf fünfzehn Mann aufgestockte Truppe hier übrig. Zwanzig weitere sind im Training, jedoch wurden diese aus der Palastwache rekrutiert! Eine Verschwendung von guten Soldaten und Materialien. Kostet eine Ausrüstung doch alleine so viel, wie die Ausrüstung von zehn Rekruten der Armee.«

»Die Leibwache schützt die Herrin des Nordens seit beinahe eintausend Jahren!«

»Nun, verehrte Hotaru, leider hat die Leibwache genau bei dieser Aufgabe komplett versagt. Nicht nur, dass ihr erster echter Einsatz ein Desaster war, sie waren am Ende beim zweiten Vorfall sogar die Verräter!«

Es wird augenblicklich still. Die Anführerin der Leibwache starrt den Ratssprecher fassungslos an. Der Vorwurf, zwar gerecht, aber nicht ganz der Wahrheit entsprechend, traf. Grigori sieht beunruhigt auf. Ihn hatte die Anwesenheit der Kitsune schon gewundert. Sie wurde offenbar eingeladen. Die sonst selbstsichere und durchaus stolze Anführerin sitzt noch immer geschockt an ihrem Platz.

»Verzeiht, aber ihr müsst zugeben, dass die Leibwache, die ach so hoch geschätzte Elite … «

»Von unserem Feind durch uns unbekannte Mittel unterworfen und gegen uns verwendet wurde!«, unterbricht Grigori den Sprecher. Er ist dabei aufgesprungen.

»Herr, ihr selber wurdet von ihnen angegriffen. Ich verstehe nicht … «

»Nein, ich wurde von Feinden angegriffen!«

»Sie waren Mitglieder der Leibwache!«

»Nur bis zum Zeitpunkt, bis sie unter den Einfluss der Medaillons gerieten!« Der junge Mensch wirkt bei diesen Worten streng. Er würde nicht zulassen, dass man die Geschichte so darstellt.

»Herr, sie waren Verräter.«

»Gegen ihren Willen! Das ist bekannt.«

»Ja, das stimmt, bis auf die Tatsache, dass eine Befehlsmissachtung überhaupt erst zum Eklat führte.« Der Sprecher winkt ab. Wie immer, wenn er sich an Grigori wendet, fühlt sich dieser, als wäre er ein unerwünschtes Kind, obwohl er in wenigen Monaten sechzehn wird. Doch zählt das bei den langlebigen Monstern kaum.

»Schon gut, Herr.« Die Stimme der Kitsune wirkt geschlagen. Die darauf folgende Abstimmung zeigt, warum. Sie ist beinahe einstimmig. Dennoch greift Grigori noch einmal ein:

»Ich werde der Herrin des Nordens den Ratsentschluss gerne mitteilen, dennoch entscheidet letztlich sie über den Fortbestand der Leibwache.«

Als er das private Gemach seiner Mutter betritt, hört er Sera gerade erklären:

»Wichtig ist, dass die Blumen regelmässig gegossen werden. Dabei nicht zu viel Wasser verwenden. Ich komme in drei Tagen vorbei und sehe nach, wenn das so in Ordnung geht, Herrin.«

»Natürlich, ich danke dir.«

Als Sera aus dem kleinen Raum kommt, nickt sie dem erstaunten Grigori zu und verschwindet. Kurz darauf folgt die Apepi, sie hat für die Gartenarbeit eine menschliche Gestalt angenommen. Als sie ihren Jüngsten sieht, lächelt sie zufrieden:

»Sera ist wirklich gut. Wenn Nori das nächste Mal kommt, habe ich mehr als ein paar traurige Pflanzentöpfe vorzuzeigen.«

»Freut mich zu hören, aber seit wann hilft sie dir? Und wie hast du sie dazu gebracht, deinen Rang zu beachten?«

Die Apepi, die sich in dem Moment gerade verwandelt, lacht:

»Keine Ahnung. Scheinbar tut es ihr gut, von allen anerkannt zu werden. Seltsam, sie wirkt eigentlich überhaupt nicht so grossspurig, wie sie sich manchmal gibt.«

»Ich weiss. Laut Lys ist Norikos Garten nun so hübsch wie schon lange nicht mehr. Zudem ist Sera wohl die Erste, die unbeschränkten Zugang dazu erhalten hat, ohne ein Familienmitglied zu sein.«

»Stimmt. Na ja, wie lief die Sitzung?«

»Wunderbar, sie wollen die Leibwache auflösen!«

»Ich weiss. Ehrlich gesagt, ich bin sogar dafür. Im Moment haben Isabella und ein dutzend Blutpaladine, die sie nun kommandiert, die Aufgabe gut übernommen.«

»Aber ...« Grigori starrt die Apepi erschüttert an. Er wollte in der nächsten Sitzung triumphierend verkünden, dass die Wache weiter existieren würde.

»Tut mir leid, ich scheine da deine Erwartung nicht zu erfüllen.«

»Nein!« Die Enttäuschung ist gut zu hören.

»Warum? Genau genommen hast gerade du am meisten unter der Leibgarde gelitten.«

»Nun, das war Pech. Ich verstehe nur nicht, warum sie abgeschafft werden soll. Sie kann doch nichts dafür!«

»Wie? Ach du meinst Hotaru?«

»Ja! Sie war so stolz, als sie das Kommando offiziell erhielt. Dazu hat sie mein Leben gerettet. Ich finde das nicht gerecht.«

»Grischa, sie ist eine Soldatin, sie wird das verstehen. Einheiten werden aufgelöst, andere neu geschaffen. Ich stehe jetzt unter dem Schutz der besten Wächter der Welt.«

»Aber ...«

»Wir müssen unsere Ausgaben besser in den Griff bekommen. Nicht jeder hat ein Alchemielabor, das scheinbar unermessliche Gewinne abwirft!«

»Nun, da mir der Zugang zur Schatzkammer noch immer verwehrt wird, bleibt mir ja nichts anderes übrig.«

»Habe ich das Verbot nicht aufgehoben?«

»Nein.«

»Oh, das tut mir ja so leid.« Der Spott in ihrer Stimme ist nicht zu überhören.

»Schon gut, nicht dass ich es im Moment brauchen würde.«

»Im Moment?«

»Nun, der Rat ignoriert mich bei allem, dabei denke ich, dass meine Idee nicht so blöd ist.«

»Der Tunnel?«

»Ja, sie sagen, wie sie sparen müssen, aber die Rechnung, die ich vorgelegt habe, war klar und deutlich. Wenn wir jetzt den Tunnel bauen, sind wir nächstes Jahr fertig und können grosse Kosten im Transportbereich einsparen. Zusätzlich zu den Möglichkeiten, die sich uns eröffnen, wenn der Zugang zur Eisenküste nicht mehr ein mehrtägiger Marsch ist.«

»Ich glaube dir, aber die Kosten für den Bau sind gross. Wir müssten dutzende von Magier anheuern.«

»Nun, ich hätte da ja einen Plan B ...«

»Aha?« Die Apepi winkt, ihr zu folgen, und gemeinsam suchen sie das Arbeitszimmer auf. Unterwegs erklärt er seinen Plan.

»Du willst, dass Thea den Tunnel gräbt?«

»Zumindest die Teile aus Endgranit. Das würde die Bauzeit laut Ulfrik auf gut zwei Monate reduzieren.«

»Warum sie?«

»Nun, ich habe da ein paar Beobachtungen gemacht. Sie hat die Vertiefungen für die Bäume in den Fels geschnitten. Ohne grössere Schwierigkeiten.«

»Ein Tunnel, der laut dir ziemlich gross sein muss, ist nicht das Gleiche. Thea ist dafür nicht bereit. Sie kann ihre Macht noch immer nicht perfekt kontrollieren.«

»Nun, ich ... « Grigori räuspert sich, während er ihr gegenüber seinen Platz einnimmt. »Ich hatte gehofft, dass ich das Ganze als gute Übung verkaufen könnte.«

»Netter Versuch.«

»Danke, hat es genützt?«

»Nein, ausserdem würde das die Leibgarde auch nicht retten.«

»Aber dann könnte man die so gewonnenen Reserven ... «

»Grischa, es zeichnet dich aus, nicht aufzugeben, aber das ist in diesem Falle nicht nötig. Die Leibgarde wird wieder aufgebaut, sobald die Situation sich wieder beruhigt hat. Aber im Moment mobilisieren alle im Norden ihre Reserven. Wenn alles klappt, können bald frische Truppen zu Cas geschickt werden.«

»Du glaubst also auch an einen Sieg im Silberwald?«

»Ehrlich? Nicht wirklich. Aber immerhin kein totaler Verlust.« Die Herrin seufzt und lächelt dann ihren Jüngsten an, der unzufrieden vor ihr sitzt. Der Tatendrang ist spürbar. Seine Erfolge mit der Alchemie haben ihn darin sogar bestätigt.

»Grischa, wenn jemand eine Lösung findet, dann du! Sprich mit Lys, vielleicht findet sie ein altes Gesetz, das dich die Leibwache retten lässt.«

»Danke! Das ist eine Idee, jetzt wo sie endlich zurück ist. Wenn ich was finde, dann hilfst du mir?«

»Ja, natürlich.«

Lys sieht überrascht auf. Sie sitzt, wie immer um diese Uhrzeit, in ihrem Studierzimmer und scheint gerade damit beschäftigt zu sein, ein Buch zu kopieren. Neu sind die anderen Schreibpulte, wo andere Schreiber ähnliche Arbeiten ausführen.

»Hallo Grischa, wie geht es dir?«

»Gut, danke, hast du einen Moment Zeit?«

»Natürlich, komm, ich zeige dir was. Ist das Neuste aus dem Osten.« Sie wirkt aufgeregt und als sie den Arbeitsraum neben ihrem normalen Studienraum betritt, sieht Grigori eine seltsame Apparatur:

»Das ist eine Druckmaschine. Die habe ich von Nori bekommen. Im Zentralen Reich, neuerdings auch im Osten, werden Bücher jetzt gedruckt. Ist zwar aufwändig, aber massiv schneller als sie von Hand zu schreiben!«

»Beeindruckend. Ich bin ja auf die ersten Ergebnisse gespannt. Wie geht das?«

Nachdem sie ihm die Grundlagen gezeigt hat, setzen sie sich in eine Ecke.

»Sie wollte sie mir wegen dem Baumraub erst nicht geben. Aber nachdem ich geholfen hatte, das Loch im Garten zu füllen, wurde sie mir grosszügigerweise doch geschenkt. Tut mir leid, dass ich so schnell gepetzt habe, aber ihre Enttäuschung war so gross.«

»Schon gut, ich bin eigentlich froh darüber. Ist das der Grund, warum du beinahe einen Monat dort warst?«

»Genau, ist das nicht fantastisch? Wenn wir jetzt ein Buch oder einen Text viele Male brauchen, dann müssen wir es nicht mehrfach schreiben. Die Schrift ist zwar etwas gewohnheitsbedürftig, aber ich mag sie.« Sie strahlt über ihr ganzes Gesicht, die Freude an der seltsamen Apparatur ist gross. »Aber du bist sicher nicht nur deswegen gekommen. Du hast ja keine Zeit mehr für irgendwas, so wie ich das gehört habe.«

»Leider. Mutter geniesst es mir ein bisschen zu fest! Zudem, irgendwie hat sie Sera rekrutiert, ihr beim Garten zu helfen.«

»Ich weiss, der wird toll! Sera ist ein Naturtalent. Ich hoffe, bald ein Manuskript von ihr zu bekommen.«

»Bitte?«

»Na, das wäre doch ein schönes erstes Buch! Ein Buch über Blumen.«

»Stimmt. Nun, ähm Lys?«

»Ja?«

»Die Leibwache wird aufgelöst und ich hoffe, du weisst etwas, das man dagegen tun könnte.«

»Oh, so aus dem Kopf gerade nichts. Warum?«

»Sie kosten zu viel.« Grigori imitiert den Tonfall des Sprechers und Lys beginnt zu lachen.

»Ah, die Haushaltsversammlungen haben sich nicht geändert. Ich will dich ja nicht unglücklich machen, aber du weisst schon, dass du dein restliches Leben in diesen Sitzungen verbringen wirst?«

»Bitte?«

»Du glaubst doch nicht, dass Thea sich das freiwillig antun wird, oder?«

»Sie kann mich nicht zwingen!«

»Brüderchen, sie wird dich notfalls an den Stuhl fesseln. Sie hasst diese Sitzungen.«

»Ich auch!«

Lysixia beginnt zu lachen, sie wirkt glücklich. Die Auszeit im Osten hat ihr gutgetan und die Tränen der Theia scheinen auch Erfolg zu zeigen. Zumindest hofft Grigori das von ganzem Herzen.

»Ich sehe mich mal in den Archiven um, aber versprechen kann ich nichts. Aber warum interessiert dich das?«

»Weil … ich will nicht, dass Therris durchkommt. Er ist immer so arrogant und dazu hat er die Wache mehr oder weniger als Verräter beschimpft. Ich würde ihm so gerne eins auswischen.«

»Verstehe.« Die Apepi kichert, sie scheint ihren Spass an der Sache zu haben. »Vielleicht solltest du Nysa fragen, sie kennt da mehr Methoden.«

Bevor Grigori antworten kann, wird Hotaru von einem der Schreiber in den Raum gebracht. Die Anführerin der Leibgarde sieht verlegen zu Boden:

»Tut mir leid, ich wollte nicht stören.«

»Schon gut, wen von uns beiden suchst du?«

»Euch Herrin, ich, ähm, wollte eine etwas ungewöhnliche Bitte vorbringen.«

»Hat die Bitte damit zu tun, mich nach Gesetzen umzusehen, die das Auflösen deiner Einheit verhindern?«

»G-genau! Wo-woher wisst ihr davon?«

»Nun, Grigori hat mich soeben um genau dasselbe gebeten.« Die Apepi beginnt zu lachen. Die Kitsune hingegen sieht erst erstaunt und dann dankbar den Jungen an.

»Danke, Herr, das bedeutet mir viel.«

»Schon gut, hoffen wir, dass Lys etwas findet.«

Kaum hat sich die Kitsune verabschiedet, wendet sich Lys an Grigori:

»Wie viel verdienst du im Monat?«

»Bitte?«

»Nun, es geht um Geld, wie viel?«

»Will ich nicht sagen. Es ist beinahe unglaublich, wie viel es ist.«

»Gut, wie viel?«

»Etwa sechshundert Kronen. Seit wir die Kräuter und Zutaten selber herstellen können, sind meine Kosten auf ein Minimum gesunken. Mit den wenigen Forschungsarbeiten und Lohnkosten, die dazu kommen, knapp sechshundert.«

Es ist einen Moment still im Raum, dann beginnt die Apepi wieder zu lachen:

»Du willst mir erzählen, dass du mit einem Trank mehr Geld im Monat machst, als ein Handwerker mit einem grossen Betrieb und mit einem vielfältigen Angebot?«

»Ja, der Trank ist beliebt, Ketil hat Käufer, die jeden Monat vier Stück kaufen. Dazu kommt die Tatsache, dass im Verhältnis zu den Heilern und den anderen Möglichkeiten, sich von Schmerzen zu befreien, der Trank relativ günstig ist. Auch haben weder ich noch meine Angestellten wirkliche Lebenskosten. Wir beziehen alles aus der Festung und verkaufen auch hier. Ich kann die Kosten nur noch um ein paar Silber reduzieren, wenn ich die Phiolen selber herstellen lassen würde. Doch ist das kaum den Aufwand wert. Ich will die Handwerker in der Festung ja nicht arbeitslos werden lassen.«

Die Apepi lacht noch immer:

»Schon gut, du musst dich nicht entschuldigen. Wunderbar, Mutter bestraft dich und du machst daraus ein Unternehmen, das so nebenbei mehr Geld verdient, als du es rechtfertigen kannst. Andererseits, wenn du mal was kaufen musst, wird es wohl schnell teuer.«

Zwei Tage vergehen beinahe ereignislos. Einzig Kairas neuester Jagderfolg gibt zu reden, da sie im Alleingang einen jungen Bergwyvern erlegt hat. Eine Tat, die sowohl Respekt wie auch eine Menge Ärger bedeutet. Die Herrin scheint ihr den Erfolg zu gönnen, dennoch darf sie für eine Woche nicht mehr jagen gehen. Doch nimmt die Amarog das gelassen, sie muss selber zugeben, dass es eine eher dumme Idee war. Als Lys Grigori am Abend aufsucht, sitzt dieser in seinem Labor und kontrolliert die neusten Berichte. Kaira, die ihm Gesellschaft leistet, liest in dem Alchemie-Handbuch, wobei ihre immer mehr zufallenden Augen verraten, dass sie sich nicht wirklich dafür begeistern kann.

»Na, ihr beiden, was heckt ihr heute aus?«

»Nichts Lys, hast du was gefunden?«

»Nein, ich habe dir hier Kopien aller Gesetze gebracht, die relevant sind. Die Einheit ist nur eine normale Militäreinheit und kann damit aufgelöst werden. Dazu ist es sogar das Recht des Rates, solche Entscheidungen zu treffen.

Was ich gefunden habe, ist eine interessante Regelung, die dir erlaubt eine paramilitärische Einheit zu unterhalten.«

»Warum ist das was Besonderes?«

»Weil nur du das darfst. Alle anderen militärischen und bewaffneten Einheiten müssen dem Norden selber dienen. Sie können nur deinem Kommando unterstellt werden, wie zum Beispiel die Nordwache oder die Armee. Aber nur du, als Wächter der Festung, darfst eigene, unabhängige Truppen haben. Ich habe keine Beweise gefunden, dass dieses Gesetz jemals gebraucht wurde und bezweifle, dass es mehr als eine symbolische Geste war. Dir untersteht ja offiziell im Falle eines Angriffs die Palastwache. Ich vermute, dass die Regel eingeführt wurde, für den Fall, dass du ›aussergewöhnliches militärisches Personal‹ brauchst. Das wiederum ist ja eigentlich nicht der Fall.«

»Das würde wunderbar ankommen, wenn ich meine eigene Armee aufstelle. Der Rat ist schon so damit beschäftigt, einen Weg zu finden, meinen Rang zu entmachten.«

»Ich weiss, aber es wäre ein Weg. Du hast auch genug finanzielle Mittel, um dir das zu leisten. Das andere Problem ist, dass die Eide, die von der Leibwache geschworen wurden, das eigentlich verhindern. Sie würden gegenüber Mutter eidbrüchig werden. Du weisst, was das laut Gesetz bedeutet.«

»Schade.«

»Ja, tut mir leid.«

»Wie viele Mitglieder sind es im Moment?«, fragt Kaira neugierig.

»Fünfzehn hier in der Festung. Davon sechs voll ausgebildete und der Rest ist noch in Ausbildung.«

»Nun ... Fünfzehn ist keine Armee.«

»Ich weiss, auf was du hinaus willst, Kaira, aber in diesem Falle sind sie eine beachtliche Truppe.« Lys nickt der Amarog zu.

»Na ja, Grischa kann damit trumpfen, dass er eine Leibwache braucht. Der Anfang vom Jahr hat das ja bewiesen«, grummelt die Amarog.

»Sehr witzig. Ich heure die an, die mich an erster Stelle in Gefahr gebracht haben.«

»Das wäre zumindest ein Vertrauensbeweis und würde die Mitglieder der Leibwache zum Teil rehabilitieren.«

»Lys, warum ist das nötig? Mutter hat doch verkünden lassen, dass niemand für seine Taten unter einem Medaillon als Verräter gezeichnet werden darf.«

»Nun, ich weiss, du glaubst lieber an das Gute in anderen. Aber viele haben Mühe mit der Situation. Sie haben Freunde und Verwandte verloren. Dabei waren es aber nicht Feinde, sondern Wesen, die sie als Freunde oder gar als Verwandte hatten.«

»Ich verstehe, am Ende haben unsere Feinde doch einen kleinen Sieg errungen. Sie haben Misstrauen gesät.«

»Genau! Und genau jetzt, wo alle unsicher geworden sind, kommt so ein nerviges Menschlein und will alles verändern.«

Kaira kichert, sie scheint die Formulierung von Lys äusserst amüsant zu finden.

»Hey, ich will ja nur helfen!«

»Ich weiss, Grischa. Aber ... , ach du wirst das noch lernen. Manche Dinge sind nun mal nicht immer so klar. Du bist jetzt nicht mehr nur eine seltsame Idee der Herrin, sondern beteiligst dich aktiv am Geschehen. Deine Anwesenheit in den Ratssitzungen hat für Unmut gesorgt. Wärst du ein Apepi, würde niemand etwas sagen. Aber ein Mensch? Zwar mit dem Namen der Apepi, dennoch, ›nur‹ ein Mensch. Manche glauben, dir zeigen zu müssen, wo dein Platz ist.

Daphete, die Lamia, die als erstes gegen dich vorging, hat gute Arbeit geleistet. Noch immer sind viele davon überzeugt, dass du ungeeignet bist, für die Aufgaben und dass Mutter dich nur deshalb in die Sitzungen schickt, weil sie nicht zugeben will, wie ...«, hier räuspert sich die Apepi betreten, »unfähig du bist.«

»Pah, er verdient ja mehr als die meisten der alten Ratsherren und hat die Alchemie modernisiert! Wirklich ein Zeichen von Unfähigkeit!« Kaira springt beinahe auf und wirkt aufgeregt:

»Dazu will er helfen und sie sabotieren ihn lieber. Ist ja nicht so, dass sie sich selber schaden!«

»Kaira, ganz ruhig. Das war nicht als Angriff gedacht. Ich sage nur, was ich so höre und selber beobachten kann. Zudem halten viele die Alchemie für einen Versuch von Mutter, Grischa das Gefühl zu geben, etwas Sinnvolles zu bewirken. Da Brüderchen ziemlich gut darin ist, zu verbergen, was er hier unten genau macht, halten viele das Ganze für leeres Gerede. Einzig der Garten hat gewisse Bekanntheit erlangt.«

»Gut, sollen sie sich nur wundern. Ich habe es nicht nötig, mich zu beweisen.«

»Doch! Du kannst dir das doch nicht gefallen lassen! Du hast ...«

»Kaira, ich danke dir, aber in dem Fall ist das sogar besser so. Ich werde unterschätzt, das ist Daphete zum Verhängnis geworden, dies wird auch anderen zum Verhängnis werden.«

»Richtig. Grischa, ich würde vorschlagen, dass du mit Nysa sprichst. Sie hat sicher eine Idee, wie du die Leibwache retten kannst. Oder zumindest deine, nun, Niederlage vertuschen.«

»Das ist eine Idee. Sie wird mir aber zuerst wieder mal erklären, dass ich mich nicht immer so verhalten soll und dass ich mit zu offenen Karten spiele.«

Als die nächste Haushaltssitzung näher rückt, kann Grigori seinen Unmut kaum noch verbergen. Die Gespräche mit Nysa haben nichts ergeben, ausser der Empfehlung, nichts Dummes anzustellen. Arsax hatte zwar vorgeschlagen, dass die Leibwache ihm unterstellt werden könnte, doch hat Lys klargemacht, dass dies das Problem nicht lösen würde.

Er mustert die Beutel, gefüllt mit jeweils zweihundert Goldkronen. Sein aktuelles Vermögen beträgt knapp über zweitausend Goldkronen.

»Mari? Hat Miri schon wieder das Gold zurückgebracht?«

»Ja, Herr, hatte ich beinahe vergessen. Sie lässt ausrichten: Dass es nicht als Zurückzahlen der Schulden zählt, wenn das Gold ins Zimmer gelegt wird.«

»Verdammt! Sie findet es immer, egal, was wir versuchen. Sie weigert sich einfach, das Geld zurückzunehmen.«

»Natürlich, du nützt ihr mehr als Schuldner, Herr.«

»Aber das verstösst gegen die Regeln!«

»Nun, ehrlich gesagt,« die Kitsune grinst breit, »macht sie die Regeln im Moment.«

»Mist. Nun, ich bin ja froh, jetzt kann ich das Gold brauchen.«

Während er noch überlegt, öffnet sich die Türe und Lys und Nysa gleiten in den Raum:

»Ich bin beeindruckt, da hat sich ja viel getan seit meinem letzten Hiersein.«

»Hallo Nysa, seit wann bist du wieder hier?«

»Gerade angekommen. Hey Kleiner, du warst ganz schön fleissig, was?«

»Kann man so sagen, darf ich vorstellen: Mari, meine rechte Hand und Produktionsleiterin.«

»Seid gegrüsst, Herrin.« Die Kitsune verneigt sich leicht.

»Hallo, freut mich, dich kennenzulernen.« Nysa nickt ihr zu und wendet sich dann an ihren Bruder:

»Gute Nachrichten, ich und Lys haben was gefunden!«

»Echt? Was ist es?«

»Mutter kann den Eid aufheben, den die Wächter leisten, dann kannst du sie anheuern.«

»Das wird der Rat niemals zulassen!«

»Doch, werden sie. Denn die Ausrüstung gehört dem Norden. So wie ich Therris kenne, wird er mit Vergnügen einen absurden Preis verlangen, im Wissen, dass du das nicht zahlen kannst, ohne Mittel von Mutter zu bekommen, was er wiederum beanstanden kann. Glaub mir bitte, ich kenne diese Spiele.«

»Warum bist du dir so sicher?«

»Weil ich so vorgehen würde.« Die Apepi grinst. Sie hat sich verändert, sie wirkt reifer. Dazu ist eine feine Verformung zu sehen, die klar zeigt, dass die Apepi die Hälfte der Tragezeit überschritten hat.

»Grischa, die Ausrüstung eines Leibwächters kostet neu etwa dreihundert Goldkronen. Das ist der Grund, warum sie aufgehoben werden sollen. Die neun Rekruten auszurüsten, würde gleichviel kosten, wie drei Truppen an jeweils sieben normalen Soldaten.«

»Das übersteigt meine Mittel tatsächlich. Ich habe nur zweitausend.« Die Enttäuschung ist gut zu hören.

»Dazu kommen die Ausbildungskosten«, erklärt Nysa weiter, als hätte sie ihn nicht gehört. Doch auf einmal stutzt sie: »Wie viel?«

»Nun, alles in allem zweitausend. Ich hatte viele Ausgaben und die neue Produktion läuft erst seit drei Monaten.«

»Du ... du hast einfach so zweitausend Goldkronen?«

»Ja, warum?«

»Woher?«

»Ich verkaufe Tränke, was glaubst du, wozu ich eine Produktionsleiterin brauche.«

»Wie ... aber ... warum hat mir das niemand berichtet? Lys, wusstest du, dass sein Geschäft so gut geht?«

»Nun, erst seit Kurzem. Ich glaube, in der Festung wissen nur seine Angestellten und Ausgewählte davon Bescheid.«

»Die Tränke werden offiziell verkauft ... «

»Nun, du weisst ja, was ausserhalb der Festung passiert, kommt nur selten bei uns an«, erklärt Lys grinsend. Ein Problem, das auch zu den häufig eisigen Verhältnissen der Vergangenheit beigetragen hat.

»Nun, ich weiss nicht, was du jetzt machen willst, aber das wäre die Lösung, die ich und Lys gefunden haben. Ich würde mir jetzt gerne den Rest deiner Anlage ansehen. Besonders die Gärten mit den Bäumen.« Sie grinst breit.

»Klar, warte, ich führe dich herum.«

Als Hotaru den Raum betritt, sind alle anwesend. Grigori mustert die schwarz gepanzerten Krieger vor sich. Die sechs letzten der Leibwache sitzen im Halbkreis um die Feuergrube, die in dem kleinen Sitzungsraum für angenehme Wärme sorgt. Der Raum ist erst vor Kurzem fertig geworden. Man hat die Wände im Thronsaal neu aufgebaut, wobei viele Umstrukturierungen vorgenommen wurden. So gibt es jetzt mehr kleine Arbeits- und Sitzungsräume.

»Danke, dass ihr gekommen seid.«

»Herr, das ist doch das Mindeste, immerhin versucht ihr, uns zu helfen.«

Grigori bemerkt beunruhigt, dass die Wesen ihn hoffnungsvoll ansehen. Scheinbar erwarten sie ein kleines Wunder von ihm. Drei Kitsunen und drei Lamien, alles was von der einst so geachteten Leibwache noch existiert.

»Nun, danke dennoch. Ich fürchte, dass ich in dieser Hinsicht nur bedingt gute Nachrichten habe. Lysixia hat mir alle Gesetze und Regelungen übergeben und der Rat hat nicht nur das Recht, sondern auch die Pflicht, über solche Dinge zu entscheiden.« Noch während er spricht, spürt er, wie sich die Stimmung verschlechtert.

»Ich habe aber eine Alternative gefunden. Die würde ich gerne mit euch besprechen.«

»Herr, bitte verzeiht, dass ich euch unterbreche, aber wir wurden schon vom Rat aufgesucht. Man hat uns Angebote unterbreitet«, erklärt Hotaru verlegen.

»Oh, gute?«

»Pah, die wollen mich aus dem militärischen Dienst entlassen, weil ich zu alt sei!«, knurrt einer der Lamias. Grigori mustert den Krieger. Er ist eindeutig älter, aber er wirkt mehr als nur fähig, noch immer zu kämpfen.

»Nun, die Angebote sind nicht alle gleich gut«, murmelt Hotaru betreten. Die Kitsune hat seither viel von ihrem Glanz eingebüsst.

»Nun, die Sache wäre folgende: Ich kann und darf euch als Paramilitärs einstellen.«

»Herr, wir sind geschworene Soldaten, das würde einen Eidbruch bedeuten.«

»Ich weiss, aber das ist bereits entsprechend organisiert. Mutter würde eure Eide aufheben.«

»Klar, ist besser als ein ›militärischer Berater‹ zu werden! Ich kann durchaus noch kämpfen!«

»Gut, mein Angebot ist folgendermassen.« Grigori muss lächeln, der Ausbruch des Kriegers stört ihn nicht, er sieht, wie sehr ihn das Angebot des Rates beleidigt hat. »Ich würde jeden, der will, als private Leibwache einstellen. Ihr würdet das Gleiche wie bisher machen. Nur wäre es jetzt mein Leben, das ihr bewachen würdet und mein Labor.«

»Ich bitte euch alle, sich frei und ohne Rang zu äussern«, erklärt Hotaru.

»Einverstanden! Das klingt gut.« Erklärt der Alte, seine Meinung ist klar. Der Gedanke, doch noch aktiven Dienst leisten zu können, überzeugt ihn.

»Auch ich bin einverstanden«, erklärt Hotaru, sie lächelt traurig. Die anderen sehen betreten zu Boden. Besonders die beiden anderen Kitsunen wirken unglücklich. Nach kurzem Zögern hebt einer den Kopf. Sein Gesicht zeigt deutlich, dass ihn etwas belastet:

»Herr, nun, ich weiss nicht, wie weit ihr über die Organisation der Leibwache informiert wart. Aber, nun, ich und Hinata sind ... waren Teil einer Abteilung, die als Ringwache bezeichnet wurde. Unsere Aufgabe war es, sollte einer der Ringe einen Alarm auslösen, die Stelle zu finden. Drei Kitsunen würden zum Ring teleportieren. Vor Ort würden dann zwei ein Portal öffnen, durch das die Leibwache vorstossen sollte. In der Zeit sollte die dritte Kitsune erste militärische Hilfe liefern.«

»Gut, das heisst, ihr seid Kommunikations- und Portalspezialisten?«

»Genau! Wir sind zwar beide auch im Kampf ausgebildet, doch war unsere Aufgabe, die Portale zu empfangen und den Kontakt aufrecht zu erhalten. Ich zum Beispiel bin spezialisiert in der Kommunikationsmagie. Auch beherrsche ich die Basis der Portalmagie.«

»Ich bin spezialisiert auf die Portalmagie. Zudem kann ich ziemlich gut heilen«, erklärt die Kitsune, die als Hinata bezeichnet wurde.

»Gut, ihr wirkt aber, als sei das etwas Schlechtes.«

»Nun, wir sind nur bedingt Soldaten gewesen. Wir waren Unterstützungstruppen. Hotaru war auch Teil der Ringwache, doch ihre Aufgabe war kämpferischer Natur. Sie sollte den anderen Kitsunen Deckung geben und sich um Gegner kümmern.«

»Verstehe. Nun, ich kann beides gebrauchen. Dazu, ich trage so einen Ring, es würde mich beruhigen, wenn im Notfall Hilfe auftaucht.«

Der Nachsatz bringt die Anwesenden zum Schmunzeln. Die beiden Kitsunen nicken sich zu und bestätigen ihr Interesse an der neuen Arbeit. Dass Grigori sich heimlich darüber freut, nun doch noch an ausgebildete Magier zu kommen, kann er geschickt verbergen. Die Lamien sind noch immer am Nachdenken. Der Rat scheint ihnen ein gutes Angebot unterbreitet zu haben.

»Nun, ich nehme das Angebot an«, erklärt auf einmal die Lamia, die nach Grigoris Einschätzung die Jüngste der Anwesenden ist. Auch ihr Kollege stimmt zu.

»Das Angebot des Rates war zwar verlockend, aber bei den Geschichten, die man über euch hört, Herr, wird uns zumindest nicht so schnell langweilig.« Er grinst breit.

»Nun, ich hoffe ja, dass es ruhiger wird. Aber ich brauche erstens Leibwächter, das ist wohl klar. Dazu hättet ihr die Aufgabe das Labor und meine Leute zu schützen. Gerade Dorian wird dauernd von den Magielehrern aufgesucht und sie versuchen, ihm diverse Dinge einzureden. Ich werde das also mit Mutter besprechen. Danke, das bedeutet mir viel.«

»Herr, nur so aus Neugierde: Sind wir damit Teil der Gaunerbande?«

»Nein, es gibt keine Gaunerbande!«

»Stimmt, ihr bevorzugt den Ausdruck ›Alchemisten‹.« Alle beginnen zu lachen. Die Stimmung entspannt sich. Grigori verdreht die Augen und muss selber grinsen. Nein, sie würden eine viel schönere Bezeichnung erhalten. Sie sollten ihm helfen, eine gewisse Amtsbefugnis zu erlangen. Besonders, wenn er das nächste Mal gezwungen wird, Ermittlungen als Wächter anzustellen.

Die Haushaltsversammlung beginnt wie immer. Doch sind alle Apepi anwesend, die Zeit haben. Lys und Nysa sitzen im Hintergrund, die Herrin sitzt im Zentrum, neben ihr ist Thea. Nach dem üblichen Sermon kommt Therris, der Sprecher der Versammlung, zum Punkt der Leibwache. Er wendet sich demonstrativ an Grigori und fragt:

»Nun, Herr, habt ihr neue Einwände gefunden, uns bei der Arbeit aufzuhalten?«

»Nein, ich akzeptiere den Entschluss.«

»Gut, dann werden die fünfzehn Betroffenen nicht länger als Leibwache dienen. Die Rekruten werden als Offiziere der Palastwache und der Armee zugeteilt, die anderen haben entsprechende Angebote erhalten. Die Leibwächter im Silberwald werden ab sofort Casos unterstellt, solange ihr Einsatz dauert. Danach werden auch sie aufgeteilt. Herrin, ich muss euch bitten, die sechs von ihren Eiden zu erlösen.« Er wendet sich an die Apepi, diese nickt und winkt die sechs herbei, die in einfachen Kleidern auf das Signal gewartet haben. Nachdem die traditionellen Worte gesprochen wurden, kehren sie an ihre Plätze zurück. Grigori bemerkt, dass sie sich dabei Mühe geben müssen, nicht zu lachen.

»Therris? Ich würde gerne ihre Ausrüstung kaufen, diese wird ja nicht länger benötigt.«

»Bitte?«

»Die Rüstungen und sonstige Ausrüstung. Sie wird wohl kaum noch benötigt.« Grigori mustert ihn unschuldig.

»Nein, die wird noch benötigt!«

»Ach, ja, ganz vergessen. Die sechs gehen in meinen Dienst über. Hier, ein Beweis, dass dies möglich ist.« Damit lässt er dem Sprecher die Unterlagen bringen, die er von Lys erhalten hat. Nach kurzem Schweigen sieht er verärgert auf:

»Herr, ihr müsstet die Kosten für die Einheit tragen.«

»Ich weiss, hatte ich vor.«

»Gut.« Therris gibt die Unterlagen weiter und nach kurzem, leisen Besprechen mit anderen Ratsmitgliedern, wendet er sich wieder an Grigori:

»Einverstanden, ihr könnt ihre Ausrüstungen kaufen. Da sie für uns wirklich wertlos ist, bekommt ihr sie für nur 290 Goldkronen. Pro Rüstungsset.«

»Gut, einverstanden. Dann macht das 1740 Goldkronen. Mari?«

Es dauert nur einen Moment und Mari bringt eine Kiste. Sie hatte in einer Ecke darauf gewartet und schnell das Geld entnommen, welches zu viel war. Die Kiste, gefüllt mit Goldmünzen ist schwer und als sie mit viel Liebe über den Tisch manövriert wird, kann Grigori sehen, dass sich Mari Mühe gibt, den Abstand gerade gross genug zu halten, dass es ordentlich knallen wird, wenn sie loslässt. So gewappnet, ist er einer der wenigen, der nicht zusammenzuckt. Ohne etwas zu sagen, öffnet sie die Truhe und das Gold glänzt im Licht der magischen Fackeln. Er hatte mit so einem Preis gerechnet und den grössten Teil des Goldes extra so eingefüllt. Die beiden Beutel an ihrer Hüfte beinhalten nun das ganze Gold, das er noch besitzt.

»Was soll das?«

»Nun, ich zahle gerne sofort.« Sein Grinsen ist kaum zu übersehen.

»Dieses Gold ist für mich nichts wert. Es stammt klar aus der Schatzkammer! Herr, ihr habt mich zuvor falsch verstanden, ihr selbst müsst die Kosten für diese Truppen tragen!« Die spöttische Art, mit der er die Truhe schliesst, verrät, wie sehr er es geniesst den Jungen vorzuführen.

»Ich möchte mich ja nur ungern einmischen, Therris, doch aufgrund gewisser, nun› Vorkommnisse, ist es Herrn Grigori verboten, Gold aus der Schatzkammer abzuheben«, erklärt eine junge Lamia, die Grigori als eine der Assistentinnen der Schatzmeisterin erkennt.

»Bitte?«

»Dieses Gold ist nicht aus der Schatzkammer, es stammt aus seinem persönlichen Besitz«, beteuert sie noch einmal. Grigori, der die Ablenkung nützt, lässt ihm ein Dokument bringen.
»Was soll das jetzt?«
»Eine Quittung. Ich bitte um Bestätigung, dass ich gezahlt habe. Wie meine Meisterin immer sagt: Ein Handel ohne Beleg hat nicht stattgefunden.«
Der so übervorteilte Sprecher unterzeichnet.

Am Abend, nachdem sie sich alle in den Gemächern der Apepi vereint hatten, erzählt Nysa von ihrem Aufenthalt bei den Nachtwandlern und von ihrem Plan. Anstatt, wie für die bisherigen Schwarzschuppen üblich, nach der Geburt ihres Kindes in die geheimen Täler im Osten zu ziehen, will sie entweder in der ewigen Festung oder bei den Nachtwandlern bleiben. Eine Entscheidung, die besonders die Herrin des Nordens erfreut. Auch Thea äussert die Hoffnung, dass ihre ältere Schwester auch ihr zukünftig bei den »diplomatischen Bemühungen« hilft.
»Wenn wir schon bei diplomatischen Bemühungen sind: Grischa, deine Strafe ist abgesessen.«
»Super, dann nur noch eine Sitzung pro Woche.«
»Genau, ähm, Grischa?«
»Ja, Mutter?«
»Ich habe sie wirklich genossen, diese zusätzliche Freizeit ... «
»Kann ich verstehen.«
»Es ist so, ich habe mich entspannen können und dabei ganz gut vergessen, was du so anstellst.«
»Oh ... « Grigori mustert seine Adoptivmutter beunruhigt. Diesen Tonfall und ihre Körpersprache kennt er nur zu gut. Thea verhält sich genau gleich, wenn sie etwas will, ohne es direkt zu sagen.
»Nun, da du der Einzige bist, der in wirtschaftlichen Dingen ausgebildet wird und auch noch ein erfolgreiches Unternehmen aufgebaut hast, wäre es doch äusserst sinnvoll, wenn du die Haushaltssitzungen weiterhin besuchst ... «
»Ich kann diese Ratssitzung nicht ausstehen!«
»Ich weiss, aber wenn ich an die dadurch gewonnene Freizeit denke und wie entspannt das Gärtnern mit Sera ist, da könnte ich doch glatt

vergessen, dass du gegen meine ausdrückliche Anweisung hin mehrere Magier eingestellt hast.«

»Aber ... ich ... « Grigori mustert hilflos seine Geschwister, diese scheinen jedoch mehr Interesse am Mobiliar zu haben als an der Diskussion.

»Ich kann natürlich verstehen, dass ein junger, geschäftiger Mann, wie du es geworden bist, keine Zeit dafür hat. Natürlich müsste ich dann während der Sitzungen wieder an solch unangenehme Dinge denken, wie zum Beispiel, die Tatsache, dass du Magier eingestellt hast.«

»Ich habe also nicht wirklich eine Wahl, oder?«

»Doch, natürlich! Es ist deine freie Entscheidung! Ich will dich auf keinen Fall unter Druck setzen. Doch stell dir nur einmal vor, wie toll es in meinem Gemach aussehen würde, wenn Sera und ich weiterhin die Pflanzen so gut pflegen könnten. Dabei kann man so viele Dinge übersehen und auch vergessen.« Die Apepi lächelt ihn mit einem unschuldigen Blick an und Grigori weiss genau, dass er diesen Kampf soeben verloren hat. Mit einem ergebenen Seufzer erklärt er sich einverstanden, die Haushaltssitzungen weiterhin zu besuchen.

»Danke, Grischa, das bedeutet mir wirklich viel. Es ist wunderbar, wenn sich meine Kinder so selbstlos für mich einsetzen. Ich habe als Gegenzug sogar eine gute Nachricht für dich. Nixali hat sich bereit erklärt, dass dir diese Zeit als Arbeitszeit angerechnet wird.«

»Danke, wie grosszügig.« Er grummelt es unzufrieden. Die Aussicht, jede Woche in die Haushaltssitzung zu müssen, ist nicht erfreulich. Als die Herrin ihn dankbar umarmt, seufzt er wieder. Wenigstens kann er so seinen Beitrag für die Familie leisten. Dafür ist er sogar bereit, diese Bürde auf sich zu nehmen. Vielleicht könnte er ja sogar an Einfluss gewinnen.

»Nun, da du nun gewisse Dinge, ähm, vergisst, würdest du die Frage, ob ich noch einen Raum bekommen könnte, auch übersehen?«

»Ja, ich übersehe sogar, dass du es trotz schriftlichem Vertrag gewagt hast, mir diese Frage zu stellen. Aber die Antwort lautet ›Nein‹. Du bekommst keine weiteren Räume. Du hast mehr als genug.«

Der Durchbruch zum Norden, Teil I

Seit die ehemalige Leibgarde, die in der Festung nun spöttisch »Grigoris Wachhunde« genannt werden, ihren Dienst wieder aufgenommen hat, ist beinahe ein weiterer Monat ins Land gezogen. Zusammen mit Thea hatte er einen seiner Räume so erweitert, dass er als Wachposten dienen kann.

G<small>RIGORI BETRACHTET FASZINIERT</small>, wie die Wand des grossen Lagerraumes, der nun als Garten dient, langsam aber stetig zurückweicht. Thea, die zusammen mit einem der Tunnelbauer der Festung, ein Bild tiefster Konzentration hergibt, seufzt leise. Sie hatte darauf bestanden, die ganze Wand in einem Stück mithilfe ihrer Magie zu bearbeiten. Obwohl sie für die Aushebung der Wachstube nur zwei Abende gebraucht hatte, kommt sie hier nur langsam voran. Dennoch ist Grigori mit dem Fortschritt zufrieden. Die Wachstube wurde von Cassandra eingerichtet, die Pläne für Wachdienst und Training von Hotaru ausgearbeitet. In Gedanken versunken, starrt er auf die Apepi, die sich sichtlich Mühe geben muss. Er hatte von Mizuki erfahren, dass sie es sich selber schwermachen würde. Begriffen, was sie meinte, hatte er allerdings nicht ganz. Laut der Kitsune versucht die junge Thronerbin, Magie gewaltsam in ihre Bahnen zu lenken, anstatt den Fluss der Magie zu beeinflussen. Aus seiner Sicht scheint das ja das Gleiche zu sein.

»Und was genau gibt das hier?«

Grigori zuckt erschrocken zusammen und dreht sich um. Hinter ihm steht seine Mutter mit verschränkten Armen und strengem Blick.

»Ich ... ähm ... Renovationen?«

»Aha, du baust aber nicht etwa die Räume aus, oder?«

»N-Nein ... wie kommst du darauf?«

Die Apepi mustert ihn mit hochgezogener Braue und nickt zu ihrer Tochter.

»Ah, ja, das ist so eine Sache ... «

»Du verstösst gegen unsere Abmachung!«

»Nein, tue ich nicht, ich habe ja keine neuen Räume genommen. Die Alten auszubauen war nicht verboten.«

»Ich, nun, das stimmt sogar. Ich bin gar nicht auf die Idee gekommen, dass du so etwas machen könntest. Beantworte mir doch bitte eine Frage: Hattest du vor, mich darüber zu informieren?«

»Nicht wirklich, ich wüsste sogar gerne, wer mich dieses Mal verpetzt hat.«

»Die Festung selber. Ich fürchte, die alten Schutzzauber sind doch noch aktiver als gedacht.«

»Bitte?«

»Ich habe seit Tagen Kopfschmerzen, jeweils am Abend, immer nach dem Abendessen…«

»Oh… Und du glaubst, das hängt damit zusammen?«

»Auf jeden Fall. Zu deinem Pech war ich vorher im Thronsaal und als ich mich auf meinen Thron gesetzt habe, hatte ich eine, sagen wir mal, Erleuchtung. Die Festung hat mir gezeigt, wo das Problem zu finden ist.«

»Gemeinheit!«, grummelt Grigori genervt, damit hatte er nicht gerechnet. Er und Thea waren nun schon seit Tagen mit dem Ausbau beschäftigt und bisher hatte es scheinbar niemand bemerkt.

»Tut mir leid, dass du wegen mir Kopfschmerzen hast.«

»Schon gut, ist ja nichts Neues, die verursachst du doch öfters.« Sie lächelt und sieht zu ihrer Tochter, die soeben die Arme sinken lässt und erschöpft aufatmet. Als sich diese danach umdreht und ihre Mutter sieht, verdreht sie die Augen:

»Bei den Alten, Grischa, hattest du schon wieder ein schlechtes Gewissen?«

»Blödsinn, die Festung hat gepetzt.«

»Bitte? Oh, daran hatte ich nicht gedacht. Klar, die alten Zauber, Mist.« Die Apepi schüttelt genervt den Kopf und gleitet zu den beiden anderen.

»Ich bin beeindruckt, du scheinst hier unten ganze Arbeit zu leisten.«

»Nun, Brüderchen lässt mich nicht in Ruhe und irgendwie macht es sogar Spass. Ich kann meine Magie sonst kaum richtig ausleben.«

»Ich bin dir wirklich dankbar, Thea. Ich weiss nicht, wo das Problem genau liegt, aber der Platz geht immer sofort aus. So kann ich auch wichtige Informationen sammeln.«

»Für deinen Tunnel?«

»Genau. Meister Hiroto hat mir viel geholfen und ich bin froh, dass er die Erweiterungen kontrolliert.«

Der Sechsschwanz vom Klan der Winterfelle und Bergbaumeister der Festung winkt ab:

»Herr, ich mache das gerne und dazu finde ich, dass der Tunnel eine gute Idee ist. Zudem, meine Schwester arbeitet für Ulfrik. Ich habe nicht viel Kontakt, doch eine bessere Anbindung würde den Menschen viel bringen.«

»Nun, euch Kitsunen auch, oder nicht?«, fragt Grigori verwundert.

»Wir sind das gewohnt. Die Winterfelle bewohnen die unwirtlichen Bergtäler seit Jahrtausenden. Wir versorgen immerhin den ganzen Osten mit Erzen und anderen Bodenschätzen.« Mit sichtlichem Stolz über diese Tatsache streicht sich der Kitsune über einen der perfekten, schneeweissen Schweife. Wie Grigori herausgefunden hat, ist das für die Winterfelle ein Zeichen des Klanstolzes. Nicht einmal Mizuki konnte ihm erklären, wie sie es hinbekommen, dass ihr Fell immer sauber ist. Doch hat er noch nie ein Winterfell mit schmutzigem Fell gesehen. Und dies obwohl er ihnen bei den Ausgrabungen der neuen Lagerhalle zugesehen hat.

»Nun, ich bin froh darüber, dass du wenigstens einen Experten dazu geholt hast, danke, Meister Hiroto«, erklärt die Herrin erleichtert.

Als Thea sich wieder der Wand zuwendet, die sie bereits um einen guten Meter zurückversetzt hat, seufzt sie ergeben. Obwohl es so einfach aussah, wurde Grigori erklärt, dass die Anstrengung des Zaubers immens war. Meister Hiroto hatte zugegeben, dass ein erfahrener Minenarbeiter nicht viel langsamer ist mit dem normalen Werkzeug. Die Magie würde nur erlauben, eine grössere Fläche auf einmal zu bearbeiten und es gab keine Unterbrüche wegen Schutt und beschädigten Werkzeugen. Zumindest war es für ihn und seine Leute so. Als Thea ihre ersten Versuche startete, war er aufs Äusserste beeindruckt und hatte zugegeben, so ein Tempo nicht einmal bei den Grossmeistern im Osten gesehen zu haben. Als die junge Thronerbin nun die Arme hebt, beginnen die Runen schwach zu leuchten, die ihren Zauber auf die gewünschte Fläche begrenzen. Zwar gibt sie sich Mühe, dennoch ist der Fortschritt kaum noch zu sehen. Zu sehr hatte sie die bisherige Strecke ausgelaugt. Doch wie es für sie üblich ist, gab sie es nicht zu. Immer verkrampfter wirkt ihr Körper und auf einmal geht von ihr das seltsame Leuchten aus, das Grigori inzwischen als gefährlich erkannt hat. Sofort springt er vor und tritt mit aller Kraft auf ihren Schwanz.

»Au! Hey, was soll das!«

»Entschuldige, aber Mizu hat gesagt, dass ich dich aufhalten muss, wenn du das machst.«

»Pah! Ich weiss, was ich mache!«

»So?«, fragt die Herrin neugierig.

»Ja!«

»Du verschwendest also gerne Magie?«

»Nein, ich ... Kannst du es etwa besser?«

»Wahrscheinlich, ich überlade mich nicht, sodass die Magie einfach im Leeren verpufft. Gut gemacht, Grischa, du hast gut aufgepasst.«

»Nun, Mizu hat gesagt, dass es gefährlich ist, Magie so zu behandeln.«

»Pah!« Die junge Apepi sieht verärgert ihre Familie an und deutet auf die Wand:

»Na dann, Mutter, zeig wie viel besser du das kannst. Ich hatte nun viele Abende Zeit, das zu üben. Du siehst, wie viel ich heute bereits geschafft habe!« Stolz und sichtlich zufrieden verschränkt sie die Arme. Das waren die wenigen Momente, wo ihr Dickkopf sich durchsetzen will. Sowohl Grigori als auch ihre Mutter verdrehen die Augen.

»Natürlich, Grischa, wie viel war geplant?«

»Ein paar Meter, sagen wir fünf?«

Ohne weiter zu zögern, nickt die Herrin und wendet sich der Felswand zu. Als sie die Arme hebt und leise murmelnd zu zaubern beginnt, leuchten die Runen auf, viel stärker als bei Thea. Kaum ist diese Vorbereitung abgeschlossen, beginnt die Wand zuerst langsam, aber immer schneller zurückzuweichen. Thea, Grigori und Hiroto sehen mit offenem Mund zu. Als die Herrin etwa eine halbe Stunde lange gezaubert hat, beendet sie ihre Magie und mustert mit leichtem Spott ihre Tochter:

»Und?«

»Pah!« Thea kann ihren Frust kaum verbergen. Die Wand, die zuvor an die Beete im Garten angeschlossen war, war um gute fünf Meter versetzt worden. Hiroto, der die Wände auf Stabilität überprüft hat, während die Herrin ihren Zauber wirkte, kommt aus dem nun deutlich dunkleren Teil und nickt zufrieden:

»Alles stabil, Herrin, das ist das Beeindruckendste, was ich je gesehen habe. Ich bin froh, dass ihr euch nicht häufiger um diese Arbeit kümmert. Ich und meine Angestellten wären sonst wohl arbeitslos.«

»Schon gut, Grischa, das reicht für eine Weile! Ich habe keine Lust, jeden Abend Kopfschmerzen zu haben.«

»Ja … Danke … « Wie immer wenn er einen so fantastischen Akt der Magie zu sehen bekommt, hatte er begeistert zugesehen und komplett die Realität vergessen. Thea hingegen knurrt nur leise ein »Gute Nacht« und verschwindet. In ihrer Wut hatte sie es trotz Erschöpfung vorgezogen zu teleportieren.

»Nana, das sind doch keine Manieren!«, murmelt die Herrin und wartet, bis auch Hiroto sich verabschiedet hat. Kaum sind sie und Grigori alleine, sinkt sie in sich zusammen.

»Alles in Ordnung?«

»Jaja, keine Angst. So angestrengt habe ich mich schon lange nicht mehr. Ich«, sie gähnt, »gehe in die Küche, dann ins Bett, gute Nacht.«

»G-gute Nacht, ist wirklich alles in Ordnung?«

»Klar, Grischa, bitte sag das Thea nicht. Ihr tut es manchmal gut, auf den Boden zurückgeholt zu werden.«

»Versprochen, kann ich dir eine Träne bringen? Die helfen ja auch Lys.«

»Danke, besser nicht. Ich nehme an, sie hat dir verschwiegen, wie süchtig so etwas macht, oder? Nun, bei ihrem Zustand übersehen wir das mal, ich bin froh, dass du ihr helfen kannst.« Damit verlässt die Apepi den Garten, wobei sie sich sichtlich Mühe geben muss, ihre Haltung zu wahren.

Die Tage vergehen und Grigori bemerkt beunruhigt, dass die abendlichen Stürme, die den Wechsel vom Sommer zum Winter begleiten, wieder beginnen. Sein Wunsch wird noch immer mit allen Mitteln abgeblockt, wobei er den Verdacht nicht loswerden kann, dass man aktiv gegen ihn vorgeht. So hatte er den Rat darum gebeten, wenigstens die weisse Hexe, deren Gebiet auf der anderen Seite der Berge liegt, um Erlaubnis zu beten. Sie hatte es offiziell verweigert. Doch konnte Grigori nicht beweisen, dass es nicht wirklich so ist. Als er es nicht länger aushält, sucht er Taiki, der seinen Posten in der neuen Wachstube bezogen hat. Der ehemalige Kommunikationsspezialist der Leibwache mustert ihn neugierig:

»Kann ich helfen, Herr?«
»Ja, kannst du Kontakt zu der weissen Hexe aufnehmen?«
»Natürlich, soll ich es sogleich versuchen?«
»Bitte und bitte um ein dringendes Gespräch in meinem Namen.«
»Herr.«

Es dauert nicht lange und auf einmal erscheint die geisterhafte Abbildung der weissen Hexe vor Grigori. Die Stammesführerin sitzt auf einem einfachen, aber eleganten Thron und mustert ihn neugierig:
»Guten Abend, höchst aussergewöhnlich, eine Schwarzschuppe bittet um eine dringende Audienz.«
»Ja, ich komme direkt zur Sache: Bitte überdenke den Entscheid bezüglich des Tunnels, ich werde auch alle finanziellen Schäden übernehmen.«
»Bitte?« Die ältere Dame betrachtet ihn verwirrt.
»Der Tunnel, du hast dich dagegen ausgesprochen?«
»Echt?«, der Blick wird nachdenklich, »Welcher Tunnel?«
»Der in den Norden?« Verwirrt erklärt Grigori seine Idee und die weisse Hexe hört interessiert zu.
»Warum genau sollte ich was dagegen haben? Ich gewinne dabei ja nur. Das Land ist nur kurz belegt und danach führt eine wichtige Handelsroute genau durch mein Reich.«
»Aber ... aber der Rat hat ... «, stottert Grigori, doch bevor er weiterfahren kann, hebt die Stammesführerin ihre Hand.
»Mein lieber Junge, das könnte es sein, bitte warte einen Moment, ich melde mich gleich wieder.« Damit verschwindet die Erscheinung und hinterlässt einen komplett ratlosen Grigori. Er konnte ihr ansehen, dass sie es ernst meinte und dass ihre Bereitschaft, ihm zuzuhören, mehr als nur der ihm gebührende Anstand war.

Es dauert nicht lange und die Abbildung der Stammesführerin erscheint wieder. Sie wirkt seltsamerweise amüsiert:
»Nun, das ist der Brief, den meine Angestellten mit einer Absage beantwortet haben: ›An die weisse Hexe, hiermit fordere ich das Land um die Felsenwand ... ‹, hier folgt eine Beschreibung eines Landstriches, der etwa dreimal so gross ist wie das, was du beschrieben hast, › ... für den Norden. Gezeichnet, Grigori von den Schwarzschuppen, Wächter

der ewigen Festung, Adoptivsohn der Herrin des Nordens‹. Dazu ist das mit dem Familiensiegel der Schwarzschuppen gesiegelt worden.«

»Bitte?« Grigoris Gesicht wird schneeweiss und er starrt die Hexe entsetzt an.

»Nun, deine Reaktion lässt vermuten, dass du den Brief nicht selber gesiegelt hast.«

»Nein! Ich will das Land ja auch nur für die Bauarbeiten, danach brauche ich es nicht mehr. Dazu warum so viel? Auch steht da nichts von meinem Projekt! Das hat nichts, aber auch gar nichts mit dem zu tun, was ich den Rat gebeten habe zu senden!«

»Interessant. Kann es sein, dass auch die anderen Schwarzschuppen ihre Nachrichten so verschicken lassen?«

»Nun, ja, eigentlich schon. Wir geben den Auftrag und dann werden die entsprechenden Schreiben gesendet. Das Familiensiegel soll eigentlich als Beweis dienen, dass der Brief wirklich von uns stammt.«

»Verstehe, das erklärt doch so einiges, was ich und auch andere Häuptlinge seit Anfang des Jahres immer wieder verwundert feststellen.« Sie wirkt zufrieden, Grigori hingegen wirkt mehr als nur unglücklich. Der Rat hat nicht nur einen Wunsch einfach ignoriert, sie haben es auch noch gewagt, in seinem Namen Dinge zu fordern.

»Grigori, es ist ja kein ernsthafter Schaden entstanden, ich wusste bis vor ein paar Minuten nicht einmal, dass so eine Nachricht existiert. Zum Glück hast du mich ja kontaktiert.«

»Danke, aber das ist nur ein geringer Trost. Darf ich um etwas bitten?«

»Klar.«

»Könnte ich das Schreiben haben? Dazu eine schriftliche Zusage zum Tunnel?«

»Natürlich.«

»Dazu, was genau hast du gemeint damit, dass du dich seit Anfang des Jahres immer wieder wunderst?« Er wird erst jetzt aufmerksam auf die seltsame Aussage. Sofort richtet er sich auf und versucht, wie er es gelernt hat, Haltung zu bewahren.

»Nun, wenn immer ein Brief mit dem Siegel deiner Mutter kommt, ist es ein freundliches, meistens sehr offenes Schreiben. Sie befiehlt nur selten und bittet eigentlich immer. Das ist mir schon lange aufgefallen. Ich bin ein bisschen älter, als ich aussehe und kann sagen, dass ich das Phänomen auch schon bei der vorherigen Herrin bemerkt habe. Aber der grösste Teil der Briefe und Befehle aus der Festung ist fordernd und meistens mehr oder weniger, sagen wir mal, überheblich.«

»Nun, Briefe mit dem Siegel von Mutter stammen auch von ihr, oder wurden zumindest von ihr gelesen und persönlich gesiegelt.«

»Wie ich vermutet habe. Grigori, sämtliche Stammesführer lehnen die Briefe, die aus der Festung kommen, aus Prinzip ab, wir sind keine Untertanen, Selbst jetzt haben wir uns nur militärisch unterstellt.«

»Aber, das heisst, dass ... « Grigori wird bleich, das erklärt vor allem die Probleme von Arsax, der versucht die Nordwache komplett neu zu organisieren.

»Genau, Briefe mit dem Familiensiegel kommen kaum auf meinen Schreibtisch. Nur die persönlichen Siegel werden weitergeleitet. Das ist eine Art Tradition im Norden, alle Stammesführer gehen so vor. Das ist mitunter einer der Gründe für die schlechte Kommunikation.«

»Ihr ignoriert unsere Schreiben einfach?«

»Ja, mehr oder weniger.«

»Aber Mutter versucht schon so lange, mit euch ins Gespräch zu kommen.«

»Nun, wir sind das ja jetzt auch gekommen. Seit den Angriffen und dem grossen Treffen ist kaum ein Jahr vergangen und wir stellen fest, dass die Apepi überhaupt nicht die arroganten Schlangenhintern sind, für die wir sie gehalten haben.« Grigori zuckt zusammen bei der so respektlosen Bezeichnung. Er mochte es nicht, wenn man seine Familie so bezeichnet, kann aber verstehen, was die Hexe sagen wollte. Diese lächelt, sie scheint zu ahnen, was er fühlt. Die Bewohner der Festung hatten schon immer den Hang, sich als etwas Besseres zu fühlen, waren sie doch alle besser gebildet und lebten ein, aus Sicht des Nordens, besseres Leben. Er wusste, dass man die Menschen als etwas Geringeres betrachtet, er erfährt es ja am eigenen Leib. Auch wusste er, dass seine Familie sich immer wieder wundert, warum gewisse Anfragen sofort negativ beantwortet werden, andere hingegen ohne zu zögern akzeptiert werden. Dass es an den Botschaften liegen könnte, die von den Schreibern gesendet werden, daran hatte wohl nie jemand gedacht. Wie lange kam es schon zu der Misskommunikation? Laut der Hexe lange genug, dass es eine Tradition wurde.

»Grigori?«

»Entschuldigung, ich, das, nun ... « Er stottert erschrocken, war er doch in Gedanken versunken.

»Schon gut, ich glaube, du hast wieder Arbeit, was?«

»Wie?«

»Nun, du bist doch der Wächter der Festung ... «

»Stimmt, Mist, ich will mich nicht noch mehr mit dem Rat anlegen, die mögen mich schon so nicht.«

»Gut, dann heisst das, dass du deine Arbeit richtig machst.«

»Danke, ich bin froh, dass wenigstens diese Kommunikation klappt.«

»Keine Ursache, ich werde dir alles senden lassen und Grigori?«

»Ja?«

»Danke, dass du dich für uns einsetzt, es ist an der Zeit, dass wir im Norden zeigen, dass auch hier Monster und Menschen zusammenarbeiten können.«

Als er die privaten Gemächer von Arsax betritt, sieht er, dass der Kommandant der Nordwache zusammengesunken hinter seinem Schreibtisch sitzt und tief schläft. Grigori geht zu ihm und stupst ihn vorsichtig an.

»Was? Wie? Ah, du bist es, Brüderchen, alles in Ordnung?«

»Ja, ich habe eine wichtige Frage: Schreibst du deine Botschaften selber?«

»Nicht alle, ich habe keine Zeit dafür. Ich weiss ja nicht wie Cas und die anderen das machen, aber ich komme kaum noch nach.«

»Nun, die Delegieren, aber jetzt eine noch wichtigere Frage: Ist dir aufgefallen, dass Briefe von dir eher positiv beantwortet werden?«

»Was? Ja, Nein! Keine Ahnung.« Arsax mustert ihn verwirrt.

»Kannst du das herausfinden?«

»Warum? Ach, wenn du mich fragst, muss es wichtig sein. Gut, ich versuche, es herauszufinden.«

»Danke, tut mir leid, dass ich dich geweckt habe.«

»Schon gut, ich war gestern noch auf der Jagd, die Drasquan werden wieder aktiver. Dummerweise sind viele der Veteranen nun der Armee zugeteilt worden.«

»Verstehe, hat es geklappt?«

»Nein, Kweldulf war schneller, er und seine Sturmwölfe. Er behauptet, es sei nur Zufall gewesen, aber überall, wo es dringend ist, sind sie bereits vor Ort und helfen.«

»Warum rekrutierst du sie nicht offiziell?«

»Weil Kweldulf es verboten hat. Ich wollte ihnen zumindest den Lohn auszahlen, aber da waren sie beleidigt. Bitte frag mich nicht warum.«

»Ich glaube, die betrachten das als Ehrensache.«

»Mag sein, nun, ich bin ja froh, die Nordwache wurde stark reduziert, im Grunde würden ohne die Menschen kaum genug bleiben, um alle wichtigen Posten zu besetzen.«

»Cas scheint alles zu nehmen, was er kriegt, was?«

»Nein, der Rat hat es so entschieden, die Nordwache hat keine Priorität mehr.«

»Oh, tut mir leid.«

»Mach dir keine Sorgen, du hast genug selber zu tun. Ich bekomme das schon hin.«

»Wenn ich helfen kann ... «

»Du tust es bereits, Kleiner. Die Zusammenarbeit mit den Menschen beginnt langsam zu klappen. Ich kann dir dafür nicht genug danken.«

Als er am nächsten Morgen zum Frühstück kommt, ist Grigori übermüdet. Das Gespräch mit der weissen Hexe lässt ihn nicht in Ruhe.

»Alles in Ordnung?«

»Ja, Mutter, ich konnte nicht so gut schlafen.«

»Die Stürme?«

»Nein, das ist nicht mehr so ein Problem«, lügt er. Die Stürme sind zwar diesmal nicht schuld, aber er konnte noch immer nur schlecht schlafen, wenn die Zeit der Herbstunwetter hereinbrach.

»Willst du mit mir darüber reden?«

»Noch nicht, ich, nun, ich brauche erst klare Beweise.«

Die Herrin des Nordens mustert ihn kopfschüttelnd:

»Beweise?«

»Ja, ich glaube, dass der Rat nicht nur mein Tunnelprojekt bewusst sabotiert.«

»Bei den Alten, lass dir nicht immer alles aus der Nase ziehen!«, verkündet Thea genervt.

»Ich erkläre es, sobald ich meine Beweise habe. Aber lassen wir das jetzt. Thea, hast du über meine Frage nachgedacht?«

»Ja, ich wäre bereit, dir zu helfen. Aber alleine kann ich so einen Tunnel auch nicht graben.«

»Ich weiss, aber vielleicht kann ich dann die Anzahl an Helfern so weit reduzieren, dass ich die Ausgaben selber begleichen kann. Dann kann der Rat mich mal ... «

»Grischa!«

»Was? Die haben angefangen!«, verteidigt sich der Junge gegen den vorwurfsvollen Tonfall seiner Mutter. Lys beginnt zu lachen und Nysa und Arsax werfen sich vielsagende Blicke zu. Der Verdruss von Grigori ist für alle verständlich.

»Erstens kommt es nicht infrage, dass du das selber zahlst! Zweitens, ich weiss ja nicht was für Machenschaften du und Thea planen, aber ich treffe hier die Entscheidungen!«

»Das bestreitet niemand, wir wären jedenfalls zuerst zu dir gekommen«, erklärt die Thronerbin.

»Gut, dann ist ja alles in Ordnung.«

Es vergehen ein paar Tage und als Grigori am Abend in den privaten Gemächern der Apepi sitzt und liest, kommt Arsax mit einem Stapel Dokumente herein und lässt sie neben Grigori auf einen Stuhl fallen:

»Da! Du hast recht, alle Anfragen, die ich persönlich gesendet habe, wurden eigentlich positiv oder zumindest nicht nur negativ beantwortet. Ich habe ein paar meiner Vertrauten auch nachforschen lassen. Sie behaupten, dass sich ein Muster abbilden würde. War es das, was du wolltest?«

»Genau, danke! Es stimmt also.«

»Warum bist du damit zu mir gekommen?«

»Weil du am meisten Kontakt zu den Menschen hast und dich vor Kurzem beklagt hast, wie wechselhaft die Launen der Menschen seien.«

»Oh, nun, ich ... «, der Krieger mustert Grigori misstrauisch, »Halt, du wusstest, dass so was rauskommen würde?«

»Ich hatte meinen Verdacht. Ich hatte ein spannendes Gespräch mit der weissen Hexe.«

»Wie hast du das hinbekommen?« Er wirkt frustriert.

»Nun, ich habe sie um ein Gespräch gebeten. Mit Magie.«

»Hey, warum klappt das bei dir?«

»Weil es Grischa ist, vergiss das nicht«, wirft Thea ein, die sich neugierig den Stapel mit Dokumenten ansieht. »Was ist das?«

»Nun, der Kleine hat mich darum gebeten, es sind alle Anfragen der letzten Monate, die ich an die verschiedenen Häuptlinge gesendet habe und die beantwortet wurden.«

»Warum?«, fragen Thea und die Herrin gleichzeitig.

»Keine Ahnung, Brüderchen hat mich darum gebeten, das war Grund genug für mich«, grinst Arsax.

»Gut, da stimme ich zu.« Die Herrin lächelt zufrieden, wie immer, wenn sie ihre Familie so zusammenhalten sieht.

»Für mich nicht, was soll das also?« Theameleia starrt ihren Adoptivbruder herausfordernd an.

»Nun, ich habe erfahren, dass die Stammesführer der Menschen Nachrichten aus der Festung, die nicht mit einem persönlichen Siegel von dir, Mutter, oder von Arsax, aus Prinzip ignorieren.«

»Warum?«

»Weil sich die Schreiber scheinbar Mühe geben, einen möglichst befehlenden Tonfall in den Botschaften anzuwenden. Ich warte noch auf ein Dokument, aber ich hatte den Rat gebeten, die weisse Hexe um Erlaubnis für die Bauarbeiten zu bitten.« Während er erklärt, werden die Gesichter seiner Familie immer länger.

»Das heisst, wir sind seit Jahrhunderten am Versuch, den Norden zu einen und scheitern, weil die Botschaften, die wir versenden, als Beleidigung empfunden werden?«

»Genau.«

»Das kann nicht sein, das wäre uns schon längst aufgefallen!«

»Nein, Thea, ein Grund dafür, dass wir Botschaften von Schreibern und dem Rat verfassen lassen, ist ja gerade, dass wir nicht die Zeit haben, jede Nachricht selber zu schreiben oder zu lesen«, mahnt Nysahria, die interessiert zugehört hat.

»Grischa, das erklärt so einiges, ich habe, seit ich regelmässig vom Hof der Nachtwandler schreibe, viel besseren Kontakt zu vielen der Stammesführer bekommen. Ich dachte, es würde an den Vorkommnissen in diesem Jahr liegen, aber jetzt, wo du das so darstellst ...«

»Nun, ich bin mir nicht ganz sicher, aber die weisse Hexe hat behauptet, dass es so sei. Ich sehe nicht ein, warum sie lügen sollte.«

»Nun, bitte sei jetzt nicht böse, aber auch Menschen haben ihre Macht gerne und bauen sie wenn möglich aus«, erklärt Lys, aber dass sie es selber nicht glaubt, ist klar.

»Also waren nicht nur die Menschen Dickschädel, sondern wir wurden aus den eigenen Reihen sabotiert?« Alle zucken zusammen, der Zorn, der in diesen Worten liegt, ist nicht zu überhören. Nysa und Arsax sehen beunruhigt ihre Mutter an. Thea und Lys hingegen wirken genauso erbost.

»Ja, ich habe sogar den Verdacht, dass der Rat, der unter den Schwarzschuppen stark an Macht gewonnen hat, aktiv daran arbeitet, diese weiter auszubauen. So haben sie in meinem Namen eine grosse Menge Land gefordert. Ich würde mich nicht wundern, wenn das nicht das erste Mal war«, erklärt Grigori betreten. Er hatte bereits Miri darauf angesetzt. »Bitte lasst euch noch nichts anmerken. Ich bin am Ermitteln.«

»Gut, Grischa, du hast bis Ende Monat.«

»Das ist nächste Woche!«

»Dann beeil dich!« Noch immer wütend verlässt die Herrin die Räumlichkeiten.

Als Grigori das letzte der Dokumente zur Seite legt, schwirrt sein Kopf. Er hat jeden Abend bis tief in die Nacht Briefe und Dokumente gelesen, die vom Rat verfasst wurden. Zudem hatte er von der weissen Hexe einen ganzen Stapel an Dokumenten bekommen, die sie zusammen mit dem gewünschten Schreiben ausgesucht hat, um ihren Punkt zu beweisen. Es war klar, dass der Rat tatsächlich ein eigenes Spiel spielte.

»Herr, es ist spät, du solltest schlafen gehen.«

»Danke, Mari, aber ich muss noch die letzten Dokumente lesen.«

»Du kannst uns um Hilfe bitten, das weisst du oder?«

»Ja, schon klar.« Der Junge sieht hilflos den Stapel Dokumente an, er hatte bisher jedes Hilfsangebot von Mari und den anderen ausgeschlagen.

»Lass es, Mari, diesmal ist er ein Sturkopf, der nicht will, dass wir wissen, was los ist.«

»Sera! Ich darf doch wohl bitten.«

»Schon gut, Mari, sie hat ja recht. Ich, nun, ich hoffte, dass es nur ein dummer Verdacht war.«

»Das was nur ein Verdacht war?«, fragt Sera sofort nach. Grigori bemerkt amüsiert, dass auch Mari ihn neugierig betrachtet. Da Grigori wollte, dass alle seine Angestellten die Grundlagen der Alchemie lernten, gab Mari jedem am Abend nach dem Abendessen Unterricht. Zwar half Grigori mit, jedoch war er im Moment mehr mit seinen Untersuchungen beschäftigt. Heute war Sera dran und die Harpyie zeigte, dass sie schnell lernt. Sich eingestehend, dass er alleine nicht mehr weiterkommt, erklärte er die Situation. Zu seiner Überraschung sehen ihn seine Angestellten weder ungläubig noch abweisend an. Mari nickt sogar zustimmend:

»Das ist nicht unerwartet, so wie sie sich dir gegenüber verhalten, Herr.«

»Ja, zeigt, dass die alten Monsterlords so etwas erwartet hatten. Deine Position als Wächter, du sollst das verhindern.«

»Was? Sera, der Rat wurde erst unter den Schwarzschuppen so gross, davor hatte er nur beratende Funktionen.«

»Nun, Lys ist da anderer Meinung, wir hatten uns mal darüber unterhalten. Ich wollte wissen, warum es die Aufgabe des Wächters gibt und sie glaubt, dass es ein Versuch war, den Rat im Zaum zu halten, Herr«, erklärt Mari, die sich in den letzten Monaten sehr mit der Apepi angefreundet hat. Auch Grigori hatte das so gehört und wurde unsicher.

»Dürfen wir jetzt helfen?«

»Ja, bitte.«

»Was soll das heissen?«

»Ich habe nicht genug Material, um jemanden Bestimmten zu verdächtigen, aber es ist eindeutig: Der Rat missbraucht unser Vertrauen und baut seine eigene Macht aus.«

»Grischa, ich hatte erwartet, dass du mir Beweise liefern kannst!«

»Ich wollte das auch, aber das ist schwierig. Ich verlasse mich im Moment auf das, was mir die Hexe und Arsax gegeben haben ... «

»Das genügt mir nicht«, unterbricht ihn die Herrin.

»Tut mir leid, aber ich habe noch was anderes entdeckt, oder besser: Mari hat etwas gefunden. Ich gehe dem nach. Beim Rat kann ich zwar eine generelle Anschuldigung aussprechen, aber ich kann niemanden verurteilen.«

»Schon gut, ich verstehe das ja. Tut mir leid, du kannst dir kaum vorstellen, was ich gerade fühle.« Die Herrin seufzt und mustert ihren Jüngsten mit einem warmherzigen Blick. Der Junge sieht unglücklich aus. »Ich habe entschlossen, dass Thea und ich einen Urlaub brauchen. Wir müssen da ein paar Dinge planen und ich brauche Abstand. Seit du das Thema angesprochen hast, frage ich mich dauernd, was ich sonst noch so falsch gemacht habe.« Bevor er etwas dazu sagen kann, ruft sie einen Diener herbei und verkündet ihre Pläne. Entsetzt hört Grigori, wie er für die nächste Woche jede Aufgabe übernehmen würde.

»Lysixia soll ihm als Rechtsberater dienen, Nysahria als diplomatische Beraterin. Sein Unterricht wird, soweit es seine erweiterten Pflichten verlangen, ausgesetzt.«

»Verstanden, ich leite alles in die Wege, Herrin.«

»Gut, bitte Thea zu mir und danach noch Arsax.«

»Verstanden, Herrin.«

»Mutter! Ich kann nicht deine Aufgaben übernehmen.«

»Keine Angst, du musst nur die Bittstunden und Sitzungen übernehmen, den Rest werden die anderen erledigen.«

»Aber ...«

»Kein ›Aber‹, vielleicht solltest du dich darauf vorbereiten.«

Grigori sieht nicht auf, als sich seine Schwestern neben ihn setzen. Nach der für ihn unerfreulichen Botschaft, hatte er sich in die privaten Gemächer der Apepi zurückgezogen.

»Ah, er hat die frohe Kunde schon gehört.«

»Seltsam, wirklich froh darüber wirkt er nicht, Lys.«

»Ach, seid still! Ich soll meine Arbeit ausführen, wenn Mutter nicht da ist. Wie?« Man hört ihm die Sorge an.

»Was genau macht das für einen Unterschied?«

»Nysa, wenn alles so ist, wie ich es befürchte, dann muss ich Ratsmitglieder verhaften lassen und das ohne den Rückhalt?«

»Du machst deine Aufgabe. Mutter ändert nichts daran. Ich glaube, sie will sogar, dass du es so erledigen musst. Vergiss nicht, dein Rang und Name ist auch dann dein Rang und Name, wenn Mutter nicht hier ist.«

»Na klar, das weiss ich schon, aber ...«

Unbemerkt haben Teiza und Isabella den Raum betreten. Sie hatten scheinbar mitgehört:

»Aber wer würde schon auf ein unbedeutendes Menschlein hören«, ergänzt Teiza feixend.

»Nana, hör nicht auf den verkorksten Drachen, ich glaube, dass du absolut imstande bist, das auch ohne deine Mami in den Sand zu setzen.«

»Hey!« Grigori sieht verärgert die beiden an, während seine Schwestern zu lachen beginnen.

»Was ›hey‹? Du hast absolut recht, niemand wird auf dich hören, bist ja nur ein dummes Menschlein.« Mit einer eleganten Geste setzt sich die Nachtwandlerin und mustert ihn herablassend.

»Das ist nicht wahr! Dazu, lass das, diese Tricks funktionieren nicht bei mir.«

»Sicher?«

»Ja! Ich bin mehr als imstande, mich zu beweisen!«

»Ach ja?« Teiza sieht verwundert die Apepi an: »Glaubt ihr das etwa?«

»Nun, die Zeit wirds zeigen«, erklärt Nysa in einem nüchternen Tonfall.

»Ich darf doch wohl bitten!« Grigori merkt, dass er rot wird, vergessen ist die Angst vor der Verantwortung:

»Ich habe das Jahr bereits bewiesen, dass ich es kann! Ich werde, auch wenn Mutter abwesend ist, meine Ermittlungen fortführen und wenn ich etwas entdecke, dann handle ich!« Damit springt er aufgeregt auf und verlässt den Raum. Kaum vor der Tür, wird ihm klar, dass Isabella ihn, genau wie sie wollte, ausgetrickst hat. Verärgert schlägt er sich an den Kopf und hört, wie die Frauen im Raum laut lachen.

»Nun, hast du was gefunden?«

»Hab ich, oder genauer, Miri hat mir was gebracht und dann war es nicht mehr schwierig, Herr.«

»Was genau hat sie gebracht?«

»Einen Beleg, dass Therris jedes Jahr 1000 Goldkronen als Bezahlung für den Gebrauch seiner Gasthäuser erhält.«

»Bitte?«

»Nun, die Wagenlenker und Handelskarawanen werden finanziell unterstützt. Da in den Gasthäusern auch immer neue Zugochsen auf die Lenker warten, zahlt man ihn relativ gut.«

»Das kann nicht sein, wir zahlen die Reisekosten mit dem Erz und den anderen Waren. Ich habe das ausgerechnet, das sind alleine für die Transporte aus der Eisenküste um die 1200 Goldkronen. Was soll daran unterstützt sein?«

Mari beginnt, zufrieden zu lächeln:

»Herr, das ist die Frage. Wenn das aber stimmt, dann bezieht er das Geld, ohne seinen Teil der Abmachung zu halten.«

»Das wäre wahr, aber ich brauche dazu mehr Informationen. Kannst du vielleicht deine Familie bitten, sich mal umzuhören?«

»Natürlich, was genau willst du wissen?«

»Nun, Diener hören manchmal interessante Dinge, vielleicht ist was für uns darunter.«

»Verstehe, ich höre mich um. Soll ich sonst noch was machen, Herr?«

»Nein, ich muss gleich wieder zu einer Sitzung und dann ins Training. Wenigstens wurde ich von meiner Ausbildung befreit. Danke, Mari, das klingt doch schon sehr gut.« Grigori eilt los, der erste Tag, an dem Thea und ihre Mutter unterwegs waren. Grigori wusste weder wohin, noch was genau sie vorhatten, aber er hatte jetzt auch keine Zeit, sich das zu fragen.

Kaum hatte er sein Training begonnen, als eine der Ratsherrinnen den abgesperrten Bereich betritt. Grigori erkennt ihn ihr eines der jüngeren, erst vor Kurzem in den Rang erhobenen Ratsmitgliedern. Die Lamia sieht sich unsicher um.

»Kann ich helfen?«

»Verzeiht, Herr, aber hier wird man uns kaum belauschen. Ich habe da etwas, dass euch interessieren könnte.«

»Okay, verzeiht Meister.«

»Schon gut.« Der alte Naga-General winkt ab, er mustert die Lamia verächtlich und lässt die beiden ungestört, während er sich neben dem Feuer aufwärmt.

»Nun, ich habe da gewisse Dokumente, die für euch von Interesse sein könnten, Herr.«

»D-danke, woher?«

»Ich habe die Arbeit von Daphete übernommen. Ich bin dabei auf Interessantes gestossen. Hier.« Damit übergibt sie ein Bündel an Schreiben. Eine kurze Kontrolle zeigt auf, dass es sich um Steuerbescheide handelt.

»Was ist daran so speziell?«

»Nun, Therris zum Beispiel zahlt nur 900 Goldkronen. Ich kenne einen Teil seiner Güter, das kann nicht stimmen, auch bezieht er Geld für Dienstleistungen. Auch andere Ratsherren scheinen überraschend grosszügig zu sein.«

»Danke, genau das habe ich gesucht. Woher weisst du davon?«

»Nun, Cassandras Vater, mein Onkel, hat mich informiert. Sie hatte ihn um Hilfe gebeten.«

»Cassandras Vater?«

»Lord Byron, Herr der schwarzen Wälder. Wusstet ihr das nicht?«

»N-nein, sie spricht nicht über ihre Familie, jetzt verstehe ich auch warum. Interessant, ich habe gehört, dass Lord Byron zu den Monstern gehört, der sehr auf den guten Umgang mit Menschen achtet.«

»Das ist so. Er achtet Menschen für ihre Neugierde und Entschlusskraft. Nun, ich habe geholfen.«

»Danke, das hast du wirklich. Das werde ich nicht vergessen.«

»Ich weiss, Herr. Deshalb gab ich euch die Dokumente sofort. Ich wollte erst eine Zusage erwirken, doch glaube ich daran, dass ihr es gut meint. Sollte das bei der Ermittlung helfen, nun, vielleicht wirkt sich das positiv auf meine Zukunft aus.« Sie lächelt und verneigt sich. Danach verlässt sie den Trainingsbereich. Grigori sieht auf das Bündel und dann zu seinem Meister, der ihn sichtlich zufrieden beobachtet.

»Was ist?«

»Nichts, ich sehe, dass du langsam lernst, das Spiel zu spielen. Gut, wenigstens dort sehe ich Fortschritte. Zurück zum Training.«

»Gleich, Mizu?« Dabei wendet er sich an die Kitsune die in der Nähe mit einem Stab trainiert.

»Ja?«

»Kannst du jemanden von meiner Wache herbeiholen?«

»Moment.« Sie konzentriert sich und kurz darauf erscheint Hinata vor ihm. Sie hört sich den Auftrag an und wiederholt ihn, wie es üblich war:

»Dokumente an Mari geben und immer jemanden in der Nähe halten. Verstanden, Herr.« Damit verschwindet sie und Grigori nickt zufrieden. Als er sich umwenden will, eilt Mizuki zu ihm, scheinbar hatten die beiden Lehrmeister entschieden, dass sie gleich zusammen trainieren könnten, sehr zum Leidwesen von Grigori.

Am Abend sassen alle Angestellten von Grigori um den grossen Tisch im Labor und halfen bei der Auswertung der Unterlagen. Es war schnell klar, dass die neuen Unterlagen genug Beweismaterial lieferten, um mehrere der Ratsmitglieder zu verurteilen. Ausserdem konnte Mari zusammen mit Hotaru ein Muster in den verfälschten Mitteilungen finden, welches sich wiederholt. Auch dadurch konnte der Kreis der Verdächtigen eingeschränkt werden. Dennoch, mehr als die Hälfte des Rates schien daran beteiligt zu sein.

»Cassandra, ich weiss nicht, wie ich dir danken soll.«

»Bitte?« Die Lamia sieht verwirrt von den Papieren auf.

»Nun, ohne deine, oder besser die Hilfe von deinem Vater wären wir nie auf diese Dokumente gestossen.«

»Dein Vater?«, fragt Sera verwundert.

»Ja, auch ich habe einen Vater, wenn du dich mit mehr als nur Blumen beschäftigen würdest ...« Cassandra verdreht die Augen.

»Haha, ich weiss, dass jeder einen Vater hat. Auch wenn nicht mehr jeder einen lebenden hat. Meiner starb kurz nach meiner Geburt. War ein Schweinehirte, als der Wyvern fertig war, gab es keine Schweine mehr und Vater auch nicht.« Die Harpyie zuckt mit der Schulter, es war klar, dass sie keine Bindung zu ihm hatte.

»Tut mir leid, das zu hören, aber eins verstehe ich nicht, wie soll der Steuerbetrug von gewissen Ratsherrn uns bei der Untersuchung von den missbrauchten Botschaften weiterhelfen?«, fragt Dorian verwirrt. So sehr der junge Kitsune in Magie bewandert war, so sehr überforderte ihn der Haufen Papiere auf dem Tisch. Der etwas seltsame Übergang war typisch für ihn.

»Einfach, Dorian, diese Ratsherren verlieren stark an Glaubwürdigkeit. Wenn dann noch Beweise vorliegen, wie wir sie jetzt haben, kann ich eine magische Überprüfung fordern und sie dingfest machen. Weigern sie sich, sind sie automatisch schuldig«, erklärt Grigori geduldig.

»Aber ...«, der Junge denkt angestrengt nach und nickt auf einmal, »wenn sie da lügen, dann lügen sie sonst auch! Verstehe.«

»Nun, das war nicht ganz, was Herr Grigori sagen wollte ...«, beginnt Mari, sieht aber das Kopfschütteln von Grigori noch rechtzeitig und verstummt.

Grigori beendet die Liste und sieht niedergeschlagen auf sein Werk.

»Zwei Drittel des Rates, davon ein Drittel mit genügend Beweisen eine magische Untersuchung zu fordern und davon ein Viertel, gegen die ich sofort vorgehen könnte, aufgrund der Beweislage. Verdammte Scheisse!«

Alle zucken zusammen, Grigori flucht nur selten, doch diesmal kam es von Herzen.

»Nun, immerhin kommen wir voran.«

»Auch wahr, dazu muss ich zugeben, dass ich mich darauf freue, Therris vorzuführen.«

»Wie?«, fragt Dorian sofort, er hatte zwar versucht zu helfen, aber das war nicht sein Gebiet. Dennoch war er neugierig, was Grigori sichtlich schätzt.

»Nun, Arsax hat mir Beweise zukommen lassen, dass die Festung keine besseren Preise in seinen Wirtshäusern bekommt, was er uns aber gewähren müsste. Damit hat er den Vertrag gebrochen und muss alles zurückzahlen, was er bekommen hat, dazu auch noch eine Strafe. Die Alten selbst scheinen hier geholfen zu haben, denn sein ganzer Besitz, laut seiner eigenen Angaben, hat genau den Wert dieser Summe.«

»Wie soll er dann die Strafe zahlen? Er würde ja alles verlier… Oh, ich verstehe!« Er strahlt zufrieden über das ganze Gesicht.

»Genau, unser kleiner Wächter macht das Schönste, was es gibt, einen Gegner besiegen, indem er ihn mit seinen eigenen Mitteln schlägt. Wäre er mein Schüler, würde er befördert werden«, erklingt Miris Stimme aus dem Hintergrund. Niemand hat bemerkt, dass sie den Raum betreten hatte.

»Miri! Wo kommst du auf einmal her?«

»Nun, ich hatte eigentlich zum Training abgemacht, aber ich sehe, du lehrst sie eine viel schönere Lektion.« Die Miniri beginnt zu grinsen, dabei erhebt sie sich und geht um den Tisch, alle Augen auf sich.

»Meine Arbeit war immer am schönsten, wenn ein paar Worte ins richtige Ohr mein Opfer alles kosteten. So mancher nahm den Trunk, den ich ihm als Ausweg bot, mit Dankbarkeit an. Für sie war es eine Gnade.« Sie wirkt bei diesen Worten zufrieden, schwelgt sie offenbar in Erinnerungen. Die meisten am Tisch fühlen jedoch einen kalten Schauer ihren Rücken herunterlaufen, sie war in diesen Momenten wahrhaftig furchterregend.

»Nun, das Training verschieben wir. Kleiner Wächter, den Erfolg gönne ich dir. Ein paar Worte ins richtige Ohr, das war alles, was nötig war. ›Welcher Tunnel?‹ Wundervoll.« Damit verschwindet sie.

»Was? Hat sie etwa?« Grigori wird erst bleich, dann rot vor Zorn:

»Warum? Jedes Mal, wenn ich einen Erfolg habe, macht sie mich unsicher. Hatte sie diesmal wieder ihre Finger im Spiel? War ich nur ein Werkzeug?« Der Frust über das Verhalten ist verständlich. Doch er beruhigt sich schnell, selbst wenn, so waren es nur die richtigen Worte. Zumindest redet er sich das so ein.

»Nun, das werden wir nie wissen, Herr«, erklärt Mari nachdenklich. Dann sieht sie auf und mit für sie unüblicher Energie wendet sie sich an Cassandra:

»Wer ist dein Vater, wie kommt er an die Dokumente, ihr könnt so was nicht erwähnen und dann einfach darüber hinweggehen!«

Cassandra beginnt zu lachen:

»Schon gut, da du sonst nicht schlafen kannst: Ich bin Lady Allegra Cassandra von den schwarzen Wäldern, älteste Tochter von Lord Byron, Herr der schwarzen Wälder.«

»Bitte? Du bist 'ne Lady?« Seras Tonfall klang ernsthaft überrascht. »Warum bist du dann hier? Ich meine, du bist 'ne normale Person, nicht wie die anderen Hochgeborenen.«

»Hey!« Grigori sieht Sera verärgert an, diese winkt ab:

»Du zählst nicht.«

»Nun, ehrlich gesagt? Ich wollte nichts mehr mit meiner Familie zu tun haben«, lacht Cassandra, die saloppe Art von Sera schien ihr zu gefallen.

»Warum?«, fragt Mari sofort nach.

»Nun, ich habe zwei kleine Schwestern, Zwillinge. Das ist sehr selten und Mutter war durch die Belastung stark geschwächt. Ein halbes Jahr nach der Geburt bestand sie darauf, mit Vater wieder auf die Jagd zu gehen. Er willigte ein. Als er am Abend alleine zurückkam, nun, da brach meine Welt zusammen. Ein Schwarzeber hatte Mutter überrascht und auf der Stelle getötet. Doch ich war überzeugt, dass mein Vater schuld daran war. Er hätte ihrem Drängen nicht nachgeben dürfen.« Sie wirkt nachdenklich bei diesen Worten:

»Ich half, meine kleinen Schwestern grosszuziehen, ich half meinem Bruder, aber meinen Vater hasste ich von ganzem Herzen. Als ich alt genug war und auch meine kleinen Schwestern mich nicht mehr brauchten, bin ich abgehauen.«

»Mit welchem Ziel?«

»Die Festung natürlich. Ich hatte gehört, dass es hier immer Arbeit geben würde und man gewohnt war, Jugendliche aufzunehmen. Die Reise ging gut, ich hatte sie gut geplant. Als ich hier ankam, war ich nicht länger Lady Allegra, sondern nur noch Cassandra. Ich bekam eine Stelle bei den Schreinern und begann mein neues Leben.«

»Oh, und deine Familie?«, fragt Mari fasziniert.

»Nun, keine Ahnung, ich hatte keinen Kontakt mehr. Als ich meine Ausbildung beendet hatte, ging ich noch am selben Tag zu den Schmieden. Danach ging ich zu Bett. Ich hatte meinen Raum kaum erreicht, da klopfte es. Als ich die Türe öffnete, stand mein Vater vor mir. Einfache Kleidung, offensichtlich erst angekommen.« Sie lächelt beschämt bei der Erinnerung:

»Ich wusste nicht, was sagen, mein Hass war abgeklungen, ich war älter geworden. Aber, woher wusste er, dass ich hier war? Statt ihn zu begrüssen, habe ich das gefragt und er hat ruhig erklärt, dass er immer gewusst hat, dass ich hier sei. Er sei gekommen, um mir zu gratulieren. Ich gestehe, dass ich es damals nicht verstanden hatte. Ich fragte warum, ich hätte ihm keinen Grund dafür gegeben. Er lächelte und erklärte: ›Egal was passiert, du bleibst meine Tochter.‹« Sie kämpft sichtlich um ihre Fassung.

»Ich wusste nicht mehr weiter, ich wollte ihn hassen, ich wollte ihn nie wieder sehen und er? Er kommt zu mir, um mir zu gratulieren. Er hat mir erklärt, dass er immer ein Auge auf mich gehabt hat. Er zog einen Beutel Gold aus der Tasche mit einem Brief und legte beides auf mein Bett. Ich wollte schon protestieren, doch er schüttelte den Kopf. Dann ging er, ich hatte mich weder verabschiedet noch bedankt.«

»Was stand in dem Brief?«, fragt Mari sofort, sichtlich gerührt von der Geschichte.

»Eine Erklärung, was passiert ist, eine Gratulation und dass ich mit dem Geld Kontakt zu ihm aufnehmen solle, wenn ich Hilfe brauche. Oder wenn ich wieder nach Hause kommen wollte. Am Ende stand, dass egal was passiert ist und was noch kommen würde, ich sei seine Tochter und er würde immer für mich da sein.«

»Wie schön!« Mari sitzt mit feuchten Augen am Tisch und hört wie verzaubert zu.

»Na ja, typisch mein Vater. Das habe ich nun gelernt. Ich habe ganz selten Kontakt, ein Jahrzehnt des Hasses geht nicht einfach weg. Er sorgte dafür, dass mich meine Verwandten hier in der Festung in Ruhe lassen. Grigori hat meine Cousine kennengelernt. Es sind noch zwei weitere Ratsherren mit mir verwandt. Keiner von ihnen ist unter den Verdächtigen, was mich nicht wundert. Sie müssten sich vor meinem Vater verantworten, das ist keine schöne Aussicht. Egal, nur dass wir uns da einig sind: Sprecht mich mit Herrin oder sonst welchem Kram an und ich verpasse euch die Tracht Prügel eures Lebens! Ich bin Cassandra, mehr nicht. Verstanden?«

»Verstanden«, wiederholen alle am Tisch.

Alles war vorbereitet, Grigori kontrollierte noch einmal seine Unterlagen. Er wartete in dem Raum, wo die Ratsversammlung stattfinden würde, die ersten Ratsherren trafen soeben ein. Thelamos, der alte Lamia-Wächter hatte seine Position neben dem Tisch bezogen. Arsax war bereits unterwegs und begann die Verhaftungen, Lysixia bereitete eine zweite Ratssitzung vor, bei der alle Ratsherren anwesend sein würden. Die Palastwache unter Isabella war bereit. Er beobachtete, wie auch die restlichen Ratsherren der Haushaltsversammlung eintreffen. Therris, der Leiter der Versammlung, eröffnet und Grigori erhebt sich. Doch bevor er sprechen kann, unterbricht ihn Therris:

»Verzeiht, Herr, aber heute haben wir Besseres zu tun, als uns nutzloses Geschwätz anzuhören! Dazu hat sich die Sache erledigt, ohne Erlaubnis der Hexe passiert nichts mehr. Nun denn, wie steht es um die Vorräte?« Damit wendet er sich von Grigori ab und gibt klar zu verstehen, dass er nicht vorhat, ihn zu beachten. Doch das hatte der Junge bereits erwartet:

»Oh, ich habe aber eine schriftliche Zusage der weissen Hexe erhalten.« Damit hebt er das Dokument hoch. Therris lässt sichtlich genervt die Arme sinken und wendet sich ihm zu:

»So? Woher?«

»Nun, von der weissen Hexe, ich habe sie kontaktiert und darum gebeten.«

»Natürlich habt ihr das. Herr, das ist ein trauriger Versuch.«

»Bitte?«

»Warum sollte sie das Schreiben vom Rat negativ beantworten, eines von euch aber positiv?«

»Nun, das habe ich sie auch gefragt, ich hatte mit Magie Kontakt aufgenommen. Seltsamerweise hat sie nichts von dem Tunnel gewusst, kein Wunder, es stand nichts davon im Ratsschreiben.«

»Dann muss den Schreibern ein Fehler passiert sein, ich werde sie bestrafen lassen. Gut, dann scheint das ja geklärt, wir haben dennoch Wichtigeres zu besprechen.« Er wendet sich wieder ab, doch Grigori bemerkt den Ärger in Therris' Stimme.

»Nun, das wird nicht nötig sein, ich habe mich mit den Schreibern unterhalten, sie waren bereit, unter Eid zu bestätigen, nur deine Vorlage kopiert zu haben. Die magische Untersuchung ergab das Gleiche. Also wurde ich misstrauisch und habe versucht, herauszufinden, warum mein Vorhaben so sabotiert wird. Da fand ich Belege: Ratsherr Therris hat vor langer Zeit eine Abmachung unterzeichnet, die ihm im Jahr 1000 Goldkronen einbringt, er muss dafür den Angestellten der Festung und den Wagenlenkern aus dem Norden einen vergünstigten Aufenthalt in seinen Gasthäusern ermöglichen.«

»Ja, die Abmachung war für beide Seiten von Nutzen.« Unterbricht Therris, doch Grigori fährt fort.

»Interessanterweise zahlen wir jedoch im Jahr 1200 Kronen an Transportkosten, alleine für das Erz.«

»Es ist nicht meine Schuld, wenn die Wagenlenker auch andere Tavernen verwenden.«

»So? Nur, das ist nicht so. Die Wagenlenker sind immer in deinen Gasthäusern.«

Ohne nur mit einem Muskel zu zucken, lächelt der Lamia:

»Nun, es sind immer Räume reserviert und frische Zugtiere für sie bereit, das kostet.«

»So? Vorhin, egal. Ich habe deshalb prüfen lassen, was da vorgeht und wie sich herausstellt, würde der gleiche Service in anderen Gasthäusern entlang des Weges uns nur 900 Goldkronen kosten. Und dies ohne einen speziellen Vertrag. Das ist ein klarer Beweis für den Bruch der Abmachung.« Grigori sieht zufrieden, wie Therris seine Maske für einen Moment verliert, bevor er spöttisch lächelt:

»Und das soll heissen?«

Grigori empfand dieselbe Bewunderung wie bei Daphete, Therris hatte jeden Vorwurf sofort und äusserst geschickt gekontert.

»Nun, bei Vertragsbruch muss die gesamte erhaltene Summe, plus zusätzlich die Hälfte davon, augenblicklich zurückgezahlt werden.« Diesmal wird Therris bleich, scheinbar hatte er den Teil der Abmachung vergessen. »Das ist nun etwas über 63 Jahre her, ich bin aber so grosszügig die Zahl auf 60 Jahre zu beschränken. Das wären damit also 90'000 Goldkronen. Überrascht von dem Betrag nahm ich Einsicht in die Steuerangaben und stelle fest, dass für jemanden, der so viel Gold im Jahr verdient, kaum etwas davon übrig zu bleiben scheint, entspricht dieser Betrag doch dem gesamten Vermögen. Und ich will mir nicht vorstellen, dass Ratsherr Therris hier betrogen hat, weiss er doch genau, dass nach den aktuellen Gesetzen, die zur Zeit aufgrund des Kriegsrechtes herrschen, so etwas als Verrat betrachtet werden würde. Ich wollte das ja verhindern, aber Therris und viele andere Ratsmitglieder hatten meine Vorschläge zur Entschärfung der Kriegsrechte nicht angenommen. Egal, als Wächter der Festung setze ich hiermit Ratsherr Therris von den Diamantfällen und seine ganze Familie unter Hausarrest, bis die geforderte Schuld bezahlt wurde. Sollte dies nicht innert einer Woche geschehen, wird solange Besitz beschlagnahmt, bis die Summe abbezahlt wird, der Einfachheit halber verwenden wir dafür die Steuerangaben von ihm.« Grigori kann ein zufriedenes Lächeln nicht unterdrücken, der Ratsherr steht fassungslos vor ihm, sichtlich überrumpelt. Er gibt das Signal und durch die Türe kommen zwei Palastwachen. Noch bevor Grigori realisiert, was vorgeht, springt Therris mit einem vor Wut und Hass verzerrten Gesicht auf ihn zu. Doch reagiert Grigoris Leibwächter rechtzeitig und mit einem lauten Krachen wird Therris zu Boden geschleudert. Thelamos hatte ihn mit dem Schaft des kurzen Speeres ausgeschaltet.

Nachdem Therris entfernt wurde, wendet sich Grigori an den noch immer geschockten Rat:

»In Kürze beginnt eine Notfallratssitzung. Ihr werdet bis zu Beginn dieser Sitzung hierbleiben. Ich gebe euch den Tipp, nachzudenken. Jedem, der gesteht, verspreche ich, mich persönlich für eine mildere Strafe einzusetzen. Denn ich habe vor, alle Ratsmitglieder untersuchen zu lassen. Die Hinweise und Beweise, die ich bis jetzt habe, sind verheerend.«

Der Durchbruch zum Norden, Teil II

Während im Thronsaal die Ratssitzung vorbereitet wird, sammelt sich Grigori in einer Seitenkammer. Sein erster Schlag hatte gesessen, jedoch war der Sieg nicht so süss wie erhofft.

»Alles in Ordnung?«
»Nein, mir wird langsam klar, was ich da angerichtet habe. Ich verstehe, warum du auf die Thronehre verzichtet hast, Lys.«
Die Apepi beginnt zu lachen, sie hat sich elegant gekleidet und wirkt ruhig und gefasst:
»Nun, ich bin ehrlich, ich hätte das nicht hinbekommen.«
»Doch, du hättest es viel besser gemacht, verdammt, ich bekomme weiche Knie.«
»Keine Angst, du musst nur sämtlichen Ratsherren, allesamt mächtige und anerkannte Wesen, bis auf ein paar kleine Ausnahmen, erklären, dass du vorhast, sie zu verhaften und ihr Leben ruinieren willst«, erklärt Nysa, die in den Raum gleitet, auch sie ist elegant gekleidet.
»Danke, mir gehts gleich besser ... warum seid ihr so herausgeputzt?«
»Weil wir uns von unserer guten Seite zeigen wollen, immerhin sind wir diesmal nicht die Bösen. Nehmt das, ihr Sagen und Legenden, der Mensch ist diesmal das Ungeheuer«, grinst Nysa, auch sie wirkt entspannt.
»Sehr witzig!« Grigori merkt wie seine Nerven immer mehr flattern.
»Keine Angst, du schaffst das. Mehr Selbstvertrauen, Kleiner.« Nysa lächelt zufrieden und sieht zur Türe, wo eine Harpyie sich verneigt:
»Alle sind bereit, wir können beginnen.«
»Danke.«

Als Grigori den Thronsaal betritt, setzt sein Herz einen Schlag aus. Der Raum war voll. Die Ratsherren hatten sich in einem grossen Halbkreis versammelt, dahinter war wie immer Platz für Neugierige geschaffen worden. Das hatte Grigori erwartet. Doch hatte er nicht mit den Mengen an Zuschauern gerechnet. Scheinbar war jeder anwesend, der nichts anderes zu tun hatte. Im Hintergrund sah er Qimo und Teiza, rittlings im Nacken ihres Bruders. Wachen waren, wie angewiesen, an allen Türen platziert, seine Leibwachen standen jeweils zwei zu beiden Seiten des Thrones. Während seine Schwestern ihren Platz einnahmen, begab sich Grigori zu dem Sprecherpult, auf dem seine Unterlagen lagen. Mari hatte alles genau so sortiert, wie besprochen. Die Kitsune stand auf einer Seite, jederzeit abrufbereit.

»Ich bitte um Ordnung! Herr Grigori, bitte eröffnet die Sitzung«, ruft ein Diener laut und im Raum wird es still. Grigori nickt dankbar und nach einem letzten Zögern beginnt er zu sprechen. Er gibt sich Mühe, Ruhe und Selbstsicherheit auszustrahlen:

»Ich danke dem Rat für das vollständige Erscheinen. Ich werde als Erstes erklären, was der Grund dafür ist.« Damit beginnt er zu erzählen, was ihm in den Haushaltssitzungen aufgefallen ist und was das für Konsequenzen hat. Er beobachtet, dass die Ratsherren dabei immer mehr verstimmt wirken. Als er erklärt, warum er Therris verhaften liess, begann der erste Protest:

»Das ist eine Frechheit! Ratsherr Therris geniesst das Vertrauen der Herrin und seine Treue ist...«, beginnt eine Ratsherrin, doch Grigori unterbricht sie sofort:

»Ist alles andere als gewiss, die Beweise sind klar.« Er wird wieder unterbrochen, mehrere Ratsherren beginnen, lautstark zu verkünden, dass dies nur die Rache von Grigori sei, weil Therris sein Projekt sabotiert hat, mehrere plädieren sofort auf Amtsmissbrauch. Sich bewusst werdend, dass er die Kontrolle zu verlieren beginnt, sucht er, um Zeit zu gewinnen, mehrere der vorbereiteten Seiten hervor. Ein kurzes Durchatmen und dann beginnt er, gerade laut genug, dass man ihn hören kann, aber ohne die Proteste zu übertönen:

»Ratsherrin Hanae von der Flusswacht, ein grosser Landzuwachs, davon mehrere Gebiete, die von der Nordwache gebraucht wurden. Keine Kaufbelege, noch hat sich der Landzuwachs auf die Steuern ausgewirkt. Erste Kontrollen ergeben, dass sowohl Land wie auch andere Mittel im Namen der Schwarzschuppen beantragt wurden.« Die Kitsune, die bei ihrem Namen verstummte, wird weiss im Gesicht, doch Grigori liest weiter:

»Ratsherr Mopsys von den Eberwäldern, grosser Landzuwachs in den letzten Jahren, aber immer weniger Steuern. Dazu nachweisliche Verfälschung der Einnahmen. Erschlich sich damit Fördergelder der Festung. Erste Beweise deuten auf Machtmissbrauch, im Namen der Schwarzschuppen.« Wieder verstummt eine Stimme in den Protesten, doch folgen schnell weitere, bis nur ein alter Lamia noch spricht.

»Ratsherr Adrasius, Herr der Wolffestung, Herr über die Wolfwälder. Klare Verfälschung seiner Einkommen, dazu kommt ein starker Anstieg an privaten Truppen, angeblich wegen eines Drasquan-Problems, jedoch weiss die Nordwache davon nichts. Mehrfach versuchter Missbrauch im Namen der Schwarzschuppen, ohne Erfolg. Die weisse Hexe hat aber interessante Berichte geliefert, über starkes Aufkommen von Überfällen menschlicher Händler in den Wolfwäldern. Sie hat mir Dokumente geliefert, wonach ein Teil der Gebiete der weissen Hexe ihm zugeteilt wurden. In meinem Namen!«

Jetzt war es beinahe still im Saal. Alle warteten auf weitere Erklärungen, doch Grigori legt die Dokumente weg.

»Lügen!«, verkündet der Alte, kaum war klar, dass Grigori nicht weitersprechen würde, auch die anderen beiden beginnen zu protestieren.

»Ihr bestreitet das also?«, fragt Grigori ruhig, er fühlt sich wie im Duellring.

»Natürlich, so eine Verleumdung lassen wir uns nicht gefallen!«

»Wenn das so ist, habt ihr nichts gegen eine Untersuchung, oder?«

»Bitte? Natürlich lassen wir uns nicht untersuchen! Das ist gegen die Gesetze und dazu ist es nicht nötig, unser Wort steht gegen das deine!«, knurrt die Kitsune angespannt.

»Gut, Wachen!« Grigori steht mit den Händen im Rücken verschränkt vor seinem Pult, er versucht, damit sein Zittern zu verbergen. Er sieht zu, wie sich mehrere Wächter nähern.

»Die eben genannten Ratsherren sind zu verhaften. Sie sollen sofort den magischen Verhören übergeben werden.«

»Wir lassen uns nicht verhören!«

»Was fällt dir überhaupt ein!« Die Kitsune steht mit geballten Fäusten an ihrem Platz, ihre sieben Schweife zucken unruhig.

»Ich habe noch mehr Beweise gegen euch. Aufgrund der Kriegsrechte und den Rechten durch mein Amt bin ich befugt, eine Kontrolle durchzuführen. Ich bin mir nicht sicher, ob ihr das versteht, aber alleine die

Verfälschung der Steuerabgaben zählt im Moment als Verrat! Ihr habt soeben die Chance auf eine freiwillige Aussage verspielt. Schade, ich hatte extra erwähnt, dass ich jedem, der freiwillig gesteht, Strafmilderung verspreche. Abführen!« Die Palastwächter reagieren sofort und die beiden Lamien und die Kitsune werden umstellt. Sie scheinen in diesem Moment zu begreifen, was los ist.

»Ich will gestehen!«, keucht Mopsys panisch auf, sich von den silber Gepanzerten zurückziehend. »Herr, bitte, ich gestehe alles!«

Grigori sieht demonstrativ die anderen Ratsmitglieder an. Die Rufe des Ratsherren werden immer verzweifelter, bis sie mit dem Zufallen der Türe verstummen. Es war totenstill im Saal. Grigori hatte die volle Aufmerksamkeit aller. Die Mienen der Ratsherren zeigen nicht länger Wut und Empörung, sondern eine Angst, die mehr als deutlich ihre Schuld eingesteht. Grigori merkt, dass sein grosser Moment der Macht und des Triumphes, mehr einer bitteren Niederlage zu gleichen beginnt.

»Ich gebe euch bis heute Abend Zeit. Jeder, der gestehen will, ihr habt mein Wort, dass ich mich für euch einsetze. Ihr werdet in eure Räume gebracht. Dort wartet jeweils ein Soldat der Palastwache, vor euren Zimmern sind weitere. Wollt ihr aussagen, werdet ihr von einem Blutpaladin von den Nachtwandlern, einem Schreiber der Festung und einer der Assassinen aus dem Osten aufgesucht. Paladin und Assassinen als unbestechliche Neutrale. Nach einer Aussage erfolgen die magischen Kontrollen, sollten diese die Aussagen decken, dann wird das entsprechend positiv vermerkt. Lügt ihr, versucht, Beweise zu vernichten oder wehrt euch gegen die Untersuchung, so werdet ihr automatisch als schuldig angesehen.« Er zögert und schüttelt traurig den Kopf:

»Ihr habt im Sommer gegen meinen Vorschlag, die Kriegsgesetze zu überarbeiten, Widerstand geleistet. Die Argumentation war, dass jeder, der ein Verbrechen begeht, seine Chance hatte. Ich hoffe, dass ihr dies noch immer so seht. Damit ist die Sitzung beendet.« Ohne weiteres dreht sich Grigori ab und verlässt den Thronsaal. Er kann seine Gefühle nicht länger verbergen. Die Angst in der Stimme von Mopsys verfolgt ihn, die Panik in den Blicken gewisser Ratsherren hatte sich in sein Gedächtnis gebrannt. Er konnte hören, wie im Saal ein Trubel ausbrach. Er wollte es nicht sehen. Als er durch die Türe in den Vorbereitungsraum tritt, wartet Miri mit einem Becher auf ihn. Unsicher nimmt er das Getränk entgegen und sieht die Miniri beunruhigt an:

»Ein Gnadentrank?«

»Blödsinn, dafür bist du zu wertvoll. Ein süsser Trunk, um den bitteren Geschmack runterzuspülen.«

»Ich dachte, dass ich es geniessen würde, ihnen eins auszuwischen. Du hast es so positiv dargestellt.«

»Falsch, ich habe gesagt, dass es Spass macht, derjenige zu sein, der die richtigen Worte kennt. Deine Rolle jetzt ist die schlimmste Prüfung vieler Mächtiger. Die Erkenntnis, dass man Opfer bringen muss.«

»Nun, ich glaube, heute haben wir alle verloren. Der Norden, der Rat.« Damit nimmt er einen Schluck und der süsse Wein von Asa spült tatsächlich den bitteren Geschmack weg.

»Danke.«

»Sein guter Wein, Herr, nicht wahr?«, fragt Miri, und Grigori nickt zustimmend. Als seine Schwestern an seiner Seite sind, fragt die Miniri unschuldig:

»Ich bringen allen einen Schluck, ja?«

»Danke Miri, das wäre eine Idee. Grischa, das war grossartig!«, erklärt Lys.

»Na ja, du kannst noch an deiner Rhetorik arbeiten, aber ich stimme zu, der Schlag sass. Mehrere der Ratsherren wollten sofort aussagen«, ergänzt Nysa.

»Wie soll ich das Mutter erklären?«

»Nun, das sollte nicht schwierig sein. Du hast deine Arbeit gemacht, mehr nicht. Geh in dein Labor, versuch dich wieder zu fangen. Im Moment kannst du nichts mehr machen.« Nysa seufzt leise. »Lys, wir hingegen haben jetzt zu tun. Damit fällt der Rat aus, wird sicher ein Chaos, aber nichts, was wir nicht hinbekommen.«

Als Grigori den Speisesaal betritt, ist es still, die Anwesenden scheinen alle in leise Gespräche vertieft, doch bemerkt Grigori die Blicke. Jeder sieht ihn an, manche mit Vorwurf, manche mit Anerkennung. Er versucht, es zu ignorieren. Als er endlich den Tisch erreicht, bereut er es. Er hätte im Labor essen sollen. Kaira sieht ihn aufmunternd an:

»Na, geht's besser? Als du den Saal verlassen hast, warst du furchtbar bleich.«

»Es geht«, murmelt Grigori leise und setzt sich. Die Stimmung im Saal ist angespannt, doch beginnt das leise Tuscheln wieder.

»Wie steht die Bilanz?«, fragt Mizuki neugierig.

»Viele, die unter Verdacht standen, haben ausgesagt, die Überprüfung wird jedoch Tage dauern. Mehrere der Hauptverdächtigen weigern sich noch immer und bestehen darauf, dass ich entmachtet werde. Isabella hat die Wachen verstärken lassen, sie befürchtet, dass es zu unüberlegten Handlungen kommen wird. Alle, die sicher unschuldig sind, wurden bereits untersucht. Sie sind nicht länger unter Hausarrest und helfen bereits bei den Ermittlungen. Es scheint, dass der Rat im Laufe der Zeit unvorsichtig geworden ist. Ich habe den Verdacht, dass ich ihr System mit meinen ersten Ermittlungen, wegen der Diebstähle, gestört hatte. Doch hofften viele, dass niemand die Ungereimtheiten bemerkt.«

»Hast du wirklich vor, ihnen nur bis heute Abend Zeit zu geben, sich freiwillig zu melden?«

»Ja, mir wurde von mehreren zu dieser kurzen Zeitspanne geraten, so können sich die Ratsherren nichts ausdenken. Isabella war sogar der Meinung, sie den Ratssaal nicht verlassen zu lassen. Doch das war mir zu extrem.«

»Verstehe, ich hoffe, du weisst, was du da machst.«

»Nein, Mizu, ich habe keine Ahnung, ich fühle mich schrecklich und wünschte, nie in diese Situation geraten zu sein. Ich weiss nicht weiter.«

»Kann ich verstehen, ich würde mich wohl auch so fühlen. Grischa, wenn wir dir helfen können, sagst du es, oder?«

»Natürlich. Im Moment ist Geduld gefragt, dazu kommt noch die Tatsache, dass Mari mir beunruhigende Gerüchte zugetragen hat. Die Diener sprechen von Widerstand. Mindestens zwei der Ratsherren haben Familie hier am Hof. Ich habe zu wenig Beweise, um alle festzuhalten, aber ich habe die Palastwache gebeten, ihre Patrouillen zu verschärfen.«

»Grischa, du bist damit in Gefahr!«

»Nicht wirklich, du siehst, ich werde begleitet. Keine Angst Kaira, ich bin klug genug, mein Schicksal nicht unnötig zu fordern. Wobei ich ehrlich bin, ich verstehe nicht, was sie damit erreichen wollen. Die Ermittlungen finden auf jeden Fall statt, egal ob ich hier bin oder nicht. Dazu ist ein Angriff auf mich das Dümmste, was man versuchen kann.«

»Darüber wollte ich noch mit dir reden! Therris hat dich angegriffen. Du weisst, dass er sein Leben nur schon damit verwirkt hat, oder?«, fragt Nysa mit strengem Blick.

»Nein, er hatte kurz die Kontrolle verloren und Thelamos beruhigte ihn wieder. Nysa, bitte, gönne mir wenigstens den kleinen Erfolg.«

»Schon gut, aber dir ist klar, dass Mutter, das nicht so akzeptieren wird, oder?«

»Ach, die wird genug andere Sorgen haben. Ich versuchte heute mehrfach Kontakt zu ihr, oder Thea, herstellen zu lassen, aber sie scheint kein Interesse daran zu haben. Wenn ich es nicht besser wüsste, würde ich behaupten, dass sie genau weiss, was hier passiert ist.«

»Nun, es könnte sein, dass ich dafür gesorgt habe, dass sie deine Ansprache vor dem Rat verfolgen konnte. Nori war ebenfalls sehr fasziniert davon«, grinst Nysa zufrieden. »Meinst du wirklich, dass du so etwas machen kannst, ohne dass alle in der Familie es hören können? Cas und Arsax haben ebenfalls zugehört.«

»Oh, gut, Moment, wie hast du das gemacht?«

»Magie, nicht meine Schuld, wenn du das nicht bemerkt hast.«

»Verdammt, das ist schlecht, wer hat sonst noch zugehört?«, fragt Grigori erschrocken, daran hatte er nicht gedacht.

»Wie meinst du das?«

»Nun, gewisse Ratsmitglieder sind nur als Vertreter hier, ich hatte gehofft, dass ich erst Beweise finden kann.«

»Oh, daran hatte ich auch nicht gedacht.«

»Perfekt, das Chaos wird immer schlimmer, ich, ach was solls, mehr als einen Bürgerkrieg werde ich kaum auslösen, was?« Grigori versucht zu lächeln, doch ist ihm seine Übelkeit anzusehen. Angewidert stösst er den Teller von sich. Er war eindeutig überfordert, wie soll er das nur richten.

»Es gab ein paar Versuche, doch habe ich mir erlaubt, sie zu unterbinden«, erklärt Qimo, der sich soeben an den Tisch setzt. Wie immer, wenn er als Mensch auftritt, wirkt er unglücklich.

»Bitte?«

»Ich habe mir gedacht, das du das verhindern willst. Teiza und ich haben unauffällig die Kommunikation gestört, die wir als unerwünscht betrachteten.«

»Das könnt ihr?«

»Ja, ist nicht wirklich schwierig. Teiza hat geespert, ich habe gestört. War äusserst unterhaltsam.«

»Danke, Qimo, das ist perfekt, danke für die Hilfe.«

»Na, als Teil der Gaunerbande musste ich dir doch helfen, nicht wahr?« Er zwinkert verschwörerisch.

Als Grigori sich endlich in sein Zimmer begibt, war er müde und ausgelaugt. Der Tag war alles andere als geplant verlaufen. Kaum hat er sein Zimmer betreten, als er Hotaru aufhalten muss:

»Ich denke kaum, dass mich jemand im Schlaf ermorden will. Aber wenn du dir Gedanken darüber machst, dann warte doch bitte vor der Tür.«

»Herr, in dem Chaos könnten ein paar auf dumme Gedanken kommen.«

»Trotzdem, ich würde gerne meine Ruhe haben, bitte.«

»Also gut, aber beim geringsten Geräusch kommen wir, verstanden?«

»Gut.«

Unzufrieden bezieht die Kitsune zusammen mit Arses und Nysosia ihre Position vor der Tür. Grigori hingegen zieht den kleinen Dolch aus der Scheide und will ihn gerade auf sein Pult legen, als er aus den Augenwinkeln eine Bewegung wahrnimmt. Die Müdigkeit war auf einen Schlag weg, doch rügt sich Grigori im nächsten Moment:

»Jetzt siehst du schon Gespenster. Verdammt, beruhige dich.« Doch beruhigte ihn das nicht, er ahnte, dass der Stress seinen Tribut forderte und ihn paranoid werden liess.

Wieder diese Bewegung, nur diesmal näher. Und nun das Gefühl, dass jemand hinter ihm steht. Grigori schliesst kurz die Augen und mit einer schnellen, geübten Bewegung dreht er sich und sticht mit dem Dolch zu. Zu seiner eigenen Überraschung fühlt er Widerstand. Noch immer nicht verstehend, was passiert ist, wird auf einmal eine Kitsune in dunkler Kleidung sichtbar. In ihrer Hand hält sie eine lange, schmale Klinge, ihre Augen jedoch sind auf ihre Brust gerichtet, wo Grigoris Dolch sein Ziel gefunden hat. Der junge Mensch starrt fassungslos auf die Assassine und mehr als Reflex fragte er:

»Ratsherrin Hanae, nehme ich an?« Der Name und die Frage waren unbewusst, doch sieht die Assassine erschrocken auf und ein leises ›woher‹ verlässt ihre Lippen, bevor sie zusammenbricht. Grigori sieht mit aufgerissenen Augen auf den Körper vor sich. In diesem Augenblick öffnet sich die Tür und Miri betritt den Raum, ein Tablett mit einem Glas in der Hand. Überrascht sieht sie erst die Tote an und dann Grigori, bevor sie Hotaru alarmiert.

»Nicht schlecht, kleiner Wächter«, erklärt Miri, nachdem Hotaru kontrolliert hat, dass der Raum leer ist und sie ungestört sind.

»Herr, ich muss Alarm auslösen.«

»Warum? Grigori liegt im Sterben und die Assassine wurde in einem Zweikampf getötet, dabei wurden leider viele der Beweise gegen den Rat zerstört«, erklärt Miri in einem sachlichen Tonfall.

»Bitte?«, fragt Hotaru verwirrt, während Grigori nur verwirrt auf die Miniri starrt.

»Du wurdest in verdeckten Operationen ausgebildet, oder?«

»Ja natürlich, dazu noch ein paar zusätzliche Tricks«, knurrt die Kitsune, sichtlich verärgert.

»Gut, dann denk nach! Du bist, wie alle Angestellten von Grigori, äusserst fähig.«

Nach kurzem Zögern nickt die Kitsune, ihre Augen blitzen gefährlich:

»Verstehe, nun wird sich Nysosia auf den Weg zu den Heilern begeben und auf dem Rückweg mit Meister Manabu wird sie in der Nähe von Dienern unbedachte Worte verlieren.«

»Genau, gut, du hast verstanden. Wir müssen die Apepi informieren, wie?«

»Mari hat freien Zugang zu allen. Sie ist offiziell Grigoris rechte Hand und geniesst damit volles Vertrauen.«

»Gut, lass sie herkommen. Schnell!« Miri nickt wieder zufrieden und wendet sich an Grigori. Seine Mine verrät deutlich die beginnende Panik. Ohne zu zögern, holt Miri aus und verpasst ihm eine Ohrfeige:

»Keine Zeit dafür, ich brauche deinen Verstand!«

»Ich ... ich wollte nicht ... «, stottert Grigori. »Sie war einfach hinter mi-mir.«

»Schon gut, schade, dass sie bereits tot ist. Ich hätte gerne ein paar Fragen gestellt.«

»Sie war einfach da ... ich hatte das Gefühl, dass jemand hinter mir ist. Ich stach zu, mehr als Reaktion. Da tauchte sie auf.«

»Gut, deine Instinkte funktionieren, hat sie vor ihrem Tod noch was gesagt?« Miri wirkt streng und ihr Tonfall verrät, dass sie jetzt die Kontrolle übernimmt.

»Ich weiss nicht. Ich wollte sie nicht töten! Ich war so überrascht.«

Wieder klatscht es und Grigori hält sich die andere Wange. Miri mustert ihn streng:

»Denk! Nach!«

»Ich ... ich hatte gefragt, ob Ratsherrin Hanae sie geschickt hat. Ich weiss nicht warum.«

»Das ›warum‹ spielt keine Rolle, hat sie darauf reagiert?«

»Ich weiss es nicht. Sie wirkte überrascht. Ich glaube, sie sagte ›woher‹ aber ich weiss nicht, ob es meine Frage war oder weil ich sie erwischt hatte, es tut mir leid, Miri.«

»Schon gut, schon gut. Setz dich und beruhige dich. Hotaru?«

Die Kitsune, die soeben den Raum wieder betreten hat, nickt:

»Alles unterwegs. Nysosia weiss, was zu tun ist. Mari wird soeben herbeigeholt und dazu habe ich Taiki gebeten, Isabella zu kontaktieren. Alles so, dass es ja auffällt. Dazu werden Thelamos und Arses den Gang verriegeln, so dass niemand durchkommt. Zufrieden?«

»Sehr sogar, keine Amateure, gut.« Mit der Übung des Fachmannes beginnt sie, die Tote zu untersuchen und seufzt dann unzufrieden auf:

»Nichts, immerhin war sie nicht nur unfähig. Dennoch, das heisst, sie war schon hier im Palast, vor dem Durcheinander. Wahrscheinlich eine Leibdienerin. Interessant, ist mir nie aufgefallen.«

»Miri?«

»Ja, kleiner Wächter?«

»Darf ich fragen, was genau los ist?« Grigori hatte sich wieder gefangen, wirkt aber noch immer verängstigt.

»Natürlich, du liegst im Sterben, Hotaru hat aus Versehen sämtliche Beweise vernichtet und überhaupt hast du total versagt.«

»Aha.«

»Noch Fragen?«

»Ich, nun, eigentlich ja, aber ich bezweifle, dass mir die Antworten was nützen.«

»Gut, du hast begriffen.« Die Miniri beginnt leise zu lachen, als sie die Hilflosigkeit des Jungen bemerkt. Hotaru hingegen wirkt genervt:

»Herr, sie will die Drahtzieher aus der Reserve locken. Deshalb sollen die Diener die Gerüchte hören.«

»Aha.«

»Lass es, er steht unter Schock. Ich glaube, das war sein erster Toter. Dazu ist er übermüdet.« Miri klingt sachlich und Grigori merkt beschämt, dass sie wohl recht hat. Sein Kopf schmerzt und ihm ist speiübel. Ausserdem verwirrt ihn die einfache Sachlichkeit der Miniri. Es dauert nicht lange und Mari taucht auf. Sie kann einen leisen Schrei nicht unterdrücken, als sie die Tote sieht, fängt sie sich jedoch sofort. Miri erklärt ihr genau, was sie jetzt machen muss. Die Kitsune nickt und verlässt den Raum, genau in dem Moment, als der oberste Heiler, Manabu, eintrifft. Dieser sieht überrascht auf die Tote und Hotaru erklärt ihm, was genau vorgeht. Miri hält sich unauffällig zurück. Nach der Erklärung lächelt der alte Heiler verstehend und verlässt den Raum. Er wird in einem der leeren Zimmer untergebracht, sollte doch das Spiel nicht zu früh entdeckt werden. Wenig später trifft Nysa ein. Zur Überraschung von Grigori und Hotaru wendet sie sich direkt an Miri:

»Keine Zeit für Spiele, was hast du vor?«

»Nun, ich muss wissen, wer das ist und ich hatte gehofft, dass ich eine gewisse Spionin ausleihen könnte.« Miri grinst und mustert die Apepi.

»Welche Spionin?«

»Die, die als Leibdienerin von Ratsherrin Hanae dient.«

Nysa nickt:

»Verstehe, gut, ich informiere sie, du kannst sie in dem kleinen Raum neben der Küche treffen.«

»Danke, dann wollen wir doch einmal sehen, wen wir da alles aus der Reserve locken können.« Damit verlässt sie den Raum. Nysa hingegen mustert ihren kleinen Bruder nachdenklich.

»Brüderchen, was machst du nur falsch?«

»Keine Ahnung. Woher weisst du das wegen Miri?«

»Nun, ich versuche schon länger, herauszufinden, wer sie ist. Alle Spuren verlaufen jedoch im Sand und sobald jemand was entdeckt, verliere ich kurz darauf jeden Kontakt. Ich weiss nur, dass sie mein Spiel perfekt beherrscht. Ich wage zu behaupten, sie ist mir sogar überlegen. Doch scheinst du ihr zu vertrauen und wichtiger, ich vermute, dass viele deiner klügeren Entscheidungen auf ihren Ratschlägen basieren, oder?«

»Nun, kann man so sagen. Ich würde dir gerne mehr erzählen, aber ... «, beginnt er, wird jedoch unterbrochen.

»Nein, für den Moment herrscht ein Waffenstillstand. Danach geht es weiter. Grigori, ich bin mir sicher, dass sie uns nicht schaden will. Aber es ärgert mich, dass mich jemand mit meinen eigenen Mitteln schlägt.«

»Lass es lieber, sie wird auf jeden Fall gewinnen.«

»Hey, ich bin ziemlich gut in dem Spiel. Nun ja, ich informiere mal lieber Mutter. Das ist nicht länger eine Sache, die ohne ihre Billigung stattfinden darf. Bitte entschuldige mich einen Moment.« Damit verlässt auch sie den Raum und Grigori ist alleine mit Hotaru und der Toten.

»Herr, geht es wieder?«

»Nein, ich würde am liebsten weinen«, murmelt Grigori.

»Nun, ich halte dich nicht davon ab, aber als Tipp, atme erst einmal tief durch. Dazu wäre es mir lieber, wenn wir den Raum verlassen.«

»Und wohin?«

»Ich hoffe, dass Kaira nicht zu tief schläft. Ich würde dich gerne in ihrem Raum unterbringen. Sie kann als Wolf auf dem Boden gut schlafen und dazu sind ihre Sinne scharf genug, weitere Anschläge vorzeitig zu erkennen«, erklärt Hotaru nachdenklich. Damit stand der Entscheid. Jetzt war es an Miri und Nysa zu handeln. Die beiden scheinen einen gewissen Respekt vor dem jeweils anderen zu haben.

Kaira sieht zu Grigori, der auf dem Bett sitzt und den Kopf aufstützt. Die Amarog war sofort bereit zu helfen und ist jetzt alleine mit ihm:

»Grischa, soll ich dir das Getränk holen, das Miri dir bringen wollte? Wahrscheinlich war es ein Schlafmittel.«

»Was ist, wenn mich jemand braucht?«

»Nun, ich habe nicht das Gefühl, dass du im Moment etwas zu sagen hast«, lächelt Kaira mit feinem Spott.

»Auch wahr. Ja, bitte. Tut mir leid für das verdammte Chaos, ich wollte doch nur das Richtige tun.«

»Ach, langsam gewöhnen wir uns daran, dass dein Tun unerwartete Konsequenzen hat. Zudem bin ich froh, dass du noch lebst, da schlafe ich gerne mal auf dem Boden. Nicht, dass ich das nicht auch so ab und zu mal mache.«

»Sehr witzig. Ich hoffe, es wird nicht noch weiter eskalieren.«

Als sie mit dem Glas zurückkommt, wirkt sie nachdenklich:

»Grischa, was genau sollte der Angriff bringen?«

»Wenn ich das nur wüsste. Rache?«

»Mag sein.«

Nachdem er das Glas geleert hat, liegt er auf das Bett und versucht, seine Gedanken zu beruhigen. Er merkt nicht mehr, dass Kaira eine Decke über ihn legt und dann eine stille Wache beginnt.

Als Grigori aufwacht, fühlt er sich bedeutend besser. Erstaunt bemerkt er jedoch ein Gewicht auf seinen Beinen und als er aufsieht, kann er ein Grinsen nicht unterdrücken. Kaira hatte sich in Wolfsgestalt neben ihm zusammengerollt und den Kopf auf seine Beine gelegt. Sie schien tief und fest zu schlafen. So viel zu ihrem Wachdienst. Er will sich gerade von ihr befreien, als er Stimmen auf dem Gang hört:

»… hat Glück gehabt.« Das schien Nysa zu sein.

»Nun, es ist Grigori, aber in der Festung beginnt Panik auszubrechen. Die Diener sind mit ihrem üblichen Fleiss dabei, Gerüchte zu verbreiten«, antwortet Miri.

»Wenn ich gewusst hätte, was das für Konsequenzen hat, hätte ich Grischa gebeten, noch ein Jahr zu warten, damit ich meine Leute besser in Stellung hätte bringen können.«

»Verzeiht, Herrin, hätten wir das gewusst, wäre sein Vorgehen nicht nötig gewesen.« Das klang nach Hotaru.

»Ja, ich musste Mutter versprechen, ihn nicht aufzuhalten. Sie ist überzeugt, dass er das hinbekommt.«

»Ihr nicht?«

»Nun, doch. Aber er nimmt die Axt, wo es einen Dolch braucht.«

»Vielleicht ist er deshalb so erfolgreich. Er hält sich nicht an die Spielregeln.« Grigori konnte das breite Grinsen von Miri förmlich vor sich sehen. »Er ist jung und klug, aber auch ein Mensch. Wenn er einem Problem begegnet, versucht er, es zu lösen und wird dabei, sagen wir mal, kreativ.«

»Das stimmt. Aber ich mache mir Sorgen um seine Gesundheit. Er wird erst sechzehn. Natürlich ist das bei den Menschen ein Alter, wo viele Ihre Arbeit beginnen und ihr Leben sich verändert. Aber Grischa hat viel mitgemacht dieses Jahr.«

»Nun, die Menschen sind anpassungsfähig, was unser kleiner Wächter nur zu gut beweist. Aber er ist klug genug, sich Hilfe zu holen. Ich würde mir mehr Sorgen um sein körperliches Wohlbefinden machen.«

»Wir sollten ihn wecken.«

»Keine Chance, er hat das Schlafmittel genommen.«

»Es gibt bald Frühstück. Was wollen wir machen?«

»Nun, Grigori liegt offiziell noch immer im Sterben. Nach den Berichten, die mir Isabella zukommen liess, scheint diese Botschaft viele der Ratsmitglieder aufzumuntern. Die Gerüchte, dass zudem viele der

Beweise vernichtet wurden, haben für Unruhe gesorgt. Wir haben vorsichtshalber die Festung unter Verschluss gestellt. Wenn alles klappt, können wir noch heute zuschlagen. Die Ratsherren müssen agieren, bevor Mutter zurückkommt.«

»Was hat die Herrin eigentlich dazu gesagt?« Hier spitzt Grigori seine Ohren, das interessierte ihn auch.

»Nun, nachdem sie gehört hat, dass es ihm gut geht und wir das nutzen wollen, sagen wir mal, wirkte sie äusserst zufrieden. Sie hat verkündet, ihr Projekt erst abzuschliessen, das würde noch ein paar Tage dauern.«

»Nanu?«

»Ich glaube, Mutter vertraut darauf, dass ihre Abwesenheit uns hilft.«

»Oder sie will, dass wir das Chaos erst in den Griff bekommen.«

»Könnte auch sein.« Hier beginnen alle zu lachen. Die Stimmung scheint gut zu sein, doch wurde Grigori mulmig. Der Gedanke, zu solchen Mitteln zu greifen, passte ihm nicht. Ein erschrockenes Fiepen und ein dumpfer Knall verraten, dass Kaira soeben erwacht ist und im Versuch, vom Bett zu kommen, dieses mit Schwung verlassen hat. Augenblicke später steht Kaira neben dem Bett und sieht verlegen zu Boden:

»Guten Morgen, ich hoffe, du hast gut geschlafen.«

»Danke, hab ich. Du hättest ruhig liegen bleiben können.«

Bevor Kaira noch reagieren kann, öffnet sich die Tür und Nysa gleitet herein. Sie wirkt müde, aber zufrieden:

»Ah, Brüderchen ist wach. Gut, ich habe erfreuliche Nachrichten: Lys hat den Grund für den Anschlag gefunden!«

»Oh, was ist es?«, fragt Grigori, während er sich aufrichtet.

»Nun, die Kriegsrechte haben eine interessante Formulierung, wonach jemand nur so lange festgehalten werden darf, wie Beweise und Ankläger vorhanden sind.«

»Was ist denn das für eine seltsame Regel?«

»Ja, das fragen wir uns auch. Der Punkt ist, die Ratsherren hinter dem Anschlag müssen davon Bescheid wissen. Dein Labor wurde auch angegriffen, doch haben die anderen Mitglieder der Wache die Attentäter erwischt, bevor es zu Schaden kam. Alles in allem sieht es aus, als ob jemand versucht zu fliehen. Wir warten nur noch auf die Anfragen der Schuldigen, die auf dieses Gesetz pochen werden. Miri hat ganze Arbeit geleistet. Sie hat bereits eine klare Liste der möglichen Schuldigen erstellt und wir konnten sogar genau feststellen, wer die Assassine geschickt hat. Sie behauptet, noch vor dem Mittagessen den Fall erledigt zu haben.«

»Oh, okay.« Grigori starrt seine Schwester verunsichert an: »Was genau muss ich jetzt machen?«

»Im Moment? Nichts. Warten und nicht sterben. Ich gratuliere noch zu der erfolgreichen Abwehr.«

»Danke, das war keine Absicht«, nuschelt Grigori verlegen. Er versteht aber langsam, was los ist. Doch wird er bleich bei der Erkenntnis: »Ich werde diesmal ihr Leben nicht schützen können, oder?«

»Nein, ich verstehe auch nicht, warum du das willst.« Nysa wirkt streng bei diesen Worten.

»Ich will nicht verantwortlich für den Tod von ... «

»Sie sind selber verantwortlich. Grischa, du hast bereits mehr Gnade erwiesen als jeder andere. Von den knapp 120 Ratsherren sind zwanzig unschuldig, etwas über dreissig haben ausgesagt und kleinere Vergehen gestanden, was nach deinem Versprechen mit geringen Strafen geahndet wird. Alle anderen haben die Aussage verweigert oder sind an einem Anschlag gegen dich beteiligt.«

»Das ist unerwartet.«

»Nicht wirklich, der Rat wurde viel zu lange ohne Kontrolle gelassen.«

»Aber ... «

»Zudem sieht es danach aus, als wäre der Anschlag so oder so geplant gewesen. Du bist vielen im Rat ein Dorn im Auge und hast dich unbeliebt gemacht.«

»Wie?« Grigoris Augen werden gross.

»Ja, ich muss gestehen, dass diese Information von Miri kommt. Sie hat mit den Angaben meiner Leute sehr viel mehr anfangen können als ich. Ich bin den Alten dankbar, dass sie ihre Hand über dich hält, auch wenn ich es nicht mag, dass sie so viel Einfluss hat. Grischa, lass dich nicht beliebig manipulieren!«

»Das sagst du so leicht ... « Grigori wirkt zugleich amüsiert und niedergeschlagen.

»Wie könnt ihr so ruhig bleiben!«, fragt Kaira, scheinbar ruhig. Doch hat Grigori gelernt, die feinen Zeichen in ihrer Mimik zu lesen, die Amarog kocht vor Zorn.

»Nun, ehrlich gesagt?« Nysa grinst breit, bevor sie der Amarog beruhigend die Hand auf die Schulter legt:
»Ich bin nur deshalb so ruhig, weil das zu unserem Rang dazugehört, auch du wirst das noch lernen.«
»Nein!« Kaira kann ihre Wut kaum noch zügeln. »Dafür müssen sie sterben! Sie wagen es ...« Vor Entrüstung und Zorn versagt ihr die Stimme.
»Kaira, ich verspreche dir eines: Jeder der an diesen Plänen beteiligt ist, wird sterben. Nicht einmal Grischas Mitleid wird das verhindern.«
Diese Worte beruhigen die Amarog sichtlich. Grigoris Miene hingegen wird düster:
»Wie immer, die Apepi beseitigen ihr Problem mit Gewalt.«
»Grischa, lass es gut sein. In dieser Hinsicht hast du nichts zu sagen. Mutter entscheidet und ich kann dir so viel verraten, ihre Abwesenheit hat auch mit deinem Wunsch nach Gnade zu tun. Sie will dir eine faire Chance einräumen, so viele der Ratsmitglieder zu retten wie möglich. Sie glaubt, dass du recht hast, doch darf sie sich nicht dieselbe, verzeih mir den Ausdruck, Schwäche erlauben. So kann sie sagen, dass ihr die Situation entsprechend präsentiert wurde. Im Moment müsste sie mit einer Machtdemonstration antworten. Doch das willst du nicht. Was Lys und ich unterstützen, ich sehe, worauf du hinaus willst. Lass uns die moralischen Gewinner sein.«

Nach einem kleinen Frühstück sitzen Xiri, Mizuki und Kaira zusammen mit dem Heiler Manabu in einem der Kinderzimmer und spielen zusammen ein einfaches Würfelspiel, das der alte Kitsune ihnen gezeigt hat. Während des Spiels beobachtet der Meister der Heiler die Jugendlichen und auf einmal fragt er:
»Kaira, verzeih mir die Frage, aber was ist los?«
Erschrocken sieht die Amarog auf und wird dann verlegen. Nach kurzem Zögern gesteht sie:
»Ich verstehe nicht, warum Grischa noch immer bereit ist, dem Rat gegenüber gnädig zu sein.«
Der Alte lächelt und wendet sich an den Menschen:
»Nun, vielleicht kannst du das uns allen erklären. Es nagt nicht nur an Kaira, mich würde das auch interessieren.«

»Mich auch! Aber Mizu hat verboten zu fragen!«, verkündet Xiri schnell, wofür sie einen bösen Blick der Kitsune einfängt.

»Nun«, beginnt Grigori, »ich bin nicht einfach nur gnädig. Ich will, dass alle sehen, dass wir uns an die Regeln halten. Diesmal sind die anderen die Bösen, aber ihr habt ja selber im Unterricht gelernt, dass die Apepi eine, sagen wir, dunkle Vergangenheit haben. Viele der Geschichten, die noch heute im Zentralreich und unter den Menschen erzählt werden, stellen die Apepi, oder besser den Monsterlord stets als die Seite dar, die extrem handelt und drakonische Strafen bevorzugt.« Er zögert, dann sieht er auf die Würfel:

»Ich hasse die Situation, ich verstehe nicht, warum sie sich so wehren. Bitte versteht mich nicht falsch, ich wüsche mir auch Rache. Aber, ich kann es nicht bleiben lassen, mich zu fragen, was ihr Tod mir bringen soll.«

»Ihre gerechte Strafe!«

»Bist du dir da sicher, Kaira?« Manabu mustert die Amarog neugierig.

»Sie haben versucht, ihn zu töten, darauf steht die Todesstrafe.«

»Das mag stimmen, aber dann halten wir uns doch einfach an die Gesetze, das Resultat ist ja dasselbe.« Mizuki mustert Kaira nachdenklich.

»Nun, aber, ich …«, Kaira sieht verwirrt die Kitsune an und dann zu Grigori:

»Ist das dein Plan?«

»Irgendwie schon, nun, ich will ja eigentlich nicht, dass jemand sterben muss, aber wenn, dann so: Wir halten uns an die Regeln und verhindern so, dass andere das gegen uns verwenden können. Dazu glaube ich wirklich, dass die anderen Ratsherren eine Chance auf Vergebung haben sollten.«

»Oh.« Mit grossen Augen betrachtet sie erst den Jungen, dann sieht sie zu Manabu, der zufrieden nickt:

»Na, das ist doch eine gute Erklärung. Er kann seiner Natur entsprechend gnädig sein, während er zugleich seine Genugtuung bekommt. Siehst du, Kaira, manchmal muss man einfach nur fragen. Schäm dich nicht, wenn du etwas nicht verstehst, so manche unangenehme Situation hätte durch eine schnelle Nachfrage vermieden werden können.«

»Danke, tut mir leid.« Kaira wirkt nachdenklich und leicht niedergeschlagen. Wie Grigori gelernt hat, ist es für die Amarog schwer, ihre

Gefühle zu kontrollieren. Er lächelt und nimmt die Würfel, er ist ihr nicht böse, im Gegenteil, irgendwie ist er ihr dankbar.

Kurz vor dem Mittagessen sucht Nysa ihren kleinen Bruder auf. Sie wirkt zufrieden und das gefährliche Leuchten in ihren Augen verrät, dass sie ganz in ihrem Element ist.

»Kleiner, wenn deine anderen, sagen wir ›Angestellten‹ nur halb so fähig sind wie Miri, dann bin ich wirklich gespannt, was die Zukunft bringt. Spass beiseite, sie hat mich ganz schön gedemütigt, doch ist es das wert. Soeben haben mich sieben Ratsmitglieder um eine sofortige Audienz gebeten. Interessanterweise haben alle, wie per Zufall zur gleichen Zeit darum gebeten. Dazu hat Miri aufgedeckt, dass diese Ratsherren überraschend gute Kontakte hier in der Festung besitzen. Nachdem sie aktiv danach gesucht hat, ging es scheinbar schnell, alle aufzudecken.«

»Wie konnte so etwas unbemerkt bleiben?«

»Ehrlich gesagt, ich fürchte, das ist meine Schuld, zumindest zum Teil. Es ist meine Aufgabe, solche Dinge im Auge zu behalten, aber die Vorfälle im Mondwald hatten meine Mittel gebunden. Auch bin ich nicht sicher, ob ich es überhaupt entdeckt hätte, der Rat ging geschickt vor.« Die Apepi zuckt mit den Schultern:

»Zumindest bis vor Kurzem, du hast sie in Panik versetzt und unvorsichtig werden lassen. Ich gehe jetzt zu dem Treffen und du kommst mit. Du sollst als Zeuge dienen. Am Anfang wirst du dich noch verborgen halten.«

»Okay, besteht die Gefahr, dass mich jemand auf dem Weg sieht?«

»Nicht wirklich, komm!«

Als sie den Raum betreten, wartet Miri auf ihn. Sie nickt zufrieden, deutet auf eine Tür und flüstert:

»Alle anwesend. Ich habe alle Beweise hier und eine Warnung für euch. Die drei Kitsunen sind bereit, Gewalt anzuwenden, ich konnte sie vorhin hören, sie haben Schutzzauber vorbereitet. Nicht, dass es ihnen nützen würde.«

»Danke, dann mal los.«

»Nysa, das könnte gefährlich werden!«

»Kleiner, ich mag nicht so viel über Magie wissen wie Lys, noch so stark sein wie Thea. Aber ich habe ein bisschen mehr Erfahrung im Kampf und besonders in solchen Fällen. Keine Angst, ich bin ziemlich schwer loszuwerden.« Damit gleitet sie durch die Tür, Grischa folgt ihr und sieht durch den Spalt in den Raum. An der Spitze der Kitsunen steht Ratsherrin Hanae, der Anführer der Lamien war Adrasius. Beide sahen spöttisch die Apepi an. Nach dem Austausch höflicher Floskeln, wobei Hanae mit nur schlecht verhüllter Freude fragt, ob es Neuigkeiten wegen Grigori gäbe, kamen sie zum Punkt:

»Ihr verlangt nach den Beweisen, die euch belasten?«

»Ja Herrin, es steht uns zu.«

»Ich kann im Moment die Beweise nicht vorzeigen, es gab da einen Zwischenfall. Aber ich habe genug von Grigori erfahren, um die Ermittlungen zu übernehmen.«

»Nun, verzeiht mir, aber heisst das, der Kläger und die Beweise sind nicht länger verfügbar?«, fragt Adrasius mit einem zufriedenen Gesichtsausdruck.

»Noch lebt mein Bruder!«

»Noch ... «

»Ist das eine Drohung?«

»Nein, Herrin, aber er ist nur ein Mensch.« Einer der Ratsherren winkt ab. Doch Nysa lächelt auf einmal spöttisch:

»Nur ein Mensch? Und ihr fürchtet ihn? Oder warum sonst sehe ich die Erleichterung in euren Augen. Warum fragst du nach dem Bestand der Beweise, was erwartest du?«

»Nun, ich würde nur ungern den Wunsch eures Bruders missachten. Wir sollten uns an die Gesetze halten, oder?«

»Natürlich!«

»Es gibt da ein altes Gesetz. Es besagt, dass ein Angeklagter nur so lange angeklagt ist, wie Beweise und Kläger existieren. Beides ist scheinbar ausgefallen, damit sind wir nicht länger angeklagt und ich denke, dass damit auch der unrechtmässige Hausarrest gegen uns behoben ist. Wir verlangen, in unsere Heime zurückzukehren.«

»Ihr wisst, dass es genug Beweise gibt, euch festzuhalten!«

»Wir sind bereit, uns der Gerechtigkeit zu stellen, doch müssen diese Beweise vorhanden sein, so lange verlangen wir einfach, nach Hause gehen zu dürfen. Die Herrin wird in ihrer Weisheit entscheiden können. Ich glaube, ihr habt genug zu tun im Moment.«

Grigori bewunderte Nysa, sie bleibt so ruhig. Sie war Herrin der Lage und musterte die Anwesenden. Miri, die neben ihm stand, verdreht die Augen und flüstert:

»So dumm kann man nicht sein, Amateure.«

»Was meinst du?«

»Sie wissen genau, dass Nysa sie als Schuldige betrachten muss, aber ohne Beweise, nun kann sie nichts machen. Ausser sie handelt gegen die Gesetze und damit würde sie alles gefährden, was du erreicht hast.« Die Miniri lächelt und ihre scharfen Zähne blitzen auf:

»Kleiner Wächter, halte dich bereit, soeben haben sich diese Ratsherren selber verurteilt.«

»Wie?«

»Warte.« Miri nickt zu der Türe.

»Ihr droht mir also doch?«, fragt Nysa in dem Moment.

»Nun, wir würden nur ungern einen Bürgerkrieg entfachen, weil die Apepi sich nicht mehr an die Gesetze halten können.« Adrasius wirkt sehr selbstsicher. Nysa hingegen lächelt wieder zufrieden.

»Oh, keine Sorge, die Köpfe der Revolution befinden sich bereits in Verwahrung.«

»Was?« Der Ausruf entweicht Hanae, doch rettet sie sich sofort: »Gibt es Spuren, wer hinter dem Attentat auf euren Bruder steht?«

»Ja, glasklare.«

»Oh, ich dachte...«

»Nun, eine deiner Leibdienerinnen würde wohl nicht als solche identifiziert werden können?«

»Ich...« Die Augen der Kitsune werden gross. Im nächsten Moment hebt sie die Hand und will einen Zauber sprechen, doch passiert nichts.

»Der Raum ist versiegelt, ich habe die Magier der Festung gebeten, Magie hier zu unterdrücken. Lass das Spiel. Grischa, bitte bringe doch deine Beweise mit.«

Grigori nimmt die Dokumente und betritt mit klopfendem Herzen den Raum. Die Blicke der Ratsherren sagen alles. Als Grigori neben Nysahria ankommt, übergibt er die Unterlagen.

»Das ist unmöglich!«, knurrt Adrasius.

»Was ist unmöglich? Dass wir eure Leute getäuscht haben?«

»Dass der Junge noch lebt, das ist ein billiger Trick!«

»Warum sollte ich nicht leben?«, fragt Grigori, sich mit Mühe ruhig gebend. Doch erhält er keine Antwort. Nysa nickt zufrieden:
»Das, Kleiner, ist meine Methode.« Damit hebt sie die Hand und die Ratsherren brechen zusammen. Kein Laut, kein Widerstand.
»Was hast du gemacht?«
»Kleiner Kniff, der mich schon viele Male gerettet hat. Ich bin ziemlich gut darin, andere in einen tiefen Schlaf zu versetzen. Hat mir schon im Palast des Ostens gute Dienste geleistet.«
»Muss ich das verstehen?«
»Nicht wirklich, was du jetzt aber tun musst, ist, das Chaos in der Festung in den Griff bekommen. Keine Angst, wir helfen dir. Diese hier jedoch«, sie deutet auf die Ratsherren, »werden nicht mehr erwachen, ohne genau untersucht zu werden. Ich werde mich daran setzen. Die Reaktion von Hanae war genau, was ich gewollt habe. Es gibt also eine Bewegung gegen uns, gut, das nutzen wir also aus. Noch heute Abend wissen wir alles, was wir brauchen.«
»Ist das nicht schädlich? Ich meine, so gewaltsam vorzugehen?«
»Kleiner, der einzige Grund, warum sie nicht vor Schmerzen schreien, ist deine Anwesenheit. Ich würde es am liebsten auf andere Art erfahren, doch würde das nicht deinem Wunsch entsprechen, oder?«
»Nein, auf keinen Fall. Bitte, tu ihnen nicht mehr weh als nötig. Sorg dafür, dass wir immer im Recht sind, ja?«
»Versprochen. Nun geh in den Thronsaal. Miri?«
»Ja, Herrin?«
»Ich nehme die Beweise und sollte dir noch etwas begegnen, wäre ich froh darüber. Lassen wir den Waffenstillstand bis morgen bestehen?«
»Einverstanden. Ich werde sogar darauf verzichten, die junge Akira zum Schweigen zu bringen. Sie hat Talent, ich werde mich ihrer vielleicht annehmen.«
»Auf keinen Fall!«, ruft Nysa noch, doch die Miniri hat den Raum schon verlassen. Sie wendet sich an Grigori:
»Du wirst das verhindern, oder?«
»Was verhindern?«
»Akira ist eine meiner besseren Spione.«
»Ich wiederhole, was verhindern?« Grigori kann ein Grinsen nicht unterdrücken, als die Apepi stöhnt. Zufrieden verlässt er den Raum und sucht den Thronsaal auf. Dort wird er mit Begeisterung empfangen und

schnell verbreitet sich die Wahrheit. Es wird als geschickter Schachzug Nysas dargestellt und soweit Grigori erfährt, ist man über die Wahrheit mehr als erleichtert.

Beim Abendessen taucht Arsax auf. Er war unterwegs und hatte nichts von den Vorfällen mitbekommen. Ein Beweis, dass die Schutzmassnahmen gewirkt hatten.

»Warum passiert immer nur dann was, wenn ich unterwegs bin?« Er stochert verärgert in einem Stück Fleisch herum.

»Nun, das letzte Mal warst du sogar das Ziel, reicht das nicht?«

»Nein, ich meine ja, äh, ihr wisst schon. Es geht darum, dass immer, wenn der Kleine Hilfe braucht, ich nicht da bin!«

»Ehrlich gesagt, braucht er keine Hilfe, er kann sich ganz gut selber behaupten. Zudem bist du ein Hitzkopf und würdest nur alles durcheinanderbringen.« Lys grinst breit.

»Haha!« Arsax schüttelt den Kopf und sieht auf einmal auf:

»Fast vergessen, Kleiner, die Verhaftungen haben geklappt.«

»Danke, das hilft mir sehr.«

»Schon gut, versprichst du mir, nicht ermordet zu werden, wenn ich abwesend bin? Würde mir das nie verzeihen.«

»Ich werde allfällige Attentäter um Geduld bitten, aber versprechen kann ich nichts, die können ganz schön unhöflich sein. Die meisten können es kaum erwarten, ihre Dolche zu gebrauchen.«

»Danke, das bedeutet mir viel.« Arsax antwortet noch in Gedanken, bevor er aufsieht und mit zusammengekniffenen Augen den unschuldig lächelnden Jungen mustert. »Sehr witzig!«

Alle beginnen zu lachen. Die anderen Bewohner der Festung, die ebenfalls ihr Abendessen geniessen, sehen erst erstaunt, dann selber grinsend auf. Die gute Laune der Schwarzschuppen schien sich schnell auf die anderen zu übertragen. So war es zwar noch immer ein Chaos, doch war man sich einig, dass die Herren der Festung auch dieses Problem lösen können würden. Oder zumindest Grigori im Moment keine Chance hätte, das Chaos noch mehr zu vergrössern.

Grigoris Wacht

Zwei Tage sind seit dem Anschlag vergangen und eine gewisse Ordnung ist wieder eingekehrt. Grigori wartet im Thronsaal auf Bittsteller, eine Tradition, die selbst im aktuellen Chaos nicht unterlassen wird.

»Du wirkst verärgert?«

»Nun, gerade eben kam Taiki zu mir und hat mir eine Nachricht von Mutter übergeben.«

»Oh, was Wichtiges?«

»Kann man so sagen. Sie hat sich über eine etwas seltsame Kontaktaufnahme von Therris' Sohn gewundert. Er habe aufs Schärfste gegen die Gefangennahme und den Hausarrest protestiert und verlangt, dass beides sofort beendet wird.«

»Ähm, wie geht das unter Hausarrest?« Lys wirkt verwirrt, Nysa hingegen beginnt zu lachen.

»Genau das wollte ich auch wissen. Doch Mutter liess nur ausrichten, dass sie ihn vertröstet hat und dass ich informiert sein soll. Das war alles.«

»Nun, hast du mit dem Zuständigen der Nordwache gesprochen?«

»Hab ich. Es wird untersucht.« Grigori rutscht auf dem Stuhl hin und her, der als sein ›Thron‹ fungiert. Er befand sich auf dem Podest vor dem echten Thron und seine Schwestern hatten Positionen leicht hinter ihm bezogen. Sie wollen gerade weitersprechen, als ein Bittsteller angekündigt wird.

»Arbeit, also, du musst nur zuhören und über ihr Schicksal richten. Oder den Streit schlichten. Was auch immer sie vorbringen.«

»Danke, ich hatte mich für einen Moment ganz darauf gefreut.« Grigori wirkt, als sässe er auf einmal auf glühenden Kohlen. Nysas Talent, ihre Geschwister vor einem Anlass nervös zu machen, war unübertroffen.

Grigori mustert den Bittsteller neugierig. Ein Lamia in einfacher Kleidung. Er wurde als Bauer Alcixi vorgestellt, der Inhaber der Schluchtfelder-Farm in direkter Nähe zu der Festung.

»Ich bitte um Verzeihung, doch wurde mir gesagt, dass ich mit einem Mitglied der Familie der Herrin sprechen würde.«

»Das ist so, ich bin Grigori von den Schwarzschuppen, Wächter der Festung und bis zur Rückkehr meiner Mutter der amtierende Regent.«

»Verstehe. Ich bin gekommen, mit der Bitte, meine Situation anzuhören. Vor etwa drei Wochen habe ich meinen Sohn mit zwei Rindern geschickt, um sie hier gemäss der Tradition zu verkaufen.« Er zögerte, scheinbar unsicher, wie er weiterfahren soll.

Grigori hingegen nickt nachdenklich, ein Teil der Wintervorbereitung, die in den Herbstmonaten passierte, war der Kauf von Tieren, deren Fleisch gepökelt und eingelagert wird. Dabei kaufte die Festung immer, aber nur zu festgelegten Preisen. Es war bekannt, dass man mehr auf dem freien Markt im Tor des Nordens bekommen konnte, doch war der Weg lange und der Verkauf nicht sicher. Als Teil seiner Ausbildung musste er dieses Jahr die Aufsicht führen und entscheiden, welcher Preis gezahlt wird. Dabei hatte er nur eine geringe Entscheidungsfreiheit.

»Eine Grosse mit braunem Fell und die andere hatte schmutzig graues Fell und gewaltige Hörner, oder?«

»Ja, Herr.« Die Augen des Bauern werden gross.

»Ich kann mich daran erinnern, wie sehr die Tiere aus der Masse stachen. Wunderschön, gut gepflegt. Viele der anderen, die Tiere brachten, lobten sie.«

»D-danke Herr, aber woher wisst ihr das.«

»Ich war derjenige, der sie im Namen der Festung gekauft hat. Habe den höchsten Preis gezahlt, den ich durfte, war mir doch klar, dass sie exzellentes Fleisch geben würden. Dazu waren die Hörner und Felle auch nicht zu verachten.« Grigori musste leise lachen, als er die Verblüffung seines Gegenübers sah.

»Oh, aber, verstehe. Verzeihung, dann hat sich das wohl erledigt.« Der Bauer sinkt leicht zusammen.

»Nicht doch, bitte bring vor, weswegen du hier bist. Vielleicht kann ich ja helfen.«

»Nein, ich fürchte, nun, mein Sohn sagte, dass es nicht möglich gewesen sei, mehr zu erhalten. Ich hatte ihm gesagt, dass er mindestens zwanzig

Goldkronen erhandeln müsste. Pro Tier. Die Aufzucht war teuer und auf dem Markt hätten wir das sicher erhalten.«

»Nun, das mag so sein. Hier in der Festung sind die Preise festgelegt. Es gibt vier Stufen. Die erste ist: Wir nehmen das Tier, aber wir werden kaum etwas anfangen können damit. Dafür geben wir vier Goldkronen. Die zweite Stufe ist zehn Goldkronen, da wir das Tier zum Schlachten gut gebrauchen können. Die Dritte, mit vierzehn Goldkronen, bedeutet, dass wir auch Fell und Hörner gebrauchen können und die Letzte ist die, welche ich gezahlt habe, achtzehn, dafür muss das Tier jedoch perfekt sein.«

»Das wusste ich nicht, ich dachte, es gäbe jeweils noch einen gewissen Spielraum. Die Aufzucht der Tiere war teuer.« Grigori fällt auf einmal auf, dass der Bauer seltsam dünn wirkt. Beinahe, als wäre seine Haut eine Nummer zu gross. Scheinbar hatte die überraschende Wendung ihm die Kraft gestohlen.

»Was genau ist passiert? Du würdest diesen Aufwand wegen vier Kronen kaum treiben, wenn alles in Ordnung wäre, oder?«

Ertappt druckst er einen Moment, bevor er leise gesteht:

»Das Jahr hatte es nicht gut mit uns gemeint. Erst versiegte unsere Wasserquelle, dann fiel die Ernte schlecht aus. Ich hatte für schlechte Zeiten geplant, aber die Kosten für Futter und auch die Versorgung meiner Familie und den Arbeitern wurden durch den doppelten Ausfall hochgetrieben. Dazu wurde durch das Ausrufen des Kriegsrechtes viel von den Vorräten einbezogen und die Preise stiegen rapide an. Ich musste ein paar meiner besseren Zuchttiere bereits verkaufen.«

Lys beugt sich vor und flüstert leise:

»Schluchtfelder gehört zu den Farmen, die unter direktem Schutz der Festung stehen, er hätte Hilfe beanspruchen können.« Grigori nickt nur und mustert den Bauern mit steigendem Mitleid, er konnte nur zu gut ahnen, dass der Bauer nie gekommen wäre, wenn es nicht notwendig wäre.

»Ich nehme an, dass der Verkauf der Zuchttiere langfristig negative Auswirkungen haben wird?«

»Ich hoffe nicht. Der Hof an sich hatte gute Jahre. Mehr Sorgen bereitet der Ausfall der Ernte, jedes Jahr wird sie schlechter. Damit fehlt Futter und auch unsere Vorräte sind geringer. Ich hoffte, die vier Goldkronen zu erhalten, um Vorräte für den Winter zu kaufen. Durch Jagd und freiwillige Arbeit im Winter, hofften wir, gut durchzukommen.«

»Verstehe.« Grigori nickt und steht auf. Er hatte seinen Entschluss bereits gefasst. Während er auf den Bauer zugeht, zieht er seinen Goldbeutel hervor. Als er vor dem Lamia ankommt, hat er ein paar Goldkronen aus dem Beutel entnommen. Als er sie dem Bauern reichen will, hebt dieser abwehrend die Hand:

»Nein, ich weiss jetzt, dass der Handel fair war und werde einen anderen Ausweg suchen.«

»Ich hatte nicht vor, dir einfach nur Almosen zu geben.« Grigori hält seine Hand aus und nach kurzem Zögern reicht ihm der Farmer seine:

»Also, dir steht die Hilfe der Festung zu, zwei Goldkronen für das Wasser, zwei für die Ernte. Das macht vier. Dann muss ich sagen, dass die Tiere wirklich perfekt waren und auf Grund deiner guten Dienste machen wir hier eine Ausnahme. Ich erhöhe den Kaufpreis auf die zwanzig Goldkronen, das macht also vier weitere.« Er legt die Münzen jeweils in die Hand des Bauern. »Und, nennen wir es eine Investition. Ich gebe dir weitere sechs Goldkronen. Die sollen sicherstellen, dass du den Winter gut überlebst. Sobald deine Farm sich wieder erholt hat, werden wir einmal ein Tier ein bisschen billiger bekommen und das Ganze ist ausgeglichen. Einverstanden?«

»Herr, das ... Danke.« Der Farmer schliesst die Hand um die Münzen und presst sie an sich.

»Es gibt nichts zu danken. Das nächste Mal, wenn etwas so schiefläuft, such uns bitte direkt auf. Wir können helfen. Ich kann erahnen, wie du den Winter überstehen wolltest. Ich nehme an, der Plan war, einen deiner Söhne ins Militär zu schicken. Was wiederum heissen würde, dass dir eine Arbeitskraft fehlt.«

»Das stimmt«, murmelt der Alte betreten.

»Gut, da das geklärt ist: Hast du das Wasserproblem gelöst?«

»Wir haben eine Lösung, ja, sie ist aber nicht ganz so verlässlich.«

Grigori wendet sich an einen Diener:

»Lass einen der Wassermagier herbeibringen und schicke nach Sera.«

Während sie auf die Gewünschten warten, lässt sich Grigori über die Farm berichten. Sie liegt in einem Einschnitt der Festungsberge und ist der wichtigste Fleischlieferant. Bauer Alcixi ist Inhaber in einer langen Linie von Lamien und sichtlich stolz darauf. Kaum kommen die

Gewünschten, ein Kitsune in einfachen Roben und Sera in ihrem üblichen, etwas zerzausten Zustand, erklärt Grigori, was sie sollen:
»Wichtig ist, dass die Wasserversorgung wieder stabil wird, das überlasse ich dir.« Er nickt dem Magier zu, der bestätigt.
»Du hingegen gehst mit, um dir die Felder anzusehen. So wie ich dich kenne, weisst du sofort, was der Grund ist und kannst helfen. Das Ziel ist, dass nächstes Jahr die Ernte zumindest nicht noch schlechter wird.«
»Klar, ich hole noch ein paar Samen. Ich habe eine Vermutung.«
»Gut, bitte nimm Arses mit. Er ist für deine Sicherheit verantwortlich, dazu kann er beim Transport helfen.«
»Gut, ich hole auch ihn. Wie lange sollen wir bleiben?«
»Bis das Problem erkannt ist.«
»Kriege ich eine Vollmacht?«
Grigori mustert misstrauisch die Harpyie, doch diese lässt sich nichts anmerken:
»Gut, warte bitte.« Damit geht er zu dem kleinen Pult neben seinen Platz und füllt ein Pergament aus. Dann nimmt er ein zweites und nach kurzem Schreiben reicht er ihre beide:
»Geh damit zu Meisterin Nixali, sie wird dir alles auf der Liste mitgeben. Dann triff dich mit Arses, Hideki und Alcixi auf dem Hof. Lies den Nachsatz der Liste.«
»Verstanden.« Die Harpyie nickt zufrieden und verlässt den Saal. Auch der Magier geht seine Ausrüstung holen.
»Ich hoffe, dass diese Massnahmen ausreichen. Bitte stör dich nicht an Seras Art, sie ist klug und mehr als nur fähig. Sie werden dir helfen. Keine Sorge, ich habe vor, sie mit Vorräten aus der Festung auszurüsten, so wird deine Familie nicht unnötig belastet. Ich hoffe, dass du mit diesen Ideen einverstanden bist.«
»Natürlich, Herr, vielen Dank, das bedeutet mir wirklich viel. Ich verspreche, dass ich nächstes Jahr alles wieder in den Griff bekomme.«
»Nein, nicht nächstes Jahr, wenn es so weit ist. Bis dahin kannst du jederzeit die Hilfe von Sera anfordern. Ihre Kenntnisse mit Pflanzen werden dir helfen. Es würde mich nicht wundern, wenn deine nächsten Ernten besser sind als jemals zuvor.«
Dankbar verlässt der Bauer den Saal und als er gegangen ist, kehrt Grigori an seinen Platz zurück.
»Du musst Ausgaben der Festung quittieren lassen.«

»Welche Ausgaben?«

»Die vierzehn Kronen!«, erklärt Nysa verwirrt. Lys hingegen beginnt zu kichern:

»Ich glaube, er hatte nie vor, das Geld der Festung zu nehmen. Hast du es nicht gemerkt? Er hatte sofort Mitleid mit dem Bauern. Er hätte ihm am liebsten mehr gegeben, nicht wahr?«

»Das sind Unterstellungen, ich habe nur vor, keinen Ärger zu bekommen. Mir ist es technisch gesehen noch immer verboten, Geld aus der Schatzkammer zu beziehen.«

»Was genau hast du eigentlich Sera aufgeschrieben?«

»Nun, die drei brauchen doch Vorräte. Ich habe den Auftrag gegeben, dass sie diese erhalten.«

»Du kannst es dir leisten, einfach so vierzehn Goldkronen zu verschenken?«

»Du weisst doch, was er verdient«, lacht Lys, der verwirrte Ausdruck von Nysa amüsiert sie scheinbar.

Die anderen Bittsteller stellen sich in erster Linie als Verwandte der angeklagten Ratsherren heraus, die um Gnade bitten. Doch ist Grigori schweren Herzens unerbittlich. Er weiss, dass er zu seinem Wort stehen muss. Doch sinkt er mehr und mehr zusammen. Kurz vor dem Ende der Bittstunden legt ihm Nysa eine Hand auf die Schulter:

»Halte durch, fast geschafft.«

»Ich weiss.«

»Wenn wir hier fertig sind, geh in dein Labor, lenk dich ab.«

»Da ist die Sache mit der Meldung von Mutter, ich muss mich auch darum kümmern.«

»Übergib das Hotaru oder Mari, du brauchst eine Auszeit.«

Die restlichen Bittsteller sind schnell abgehandelt und Grigori zieht sich wie empfohlen in sein Labor zurück.

»Kann ich dir etwas bringen, Herr?«

»Nein, ein Moment Ruhe reicht, aber danke.«

Er merkt nicht, wie ihn Mari besorgt mustert. Doch hat sie mit der Produktion der nächsten Lieferung mehr als genug zu tun. Grigori hingegen sieht mit leerem Blick zu, wie die farbige Flüssigkeit in einem Becherglas langsam verdampft. Es handelt sich um einen Kräutermix, dessen Dampf sich beruhigend auswirkt. Der feine Geruch erfüllt das Labor.

Seit dem Beginn der Ferien seiner Mutter ist eine Woche vergangen. Grigori hat allerdings das Gefühl, dass besonders die letzten Tage nach dem Tag der Bittstunden, kein Ende nehmen wollten. Er und seine Geschwister waren die ganze Zeit damit beschäftigt, eine gewisse Stabilität aufrecht zu halten. Das bedeutet jedoch viel Arbeit. Aber die gute Ausbildung der Herrscherkinder begann sich auszuzahlen. Grigori kam gerade von einer Sitzung mit den wenigen Ratsmitgliedern, deren Unschuld ausser Zweifel stand. Sie hatten diese Ratsherren aufgeteilt, so dass alle bisherigen Ratsentscheidungen noch immer getroffen werden würden. Die Haushaltssitzung war die am schwerst getroffene Ratssitzung. So gut wie alle, die normalerweise daran beteiligt waren, stehen unter Anklage. Niemand wusste wirklich, wie viel Geld fehlt, wie viel noch dazukommen würde. Doch konnte Grigori mit den drei Verbliebenen einen Notfallplan erarbeiten, der sicherstellen würde, dass die Reserven der Festung nicht unnötig angegriffen werden würden. Als er den Bericht zu Lys bringen will, die für die grobe Planung und Zusammenarbeit zuständig war, nickte diese erleichtert:

»Gut, langsam sehen wir wieder weiter. Danke, das hilft.« Als ob es ihr erst in den Sinn kommt, reicht sie ihm eine Schriftrolle:

»Befehle von Mutter, wird dich freuen!«

»Danke, warum, noch mehr Arbeit?«

»Nicht doch, es sind Anweisungen für morgen. Du, Kaira, Xiri und Mizuki, sowie deine Leibwache, werden morgen eine kleine Reise unternehmen. Ich denke, dass du dich darüber freuen kannst.«

»Das klingt wirklich spannend, ich frage mich wohin?« Er mustert das Dokument, der Zielort stand nirgendwo.

»Das soll ich erst morgen verkünden. Sorg dafür, dass du warm angezogen bist. Dort schneit es bereits.«

Am nächsten Morgen standen die im Befehl Verkündeten auf dem Hauptplatz, wo die Pferde für alle vorbereitet werden. Xiri und Mizu stehen zusammen und tuscheln sichtlich vergnügt und aufgeregt. Kaira steht neben Hotaru und unterhält sich leise. Die besorgten Blicke verrieten, dass sie nicht ganz so begeistert waren, dass Grigori so wenig Schutz mitbekam. Gleichzeitig musterte Grigori die vier Leibwächter und fragte sich, ob er neben Hinata nicht noch jemanden in der Festung lassen sollte. Arses war noch mit Sera auf dem Hof, scheinbar hatte sie dort viel zu tun.

Grigori trug eine einfache, aber warme Tunika und darüber einen Reisemantel. Auch war er der Einzige, der bereits aufgesessen ist, als Lys zu ihnen stösst:

»Gut, eure Reise ist schnell und kurz: von hier zum Wachpunkt bei der Waldkreuzung. Dort wird ein Portal zu eurem Ziel geöffnet. Mutter wollte erst, dass wir auch die Strecke Festung und Wachposten per Portal zurücklegen, aber ich dachte, dass Grischa mehr Freude an einem kleinen Ausritt hat.«

Dieser nickt sofort, jede Chance die Festung zu verlassen, war gerne gesehen. Ausserdem war der Weg kurz und sicher.

»Danke, was dann?«

»Siehst du noch. Du wirst am Ziel Arsax und Thea treffen. Mutter stösst dann zu euch. Viel Spass wünsche ich und passt auf euch auf, verstanden Grischa?«

»Das musst du nicht so betonen!«

»Na ja, bei dir ist zu Bett gehen spannend und das nicht im unterhaltsamen Sinne.« Sie grinst breit, scheinbar war sie sehr gut gelaunt. Die anderen beginnen zu lachen, Grigori hingegen gibt Snips beleidigt einen kleinen Schlag mit den Zügeln und das Pferd läuft brav los. Er passiert Isabella, die aus einer offenen Türe zusieht:

»Willst du nicht doch ein richtiges Pferd?«

»Sei still!«

»Viel Spass noch.« Isabella grinst und verzieht sich ins Innere der Festung. Grigori konnte sie lachen hören und trabte beleidigt durch das grosse Haupttor. Kaum hatte er den Durchgang passiert, schliesst Hotaru auf, sie reitet ein ähnliches Tier, jedoch war ihr Pferd ebenfalls gerüstet. Momente später tauchen auch Mizuki und Kaira auf. Mizuki auf einem weissen Pferd, Kaira in Gestalt eines Wolfes. Sie geht neben Grigori her. Die Lamien der Wache und Taiki bilden den Abschluss. Xiri dreht Kreise über ihnen. Sie kamen gut voran, die Strasse war breit und gut gepflegt. Die Wälder hatten den grössten Teil ihres Laubes bereits eingebüsst, es war nur noch eine Frage von Tagen, bis auch hier der Schnee fallen würde. Doch heute schien die Sonne und es war relativ windstill.

»Aufgeregt?«, fragt auf einmal Mizuki, die sich neben Grigori begeben hat.

»Ja, Portal bedeutet weite Strecke, ich werde also endlich mal etwas sehen, das nicht zur Festung gehört.«

»Stimmt, daran hatte ich nicht gedacht. Hey!« Ein Schwall Blätter hatte sie nur haarscharf verfehlt. Xiri zog sich bereits schnell wieder zurück.

»Komm sofort zurück, du gefiederter Unhold!«, ruft Mizuki und hebt die Faust.

»Sei froh, dass noch kein Schnee gefallen ist.«

»Warum, dann könnte ich mich rächen, aber das wird sie noch büssen.«

Alle lachen, die Stimmung war gut und Grigori genoss den Ritt durch den Wald. Es würde nicht lange dauern, bis sie den Wachpunkt erreichen würden. Dort endete die Schutzzone.

Als sie aus dem Portal kamen, zuckte Grigori unter der Kälte zusammen. Er vergass sie jedoch wieder, als er die neue Landschaft sah. Sie befanden sich auf einem Hügel. Zwei Magier in der Gewandung der Nordwache hielten das Portal offen. Aber das war nichts Neues für ihn, neu war die Bergkette vor ihm. Sie waren so nahe, dass er den Kopf in den Nacken legen muss. Auf der anderen Seite sah er weite Ebenen und Wälder sowie vereinzelt kleine Dörfer. Überall lag Schnee. Alles wurde von Bergen eingesäumt.

»Das dort sind die Festungsberge«, erklärt Xiri und dabei deutet sie auf die fernen Berge, »das hier sind die Eisenberge, dort liegt die Stadt Weissmarkt. Sie ist der Regierungssitz von Harkar. Die Stadt ist das Zentrum der Ebenen und ziemlich gross.«

»Was ist das dort?«, fragt Grigori neugierig und deutet auf eine Festungsstadt, die nur eine kleine Distanz entfernt liegt.

»Das ist der Fuchsbau«, erklärt Xiri.

»Bitte?« Grigori sieht unsicher zu der Harpyie.

»Man hat mir gesagt, sie heisst so!«, verteidigt sich Xiri sofort.

»Blödsinn, das ist die Eisfestung«, erklärt eine Stimme, mit einem Tonfall, der keinen Widerspruch duldet.

Grigori dreht sich um und mustert ein Mädchen, das nur wenig jünger als er zu sein scheint. Sie hat die Ohren einer Kitsune, aber die fehlenden Schweife kennzeichnen sie als Mischling. Ihre Haare sind weiss und die ockerfarbigen Augen blitzen listig. Xiri, die sich auch umdreht, verzieht das Gesicht:

»Du hast mir selber gesagt, das sei der Fuchsbau, Una!«

»Dachte nicht, dass du das wirklich glaubst.« Das Mädchen grinst breit. Dann wendet sie sich an Grigori:

»Du bist wohl Grigori, oder?«

»Ja, der bin ich und mit wem habe ich die Ehre?«

»Una, eine der Töchter der weissen Hexe. Mischling und geborener Scharlatan«, erklingt eine zweite Stimme und Thea taucht auf der Hügelkuppe auf.

»Aha, freut mich, dich kennenzulernen. Hallo Thea, schön, dich zu sehen.« Grigori beginnt zu grinsen.

»Kann ich nur bestätigen, kein Assassine weit und breit, du musst dich ja geradezu langweilen.«

»Sehr witzig! Wie geht es dir?« Sie gleitet neben ihn und streckt sich genug, um ihren Bruder zu umarmen. Doch nur eine Sekunde, dann stösst sie ihn von sich und begrüsst die anderen. Una hingegen mustert Grigori mit sichtlicher Neugierde. Sie wirkt aufgeweckt und die Art, wie Thea sie vorgestellt hat, verrät, dass sich die beiden gut vertragen.

»Ist das wahr, dass du keine Magie hast?«

»Ja, warum ist das wichtig?« Verwirrt von der Frage mustert er den Mischling.

»Weil ich auch keine hab. Mehr als du, aber zu wenig für die meisten Dinge. Ich dachte, es könne nicht schlechter kommen. Freut mich zu sehen, dass es noch schlechter geht.«

Grigori blinzelt verwirrt, die Art, wie sie es sagte, war so aufrichtig. Sie klang wirklich erleichtert.

»Freut mich, glaube ich?«

»Lass dich nicht aus der Ruhe bringen.« Thea mustert das Mädchen kopfschüttelnd und grinst dann:

»Bitte mitkommen, die Überraschung wartet.«

Die Gruppe macht sich auf den Weg, der Pfad schlängelt sich den Hügel herunter und es wird schnell klar, dass ihr Ziel bei der Felswand liegt. Noch bevor sie jedoch ankommen wird Grigori aufgeregt, er hat endlich begriffen, wo er genau ist. Es war genau die Gegend, wo er seinen Tunnel geplant hatte. Die Eisfestung war der Regierungssitz der weissen Hexe, das erklärte Unas Anwesenheit. Er versuchte, sich vorzustellen, was seine Mutter und Schwester gemacht hatten. Vielleicht einen grösseren Teil des Tunnels? Oder zumindest einen Anfang?

Als sie das Ziel erreichen, sieht er das Loch im Berg. Daraus leuchten die typischen magischen Fackeln, die er von zu Hause kannte. Um den Tunnel waren Zelte errichtet, es herrschte ein reges Treiben. Scheinbar waren viele Gäste gekommen. Selbst auf diese Distanz hin, erkannte er den alten Harkar, der gerade auf einem Pferd an der Spitze seiner Gefolgschaft auftauchte.

»Was geht hier vor?«, fragt Xiri aufgeregt, sie musste sich zusammennehmen, um nicht sofort loszuflattern.

»Scheint ein Fest zu sein, sieh mal, da wird gekocht.« Kaira hatte sich nach dem Portal zurückverwandelt und war neben Una und Xiri hergegangen. Die Harpyie schien Una gut zu kennen. Grigori hingegen hatte nur Augen für den Tunnel. Er wusste in diesem Augenblick, dass er fertig war. Das war eine Eröffnungsfeier.

»Thea, habt ihr es wirklich in einer Woche geschafft?«

»War anstrengend, kann ich dir verraten. Aber ja, wir haben es geschafft, die Fackeln kamen jedoch erst heute dazu. Mutter bestand darauf.« Die Apepi wirkte gelassen, doch war ihr der Stolz über das Geleistete anzusehen. Grigori versuchte, alles zu erfassen: die Zelte, die verschiedenen Wesen und die Landschaft. Es war Feststimmung und als er sich so umsah, sieht er, dass neben dem Tunnel auf einer kleinen Anhöhe, die in den Berg reicht, scheinbar mit der Vorbereitung für einen Bau begonnen wurde. Von dort kommt soeben Arsax herunter, in Begleitung einer ganzen Schar Menschen und Monster.

»Kleiner!« Er ruft es über den Lärm der anderen hinweg und eilt auf ihn zu: »Ist das nicht gewaltig?«

»Doch, was machst du denn hier?«

»Na, wurde auch eingeladen, dazu gibt es da ein neues Projekt. Deine Schuld!« Er strahlt, er wirkt aufgeregt, scheinbar hatte er gute Nachrichten und wollte sie teilen. Doch kam in diesem Moment die weisse Hexe in Begleitung der Herrin des Nordens aus dem Tunnel. Ihnen folgte, auf einem mit Erz gefüllten Karren, Ulfrik. Grigori steigt vom Pferd und eilt auf sie zu. Bei ihr wird er sofort in eine enge Umarmung genommen:

»Du machst Sachen! Wenn ich gewusst hätte, was meine Abwesenheit auslöst, ach mein Kleiner.« Sie drückt ihn noch einmal, dann nimmt sie Haltung an:

»Deine Überraschung: der Tunnel, genau nach deinen Angaben.«

»Danke, das ist ja unglaublich!« Grigori grüsst die anderen, alle lachen und waren zufrieden. Besonders Ulfrik, er sass noch immer auf dem Wagen und verkündete:

»Die erste Lieferung durch Grigoris Tunnel! Mögen viele folgen.« Grigori zuckt beim Namen zusammen:

»Bitte nennt den Tunnel nicht so!«

»Keine Chance!« Die weisse Hexe grinst breit, sie hatte eine Hand auf die Schulter von Una gelegt. »Der Name ist bereits eingetragen, du hast da nichts zu sagen. Der Norden soll wissen, wem sie das zu verdanken haben.«

»Mutter, bitte.« Grigori wendet sich an die Apepi, diese lacht jedoch nur und streicht ihrem Jüngsten über die Haare.

»So ehrt man nun mal Helden im Norden.«

»Ich bin kein Held!«

»Für uns schon, die Eisenküste wird aufblühen und das dank dir.«

»Aber die Idee für den Tunnel kam von dir, Ulfrik, es sollte Ulfriks Tunnel sein!« Alle lachen, es war klar, dass er es nicht verhindern könnte. Als die letzten Häuptlinge eintrafen, gab es eine kurze Ansprache. Die Herrin verkündete, dass es zu markanten Veränderungen kommen würde. Sie erklärte, dass der Tunnel ein Geschenk an den Norden und als Symbol der neuen Verbindung zu betrachten sei. Mit der Eröffnung des Tunnels soll ein neues Zeitalter eingeläutet werden. Eine Zeit der Zusammenarbeit und des gemeinsamen Wachstums.

Alle applaudierten, auch die weisse Hexe sprach und verkündete, dass sie ihre Bereitschaft für die Zusammenarbeit damit betonen möchte, dass sie das Land um den Tunnel der Nordwache übergeben würde. So solle in nicht ferner Zukunft eine Festung über das Land wachen. Von hier aus könne der ganze Norden erreicht werden. Die Eisenküste, die Ebenen. Als sie zum Namen der Festung kam, wurde Grigori bleich.

»Die Festung steht für Zusammenarbeit, für Fortschritt und die Achtung zwischen Menschen und Monstern. Von hier soll die Nordwache ihr Werk verrichten. Grigoris Wacht wird die erste in einer Reihe von neuen Festungen sein. So lange sie steht, soll es im Norden zwischen Menschen und Monstern Frieden geben.«

Nach den kurzen Ansprachen wird zum Festmahl gebeten. Obwohl es schneit, ist es angenehm warm in den Zelten und überall wird gelacht und gesungen. Die verschiedenen Häuptlinge, die eingeladen wurden, scheinen die Chance zu nutzen und verhandeln. Grigori erhält dafür einen Moment der Ruhe, als er sich neben seine Mutter an den Tisch setzt.

»Können wir die Namen noch ändern?«

»Nein, ich weiss, dass du das nicht magst, aber du musst verstehen, welche Wirkung dein Name hat. Der junge Grigori, das Bindeglied zwischen Menschen und Monstern.«

»Aber wie? Ich habe mehr Chaos als Gutes erzeugt.«

»So? Vor einem Jahrzehnt wäre es undenkbar gewesen, dass ich mit so vielen Menschen feiern kann. Man wäre höflich gewesen, aber kaum jemand wäre gekommen. Heute? Hörst du das? Sie lachen und singen. Monster und Menschen sitzen Seite an Seite und schlagen sich die Bäuche voll und das Wichtigste?«

»Was?«

»Sie alle wissen, dass du dahintersteckst. Ob bewusst oder nicht, du hast viel für uns getan.« Sie lächelt und nickt der weissen Hexe zu, die sich neben sie setzt.

»Mein lieber Junge, deinem Namen wird in den Schänken zugeprostet, man glaubt, dass du der Beginn eines neuen Zeitalters bist.«

»Aber wieso? Ich habe wirklich nichts gemacht.«

»Doch, deine Aktion gegen den Rat blieb nicht unbemerkt. Zum ersten Mal in Jahrhunderten fühlen sich die Menschen beachtet. Nur durch deine kleinen Handlungen, wie die Gespräche vor einem Jahr. Du bist die Ausrede, die beide Seiten gebraucht haben. Ein Vermittler, auch ohne es zu wollen. Wir Menschen springen über unseren Schatten, mit der Ausrede, dass du uns die Pforte geöffnet hast. Die Monster können uns stillschweigend Platz machen, mit der Ausrede, dass sie dir eine Chance geben wollen. Verzeih, die Namen bleiben, sie stehen für weit mehr, als du nur erahnen kannst.«

»Oh, toll. Zuhause versucht man, mich dafür umzubringen und hier werde ich gefeiert.« Er sieht niedergeschlagen auf den Braten.

»Berufsrisiko. Veränderung ist unbeliebt. Wir hier im Norden sind stur, doch erkennen wir auch, dass es nicht mehr so weitergehen kann. Das ist das letzte Aufbäumen derjenigen, die damit nicht umgehen können. Du hast sie mehr oder weniger dazu gezwungen, dadurch hast du jedoch erreicht, dass sie sich selber entblösst haben. Viele der Ratsherren werden nicht nur Geld verlieren, sondern auch an Ehre. Aber jeder weiss, es war ihre eigene Schuld.«

»Weiss nicht, ob mich das aufmuntert.« Er nimmt einen Bissen und verschluckt sich fast, als er endlich verstehend aufsieht:

»Woher weiss man das mit dem Rat schon?«

»Meine Schuld«, erklärt Thea lakonisch.

»Ich war gerade bei der weissen Hexe, als du deine Ansprache gehalten hast. Wir waren uns einig, dass möglichst viele das mitbekommen sollten, und haben die Nachricht an die anderen Häuptlinge weitergeleitet.«

»Bitte?«

»Das war höchst beeindruckend«, erklärt Harkar, der sich auch an dem Tisch befindet und scheinbar zugehört hat.

»Mein lieber Junge, als ich das sah, wusste ich: Das war es. Jetzt wird der Norden sich verändern.«

Grigori sitzt am Tisch und sieht entsetzt die anderen an. Damit hatte er nicht gerechnet. Doch bevor er etwas sagen kann, räuspert sich die Herrin:

»Jetzt ist die Zeit des Essens und Feierns. Lass die Sorgen für einen Moment hinter dir.« Sie nickt ihm aufmunternd zu, danach beginnt sie, sich über die kommenden Handelsfragen mit Harkar und der weissen Hexe zu unterhalten. Grigori versucht, sich zu entspannen und kurz darauf lacht er mit Kaira und Mizuki, die ihn geschickt ablenken. Una und Xiri sind in eine Diskussion über die Beschaffenheit des Schnees und seine Eignung als Wurfgeschoss vertieft. Das Essen vergeht schnell und kurz darauf steht Grigori wieder vor dem Tunnel. Er legt in Gedanken eine Hand an den Felsen und trotz aller Sorgen war er stolz darauf. Es mag der Vorschlag von Ulfrik gewesen sein, doch war es sein Entwurf und seine Familie, die ihn gebaut haben.

»Darf ich dich um etwas bitten?«

Grigori dreht sich um und sieht die weisse Hexe, hinter ihr steht Una.

»Natürlich, wie kann ich helfen?«

»Nun, als treue Kundin konnte es auch bei uns nicht ausbleiben, dass man sich wieder für die Alchemie zu interessieren beginnt. Besonders Una, die sich an vielen anderen Handwerken probiert hat, will mehr darüber wissen. Leider habe ich in meinen Bibliotheken kaum Material.« Das Mädchen sieht verlegen zu Boden. »Ich habe mich mit Thea unterhalten und sie sagte, dass du eine ganz andere Art der Alchemie verwendest, als man es im allgemeinen kennt.«

»Das ist so, ich habe gewisse Dinge entdeckt.« Grigori mustert Una, sie scheint die Anweisung zu haben, sich still zu verhalten, doch kannte er das von Xiri, jeden Moment würde es aus ihr herausplatzen. Die weisse Hexe hingegen mustert ihn:

»Wärst du bereit, das Wissen zu teilen?«

Bevor Grigori antworten kann, springt Una vor und überschüttet ihn mit einem Wortschwall:

»Ich will auch lernen, so einen Trank zu machen, dazu hat Thea gesagt, dass du damit das Fehlen deiner Magie ersetzen kannst. Ich...«

»Una!«

»Schon gut, ich lasse dir gerne ein Handbuch zukommen.«

Für einen Moment wirkt sie enttäuscht, doch nickt sie dann scheinbar zufrieden. Die weisse Hexe hingegen schüttelt den Kopf:

»Thea hatte den Vorschlag gemacht, dass du Una als Lehrling aufnehmen könntest. Mir gefiel die Idee. Sie würde eine neue Umgebung sehen und findet vielleicht etwas, das ihr Spass macht.«

»Ich...«, Grigori zögert, das war eine Überraschung, »Ich weiss nicht, ob ich so weit bin. Mehr als die Grundlagen kann ich kaum zeigen. Was ich anbieten könnte, ist, dass du kommst und ich dir alles zeige, was ich kann. Aber das wird kaum eine echte Lehre.«

»Das klingt doch nach einem Plan, findest du nicht auch, Una?«

»Ja, ich will lernen! Aber sollte es mir nicht gefallen, dann darf ich wieder nach Hause, oder?«

»Natürlich! Es ist ohne Verpflichtung. Ich würde gerne sehen, dass die Alchemie wieder aufblüht. Ich glaube, dass sie sehr viel zu bieten hat, auch wenn ich erst wenig gefunden habe.« Grigori lächelt verlegen, er kann jedoch sehen, dass sich Una über die Chance freut.

»Danke, ich werde alles veranlassen. Solange sie bei dir ist, ist sie dein Lehrling. Einverstanden?« Die weisse Hexe wirkt entschlossen, aber scheint sichtlich erleichtert.

»Einverstanden. Ich muss aber noch mit Mutter darüber sprechen.«

»Das haben wir bereits erledigt. Sie wollte jedoch, dass du von dir aus zustimmst. Sie ist der Meinung, dass es dir guttun würde. Eine Ablenkung im Winter.«

»Ja, das ist wahr, ich habe da ein paar Tränke, die ich hoffentlich bald erproben kann. Jetzt ist ein guter Zeitpunkt.«

Gemeinsam ziehen sich die beiden zurück und Grigori steht kurz alleine da, bevor Thea auftaucht. Sie hält einen Krug Met in der Hand und wirkt äusserst zufrieden:

»Ich gönne dir das von Herzen.«

»Was soll das heissen?«

»Una ist ein Wildfang. Sie ist hochintelligent und gut ausgebildet. Aber als Einzige in der Familie ohne Magie tat sie sich scheinbar schwer. Sie lernte, sich jedoch trotzdem zu behaupten und die Tatsache, dass ich sie aufgrund eines Streiches kennenlernte, den sie mir spielen wollte, sollte genug verraten.«

»Oh, Xiri?«

»Ja, aber mit der für Kitsunen üblichen Meisterschaft. Sie passt genau in deine Gaunerbande.«

»Thea!«

»Du kannst mir später danken. Ich gehe jetzt weiterfeiern. Klingt danach, als würde zu Hause ein Chaos warten.« Damit wendet sie sich ab und sucht ein Zelt auf. Grigori hingegen grummelt verärgert und steigt dann zu der Baustelle. Von hier konnte er weit sehen, der Tag war bis auf die weissen Wolken klar und durch den Schneefall, der immer stärker wird, kann er die schwarzen Flecken von Dörfern sehen, die sich an Flüsse und Waldränder schmiegen.

»An einem klaren Tag sieht man von hier beinahe beide Küsten. Es ist der perfekte Standort für eine Zentrale.«

»Kann ich mit dir über den Namen … «

»Ich weiss, Grigoris Wacht, nicht ganz perfekt, aber besser als die Alternativen. Die ›Festung des Grigori‹ war mein Vorschlag, aber Mutter war der Meinung das es die falsche Botschaft vermittelt.«

»Das war nicht, was ich gemeint habe!«

»Schon klar, aber ich lasse mich da auf keine Diskussion ein. Dir verdanke ich einen neuen Vertrag mit mehreren der Häuptlinge, sie haben ihn eben unterzeichnet.«

»Wie?«

»Mit Tinte.« Grinst Arsax und lacht dann, er drückt den fluchenden Menschen an sich und deutet dann zu den Zelten. »Komm, hier ist es nur kalt.«

Rat, Lehrling und Verantwortung

Die Rückkehr der Herrin war beinahe ereignislos. Sie nahm ihre Position wieder ein und verbrachte die nächsten Tage mit den Unterlagen, die sie erhalten hatte. Der Unterricht wurde weiter ausgesetzt, gab es doch noch immer viel zu tun.

»E<small>INS VERSTEHE ICH NICHT</small>« murmelt Thea, sie sass zwischen Bergen von Pergament.
»Was?«
»Warum hilfst du den Ratsmitgliedern noch immer, ich meine, sie haben sich selber in diese Situation befördert.«
Grigori beginnt zu lächeln und erklärt mal wieder, warum. Thea hört zu und legt das Dokument zur Seite.
»Gut, das verstehe ich. Wir sollen diesmal die Guten sein. Aber fürchtest du nicht, dass man uns deswegen für schwach halten wird?«
»Ja und nein. Die einen sehen eh was sie wollen und die anderen können kaum gegen uns argumentieren, ohne unlogisch zu sein.«
»Gut. Wie steht es mit dem Verkauf der Gebiete von Therris?«
»Ganz okay, die Verwalterin, die Mutter mir zugewiesen hat, ist sehr gut darin. Gasthäuser und Farmen sind bereits verkauft, auch das Herrenhaus und das kleine Dorf bei den Diamantfällen. Es gab mehr Interessenten als gedacht.«
»Na, das ist doch was. Morgen spricht sie die ersten Urteile. Sie hat mich gebeten, mit dir zu sprechen. Du weisst warum, oder?«
»Weil ich der Ankläger bin. Ich weiss.«
»Nein, sie ist eigentlich wütend auf dich. Du hast mal wieder ohne Erlaubnis hinter ihrem Rücken gehandelt. Moment, bevor du dich verteidigst: Sie gibt zu, dass du das Richtige gemacht hat. Sie wird nachher noch mit dir darüber sprechen. Der Punkt ist, du wirst dich morgen verteidigen müssen. Ich war der Meinung, dass du falsch gehandelt hast. Du

hättest nicht Strafmilderung versprechen dürfen. Aber, nachdem was ich gerade gehört habe, muss ich zugeben, du hast recht. Der Punkt ist: Hör auf, solche Versprechen zu geben. Sie sind gefährlich.«

»Genau genommen habe ich mich an die Gesetze gehalten! Wer aussagt, soll eine geringere Strafe erhalten.« Grigori sieht unglücklich zu seiner Schwester, die mit der Schulter zuckt. Sie wirkt nachdenklich und müde. Die letzten Tage hatte sie bis spät in die Nacht gearbeitet:

»Auch wahr. Komm, ich habe gesagt, was ich sagen wollte.«

Als er den Arbeitsraum der Herrin des Nordens betritt, sieht er beunruhigt auf die Berge von Dokumenten.

»Nun?« Die Herrin mustert ihn erwartungsvoll.

»Ich werde mich nicht dafür entschuldigen!« Grigori richtet sich auf. Er wusste, dass es mehr eine Prüfung war, als eine wirkliche Strafe.

»Du hast schon wieder hinter meinem Rücken gehandelt.«

»Nein, hab ich nicht. Ich habe nach den Gesetzen gehandelt und wir sehen Strafmilderungen vor, bei freiwilliger Aufgabe.«

»Du bindest meine Hände, ich bin durchaus nicht bereit, dieses Versprechen zu halten. Mich ärgert das Ganze gewaltig. Sie sind Verräter.«

»Ich habe versprochen, mich für eine mildere Strafe einzusetzen, das tue ich. Aber ich habe immer gesagt, dass du das letzte Wort hast.« Grigori fühlt, wie sich sein Magen zusammenzieht. Er konnte sehen, dass seine Mutter wirklich wütend war, nicht auf ihn, aber auf die Situation.

»Gut. Was soll jetzt passieren? Soll ich dein Wort brechen?« Ihre Augen blitzen gefährlich. »Soll ich die böse Apepi aus den Geschichten spielen?«

»Nein!«

»Warum nicht, sie haben uns verraten! Sie haben alles hintergangen, wofür meine Familie kämpft. Die Schwarzschuppen haben mehr als ein Jahrtausend investiert und das Ergebnis?« Sie deutet auf die Papierstapel.

»Genau deshalb!« Grigori merkt, dass seine Hände zittern. Es war nicht leicht, dem Blick der Apepi standzuhalten. Er konnte erahnen, woher die Geschichten kamen.

»Bitte?«

»Genau weil die Schwarzschuppen so lange schon kämpfen, ist es wichtig, dass wir zeigen, dass wir die Gesetze ernst nehmen. Zeigen wir dem Norden, was passiert, aber nicht mit einer Machtdemonstration, sondern mit Verstand. Wir haben das in der Ausbildung behandelt. Viele Herrscher glauben, dass nur Macht und ihre Demonstration etwas bringt.«

»Scheint mir auch so!« Sie knurrt es beinahe.

»Bitte nicht! Bitte, bitte beruhige dich.« Grigori schluckt. Er konnte verstehen, wie sehr die Apepi litt. Sie seufzt und wirft das Pergament, das sie eben noch gelesen hat, achtlos auf einen Haufen:

»Schon gut. Grischa, ich weiss nicht, ob ich dir vielleicht sogar dankbar sein soll. Am liebsten würde ich den Rat ganz auflösen.«

»Bitte nicht! Ich komme schon so zu nichts mehr!«

Zu seiner Überraschung beginnt die Herrin zu lachen. Es war noch immer ein wütendes Lachen, doch beruhigte sie sich sichtlich.

»Was soll ich also machen?«

»Ich weiss es nicht. Ich würde den Rat wieder aufbauen, aber diesmal mit Menschen und Monstern. Ich würde ihnen klarmachen, dass wir einmal den Fehler gemacht haben, nicht aufzupassen, dass wir jetzt aber gewarnt sind.«

Die Apepi legt den Kopf schief:

»Interessant, genau dasselbe hat Lys gesagt. So wie Arsax. Wessen Idee war das ursprünglich? Und zu deiner Information, ich habe sie auch gefragt.«

»Nun, wir haben uns darüber unterhalten. Lys war der Meinung, dass wir den Rat neu aufbauen sollten, Arsax wollte aber nur noch Menschen in den Rat lassen. Nach dem, was passiert ist, hat er sein Vertrauen in die alten Familien verloren.«

»Und deine Meinung?«

»Ich weiss es nicht. Nysa sagt, ich sehe das zu extrem oder zu einfach. Aber ich glaube, dass wir zusammenarbeiten müssen.«

»Bist du dir sicher, dass dies überhaupt geht?«

»Natürlich, sieh dir doch den Osten an.«

»Das spielt keine Rolle: Glaubst du, dass es hier im Norden möglich ist?«

»Ja, ich kann es sogar beweisen!«

»Oh?«

»Sieh dir mein Labor an. Mari hat die Organisation und Ausführung der Produktion verbessert. Sera liefert nicht nur die Zutaten, sondern ihre Forschung beweist, dass Magie in den Gärten nicht die alleinige Antwort ist. Cassandra hat zusammen mit mir und Mari neue alchemistische Instrumente erschaffen. Dorian hat bei allen mitgeholfen. Er versorgt Sera mit Sonnensteinen, Cassandra mit einem experimentellen Ofen und Mari mit Untersuchungen der Tränke. Wir alle arbeiten zusammen.« Grigori wirkt sichtlich stolz bei der Erklärung.

»Und was genau beweist das? Dass du gut darin bist, andere Wesen auf ein gemeinsames Ziel zu konzentrieren.«

»Wie? Nein! Wir sind Freunde. Wir arbeiten zusammen mit einem gemeinsamen Ziel. Ich vertraue ihnen und sie vertrauen mir.«

»Sicher?«

»Ja! Ich würde, ohne zu zögern, Mari und den anderen mein Leben anvertrauen.« Grigori merkt, wie er sich über die Zweifel ärgert.

»Danke, genau das wollte ich hören. Du, ausgerechnet du, der bisher am meisten unter den Monstern gelitten hat, bist ohne zu zögern bereit, ihnen noch immer eine Chance zu geben.«

»Natürlich, meine besten Freunde sind Monster, meine Familie auch. Warum also sollte ich zweifeln. Du selber hast mir beigebracht, geduldig und grosszügig zu sein!« Ohne es zu merken, ereifert er sich immer mehr. Die Herrin nickt zufrieden und streicht sich über die Augen:

»Stimmt, aber es ist schwer, grosszügig zu sein, wenn man von seinen angeblichen Freunden hintergangen wird. Nicht nur politisch, sie haben versucht, dich zu töten!«

»Dieses Jahr haben das viele versucht und sind damit gescheitert. Aber nach jedem Versuch habe ich dazugelernt und auch dieses Mal habe ich vor, meine Lektion daraus zu lernen.«

»Und die lautet?«

»Das nächste Mal höre ich auf Hotaru und erlaube ihr, im Raum zu bleiben.«

Diesmal ist das Lachen der Herrin echt und sie schüttelt den Kopf:

»Mein lieber Sohn, ich danke dir. Ich bin noch immer unentschlossen, aber ich werde dir bei den Anhörungen eine faire Chance geben, deine Argumente vorzubringen.«

Kaira sitzt an einem Tisch neben dem Feuer und studiert eine Karte. Grigori, der sich neben sie gesetzt hat, versucht, die Papiere zu ordnen. Es war der Tag der ersten Anhörungen. Er würde bei jeder Anhörung der

Kläger sein. Um sich abzulenken, wendet er sich an die Amarog, die ihm Gesellschaft in der kleinen Kammer neben dem Thronsaal leistet.

»Warum bist du nicht auf der Jagd?«

»Nun, ich darf nicht. Heute beginnt die letzte grosse Jagd im Jahr, die nächsten zwei Wochen sind alle unterwegs, zumindest alle die können.«

»Warum darfst du nicht?«

»Nun, zum Teil ist es noch immer eine Strafe wegen dem Wyvern. Aber deine Mutter hat gestern mit mir gesprochen. Sie macht sich Sorgen, dass mir etwas passieren könnte. Es ist ziemlich chaotisch und sie fürchtet, dass ich übermütig werden könnte.«

»Blödsinn! Du bist eine gute Jägerin.«

Kaira lächelt dankbar und zuckt dann mit den Schultern. Es ist klar, dass sie enttäuscht ist, aber scheinbar steckt mehr dahinter.

»Nun, das ist es eben. Sie glaubt, dass ich als Jägerin so gut bin, dass ich unvorsichtig sein könnte. Ehrlich gesagt, das kann ich sogar verstehen. Ich gebe zu, dass ich mich das Jahr mehrfach in grössere Gefahr begeben habe, als es gut für mich war.« Sie grinst zufrieden bei dem Gedanken. »Auch hat Mutter gebeten, dass ich nicht mitgehe. Ich denke, ich verstehe die Begründung zum Teil. Dennoch, ich wäre gerne mitgegangen.« Sie legt die Karte hin und mustert den Jungen, der nervös auf seinem Stuhl sitzt: »Aber das Gute daran: Ich kann hier bei dir sein und dir helfen.«

»Danke, mir kann man nicht mehr helfen. Ich verstehe nicht, warum nicht Nysa die Klägerin sein kann.«

»Weil du sie zuerst angeklagt hast.«

»Ich hatte keine Wahl!«, verteidigt er sich sofort, doch die Amarog winkt lässig ab.

»Schon gut. Egal, wie läuft es im Labor?«

»Ganz gut, wir bereiten alles vor, sodass wir Una gut einweisen können.«

»Ich bin ja mal gespannt, wie du so als Lehrmeister bist.« Sie kichert und stupst ihn aufmunternd an. Er wirkt nun noch unglücklicher:

»Ich habe keine Ahnung, wie das geht! Soll ich wie Nixali und Umashankar sein? Streng und herablassend?«

»Nun, du scheinst gut darauf anzusprechen. Ich habe gehört, wie sich ein paar der Arbeiter darüber unterhalten haben. Sie bevorzugen dich als Überwacher gegenüber Nixali.«

»Das ist auch nicht schwer, ich versuche, nicht aktiv Fehler zu finden. Dafür habe ich keine Zeit. Nixali überschüttet mich immer mit Arbeit und wehe, etwas geht vergessen. Glaub mir, wenn du erst einmal einen Tag lang ein altes Buch abschreiben musstest, weil du aus Versehen einen Rechenfehler gemacht hast. Dann lernst du, alles doppelt zu kontrollieren.«

»Glaube ich, oh, hörst du? Die Verhandlungen beginnen. Viel Glück.«

Der Tag war lang und Grigori fühlte sich ausgelaugt. Sie hatten alle Ratsherren, die ihre Aussage freiwillig gemacht hatten, heute verurteilt. Wie versprochen waren die Urteile mild und nach den normalen Gesetzen. Die meisten mussten empfindliche Strafen zahlen und verloren ihr Recht auf das Amt. Ausserdem wurden besonders schwere Fälle mit einer Verbannung bestraft. Auch wurde alles unrechtmässig erworbene Land zurückgegeben. Es war ein Sieg für Grigori, doch fühlte sich dieser nicht als Sieger. Seine Mutter hatte ihn gezwungen, jeden der Ratsmitglieder einzeln anzuklagen und dann auch zu verteidigen. Sie war unerbittlich und die Zuschauer, die gekommen waren, konnten klar sehen, dass es nur der unermüdliche Einsatz von Grigori war, der die Strafen so milde ausfallen liess.

»Iss etwas, es wird dir guttun«, versucht Thea ihren Bruder aufzumuntern. Sie sassen gemeinsam im Speisesaal.

»Hab keinen Hunger. Mir ist schlecht«, murmelt er.

»Dir ist schlecht vor Hunger, hier, iss!« Damit schiebt sie einen Teller mit frischem Brot und Fleisch vor ihn. Sich überwindend, nimmt er einen Bissen und merkt, dass er tatsächlich hungrig war.

»Ich habe Angst vor morgen.«

»Warum? Alle, die jetzt verurteilt werden, finden ein schnelles Ende. Du musst nur die Anklage vorbringen.«

»Oh toll, das macht es so viel besser. Du begreifst schon, dass dies für mich etwas Schreckliches ist, oder?«

»Ja, aber wie du selber sagst: Wir halten uns an die Gesetze, mehr nicht. Grischa, ich verspreche dir, sobald sich alles beruhigt, werde ich mit Mutter reden, wir werden die alten Kriegsgesetze verändern.«

»Versprochen?«

»Ja! Und jetzt iss, trink. Geh nachher in dein Labor oder spiel eine Runde mit Mizu im Spielzimmer. Lenk dich ab. Du brauchst eine Pause.«

»Und du?«

»Ich? Ich werde mich für morgen vorbereiten, dann werde ich mich schlafen legen. Du kannst dir gar nicht vorstellen, wie froh ich bin, dass sich das alles jetzt herausgestellt hat. Ich weiss nur eines. Letzte Woche hatte ich die Chance, mich ausführlich mit der weissen Hexe zu unterhalten und habe so einiges erfahren. Ich bin ehrlich, ich war zuvor überzeugt, dass du einfach nur naiv warst. Jetzt sehe ich, was du meinst. Wir müssen die Chance packen. Unsere Feinde wollen uns entzweien, doch wir wurden dieses Jahr stärker als jemals zuvor.«

Grigori sieht auf und bemerkt überrascht, wie die Augen der jungen Thronerbin leuchten. Sie spricht aus voller Überzeugung. Er kann fühlen, wie ein Teil ihrer Hoffnung auf ihn abfärbt. Sie war wirklich bereit, dies zu glauben. Genau in dem Moment, wo er selber die stärksten Zweifel hatte. Seltsam, das Jahr war wirklich voller Überraschungen.

Der nächste Tag war lange und erschöpfend. Grigori sass in einem der grossen Sessel in den privaten Gemächern der Apepi. Er war niedergeschlagen. Viele der Verurteilten gaben klar ihm die Schuld an der Situation. Er hatte auf das Abendessen verzichtet, ihm war übel. Als er die Tür hört, sieht er, wie Kaira den Raum betritt. Sie mustert ihn besorgt, sagt jedoch nichts. Ohne zu zögern, nimmt sie die Gestalt eines Wolfes an und springt neben ihn auf das grosse Möbel, auf dem sonst Kweldulf sitzt. Bevor er reagieren kann, legt sie ihren Kopf auf seinen Schoss und schliesst die Augen. Noch immer überrascht, beginnt Grigori verwirrt sie zu streicheln. Nach ein paar Minuten beginnt er, sich zu entspannen, ihre Nähe half ihm. Sie schien bereits zu schlafen. Es war bereits spät, als die Herrin in Begleitung von Nysa in den Raum glitt. Sie musterten die beiden überrascht:

»Ach, da versteckst du dich also!« Nysa schüttelt den Kopf. Doch die Herrin lächelt nur sanft:

»Geht es wieder besser?«

»Ja, tut mir leid, dass ich das Abendessen ausgelassen hatte.«

»Schon gut. Du hast schlecht ausgesehen, ich machte mir schon Sorgen. Aber ich dachte, du brauchst jetzt erst mal Ruhe.«

Die beiden setzen sich neben ihn um die Feuergrube. Kaira, die endgültig eingeschlafen ist, seufzt leise und kuschelt sich näher an ihn. Die beiden Apepi lächeln bei dem Anblick und Grigori sieht verlegen zu Boden.

»Schon gut, manchmal braucht man das halt. Sie genau so wie du.« Die Herrin entspannt sich und wirkt dabei niedergeschlagen. Alle in der Familie litten unter der Situation. »Grischa, morgen musst du noch einmal stark sein. Therris und die anderen Verräter werden verurteilt. Du bist nur bei Therris der Kläger. Aber es ist wichtig, dass du die Situation verstehst. Ich weiss, was du ursprünglich wolltest, doch das Fehlverhalten seines Sohnes und die neuen Beweise sind erdrückend.«

»Ich weiss, ich nerve mich auch deswegen.« Grigori sieht auf und schüttelt den Kopf:

»Ich habe erfahren, dass er eine persönliche Entschuldigung von mir erwartet!«

»Weswegen?«

»Die Magier, er behauptet, ich hätte sie unter falschen Bedingungen eingezogen. Dabei haben sie sich freiwillig gemeldet.«

»Bitte?«

»Nun, Hotaru hatte die Idee, wir haben ihnen offeriert straffrei auszugehen, wenn sie sich freiwillig zum Dienst in der Nordwache melden. Dazu haben sie ausgesagt.«

»Sehr gut, genau so wäre ich vorgegangen!«, erklärt Nysa zufrieden, wofür sie einen strengen Blick ihrer Mutter erhält.

»Verstehe, wie willst du vorgehen?«

»Ich werde alles daran setzen, Therris fair zu behandeln. Ich will, dass er sieht, dass ich mich nicht auf sein Niveau begebe.« Grigori wirkt entschlossen.

»Gut, du willst also noch immer eine Verbannung?«

»Ja, er hat keinen Besitz mehr. Er hat auch sein Gesicht verloren. Aber ich will, dass er eine Chance erhält. Ich hatte gehofft, dass wir ihn in den Osten schicken. Dort kann er mit seiner Familie neu starten. Eine kleine Farm zum Beispiel.«

»Gut, ich werde sehen, was sich machen lässt.« Sie nickt und Nysa verdreht die Augen.

»Kleiner, warum bist du so entschlossen?«

»Weil ich mich schrecklich fühle. Ich habe die Leben so vieler beendet und die Schicksale vieler Familien erschwert. Ich habe mich noch nie so, nun, so … schmutzig gefühlt wie heute.«

»Aber wir haben genau das getan, was du vorgeschlagen hast! Wir halten uns an die Gesetze, wir sind gnädig!«
»Ja, das ist das Schlimmste daran. Ich bin der Böse für die anderen. Sie haben nicht gemerkt, dass ich mich für sie eingesetzt habe.« Der Frust darüber war gut zu hören. Die beiden Apepi mustern sich beunruhigt:
»Grischa, du hast deine Arbeit gemacht, du hast dich für sie eingesetzt. Mehr kann niemand verlangen.«
»Ich weiss! Aber das macht es nicht besser. Ich hasse es, ich will doch nur, dass es allen besser geht. Aber alles, was ich mache, endet immer mit Toten.« Grigori muss sich zusammenreissen. Ohne es zu merken, zittert seine Hand beim Streicheln von Kaira.
»Blödsinn! Dein Trank hilft und du wirst sehen, das war ein Tiefpunkt, jetzt geht es wieder bergauf! Du hast doch bei den Heilern gelernt, manchmal muss man einem Patienten erst Schmerzen zufügen, damit es ihm besser gehen kann.« Nysa wirkt verärgert.
»Ich weiss.« Grigori atmet aus und streicht sich über die Augen. »Ich weiss, aber es ist so schwierig. Ich bin müde.«
»Gut, dann geh schlafen. Grischa?« Die Herrin lächelt.
»Ja?«
»Morgen, nach den letzten Urteilen sitzen wir zusammen. Alle. Wir müssen die Zukunft planen und ich will dich dabei haben. Deine Meinung ist mir wirklich wichtig.«

War der Saal voll an den anderen Tagen, so war er heute überfüllt. Wirklich jeder schien zuzuhören wollen. Wie Grigori erfahren hatte, war es für viele ein persönliches Anliegen. Die Verräter, so genannt wegen ihrem Anschlag, hatten starken Unmut ausgelöst. Die ersten Anklagen wurden von Nysa hervorgebracht. Sie hatte sich neben ihn an den Klägertisch gesetzt und war ruhig und entschlossen. Grigori musste sich zwingen, Haltung zu bewahren. Er war müde und fühlte sich krank. Während er in seiner einfachen Kleidung erschienen ist, trägt Nysa ein schönes Gewand, das ihre Verformung elegant überdeckt. Nicht mehr lange und sie wird Mutter. Dennoch machte sie ihre Arbeit und wirkte dabei noch entspannt. Diese Anklagen waren viel komplizierter und die vorgebrachten Punkte waren erschreckend. Ihre Untersuchungen hatten ergeben, dass geplant war, einen kleinen Bürgerkrieg zu entfachen. Die durch die Amulette entstandene Unruhe und die nachfolgende Militarisierung waren als gute Ablenkung empfunden worden. Jeder würde den anderen verdächtigen, unter den Einfluss eines Amulettes geraten zu sein. Viele der Angeklagten sassen nur stumm da und hörten zu. Grigori wusste auch wieso. Die magischen Untersuchungen waren bei ihnen ohne Rücksicht durchgeführt worden. Gerade die Kitsunen hatten sich bis zuletzt gewehrt. Aber genau das hatte schwere Schäden verursacht und diese Wesen waren kaum mehr als leere Hüllen. Wieder wurde ein ehemaliges Ratsmitglied zum Richtblock verurteilt.

»Kleiner, ich bin gleich durch, dann kommt Therris, verstanden?«
»Ja danke. Ich bin bereit.«

Wieder wurde einer der Verräter in den Raum geführt, wieder dieselbe Anklage. Wieder dasselbe Urteil. Hier hatte es keinen Sinn, um Gnade zu bitten, selbst unter normalen Umständen hätte der geplante Angriff auf ihn ihren Tod bedeutet.

Als Therris seine Position bezog, konnte Grigori sein Mitleid kaum verbergen. Das war nicht länger der arrogante und stolze Ratsherr. Er hatte zwar gute Kleidung an, aber seine Haltung war gebeugt und das Gesicht eingefallen. Er hatte, nachdem er sein Bewusstsein wiedererlangte, freiwillig ausgesagt, zumindest die Verbrechen, die Grigori ihm schon vorgeworfen hatte. Wie es sich herausstellte, war er auch an der ursprünglichen Verschwörung beteiligt, hatte aber seine Unterstützung entzogen, als sie mehr als nur einfache Sabotagen an den Menschen verübten. Hinter Therris war seine Familie, alle wirkten bedrückt. Bis auf seinen Sohn, Lysoph, der gab sich Mühe, so beeindruckend auszusehen wie nur möglich. Noch immer beharrte er darauf, dass seine Familie unschuldig und falsch behandelt worden sei. Als Grigori seine Anklage vorbringen wollte, erhob Lysoph seine Stimme und verlangte, das jemand anderes der Kläger sein solle, da Grigori diesem Amt nicht gewachsen sei. Niemand reagierte darauf und Grigori sprach weiter, doch ärgerte ihn das Fehlverhalten. Als nach jedem Anklagepunkt weitere Störungen von Lysoph verursacht wurden, wurde er von der Herrin verwarnt. Grigori kochte bereits vor Zorn. Als er endlich still war, beendete Grigori seine Anklage und die Herrin forderte Therris auf, auszusagen. Dieser gestand und zur Überraschung aller stürmte sein Sohn vor und brüllte:

»Das hier ist eine Frechheit. Mit Magie wird mein Vater gezwungen zu lügen! Wir erhielten nicht einmal die Chance, uns zu verteidigen!«

Grigori, der neben dem Tisch stand, merkte nicht mehr, wie sein Geduldsfaden riss. Er stürmte zu Lysoph und verpasste ihm eine schallende Ohrfeige. Mit erstaunlich ruhiger, aber immer lauter werdenden Stimme verkündete er:

»Halt endlich deinen Mund! Ich versuche gerade, deinem Vater das Leben zu retten! Mit diesen dummen Einwänden und diesem blödsinnigen Verhalten machst du alles schlimmer, begreifst du denn gar nichts!«

»Ich weiss, was meine Rechte sind!«

»Du sollst die Klappe halten! Sei verdammt noch mal endlich still! Wie dumm muss man sein?! Nein! Halt die Klappe und hör zu: Du hast das Schicksal deiner Familie nur schlimmer gemacht. Du hast den Hausarrest missachtet, du störst die Verhandlung und jetzt sabotierst du die einzige Möglichkeit auf ein gnädiges Schicksal. Halt dein Scheissmaul und hoffe, dass niemand dich ernst nimmt!« Die letzten Worte brüllte er mit rotem Gesicht und mit aller Kraft. Der Frust und die Anspannung der letzten Tage waren zu viel. Er merkte nicht, wie alle zurückzuckten. Er war sich nicht bewusst, dass alle im Raum hörten, was er sagte. Er wollte nur, dass der Lamia vor ihm endlich still war. Als er sich umdrehte und an seinen Platz zurückkehrt, beginnt sich durch den Nebel des Zorns ein pochender Schmerz durchzusetzen und er hielt seinen Arm an den Körper gezogen. Nach kurzem Zögern wurde die Verhandlung weitergeführt. Niemand störte sie mehr. Niemand wagte es, auch nur zu laut zu atmen. Grigori, der sonst so ruhig und gelassen war, kochte noch immer, er hielt Lysoph im Auge, der zusammengekauert zwischen seine Familie gesunken war.

Die Herrin verzichtete dieses Mal auf ihren Ablauf und ging nach dem üblichen Zeremoniell zum Urteil über. Sie erklärte, dass Therris und seine Familie verbannt würden. Die Nachtwandler waren bereit, ihnen ein kleines Stück Land zu übergeben, wo sie ein neues Leben beginnen sollten. Aller Besitz war zu beschlagnahmen und nach dem Verkauf und der Tilgung aller Schulden, würden sie den Rest erhalten. Doch war es ihnen allen verboten, den Norden jemals wieder zu betreten, geschweige denn ein Amt im Norden zu übernehmen. Dieses Verbot wurde auch auf die Nachkommen von Therris gelegt. Es gab keine Einwände, das Urteil wurde akzeptiert und die Verhandlungen beendet. Das war es. Keine weiteren Urteile, keine Angeklagten. Grigoris Wut war abgeklungen und wich einer Erschöpfung, die ihn an ein auslaugendes Training erinnerten. Sein Arm schmerzte noch immer.

»Alles in Ordnung?«

Grigori sah auf, er war umgeben von seiner Familie, er konnte den Lärm aus dem Saal hören, der sich nun leerte.

»Nein, mein Arm schmerzt.«

»Zeig her, bitte.« Die Herrin nimmt seinen Arm und kurz darauf durchflutet ihn Wärme.

»Gebrochen, ich bin beeindruckt. Ich war so überrascht von deiner Reaktion, dass ich ehrlich nicht wusste, was ich tun soll.«

»Tut mir leid, ich weiss nicht, was in mich gefahren ist. Seine blöden Sprüche, sie waren einfach zu viel.«

»Schon gut, ich glaube, wir alle wünschten uns, dass er einfach nur still sein soll. Ich wollte ihn schon entfernen lassen, deine Methode war jedoch viel zufriedenstellender.«

Alle lachen und Grigoris Stimmung hebt sich.

»Wusste nicht, dass du so wütend werden kannst«, grinst Thea und stupst ihn verschwörerisch an.

»Wollte ich auch nicht. Egal, können wir eine kurze Pause machen?«

»Ja, wir treffen uns in zwei Stunden hier. Bringt alle bitte eure Berater und Vertrauten mit. Wir haben viel zu besprechen.«

Sie befanden sich in einer der kleineren Ratskammern. Alle Apepi waren anwesend, selbst Casos, wenn auch nur mit Magie. Grigori hatte Mari und Hotaru als Begleiter dabei, da Kaira bereits von der Herrin selber eingeladen war. Es waren auch Aurra und Krolu anwesend, sowie Sadako und Kasumi, die für die Kitsunen in der Festung sprach, zumindest bis eine neue Neunschwanz das Amt übernehmen würde.

»Ich denke, ich muss keine grosse Einleitung halten. Die Frage ist einfach: Rat, Ja oder nein?« Die Herrin mustert die Anwesenden. Xiri sass bei ihrer Mutter und wirkte überraschend ernst. Kaira sass neben einer magischen Abbildung ihrer Mutter, die zusammen mit Casos und Tomoko Teil der Versammlung war.

»Verzeih, Mutter, aber ich glaube, die Frage sollte eher sein: Rat Ja, aber wie können wir ihn besser im Griff behalten.« Mehrere Anwesenden nicken zustimmend auf Theas Aussage.

»Nein, erst einmal: Können wir alle noch hinter der Idee des Rates stehen?«

»Ja!« Grigori sprach es mit Überzeugung. Auch die anderen nickten. Es war klar, dass dies wirklich ausser Frage stand.

»Nun gut, also Ideen?«

Wieder war es still. Bis sich auf einmal Kaira räuspert und sogleich verlegen den Kopf einzieht, als sich alle Blicke auf sie richten:

»Nun, ich hatte mich mit Mutter einmal über so etwas unterhalten. Wir sind zum Entschluss gekommen, dass der neue Rat der Amarog von einer unabhängigen Gruppe überwacht werden müsste.« Neben ihr nickt Amy und Kaira fährt fort:

»Mein Vorschlag wäre also auch hier so etwas zu machen.«

»Verstehe, eine klare Struktur, die überwacht werden soll. Von wem?«

»Nun, ich ... weiss es nicht. Darüber sprechen wir regelmässig«, nuschelt Kaira, ihre Mutter greift jedoch ein:

»Eine der Ideen war, dass es nicht Amarog sein dürften. Hier ist es natürlich schwieriger.«

»Gut, danke. Grischa?«

»Ja?« Grigori sieht überrascht auf.

»Du hast dir da sicher schon Gedanken gemacht.«

»Ehrlich gesagt? Nein, ich habe keine Idee. Ich weiss nur, dass ich dafür bin, dass wir die Bedingungen, um ein Ratsherr des Nordens zu werden, so anpassen sollten, dass es nicht nur Monster sind.«

»Dem stimme ich nicht zu«, wirft Casos ein, Arsax hingegen äussert seinen Wunsch, dass nur noch Menschen in den Rat sollen.

»Interessant. Was denken meine verehrten Töchter?«

»Ich stelle mich auf Grischas Seite«, verkündet Lys sofort. Nysa und Thea mustern sich kurz, dann verkündet Nysa:

»Ich kann alle drei verstehen, jedoch halte ich Casos Vorschlag für zu traditionell und Arsax zu extrem. Ich stelle mich auch auf Grischas Seite.«

»Ich bin ehrlich gesagt mehr auf der Seite von Arsax. Ich denke, dass wir nicht nur Menschen haben sollten, aber sie sollten das Mehr der Stimmen bilden. Es gibt mehr Menschen im Norden als Monster, der Rat sollte das würdigen.« Thea wirkt, als wüsste sie mehr, als sie hier sagt.

Die Herrin nickt und mustert Sadako:

»Deine Meinung?«

»Nun, ich bin älter als ihr alle und kann nur eines sagen: Menschen sind ein Übel, das man nicht mehr loswerden kann, also sollten wir uns bemühen, das Zusammenleben zu verbessern. Ich erinnere mich noch an eine Zeit, da war die Weissmarkt nur ein kleines Dorf und die Sturmwölfe waren noch zahlreich. Sie waren schlau genug, sich mit den Menschen anzufreunden. Kein Wunder, hatten sie doch ähnliche Interessen. Eine gute Jagd, gutes Essen und sich ordentlich volllaufen lassen, Barbaren!«

»Ich bestreite nichts von dieser Aussage«, grinst Khornar, »wir und die Menschen sind uns einig geworden. Das ist gut so.« Sadako verdreht die Augen und mustert den Sturmwolf kopfschüttelnd.

»Ich verstehe. Ihr beide seid der Meinung, dass wir den Rat für Menschen öffnen sollen?«, fragt die Herrin nach.

»Ja, auf jeden Fall«, erklärt der Sturmwolf. Die Bibliothekarin stimmt ebenfalls zu. Krolu und Kasumi stimmen dem auch zu, wobei Krolu erwähnt, dass die Lamien nun einen schweren Stand erwarten, es waren hauptsächlich Mitglieder ihres Volkes, die als Verräter verurteilt wurden.

Als sich Mari meldet, nickt ihr die Herrin ermutigend zu:

»Ich würde vorschlagen, dass wir den Rat aufteilen, sodass er nicht mehr dieselbe Macht hat. Vielleicht können wir wichtige Bereiche wie Finanzen und Gesetze einer anderen Gruppe übergeben. Eine kleine Gruppe, von euch oder der Familie gewählter Vertreter. Der grosse Rat kann sich um verwaltende Aufgaben kümmern und Vorschläge bezüglich der Finanzen und Gesetze machen und der kleine Rat kann darüber entscheiden.«

»Das ist eine interessante Idee. Die beiden Räte müssen zwar zusammenarbeiten, aber da sie sich nicht direkt innerhalb der Sitzungen beeinflussen können, bleiben sie objektiver.« Thea nickt nachdenklich, sie wirkt von der Idee fasziniert.

»Müsste der kleine Rat unbedingt aus Wesen bestehen, die Ländereien haben? Ich würde vorschlagen, dass wir auch so einen Unterschied machen. So kann auch keine Vetternwirtschaft betrieben werden. Dazu würde das jungen Monstern und Menschen eine Chance geben, die sich bewiesen haben.« Xiri, die bisher aufmerksam zugehört hatte, sah die anderen fragend an.

»Nun, grundsätzlich sehe ich kein Problem darin, warum also nicht«, erklärt die Herrin überrascht. Die Idee des geteilten Rates schien auch sie zu reizen, aber der Einwurf der Harpyie war unerwartet.

Die Diskussion dauert beinahe drei Stunden, doch alle waren sich einig, ein neuer Rat musste sein. Auch wollte man Kairas Vorschlag wahrnehmen und eine Überwachung einrichten. Diese sollte aus ausgewählten Mitgliedern bestehen. Grigori, als Wächter der Festung würde den offiziellen Vorsitz übernehmen und war damit endgültig seiner Verantwortung dem Rat gegenüber entbunden. Neue Gesetze würde eingerichtet werden. Lys und Nysa würden ihm dabei helfen, wobei Grigori hoffte, so viel Verantwortung wie möglich abzuschieben. Theas Vorschlag, dass der Rat die Bevölkerung des Nordens repräsentieren solle, wurde ebenfalls angenommen. Sie wirkte dabei äusserst zufrieden. Auch war klar, dass der Rat aufgeteilt würde. Wie genau, würde noch entschieden werden. Klar war nur, dass alle Massnahmen getroffen werden würden, dass es nie wieder zu solchen Eskalationen kommen sollte. Als die Sitzung vorbei war, lächelt die Herrin erleichtert:

»Neue Ziele, ein neuer Anfang. Gut, das Jahr war eindeutig zu viel. Grischa, ich verbiete dir, bis Ende Jahr umgebracht zu werden. Du sollst auch sonst nicht zu viel Neues aufdecken. Wir brauchen jetzt Zeit und Ruhe.« Unter dem Gelächter der anderen gehen alle ihrer Arbeit nach. Grigori bleibt allerdings sitzen und schliesst für einen Moment die Augen, er fühlte sich nur noch müde.

» ... viel, wir müssen aufpassen.«

»Er hat wirklich viel mitgemacht in diesem Jahr.«

»Ja, genau das ist das Problem, Thosithea. Dein Sohn ist noch immer ein Kind. Unter Menschen mag er beinahe erwachsen sein, aber noch ist er es nicht.« Das war Sadakos Stimme. Sie war seltsam dumpf und klang weit entfernt.

»Er hat sich gut gehalten. Was er in den letzten dreizehn Monaten miterlebt hat, würde auch andere in die Knie zwingen.« Das war seine Mutter.

»Genau, du sagst es. Deshalb ist er weggetreten. Sein Geist ist überfordert. Er braucht Ruhe und Zeit.«

»Soll er haben.«

Grigori schlägt die Augen auf und mustert verwirrt die Decke. Er liegt in seinem Zimmer, die Stimmen kommen vom Gang her.

»Schau, ich verstehe, dass du ihm so vertraust, aber wir dürfen gewisse Dinge nicht vergessen. Er kam aus dem Nichts, noch immer wissen wir nicht, was genau mit ihm passiert ist. Bitte verstehe mich nicht falsch, ich vertraue ihm. Aber die Tatsachen müssen dennoch beachtet werden.« Sadako klang ernst. »Dazu habe ich festgestellt, dass er seit Tagen nicht richtig geschlafen hat. Sein Geist ist ein Chaos. Er hat wahrscheinlich Schlafmittel genommen. Das muss aufhören.«

»Ich spreche mit ihm. Danke Sadako, es tut mir leid, dass ich es soweit kommen liess.«

»Schon gut. Solange in den nächsten Monaten keine Experimente mit seinem Geist durchgeführt werden, sollte er sich erholen. Leider bin ich darin nicht ganz so gut bewandert, wie Haruna es war.«

Grigori kann hören, wie sich die Türe ganz öffnet und richtet sich auf. Seine Adoptivmutter gleitet in den Raum und lächelt erleichtert.

»Du bist wach, sehr gut.«

»Was genau ist passiert?«

»Das ist eine gute Frage. Vorgestern, als wir den Raum verlassen haben, hast du ausgesehen, als ob du nur kurz eine Pause brauchst. Zum Glück blieben Mari und Hotaru bei dir. Als du vom Stuhl gefallen bist, konnten sie sofort eingreifen.«

»Oh, ich fühlte mich nicht mehr wohl, ich wollte wirklich nur kurz eine Pause einlegen.« Er sieht verlegen auf die Decke.

»Nun, können wir verstehen. Sadako untersuchte dich und stellte fest, dass dein Geist furchtbar schwach war. Sie stabilisierte dich. Dennoch hast du mehr als einen Tag geschlafen.«

»Mist, ich wollte doch noch alles für Una vorbereiten.«

»Keine Angst, sie ist heute erst angekommen und Mari hat die ersten groben Einweisungen vorgenommen. Sie ist wirklich eine beeindruckende Helferin.«

»Ja, das ist so. Tut mir leid, dass ich immer Umstände ... «

»Blödsinn, du musst dich nicht entschuldigen. Es war meine Schuld. Ich vergesse manchmal, wie jung du bist. Kein Wunder, bei deinen Unternehmungen.« Sie umarmt ihn und lächelt zufrieden:

»Du wirst die nächste Woche frei bekommen, um Una einzuweisen. Einzig der Verkauf von Therris alten Ländern musst du im Auge behalten.«

»Ich habe keine Ahnung, wie ich mit Una vorgehen soll«, gesteht er leise. Er war noch immer müde, aber er fühlte sich wirklich besser.

»Nun, mach was du sonst machst. Du darfst jetzt nur nicht vergessen: Una ist deine Lehrtochter. Sie steht in deiner Verantwortung. Begegne ihr mit demselben Respekt wie deiner Aufgabe im Rat. Hör ihr zu und zeige ihr, was du weisst. Dann kann nichts schiefgehen. Aber übertreibe nicht. Du brauchst Erholung.«

Ein neuer Trank

Seit Unas Ankunft waren fast zwei Wochen vergangen. Sie hatte sich schnell eingewöhnt, auch wenn sie sich in der Festung immer noch regelmässig verläuft. Es war ruhig geworden und alle sind mit der Änderung der Gesetze und Verhandlungen beschäftigt.

GRIGORI SITZT ZUSAMMEN MIT MARI UND UNA BEI MEISTER MANABU. Das Wetter hatte umgeschlagen und es gab viele Erkältungsfälle in der Festung. Zur Freude von Grigori meldeten sich viele freiwillig für die Tests des neuen Trankes. Una und Mari hatten die Aufgabe, die Tränke herzustellen und sie an die Patienten zu geben. Dabei musste Una genau notieren, was nach der Einnahme passierte. Sie nahm die Aufgabe sehr ernst und gab sich grosse Mühe. Grigori arbeitete bereits an einer verbesserten Rezeptur, da die ersten Ergebnisse nur Teilerfolge brachten.

»Der neue Trank ist sehr viel stärker. Zumindest sollte er das sein.«

»Gut, wir testen ihn.« Der alte Kitsune nickt zufrieden und mustert die Pergamente. »Una, du hast eine gute Beobachtungsgabe. Wenn du möchtest, zeige ich dir ein paar Tricks, die einen guten Heiler ausmachen.«

Die junge Halbkitsune stellt ihre Fuchsohren ganz auf und nickt:

»Das wäre toll, darf ich, Meister?«

»Natürlich und lass den Meister!« Seit ihrer Ankunft versucht er, sie davon abzubringen. Doch scheint sie seine Bemühungen gekonnt zu ignorieren.

»Gut, ich habe da einen interessanten Fall, zwei junge Lamien, etwa gleich alt und auch sonst sehr ähnlich. Wir können einem den Trank geben, den anderen heilen wir klassisch. Mich interessiert, wie lange es dauert, bis sie wiederkommen.« Manabu hatte bereits nach den ersten Tests angekündigt, dass er sich für dieses Phänomen interessiert. Das wahre Problem an der magischen Heilung war, dass sie regelmässig wiederholt werden musste. Niemand wusste wieso, doch war dies ein Grund für die hohen Kosten. Der Zauber war einfach und schnell gesprochen, aber die regelmässige Wiederholung konnte sich nur eine Minderheit ausserhalb der Festung leisten.

»Gut, Una, du weisst, was du zu tun hast. Mari, sobald der neue Trank sich bewiesen hat, zeige ich dir, wie er geht.«

Als er die Krankenabteilung verlässt, lächelt er zufrieden. Die Produktion der Jungbrunnen ging dank Unas Hilfe schneller und erlaubte allen, sich auf die neuen Experimente zu konzentrieren. Auch hatte er die Woche Urlaub gut genutzt und sich einigermassen erholt. Leider hatten die Stürme für unruhige Nächte gesorgt und noch immer hatte er Albträume. Da er die Warnung von Sadako ernst nahm, hatte er kein Schlafmittel mehr verwendet. Das wieder aufgenommene Training half ihm, jedoch gab sich Umashankar sichtlich Mühe, ihn auszulaugen. Zusammen mit der Arbeit im Lager konnte er sich so gut ablenken. In Gedanken versunken, suchte er den Arbeitsraum der Verwalterin auf, die sich um den Verkauf der Ländereien kümmern sollte.

»Ah, gut das ihr kommt, Herr.«

»So, alles verkauft?«

»Beinahe, ich habe die Summe von 90'000 Goldkronen jedoch zusammen. Alle Gebiete und Besitztümer sind verkauft, bis auf ein grosses Stück Land im Norden. Egal, was ich versuche, dieses werden wir nicht los.« Die Kitsune zieht einen kleinen Haufen Pergamente zu sich und reicht ihm das Oberste. Grigori liest interessiert und sieht danach verwirrt auf:

»Danke für das Angebot, jedoch will ich mit diesen verfluchten Wäldern nichts zu tun haben?«

»Nun, wie es sich herausstellt, haben die vergessenen Wälder einen schlechten Ruf. Sie sollen jedem der über sie gebietet, Unglück bringen. Ich habe nachgeforscht. Therris hatte sie nur in seinem Besitz, weil er die ehemalige Strasse um die Eisenberge damit kontrollieren konnte. Seht, hier auf der Karte.« Sie deutet auf eine Gegend, die gross genug ist, dass sie im Zentralreich als Herzogtum gelten würde. Der grösste Teil des Gebietes war Küste, es gab keine Dörfer oder eingezeichnete Wege. Der Namen passte wirklich. Es wirkte, als ob ein Stück des Nordens beim Besiedeln vergessen wurde.

»Seit wann glaubt man im Norden an Flüche?« Grigori sieht verwirrt auf.

»Ehrlich gesagt, ich kann das sogar verstehen. Jeder Besitzer dieser Wälder fand ein seltsames Ende. Therris ist nur der Letzte in einer langen Reihe.«

»Blödsinn, das muss eine andere Erklärung geben.«

»Herr, ich habe noch mehr erfahren, diese Karte hier ist falsch.«

»Bitte? Die Karten der Festung sind die besten im Norden!«

»Nun, es gibt ein Dorf in diesem Wald und eines an der Küste. Dazu ist die Küste falsch eingezeichnet. Sie ist eine reine Klippenlandschaft, nur ein kleiner Bereich führt aus dem Wald ins Meer.« Sie nimmt dabei eine grobe Karte von einem Tisch und legt sie auf die grosse Karte. Grigori sieht, dass jemand, relativ grob, die Standorte eingezeichnet hat.

»Okay, was ist das da?«

»Eine alte Ruine. Sie gilt auch als verflucht. Herr, egal wen ich gefragt habe, die Antwort war immer dieselbe: Nein danke, nicht einmal geschenkt. Dazu ist der Wald bei den Jägern unbeliebt, weil sich dort eine besondere Art der Waldwyvern aufhält, die als äussert intelligent und bösartig beschrieben werden. Nicht gross, aber schlau genug, einem erfahrenen Jäger das Leben schwer zu machen.«

»Könnte das mitunter ein Grund für den Fluch sein?«

»Bitte?« Die Kitsune sieht verwirrt auf.

»Dass viele der Besitzer jagen gehen und dann Opfer dieser Wyvern werden?«

»Nun, es gab viele Jagdunfälle, aber ... ich müsste die Liste einsehen. Wenn es euch interessiert?«

»Bitte, ich möchte eine Liste von allem. Verfluchter Wald, Blödsinn, wir haben Flüche in der Ausbildung behandelt, die Magie, die für so etwas nötig wäre, kann nicht einmal eine Apepi aufbringen.« Grigori schüttelt verärgert den Kopf. Damit hatte er nicht gerechnet. »Egal, ich melde, dass wir den Betrag haben und frage, was wir mit den ›verfluchten‹ Wäldern machen sollen.«

»Gut, hier, Herr, die Auflistung der Käufer.«

»Danke.«

Als er den Arbeitsraum von Lys betritt, hört er das Scheppern der Druckmaschine. Sie scheint eine Pause eingelegt zu haben, um sich um den Druck zu kümmern. Als er den zweiten Raum betritt, sieht er seine Schwester mit drei Helfern drucken. Die Bewegungen aller waren fliessend und die Blätter flogen beinahe von alleine an ihren Platz. Lys hatte schwarze Flecken auf ihren Kleidern und strahlte ihren Bruder überglücklich an:

»Hallo, sieh mal, Mutter will, dass diese Botschaft an alle geeigneten Menschen im Norden geht.« Damit reicht sie ihm ein Blatt. Einer ihrer Helfer hatte ihre Position bereits übernommen.

»Das sieht toll aus!« Er mustert die Botschaft und nickt zufrieden. Es war eine Erklärung, was passiert war und was sich nun änderte. Die Schrift war gut zu lesen.

»Super, genau wie du wolltest, oder?«, fragt sie neugierig.

»Genau, wir wollen ehrlich und offen sein. Wer hat das geschrieben?«

»Nysa und Thea. Mutter hatte natürlich ihre Meinung dazu.«

»Toll! Ähm, Lys, darf ich was fragen?«

»Klar.«

»Kann man einen ganzen Wald verfluchen?«

»Theoretisch, aber selbst mit der besten Magie würde der Fluch nach ein paar Jahren verfallen. Ich wüsste keine Methode. Ehrlich gesagt, ich wüsste nicht einmal, wo ich anfangen würde, aber ja, es wäre möglich. Wieso?«

»Schon mal von den vergessenen Wäldern gehört?«

»Ja, eine Region im Norden, verlassen. Was ist damit?«

»Soll verflucht sein.« Grigori berichtet, was er gehört hat und seine Vermutung und Lys nickt:

»Ich stimme dir im Prinzip zu. Es gibt aber im Norden noch wilde Magie. Wobei das ist ungewöhnlich, normalerweise äussert sich diese in Stürmen oder anderen Formen.«

»Bitte?«

»Vergiss es, ich war laut am Denken. Spannend, ich habe noch nie von einer Ruine dort gehört, die würde ich mir gerne ansehen.« Sie streicht sich in Gedanken über das Gesicht und als sie das Grinsen von Grigori bemerkt, sieht sie ihre Hand an. »Ach, so ein Mist.«

»Keine Sorge, nenn es Kriegsbemalung, dann kopieren das alle.«

»Verschwinde! Daran bist du schuld!« Sie scheucht den lachenden Jungen aus ihrem Arbeitsraum.

Als er den Arbeitsraum seiner Mutter verlässt, sieht er Kaira auf sich zueilen:

»Alles in Ordnung?«

»Nein, ich brauche deine Hilfe.«

»Natürlich. Was ist los?«

»Mutter hatte sich gemeldet. Sie macht sich Sorgen wegen der Vorräte. Die Zählung hat ergeben, dass sie kaum durch den Winter kommen werden. Mein Volk wird verhungern!«

»Ganz ruhig, ich verstehe nicht, wie kann so was passieren?«

»Das Chaos in den Wäldern hat viele der Beutetiere vertrieben. Dazu wagen sich die Jäger nicht zu weit von den sicheren Wachposten weg. Auch wenn die Verräter sich ruhig verhalten, niemand will unter dem Einfluss eines Amulettes enden.«

»Mist, der Rat hätte sich darum kümmern müssen, das ging wohl unter. Geh, informiere meine Mutter, ich gehe zu Nixali, mal sehen, wie es um die Festungsvorräte steht. Aufgrund des Kriegsrechtes haben wir grosse Mengen eingelagert.«

»Danke, das würde mir viel bedeuten.« Sie verschwindet durch die Türe. Grigori hingegen eilt zu den Lagerhallen. Dort angekommen, hört sich Nixali die Sorgen des Jungen an und schüttelt den Kopf:

»Das ist ein Problem, ich darf keine Vorräte herausgeben, wir haben zu wenig dafür. Genauer, wir haben genug, solange uns niemand angreift, tut mir leid.«

»Eine der grossen Kisten würde relativ weit reichen, oder?«

»Ja, worauf willst du hinaus?«

»Wir könnten doch ein paar als militärische Vorräte mitschicken. Casos wird sicher unterzeichnen und die Amarog holen etwa eine Woche heraus, wenn sie gut rationieren, sogar zwei. Ein halber Monat ist besser als nichts.«

»Ich weiss, was du meinst. Aber ohne Erlaubnis der Herrin geht das nicht. Ich müsste die Kisten sofort ersetzen und das ist nicht in meinem Budget.«

»Moment, so eine Kiste ist doch nur um die fünfzig Gold.«

»Mag sein, aber im Moment weiss niemand, wie viel Geld der Festung wirklich zur Verfügung steht. Ich zehre an den kleinen privaten Vorräten in meinem Büro. Jetzt weisst du auch, warum ich die habe.«

»Wenn, sagen wir, du das Geld bekommst, könntest du dann ein paar Kisten abgeben?«

»Ja, das sollte sich einrichten lassen. Aber dann kannst du gleich die Vorräte sonstwo kaufen und mir, und damit auch dir, die Arbeit ersparen.«

»Ich kann die Festung nicht verlassen. Nach allem, was passiert ist, lässt man mich nicht mal mehr in die Nähe der Tore.«

»Verstehe, nun gut, du machst dir mehr Arbeit, ich kann damit leben.« Sie wendet sich abrupt ab und lässt ihren Lehrling verwirrt stehen.

Als er die Lagerhallen verlässt, läutet es zum Abendessen. Er ist einer der Ersten im grossen Speisesaal. Nur Diener eilen mit Tellern umher und kurz darauf trifft Nysa ein.

»Der Brief an die Menschen ist gut.«

»Danke, aber das war beinahe alles Thea. Ich habe nur wenig beigetragen. Sie hatte eine klare Vorstellung. Das ist gut, sie muss eines Tages alle Entscheidungen so treffen.«

»Seltsam, sie macht sich sonst immer über mich und die anderen Menschen lustig.«

»Ehrlich gesagt, ich glaube, sie nimmt das, was du sagst sehr ernst. Grischa, du beeinflusst uns alle, aber das ist gut so. Wir hören von dir einen Standpunkt, den wir uns nie überlegt haben. Ich hoffe, du bist dir dessen bewusst.«

»Leider beginne ich, das zu begreifen, ich gäbe viel dafür, dass es nicht so ist. Na ja, wie geht es bei dir?«

»Gut, ich fühle mich ein bisschen geschwollen. Aber das ist ja ein gutes Zeichen, was?«

»Ein sehr gutes!« Die Herrin lässt sich am Tisch nieder und sieht zufrieden ihre Tochter an, dann wendet sie sich an Grigori:

»Und, wie viele Vorräte hast du bereits auf den Weg geschickt?«

»Keine, Nixali will sich nicht davon trennen.«

»Nanu, seit wann hält dich das auf?« Der Spott war nur zu deutlich und Grigori wird knallrot. Lys und Arsax, die sich zu den anderen gesellen, lachen, sie hatten die letzten Worte gehört:

»Was willst du diesmal klauen?«, fragt Thea neugierig. Sie hatte nur den Rest gehört.

»Nichts! Ich habe mir das nicht mal gedacht. Dazu wollte ich erst wissen, was du vorhast, Mutter.«

»Ich bin so davon ausgegangen, dass du handelst, dass ich nicht vorhatte, etwas zu machen.«

»Sehr witzig. Wir sind verpflichtet…«

»Nein, wir helfen freiwillig, das Problem ist, wir haben klare Regeln. Ich hoffte, sie durch dich elegant umgehen zu können.« Sie mustert ihn mit ehrlichem Blick und Grigori wird klar, dass sie es ernst meint.

»Also gut, ich kümmere mich darum, aber dafür habe ich was gut.«

»Einverstanden.« Sie nickt zufrieden.

Grigori räuspert sich und schüttelt den Kopf. Er wusste genau, was er tun würde, vor allem wusste er, wozu er den Gefallen gebrauchen kann, er braucht dringend mehr Platz.

»Ich bin sehr zufrieden mit deiner Arbeit mit den Ländereien.«

»Ach ja?«

»Ja, da niemand die vergessenen Wälder will und wir das Geld zusammen haben, können wir sie verschenken…«

»Das wird schwierig, du musst erst einen Dummen finden«, unterbricht Grigori spöttisch.

»Wegen dem Fluch?«

»Ja, auch wenn das Blödsinn ist, es gibt keinen Fluch. Das ist wie bei Dorian, ich bin davon überzeugt, dass hier Ursache und Wirkung nicht zusammengehören.«

»So? Dann ist ja gut, sie gehören nämlich dir.« Wieder der Spott der Herrin. Sie scheint sich gut zu amüsieren.

»Was? Was soll ich damit?«

»Keine Ahnung, aber ich gratuliere, Herr der vergessenen Wälder.« Alle grinsen und Grigori schliesst entsetzt die Augen, was soll er mit einem Wald anfangen?

»Ach, da ist noch eine Sache. Grischa, du musst Steuern zahlen.«

»Bitte?«

»Zehn Prozent, wie die anderen. Es ist nur fair und wir brauchen den Zustupf. Dazu haben wir uns entschlossen, das heisst Thea und ich, dass dies allen zeigen soll, dass wir Apepi uns nicht für etwas Besseres halten.«

»Aber, ihr müsst keine Steuern zahlen!«

»Wir haben auch kein Unternehmen oder gar Ländereien. Du kannst dem ersten Wächter der Festung danken, er hatte Ländereien und setzte damit die Ausnahmeregel. Wobei es sich damals um einen Notfall handelte.«

»Das ist, ich«, er verschluckt sich und beginnt zu husten, »au, eine Gemeinheit.«

Alle lachen jetzt und Grigori sieht frustriert seine Familie an, er wusste, sie meinten es nicht böse. Als Kaira sich ebenfalls an den Tisch setzt, wirkt sie besorgt, jedoch bessert sich ihre Stimmung, als sie hört, dass sich Grigori um ihr Problem kümmern würde.

Am Abend sortiert er seine Finanzen, er kann nur um die zehn Kisten zahlen, seine Geldmittel sind durch den Kauf der Ausrüstung der Leibwache noch immer stark eingeschränkt. Er nimmt das Gold und in Begleitung von Hotaru sucht er Nixali auf. Sie sitzt in ihrem Büro und macht den Tagesabschluss. Ohne zu zögern, nimmt sie das Geld und gibt ihm die Kisten frei, jedoch keine Transportmittel. Dies stört ihn kaum, er hatte das mit Hotaru besprochen. Noch an diesem Abend würde sie zusammen mit Hinata die Kisten erst aus der Festung, dann von ausserhalb der Schutzzone zu Tomoko schicken. Hotaru und Tomoko scheinen gute Freunde zu sein, sie sollen eine Weile zusammen gedient haben. Er bot Taikis und Dorians Hilfe an, doch wehrte die Kitsune ab:

»Keine Sorge, das ist nicht weiter schwierig, wir haben so was früher schon gemacht.«

Zufrieden sucht er Kaira auf. Sie sitzt am Tisch in ihrem Zimmer und spricht mit ihrer Mutter. Als sie den Bericht von Grigori hört, kann sie ihre Erleichterung kaum verbergen.

»Danke, du weisst nicht, was das für mich bedeutet.«

»Schon gut, reicht das?«

»Mutter? Du hast auch zugehört?«

»Ja, das ist sehr gut, mit der entsprechenden Rationierung hilft das schon sehr viel. Ich kann aber den Gefallen nicht zurückzahlen. Alle Mittel, die wir noch hatten, sind aufgebraucht.« Die Stimme wirkt niedergeschlagen.

»Schon gut, das Wichtigste ist, dass wir Zeit gewonnen haben. Ich versuche, noch mehr Vorräte freizubekommen, aber das ist im Moment relativ schwierig. Alle bereiten sich auf den Winter vor und viele lagern zusätzliche Kriegsvorräte. Dadurch sind die Reserven fast aufgebraucht.« Grigori sieht, wie Kaira leicht zusammensinkt. Die Amarog lernte langsam, welche Verantwortung sie erwartet. Aus dem einstigen Kämpfen an ihrer Mutters Seite wird immer mehr ein Planen für die Zukunft. Wie

Grigori, war sie nun in einem Alter, wo andere ihr Leben umkrempeln, Familien gründen und die Zukunft planen müssen. Sie war hochgewachsen und schlank, ihr Fell hatte einen gesunden Glanz und ihre Haltung war selbstsicher. Wie sie so an dem Tisch sass und sich Gedanken machte, merkte Grigori, dass er sie bewunderte. Verlegen sieht er weg und räuspert sich. Sein Hals fühlte sich wund an.

»Alles in Ordnung?«

»Jaja, ich habe ein Kratzen im Hals. Sollte mal was trinken, ich möchte euch nicht länger stören.« Damit zieht er sich zurück.

Der nächste Tag brachte keine Besserung. Grigori fühlte sich erschlagen und sein Hals schmerzte. Die Unterrichtsstunden vergingen dennoch schnell und am Mittag war er sich sicher, er war krank. Das Mittagessen war eine Tortur, er wollte sich nicht anmerken lassen, dass er krank ist. Seine Mutter würde ihn sofort heilen, doch war es die Chance, seine Tränke selber zu testen. Sie würde dem jedoch nie zustimmen.

Der Nachmittag war frei, er hatte diese Zeit erhalten, um sich um Una und die Ländereien von Therris zu kümmern. In seinem Labor angekommen, weiht er Mari und die anderen in seinen Plan ein. Die Kitsune war am Anfang dagegen, doch konnte Grigori sie umstimmen. So suchten sie sein Zimmer auf, er nahm den Trank und Dorian untersuchte ihn:

»Herr, ihr seid entweder krank oder schwanger. Ich bin mir nicht ganz sicher.«

Alle starren verwirrt den jungen Kitsunen an, diesen scheint es nicht zu stören. Er war in Gedanken und konzentrierte sich auf seine Arbeit.

»Dorian? Du weisst schon, dass er nicht schwanger sein kann, oder?«, fragt Una amüsiert, sie hatte die Aufgabe, alles zu dokumentieren.

»Wie? Natürlich, ich sage ja nur, dass ich nicht sicher bin.« Er scheint gar nicht zu merken, wie wenig Sinn das Gesagte macht. Als alle lachen, sieht er verwirrt auf.

»Schon gut, also, du hast meine Werte, oder?«

»Ich glaub schon.«

»Gut, du kannst mich morgen wieder untersuchen. Alle bis auf Una gehen zurück an ihre Arbeit. Una, ich werde dir genau sagen, was ich empfinde. Dazu hast du den Fragebogen.«

»Klar, Meister, ich notiere unter der Frage ›Schwanger‹ mal ein Fragezeichen.«

»Sehr witzig, lass das bitte.«
»Okay, wie fühlst du dich, Meister?«
Grigori beschreibt genau, was er fühlt. Der Trank begann zu wirken und er wird immer müder. Er gibt sich Mühe, alles genau zu beschreiben. Una notiert brav. Er merkt, dass er immer schläfriger wird, legt sich nieder und versucht, wieder zu beschreiben. Mit schwerer Zunge berichtet er und schläft ein.

Als er die Augen öffnet, fühlt er sich ausgeschlafen, hungrig und topfit. Nicht nur die Krankheit schien überwunden, sondern auch die anderen Beschwerden der letzten Wochen. Es dauert einen Moment, bis er begreift, dass er nicht in seinem Zimmer ist. Sich aufrichtend realisiert er, dass er sich in einem der Zimmer der Krankenabteilung befindet. In einer Ecke sitzt Lys und liest eine Schriftrolle. Sie füllt mit ihrem Schlangenleib beinahe den ganzen freien Raum.
»Nanu, was ist passiert?«
»Bitte? Oh, du bist wach! Wie fühlst du dich?«
»Als könnte ich Berge versetzen und hungrig. Warum bin ich hier?«
»Mutter verlangte es, sie ist, zu deiner Warnung, sauer.«
»Meine Güte, ich schlafe mal an einem Tag früher ein und sie macht sich gleich Sorgen. Tut mir leid, dass ich gestern das Abendessen ausgelassen habe.«
»Das war vor fünf Tagen.« Lys sagt das in einem spöttischen Tonfall.
»W-wie?«
»Du hast beinahe fünf Tage durchgeschlafen. Es wird bald zum Abendessen läuten.«
»Oh.«
»Mein lieber Bruder, du kannst froh sein, dass ich und Thea Mutter beruhigen konnten. Sie ist wirklich wütend, ich kann es sogar verstehen. Aber sie hatte sich bereit erklärt, nichts zu machen, dafür hat sie jedoch jeden Experten herbeigeholt, den es gibt. Die letzten Tage haben dich Kitsune-Heiler untersucht, die zu den grössten Koryphäen in ihren Gebieten gehören und sie sind zum selben Ergebnis gekommen wie wir: nicht eingreifen, warten. Das ist der einzige Grund, warum sie nicht mit Magie eingegriffen hat.«
»Das klingt nicht gut.«
»Nun, das ist eine Tatsache. Mutter ist auf dem Weg.«

»Verstehe, du hast sie informiert?«

»Natürlich. Viel Spass, Kleiner.« Damit verlässt sie den Raum. Als kurz darauf seine Mutter in den Raum gleitet, kann Grigori fühlen, wie wütend sie ist. Wo Lys gerade noch Platz im Raum hatte, da füllt die Herrin ihn ganz aus. Sie sagt nichts und richtet sich neben seinem Bett auf. Ohne zu fragen oder zu zögern, legt sie eine Hand auf seinen Kopf und untersucht ihn. Noch immer haben beide nichts gesagt. Als sie fertig ist, verändert sie ihre Position so, dass sie am Fussende des Bettes steht.

»Was sollte das?«

»Ich ... «

»Das ist mit Abstand das Dümmste, was du dieses Jahr angestellt hast! Und das soll schon etwas heissen!« Grigori macht sich unbewusst kleiner. Ihre Stimme zittert vor Zorn.

»Ich ... «, versucht er wieder, doch ist sie noch nicht fertig.

»Du informierst niemanden, du riskierst deine Gesundheit und das alles für ein blödes Experiment! Dachtest du, ich würde es nicht merken?«

»Nein ... «

»Sei still!« Ihre Wangen sind beinahe weiss, sie glüht vor Zorn. Ein Knacken und Splittern und der kleine Tisch in der Ecke zerbricht unter einer unbewussten Bewegung der Herrin. Sie scheint es nicht einmal zu bemerken. »Du kannst dir kaum vorstellen, wie viele Sorgen ich mir gemacht habe. Und dann halten auch noch alle deine Geschwister zu dir und halten mich davon ab, diesen Schwachsinn zu beenden. Ausserdem ist nun die halbe Festung voller Heiler, welche sich fragen, wieso ich hier so einen Aufstand betreibe, da ja hier scheinbar alle zum gleichen Ergebnis kommen. Dass ich nur versuche, deine Dummheit wieder wettzumachen, scheinen sie nicht zu verstehen!«

»Es tut mir leid!«

»Ach ja! Warum hast du das dann gemacht?«

»Ich, ich wollte doch den Trank testen. Ich wusste, er ist sicher, aber das war die Chance.«

»Du hättest mich informieren müssen!«

»Wenn ich das gemacht hätte, hättest du mir das Experiment verboten, nur deshalb habe ich dir nichts gesagt!« Grigori legt erschrocken seine Hand auf den Mund, das wollte er nicht sagen. Doch scheint er den Nagel auf den Kopf getroffen zu haben.

»Natürlich, und ich hatte ja recht! Oder findest du es normal, dass du gleich fünf Tage nicht mehr ansprechbar bist? Nach allem, was du erlebt hast, versuchst du, dich nun selber umzubringen? Hast du überhaupt daran gedacht, dass etwas schiefgehen könnte?«

Als Grigori sich verteidigt, dass er ja nun tatsächlich kerngesund sei und sein Trank sehr wohl gewirkt hätte, muss sie doch etwas einlenken: »Ich ... ich hätte es dir unter besseren Umständen erlaubt.«

»Nein«, Grigori nutzt den kurzen Moment der Unsicherheit, »du hättest es nie erlaubt. Sobald ich gesagt hätte, ich sei krank, hättest du mich geheilt. Wie immer. Ich wollte doch wissen, wie der Trank sich anfühlt.«

»Natürlich, du bist mein Sohn, ob leiblich oder nicht! Ich bin für dich verantwortlich und ich will nicht, dass eines meiner Kinder unnötig leidet. Auch wenn du es verdient hättest!«

»Ja, aber ich bin alt genug, solche Entscheidungen selber zu treffen.«

»Ach ja? Der einzige Grund, warum ich dir nicht verbiete, mit der Alchemie weiterzumachen, ist dein Erfolg. Ich vertraue dir, verdammt noch mal! Aber wenn du so etwas Dummes machst, dann bin ich mir nicht mehr sicher, ob ich mit diesem Vertrauen richtig liege. Offenbar bist du doch nicht so verantwortungsbewusst.«

»Ich habe alles genau vorbereitet und mein Team informiert, ich wurde überwacht.«

»Das ist dein Glück, glaub mir, wäre Mari nicht am nächsten Morgen zu mir gekommen und hätte alles gestanden, ich weiss nicht, wie ich reagiert hätte! Ich war schon besorgt, weil du das Abendessen ausgelassen hast, aber du hast am Mittag schon schlecht ausgesehen. Ich dachte, du seiest übermüdet!«

»Ich, was soll ich sagen, du hast doch recht. Aber versuch doch, mich zu verstehen, ich wollte doch nur ...« Er sucht nach Worten. Ihr Zorn war erdrückend und er fühlte sich auf einmal wieder furchtbar. Sie gab ihm das Gefühl, verantwortungslos und egoistisch zu sein.

»Nun«, sie reisst sich zusammen und mustert ihn mit blitzenden Augen, »ich kann dich verstehen. Du hast recht, ich hätte das wohl nie erlaubt. Aber ... Ach verdammt!« Sie verändert ihre Position und umarmt ihn. Sie war noch immer wütend, er konnte es spüren. Dennoch, die Umarmung half.

»Es tut mir wirklich leid, ich wusste nicht, dass es schieflaufen würde. Ich wollte am nächsten Morgen stolz verkünden, dass ich mich selber geheilt hatte.«

»Ach, du dachtest, ich würde dann nicht wütend werden?«

»So weit habe ich nicht gedacht«, nuschelt er verlegen.

»Punkt ist, du hast dich selber geheilt, der Trank funktioniert. Bravo. Macht das die Sache besser?« Sie scheint sich ein bisschen beruhigt zu haben.

»Ja?«

»Nein! Du solltest wirklich deinen Schwestern danken. Sie haben sich für dich eingesetzt. Ohne sie hätte ich mit Magie eingegriffen. Wahrscheinlich hätte ich dir danach die Tracht Prügel verpasst, die du verdient hast und dir dann verboten, jemals wieder Alchemie zu betreiben.«

»Oh ... «

»Aber sie haben nicht locker gelassen, Spezialisten dazuzuholen. Was ich gemacht habe. Die haben bestätigt, dass der Trank funktioniert. Nur deshalb habe ich nichts gemacht.«

»Danke.« Er meint es ehrlich.

»Pah, sag mir lieber, wie wir das Problem lösen. Wenn ich dir jetzt solche Experimente verbiete, dann wirst du sie im Verborgenen weiterführen, habe ich recht? Und wage es jetzt nicht zu lügen!«

»Wahrscheinlich.«

Es wird still im Raum. Sie mustert ihn mit strengem Blick. Ihr Zorn scheint verraucht zu sein, zumindest weit genug, dass sie ihn nicht mehr anbrüllt.

»Ich bin bereit, dir entgegenzukommen. Wenn die Experten zustimmen, dass der Trank ein Erfolg ist und ein Fortschritt in der Heilkunde, dann gehst du ohne weitere Strafe aus, ansonsten werde ich mir etwas überlegen, dass dir diese Dummheiten aus dem Kopf treibt. Bist du damit einverstanden?«

»Ja, natürlich. Ich, es tut mir wirklich leid. Ich wollte dein Vertrauen nicht missbrauchen. Ich dachte, ich hätte es im Griff.«

»Ich weiss, genau das ist mein Problem. Ich habe Angst, dass du dich beim nächsten Mal verschätzt. Ich will dich beschützen, wenn es sein muss, auch vor dir selber.« Sie umarmt ihn wieder, diesmal ist es eine Geste der Familienbande. Leise flüstert sie:

»Nur, dass wir uns verstehen, ich bin stolz auf deinen Erfolg. Und ich bin froh, dass du dich besser fühlst. Aber ich könnte dir für die letzten Tage den Hals umdrehen!«

Der Raum war gefüllt mit Kitsunen. Fast alle waren vom Klan der Mondsänger. Keiner mit weniger als sieben Schweife. Auch waren viele mehrere Jahrhunderte alt. Sie ähnelten Manabu, der mit der Herrin in den hinteren Rängen zusammensass. Er hatte sich offiziell auf Grigoris Seite gestellt. Auch Thea war anwesend, sie sass neben Una. Sie kicherten und schienen ihren Spass zu haben. Seit seinem Erwachen waren zwei Tage vergangen. Er musste sich einen ganzen Tag lang untersuchen lassen. Auch wenn er es für unnötig hielt, spielte er mit. Er hatte dadurch die Chance, mit ein paar der Experten zu sprechen. Doch hielten sie sich bedeckt. Scheinbar wollten sie sich erst eine Meinung bilden.

»Ich bitte die Experten, ihre Meinung zu äussern. Jeder wird zu Wort kommen«, eröffnet die Herrin. Sie hatte alle Verpflichtungen für den Tag weitergegeben. Ein klares Zeichen dafür, wie ernst sie die Sache nimmt. Als Erster stand ein junger Kitsune auf, er wirkte beinahe fehl am Platz. Er hatte Notizen dabei und nachdem er sich vor die Versammelten gestellt hat, beginnt er zu sprechen. Nach kurzer Vorstellung kam er zu seinem Punkt:

»Ich glaube, dass Herr Grigori mir das entscheidende Puzzleteil geliefert hat. Ich erforsche das Phänomen, das in den Bergdörfern des Ostens Krankheiten nur selten anzutreffen sind. Zumindest bis ein Heiler eintrifft. Danach wurden Krankenbehandlungen immer häufiger. Ich habe mich damit beschäftigt und habe jetzt den Hinweis gefunden: Die magische Heilung könnte die Ursache sein.« Augenblicklich verdrehen viele die Augen und schnauben verärgert. Doch war die Disziplin im Raum gross genug.

»Neben Grigori hatte noch ein anderer Mensch in der Festung den Trank genommen, ein junger Rekrut der Nordwache. Bei ihm gab es die üblichen Erscheinungen. Müdigkeit und am nächsten Morgen war alles wieder gut. Es lag also nicht an der Spezies. Ich habe mich mit der Krankheitsgeschichte von Grigori und dem Rekruten beschäftigt und da war der Hinweis. Grigori war seit seinem Auftauchen nie krank. Er wurde immer mit Magie geheilt. Der Rekrut hatte nicht dieses Glück. Er war als Kind mehrfach krank und hatte in den letzten Jahren regelmässige Erkältungen.

Das war der einzige grosse Unterschied.« Er räuspert sich und nimmt ein Blatt von seinen Notizen:

»Ich werde jetzt eine Analogie verwenden, für das, was ich entdeckt habe. Wir können uns den Körper als Festung vorstellen. Die Krankheit als Angreifer. In diesem Beispiel ist Grigoris Körper eine schöne und stark verzierte Festung, gute Lage und noch nie belagert worden. Der Körper des Rekruten ist eine kriegsgezeichnete Festung, keine Verzierungen, erfahrene Verteidiger. Diese Festung wurde schon oft belagert, die Mauern sind an den richtigen Stellen verstärkt. So weit verstehen das alle?« Er sieht sich um und fährt fort:

»Nun werden beide Festungen angegriffen. Beide erhalten Vorräte, was den Trank symbolisieren soll. Die erfahrenen Verteidiger nutzen die frischen Vorräte und machen einen Ausfall. Sie wissen alle Schleichwege und auch, wo ihre Gegner am wahrscheinlichsten ihre Lager aufstellen. Sie greifen an und besiegen die Angreifer. Das ist es, was in der Nacht passiert. Am Morgen ist der Angriff bereits abgeschlagen.« Er lächelt:

»Genau das sollte auch bei Grigori passieren, jedoch haben seine Verteidiger noch nie eine Festung verteidigt, Angreifer wurden immer mit Magie beseitigt. Doch diesmal gab es keine Magie. Die Angreifer konnten ohne Umstände ihre Belagerung vorbereiten. Die Verteidiger waren unvorbereitet und die Belagerung fand schnell schwache Mauern und unnütze Verzierungen. Doch hatten die Vorräte genug Verstärkung gebracht, dass die Verteidiger das Bombardement überstanden. Sie sammelten sich und konnten die Angreifer abwehren. Doch war es keine schnelle Aktion, sie brauchte Zeit. Sie erlitten Rückschläge, aber die Vorräte waren genügend gross, auch das auszugleichen. Deshalb war er so lange im Schlaf. Der Trank versorgte den Körper mit allem, was er brauchte, um die Krankheit abzuwehren. Dazu sorgt er dafür, dass alle Energie die der Körper hat, dafür bereitsteht. Deshalb der Schlafeffekt. Grigori hatte nicht schlecht auf den Trank reagiert, sein Körper wusste nur nicht, wie mit der Krankheit umgehen. Das ist die Folge von den magischen Heilungen, sie hatten seine Abwehr geschwächt!«

Grigori hört fasziniert zu, auch die anderen lauschen. Doch waren viele mehr als skeptisch. Es war klar, dass diese Theorie kaum Gefallen fand. Die nachfolgenden Sprecher machten ihren Unmut auch klar. Die meisten bezeichneten Grigoris Trank als Schlaftrank und ein paar behaupteten sogar, es sei mehr ein Gift als ein Hilfsmittel. Je älter der Sprecher umso entschlossener die Ablehnung. Es gab nur zwei andere, die sich positiv äusserten. Eine Kitsune der Schattenschweife, die den Trank klar als ungiftig einstufte und darauf hinwies, dass Gifte nur selten eine heilende Wirkung hätten. Sie machte sich mehr Sorgen über die Herstellung, die laut ihr keiner Tradition gehorchen würde, noch sich verlässlich reproduzieren lassen würde. Ihre Bedenken waren mehr gegen Grigoris Alchemie gerichtet.

Der andere positive Sprecher war ebenfalls jünger und war ein Heiler einer Gruppierung, die sich im Osten bemühte, allen Zugang zur Medizin zu verschaffen. Sie lebten von Spenden und hatten einen guten Ruf. Er war der Forschungsleiter und war bekannt für seine Krankheitsheilungen. Er äusserte zwar Zweifel an der Theorie bezüglich der Körperabwehr, hatte aber Hoffnungen, dass der Trank ihre Arbeit unterstützen könnte. Als alle gesprochen hatten, war Grigori niedergeschlagen. Der Konsens der Versammlung war klar: Sein Trank war im besten Falle kaum mehr als die anderen angeblichen Heilmittel. Viele der Heiler verglichen es mit den einfachen Hausmitteln, wie heisser Tee mit Honig. Es half, war aber kaum ein Heilmittel. Doch war nicht nur er frustriert. Akio, der erste Sprecher, war ebenfalls niedergeschlagen. Seine Theorie wurde verlacht. Die anderen zogen sich aus der Ratskammer zurück und viele der Experten würden am nächsten Tag die Festung verlassen.

»Nun, das sieht schlecht für dich aus, was?«

»Ja.« Er war niedergeschlagen. Thea musterte ihn nachdenklich: »Seltsam, ich hatte den Eindruck, sie wollen nicht, dass dein Trank funktioniert.«

»Den Eindruck habe ich auch bekommen«, stimmt Una zu. Sie setzt sich neben Grigori und lächelt aufmunternd:

»Meister, die haben doch nur Angst, dass du ihren Job klaust.«

»Keine Sorge, so wie die Sache steht, habe ich kaum eine Verteidigung gegen Mutter. Verdammt!« Er stützt den Kopf in die Hände. Dadurch merkt er nicht, wie sich seine Mutter nähert.

»Ich weiss, dass der Trank funktioniert. Aber, wie soll ich sie jetzt überzeugen. Ich fand Akios Theorie sogar sehr spannend und sie würde Manabus Problem erklären.«

»Du glaubst also, dass Akio recht hat?«, fragt die Herrin interessiert. Grigori sieht erschrocken auf und nickt dann:

»Ja, es klang logisch. Aber das ändert nichts.« Er klang niedergeschlagen: »Ich bin bereit, dein Urteil zu hören.«

»Nun gut. Ich habe meine Meinung. Wir haben eine Abmachung.« Sie wirkt entschlossen: »Grischa, ich glaube, dein Trank macht genau, was du wolltest. Ich glaube auch, dass Akio recht hat. Ich werde ihn einladen, hier zu bleiben. Er soll sich das genauer ansehen. Manabu hat mir mehr als genug Beweise geliefert. Ich wollte aber die Experten hören und bin enttäuscht. Sie haben kaum auf die Beweise geachtet. Sie haben sogar an deiner Alchemie gezweifelt und das war für mich der Ausschlag. Du hast bewiesen, wie gut deine Alchemie funktioniert.«

»Ich gehe also straffrei aus?«

»Ausnahmsweise, aber sei gewarnt, du stehst auf dünnem Eis. Im Moment würde ich mir nichts mehr erlauben. Haben wir uns verstanden?«

»Ja, danke, versprochen!« Er strahlt, das war besser als erwartet. Die Herrin verdreht die Augen und gleitet dann zu Akio, der unglücklich seine Unterlagen ansieht. Grigori konnte mit ihm mitfühlen. Manabu schloss sich der Herrin an. Grigori hoffte, dass sie ihn überzeugen konnten.

Die vergessenen Wälder

Die letzten Monate hatte Grigori sich Mühe gegeben, nicht aufzufallen. Der Tag der Jahreswende wurde in kleinem Rahmen gefeiert und Xiri konnte stolz ihre ersten Erfolge präsentieren. Selbst ihre Mutter musste zugeben, dass die junge Harpyie ein Talent für das Brauen hat.

D<small>ER DONNERNDE</small> K<small>NALL HATTE SIE ALLE ÜBERRASCHT</small>. Grigori hatte gerade mit Mari die letzten Jungbrunnen gebraut, Una hatte an einem eigenen Experiment gearbeitet. Sie hatte sich in den letzten Monaten als neugierig und äusserst talentiert herausgestellt. So hatte Grigori ihr erlaubt, eigene Rezepte zu testen. Diesmal schien etwas nicht geklappt zu haben. Rauch erfüllte den Raum und noch immer war Grigori taub. Verwirrt und benebelt, taumelt er in die Richtung, wo Una sein müsste, doch findet er sich vor dem Ausgang wieder. Dort wird er von Cassandra in Empfang genommen, die ihn sofort aus dem Labor befördert. Von dort sieht er, wie Una von Hotaru aus dem Labor gebracht wird. Mari folgt kurz darauf. Noch immer war es still. Besorgt sieht er, dass Mari auf dem Gang zusammenbricht, auch Una war scheinbar bewusstlos.

Nur Momente später tauchen Manabu, Akio und andere Heiler auf. Als sich der alte Heiler daran machen will, Grigori zu umsorgen, wehrt dieser ab und deutet auf Una.

»Erst sie! Sie hat am meisten abbekommen.« Er selber merkte nicht, dass er unnötig laut sprach. Der Heiler zögert und wendet sich dann zu der Halbkitsune. Eine Stunde später waren alle versorgt. Una hatte von der Druckwelle der Explosion schwere innere Verletzungen erlitten. Doch beweist sich Akio als wahrer Meister und sie würde keine Folgeschäden davontragen. Mari hatte ihr Gehör verloren, und sie wurde ausserdem von Splittern getroffen. Manabu konnte jedoch auch hier alles wieder richten. Grigori war am glimpflichsten davongekommen. Sie sassen in der Krankenabteilung und Akio und Manabu untersuchten sie noch einmal. Una würde zur Sicherheit in der Obhut der Heiler bleiben. Als Mari und Grigori gehen dürfen, begeben sie sich sofort zurück zum Labor.

»Was war das?«

»Keine Ahnung! Cassandra, wie sieht es aus?«

»Nun, so weit ganz gut. Ihren Arbeitsplatz gibt es nicht mehr und die Regale mit den Glaswaren sind zum Teil zerstört. Es war nachträglich gesehen ein Fehler, die Regale und Tische aneinanderzustellen.« Die Lamia hält die Tür auf und Grigori mustert die Zerstörung. Sie hatte nicht übertrieben. Doch dies störte ihn kaum. Ihm war die Gesundheit seiner Angestellten wichtiger. Während er und Mari die Seite des Labors untersuchen, die von der Explosion verschont geblieben war, räumen Arses und Nysosia mit Cassandra die Scherben und Trümmer weg. Die drei Lamien machten kurzen Prozess und man begann schnell, sich über den Vorfall zu amüsieren. Die beiden Leibwächter spotten, dass sie Grigori nicht einmal im Labor alleine lassen könnten.

Erst das Eintreffen der Herrin dicht gefolgt von Thea beendete die Aufräumarbeiten augenblicklich, da alle, ausser Grigori, mehr oder weniger fluchtartig das Labor verlassen. Scheinbar erwarteten sie ein Donnerwetter.

»Nun?« Die Herrin mustert ihren Jüngsten erwartungsvoll. Thea sieht fasziniert die wenigen Überreste an, die noch nicht entfernt wurden.

»Was soll ich sagen?« Grigori sieht unruhig seine Mutter an.

»Was ist passiert?«

»Soweit ich es sehe, ist Unas Experiment schief gelaufen.«

»Bitte?« Thea sieht verblüfft auf.

»Nun, ich kann nicht mehr sagen und sie ist noch in der Krankenstube und erholt sich. Morgen wissen wir mehr. Alles, was ich sagen kann, ist, dass wir Glück hatten. Besonders Una, sie wurde übel zugerichtet. Aber Akio und Manabu haben sie wieder zusammengeflickt.«

»Ein Experiment ist schief gelaufen? Hier sieht es aus wie nach einer Schlacht.« Die Herrin kneift die Augen zusammen.

»Ich weiss, aber das war nicht meine Schuld!«

»Sie ist dein Lehrling!«

»Aber ... « Er verstummt und sieht zu Boden. Das würde sich sicher negativ auf seine Pläne auswirken. Er hatte erreicht, dass er im Frühling die vergessenen Wälder aufsuchen darf. Bedingung war, dass er bis dahin nichts anstellen würde.

»Aber was?«

»Nichts, du hast recht. Ich war mit Mari beschäftigt. Wir haben die letzten Tränke des Monats hergestellt.« Dabei deutet er auf die Phiolen, die das Chaos unbeschadet überstanden haben. »Auf einmal ein Knall und danach war alles ein bisschen verschwommen.«

»Du bist unverletzt?«

»Ich hatte Glück. Bis auf Ohrenschäden hatte ich nichts. Mari hatte es schlechter, aber sie wurde komplett geheilt und Una sollte morgen ohne weitere Beschwerden aufwachen. Wir hatten Glück und ich werde Massnahmen treffen, um das in Zukunft zu verhindern.«

Thea lächelt und sieht ihre Mutter an:

»Er kann wohl wirklich nichts dafür. Ausserdem, das sieht teuer aus. Dies sollte Strafe genug sein, meinst du nicht?«

»Schon gut, du musst deinen Bruder nicht retten. Es war nicht seine Schuld. Dein Ausflug ist also nicht in Gefahr, Grischa.« Sie schüttelt den Kopf. »Wie ihr zusammenhalten könnt. Unglaublich.«

Als sich Una am nächsten Morgen an den Frühstückstisch setzt, sieht sie betreten aus. Grigori mustert sie besorgt:

»Alles in Ordnung?«

»Ja, Meister, ich, es tut mir leid. Ich werde die Schäden abarbeiten.«

»Blödsinn, das kann passieren.« Er winkt ab und sieht zu seiner Mutter, die sich an den Tisch setzt. Diese mustert Una und lächelt dann:

»Geht es dir besser?«

»Ja, Herrin, ich bitte darum, dass der Vorfall sich nicht auf Grigori auswirkt, es war meine Schuld.«

»Schon gut, das ist bereits geklärt. Ich habe gestern noch deine Mutter informiert, sie würde sich sicher freuen, wenn du dich bei ihr meldest.« Die Apepi lächelt und wendet sich dann dem frischen Brot zu. Una wirkt beruhigt. Sie hatte sich scheinbar Sorgen gemacht, dass ihr Fehler mehr Konsequenzen haben würde.

»Such nachher gleich Taiki auf, er wird den Kontakt herstellen, verstanden?«

»Natürlich, danke Meister.« Sie lächelt, als er die Augen verdreht, seit Monaten versucht er, den Meister loszuwerden, erfolglos.

»Was ist genau passiert?«

»Ich habe mit dem Feuerkaktus experimentiert. Ich hatte nach Dorians Untersuchungen eine blöde Idee. Du weisst doch, dass ich Feuerkristalle nur mit Mühe gebrauchen kann, oder?« Nachdem Grigori nickt, fährt sie fort: »Die Idee war, dass ich das Rezept für Theias Tränen nehme und Feuerkaktus hinzufüge. Dorian behauptete, dass es funktionieren könnte.«

»Bis jetzt haben alle Experimente mit diesen Kakteen nur Probleme bereitet.«

»Das ist es ja, beide Tränke haben geklappt.«

»Was ist dann explodiert?«

»Nun«, die junge Alchemistin wird rot, »ich habe, wie bei den Tränen, den Blütenteil hineingekippt. Das war wohl eine dumme Idee.«

»Moment, langsam, was hast du genau gemacht?«

»Die Blüten habe ich nach Rezept zubereitet, aber mit dem Kaktus als Zusatz. Die Flüssigkeit wurde feuerrot und als ich sie in den violetten Trank geschüttet habe, erwartete ich dieselbe Reaktion wie sonst: Fettaugen und dann die Perlen.« Sie zuckt mit den Schultern:

»Danach weiss ich nichts mehr. Da war der Knall und Schmerzen. Ich bin erst heute Morgen wieder aufgewacht und habe erfahren, was passiert ist.«

»Bei den Alten!« Xiri hatte fasziniert zugehört. Die Harpyie sass neben Una und schüttelt den Kopf:

»Und Mizu wagt es zu behaupten, ich handle gedankenlos.«

»Was auch so ist! Sie hatte einen Plan!«, verteidigt sich die Kitsune und sieht Xiri böse an. Alle am Tisch beginnen zu lachen, wie so häufig hatte Xiri die Spannung mit ihrer Art abgebaut.

Seit dem Vorfall ist ein halber Monat vergangen. Während Grigori sich weiter Mühe gibt, die letzten Wochen des Winters ohne Vorfall oder Ärger zu verbringen, hatte Una an ihrer ›Erfindung‹ gearbeitet. Die erste Woche hatte sie zusammen mit Cassandra die Schäden im Labor behoben. Dabei hatte sie mit der Lamia eine Schutzausrüstung entworfen. Ein Helm, der ihren Kopf schützen sollte und mit dicken Ohrpolstern ausgestattet war. Dazu hatte Cassandra eine Glasplatte angebracht. So konnte Una sehen und ihr Gesicht schützen. Polsterung und eine Schmiedeschürze aus Leder, Armschienen und Handschuhe vervollständigten den Schutzanzug. Una und die anderen von Grigoris Räuberbande fanden den Anzug genial. Ausserhalb des Kellers lachte man beim Anblick jedoch nur. Aber Una war zu stolz auf ihr Werk, als dass sie das stören würde.

Die zweite Woche brachte dann ihren Erfolg. Sie hatte eine Anlage mit Grigori, Mari und Cassandra gebaut, die kleine, rote, kieselartige Kristalle produzierte. Diese waren stabil, solange sie in der violetten Flüssigkeit waren. Dank dieser Experimente konnte Grigori endlich bestimmen, was die Flüssigkeit war. Er taufte sie ›Magiestabilisierendes Öl‹. Xiri die von Una über den Namen informiert wurde, nannte es ›Manöl‹. Bereits einen Tag später gab Grigori auf, wenigstens Mari und Una dazu zu bringen, den richtigen Namen zu verwenden.

Die Kristalle stellten sich als überaktive Feuerkristalle heraus. Was für den Alltagseinsatz ein grosses Problem bedeutete, da die Kristalle mit allem ausser dem Laborglas und dem Manöl zu reagieren schienen. Una hatte, trotz intensiver Forschung, noch kein Material in der Festung gefunden, das den Kristallen Widerstand bieten konnte. Holz brannte sofort, Metalle wurden zur Weissglut erhitzt, die meisten normalen Glas- und Tonarten zerbrachen. Aber zur Freude von Grigori gab Una nicht auf.

Am Vorabend seines Ausfluges wird Grigori mit den anderen Teilnehmern zusammengerufen. Neben ihm würden Thea, Kaira, Mizuki und Xiri mitkommen. Der Ausflug war auch eine Probe für die kommende traditionelle Reise. Neben den Jugendlichen war auch Grigoris Wache anwesend. Hotaru würde ihn mit Arses, Nysosia und Hinata begleiten. Thelamos und Taiki blieben zurück.

»Also, noch einmal, dass alle den Plan kennen. Morgen früh werdet ihr zum Wachposten im Wald reiten. Von dort werdet ihr mit einem Portal in die vergessenen Wälder gebracht. Qimo und Teiza werden als Empfang dienen. Sie sind bereits unterwegs. Sobald ihr im Wald ankommt, hat Grischa das Sagen. Ihr habt zwar keinen Zeitplan, ich wäre aber froh, wenn ihr morgen Abend wieder in der Festung seid. Sollte Hotaru, Thea und Mizuki die Situation aber für sicher halten, könnt ihr gegebenenfalls im Wald bleiben. Das ist aber klar zu begründen.« Die Herrin mustert alle streng. Es war klar, dass sie sich Sorgen machte.

»Solange nichts schiefläuft, hat Grischa das Kommando, sollte jedoch etwas passieren, übernimmt Thea. Sie hat die Aufgabe, die erste Abwehr zu übernehmen. Hotaru kümmert sich nur um den Schutz von Grigori und Hinata wird augenblicklich ein Portal öffnen.« Alle Genannten nickten.

»Sobald das Portal offen ist, stossen Spezialisten der Nordwache zu euch. Sie kümmern sich um den Schutz der Gruppe und die Magier, die sie begleiten, öffnen weitere Portale. Durch diese kommt eine Hundertschaft der Palastwache.«

»Eine Hundertschaft?« Grigori kann seine Überraschung nicht zurückhalten.

»Ja, ich gehe kein Risiko ein.« Die Apepi wirkt entschlossen.

»Mutter, ich will nur die Dörfer im Wald besuchen. Ich kann nicht weiter von unseren Feinden entfernt sein als dort.«

»Nein, das steht nicht zur Debatte. Hotaru, bei der ersten Gelegenheit bringst du ihn und danach die anderen durch die Portale in Sicherheit, verstanden?«

»Natürlich, Herrin.«

»Mutter, kann ich dich ganz kurz draussen sprechen?«

»Gut, einen Moment, wir sind gleich zurück.« Die Herrin und Grigori verlassen den Raum. Auf dem Gang wendet er sich an sie:

»Bitte, das ist übertrieben. Ich weiss, du willst mich schützen, aber das ... «

»Grischa, ich habe unsere Feinde so oft unterschätzt, diesmal gehe ich kein Risiko ein!«

»Die Spezialisten der Nordwache werden reichen, die anderen und mich in Sicherheit zu bringen.«

»Aber ... ich ... « Die Apepi sucht nach Worten. Grigori wird auf einmal klar, dass sie sich zu fürchten scheint. Es ging nicht nur um seinen Schutz, es ging auch darum, sie selbst zu beruhigen.

»Dir würde es wirklich viel bedeuten, oder?«

»Ja, ich weiss, dass es übertrieben ist. Aber jedes Mal, wenn ich mir sicher bin, läuft etwas schief. Diesmal ist keiner deiner Brüder anwesend. Keiner der Paladine.« Sie seufzt leise und sieht ihn bittend an:

»Grischa, ich hoffe, dass nichts schiefläuft, aber ich will einfach sicher sein, kannst du das verstehen?«

»Ja, ich kann und tue es.« Er nimmt sie in die Arme. So klar hatte er schon lange nicht mehr gesehen, wie viel er ihr bedeutet. Als sie in den Raum zurückkehren, erhalten sie noch weitere Anweisungen, was in besonderen Fällen zu tun ist. Grigori erhebt keine Einwände mehr, auch nicht als ihm befohlen wird, am Abend ein Schlafmittel zu nehmen. Er wusste, die Spezialisten der Festung würden seine Ausrüstung und die der anderen die ganze Nacht noch einmal überprüfen, nichts würde dem Zufall überlassen.

Am nächsten Morgen waren alle bereit. Grigori sass auf Snips und sah amüsiert zu, wie die anderen sich vorbereiten. Diesmal würde auch Kaira reiten. Thea und die Lamien seiner Wache warteten bereits beim Tor. Lys und die Herrin verabschiedeten die jungen Abenteurer und Grigori konnte das Gefühl nicht abwehren, dass sich seine Adoptivmutter zurückhalten musste. Sie schien die ganze Nacht wach geblieben zu sein.

Die Reise verlief ereignislos. Als sie durch das Portal kommen, wird Grigori von der Kälte überrascht. Es dauert einen Moment, bis ihm klar wird, dass er sich nicht in einem Wald befindet.

»Ganz ruhig, Teiza dachte, du würdest dich über die Aussicht freuen.« Die Stimme von Qimo beruhigte ihn. Der Drache sass entspannt hinter ihm und hielt das Portal geöffnet.

»Wo sind wir?«, fragt Kaira, die dicht hinter Grigori folgte.

»Auf einem Berg in der Nähe der Wälder. Dort, die dunkle Fläche, das sind die vergessenen Wälder. Ziemlich grosses Stück Land«, erklärt Qimo, während sich alle versammeln. Der Ausblick war wirklich grandios und Grigori konnte weit sehen. Doch sah er keine Dörfer oder Ruinen, auf die Frage hin, beginnt Qimo zu lachen:

»Keine Sorge, ich habe das Dörfchen gefunden. Auch die Ruine. Sie ist von hier leider nicht zu sehen. Aber siehst du den Berg im Wald?«

»Ja?«

»Sie wurde wie die ewige Festung in den Berg gebaut. Das Dorf liegt vom Berg aus gesehen auf halbem Weg zu uns bei einer heissen Quelle in einem Tal. Teiza wartet dort auf euch. Die Dorfbewohner waren so nett und haben uns gestern am Abend Unterschlupf gewährt. Sie sind einfache, aber ehrliche Leute, wie es im Norden üblich ist.«

»Danke, das war eine tolle Überraschung.« Grigori strahlt über das ganze Gesicht. Der Drache winkt mit einer Pranke ab:

»Schon gut, das war eine Kleinigkeit. Ich öffne jetzt das Portal. Sobald ihr durch seid, werde ich den Berg in den Wäldern aufsuchen. Ihr könnt mich jederzeit rufen. Teiza will ein bisschen fliegen, stört euch also nicht, wenn ein Drache neben euch in den Boden donnert.«

Das Dorf war klein, aber die Häuschen waren gut gepflegt und alles wirkte friedlich. Die heissen Quellen wurden so bebaut, dass alle davon profitieren können, während die hohen Felswände um das Dorf einen guten Schutz vor dem Wetter bieten. Grigori, der als Erstes durch das Portal kam, merkte sofort, wie ruhig es war:
»Teiza, warum ist es so still?«
»Weil alle beim Markt am Strand sind. Hast einen guten Tag erwischt. Einer der Strassenwächter wartet auf euch, er bringt euch hin. Er sollte gleich wieder da sein.«
Als alle durch das Portal sind, verabschiedet sich Teiza. Sie deutete noch auf eine Strasse und erklärte, dass der Wächter gleich kommen würde. Während alle in die gewiesene Richtung schauen, öffnet sich eine der Türen und eine alte Frau mit Gehstock humpelt hervor. Sie murmelt vor sich hin und scheint entschlossen, die Strasse zu überqueren. Als sie vor Thea ankommt, die sich scheinbar im Weg befindet, hebt die Alte den Kopf und faucht:
»Zur Seite!«
Bevor Thea auch nur eine Chance hat zu reagieren, hat die Alte ihren Stock erhoben und verpasst der zukünftigen Thronerbin des Nordens einen Schlag. Die so Zurechtgewiesene macht schleunigst Platz und die Alte humpelt weiter, noch immer schimpfend. Alle starren ihr nach. Niemand schien etwas sagen zu wollen, aus Angst, die Alte könnte sich wieder umdrehen. Erst als die Türe eines anderen Hauses hinter ihr zuschlägt, erklingt eine Stimme:
»Das hätte böse enden können, scheinbar hat Oma aber heute eine gute Laune, normalerweise sind es drei Schläge, wenn man ihr im Weg steht.«
Grigori sieht sich verblüfft um. Ohne ein Geräusch zu verursachen, war ein Mann neben sie geritten. Der wilde Bart und die abgenutzten Lederteile seiner Kleider offenbarten ihn als Jäger. Er wirkte seelenruhig und musterte die seltsame Gruppe interessiert. Obwohl er bewaffnet war, ging von ihm keine Gefahr aus, das war sofort klar.
»Ihr seid die Gäste, die von den Drachen angekündigt wurden?«

»Genau, du bist der Strassenwächter, der uns zum Strand bringen soll?«

»Ja, ich bin Tujre. Kommt, wir sollten los, sonst verpassen wir das Mittagessen.« Ohne auf eine Antwort zu warten, reitet er los. Scheinbar interessierten ihn die Namen seiner Begleiter nicht. Verblüfft folgt Grigori ihm und Thea, die sich immer noch die Schulter rieb, wo der Stock getroffen hatte, folgt ihm, noch immer überrascht über den Vorfall. Kaum hatten sie das kleine Tal verlassen, beginnt Tujre mit Erklärungen:

»Wichtig, wenn ihr ein Pfeifen hört oder seltsame Hilferufe, ignoriert sie.«

»Bitte? Wenn jemand Hilfe braucht…« Grigori wird sofort unterbrochen.

»Dann ruft man hier in den Wäldern Feuer!« Er mustert die Bäume und sieht dann zu dem Jungen:

»Die Wyvern hier sind schlaue Viecher. Sie haben gelernt, einen Hilferuf zu imitieren. Besonders wenn Fremde in den Wald kommen, versuchen sie ihr Glück. Leider fallen viele darauf rein. Kein Wunder, im Norden ist helfen ja ein Gebot.« Er schweigt kurz und fährt fort:

»Schaut auch nach oben, sie klettern gerne. Können kaum fliegen, aber gut springen. Dazu sind sie nie alleine. Aber wenn sie mich sehen, werden sie sich zurückhalten. Leider lockt sie der Trubel des Markttages an, sonst sind sie nie so viel unterwegs.«

»Was ist das für ein Markt?«

»Na, der am Strand. Ist Tradition. Die Gefährtin vom Chef will ja weitere Händler anlocken, aber das wird nix, sage ich euch. Sie meint es ja gut, aber wen kümmert's, was wir hier machen.«

»Wer ist der Chef?«, fragt Grigori, in der Hoffnung mehr zu lernen.

»Na, der alte Halvar. Ist jetzt dann bald dreissig Jahre der Chef. Macht es schlau, lässt seine Gefährtin das meiste machen. Ne kluge Frau. Wie er die gefunden hat, weiss keiner.« Er lacht bei den Worten und Grigori kann selber ein Grinsen nicht unterdrücken.

»Ich habe Bewegungen in den Bäumen gesehen!«, verkündet Kaira, nachdem sie eine Weile schweigend geritten sind.

»Gute Augen, bin beeindruckt. Sie folgen uns schon ne Weile. Wird gleich ein Pfeifen geben.« Wie um seine Worte zu bestätigen, erklang ein Pfiff, der an ein Signal eines Jägers erinnert. Alle lauschen gespannt und kurz darauf hört man ein Krachen und einen Hilferuf.

»Sie geben sich ja richtig Mühe!«, erklärt der Strassenwächter, während sie weiterreiten.

»Sicher, dass es kein wirklicher Angriff war?«, fragt Kaira verunsichert. Sie achtet das Gebot, dass man sich in den Wäldern hilft und war sichtlich unglücklich über die Situation.

»Absolut, bist wohl ne Jägerin. Wenn du hörst, dass einer ›Feuer‹ schreit, dann geh hin, sonst reit weiter.«

»Besteht die Gefahr, dass sie das auch lernen?«, fragt Thea, sie hielt mit dem Trab der Pferde ohne Probleme mit. Auch die Lamien der Wache, wenn auch am Ende der kleinen Gruppe, verloren den Anschluss nicht.

»Leider, sie können aber das ›Feu‹ nicht betonen, man hört immer nur ›euer‹. Leider sind sie schlau genug, um zu versuchen, den Fehler zu tarnen. Wir werden bald ein neues Wort suchen.«

Sie kamen zu einem kleinen Hügel, überall waren Bäume. Der Wald war alt und die Bäume stabil. Selbst auf dem Kamm des Hügels war kaum etwas zu sehen. Doch war der Weg klar und Grigori vermutete, dass die Bewohner viel Zeit in die Pflege dieses Weges steckten. Auf die Frage hin nickte der Strassenwächter:

»Genau, ist Teil meiner Aufgabe. Da es hier nur zwei Dörfer gibt, ist die Verbindungsstrasse sehr wichtig.«

»Wo ist das zweite?«

»Das ist Strand«, das bärtige Gesicht wird zum Grinsen, »Dorf ist das, wo wir herkommen, Strand ist das Ziel. Wenn man vom Dorf spricht, dann ist immer unser Startpunkt gemeint. Einer der Herren des Waldes soll vor langer Zeit mal Namen gegeben haben. Mochten wir nicht, also sind wir bei Dorf und Strand geblieben.«

»Nun, solange alle wissen, was gemeint ist, braucht es keine anderen Namen.« Grigori nickt in Gedanken, als ein lautes Krachen und ein abgehacktes ›uer‹ zu hören ist. Sofort verlangsamt Tujre, er sieht in die Richtung, aus der das Geräusch kam. Als sie halten, kann Grigori die Spannung in den Augen des Wächters sehen. Er lauscht und ein leises, geröcheltes ›euer‹ ist zu hören. Es klang wie jemand, der im Sterben lag.

»Verflucht, wärt ihr nicht, würde ich nachsehen«, murmelt der Strassenwächter, als Kaira auf einen Baumwipfel deutet:

»Da, Augen!«

»Sofort weiter! Das ist eine Falle, verdammt, so nah zum Strand.« Die Tonlage machte klar, dass Tujre es ernst meint. Sie galoppierten los. Grigori wusste, dass alle mithalten können, aber nur auf kurze Distanzen. Aus den Augenwinkeln sah er Bewegungen in den Bäumen. Von überall erklang ein Pfeifen. Doch war da auf einmal ein neues Geräusch. Das Singen von Bogensehnen und Zischen von Pfeilen. Verwirrt sieht sich Grigori um und erkennt Kaira und Tujre, die beide ihre Armbrüste im Galopp feuerten. Jetzt bewährte sich das strenge Training des letzten Jahres. Kaira war langsamer als der Strassenwächter, aber sie schaffte es dennoch, einen Treffer zu landen. Ein Wyvern, kaum grösser als Xiri, fiel aus dem Baum. Auch der Wächter hatte einen ersten Erfolg. Sie waren keine hundert Meter weiter gekommen, als ein Schemen aus den Bäumen auf Grigori zuspringt. Im Versuch, Snips zum Ausweichen zu bewegen, reisst Grigori an den Zügeln, doch zu spät. Der Wyvern traf ihn mit voller Wucht und beförderte ihn aus dem Sattel. Die Landung schmerzte, aber im Versuch, sich von seinem Angreifer zu befreien, rollte er weg und sprang auf. Doch war sein Angreifer bereits tot. Ein Pfeil steckte im Nacken des Wyvern.

»Entschuldigung, war eine Sekunde zu spät«, ruft Xiri, bevor sie einen weiteren Angreifer in der Luft trifft. Das war der Wendepunkt. Ein Schrei und auf einmal war es still um sie. Kein Pfeifen, keine Bewegungen.

Momente später war Grigori umgeben von seiner Wache und Thea. Aber es gab keine Gefahr mehr. So schnell sie angegriffen hatten, so schnell waren sie geflohen. Nur die toten Wyvern zeugten von dem Angriff.

»Alles in Ordnung?«, fragt Thea besorgt.

»Ja, alles noch dran. Was ist passiert?«

»Die Kleine hat die Alpha erschossen«, erklärt der Strassenwächter, der soeben vom Pferd springt. Er beugt sich über Grigoris Angreifer.

»Top Schuss, deine Wachen sind unglaublich gut trainiert.«

»Danke, aber Xiri ist nicht meine Wache. Wo ist sie überhaupt?«

»Sie verfolgt die Wyvern und geht sicher, dass sie ihre Lektion lernen«, erklärt Mizuki, die soeben vom Pferd springt.

»Sammelt die Toten zusammen, die geben gutes Geld. Können sie gleich verkaufen. Mädchen?« Er wendet sich an Kaira: »Kannst du eine Stangenschleife bauen?«

»Natürlich, aber sind wir sicher?«

»Ja, für heute.« Er geht den Weg zurück, entschlossen die anderen Leichen zu holen. Auf ein Zeichen von Grigori, folgten Arses und Nysosia ihm. Thea und Hotaru sahen sich unglücklich an. Die Art des Strassenwächters und die offensichtliche Ignoranz der Gefahr für Grigori schien beide zu verwirren.

»Der ist doch von Sinnen! Wir können jeden Moment wieder angegriffen werden und er sammelt seine Beute ein!«

»Ich glaube nicht, dass wir so schnell wieder angegriffen werden, Hotaru. Entspann dich, es ist alles in Ordnung.«

»Alles in Ordnung? Du wurdest vom Pferd geschlagen. Das ist so ziemlich das Gegenteil von in Ordnung!«, faucht Thea. Während Grigori die beiden beruhigt, kehrt Xiri zurück. Sie landet neben Mizuki und grinst stolz. Kaira und Tujre beendeten das Aufladen der Wyvern. Keiner war grösser als Xiri, alle hatten eine grüne Grundfarbe mit braunen Mustern. Die Pfeile markierten die Beute. Kaira und der Strassenwächter hatten je nur einen Treffer erzielt. Die anderen drei waren von Xiri getötet worden. Alle hatten Pfeile im Nacken. Die junge Harpyie hatte mal wieder gezeigt, wie geschickt sie wirklich war. Nicht nur im Fliegen, sondern auch als Schützin. Selbst Thea war beeindruckt.

»Weiter, wir sind beinahe am Ziel. Jetzt sind wir sicher. Sie greifen nie zweimal an. Xiri? Das war aussergewöhnlich, Interesse, Strassenwächterin zu werden? Hast Talent. Auch du Mädchen, Kaira?« Der Wächter steigt auf und grinst die beiden an. Ohne sich zu vergewissern, ob sie ihm folgen, reitet er los. Die anderen folgen, mehr oder weniger verwirrt und eingeschüchtert. Bis auf Grigori, der das Abenteuer geniesst. Auch Xiri schien den Ausflug zu geniessen. Thea und Hotaru schienen dafür nervlich am Ende zu sein.

Sie waren ein gutes Stück weiter, als Kaira, die sich mit der neben ihr herflatternden Xiri unterhielt, etwas bemerkte:

»Kleine, dein Bogen ist angebrochen!«

»Was? Oh nein, Mutter bringt mich um, wenn der kaputt ist.« Sie gleitet ein Stück voraus und entfernt die Beinschiene, an der ein kleiner, aber ungeheuer starker Bogen befestigt war. Der Köcher, der an der anderen Seite der Beinschiene hing, war leer. Sie sah unglücklich zu Grigori auf, der neben sie geritten war:

»Das ist schlimm! Das wird so was von Ärger geben. Was soll ich jetzt machen?« Sie hält ihm den Bogen hin. Dort, wo er an der Beinschiene befestigt war, konnte Grigori eine Bruchstelle sehen. Zwar hielt er noch zusammen, es war aber klar, dass er nicht mehr zu gebrauchen war.

»Wie konnte das passieren?«

»Ich habe wohl überzogen. Beim Verfolgen. Dachte noch, dass es sich seltsam anfühlt.«

»Nun, du hattest Glück, das kann gefährlich sein«, erklärt Kaira, die aufgeschlossen hatte. Sie mustert den Bogen:

»Du musst ihn mehrfach überspannt haben. Seltsam, das ist dasselbe Material wie der Bogen meiner Armbrust. Das sollte nicht brechen. Meister Icelos hatte mir das extra gezeigt.«

»Nun, ich habe es wohl geschafft. Blöder Bogen, ist Generationen in der Familie und mir geht er kaputt, ist doch typisch.«

»Generationen?«, fragt Grigori überrascht.

»Ja, ist so ne Tradition, die Prinzessin der Blauschwingen führt den Bogen. Mutter hatte ihn mir gestern gegeben.« Die Harpyie wirkt niedergeschlagen. Tujre mustert das Ganze und schüttelt den Kopf:

»Du kannst froh sein, dass der Bogen nicht beim ersten Schuss gebrochen ist. Alte Waffen sind nichts wert.« Damit reitet er weiter. Xiri, niedergeschlagen und sichtlich unglücklich, steigt bei Mizuki auf und Grigori kann sehen, wie sie sich an die Kitsune drückt.

Auf einmal öffnet sich der Wald vor ihnen und gibt den Blick auf eine grandiose Landschaft frei. Von hohen Klippen gesäumt, führte ein Weg in eine Bucht, der Wald schien sich indes nicht in diese Bucht zu wagen. Aufgeregt folgt Grigori dem Strassenwächter. Der Weg führte immer tiefer und bald waren sie von hohen Klippen umgeben. Doch konnten sie erste Häuser sehen und es dauerte nicht lange, bis sie ein von Menschen und, zur Überraschung von den Jugendlichen, Nagas gefüllten Platz sahen. Eine Seite war angrenzend zum Meer, die andere war von Häusern gesäumt, in denen die Gäste ein und ausgehen. Stände waren verteilt und man konnte Lachen und Musik hören. Thea, die beim Anblick der Essstände aufgemuntert wird, hält sie alle an:

»Wir gehen als Gruppe. Hotaru, kannst du dich bei so vielen Wesen um Grigoris Sicherheit kümmern?«

»Natürlich, Arses und Nysosia, ihr bewacht die Pferde. Ich denke, dass ihr aber jeweils was zu essen holen könnt. Hinata, wir folgen Grigori.«

»Gut, ich habe Hunger.« Damit folgt sie Tujre, der auf sie wartet.

Im Dorf angekommen werden die Neuankömmlinge neugierig gemustert, aber auch hier fühlt Grigori keine Bedrohung. Die Pferde werden untergebracht, bis auf das Tier von Tujre, das die Beute transportiert.

»Xiri, komm mit, wir bringen deinen Fang gleich weiter, dann kannst du dir vom Geld gleich was kaufen. Ihr anderen, ich bringe euch erst zu Halvar.«

Sie folgen dem Strassenwächter. An einigen Ständen verkaufen Menschen und Nagas Handwerksgut und Trophäen, an anderen Ständen werden Köstlichkeiten aus dem Meer und den Wäldern zubereitet. Es war kurz vor Mittag und an allen Ständen wurde fleissig gekocht. Sie näherten sich einem Holzdeck, das zum Gasthaus zu gehören scheint. Lachen und Musik sind zu hören und obwohl es kühl war, sassen die meisten draussen in der Sonne. Erst jetzt fiel Grigori auf, in welch genialer Lage das Dörflein lag. Die Sonne konnte genau darauf scheinen, während Wind und Wetter durch die Klippen abgehalten wurden. Sie näherten sich einem Tisch, an dem ein bärtiger, etwas in die Jahre gekommener Koloss sitzt. Er hatte einen grossen Krug in der Hand und lachte. Neben ihm stand eine Harpyie, die Muscheln in ihren Federn hatte, so dass ihre blauen Federn glitzerten.

»Oh, das sieht toll aus!« Xiri deutet auf die Harpyie.

»Das ist die Gefährtin vom Chef. Ne kluge Frau und die Einzige, die ihn im Griff hat.«

Als sie bei dem Häuptling angelangt sind, kann Grigori gerade noch hören, wie die Harpyie ihn anweist, keine Dummheit zu machen und ihre Chance, endlich einen Händler zu überzeugen, die Wälder zu besuchen, nicht zu ruinieren.

» ... du schläfst das restliche Jahr bei den Hunden!« Sie zischt es ihm zu und richtet sich auf, lächelt und ist sichtlich aufgeregt. Sie will die Gäste gerade begrüssen, als ihr Gefährte, der sich durch die Drohung nicht beeindruckt zeigt, laut und amüsiert verkündet:

»Würde euch ja gerne begrüssen, aber meine bessere Hälfte hat's verboten. Glaubt, dass ich mich nicht benehmen könne! Was sagt man dazu.

Ich, mich nicht benehmen?« Er lacht und die Harpyie schliesst entsetzt die Augen. Grigori beginnt zu grinsen. Er kannte das von Kweldulf. Mit einem gezielten Tritt schiebt Halvar einen Stuhl in Grigoris Richtung:

»Setz dich, Junge, hast wohl ein Abenteuer erlebt. Tujre, gab es Probleme?«

»Nicht wirklich. Kleiner Überfall. Die Besucher haben kurzen Prozess gemacht. Beeindruckend gewesen.«

»Na, das hört man doch gerne.«

»Xiri, das ist die Harpyie da, hat ne Alpha erlegt.«

»Bravo!« Das Lob kam von Herzen und munterte die Prinzessin der Blauschwingen sichtlich auf.

»Wenn du deine Beute verkauft hast, stossen wir darauf an! Nun, wir haben Besucher! Das ist ein Grund zum Feiern, findest du nicht, meine Liebste?« Er wendet sich unschuldig an seine Gefährtin, die ihn vernichtend ansieht:

»Natürlich, aber ein anständiger Kerl stellt sich vor und fragt nach Namen!«

»Na, du kannst doch unsere Gäste nicht so beleidigen, der hatte doch gar keine Chance sich vorzustellen.«

»Oh du ... Hrmpf!« Sie schüttelt den Kopf und will sich den Gästen zuwenden, als ihr Gefährte sie wieder unterbricht:

»Verzeiht meine Neugierde, aber so ne Lamia wie dich hab ich noch nie gesehen. Kommst wohl von weit her, was?«

Grigori sieht, wie Theas Augen gross werden. Sie beharrte eigentlich nie auf Titel oder Respekt, war es aber gewohnt, dass man sie erkannte. Bevor sie antworten kann, greift Grigori ein. Er konnte förmlich fühlen, wie die Apepi um ihre Beherrschung kämpfen muss.

»Das ist Theameleia von den Schwarzschuppen, Thronerbin und zukünftige Herrin des Nordens.« Er hatte absichtlich den vollen Titel gewählt, in der Hoffnung seine Schwester zu beruhigen. Diese richtet sich auf und versucht, möglichst beeindruckend zu wirken, was zumindest beinahe klappte.

»Donnerwetter, ein Schlangenhintern ist uns besuchen gekommen.« Halvars überraschter Ausruf war zu viel. Grigori, der sich über den ungewöhnlichen Menschen amüsierte, musste laut lachen. Der Ausruf war so ehrlich und die gutmütige Natur von ihm so klar. Selbst Thea wusste nicht mehr, wie reagieren. Mit offenem Mund starrt sie erst ihren Bruder, dann den Alten an. Danach sinkt sie in sich zusammen und murmelt etwas, das sich nach »die spinnen doch« anhört.

»Verzeiht, mein Mann kann manchmal ... « Die Harpyie sucht nach Worten. Sie wollte irgendwie die Situation retten. Doch Grigori winkt ab:

»Schon gut, ein guter Spass hat noch keinem geschadet. Nun, ich stelle mal alle vor: Das ist Kaira, zukünftige Alpha der Silberfelle.« Kaira deutet eine leichte Verbeugung an und Grigori bemerkt, dass sie sich ebenfalls amüsiert.

»Silberfelle? Schatz, da war doch was.«

»Ja, der Bericht. Das sind die Amarog, die in Not geraten sind.«

»Genau, das war es. Tut mir schrecklich leid, dass dies deinem Volk passiert ist. Würde ja gerne helfen, aber mehr als einen Platz hier in den Wäldern kann ich kaum bieten.« Er mustert Kaira und seine Augen waren von Mitgefühl erfüllt.

»Solche Angebote kann nur der Herr dieser Wälder machen!«, faucht Thea auf einmal. Alle sehen sie überrascht an. Grigori kann nur vermuten, dass sie endgültig am Ende ihrer Nerven war. Sie war es nicht gewohnt, dass man sich ihr oder Grigori gegenüber so verhielt.

»Der Herr der Wälder soll dann mal seinen Arsch hierher bewegen! Dieser Thorris hat uns nur ignoriert. Glaubt wohl, wir sind Abschaum oder so. Solange der nicht persönlich kommt, biete ich Hilfe an, wem ich will!« Halvar mustert die Apepi kopfschüttelnd.

»Therris ist nicht mehr der Herr dieser Wälder. Er hat Verbrechen begangen und wurde enteignet. Deshalb sind wir ja da.«

»Ach, hat's wohl verdient.« Halvar nimmt einen Schluck. Grigori nutzt die Chance und stellt dann die anderen vor.

»Schatz, das sind alles hohe Gäste, wer hätte das gedacht«, unterbricht Halvar grinsend und mustert dann den Jungen, der sich noch immer nicht vorstellen konnte.

»Also, ihr kommt, um zu sagen, dass wir keinen Herren mehr haben? Oder bist du der Bote des neuen Herren? Weil, ich sags dir gleich, interessiert mich einen Scheiss, wer es ist. Wir haben immer alleine alles hinbekommen. Besonders meine Gefährtin. Die hat alles im Griff! Wir haben genug davon, Herren zu haben, die sich nicht mal die Mühe machen, uns einmal zu besuchen oder zumindest einen Brief zu schreiben! Kannst es ihm gleich ausrichten, der kann mir den Buckel runterrutschen. Dann würde er wenigstens vorbeikommen müssen. Können ihn dann gleich den Wyvern vorstellen.«

»Auch wenn ich die Wortwahl meines Mannes nicht begrüsse, stimme ich zu. Ich nehme an, dass du deshalb in so hoher Begleitung gekommen bist. Wir haben mit den Machenschaften von Therris nichts zu tun.« Die Harpyie steht neben ihrem Gefährten und hat eine Hand auf seine Schulter gelegt. Grigori merkt, dass trotz seiner vorherigen Provokation ein enges Band zwischen den beiden war.

»Nun, ich bin kein Bote.« Grigori pausiert kurz in der Erwartung, gleich wieder unterbrochen zu werden, doch mustert ihn der Häuptling nur neugierig.

»Ich bin Grigori von den Schwarzschuppen, Adoptivsohn der Herrin des Nordens, Wächter der Ewigen Festung und der neue Herr der vergessenen Wälder. Und die Wyvern haben sich bereits vorgestellt.« Er grinst breit. Der Frust des Häuptlings über das Fehlverhalten der vorhergehenden Herren war verständlich. Er mochte den Alten bereits. Seine ehrliche und offene Art war zwar ungewohnt, aber nicht weiter unangenehm und Grigori, der im Gegensatz zu seiner Schwester eine gewisse Respektlosigkeit gewohnt war, nahm es nicht weiter tragisch.

»Oh...« Der Häuptling schluckt und sieht auf einmal verlegen aus: »Da hab ich wohl in ein Drasquan-Nest gepisst.«

»Bei den Alten!«, stöhnt die Harpyie neben ihm und legt ihren Kopf in die Hand.

»T'schuldige, is mir rausgerutscht.« Er lächelt Grigori an:

»Nun, ich bin zwar der offizielle Häuptling, aber meine Frau Ylva hier, die macht alles Wichtige.«

»Das habe ich gehört. Ich will gleich einmal klarstellen: Ich will nicht in eure Leben eingreifen. Ich hatte mehr gehofft, eure Hilfe zu erhalten und vielleicht ein bisschen Platz für eine alchemistische Anlage zu beanspruchen.«

»Platz ist so ziemlich das Einzige, von dem wir immer genug haben!«, erklärt Halvar.

»Nun, das ist das eine, das andere: Ich wusste nichts von dem Markt hier und würde gerne Proben der Waren kaufen. Ich habe Kontakt zu vielen Händlern und könnte sie ihnen zeigen.«

»Das wäre fantastisch, das organisiere ich! Das ist genau, was ich gewollt habe!« Die Harpyie hüpft beinahe und bevor Grigori noch etwas sagen kann, ist sie verschwunden.

Als es kurz darauf Essen gab, war Grigori bereits über den Markt informiert. Er hatte eine lange Tradition. So sollen während eines harten Winters die Menschen in ihrer Not zu fischen versucht haben. Sie waren am Verhungern. Sie hatten nur ein kleines Boot und waren auch sonst kaum beim Meer. Als die unerfahrenen Fischer ihre Netze auswarfen, waren sie genau über einem Gebiet, das die Nagas zur Fischzucht verwendeten. Nicht gerade erfreut über die vermeintlichen Diebe, griffen die Nagas zu den Waffen und umringten das kleine Boot. Doch wehrten die Menschen sich nicht. Sie gaben alles zurück und versuchten es an einer anderen Stelle. Nicht wissend, dass sie dort eine der schlechtesten Fanggründe des Gebietes gewählt hatten.

Der Anführer der örtlichen Nagas wurde informiert und nachdem er sich selber davon überzeugt hatte, befahl er, dass man diese Menschen im Auge behalten solle. Das sollte sich als Glücksfall herausstellen, denn die Männer, hungrig und am Verzweifeln, blieben bis spät am Abend. Es war dunkel und die Strömung hatte das Boot immer weiter davon getragen. Die Nagas, die langsam verstanden, dass etwas nicht stimmt, griffen ein. Als sie die Männer zurück an Land gebracht hatten, erfuhren sie von der Hungersnot. Der Anführer, der sich bereits so etwas dachte, hatte Vorräte sammeln lassen und übergab sie. Die Menschen versprachen, die Vorräte wieder zurückzuzahlen. Daraus wurde eine Tradition, und mit der Zeit ein offizieller Markt.

Für Grigori war das ein weiterer Beweis, dass Monster und Menschen zusammenleben können. Selbst Thea wurde besänftigt, als das Essen serviert wird. Spezialitäten aus dem Wald und dem Meer ergaben eine nahrhafte Mahlzeit und der süsse Met, der dazu gereicht wird, schmeckte allen. Während des Essens fragt Grigori, wie Ylva in diese Wälder gekommen ist.

»Nun, das ist eigentlich ganz einfach. Mein Vater hatte sich mit den Falschen angelegt, Mutter und ich mussten fliehen. Ich war etwa so alt wie Xiri.« Die Harpyie muss auf einmal lächeln:

»Wir sind gerade in den vergessenen Wäldern angekommen, um uns zu verstecken, als wir Hilferufe hörten. Mutter, die vor meiner Geburt

Teil der Nordwache war, entschied sofort, dass wir helfen müssen. Wir wussten nichts von den Wyvern. Nun, wir landeten genau zwischen zweien von ihnen. Mutter starb, ich hingegen schaffte es, einen zu töten. Auf einmal durchdrang mich ein stechender Schmerz und ich dachte, der Zweite hätte mich erwischt. Als ich mich umdrehte, stand da so ein Saukerl und legte soeben wieder an. Ich verlor das Bewusstsein, noch bevor der zweite Pfeil traf.«

»Ich schwöre, ich habe auf den Wyvern gezielt!«, seufzt Halvar.

»Aber mich hast du getroffen! Na ja, ich bin einen Tag später in einer kleinen, überfüllten Hütte erwacht. Halvar hatte mich zu sich nach Hause gebracht und sich um meine Wunde gekümmert.« Sie stochert in Gedanken versunken mit der Gabel in ihrem Fleisch herum:

»Er hat sich wirklich Mühe gegeben. Ich wusste nicht, dass er der Anführer der Strassenwächter war, aber ich fing an, mich zu langweilen. Die Verletzung hatte mich stark geschwächt, so konnte ich noch nicht weiterziehen. Also las ich die herumliegenden Pergamente und Berichte und merkte, dass er die wohl sortieren sollte. Hab das übernommen und ein paar Tage später herrschte Ordnung.«

»Hat man davon, hilft man jemandem und die ruinieren dafür ein perfektes Zuhause.«

»Das war ein Schweinestall und ein Wunder, dass du überhaupt noch darin Platz hattest!«

»He, hättest du dich nicht in meine Jagd eingemischt, hätte ich dich nicht beinahe erschossen!«

»Ach sei still!« Sie beginnt zu lachen:

»Nun, irgendwie bin ich da nie wieder weggekommen. Ich kümmerte mich um die Organisation und er half den Waldbewohnern. Als der alte Häuptling starb, wurde Halvar hier gewählt.«

»Wegen dir! Du hast mich so organisiert aussehen lassen, dass alle dachten, ich gebe einen guten Häuptling ab.« Er schüttelt den Kopf:

»Ich habe doch nur immer gemacht, was ich für richtig hielt. Hab geholfen, wo ich konnte und als Dank hat die Saubande mich gewählt. Blödsinn. Aber ich denke, sie wollten immer Ylva und nicht mich. Jeder weiss, dass sie die Kluge ist. Ich bin der Gutaussehende!« Er grinste breit bei diesen Worten.

»Alter Trottel!« Sie küsst ihn und der Koloss strahlt über das ganze Gesicht. Grigori konnte sehen, dass die beiden ein gutes Team waren. Sie erinnerten ihn an seine Mutter und Kweldulf.

Nach dem Essen wanderte Grigori über den Markt. Die Waren waren gut und die Preise besser. Er sah mehrere Produkte, die er ohne Problem in der Festung für das Zehnfache verkaufen könnte. Er war hier in seinem Element und seine Haltung und seine Augen spiegelten seine Freude an dieser Situation wider. Hier waren Monster und Menschen Seite an Seite. Nachdem er sich einen Überblick verschafft hat und ihm klar wird, wie gut die Angebote hier generell sind, beschliesst er, im grossen Stil einzukaufen. Hotaru bekommt den Auftrag, einen Wagen und sein Gold aus der Festung zu holen. Die Kitsune erfüllt beides schnell und Grigori lächelt zufrieden, als Thelamos mit dem Gold aus dem Portal kommt. Halvar und Ylva, die das beobachteten, waren sichtlich beeindruckt.

»Wann endet der Markt?«

»In etwa zwei Stunden, wieso?«

»Gut, dann kaufe ich mal ein.«

»Ich hätte Proben, du musst nichts kaufen?« Ylva wirkt verwirrt.

»Danke für deine Bemühungen, aber ich sehe hier viele gute Geschäfte. Das ist sozusagen mein Spezialgebiet. Ich werde zum Händler ausgebildet.«

»Oh, dann, nun, lass dich nicht aufhalten.«

Grigori geht weiter und die Diener manövrieren den Wagen an den Rand des Marktes. Als sie die Pferde lösen, verliert der Kutscher die Kontrolle über eines und das Tier tänzelt gereizt umher. Thea, die das Ganze besorgt beobachtet, will helfen. Sie hatte ein Talent mit Tieren, doch diesmal nützte es nichts. Das Tier, von den Gerüchen und der ungewohnten Umgebung verängstigt, sieht die Apepi als Gefahr an und schlägt aus. Grigori, der erschrocken zusieht, wie seine Schwester getreten wird, erbleicht, doch scheint Thea der Schlag nichts gemacht zu haben. Sie muss jedoch um ihr Gleichgewicht kämpfen. Ohne es zu merken, war sie zu nahe an den Rand des Holzstegs gelangt und das Pferd trat ein zweites Mal zu. Diesmal gab es ein lautes Krachen, als der Huf Thea verfehlt und einen Moment späte kracht es erneut und die Thronerbin verschwindet mitsamt dem Pferd und einem Teil des Stegs im Wasser. Ihr Gewicht und der Schlag des Pferdes waren zu viel für die Holzkonstruktion, die mehr der Verbreiterung des Platzes diente, als wirklich dem Verladen von Waren auf Schiffe. Sofort eilen Nagas und Menschen herbei, um zu helfen. Grigori, der ebenfalls hingerannt ist, sieht jedoch, wie Thea mit dem Tier im Schlepptau die Rampe besteigt, welche für die Nagas errichtet wurde. Sie hatte im Wasser das Pferd endlich an den Zügeln erwischt und hinter sich hergezogen. Es brauchte keinen Meister, um zu sehen, dass die junge Thronerbin vor Wut kochte. Sie übergab wortlos die Zügel und trocknete sich mit Magie ab. Sie sprach kein Wort, sondern zog sich auf die andere Seite des Marktes zu den Essensständen zurück.

»Mizu? Könntest du nach ihr sehen?«

»Klar Grischa, Lia-Taktik?«

»Ja, hier, kauf ihr damit ein paar Süssigkeiten. Das wird sie hoffentlich besänftigen.« Er konnte ein breites Grinsen nicht unterdrücken. Er wusste, dass die Apepi weder durch den Sturz noch den Tritt wirklich verletzt werden konnte. Und jetzt, wo der Schreck abgeklungen war, war der Vorfall sogar ganz witzig. Immer mehr lachten und Halvar mustert die ausgebrochenen Planken:

»Sind wohl morsch, müssen das Mal kontrollieren.«

»Nun, ich werde den Schaden natürlich bezahlen.«

»Blödsinn, das kann jedem passieren. Wir wollten schon lange umbauen. Ist ein guter Anfang. Hoffe, sie nimmt uns das nicht zu übel.«

»Keine Sorge.« Grigori lächelt und wendet sich wieder den Ständen zu. Der Markt leerte sich bereits, als die Menschen sich auf den Weg zurück zum Dorf machten. Das passte Grigori jedoch, er konnte so gut einkaufen.

»Was sind das für Muscheln?«

»Das sind Trockenmuscheln. Sie können so geschlossen werden, dass Flüssigkeit nicht eindringen kann, oder hier an Land, nicht austreten. Sie werden von uns zur Aufbewahrung von Dokumenten der Menschen gebraucht.« Die junge Naga gab sich Mühe und zeigte, wie die weissen, grossen Muscheln geschlossen werden. Sie waren mit schlichten Schlössern versehen.

»Die Kleinen sind etwa ein Jahr alt. Die grosse hier ist beinahe hundertjährig!« Sie deutet auf eine Muschel, die gross genug war, dass sie als Suppenschale durchgehen konnte.

»Solche hab ich noch nie gesehen.« Grigori hält eine der kleineren Muscheln in der Hand und untersucht sie.

»Nun, die Menschen hier schätzen sie als schöne Behälter und für uns sind sie ein Werkzeug.«

»Was kosten die?«

»Die Kleinen sind etwa fünf Silber, die grosse hier ist zehn Goldkronen.«

»Gut, ich nehme alle, die du hast.«

»Alle?«

»Ja, könnest du mir eine Liste mit den Preisen schreiben? Ich hoffe, einen Händler davon zu überzeugen. Kannst du mehr davon herstellen?«

»Ja, Vater züchtet die Muscheln, ich denke wir können jederzeit mehr bieten. Ich habe eine Liste, aber, das sind mindestens…« Sie mustert die Auslage auf dem Tisch, »…um die fünfzig Gold.«

»Sind das alle, die du dabei hast?«

»N-nein, ich habe noch in den Kisten.«

»Gut, ich nehme die auch gleich. Die gefallen mir und ich denke, dass Una sich über eine neue Probe freuen wird.«

»Ich oh«, die Naga sieht mit grossen Augen den jungen Mann vor sich an.

»Sobald du alles zusammengerechnet hast, zahle ich. Vielleicht kann ich ja ein bisschen Rabatt bekommen.« Er lächelt und die Naga beginnt zu strahlen:

»Natürlich, ich bereite das sofort vor. Danke, das ist ja fantastisch.« Sie dreht sich um und öffnet eine der Kisten. Ohne zu zögern beginnt sie zu zählen. Als Grigori weitergeht, kann er einen älteren Naga zu ihr gleiten sehen und die beiden umarmen sich. Zufrieden geht Grigori weiter. Ohne grosse Umstände kauft er den grössten Teil des Marktes leer. Hörner, Leder, Trophäen und Handwerkswaren. Alles von exzellenter Qualität und Grigori, durch seine Ausbildung imstande, den Wert zu schätzen, wusste, er ging kein Risiko ein. Nachdem er alle Stände kontrolliert hat, setzt er sich neben seinen Wagen und führt Buch. Die Muscheln kosteten ihn am Ende 300 Goldkronen. Er zahlte und bekam bestätigt, dass er jederzeit mehr kaufen könnte. Ähnlich ging es bei den anderen Waren. Am Ende hatte er bis auf ein paar Goldkronen alles investiert. Doch würde er nur mit einem kleinen Teil der Waren sein Geld zurückholen. Wenn er alles verkaufen kann, dann würde er sein Vermögen vervielfachen. Halvar und Ylva sahen fasziniert zu. Grigori war in seinem Element. Der Wagen war voll und wurde nach Hause geschickt.

Es war spät, jedoch waren alle Händler mehr als bereit, länger zu bleiben. Sie hatten an diesem Tag mehr verdient, als sie sonst in Jahren sahen. Dazu hatte Grigori klar gemacht, dass er vorhatte, alle paar Monate so einzukaufen. Er freute sich schon auf das Gesicht von Nixali. Gerade die Hörner der grossen Felsenhörner, die im Norden der Wälder scheinbar weit verbreitet waren, würde er gut verkaufen können. Sie waren ein wichtiger Teil der Bögen. Kaira hatte sich vom Geld ihrer Beute ein paar prächtige Hörner gekauft. Sie wollte daraus eine neue Armbrust anfertigen lassen.

Xiri hatte sich ähnliche Muscheln gekauft, wie Ylva sie in den Federn hatte und Mizuki fand eine schöne Halskette. Einzig Thea hatte nichts gefunden und war auch nicht gewillt, etwas zu finden. Ihre Laune hatte sich kaum gebessert. Sie wollte nur noch nach Hause. Grigori stimmte dem zu. Es war spät. Doch Ylva bat darum, dass er noch mit ins Dorf käme, sie müsse ihm noch etwas geben. Um die Sache zu beschleunigen, schickte er Hinata ins Dorf und kurz darauf traten sie aus dem Portal. Halvar, der dem sichtlich nicht traute, schüttelt den Kopf:

»Mag ich nicht, nächstes Mal reite ich!«

»Hab dich nicht so. Grigori, bitte komm mit.« Sie führt den Jungen zu einer kleinen Hütte und führt ihn hinein. Darin waren mehre Truhen.

»Ich kann endlich die Steuern übergeben.« Sie strahlt und das Licht der Kerze, die sie entzündet hatte, zeigte Grigori, dass sie es ernst meint.

»Steuern?«

»Vor etwa dreihundert Jahren hat einer der Herren gesagt, dass wir Steuern zahlen müssen. Die ersten Jahre wurden sie noch abgeholt. Danach nicht mehr. Wir haben sie aber weiter gesammelt. Wollen ja nicht bescheissen. Seither haben die Häuptlinge jedes Jahr die Steuern gesammelt. So ne Truhe ist etwa zwei Jahre.« Sie deutet auf eine der Truhen. Grigori sieht sich um. Es gab nur drei davon.

»Wenn Not war oder so, dann haben wir das Geld genommen. Haben aber immer alles aufgeschrieben!« Sie deutet auf ein Buch.

»Ich bin beeindruckt!« Grigori sieht zu, wie sie eine kleine Truhe von einem Regal nimmt und sie auf den Tisch stellt.

»Weil wir nicht so viele Truhen voll Gold hier haben wollten, haben die Nagas uns das hier angeboten. Eine Truhe ist jeweils zweitausend Goldkronen. Pro Truhe so eine Perle. Ich hoffe, das war kein Fehler.« Sie öffnet die kleine Truhe und nimmt eine augengrosse Perle heraus. Grigori kann sehen, dass die kleine Kiste beinahe voll ist. Er mustert die Perle im Licht und wird bleich.

»Ist alles in Ordnung?«

»Weisst du, was das ist?«

»Sie sagen dazu Träne des Leviathan. Was das genau ist, weiss ich aber nicht. Haben sie uns reingelegt?«

»Die Nagas haben euch nicht betrogen. Im Gegenteil. Mach den Tausch ruhig weiterhin. Die sind viel wert.«

»Oh gut. Nun, die Truhe gehört ja jetzt dir. Ich will die schon lange loswerden. Ich würde aber gerne die anderen behalten. Wir waren schon öfters froh über diese Vorräte.«

»Natürlich. Hier, behalte fünf. Ich werde dir den Empfang bestätigen.« Er gab sich Mühe, ruhig und gelassen zu wirken, was ihm jedoch schwerfiel. Kaum hatte er die Hütte verlassen, übergab er die Truhe an Nysosia:

»Die bewachst du mit deinem Leben!«

»Verstanden.«

Gute Nachrichten

Als Grigori durch das Portal trat, sah er Lys neugierig die Kisten und Bündel mustern, die von Dienern in die Festung gebracht werden. Sie waren nach der Steuerzahlung ohne Umwege nach Hause gegangen, dennoch war der Wagen bereits fast entladen.

»Wie wird ein Ausflug in einen verfluchten Wald zum Grosseinkauf?«, fragt Lys neugierig, nachdem sie alle begrüsst hat.

»Das war Zufall, sie hatten gerade Markttag und ich konnte Proben kaufen.«

»Proben?«, fragt die Herrin, die soeben aus der Festung auf den Hof gleitet.

»Für die Händler. Ich hoffe, den einen oder anderen in die Wälder zu locken.«

»Wie das klingt! Du scheinst ja einen prächtigen Tag gehabt zu haben.«

»Er war fantastisch!« Grigori strahlt über das ganze Gesicht und will seine Mutter begrüssen, als Thea die Geduld reisst:

»Fantastisch? Das war einer der miesesten Tage meines Lebens! Erst schlägt mich eine alte Frau, dann wirst du fast Wyvernfutter, ich werde beleidigt, ignoriert, von einem Pferd getreten und bin ins Wasser gefallen! Was soll an dem Tag fantastisch sein! Dazu sind die dort alles Wahnsinnige! Brüllen und Lachen. Ohne Anstand oder Respekt.« Sie zählt es an den Fingern ab, flucht leise und gibt einen Laut der Frustration von sich:

»Ich gehe ins Bett. Gute Nacht!«

»Nanu?« Lys mustert die Stelle, wo sich Sekunden zuvor Thea befunden hatte. Sie war ohne Umwege in ihr Zimmer verschwunden.

»Nun, ich hatte einen guten Tag … Sie … das war wirklich nicht der ihre.« Grigori kann ein Grinsen nicht unterdrücken. So leid ihm seine Schwester tat, er liess sich seinen Tag davon nicht verderben.

»Ich weiss nicht genau, wo anfangen ... sie wurde geschlagen?« Die Herrin mustert ihren Jüngsten verwirrt.

»Sie stand Oma im Weg. Und bevor du fragst, mehr kann ich dazu nicht sagen.« Er kichert bei der Erinnerung.

»Nun, es gibt gleich Abendessen. Kommt, ich will alles hören!«

Beim Abendessen erzählt Grigori vom Tag, unterstützt von den anderen. Thea hatte sich nicht mehr blicken lassen und eine kurze Kontrolle hatte ergeben, dass sich die Thronerbin in ihrem Zimmer eingeschlossen hatte. Sie schien tatsächlich niemanden mehr sehen zu wollen. Als er zum Angriff der Wyvern kam, gestand Xiri ihrer Mutter, dass der Bogen brach. Die Herrin der Harpyien wirkt verärgert, doch Grigoris Erzählung über den Vorfall stimmt sie um.

»Bei den Alten, das hätte böse enden können. Ich wusste ja, dass der Bogen schon in die Jahre gekommen ist, aber so schlimm? Es tut mir so leid, Xiri.«

»Schon gut?«, stottert die junge Harpyie und sieht verwirrt auf. Sie hatte mit einem Donnerwetter gerechnet.

»Ich kann nur sagen, dass sie mir das Leben gerettet hat. Wir alle wurden überrascht, selbst Tujre der Strassenwächter. Aber Xiri hat blitzschnell gehandelt. Sie ist damit die Heldin des Tages!« Er lächelt und versucht, den verstimmten Blick seiner Mutter zu ignorieren. Ursprünglich wollte er den Angriff runterspielen, aber das Unglück der kleinen Harpyie und die Reaktion ihrer Mutter bewegten ihn zur Wahrheit. Xiri sah ihn dankbar an. Aus dem Donnerwetter wurde Bewunderung und auch die Herrin äusserte ihr Lob.

»Wenn der Bogen während eines Einsatzes zerbrochen ist, dann ist das etwas anderes!«, erklärt Aurra und lächelt:

»Du hast mal wieder recht. Es ist Zeit, alte Traditionen zu brechen und neue zu starten. Wäre mir aber lieber, wenn du das nicht ganz so bildlich darstellen würdest.«

»Nun, war auch nicht mein Plan. Ich war so im Eifer des Gefechts, dass ich nicht einmal gemerkt hatte, dass der Bogen brach.« Xiri versuchte, gelassen abzuwinken, aber ihre Erleichterung, keinen Ärger bekommen zu haben, war zu offensichtlich. Aurra sah das auch und seufzt:

»Das hatte dir wohl den Tag verdorben. Es tut mir so leid. Ich ... ich ...« Sie sucht nach Worten, doch Xiri schüttelt den Kopf. Sie wusste, was ihre Mutter sagen wollte:

»Ich hatte genug mit dem Markt und dem Essen zu tun. Ehrlich gesagt, hatte ich das mit dem Bogen beinahe vergessen.«

»Gut, sehr gut. Das heisst aber, dass du einen neuen brauchst«, erklärt die Herrin des Nordens und Aurra nickt.

»Mir wurden vor Kurzem interessante Konzepte für magische Bögen vorgelegt. Wäre das eine akzeptable Belohnung für die Rettung von meinem Sohn?«

»Au ja!« Die Harpyie strahlt und scheint alle Sorgen der Welt vergessen zu haben.

Während Grigori weiter erzählt, hören die anderen fasziniert zu. Der Markt war allen unbekannt und die Tatsache, dass die Menschen sich dort mit den Nagas nicht nur abgefunden, sondern eine tiefe Freundschaft mit ihnen führten, überraschte alle.

»So wurde der Besuch eines verfluchten Waldes zum Grosseinkauf. Wozu eigentlich? Hätten ein paar Beispiele nicht gereicht?«, fragt Arsax neugierig.

»Nun, ich kenne den Wert dieser Waren und wenn ich sie so günstig sehe, sagen wir, der Händler in mir hatte zugeschlagen. Dazu sind da ein paar Dinge dabei, die ich für mich will. Una braucht dringend neue Proben.«

»Du hast dein ganzes Geld ausgegeben? Für Proben, die Una vernichten kann?«

»Nein, Arsa, ich habe mein Geld investiert und hoffe, mit reichlich Gewinn und Proben für Una davonzukommen.«

»Ah, oh.« Der Kommandant der Nordwache schüttelt den Kopf:

»Ich habe nur einen kurzen Blick erhascht, das sah nicht gerade nach besonderen Materialien aus. Hörner und Felle kannst du auch hier bekommen.«

»Ja, aber ich müsste drei- bis viermal so viel dafür zahlen.«

»Aha. Du siehst dir die Waren an und weisst das einfach so?«

»Nana, ich werde darin ausgebildet.« Grigori grinst, als sein Bruder den Kopf schüttelt. Handeln und Geldangelegenheiten waren nichts, womit sich der Apepikämpfer anfreunden konnte.

Nachdem er seine Erzählung beendet hat, strahlt er über sein ganzes Gesicht:

»Alles in allem war der Tag super. Nun, für mich zumindest, Thea hatte ein bisschen Pech.«

»Nun, das mag sein, aber ich will trotzdem mit dir sprechen. Ich gehe erst nach meiner Tochter sehen, sie sollte sich jetzt beruhigt haben. Danach will ich mich mit dir in meinem Arbeitsraum unterhalten«, erklärt die Herrin, bevor sie die grosse Speisehalle verlässt. Kurz darauf sind die Jugendlichen alleine am Tisch.

»Danke, Grischa, aber das war wirklich nicht nötig.«

»Blödsinn! Xiri, du hast mein Leben gerettet.«

»Aber die Herrin wird dir nie mehr erlauben, die Festung zu verlassen. Hast du ihr Gesicht gesehen?«

»Keine Angst, ich habe einen Plan. Ausserdem, Thea hatte es ja so oder so schon verraten.« Er wirkt entspannt. Kaira und Xiri sahen sich beunruhigt an und Mizuki schüttelt den Kopf:

»Das Schlimmste daran ist, ich glaube dir das sogar. Du hast ein Talent, deinen Kopf aus der Schlinge zu ziehen. Aber wie willst du das machen?«

»Nun, das sage ich, wenn es geklappt hat. Ich gehe mal lieber los. Wünscht mir Glück!«

Als sich die Apepi hinter ihrem Tisch niederlässt, mustert Grigori sie neugierig:

»Wie geht es Thea?«

»Soweit ganz gut. Sie hatte einen schlechten Tag. Morgen sieht die Welt wieder besser aus.«

»Tut mir leid, dass es ihr keinen Spass bereitet hat, ich hatte gehofft, dass sie das nächste Mal wieder mitkommt.«

»Nun, was das betrifft ... « Sie mustert ihn ernst:

»Grischa, ich bin mir nicht sicher, ob ich dich überhaupt noch einmal gehen lassen will. Du weisst, wir haben das so besprochen. Wenn dieser Ausflug ohne Zwischenfälle vonstatten geht, dann können wir über weitere sprechen.«

»Ja, es hat doch alles geklappt?«

»Du wurdest beinahe von einem Waldwyvern getötet!«

»Ach das? Das war ein Unfall. Das kann hier im Norden schnell mal passieren.«

»Grischa! Das ist kein Argument, das dir hilft!«

»Doch!«

»Bitte?« Die Apepi sieht verblüfft ihren Sohn an.

»Mutter, ich wurde hier in der Festung bereits beinahe dreimal das Opfer eines Anschlages. Und das in nur zwei Jahren. Nach deiner Logik ist die Festung zu gefährlich für mich.«

»Das ist ... Du kannst ... « Sie kneift die Augen zusammen: »Wage es nicht, dass so darzustellen, du weisst genau, dass es so nicht stimmt!«

»Ich meine das ernst, ich bin mir sicher, dass ich in den vergessenen Wäldern sicherer bin als hier. Zudem, ich bezweifle, dass die Wyvern mich aus Bösartigkeit angegriffen haben. Sie hatten wohl Hunger. Das war kein Attentat.« Er lächelt und gibt sich gelassen, was die Apepi scheinbar noch mehr verwirrt.

»Blödsinn!«

»Warum? Sagen wir, man plant einen weiteren Anschlag. Wo würde man mich suchen?«

»Natürlich hier! Aber wenn dich jemand sucht, wird er dich auch sonstwo finden.«

»Bist du dir da sicher? Hier im Norden sollten wir doch über alles Bescheid wissen. Hast du jemals vom Markt in Strand gehört? Wusstest du, dass im vergessenen Wald ein Dorf namens Dorf existiert?«

»Nein, aber das ... «

»Eben, ich bezweifle, dass jemand ausserhalb des Nordens so etwas weiss. Selbst wenn, Fremde fallen in den Wäldern schnell auf.«

»Das ist das fadenscheinigste Argument, das ich jemals gehört habe!« Sie schnaubt verärgert und schüttelt den Kopf.

»Warum also soll ich die Festung nicht verlassen dürfen? Ich muss mich selbst hier ständig bewachen lassen. Ich habe meine eigene Leibwache, die täglich, kurz bevor ich ins Bett gehe, meinen Raum untersucht. Ich werde überall, wo ich bin, von Blutpaladinen überwacht und glaub mir, ich bin langsam ganz gut darin, sie zu sehen. Selbst jetzt steht einer vor der Tür!«

»Du ... du weisst von den Paladinen?«

»Natürlich, es war mir sofort klar, dass sie nicht nur als deine neue Leibwache dienen.«

»Oh, ich dachte, Isabella und ich seien da schlau gewesen.«

»Ich bin überrascht, dass du keinen mit in den Wald geschickt hast.« Grigori kann seinen Triumph nicht verbergen. Er hatte alles auf diese Karte gesetzt.

»Nun, ich wollte dir eine faire Chance geben und«, die Herrin fängt sich und deutet mit triumphaler Geste auf ihn, »es ist prompt schiefgelaufen! Ich habe also doch recht!«

Grigori zuckt zusammen, das hatte er nicht beachtet. Im Versuch zu retten, was er noch konnte, räuspert er sich und schüttelt den Kopf:

»Falsch, der Angriff wäre auch mit einem Paladin passiert und ich bezweifle, dass er schneller als Xiri hätte reagieren können.«

»Das kann ich nicht sagen. Warum eigentlich hast du, obwohl du genau weisst, was auf der Waage steht, so offen zugegeben, in welcher Gefahr du warst?«

»Weil Xiri mein Leben wirklich gerettet hat und ich nicht wollte, dass sie Ärger wegen dem Bogen bekommt. Das mit dem Wyvern hättest du eh erfahren. Ich konnte zumindest ihr helfen.«

»Nun, das ist wahr.« Sie mustert den Jungen. Seine Sicherheit war verschwunden und er wirkte niedergeschlagen. Dennoch lächelt er:

»Nun, ich kann es wohl nicht ändern. Mein Leben als Gefangener dieser Festung geht weiter. Ich werde dann aber meinen Titel als der Herr der vergessenen Wälder abgeben müssen, da ich mein Amt so kaum ausführen kann.«

»Lass das, ich halte nichts von Dramatik. Das ist Noris Gebiet. Verdammt, verschwinde! Ich muss nachdenken.«

Grigori steht auf und will gerade den Raum verlassen, als sie leise fragt:

»Es würde dir wirklich viel bedeuten, oder?«

»Alles, ich würde alles dafür hergeben. Ich, ich will nicht mehr nur in der Festung sein. Ich will den Norden sehen. Ich will Drasquanwürste in Weissmarkt essen und Met in den Drachenhallen trinken. So wie es immer alle erzählen. Vor allem will ich aber in die vergessenen Wälder und ihnen helfen. Sie waren so nett und ich glaube, ich kann ihr Leben verbessern.« Damit verlässt er den Raum. Sein Plan hatte nicht wirklich geklappt, mehr konnte er jetzt nicht mehr machen.

Als er am nächsten Morgen aufwacht, wird er direkt in den Arbeitsraum seiner Mutter gerufen. Die Apepi schien die ganze Nacht wach gewesen zu sein.

»Ist etwas passiert?«

»Ja, nein, ich musste nachdenken.« Die Herrin fährt sich über die Augen.

»Bist du bereit, mir zu versprechen, dass du niemals ohne Leibwache im Norden unterwegs bist?«

»Ja! Natürlich, wieso?«

»Du darfst, wann immer du willst, in den vergessenen Wald. Andere Reiseziele werden mit der Zeit dazukommen. Am Anfang nur in Begleitung. Das heisst zusätzlich zu der Leibwache.« Sie lächelt, als sie das Strahlen ihres Sohnes bemerkt:

»Nur dass wir uns klar sind. Das ist eine Belohnung, weil du dich für Xiri eingesetzt hast. Ausserdem hasse ich den Gedanken, dass du dich als Gefangener fühlst. Du bist mein Sohn! Nicht mein Gefangener.« Sie gähnt unterdrückt.

»Danke! Das ist ja fantastisch.« Er springt auf und umarmt sie. Die Apepi lächelt und drückt ihn an sich:

»Ich werde mir immer Sorgen machen, aber in ein paar Jahren wirst du mit Thea und den anderen auf die Reise gehen und bis dahin solltest du darin Erfahrung sammeln. Mach die üblichen Fehler lieber hier im Norden, wo ich notfalls schnell eingreifen kann.«

»Ich verspreche dir, dass ich mir Mühe gebe, nicht unnötig in Gefahr zu geraten.«

»Das, mein Lieber, ist meine grösste Sorge.«

Da der Tag auch frei von sonstigen Verpflichtungen war, nutzte er die Chance und sortierte erst seine Einkäufe. Nachdem er Una die Proben übergeben hat, zieht er sich in die Wachstube zurück. Dort untersucht er die Truhe mit den Perlen und schnell ist klar, es sind alles echte Perlen. Die Zählung ergab 119 Tränen des Leviathan.

»Alles in Ordnung?«

»J-ja, du weisst wohl nicht, was das ist, oder?« Grigori sieht Nysosia an, die ihm Gesellschaft leistet.

»Nicht wirklich, ich vermute aber, dass es etwas Wichtiges ist.«

»Kann man wohl sagen. Das sind Tränen des Leviathan. Sie sind eine extrem wichtige Zutat für die Verzauberkünste. Normalerweise zermahlt man sie zu Staub, der dann in das Werkstück eingearbeitet wird. Eine kleine Prise und aus einem einfachen Schwert, wird der Rohling für eine magische Klinge. Ein paar Körner in einen Stoff eingearbeitet und du hast einen Mantel, der niemals nass wird oder nicht brennen kann.«

»Das geht also nur mit diesen Perlen?«

»Nicht ganz, es gibt Alternativen, die jedoch schwächer sind. Als ich mich mit Runenmagie beschäftigte, habe ich mich ein bisschen informiert. Wir im Norden verwenden Mondperlen. Sie sind relativ weit verbreitet und kosten nicht so viel.« Er zuckt mit den Schultern.

»Die Tränen des Leviathan sind besonders, weil eine ganze Träne ein guter Magiespeicher ist. Verbunden mit dem Staub, kann ein guter Verzauberer mächtige magische Gegenstände erschaffen. Das Schwert von Casos zum Beispiel, es kann niemals brechen, ist schärfer, als es der reine Schliff erzielen könnte und wird nie stumpf. Die Perle ist im Knauf der Klinge.«

»Ich verstehe, also sind die sehr wertvoll.«

»Kann man so sagen. Wir haben normalerweise zwei in der Festung, eine zerrieben und eine Ganze. Ich weiss, dass Mizuki von ihrer Mutter ebenfalls so ein Set erhalten hat, als sie ihre Ausbildung anfing. Ich selber habe erst einmal zuvor so eine Perle gesehen.«

»Warum? Wir haben Verzauberer hier in der Festung, wir brauchen das doch auch, oder?«

»Das ist das Problem. Da im Osten die Verzauberkunst eine der besten Einnahmequellen ist, teilen sie nicht gerne. Und da sie beinahe ein Monopol auf diese Perlen haben, nun sie sorgen dafür, dass niemand sie so schnell übertrumpft. Jedes Mal, wenn so eine Perle gebraucht wird, muss Mutter förmlich darum bitten. Noriko behauptet immer, sie hätten nur wenige und sie könne sie kaum hergeben.«

»Woher kommen die Perlen?«, fragt Hotaru, die bisher schweigend zugehört hat.

»Aus den Tiefen der Meere. Nur die Skyllen können sie dort abbauen. Sie sind, soweit mir bekannt ist, das einzige Handelsgut, das sie haben.«

»Skyllen?«, fragt Nysosia verwirrt.

»Das sind Monster der Tiefsee. Sie sollen wie Nagas einen menschlichen Oberkörper haben, aber acht Tentakel als Unterleib. Sie meiden

den Kontakt zu anderen. Nur mit den Nagas handeln sie ab und zu, da gewisse Rohstoffe, die sie wollen, nur an Land vorkommen. Mir wurde gesagt, dass sie Gold lieben, aber warum und was sie damit machen, ist mir unbekannt. Mutter soll einmal versucht haben, mit ihnen in Kontakt zu kommen, aber sie hatten kein Interesse. Sie geben uns Landbewohnern die Schuld am Schicksal von Leviathan.«

»Blödsinn!« Hotaru schüttelt genervt den Kopf.

»Nun, egal, irgendwie haben die Kitsunen die Nagas davon überzeugt, dass sie alle Tränen des Leviathans bekommen. Wodurch sie den Handel damit beinahe perfekt im Griff haben. Sie erlauben nur wenige Perlen ausserhalb des Ostens. Und nur zu horrenden Preisen. Wir zahlen etwa 8000 Goldkronen pro Perle.«

Es wird augenblicklich still im Raum. Alle starren auf die kleine Truhe, die ein unfassbares Vermögen beinhaltet.

»So, jetzt wisst ihr, warum ich so aufgeregt war. Die Waldbewohner zahlen nur 2000 Goldkronen pro Perle. Das heisst, die Kitsunen sind entweder Gauner oder werden von den Nagas über den Tisch gezogen.«

»So, wie ich uns kenne, Ersteres«, murmelt Hotaru und schüttelt fassungslos den Kopf.

»Ziemlich sicher. Nun, ich muss Steuern zahlen, also sind das…«, er rechnet und grinst dabei zufrieden, »drei Perlen.«

»Herr, ihr zahlt zehn Prozent, also müssten es zwölf sein.«

»Nun, ich nehme den Betrag, den die Waldbewohner zahlen und teile ihn durch den Betrag, den wir bezahlen. Ich verschenke doch kein Geld!«

»Aber, oh, ich verstehe, deshalb nur ein Viertel.« Nysosia beginnt zu lachen. Auch Hotaru kann ein Grinsen nicht unterdrücken:

»So viel zum Thema Gaunerbande.«

Als sich Grigori auf den Weg zu seiner Mutter macht, hatte er dennoch zwölf Perlen eingepackt, nur zur Vorsicht.

Als er den Arbeitsraum betritt, sieht er Thea zusammen mit ihrer Mutter beim Dokumentelesen. Die beiden sehen auf und Grigori grinst amüsiert. Die Ähnlichkeit der beiden war immer mehr ersichtlich. Selbst der misstrauische Blick war derselbe.

»Was hast du angestellt?«

»Noch nichts!«

»Noch?«, fragt die Herrin zweifelnd, während Thea anfängt zu grinsen.

»Na ja, ich muss mit dir über Steuern sprechen.«

»Okay?« Sie legt die Papiere zur Seite und mustert ihn interessiert. Thea nimmt eine entspannte Haltung an, beinahe, als würde sie ein Theater beobachten.

»Also, leg los.«

»Gut, ich habe gestern erfahren, dass die Waldbewohner seit beinahe drei Jahrhunderten Steuern sammeln, diese wurden jedoch nie abgeholt. Ich habe sie gestern erhalten. Ich will natürlich korrekt sein und den Betrag richtig versteuern.«

»Gut, so wie sich das gehört.«

»Genau. Sache ist, sie haben die Steuergelder in Objekte investiert, die sie günstiger kaufen können als wir. Sie taten das, ohne zu wissen, welchen Wert die Objekte wirklich haben, denn sie wollten den Steuerbetrag natürlich nicht auf diese Weise erhöhen.«

»Was für Objekte?« Wirft Thea ein.

»Kann ich noch nicht sagen, das würde die Antwort beeinflussen.« Grigori grinst breit. Die beiden Apepi werfen sich einen vielsagenden Blick zu.

»Also. Ich würde daher vorschlagen, ich versteure den Wert, den die Dorfbewohner gezahlt haben, das ist ja nur fair, oder?«

»Nun, grundsätzlich ja, die Wertsteigerung war ja nicht das Ziel«, gibt die Herrin zögerlich zu.

»Jetzt die Frage, ich kann die Objekte zu einem besseren Preis verkaufen und dir den Betrag geben, oder ich kann mit den Objekten selbst zahlen. Aber dann könntest du darauf beharren, dass ich den Wert der Objekte ebenfalls beim ursprünglichen Preis ansetze.«

»Ich verstehe, du willst wissen, ob ich mich dazu überreden lasse, dass du mir die ›Objekte‹ zu unserem Preis geben kannst oder ob du sie erst verkaufen musst. Was die Frage beinahe sinnlos macht.«

»Ich will einfach deine Zustimmung zu dieser Vorgehensweise, schriftlich, damit niemand sagen kann, ich würde betrügen.«

»Warum? Jeder weiss, dass du ein Gauner bist«, spottet Thea.

»Was sind das für Objekte? Warum sollte ich zustimmen, ohne das zu wissen.«

»Weil du mir vertraust?« Er sieht unschuldig seine Mutter an, die ihre Augen verdreht. Danach unterzeichnet sie ein Pergament und bestätigt, dass sie, allerdings nur aus Neugierde, mit dem Deal einverstanden ist. Sie hält es ihm hin, aber zieht es weg, als er danach greifen will:
»Raus mit der Sprache!«
»Erst das Papier!«
»Warum, vertraust du mir nicht?« Sie grinst breit.
»Schon gut, Botschaft ist angekommen.«
»Also?« Thea beugt sich vor. Sie wirkt genauso gespannt wie ihre Mutter. Grigori nimmt drei Perlen aus der Tasche und präsentiert sie:
»Hier, die Steuern.«
Die Stille, die folgt, ist umwerfend. Beide Apepi starren die Tränen an. Ohne weiter zu zögern, überreicht die Herrin das Pergament.
»Wo, woher hast du die?«
»Ach, das spielt doch keine Rolle, meine Steuern sind gezahlt und oh, ich sehe ... « Er wollte aufstehen, doch sowohl Thea wie auch seine Mutter hatten ihre Schwänze um je ein Bein geschlungen. Es war klar, dass er den Raum nicht verlassen würde, ohne auf diese Fragen zu antworten.
»Sing, mein lieber Galgenvogel, sing!« Die Stimme seiner Mutter hatte einen gefährlichen Unterton.
»Nun, ich sage soweit aus, wie ich kann, aber ich sage nicht, was die Dorfbewohner dafür zahlen!«
»Das sehen wir noch, also?«
Während Grigori erklärt, bekommt die Herrin immer grössere Augen. Thea hingegen beginnt zu grinsen:
»Du hast noch mehr davon?«
»Ein paar ja, aber die sind meine!«
»Leg noch eine auf den Tisch und ich verzeihe dir den gestrigen Tag, eine Zweite und ich bin sogar bereit, das soeben Gelernte nicht zu missbrauchen.«
»Erpressung!«
»Nennen wir es Verhandlung.«
»Also gut.« Seufzend gibt er zwei weitere Perlen. Als er eine dritte präsentiert:
»Ich gebe die dazu, aber unter der Bedingung, bis Ende des Vertrages wegen der Räume keine Steuern mehr zahlen zu müssen! Du schröpfst mich gerade!«

»Zwei!«

»Dann kann ich ja gleich Steuern zahlen.«

»Ich könnte mir Sondersteuern einfallen lassen, mach drei draus.«

Thea kann ihr Lachen kaum noch zurückhalten.

»Ja, sie hat recht, drei.«

Grummelnd legt er drei weitere Perlen hin. Immerhin hatte er so vier weniger zahlen müssen, als im schlimmsten Fall befürchtet. Als er diesmal aufstand, hielt ihn niemand auf.

Die Zeit verging schnell und Grigori erzielte mit seinen Waren mehrere Erfolge in der Festung. Jedoch war es schwerer als erwartet, die Händler zu überzeugen. Die meisten zeigten Interesse an den Waren, jedoch hatte keiner Lust, den langen Weg oder das Risiko eines Waldbesuches einzugehen. Viele schienen den Fluch zu fürchten. Ketil, der dank Grigori sein Unternehmen ausbauen konnte, schlug vor, dass Grigori selber regelmässig im Wald einkaufen solle, um die Waren dann aus der Festung heraus anzubieten, so könne er den Gewinn selber erzielen. Der Händler bot an, ihm die Waren danach abzukaufen und zu vertreiben. Der Junge konnte ein Grinsen nicht unterdrücken, Ketil bewies mal wieder, was einen guten Händler ausmacht.

Auch Una erzielte erste Erfolge. Die Trockenmuscheln reagierten nicht auf die von Una liebevoll als Drachenerbsen bezeichneten Kristalle. Auch fand sie dank Cassandra ein Metall, das nicht sofort zu glühen anfing. Daraus machte Cassandra kleine Löffel. Das Set aus Muschel und Löffel war eine praktische, wenn auch gefährliche Methode, Feuer zu entfachen. Dabei spielte es keine Rolle, ob das Holz feucht oder gar gefroren war. Eine Drachenerbse, und das Holz brannte. So wie alles andere, was eine entsetze Thea feststellen musste, als eine der Erbsen auf den Boden fiel. Arsax fand sogar ein paar Freiwillige, die den praktischen Nutzen der Erbsen testen wollten. Sie nahmen ein Set mit auf die Jagd und erste Berichte waren positiv, da damit Feuermachen nicht länger ein Problem war. Der kreativste Bericht kam von einem verzweifelten Nordwächter, der die Muschel einem Wyvern an den Kopf warf. Das Resultat sei vergleichbar mit Feuerbällen, laut Bericht. Una, bestätigt durch diesen Erfolg, versuchte, weitere Materialien zu finden.

Der Frühling war beinahe vorbei, als Grigori aus seinem Sprachtraining in den Thronsaal gerufen wird. Kaum eingetroffen, folgen Arsax und Lys. Scheinbar waren alle in der Familie gerufen worden, auch Kaira folgte kurz darauf.

»Jetzt wo alle da sind, Cas hat gute Nachrichten. Er wird sich gleich wieder melden, er wartet nur noch auf einen letzten Bericht.«

Alle setzten sich im Kreis um den Thron und Magier der Festung begannen die Kommunikation. Als das Bild von Casos entsteht, kann Grigori sehen, dass der Kommandant der Armee zufrieden wirkt:

»Hallo zusammen, ich habe so einiges zu berichten.«

Er sieht zur Herrin, die nickt. Augenblicklich verändert sich die Ansicht und vor der geisterhaften Erscheinung von Casos wird ein Kartentisch erkennbar. Darauf war eine Karte des Mondwaldes zu sehen, auf der Modelle die Stellung der Armee symbolisierten.

»Letztes Jahr wurden wir bis spät in den Sommer dauernd angegriffen. Wir waren kurz davor, aufzugeben, als die Angriffe endlich aufhörten. Wir wurden zwar aufgehalten, wenn wir diese Grenze«, er deutet auf eine Linie auf der Karte, »überschritten, mehr aber nicht. Im Winter war es ebenfalls ruhig, jetzt haben meine Späher sich wieder tiefer in die Wälder gewagt. Sie fanden mehrere verlassene Lager vor und die Veteranen der Nordwache haben die Spuren gelesen. Alles deutet auf Kämpfe in den eigenen Reihen und auf Hunger hin. Überall sind leere Vorratsbehälter. Auch haben wir sterbliche Überreste gefunden. Alles deutet auf Kriegsverletzungen hin, wobei es schwer zu beurteilen ist, die meisten der Leichen sind schon zu weit verfallen.« Er nimmt ein Pergament und liest vor:

»Die Erleuchteten haben drei grosse Lager und ein dutzend Spählager aufgegeben. Die wenigen Spuren, die wir noch finden, führen tiefer in die Wälder. Wir haben über einhundert Leichen gefunden und die Vorräte in den Lagern deuten auf mangelnde Versorgung hin. Nicht nur Nahrung, sondern auch Medizin und Ausrüstung. Es scheint, ihnen fehlte ein Gönner wie Grigori, der im Alleingang mehr Amarog mit seinen Lieferungen gerettet hat, als ich mit meiner Armee.« Er lächelt zufrieden seinen Bruder an, der verlegen zu Boden sieht.

»Nun, wir rücken vor, die Jäger der Amarog führen uns zu den alten Siedlungen. Wir hoffen, dort auf Überlebende zu stossen. Jedoch brauche ich die neu ausgebildeten Rekruten, um die bisherigen Gebiete zu sichern.«

»Das lässt sich einrichten, wie viele Amarog leben noch?«

»Schwer zu sagen, mit den bisher Evakuierten etwas über zwölftausend. Das sind die, die wir gerettet haben. Wir hoffen aber auf mehr, die sich in den Wäldern verstecken konnten. Die letzte Zählung der Amarog vor dem Vorfall ergab immerhin eine halbe Million.«

Es wird still. Kairas Gesicht und Haltung drücken eiserne Entschlossenheit aus:

»Wir sind Kämpfer, es wird sicher noch Überlebende geben.«

»Das glaube ich auch, Kaira, wir haben die Nachtwandler um Hilfe gebeten. Sie untersuchen die Wälder von der anderen Seite und die ersten Berichte ergeben ähnliches, verlassene Lager und Tote.«

»Was ist da wohl passiert?«, fragt Arsax.

»Keine Ahnung, wir vermuten, dass die Amulette an Einfluss verloren haben. Wir suchen auch Kontakt zu den Menschen an den Waldrändern, vielleicht haben die Amarog auch die Wälder verlassen. Wir vermuten jedoch, sie haben sich in das Herz des Waldes zurückgezogen. Dort könnten sie noch Jahre aushalten.«

»Klappt der Kontakt?«

»Nein Grischa, die meisten Menschen hassen uns Monster. Die Geschichte mit dem zerstörten Dorf und der besiegten Armee hat sich herumgesprochen. Man behandelt meine Boten wie Späher, mehrere wurden angegriffen.«

»Das ist ein Problem, das wir später lösen. Im Moment ist es wichtiger, dass wir den Mondwald unter Kontrolle bekommen.« Die Herrin wirkt ernst, jedoch sah man auch ihr die Freude über die guten Nachrichten an. Alle bis auf Thea und Grigori teilen diese Freude.

»Tut mir leid, aber ich will erst wissen, wohin eine halbe Million Amarog verschwunden sind. Das sind zu viele, als dass sie alle tot sein können.« Thea schüttelt den Kopf.

»Ja, wir halten Ausschau, aber in diesen Wäldern könnten sich weit mehr Lebewesen verstecken, wenn sie wollen. Und die Amarog sind die geborenen Jäger.« Cas winkt ab, er schien sich seinen Triumph davon nicht nehmen zu lassen.

»Auch ich habe meine Bedenken. Die Amulette wurden von jemanden an die Amarog übergeben, warum sollten sie ihnen nicht weiterhelfen?«

»Grischa, nicht böse gemeint, aber wenn wirklich der Kreuzzug dahinter steht, dann waren die Amarog nur ein Werkzeug, nicht Verbündete. Die wenigsten teilen dein Mitgefühl mit anderen. Ich vermute sogar, dass der Kreuzzug ganz froh über die vielen toten Monster ist, weniger Arbeit für sie.«

»Gut, ich gehe jetzt mit auf eine der Patrouillen, Tomo wird hier bleiben und mit Amy die Berichte kontrollieren. Und keine Sorge, ich werde vorsichtig sein, noch traue ich der Situation auch nicht ganz.« Der Krieger zwinkert Grigori und Thea zu, bevor er sich verabschiedet. Danach bricht der Kontakt ab.

Alle sitzen einen Moment stumm da, bevor die Herrin verkündet:

»Ihr habt es gehört, wir beginnen Fortschritte zu machen. Arsax, bitte bereite mit der Nordwache ein grosses Lager in der Nähe der Festung vor. Die Rekruten der Armee sollen sich dort versammeln. Lys, bitte hol die Karten, ich sage dir gleich, was ich genau will. Thea? Du übernimmst für den restlichen Tag die Regierungsgeschäfte, Grigori, du hilfst ihr dabei. Ich muss da etwas vorbereiten. Kaira, bitte mach dir noch nicht zu viele Hoffnungen. Aber ich verspreche dir, jetzt setzen wir alles ein, um deinem Volk zu helfen.«

Der Anfang ...

An der Spitze der zweiten Brigade ritten Grigori und Mizuki neben Thea her. Kaira und die Herrin hatten die Führung der ersten Brigade an neuen Soldaten für Casos übernommen. Sie waren seit zwei Tagen unterwegs und kamen gut voran.

GRIGORI, DER ALS EINZIGER NICHT GERÜSTET WAR, MUSTERT, wie so oft, neidisch die Kitsune, die eine Kampfmagierrüstung trug. Zwar war sie nur aus leichten Materialien gefertigt, jedoch waren viele Verzauberungen und Schutzmassnahmen integriert. So war der Stoff äusserst robust und konnte kaum mit einem Messer zerschnitten werden. Thea trug eine Rüstung wie Arsax und Casos. Die Soldaten, die ihnen folgten, fast alles Lamien, trugen einfache Rüstungen, stabil und bedeutend besser als alles, was die Menschen normalerweise verwendeten. Nur er trug seine übliche Gewandung, eine schwarze Tunika mit dem kleinen Familienwappen, einem Schwert und einem Dolch.

»Mach doch nicht so ein Gesicht!«

»Ich will auch eine Rüstung!«

»Für was? Du bist eine Flasche im Kampf, eine Rüstung macht das nicht besser.« Thea grinst breit.

»Immerhin bin ich der Wächter der Festung!«

»Ja, genau deshalb verstehe ich nicht, warum du mitkommen durftest. Lys ist noch unterwegs, Arsax auf der Jagd und wir anderen sind alle auf dem Weg, um Amy zu treffen und die Soldaten zu übergeben. Es wäre besser, wenn du in der Festung geblieben wärst oder zumindest sicherer.«

»Sicherer? Thea, wir haben beinahe 5'000 Soldaten um uns. Ich wage zu behaupten, ich bin so sicher wie schon lange nicht mehr. Dazu haben Aurra, Krolu und Sadako alles im Griff. Lys hat versprochen, spätestens bis heute Nachmittag zurück zu sein.«

»Wie schon gesagt, das glaubt keiner. Sie hat eine Ruine gezeigt bekommen. Sie wird bereits wieder vergessen haben, was sie sonst noch tun sollte. Es war zwar nett von Gardar, die Ruine zu melden, aber Lys hätte wirklich warten können.«

»Nicht wirklich, der Gletscher, der die Festungsruine freigegeben hat, scheint grosse Schäden verursacht zu haben und jetzt bricht alles zusammen.« Mizuki lächelt spöttisch:

»Du bist doch nur genervt, weil du keine Lust hast, den ganzen Weg zurückzulegen, nur um danach wieder nach Hause zu teleportieren.«

»Natürlich, warum werde ich bestraft? Es reicht, wenn Mutter sich präsentiert, ich bin gegen meinen Willen hier!« Thea winkt genervt ab, aber alle wussten, wie stolz sie darauf war. Das zweite Bataillon war ihres, bestehend aus einem Mix von jungen, frisch aus der Ausbildung kommenden Soldaten und Veteranen der Nordwache und der Armee, die bisher in Grenzfestungen stationiert waren. Thea hatte das Kommando bekommen, eine symbolische Aktion, die ihr jedoch gefiel. Grigori hatte nur seine Leibwache dabei, wobei diesmal Nysosia mit Taiki in der Festung waren. Hotaru und Hinata hielten sich am rechten Rand der Truppen auf, Arses und Thelamos zur Linken. Der junge Mensch sah amüsiert, wie die Leibwächter mit Bewunderung gemustert wurden, die Soldaten schienen genau zu wissen, wer die Krieger in den nachtschwarzen Rüstungen waren.

Der Weg führte zwischen einer Ansammlung von Hügeln hindurch und wurde immer enger. Es dauert nicht lange, bis Grigori die letzten Reihen des ersten Bataillons nicht mehr sehen konnte. Thea wird auf einmal unruhig und gibt den Befehl, das Tempo zu zügeln. Auf die Frage von Mizuki hin, erklärt sie:

»Ich will nicht, dass wir uns zu sehr aufspalten. Die Taktiker der Festung haben diese Region als potenzielle Gefahrenstelle identifiziert und wir sind bereits jetzt viel zu stark aufgeteilt. Mutter und ich haben das so geplant.«

»Erwartest du einen Überfall? Kein Strassenräuber wird so blöd sein, eine marschierende Armee auszurauben.« Xiri, die mal wieder über ihnen schwebte, bis ihr das Tempo zu langsam wurde, mustert Thea neugierig.

»Blödsinn, Federhirn, es ist schlecht für die Moral. Wir sind ein bisschen langsamer, dafür aber eine geschlossene Einheit. Mach dich nützlich und spiel Kundschafter.«

»Pah, ich sehe nur ein arrogantes Schlangenhinterteil und viele Soldaten, da gibt es nix zu kundschaften.«

»Hey! Was fällt ... bleib gefälligst hier, wenn ich mit dir schimpfen will!« Zu spät, Xiri war bereits wieder davongeflogen, nur ihr Lachen war noch zu hören. Grigori merkte, wie sich die ersten Reihen der Soldaten sichtlich Mühe geben mussten, nicht zu lachen.

»Du bist selber schuld. Hör auf, sie immer als Federhirn zu bezeichnen.« Mizuki grinst und erntet einen vernichtenden Blick:

»Es geht hier ums Prinzip, ich bin immerhin die Thr ... «

»Thronerbin, jaja, aber du weisst auch, dass es mehr ein formaler Titel ist. Sie hingegen ist offiziell eine echte Prinzessin«, unterbricht sie Mizuki. Die Apepi schnaubt und mimt die Beleidigte, doch konnte Grigori sehen, dass sich Thea ihre Laune nicht verderben liess. Unter den Jugendlichen war der Tonfall schon immer so.

Es war bald Mittag und sie hatten ein gutes Stück Weg zurückgelegt. Der Treffpunkt lag hinter der Hügelkette und würde den Soldaten eine Chance auf eine Rast geben. Doch der Weg, der zwischen den Hügeln mäandriert, war mehr schlecht als recht. Das erste Bataillon hatte den schlechten Weg noch verschlimmert und der Abstand zwischen den Trupps wurde immer grösser. Auch das zweite Bataillon hatte sich trotz aller Vorsichtsmassnahmen weit ausgedehnt. Trotz der gewaltigen Distanz und des hohen Marschtempos des Vortages, war die Moral gut und die Soldaten schienen guter Stimmung zu sein. Grigori, der auf Snips eine gute Aussicht hatte, genoss die Landschaft, es war das erste Mal, dass er mehr als einen Tag ausserhalb der Festung war und in der Nacht hatte er kaum schlafen können. Sie waren gerade wieder beim Abstieg von einem der Hügel, als Grigori eine Harpyie auf sich zuschiessen sah. Der blaue Punkt wurde schnell grösser. Doch bevor sie ihr Ziel erreichen konnte, erklang auf einmal ein vielfaches Donnern aus allen Richtungen und Rauch stieg aus den Wäldern auf, die den Weg säumten. Überall waren Schreie, das Scheppern von Rüstungen und Kommandos zu hören. Verwirrt sieht sich der Junge um und erst jetzt sieht er, was los ist. Von überall kamen Gestalten aus den Wäldern. Sie waren umzingelt, bevor sie überhaupt richtig darauf reagieren konnten. Die Angreifer waren Amarog in ihrer Kampfgestalt. Sie waren gerüstet und warfen sich auf die Soldaten, ohne Rücksicht auf ihr eigenes Leben. Grigori sah, wie seine Leibwache sich den auf die Spitze zielenden Amarog in den Weg warfen. Die Zeit schien beinahe still zu stehen. Immer wieder erklang das Donnern und etwas trifft Snips, der laut wiehert, jedoch stehen bleibt. Grigori kann sehen, wie sich vier Angreifer durch die Abwehr der Leibwache durchbewegen. Sie nahmen direkten Kurs auf ihn. Ein glühendes Geschoss trifft einen der Angreifer und schleudert ihn zurück. Mizuki hatte gut gezielt. Doch wird ihr Pferd in diesem Moment von etwas gefällt und sie wird in den Dreck befördert. Hotaru teleportiert sich vor die Angreifer, sie tötet einen und hält einen weiteren auf. Der letzte jedoch war beinahe bei ihm. Snips, der bisher gehorcht hatte, riss aus. Der Anblick des Monsters war zu viel für das Tier. Grigori sah die ganze Szene wie in einer Trance, er wusste, dass er keine Chance gegen einen Krieger dieser Art hatte. Als er seinen Namen hört, dreht er automatisch den Kopf und sieht eine seltsame, magische Erscheinung auf sich zuschissen: ein Loch in der Realität. Ein Blick zurück zeigt, dass sein Angreifer bereits gesprungen war. Die Krallen an den Pranken hatten Snips beinahe erreicht. Da waren sie in dem Loch verschwunden.

Der Aufprall raubte Grigori beinahe das Bewusstsein. Er versuchte, sich aufzurichten, doch gehorchte sein Körper nicht. Er fühlte sich wie ein Beobachter in einem Körper, der nicht ihm gehörte. Durch die Augen sah er den Amarog-Kämpfer. Der Krieger hatte soeben Snips getötet und sein Blick hatte ein neues Ziel gefunden. Grigori sah es und wusste, dass er jetzt sterben würde. Der Körper, in dem er steckte, war gebrochen und gehorchte nicht mehr, doch selbst wenn, er könnte nichts gegen ein Monster dieser Stärke tun. Doch ärgert ihn das kaum noch, ihn nervten nur das laute Rauschen und das dumpfe Stampfen. Konnte er nicht in Ruhe sterben? Das Monster setzt zum Sprung an. Jetzt, Grigori fühlt keine Angst, keinen Schmerz, er konnte jede kleine Bewegung im Fell des Amarog sehen. Die gefletschten Lefzen, der Geifer und das Blut, die ihm aus dem Maul tropften. Das Stampfen wurde lauter und in dem Moment, wo der Wolfartige sprang, da erschien ein roter Schemen. Es war einer der Blutpaladine. Der Amarog wurde von der Wucht des Treffers zurückgeschleudert. Momente später ist er umzingelt von zwei weiteren Paladinen, die ihre Waffen rhythmisch und mit grosser Kraft auf ihr Ziel fallen lassen. Jeder dieser Schläge hätte einen Menschen zerschmettert, der Amarog hingegen schien sie kaum zu spüren.

»Grigori!« Die Stimme hallte und ging im Rauschen unter. Er sah, wie sich Isabella neben ihn fallen liess. Sie rief wieder seinen Namen. Doch konnte Grigori nicht antworten. Momente später spürt er eine Hand auf seinem Kopf und die Fuchsohren einer Kitsune sind zu sehen. Er erkannte, dass es sich um Sadako handelt. Das Rauschen wird auf einmal leiser und ein brennender Schmerz eilt seinen linken Arm hinauf in den Körper. Seinen Körper. Er hatte sich kaum gefangen, als ihn eine neue Schmerzwelle überwältigt. Er schreit sein Leid heraus, so laut er nur kann. Doch war die Kitsune unbarmherzig und fuhr fort. Ein Beben erfasst Grigori und kurz darauf lassen die Schmerzen nach.

»Hab ihn, jetzt ist er stabil. Verdammt, was ist passiert?«

Grigori gibt eine von Schmerzen verzerrte Antwort und Sadako seufzt:

»Thea hat dir im Versuch, dein Leben zu retten, beinahe ein schreckliches Ende bereitet. Eine gewaltsame Teleportation ist aus gutem Grund etwas Verbotenes.«

»Was?« Grigori stöhnt, noch immer bebt er vor Schmerzen.

»Herr, bitte haltet still«, erklingt eine neue Stimme. Es war Akio, der anfängt, sich um die Wunden zu kümmern.

»Wo bin ich?«

»Im Thronsaal der ewigen Festung«, erklärt Isabella, sich Mühe gebend, herablassend zu wirken.

»Wie bin ich hierhergekommen? Was ist mit den anderen? Der Angriff!« Er springt auf und winselt vor Schmerzen. Akio folgt der Bewegung und kümmert sich weiter um die Wunden. Jetzt wird Grigori klar, dass nicht er bebt, sondern die Festung.

»Thea hat dich durch die Schutzzauber in die Festung gebracht. Dabei hat sie den alten Zaubern den Rest gegeben. Das Beben ist das Ergebnis, die Zauber brechen soeben zusammen. Sie geben Teile der Festung auf und versuchen, sich zu stabilisieren.« Sadako klingt ernst:

»Grischa, du bist durch eine Teleportation hierher gelangt. Das hatte deinen Geist von deinem Körper getrennt. Dasselbe Schicksal hatten der Krieger und dein Pferd. Deshalb hatten die Paladine solche Probleme, ihn zu töten, er war bereits tot. Sein Körper wollte nur den letzten Gedanken ausführen, dich töten.«

»Oh, wie habe ich überlebt?«

»Ehrlich gesagt, keine Ahnung. Ich habe nicht einmal eine Idee, wo ich anfangen würde, das Phänomen zu verstehen. Wichtiger ist jetzt jedoch: Die Festung ist in Gefahr, ich muss mich um die Zauber kümmern. Komm, setz dich auf den Thron und bete zu den Alten, dass die Festung dich akzeptiert.«

»Meine Familie ...«

»Ist im Moment egal, die Festung hat Vorrang, komm!«, wird er rüde unterbrochen. Die Kitsune schleift ihn förmlich zum Thron und setzt ihn auf die Säule, die als Sitzposten für die Apepi gedacht war. Augenblicklich verschwimmt alles vor seinen Augen. Es war das erste Mal, dass er so etwas erlebt, wenn er sich auf den Thron setzt. Sadako stöhnt entsetzt auf, sie hatte eine Hand auf seiner Schulter. Auf einmal kann er die Stimme seiner Mutter hören. Sie scheint aus grosser Ferne zu kommen:

»Thea hat es geschafft. Grigori, schwöre mir, dass du die Festung verteidigst. Niemand darf sie erobern. Mein Schicksal und das der anderen spielt keine Rolle, verstanden?«

»Nein, ich muss dir Hilfe schicken!«

»Nein, du wirst niemanden aus der Festung schicken, schwöre es!«

»Ich ... «

»Schwöre es, die Festung ist jetzt das Einzige, um das du dich kümmern musst. Sollten ich und Thea sterben, wird eine neue Schwarzschuppe zur Herrin. Der Klan weiss, wer du bist, bis dahin musst du die Festung bewachen und den Norden führen. Schwöre es!«

»Ich schwöre es, ich werde die Festung bewachen.« Tränen rollen seine Wangen herunter. Er wusste, dass dies unter Umständen das letzte Mal war, dass er seine Mutter hörte.

»Du hast deinen Auftrag, jetzt musst du dich beweisen, Grischa.« Sadakos Stimme ist leise und voller Mitleid.

»Was soll ich tun?«

»Folge deiner Intuition, das scheint stets zu klappen. Ich gehe und kümmere mich um die Schutzzauber. Grischa, du bist jetzt endgültig der Wächter der Festung.«

Der Thronsaal war ein geordnetes Chaos. Tische wurden hereingebracht, Karten verteilt, Posten aufgebaut. Aurra übernahm wie immer die Auswertung der Berichte, Krolu organisierte die Kommunikationsmagier der Festung. Umashankar hatte die taktische Leitung übernommen. Grigori, noch immer starr und totenbleich, sieht ihn auf sich zukommen:

»Grischa, ich muss alles genau wissen: wo, was, wie viele.«

»Ich kann das nicht!«

»Doch, du kannst, ich habe dich dafür ausgebildet. Jetzt reiss dich zusammen!« Grob wird er vom Thron gezerrt und an den Kartentisch gebracht. Dort versucht Grigori, ungefähr den Standort zu zeigen. Es war in diesem Augenblick, als ihm zwei Dinge auffielen. Das Beben hatte aufgehört und es gab noch immer keinen Alarm.

»Warum wurde kein Alarm geschlagen?«

»Weil ich es verboten habe. Niemand muss erfahren, dass wir bereits von dem Überfall wissen.«

»Oh.«

»Das solltest du auch alleine herausfinden. Wir sprechen im nächsten Training darüber!« Diese Worte verfehlten ihr Ziel nicht. Der junge Mensch wird endgültig aus seiner Schockstarre gerissen. Wieder mustert er die Karten und diesmal findet er den Punkt.

»Ich werde meine Truppen sofort vorbereiten. Wenn wir uns mit einem Portal in die Nähe begeben, können wir in zwei Stunden Hilfe liefern!«, erklärt der Kommandant der Palastwache.

»Nein, wir werden keine Truppen schicken.«

»Was?« Der Krieger zuckt zusammen und starrt Grigori erst ungläubig und dann wütend an:

»Ich bezweifle, dass ich mir von dir etwas sagen lassen muss. Die Herrin ist in Gefahr und braucht Hilfe, die werde ich liefern.«

»Ich handle entsprechend meiner Anweisung. Ich hatte eben auf dem Thron kurzen Kontakt. Wir schicken niemanden, verstanden?«

»Nein! Ich werde meine Truppen sammeln.«

Umashankar will gerade eingreifen, als der junge Schwarzschuppe die Hand hebt.

»Ich warne dich, du unterstehst meinem Befehl. Ich bin der Wächter der ewigen Festung und habe meinen Auftrag. Ich werde diese Festung verteidigen und darf niemanden aus ihr losschicken. Ich habe vor, Mutter zu helfen, aber ich habe meine Pflichten und Schwüre, die ich ehre!«

»Und mich interessiert die Meinung von einem Menschen nicht!« Grigori wusste, dass der Kommandant es nicht so meinte. Es herrschte ein Chaos und man war es gewohnt, dass eine Apepi an seiner Stelle stehen würde. Das war der einzige Grund, warum das Schwert, das Grigori mehr aus Instinkt und Training gezogen hatte, dem Krieger eine blutende Wunde im Gesicht zufügte. Er wusste, seine Brüder hätten den Ungehorsam mit dem Tod gestraft:

»Du bist hiermit deines Amtes enthoben und wirst festgesetzt. Ich kann und werde so ein Verhalten nicht dulden. Du wirst, nachdem diese Sache durch ist, verurteilt.«

Der Krieger hatte eine Hand auf die blutende Wunde gelegt, die andere lag auf seinem Schwert. Doch trat soeben ein Paladin neben ihn. Das war genug. Ohne ein weiteres Wort wird der soeben entmachtete Kommandant der Palastwache fortgebracht.

»Sonst noch jemand?« Grigori sah die anderen Offiziere fest an. Er war wirklich nicht bereit, jetzt zu weichen und kann fühlen, dass seine Selbstbewusstheit ihr Ziel erreicht. Niemand meldet sich, damit hatte er die Gefahr für den ersten Moment abgewehrt, doch wusste er, es würde nicht lange dauern, bis der nächste Zweifel aufkommen würde. Er selber zweifelte an der Situation. Er war noch nie so alleine, denn bis jetzt war immer jemand aus seiner Familie bei ihm gewesen, um ihm zu helfen.

»Gut gemacht!«, flüstert der alte Naga-General und deutet dann zur Karte:

»Das ist dennoch ein grosses Problem. Ein Überfall dieser Art endet ohne äussere Hilfe immer schlecht. Was ist dein Plan?«

»Casos, Nysahria und Noriko informieren! Wir brauchen jetzt Hilfe von aussen, denn unsere Hände sind gebunden. Ausserdem, eine Frage: Wie konnte es zu dem Überfall kommen? Ich dachte, die exakte Route sei geheim, es gibt immerhin drei Wege von hier zum Treffpunkt.«

»Hinweis verstanden, kleiner Wächter.«

Grigori dreht sich verblüfft um, nur um zu sehen, wie Miri, die scheinbar etwas gebracht hatte, auf der Stelle verschwand. Niemand sonst scheint dies jedoch wahrzunehmen, alle mustern die Karte oder organisieren kleine Modelle, die als Kartenmarker verwendet werden. Umashankar nickt nur und deutet zu den Magiern:

»Geh, ich sehe, was ich aus deinen Daten lesen kann.«

Die Magier hatten bereits drei Gruppen gebildet. Doch konnte Grigori sehen, dass etwas nicht stimmte:

»Was ist los?«

»Wir ... wir kommen nicht durch. Es ist wie eine Wand zwischen uns und dem Osten.«

»Bei uns das Gleiche. Kein Kontakt zu Casos.«

»Kein Kontakt zu Nysahria, ebenfalls eine Wand.«

»Was?« Grigori bekommt grosse Augen.

»Jemand verhindert den Kontakt, jedoch sind das keine gewöhnlichen Zauber, die könnten wir umgehen.« Der Magier klang selbstsicher. Grigori mustert den Anführer der Spezialisten unwillig:

»Versucht es als Block zusammen, erst den Osten!«

»Ja, Herr.«

Wieder beginnen sie zu zaubern, diesmal waren sie in einem grossen Kreis, einen leisen Singsang von sich gebend. Aus Sekunden werden Minuten und der Schweiss auf den Gesichtern zeigt, dass sie noch immer versuchen, die Mauer zu durchbrechen.

»Stop! Aufhören! Falle, das ist eine Falle!« Grigori dreht sich verwirrt um und sieht, wie Dorian auf die Gruppe zuspurtet. Der junge Kitsune hatte seine fünf Schweife zu einem Rad geschlagen, ein Zeichen, dass er aufgeregt und halb in einem Zauber war. Ohne zu stoppen, stürzt er sich auf den Anführer der Magier und der so aus seiner Konzentration und dem magischen Block Gerissene bricht bewusstlos zusammen. Auch die anderen Magier stöhnen entsetzt auf und viele klappen bewusstlos zusammen. Inert Sekunden waren sämtliche Kommunikationsmagier der Festung ausgeschaltet:

»Dorian!«

»Falle, sie wurden ausgesaugt, ich wusste nicht, was ich sonst tun soll.« Dorian stand betreten zwischen den Bewusstlosen. Seine Haltung bewies den Ernst seiner Worte.

»Ausgesaugt?«

»Ich weiss nicht, wie ich es nennen soll. Ich habe es gespürt. Sie hat unsere Tränen der Theia gefressen und sich beruhigt, dann war da ein starker magischer Strom, der immer stärker wurde. Fühlte sich an, wie die Festung zuvor. Ich musste handeln.«

»Dorian, bitte versuch, dich zu konzentrieren, diesmal ist es wichtig! Wer hat was gefressen?«

»Die Festung, sie hat unseren Vorrat an Manasteinen aufgebraucht. Ist die gleiche Magie, hab es gespürt. Mari und Una machen neue, die werden aber alle immer gleich gefressen. Ist aber gut so, die Festung ist am Verhungern, die alten Kreuzpunkte sind nicht mehr stark genug.«

Dorian sieht zufrieden Grigori an, für ihn war das eine klare Erklärung. Grigori hingegen hatte Mühe zu folgen:

»Was hat das mit ihnen zu tun?«

»Die Magie von ihnen wurde gefressen, wie die Magie der Tränen. Aber nicht von der Festung. Hab sofort gehandelt, du sagst immer, wir müssen helfen, wenn wir können, Herr.«

»Nun, ja, schon, aber«, Grigori sieht die Bewusstlosen an, »vielleicht nicht ganz so gewaltsam?«

»Hab versucht, ihren Zauber zu unterbrechen, war aber zu langsam. Die Magie war am Fliessen. Konnte sie nicht mehr überreden.«

»Wen wolltest du überreden?«

»Die Magie, Herr.«

»Verstehe. Danke, geh bitte zurück ins Labor und hilf Mari. Wenn die Tränen helfen, sollen sie alle Vorräte opfern.«

»Okay, soll ich Taiki hochschicken, Herr?«

»Wozu?« Grigori stöhnt innerlich. Sonst ärgerten ihn Dorians Gedankensprünge kaum, aber im Moment konnte er sich nicht darauf konzentrieren.

»Du brauchst doch einen Kommunikationsmagier, Herr.«

»Nun, das stimmt. Gut, schick auch Cassandra, ich brauche sie dringend.«

»Oh, ist wieder ein Tisch kaputt?« Der Junge sieht sich interessiert um. Als er den Blick von Grigori sieht, zuckt er zusammen und eilt aus dem Saal. Es gab noch eine letzte Möglichkeit. Grigori hatte sich in seinem Moment der Panik, als die Magier erneut gescheitert sind, daran erinnert.

Als die Lamia in den Saal gleitet, waren die meisten Magier zumindest wieder ansprechbar, sie würden jedoch eine Weile ausser Gefecht sein.

»Herr?«

»Komm, ich habe noch eine Chance, wenn die auch versagt...« Er will den Satz nicht beenden und die Lamia scheint zu verstehen. Sie folgt ihm in das Arbeitszimmer der Herrin des Nordens.

»Da in der Truhe sind Drachentränen. Ich kann dir erklären, wie sie funktionieren, aber ich kann sie selber nicht verwenden.«

»Gut, welche brauchen wir?«

»Ich ... ähm ... ich habe die noch nie verwendet. Ich weiss es nicht. Ich weiss nicht mal, ob ich sie nehmen kann. Sie könnten mit Magie geschützt sein. Dazu ist die Truhe verriegelt.«

»Gut, dass wir Experten darin sind, Dinge zu ›borgen‹.« Der Spott der Lamia war kaum zu überhören. Grigori, musste trotz allem kurz grinsen. Das stimmte wirklich. Miri hatte ihnen allen einfache und zuverlässige Methoden beigebracht, Truhen zu öffnen und Schutzzauber zu umgehen. Doch war es nicht nötig, der Ring öffnete die Truhe und gab die drei Steine frei.

»Also, welchen, Herr?«

»Wir nehmen alle. Ich muss mit Noriko sprechen, nur sie kann uns jetzt noch helfen. Es ist schon viel Zeit verloren gegangen.«

Die Steine lagen auf dem Tisch und Cassandra hatte eine konzentrierte Miene, doch bisher hatten sie keinen Erfolg. Grigori wollte schon abbrechen, als einer der Steine aufleuchtet und das Gesicht einer Miniri sichtbar wird. Überrascht hört Grigori in der Sprache des Südens:

»Nanu, ein Mensch? Ich nehme mal an, dass du Grigori bist, oder?«

»Ja Herrin, ich bitte um Verzeihung, wir sind in einer Notlage und ich weiss nicht, welche der Drachentränen die Herrin des Ostens erreicht.« Er stotterte seine Antwort in derselben Sprache. Er hatte die Herrin des Südens noch nie gesehen und hoffte, sie würde ihm die Frechheit nicht übel nehmen.

»Oh nein, das muss schlimm sein, wenn du zu diesem Mittel greifen musst. Ich würde dir ja helfen, aber ich habe weder Mittel noch Wege dazu. Ich werde jedoch meine Priester bitten, der Sonne Opfer zu bringen, sodass ihr Licht dir aus der Dunkelheit hilft.«

»Danke, Herrin, ich weiss das zu schätzen.« Damit beendet er den Kontakt. Zumindest wussten sie jetzt, welcher der drei Steine der falsche war.

»Wenn du fertig bist, blöde Floskeln auszutauschen, würdest du mir erklären, was das hier soll?«

»Noriko! Den Alten sei Dank, wir brauchen Hilfe!«

»Schon klar, was hast du angestellt?« Die Kitsune sieht ungeduldig aus. »Dazu, warum die Drachenträne?«

Während Grigori erklärt, wird die Herrin des Ostens immer bleicher.

»Wir brauchen Hilfe.«

»Keine Chance, ich muss mich erst um die Festung kümmern. Dummes Mädchen, obwohl, sie hat es gut gemeint.«

»Was?«

»Thea, ihr Handeln ist wie immer unbedacht und hat unerwartete Konsequenzen. Grischa, ich werde ein Ritual starten, das seit mehr als dreitausend Jahren vorbereitet wird. Wir müssen die Zauber der Festung wieder aktivieren! Das hat höchste Priorität.«

»Aber, meine Mutter …«

»Hat ihre Schwüre und Pflichten. Grischa, diese Festung ist mehr als nur dein Zuhause, sie ist ein wichtiger Stabilisator dieser Welt! Wie genau, weiss niemand mehr, aber wir müssen das jetzt klären. Ich lasse natürlich Soldaten und Heiler vorbereiten, aber ich kann erst in etwas über einem Tag Hilfe schicken, verstanden?«

»Ja, ich verstehe.« Grigori kann seine Panik kaum noch im Schach halten. Er hatte nicht bemerkt, dass auch der letzte der Steine aktiv war. Er wusste nur, dass er alleine war. Noriko war seine letzte Hoffnung gewesen. Jetzt war ihm auch diese genommen. Das Blut pulsiert in seinem Kopf und seine Sicht verschwimmt. Er hatte das Gefühl zu ertrinken. Er gibt ein Würgen von sich, denn in diesem Moment sickerte die einfache Wahrheit ein. Er war alleine. Niemand konnte ihm jetzt noch helfen.

»Atme!«

Überrascht schnappt er nach Luft und merkt, dass es ihm augenblicklich besser geht.

»Gut, so ein Moment der Panik ist verständlich, aber lass dich davon nicht erdrücken.«

Grigori sieht sich verwirrt um. Die Stimme war tief und hatte eine Ähnlichkeit mit Umashankars Stimme.

»Die Drachenträne, Grigori.«

»Oh, verzeiht Herr, ich …« Grigori stottert eine Entschuldigung.

»Keine Sorge, ich habe alles gehört. Soeben werden die Armeen der Nagas zusammengerufen. Die Glocken im Meer erschallen!« Der Herr des Westens sieht Grigori aus weisen und gütigen Augen an.

»Bitte?«

»Mein Sohn ist gerade dabei, seine persönliche Garde zusammenzutrommeln. 3000 der besten Krieger des Westens. Meine Töchter hingegen testen, ob der ganze Norden von diesem Kommunikationsschutz betroffen ist.«

»Oh.«

»Dhrardekha wird sich in Kürze bei dir melden Grigori, wenn alles klappt, dann will ich mit Umashankar sprechen. Verzeih, aber ich glaube, er ist besser geeignet, mir strategische Daten zu übergeben.«

»Natürlich, ich, danke Herr, ich weiss nicht, was ich sagen soll.«

»Nichts, Grigori, deine Mutter und ich sind alte Freunde und wir helfen gerne.«

»Danke, ich gehe in den Thronsaal. Ich lasse meine Getreue hier, Cassandra, sie wird allfällige Botschaften übermitteln.«

»Warum nimmst du die Träne nicht mit?«

»Ich, ich habe meine Gründe, mehr kann ich im Moment nicht sagen.«

»Verstehe, akzeptiert.«

Als er den Saal erreicht, wartet Nysosia auf ihn:

»Herr, Mari lässt ausrichten, dass die Vorräte bald alle sind. Sera geht dazu über, so viele der Vergissmichkräuter wie möglich zu ernten. Sie wird nur genug übrig lassen, dass wir die Zucht von vorne beginnen können.«

»Sehr gut, geh bitte zum Arbeitsraum meiner Mutter, sollte Cassandra eine Botschaft haben, überbringe sie mir.«

»Verstanden, Herr.« Sie verlässt den Saal und Grigori eilt zu Umashankar, um ihn über die neue Situation zu informieren.

»Sehr gut, das ist die bisher beste Nachricht. Ich werde alles vorbereiten, sodass die Daten schnell übermittelt werden können.«

»Wie genau sollen die Nagas helfen?«

»Nun, es gibt zwei potenzielle Portalsteine in der Nähe des Überfalls. Beide sind jeweils etwa zwei Stunden mit einem Pferd entfernt. Mit einem schnellen Pferd vielleicht eine Stunde. Wir könnten eine Vorhut zu einem dieser Steine schicken. Aber selbst wenn sich die Truppen beeilen, reden wir von etwas über drei Stunden Weg. Mit allem können wir in knapp fünf Stunden die erste Hilfe schicken.«

»Fünf Stunden?«

»Das sollte gerade noch reichen. Wenn sich Thea und die Herrin an die üblichen Protokolle halten, dann sollten sie jetzt grosse Kreise gebildet haben, die Angreifern lange standhalten können.«

»Wenn nicht?«

»Dann sind sie bereits tot. Tut mir leid, das so zu sagen, aber Überfälle dieser Art enden immer schlecht für die Angegriffenen. Die Ausbildung und die Kampfkraft der Überfallenen entscheidet nun, wie lange der Kampf dauert. Wir vermuten einen Schnitt von acht Stunden. Aber die Truppen waren bereits erschöpft, somit verringert sich das Ganze auf sieben.«

»Seit dem Überfall?«

»Ja, die erste Stunde ist vorbei, wir müssen uns beeilen.«

»Können wir sonst gar nichts tun?«

»Nein, selbst wenn wir die gesamte Palastgarde schicken würden, es dauert auch für uns um die vier Stunden. Grigori, jetzt ist es wichtiger, nicht überstürzt zu handeln. Wir können kleine Trupps schicken, die schneller sind. Diese werden jedoch in ihren Tod eilen, ohne viel zu bewirken.«

»Verstehe. Wir warten also auf die Nagas.«

»Genau.« Umashankar legt eine Hand auf seine Schulter. Die Geste spendet ihm Trost, er weiss aber, dass sein Kampfmeister ihm keine falsche Hoffnung machen will. Bevor er jedoch antworten kann, meldet sich Taiki:

»Kontakt, Herr.«

»Wer?«

»Moment, jetzt!«

Damit erscheint die Abbildung von Dhrardekha vor Grigori:

»Hallo Grigori, gute Nachrichten! Es scheint, dass nur die Grenzen des Nordens abgeschirmt sind.«

»Dekha! Moment, die ganzen Grenzen?«

»Habt ihr versucht, Kontakt zu euren Grenzfestungen zu bekommen?«

»N-nein.«

»Nun, wir haben es versucht, keine Chance, jemand wollte auf Nummer sicher gehen. Nun, ich bin in Schwarzkliff. Könntest du bitte Rodmar melden, dass ich kein Feind bin? Seine Stadtwache hat uns umzingelt, man scheint nicht ganz zu wissen, was jetzt zu tun ist. Menschen halt.«

»Menschen!« Grigori steht wie vom Blitz getroffen vor der Abbildung.

»Bitte? Ja, Menschen, ich bin in Schwarzkliff im Hafen.«

»Du bist ein Genie! Ich habe die Menschen vergessen.«

Die Prinzessin des Westens sieht verwirrt zur Seite, scheinbar zu einem Begleiter:

»Ich wiederhole: Bitte?«

»Die Menschen! Wir melden uns gleich wieder.«

»Wart ...« Zu spät, Taiki hatte den Kontakt beendet:

»Soll ich Rodmar informieren?«

»Ja!« Grigori sieht zu den Kommunikationsmagiern, ein paar waren wieder auf ihren Beinen:

»Ihr da, Kontakt zu Dhrardekha, Umashankar soll ihr alle Daten übergeben.«

Momente später sah Grigori auf das Abbild von Rodmar:

»Grigori! Ich wollte mich schon melden, bei mir im Hafen ist ein Rudel Nagas aufgetaucht! Behaupten im offiziellen Auftrag des Nordens zu handeln.«

»Das ist so! Bitte hilf ihnen, wo du nur kannst. Wir stecken in der Klemme.« Grigori bringt den Häuptling auf den aktuellen Stand der Dinge.

»Verstehe, ich lasse sofort Alarm auslösen. Melde dich bei der Weissen Hexe, sie kann die Botschaft am schnellsten verbreiten.«

»Danke, werde ich.«

Damit brach der Kontakt ab und Taiki nahm augenblicklich Kontakt zur weissen Hexe auf. Diese meldete sich beinahe sofort, war sie nicht auf einen anderen Magier angewiesen:

»Grigori?« Sie mustert ihn überrascht. Grigori erklärt auch ihr, was los ist und die Abbildung der weissen Hexe springt auf. Bevor Grigori versteht, was los ist, zuckt er zusammen. Die Hexe brüllt aus voller Lunge:

»Schlagt Alarm, sammelt die Eisreiter. Die Herren des Nordens werden angegriffen. Alle Magier in den Thronsaal.«

Danach wendet sie sich wieder an Grigori:

»Ich bereite alles vor. Frage: Wo ist Lysixia? Sie könnte in Gefahr sein.«

»Verflucht, ich lasse gleich wieder Kontakt zu dir herstellen. Unsere Magier sind allmählich wieder einsatzbereit.« Damit endet auch dieser Kontakt und Taiki seufzt leise. Grigori wusste, dass er viel forderte, doch jetzt hatte er auf einmal keine Zeit mehr. Momente später erscheint Gardar vor ihm. Der Häuptling sitzt auf einem Thron und hält einen grossen Krug in den Pranken:

»Grigori! Schön, mal was von dir zu hören. Bevor du fragst, Herrin Lysixia ist noch unterwegs, hat wohl die Zeit vergessen.«

»Gardar, du musst sofort nach ihr schicken. Sie könnte in grosser Gefahr sein!«

»Was'n los?«, fragt der Häuptling verwundert. Nach der kurzen Erklärung springt er auf, dabei wirft er den Krug achtlos zu Seite:

»Verdammte Scheisse! Haldar! Schnapp dir deine Saufköpfe und eile zu den Ruinen. Schlepp sie notfalls gegen ihren Willen hierher. Du da, lös Alarm aus. Du, sammle meine Wache. Du hol meine Waffen.« An Grigori gewannt:

»Keine Angst, sie wird hier in die Schatzkammer gesperrt, da kommt keiner an sie! Die Drachenfestung ist noch nie erobert worden!«

»Danke, informiere sie bitte, vielleicht kann sie uns helfen.«

»Gut, wo ist dein Bruder? Der Taugenichts von Kommandant der Nordwache?«

»Arsax ist auf der Jagd, wieso?«

»Weil, wenn die Feinde so gezielt vorgehen, könnten sie ihm auflauern. Kannst du ihn warnen? Er soll sonst zu einer der Hauptstädte fliehen. Die Hexe wird bereits alle Wichtigen informiert haben und man wird ihm Unterschlupf gewähren.«

»Oh, daran hatte ich nicht gedacht, danke. Bitte melde mir, wenn Lys in Sicherheit ist.«

»Versprochen.«

Trotz aller Versuche war Arsax nicht zu erreichen, aber Grigori liess schnelle Läufer der Nordwache aus dem Lager in seiner Nähe losschicken. Sie würden ihn informieren. Kaum war das erledigt, meldet sich die weisse Hexe bei ihm:

»Alle Häuptlinge sind so weit informiert. Die Reiter der Weissmarkt sind sich am Sammeln. Harkar hofft, innert einer Stunde mit mehr als 4'000 Mann loszureiten. Er hatte gerade erst eine Übung abgeschlossen, deshalb das Tempo. Ich werde mit etwa 1'000 Mann zu ihm stossen. Wir nehmen Portale und hoffen so, innert der nächsten zwei Stunden mit dem Transfer beginnen zu können. Wir rechnen mit einer Stunde und dann mit einem Ritt von zwei. Also alles in allem fünf Stunden, bis wir beim Überfall eintreffen. Reicht das?« Grigori sieht zu den Taktikern, die alle nicken.

»Ja, danke, das ist kaum zu fassen. Ihr werdet von Nagas begleitet. Sie helfen ebenfalls.«

»Sehr gut. Dazu sammeln alle Fusstruppen. Wir haben Zusagen für über 10'000 Mann innert der nächsten Stunde. Aber diese werden für die Strecke länger brauchen.«

»Danke. Das ist ja unglaublich!«

»Nun, dein Glück ist mehr als beeindruckend. Hätten die in Weissmarkt keine Übung abgehalten, würde es Stunden dauern, diese Anzahl zusammen zu bekommen. Das Problem ist mehr, dass wir alle nicht unsere volle Kampfkraft haben werden. So ein Gewaltmarsch fordert viel von Mensch und vom Tier.«

»Das weiss ich. Ich würde niemals darum bitten, wenn es nicht dringend wäre.«

»Gut, wollte es nur gesagt haben. Ich werde offiziell die Koordinierung der Menschen übernehmen. Harkar kommt ebenfalls, will aber, dass ich mit meinen Magiern den Kontakt zwischen allen aufrecht halte.«

»Verstanden, ich werde hier alles vorbereiten. Achtung, wir wissen nicht genau, ob die Portalsteine von den Abwehrzaubern der Feinde betroffen sind.«

»Wir werden das also erst testen. Danke für die Warnung.«

... vom Ende?

Seit dem Überfall waren beinahe zwei Stunden vergangen. Alle die helfen konnten, wurden informiert. Niemand verweigerte die Hilfe. Grigori verfügte auf einen Schlag über eine Armee von über 30'000 Menschen und Monstern.

Die Hiobsbotschaft traf alle unerwartet. Eine Harpyie war soeben in den Saal gestürmt. Seit Kurzem bebte die Festung wieder. Die Aufladung der Kitsunen aus dem Osten hatte begonnen.

»Bitte wiederhole das.«

»Herr, eine Armee aus etwas über zweitausend Rittern der Menschen ist auf der Grenzstrasse unterwegs. Wir wissen weder, wo sie herkommen, noch können wir Kontakt zu den anderen Festungen herstellen. Sie reiten in Richtung der grossen Handelsstrasse zum Mondwald.« Die Harpyie ging zur Karte und zeigte die Stelle, wo sich nach ihrem Wissen die Reiter befinden müssten. Kurze Berechnungen und Umashankar sieht beunruhigt auf:

»Zwei Stunden. Mehr nicht. Sie werden vor unserer Verstärkung beim Überfall eintreffen.«

»Was sollten sie dort?«

»Nun, ich vermute, dass der Kreuzzug sichergehen will, dass niemand den Überfall überlebt. Das ist ein gutes Zeichen, sie fürchten, dass die Amarog alleine nicht ausreichen.«

»Können wir etwas machen?«

»Nun, Harkars Truppen sind unterwegs. Wir könnten sie umleiten. Dann würden sie vielleicht imstande sein, die Ritter abzufangen. Aber du weisst, was das heisst.«

»Verdammt.« Grigori starrt die Karte an. Er musste sich sofort entscheiden. »Wir leiten um, wenn diese Krieger auch noch beim Überfall mitmischen, verringert sich unsere Chance noch mehr.«

»Gut, ich leite alles in die Wege.« Der General nickt und wendet sich gerade den Magiern zu, als eine weitere Harpyie in den Raum stolpert. Sie war sichtlich verwundet und brach auf halbem Weg zusammen. Doch war Akio sofort an ihrer Seite. Der junge Kitsune war ein aussergewöhnlicher Heiler. Kurz darauf erfährt Grigori, dass ein weiterer Trupp, Stärke unbekannt, aus der anderen Richtung auf dem Weg war. Diese hatten die Harpyie jedoch gesehen und mit einer unbekannten Waffe getroffen. Sie war trotzdem auf direktem Weg zur ewigen Festung geflogen, ein Kunststück, das ihr viel Respekt einbrachte. Jedoch bedeutet dies, dass die Grenzfestung, von der aus sie gestartet war, nichts davon wusste.

»Sackgasse. Wir können nur einen abfangen.«

»Nein, wir teilen Harkars Truppe. Sie müssen beide abfangen.«

»Das ist riskant. Sie werden unterlegen sein.«

»Wir brauchen Zeit.« Grigori sieht auf die Karte. Er wünschte, nicht für solche Dinge verantwortlich zu sein.

Als Harkar und die weisse Hexe informiert werden, stimmen beide zu. Die Reiter von Weissmarkt sollen die neuen Angreifer abfangen, die Eisritter würden das ursprüngliche Ziel ansteuern. Sie würden so kaum einen Unterschied in der Schlacht bringen, jedoch hoffte man, genug Zeit zu gewinnen, dass die Fusstruppen eintreffen könnten.

»Woher kommen diese Ritter?«

»Goldhafen, zumindest die hier.« Dhrardekha Abbildung deutet auf die Karte.

»Woher weisst du das?«

»Weil unsere Späher berichtet haben, dass Goldhafen ohne Verteidigung ist. Vater vermutete eine Teufelei.«

»Sehr gut, die Nagas sollen sich sammeln und die Stadt angreifen!« Jasatos, einer der Offiziere der Palastwache, ballte triumphierend die Faust.

»Nein! Da stimmt etwas nicht«, warnt Umashankar: »Warum entblössen sie einen Stützpunkt, sie wissen genau, dass die Nagas so eine Chance sofort nützen würd... Das ist es! Eine Falle, und zwar eine gute!« Er schlägt mit der Faust in seine andere Hand.

»Bitte?« Grigori sieht verwirrt von der Karte zu dem General.

»Hätten wir den Westen nicht informiert, dann hätten wir Nagas einen saftigen Köder gesehen. Goldhafen und der Kreuzzug sind den Nagas schon lange ein Dorn im Auge. Der Kreuzzug versucht, zwei Fliegen mit einer Klappe zu erschlagen. Sie können den Monsterlord vernichten und die Nagas dazu provozieren, eine Stadt des Kreuzzugs anzugreifen. Wir wären dann die bösen Monster und sie die Helden, wenn die Verstärkung, die sicher schon auf dem Weg ist, eintrifft.«

»Woher weisst du das?«

»Weil ich das so machen würde, Grigori.«

»Oh. Was sollen wir also machen?«

»Nichts, wir lassen Goldhafen in Ruhe.«

»Dann wäre die Aktion des Kreuzzugs für nichts?«

»Genau.«

Grigori schüttelt den Kopf. Er wäre nie auf den Gedanken gekommen, so kompliziert vorzugehen.

»Sicher, dass der Kreuzzug nicht eine andere Teufelei vorbereitet hat? Wenn man sich schon so Mühe gibt, dann würde ich sicherstellen, dass es auch klappt.« Kasumi mustert die Karte und deutet auf einen Wald neben Goldhafen:

»Ich würde da einen Haufen Amarog versammeln. Sollten die Nagas nicht mitspielen, dann können die Amarog die Stadt angreifen.«

»Sie würden sich selber angreifen!«

»Genau Grigori, das nennt man Angriff unter falscher Fahne und ist eine einfache Methode, das Volk aufzuhetzen.«

»Aha, aber das ist doch genial!« Grigori beginnt zu strahlen und alle sehen ihn verwirrt an:

»Grigori, ich bin mir nicht sicher, ob ich das verstehe.« Teiza, die neben Isabella am Tisch stand, schüttelt den Kopf.

»Nun, wenn die Amarog angreifen, wird die Stadt um Hilfe rufen. Dann werden die Kreuzritter sich auf den Weg machen. Wir müssen nur schneller sein. Die Nagas sollen sich bereithalten und den Angriff der Amarog abwehren, wenn er stattfindet.«

»Nanu, das ist ein guter Plan, wo hast du den her?«, fragt Umashankar überrascht.

»Von meinem Lehrmeister. Der denkt immer um drei Ecken.« Grigori grinst, trotz der ernsten Lage hatte ihm die Zusage so vieler Verbündeter wieder Hoffnung gemacht. Er wusste noch immer nicht, ob es bereits zu spät war, aber darüber wollte er nicht nachdenken.

Grigori sass neben dem Thron auf der Stufe des Podests und wartete auf neue Meldungen. Harpyien waren unterwegs und Magier versuchten, die Kommunikationssperre zu überwinden. Als Teiza zu ihm tritt:

»Grischa, Qimo informiert mich gerade, dass er eine Idee hat. Sache ist nur, dass wir gegen die Gesetze der Vulkanlande verstossen.«

»Ich werde niemanden verpetzen.«

»Ich weiss. Grischa, lass einen allgemeinen Hilferuf ausgeben. Nicht an die Menschen oder Monster. Hier im Norden könnten Drachen leben.«

»Könnten?«

»Wir wissen es nicht genauer. Drachen müssten sich in den grossen Reichen offiziell anmelden. Die wenigsten tun es, noch weniger werden helfen. Aber er hat recht, vielleicht finden wir den einen oder anderen. Aber das wäre wie gesagt gegen unsere Gesetze.«

»Taiki, hast du das gehört?«

»Ja, Herr, bin schon dabei.« Der Kitsune sass neben Grigori und hatte sich erholt. Es dauert eine Weile, als auf einmal eine Abbildung vor Grigori entsteht. Eine Frau in einfacher Kleidung mustert ihn:

»Wer ruft da um Hilfe?«

»Ich bin Grigori von den Schwarzschuppen. Der Norden braucht jeden, der helfen kann.«

»Das erklärt das dämliche Geläute der Glocken.« Die Frau lächelt spöttisch:

»Ich bin Azzul, die Stimme der Drachen des Nordens. Wir hören den Alarm schon eine Weile und haben uns überlegt, ob wir uns melden wollen.« Grigori schloss kurz die Augen. Erfolg, sie hatten Kontakt zu den Drachen:

»Wie viele Drachen wären bereit?«

»Nun, mit mir? Fünf. Aber nur unter der Bedingung, dass wir belohnt werden und unser Aufenthalt hier im Norden davon nicht benachteiligt wird.«

»Ich verspreche persönlich, euch zu entlohnen. Dazu wird niemand euch danach wieder belästigen. Mein Ehrenwort.«

»Nun, dann kommen wir mal in die ehrenwerte Festung und lassen uns informieren. Wir fliegen direkt zum Drachenhorst. Den kennen wir alle. Bitte lass uns dort empfangen.«

»Wie lange?«

»Eine halbe Stunde. Wir haben uns in der Nähe versammelt.« Die Frau winkt spöttisch ab und verschwindet.

»Ich hoffe, du weisst, was du da versprochen hast.«

»Nun, an Geld mangelt es mir nicht.«

»Das sind keine Söldner, Grischa. Das sind Drachen.« Teiza lächelt und wirkt verlegen:

»Tut mir leid, dass wir nicht früher daran gedacht haben. Aber wir sollen uns ja eigentlich nicht einmischen.«

»Schon gut. Im Moment herrscht ein schönes Chaos. Unglaublich, die hocken da und beraten sich, ob sie uns helfen sollen. So was.« Grigori gab die Befehle und eine neue Hoffnung breitet sich in ihm aus. Wenn er nur den einen oder anderen der Drachen überzeugen konnte, das wäre eine Macht, die das Schlachtenglück wenden konnte.

Die Drachen waren noch nicht eingetroffen, als die Palastwache Alarm schlägt. Grigori sieht den Läufer vom Tor interessiert an:

»Herr, da nähern sich zwei Wagen, gefüllt mit Amarog, den Toren. Bitte kommt schnell, es scheinen Flüchtlinge zu sein.«

Ohne zu zögern, folgt Grigori dem Wächter, beim Tor jedoch hält er sich verborgen. Ein Sprecher der Palastwache würde die Verhandlung führen. Umashankar war noch immer der Meinung, dass die Feinde nichts von Grigoris Anwesenheit wissen sollten.

Die Wagen waren beladen mit weiblichen Amarog, die Kinder in den Armen hielten. Sie sahen wirklich wie Flüchtlinge aus. Kaum waren sie vor dem Tor, als sie um Hilfe flehten. Sie würden angeblich verfolgt werden und bangten um die Kinder. Grigori wurde in einen Zwiespalt geworfen, er wollte den Kindern helfen, misstraute jedoch der Geschichte der Frauen.

»Herr, wärt ihr nicht hier, müssten wir sie hereinlassen. Die Herrin hat klare Befehle gegeben, was Flüchtlinge und Kinder betrifft.« Der Offizier, der das Tor überwacht, mustert beunruhigt den jungen Menschen.

»Ich weiss. Lass sie herein, die Wache ist bereit. Sie werden uns aber sofort angreifen, wenn mein Verdacht stimmt.«

»Gut. Wir sind bereit. Sollen wir das Tor danach sofort schliessen?«

»Nein, lasst ein paar der Wächter von den Mauern abziehen, wenn uns jemand beobachtet, soll er glauben, dass wir auf den Trick reingefallen sind.«

Als sich die Tore öffnen, rollen die Wagen herein. Grigori sah entsetzt den Zustand der Kinder. Kaum waren sie durch das Tor, tritt eine Offizierin der Palastwache auf die Amarog zu. Doch bevor sie auch nur ein Wort vorbringen kann, wirft eine der Amarog das Kind, das sie zuvor liebevoll an sich gedrückt hat, der Kitsune entgegen. Überrascht fängt diese das Bündel, nur um von dem nachfolgenden Angriff getroffen zu werden. Die Kitsune wurde förmlich enthauptet. Das brach den Bann. Die Amarog warfen die Kinder achtlos zur Seite und nahmen ihre Blutgestalten an. Sie sprangen von den Wagen und warfen sich auf die Wache. Diese war bereit. Das Gefecht war grausam und kurz, jedoch hatten die Amarog keine Chance. Kaum waren sie überwältigt, eilt Grigori auf den Innenhof. Auf dem Weg wurde er von Isabella aufgehalten:

»Nein, das ist kein Anblick für dich.«

»Die Kinder!«

»Ich weiss, lass Heiler kommen.« Sie wirkt ernst. Kurz darauf eilen Heiler auf den Hof und sammeln die Kinder ein. Die schreckliche Wahrheit wurde schnell klar. Diese Kinder waren fast alle am Sterben oder bereits tot. Scheinbar hatten sie schon lange nichts mehr zu essen bekommen. Grigori stand mit geballten Fäusten auf dem Hof. Hatte er zuvor noch versucht, Mitleid mit seinen Feinden zu empfinden, die unter den Bann von etwas so Hinterhältigem geraten waren, so sehr hasste er sie in diesem Moment. Als er erfuhr, dass eine der Amarog das Massaker überlebt hat, übergibt er sie ohne zu zögern Isabella. Diese wollte alle Informationen, die sie bekommen konnte, aus der Amarog holen. Kaum war die Nachtwandlerin mit ihrem Opfer in der kleinen Wachstube beim Tor verschwunden, wird Grigori gemeldet, dass sich eine grosse Gruppe Amarog dem Tor nähert. Er nickte und befahl, das Tor bis zum letzten Moment offen zu lassen. Danach sollen die Angreifer mit Pfeilen vernichtet werden.

Als er den Thronsaal betritt, war er noch immer totenbleich. Von den drei Dutzend Kindern waren mehr als die Hälfte tot, teilweise sogar im Kampf zertrampelt worden. Das war eine Form der Kriegsführung, die ihm den Magen umdrehte. Scheinbar hatte das grausame Erlebnis bereits die Runde gemacht, niemand sprach Grigori darauf an. Es dauert einen Moment, bevor er die fünf Fremden bemerkt.

»Ihr seid die Drachen?«

»Ja, wer sonst?« Ein alt aussehender Mann hatte geantwortet.
»Verzeiht, es kam gerade zu einem … Zwischenfall.«
»Habens gehört. Wie können wir helfen?« Eine resolute, etwas festere Frau lächelt freundlich. Doch tritt der Alte vor sie:
»Ich will eine schriftliche Zusage auf eine Belohnung!«
»Die sollst du erhalten. Ich bereite das vor, meine Untergebenen werden euch informieren. Einverstanden?«
»Ja.«
Während Grigori die Dokumente ausfüllt, eilt Isabella in den Raum. Sie war bleicher als sonst:
»Casos ist in Gefahr. Die Amarog haben auch sie angegriffen und nach dem letzten Wissen der Verhörten, haben sie Casos und die Armee des Nordens nach Süden abgedrängt. Sie sollen dort in einem alten Dorf festsitzen. Scheinbar hatte Casos es geschafft, dass viele der Flüchtlinge sich dorthin in Sicherheit bringen konnten. Jedoch werden sie ohne Befestigungen kaum lange aushalten.«
Karten werden aktualisiert und Grigori steht verloren daneben. Sah es vor einer Stunde noch so positiv aus, so war diese Hoffnung beinahe ganz geschwunden. Der Plan der Feinde war gut und man hatte an alles gedacht. Die Position des Überfalls und die gleichzeitigen Angriffe auf Casos. Die Ritter, die seit dem Morgen unterwegs sein mussten. Die Kommunikationssperre. Jeder einzelne Schritt des Kreuzzugs schien genau geplant zu sein und exakt auf die Abwehrmassnahmen des Nordes zugeschnitten. Man hatte alles genau berechnet.
»Klingt, als hättet ihr Probleme. Das macht die Sache teurer.« Der Alte kichert und Grigori muss sich zusammenreissen.
»Also gut. Ich brauche wirklich eure Hilfe!«
»Was sollen wir machen?«
»Fliegt von hier in zwei Gruppen los. Je eine auf Abfangkurs zu den Rittern. Vernichtet sie, oder dezimiert sie so, dass sie keine Gefahr mehr darstellen. Danach fliegt ihr hier hin.« Grigori deutet auf die Hügel, wo der Überfall begonnen hatte:
»Vernichtet so viele Angreifer wie möglich, aber bleibt nicht zu lange. Ihr müsst Casos helfen. Ihr seid die Einzigen, die schnell genug sind und über genug Kampfkraft verfügen.«
»Verstehe. Klingt gut.« Azzul nickt zufrieden, als Teiza vortritt:

»Ich und Qimo gehen mit.« Qimo, der ebenfalls im Raum war, nickt. Doch der Alte schnaubt:

»Was sollen wir mit Welpen, dazu noch Dracaru?«

»Ich kann durchaus kämpfen, Ältester.« Qimo klang beinahe unterwürfig.

»Ihr bleibt in meiner Nähe, würde mich ärgern, Lady Ziorvas Welpen zu verlieren!«

»Verstanden.« Qimo und Teiza nickten beide gleichzeitig. Grigori begleitet mit Umashankar die Drachen auf den Hof. Die jung wirkende, etwas Festere sieht angewidert das Massaker an:

»Ich habe gerade entschieden, gratis zu helfen.« Damit verwandelt sie sich und Grigori sieht fasziniert den braunen, beinahe doppelt so grossen Drachen wie Qimo an. Sie schnaubt und Rauch entsteigt ihrem Mund. Momente später war sie über der Mauer und brüllte ihre Wut den Amarog entgegen, die sich in sicherer Entfernung aufgebaut hatten. Grigori, der auf das Tor geeilt war, um zu sehen was passiert, kann sein Entsetzen kaum unterdrücken. Die Wut galt nicht ihm, aber das Brüllen löste eine Angst in ihm aus, die an die Angst eines Beutetiers erinnert. Aber nicht nur er litt unter diesem Phänomen. Die Wachen neben ihm zitterten ebenfalls. Das waren nicht nur fünf Drachen, das waren Drachenälteste und sie waren wütend.

Als die Flammen und der Rauch sich verzogen, gab es keine Belagerung mehr. Auch fehlte ein grösseres Stück des Waldes. Alles was blieb, waren verbrannte Erde und Asche.

»Und so einen hast du besiegt?«, fragt Grigori mit zittriger Stimme den Naga-General, der neben ihm auf dem Tor stand.

»Nein, der war kleiner als die.«

»Ihr Brüllen alleine hat mich beinahe davonlaufen lassen und sie sind auf meiner Seite!«

»Ja, das ist so. Deshalb ist es so schwer, einen Drachenältesten zu besiegen. Sie können dich mit einem einzigen Brüllen ausschalten.« Der General schüttelt sich:

»Komm, wir müssen Harkar und die Hexe informieren. Ihre Truppen sollen darauf vorbereitet werden.«

»Verzeiht Herr, aber ich kann keinen Kontakt zur Hexe mehr bekommen.«

»Verflucht, ich kann nur hoffen, dass sie nach den Drachen ankommt.« Grigori sieht beunruhigt auf die Karte, als er eine Diskussion im Hintergrund bemerkt. Eine der Magierinnen der Palastwache wurde soeben von Jasatos zusammengestaucht. Ihr Gesicht drückt klar aus, dass sie sich von dem Lamia ungerecht behandelt fühlt. Als sie sich umdreht und den Saal verlassen will, folgt Grigori ihr und fängt sie nach dem grossen Durchgang, der auf den Hauptgang führt, ab.

»Was ist los?«

»Herr! Ich habe vorhin die Meldungen der Wachposten entgegengenommen. Da stimmt etwas nicht. Aber man will mich nicht einmal anhören.«

»Was stimmt nicht?«

»Nun, einer meldet sich nicht, die anderen haben alle Meldung gemacht. Aber da ist etwas Seltsames, ich kann es nicht erklären, aber ich fühlte etwas Unbekanntes in den Nachrichten. Ich kenne alle Magier in den Wachposten und weiss, wie sich ein Kontakt anfühlen sollte. Etwas stimmt nicht. Aber das scheint zu wenig Beweis für meinen Vorgesetzten zu sein.«

»Bitte?« Grigori bekommt grosse Augen:

»Alleine die fehlende Meldung ist alarmierend. Ist das die erste verpasste Meldung?«

»Nein, es passierte heute Morgen schon einmal, aber als ich es melden wollte, brach das Chaos aus. Das ging unter.«

»Komm mit!« Grigori eilt in den Raum und auf einen Wink hin nähern sich zwei Paladine.

»Leutnant Jasatos, du wirst hiermit verhaftet.«

»Was habe ich verbrochen, Herr?« Der Offizier sieht verwundert auf. Als er die Paladine auf sich zukommen sieht, weicht er zurück.

»Verschleierung wichtiger Informationen. Bringt ihn weg, eine Untersuchung soll zeigen, ob er aus Fahrlässigkeit oder aus böser Absicht so gehandelt hat.« Grigori wendet sich der Kitsune zu:

»Berichte noch einmal.«

Aurra sieht die drei Harpyien an. Sie waren von den Wachposten zurückgekehrt:

»Also?«

»Amarog. Sie müssen der Besatzung Amulette gegeben haben. Wir haben aber keine Kampfspuren gesehen«, berichtet die Anführerin der Späherinnen. »Wir sind nur so weit vorgedrungen wie nötig, sie sollten noch nicht wissen, dass wir informiert sind.«

»Danke, Grigori, hast du einen Plan?«

»Nicht wirklich. Wir müssen aber die anderen warnen.«

»Stimmt, ich kümmere mich darum.«

Grigori sieht besorgt zu. Das war eine unerwartete Komplikation. Wieder bebt die Festung, seit Stunden passierte das immer wieder. Soweit er erfahren hat, ist das aber ein gutes Zeichen.

»Grigori, wir haben ein Problem!«

»Bitte?« Er dreht sich um zu Krolu. Der Anführer der Lamias stand bei den Magiern, die scheinbar verzweifelt versuchen, die eben verlorenen Kontakte wieder herzustellen:

»Wir sind von der Aussenwelt abgeschnitten. Was auch immer passiert ist, hat jeden Kontakt unterbrochen.«

»Wie?«

»Es muss die Festung sein, Herr. Das Beben und der Abbruch passierten zur gleichen Zeit«, erklärt Taiki.

»Oh, verdammte Scheisse, das auch noch?« Grigori wird bleich.

»Leider, soll ich die Festung verlassen und eine Meldung machen?«

»Nein, ich kümmere mich darum.« Damit läuft er zurück zum Arbeitszimmer seiner Mutter, wo Nysosia ihm bereits entgegeneilt:

»Herr, Meldung…«

»Komme schon, wir haben ein Problem!«

Als Grigori in den Saal zurückeilt, hatte er die Drachenträne dabei und übergab sie Umashankar. Dieser begann daraufhin, mit dem Bericht vom Herrscher des Westens die Karte neu zu markieren. Goldhafen wurde tatsächlich angegriffen. Genau wie Kasumi es vermutet hatte.

»Wir warten etwa eine Stunde, dann greifen wir ein. Wir haben alles vorbereitet. Zusammen mit uns werden vier Schiffe aus Schwarzkliff landen. Die Menschen sollen sehen, dass wir zusammenarbeiten. Danach bringen wir Nagas weitere Schiffe. Wir wollen den Eindruck erwecken, dass wir notfallmässig Hilfe herbeischaffen.«

»Nanu, keine Machtdemonstration?« Grigori kann seine Überraschung nicht verbergen. Das war ein ungewöhnliches Vorgehen.

»Nein, einer meiner jüngeren Offiziere, der das Handbuch des Umashankars scheinbar verinnerlicht hat, schlug dieses Vorgehen vor. Wir sollten ja auch überrascht werden von dem Überfall. So sollen die Menschen in Goldhafen es zumindest sehen.«

»Was ist mit der erwarteten Kreuzzugsverstärkung?«, fragt Grigori neugierig.

»Sobald sie eintreffen, ziehen wir Nagas uns ins Meer zurück. Die Männer Schwarzkliffs folgen kurz darauf. Wir möchten einen direkten Kontakt vermeiden.«

»Gut, wir versuchen das Chaos hier in den Griff zu bekommen.«

»Viel Glück.«

»Ich wiederhole, ich kann hier nichts machen. Diese Zauber sind von Ur-Monsterlords erschaffen worden. Gegen Götter! Die Festung ist imstande selbstständig zu entscheiden. Sie hat offenbar etwas gefunden, das sie veranlasst hat, die Kommunikation nach draussen zu unterbinden. Grigori, Magie ist sehr komplex, deshalb mögen wir Magier deine Alchemie nicht. Du behandelst sie nicht mit dem nötigen Respekt!« Sadako sah beinahe wütend den Jungen auf dem Thron an. Dieser hatte sie gebeten, die Zauber zu beenden.

»Aber, was machen wir jetzt?«

»Wir brauchen eine Apepi, ein Weibchen, denn hier wird Magie benötigt. Aber alle, die helfen könnten, sind irgendwo in Gefahr.« Sie verschränkt die Arme und mustert den Thron verärgert.

»Nun, Lys ist in der Drachenfestung, wir könnten sie herholen.«

»Wie? Die Wachposten sind in Feindes Hand und wir können keinen Kontakt herstellen.« Isabella sah neugierig Grigori an, scheinbar in der Erwartung, dass er auch dieses Problem lösen kann.

»Vielleicht hilft es zu wissen, dass die magische Schutzzone gewachsen ist.«

»Wie meinst du das?«

»Das war alles, was ich spüren konnte.« Sadako zuckt mit den Schultern.

Zehn Minuten später war der neue Schutzkreis auf der Karte eingezeichnet. Die Grenze des Feldes reichte weit über die bisherige Markierung. Die Ruine der Klippenfestung lag zur Hälfte in der Schutzzone, so wie drei weitere als Ruinen gekennzeichnete Punkte. Auch das Tor des Nordens, die grosse Handelsstadt, lag nun in der Nähe. Damit waren gleich zwei Portalsteine knapp ausserhalb des Schutzfeldes.

»Ist das ein Zufall?«

»Nein, die Portalsteine wurden Jahrtausende später errichtet. Ich vermute, dass die Schutzzone damals bereits geschrumpft war. Wir wissen ja nicht, ob sie weiter wachsen wird.«

»Nun, die Ruinen passen beinahe perfekt. Würde mich nicht wundern, wenn der Kreis seine ursprüngliche Grösse wieder hat. Wenn wir ihm folgen, finden wir sicher neue Ruinen. So verfallen, dass sie niemand wirklich bemerkt hat.«

»Nicht böse gemeint, wir haben im Moment wichtigere Probleme«, erinnert Isabella die anderen um den Kartentisch.

»Schon gut. Taiki, du nimmst zwei Portalmagier. Isabella, ich brauche vier Paladine. Wir springen zuerst zur Klippenfestung, hoffen, dass keine Drasquan dort sind und gehen weiter zur Drachenfestung. Ich bin sicher, dass Gardar einem Boten nicht glauben würde. Dann kommen wir direkt mit Lys zurück und sie kann die Schutzzauber unter ihre Kontrolle bringen.«

»Träum weiter, du verlässt die Festung nicht.«

»Ich werde nichts riskieren, wir müssen uns beeilen. Das war kein Vorschlag, sondern ein Befehl.«

»Du kannst in dieser Hinsicht…«, will Isabella ansetzen, als Sadako sie unterbricht:

»Er kann, er ist offiziell Inhaber des Kommandos. Dazu ist der Plan gut und einfach.«

Als Grigori aus dem Portal tritt, erwartet ihn Gardar bereits:

»Grigori! Alles in Ordnung?«

»Nicht wirklich, wo ist Lys?«

»In der Schatzkammer. Wieso?«

»Wir brauchen sie dring… Du hast sie in die Schatzkammer gesperrt?«

»Hab ich doch versprochen!« Der Häuptling sieht empört aus.

»Das… Ich… ich dachte, das sei eine Metapher.«

»Ne was?« Er kratzt sich am Kopf: »Sie ist ziemlich wütend. Komm, ich bring dich hin.«

Als sie vor dem Raum ankommen, sieht Grigori amüsiert die Truppe aus Kämpfern an. Es waren Haldars Feuerdrachen. Er konnte den Eindruck nicht loswerden, dass sie mehr da waren, um Lys in der Schatzkammer zu halten, anstatt andere davon fernzuhalten.

»Grigori! Freut mich, dich zu sehen.«

»Hallo Haldar, ich komme meine Schwester holen.«

»Gut, warte, ich öffne das Tor.« Damit marschiert der grosse Kämpfer auf die schwere und verstärkte Türe zu und schliesst sie auf. Kaum war sie offen, gleitet Lys hervor. In den Armen hält sie mehrere Bücher und ihr Blick verrät die ausgesprochen schlechte Laune:

»Grischa! Dass du es wagst, mir unter die Augen zu treten!«

»Bitte?«

»Das sollst du befohlen haben!«

»Wie? N-nein! Ich...« Grigori beginnt zu stottern. Doch bevor er etwas sagen kann, ruft Gardar überrascht aus:

»Hey, die Bücher gehören mir!«

»Jetzt nicht mehr. Zudem waren das meine Bücher, die ihr gestohlen habt. Ich nehme mir nur zurück, was mir gehört.«

»Nun, ich will mich jetzt nicht darüber unterhalten, wo die herkommen, aber du kannst doch nicht einfach...« Er wird still, als die Apepi ihm einen vernichtenden Blick zuwirft:

»Ich kann und werde, stell es meinem Bruder in Rechnung.« Damit verschwindet sie durch das Portal, das hinter Grigori geöffnet wurde.

»Tut mir leid«, murmelt Grigori verlegen.

»Ach was, sie hat sogar recht, die stammen wahrscheinlich von unseren...«, er sucht nach einer guten Beschreibung. Grigori sieht verwirrt, wie Haldar ihr mit seinen Feuerdrachen folgt. Nachdem er sich verabschiedet hat, folgt auch er.

Kaum waren sie zurück in der ewigen Festung, als Lys ihre Position auf dem Thron einnimmt. Die Feuerdrachen bilden einen Schutzkreis um sie, scheinbar noch immer entschlossen, sich um ihre Sicherheit zu bemühen.

Auf einmal fühlt sich Grigori überflüssig. Die Taktiker der Festung versuchen, einen Weg zu finden, die Wachposten aus der Festung heraus zurückzuerobern. Lys war mit den Zaubern beschäftigt. Ihr Gesicht war eine Maske der Konzentration.

Er zögert einen Moment, dann eilt er zu Aurra, die Diener und Boten um sich versammelt hat. Auf seinen Wunsch hin treten ein paar vor ihn.

»Du, geh zu den Heilern. Die Hälfte von ihnen soll sich in eine erholende Mediation begeben. Sie müssen heute Abend voll einsatzbereit sein. Die andere Hälfte soll alle Patienten verlegen, die stabil sind. Wir brauchen die Heilerabteilung so leer wie möglich. Danach geh zu den Magiern. Alle, die Feuer erzeugen können, sollen sich bereithalten. Wir müssen die Leichen verbrennen. Dazu sollen sich auch alle, die Portale öffnen können, bereithalten. Vier für die Heiler, vier für die Vorräte. Alle anderen Truppentransport.«

Die Harpyie nickt und eilt davon. Grigori wendet sich an den nächsten Diener:

»Du, geh zu Nixali. Sie muss alle Vorräte vorbereiten. Damit meine ich wirklich alle. Frisches Wasser und Notausrüstung sollen auf Wagen verladen werden. Ein Wagen wird für meine Leute reserviert.« Wieder wird genickt und wieder läuft ein Diener davon:

»Du informierst Mari: Sie soll alles packen und vorbereiten, was nötig ist, um die Heiltränke herzustellen. Ich schreibe dir genau auf, welche, einen Moment.« Er krakelt die Namen auf ein Stück Pergament und überreicht sie. »Dazu soll sie alle Sonnensteine vorbereiten. Geh zuvor bei der Waffenkammer vorbei. Sie sollen einhundert Speere ins Labor bringen. Cassandra und Sera sollen die Steine an die Speere binden. Wir werden Licht brauchen und die Wärme wird auch nicht schaden.«

»Was hast du vor?« Aurra mustert ihn. Ihre Augen sind gerötet. Er sieht erst jetzt, dass sie ihre Hand auf dem Bogen liegen hat, den Xiri gebrochen hatte. Auch wenn sie nichts sagt, kann Grigori ihre Sorge spüren:

»Nun, ich habe vor, sobald die Wachposten in unserer Hand sind, mit einer kleinen Truppe das Schlachtfeld aufzusuchen und erste Hilfe zu leisten. Die Drachen sollten viele erledigt haben und die weisse Hexe sollte bald eintreffen. Ich will mir kurz einen Überblick verschaffen.«

»Riskant, aber ich kann dich verstehen. Glaubst du, dass Portale funktionieren? Wir haben es bisher vermieden.«

»Ich hoffe es.« Er will gerade mehr sagen, als Lys ihn ruft. Bevor er geht, sagt er so leise, dass nur sie es hören kann:

»Xiri ist die beste Fliegerin und sehr fähig. Ich bin überzeugt davon, dass sie im Moment das Leben von Thea und Mizuki genauso schwer macht, wie das Leben unserer Feinde.« Er lächelt und geht davon. Das dankbare und hoffnungsvolle Funkeln in ihren Augen verriet auch ihre Hoffnung.

»Ich brauche Dorian. Ich komme nicht weiter. Diese Zauber sind unfassbar alt und die Festung weigert sich, mit mir zusammenzuarbeiten. Sie hat mich wissen lassen, dass nur die Tatsache, dass du mir vertrauen würdest, sie an Abwehrmassnahmen gehindert hat.«

»Bitte?« Er gab einen Wink an Taiki.

»Nun, die Festung sagt dauernd: Feinde im Innern, Der Wächter kümmert sich darum.«

»Die Festung spricht?«

»Natürlich. Sie ist nach Jahrtausenden wieder erwacht.«

»Ich wiederhole: Bitte?« Grigori sieht genervt seine Schwester an.

»Ich kann es dir nicht besser erklären. Diese Festung lebt in einem gewissen Sinne. Sie lag in einem tiefen Schlaf, ist aber jetzt erwacht. Sie verweigert die Zusammenarbeit mit mir.«

»Ich weiss, du bist noch immer genervt, aber ich habe jetzt keine Zeit für diese Spiele!«

»Bitte? Blödsinn, ich sage genau das, was ich weiss. Ich kann es nicht anderes erklären. Die Festung lebt und ist störrisch!« Lys verschränkt beleidigt die Arme.

»Tut mir leid. Ich kann mir nur nicht vorstellen, dass die Festung lebt.«

»Ich eigentlich auch nicht. Die Alten waren zu vielen unglaublichen Dingen imstande. Grischa, ich wünschte, ich könnte es besser erklären, aber dann bräuchte ich Dorian nicht. Ich scheitere.«

In diesem Moment taucht Dorian zwischen den Menschen auf. Er sieht sich um, murmelt etwas und verschwindet wieder, nur um sofort wieder einen Meter weiter aufzutauchen. Diesmal stand er genau vor Haldar:

»Verflucht, zweimal verfehlt!« Und verschwindet wieder. Diesmal taucht er vor Grigori auf:

»Ah, hier. Entschuldige Herr, habe das Ziel verfehlt. Keine Ahnung, was los ist. Habe scheinbar die Festung dabei verlassen. Muss das studieren.«

»Halt, jetzt nicht. Geh zu Lys.« Grigori muss trotz der Lage grinsen. Die Feuerdrachen hatten den jungen Magier scheinbar verwirrt. Nachdem er von Lys eingewiesen worden ist, beginnen beide, Lys auf dem Thron und Dorian neben ihr, auf dem Boden kniend, zu meditieren.

Es dauert nicht lange und Dorian beginnt in einem Licht zu leuchten, das Grigori an Thea erinnert, wenn sie Magie verschwendet. Er will gerade eingreifen, als Lys ihn aufhält:

»Nicht, er hat Kontakt!«

Momente später beginnt Dorian zu sprechen. Seine Stimme klingt schwerfällig und hat einen unnatürlichen Unterton:

»Feinde in mir. Feinde um mich. Sie sind gezeichnet. Wächter, du hast Fragen?«

»Lys?« Grigoris Augen wurden gross.

»Die Festung spricht durch ihn.« Ihre Stimme verrät, dass sie so etwas noch nie gesehen hat.

»Ist Dorian in Ordnung?«

»Das Gefäss wird nicht beschädigt. Ich lerne, ich bezahle mit Wissen. Das Gefäss war einverstanden.«

»Du lernst was?«

»Ich lerne.«

»Okay, das hilft nicht wirklich. Gut, bitte erlaube die Kommunikation aus der Festung heraus.«

»Nein! Feinde in mir, Feinde um mich.« Die Stimme war ausdruckslos. Grigori musste sich zusammenreissen. Seine Nerven, von einem Tag der Spannung bereits stark belastet, waren am Ende.

»Wenn die Feinde in dir erledigt sind, wirst du die Kommunikation dann gestatten?«

»Nein! Feinde in mir, Feinde um mich.«

»Wir brauchen die Kommunikation, um die Feinde in den Wachposten zu erledigen!« Grigoris Stimme beginnt zu zittern. Das war doch absurd.

»Analysiere.« Dorian sinkt ein bisschen zusammen. Momente später richtet er sich wieder auf:

»Akzeptiert. Wenn die Waffe die Feinde im Innern beseitigt hat, werde ich die Kommunikation aus dem Thronsaal gestatten. Ich berufe mich dabei auf die Ausnahmeregeln, die meine Schöpferin mir gegeben hat.«

»Danke. Weisst du, wo die Feinde sind? Dann kann ich die Waffe informieren.«

»Ich habe das bereits getan. Soeben wurde ein weiterer ausgeschaltet. Noch einer ist übrig.«

»Okay, wo ist er?«

»Die Waffe ist informiert. Mehr muss dazu nicht gesagt werden, Wächter.«

»Wer sind die Feinde?«

»Sie sind gezeichnet. Die Herrin weiss, wer das ist.«

»Nein! Wir wissen es eben nicht, überprüfe doch die Angabe, Lys hier weiss alles, was die Herrin weiss.«

»Analysiere.« Wieder sinkt Dorian zusammen und auch Lys zuckt erschrocken zusammen. Doch spielt sie mit.

»Das Wissen ging verloren. Ich werde die Herrin informieren, wenn sie zurückkehrt. Das Wissen hat keinen Einfluss auf deine Aufgabe, Wächter.«

»Was? Ich will eine Antwort!«

»Das Wissen hat keinen Einfluss auf deine Aufgabe, Wächter. Anfrage abgelehnt.« Keine Gefühlsregung, eine sachliche Feststellung.

»Lass es. Grischa, du gefährdest Dorian.« Lys wirkt besorgt.

»Lass Dorian gehen. Sobald der letzte Feind in dir gefallen ist, brauchen wir die Kommunikation!«

»Verstanden, Wächter.« Dorian hört auf zu leuchten und sinkt bewusstlos zu Boden. Sadako, die aufmerksam zugehört hat, eilt an die Seite des Jungen und kontrolliert ihn:

»Er lebt. Ich kann keine Schäden feststellen.«

Das Ende des Überfalls

Kaum war der letzte Spion gefallen, ging das Chaos los. Überall im Norden schien man auf diesen Kontakt gewartet zu haben. Doch war die Disziplin und Organisation in der Festung gross genug, auch damit umzugehen.

»Ich befinde mich beim Tor des Nordens mit 3000 Mann. Wir wollten gerade weiter. Nachdem der Kontakt abgebrochen ist, wurde ich mit meinen Truppen umgeleitet.«

»Das ist eine sehr gute Nachricht. Wir brauchen dringend Hilfe, die Wachposten sind in Feindeshand.«

»Verstehe.« Lord Byron nickt und mustert die Karte, die ihm jemand hinhält. Der Lamiaherrscher war ursprünglich mit dem Sammeln der Fusstruppen beauftragt gewesen. Seine Umleitung bewies Grigori, wie sehr die Menschen zu helfen bereit waren.

»Nun, das ist lösbar. Die Wachposten sind relativ klein.«

»Nun, wir wissen nicht genau wie viele Gegner…« Grigori hört auf zu sprechen, als er merkt, dass die Abbildung von Byron verärgert von ihm wegsieht. Scheinbar hatte etwas seine Aufmerksamkeit erweckt. Kurz darauf gibt er ein Zeichen und auf einmal erscheint Arsax vor Grigori. Auch wenn es nur eine Abbildung ist, zuckt Grigori zusammen. Der Anführer der Nordwache war ausser sich:

»Grigori! Was soll das? Was ist los? Verdammt, warum sagt mir niemand was!«

»Arsax, beruhi…«

»Was fällt dir ein, mir zu befehlen, ich soll mich verkriechen? Ich bin mit allen mir verfügbaren Truppen aufgebrochen. Jetzt komme ich hier an und man verweigert mir den Durchgang!«

»Arsa…«

»Überhaupt, wo ist Mutter? Wo sind die anderen? Was ist mit Casos?«

»Arsax! Wenn du nicht die Klappe hältst, kann ich dir nie Antwort geben!« Grigori hatte es aus voller Stimmkraft gebrüllt. Diesmal scheint es durchzudringen. Der Krieger verstummt und mustert ihn aufgeregt.

»Arsa, ich habe befohlen, dass du dich in Sicherheit begeben sollst, weil hier alles vor die Hunde geht. Da du nicht erreichbar warst, blieb mir nichts anderes übrig. Dazu solltest du dankbar sein, dass du aufgehalten wurdest. Sonst wärst du genau in die Falle gegangen.«

»Welche Falle?«

Während Grigori erklärt, wird sein Bruder immer kleiner. Als der Kurzbericht beendet ist, murmelt Arsax eine Entschuldigung, nur um von Lord Byron gerettet zu werden:

»Dein Zorn ist verständlich, Herr, deine Familie ist in Gefahr. Aber ein grossartiger Krieger wie du, wird wissen, dass wir jetzt gut planen müssen. Wie viele Männer hast du?«

»200, alles Jäger und Spezialisten der Nordwache.«

»Gut, das ist eine grosse Hilfe. Grigori, wir sollten jetzt den Schlag planen.«

»Ja, ich werde das aber besser Umashankar überlassen. Viel Glück und geht bitte kein unnötiges Risiko ein.«

Die Rückeroberung der Wachposten hatte kaum begonnen, als Grigori, müde und ausgelaugt, sich etwas abseits an einen der Tische setzt. Es war am Eindunkeln und die Zeit, die von den Taktikern gegeben wurde, war so gut wie abgelaufen.

»Kleiner Wächter, was essen?«

»Ja, bitte.« Grigori zuckt zusammen und sieht auf:

»Miri! Danke, du hast uns mal wieder mehr als nur gerettet.«

»Sein gewesen Kleinigkeit.« Sie lächelt spöttisch und wuselt davon. Nur ein kleiner Beutel vor Grigori, beweist, dass sie da war. Darin waren fünf Medaillons. Nachdem er sie Isabella übergeben hat, wird Grigori eine Schale mit gekochtem Fleisch und Gemüse gebracht. Die Küche hatte scheinbar diesen Eintopf vorbereitet, in der Erwartung, dass heisse Mahlzeiten die ganze Nacht willkommen sein würden.

»Danke, Miri, kannst du dafür sorgen, dass auch die Feuerdrachen etwas erhalten? Besonders Met?«

»Natürlich kleiner Wächter, sein tapfere Krieger, was?« Sie kichert und verschwindet wieder. Kurz darauf begibt sich die Hälfte der Krieger an einen Tisch und beginnt zu essen. Die anderen scheinen ihre Wache nicht aufgeben zu wollen. Auf Grigoris Anfrage hin, wird ihm von Haldar amüsiert erklärt, dass sie einen Eid geleistet haben und nicht vorhätten, diesen zu brechen. Er würde auch gerne wissen, wo die Schatzkammer der Festung ist, nur für den Fall der Fälle. Lys, die das hört, beginnt zu fluchen und Grigoris kurze Schwäche verfliegt. Es gab wieder Hoffnung. Die Vorräte sind vorbereitet. Jetzt mussten nur die Wachposten gesichert werden.

Nach der Mahlzeit wartet Grigori ungeduldig auf einen Bericht von Lord Byron oder Arsax. Er geht unruhig vor dem Thron auf und ab. Lys, die ihn beobachtet, verdreht die Augen:

»Himmel, beruhige dich.«

»Ich habe das Warten satt. Ich warte den ganzen Tag auf dies und jenes.«

»Oh buhu, ich wurde in eine Schatzkammer gesperrt!«

»Ach komm schon, das wirst du mir jetzt aber nicht dauernd vorhalten, oder?«

»Doch, genau das hatte ich vor!«

»Herr Grigori?« Die Stimme unterbrach ihn, bevor er Lys antworten kann. Als er sich umdreht, sieht er Lia hinter sich stehen:

»Hey, lass den Herr, bitte. Wie kann ich dir helfen?«

»Es geht um die Kinder. Ich und die anderen Tageseltern haben unsere Untersuchungen beendet.«

»Und? Könnt ihr sie retten?«

»Nun, ja und nein. Von allen Geretteten sind noch ein paar gestorben. Zu schwach, fürchte ich.«

»Wie viele?«

»Wir haben im Moment neun Amarogwelpen und drei Kleinkinder.«

»Das... ich... der letzte Bericht sprach von einem Dutzend Babys und sechs Kindern.«

»Ich weiss, aber sie sind in einem schrecklichen Zustand. Wir tun, was wir können.« Die Lamia wirkt niedergeschlagen. Grigori tritt zu seinem ehemaligen Kindermädchen und legt eine Hand auf ihre Schulter:

»Lia, bitte gib nicht auf. Diese Kinder sind jetzt in Sicherheit.«

»Wie kann man so schrecklich sein?«

»Ich weiss es nicht. Wir können jetzt nur beweisen, dass wir besser sind. Man soll dir alles geben, was du brauchst.«

»Danke, ich werde sehen, was wir tun können. Wie gehen wir danach vor? Geben wir sie zu den Amarog zurück? Geben wir sie zu Pflegeeltern?«

»Das werden wir sehen. Erst mal müssen sie gesund werden. Lia, ich verspreche, dass ich mich persönlich um ihre Zukunft kümmern werde.«

»Danke, Grischa.« Die Lamia lächelt und versucht, sich hoffnungsvoll zu geben. Doch ist ihr Entsetzen noch immer zu gross. Als sie gegangen ist, fragt Lys, um was es ging. Kaum war sie eingeweiht, verliert sie jede Farbe im Gesicht:

»Ich ... ich wäre voll auf die Falle reingefallen. Wie kann man nur? Es tut mir so leid, ich wusste nicht, dass du dich mit solchen Dingen beschäftigen musstest.«

»Vielleicht verstehst du jetzt, warum ich nur noch will, dass es vorbei ist. Ich habe Angst, Lys, nicht nur um meine Familie und Freunde. Ich habe Angst, was aus den Amarog wird.«

»Weisst du, so wie ich dich kenne, findest du einen Weg. Thea hatte absolut richtig gehandelt, als sie dich in Sicherheit brachte. Den Alten sei Dank, dass du Sturkopf nicht aufgibst. Auch wenn du dafür alle Regeln brechen musst.«

»Naja, ist eine meiner Spezialitäten.« Grigori lächelt schwach. Wieder fing er an, auf und ab zu gehen.

Arsax beendet seinen Bericht mit den Worten:

»Da ist noch etwas. Wir haben Fässer mit schwarzem Pulver und Metallrohre gefunden. Dazu Kugeln. Ich habe gesehen, wie die Amarog diese Dinge auf uns gerichtet haben, es hat laut geknallt und manchmal traf uns etwas. Ich kann es dir nicht besser beschreiben.«

»Interessant, das deckt sich mit meiner Wahrnehmung vom Überfall. Bitte lass alles einsammeln. Wir haben im Moment andere Sorgen. Du hast gesagt, dass die Amarog apathisch waren?«

»Ja, sie wirkten wie Wesen, die nicht wissen, was sie machen. Das Gleiche gilt für die Wachbesatzungen. Wir haben sie teilnahmslos vorgefunden. Sie wehren sich nicht und wir haben die Medaillons eingesammelt.«

»Gut, seltsam, aber gut. Lass sie beobachten. Ich fürchte, sie werden sterben.«

»Wieso?«

»Kannst du dich an die Gefangenen vor einem Jahr erinnern? Sie wurden auch so beschrieben, nachdem ihnen die Medaillons abgenommen wurden.«

»Stimmt, aber diesmal hatten sie die Medaillons nur eine kurze Zeit.« Der Krieger klang hoffnungsvoll. Die Abbildung vor Grigori sah auf einmal auf und nach Kurzem nickt er zufrieden:

»Wir haben soeben den letzten Wachposten erobert. Damit sind alle unter unserer Kontrolle. Lord Byron befestigt die beiden, die er angegriffen hat, ich habe meine bereits befestigt. Was ist als Nächstes geplant?«

»Nun, du kommst hierher zurück. Lord Byron und seine Männer werden die Wachposten und die Festung selber bemannen. Ich werde mit den Vorräten und eintausend Mann zum Überfall gehen.«

»Du bist doch von Sinnen!«

»Arsa, bitte, bitte diskutiere das jetzt nicht. Ich kann vielleicht nicht kämpfen, aber ich kann organisieren. Wenn alles so gelaufen ist, wie wir hoffen, brauchen sie dort jetzt Vorräte und Medizin. Beides bringe ich.«

»Verdammt. Ich komme zurück!« Damit unterbrach er die Kommunikation.

Grigori stand neben dem Wagen mit den alchemistischen Vorräten. Mari hatte ihm berichtet, dass sie Material für dreihundert Tränke hätten. Sie hatte alles eingepackt, was sie brauchen würde. Una, die Kutscher spielte, musterte die Ruine der Klippenfestung. Zusammen mit ihnen wartete eine gemischte Armee aus Palastwache und den Truppen, die Byron gebracht hatte. Weitere Wagen mit Vorräten und frischem Wasser, sowie Heiler und Magier der Festung, warteten ebenfalls.

Arsax, der gegen den Plan war, mustert unruhig die Wache von Grigori:

»Nimm mehr Paladine mit. Vier sind mir zu wenig!«

»Arsa, ich werde mich von allen Kampfhandlungen fernhalten.«

»Das magst du so sehen, aber das ist ein Schlachtfeld, da kann Unerwartetes passieren.«

»Ich weiss, bitte, mach dir keine Sorgen. Ich hatte schon Mühe, Lys zu überzeugen. Ich habe keine Zeit mehr. Ich bitte um dein Vertrauen.«

»Also gut. Ich warte hier, aber beim kleinsten Zeichen der Gefahr komme ich.«

»Nein, du wirst zur Festung zurückkehren und sichergehen, dass sie sicher ist!«

»Ich lass mich von dir nicht rumkommandieren!«

Grigori verdreht die Augen. Er war seinem Bruder nicht böse. Er verstand sein Verhalten. Arsax stürzte sich, ohne zu zögern, in Gefahr, aber hier war er machtlos und das erweckte den Zorn des Kommandanten. Grigori sieht auf die offenen Portale. Sie würden jeden Moment aufbrechen. Die Hälfte der Armee war bereits durch. Die Ruine, die mit den Sonnensteinen ausgeleuchtet war, war beinahe leer.

»Arsa, pass einfach auf dich auf. Ich brauche dich hier wirklich dringend.«

»Schon gut. Rette, was du retten kannst!«

Als er aus dem Portal kommt, sieht er sich verwirrt um. Es dauert einen Moment, bevor er realisiert, wo er ist. Erst am Morgen war er über diesen Hügel gekommen. Doch war es da noch eine schöne, gesunde Landschaft gewesen. Jetzt war es eine schwarzgebrannte Einöde. Noch immer brannten Baumstümpfe. Die Drachen gingen ohne Rücksicht vor.

»Da, dort müssen sie sein.« Nysosia, die ihn als letzte seiner Leibwache begleitet, deutet auf eine Anhäufung von Wagen. Es war eine improvisierte Palisade aus angebrannten und halb zerstörten Wagen. Scheinbar hatte Thea es geschafft, die Nachschubwagen und die Armee zu versammeln. Sie war dabei ein gutes Stück des Weges zurückgekehrt. Er konnte nur vermuten, welche Kraft das gekostet hat. Doch war die Position sehr gut gewählt. Übersichtlich und auf einer Flanke von einer Felswand geschützt.

Die Soldaten, die Grigori gebracht hatte, waren bereits am Ausströmen und die Gegend am Sichern. Ohne lange zu zögern, machten sie sich auf den Weg. Dabei wurden in regelmässigen Abständen Speere mit Sonnensteinen in den Boden gerammt, somit war die Umgebung der Portale nun hell erleuchtet und gut gesichert. Als sie die Wagenfestung erreichen, warten Soldaten vor der Befestigung. Als sie die Truppen erreichen, eilt ein Offizier der Palastwache auf ihn zu:

»Herr, wir haben ein Problem. Man verweigert uns den Zugang.« Er führt Grigori durch die Soldaten und als sie den Eingang erreichen, kann er sehen, was los ist.

Das Lager wurde von einer Truppe Soldaten bewacht, die den Eindruck erweckten, dass sie nicht bereit waren, zu weichen.

»Wir sind hier, um zu helfen.« Grigori gab sich Mühe, ruhig zu klingen. Er konnte die Spannung fühlen. Jeder dieser Soldaten war verwundet und die meisten schienen erschöpft und am Ende ihrer Kräfte zu sein. Trotzdem wichen sie nicht vor der Übermacht.

»Nein, wir lassen niemanden durch. Wir werden unsere Verwundeten nicht alleine lassen! Noch einmal fallen wir nicht darauf herein!«

»Bitte?« Grigori sieht verwirrt den Sprecher an. Ein junger Lamia-Krieger, kaum älter als er. Ein gutes Stück seines Unterleibs fehlte und die Verbände am restlichen Körper zeugten von den harten Kämpfen. Er hielt Speer und Schild abwehrbereit. Seine Augen waren gerötet und wirkten fiebrig. Doch war keine Angst darin zu sehen, nur die dumpfe Wut und bittere Entschlossenheit eines in die Enge Getriebenen.

»Wir werden nicht weichen! Dieser Trick klappt nur einmal!«

»Ich bin Grigori von den Schwarzschuppen. Ich bin kein Feind!«

»Lügen!« Die Stimme begann zu zittern.

»Ist Mizuki oder Theameleia hier?«

»Das geht dich nichts an!« Die anderen Krieger rückten vor. Ihre Haltung war deutlich und Grigori gab Zeichen, dass alle zurückweichen sollen. Er hatte endlich verstanden, was hier los war:

»Ich werde jetzt mein Schwert ziehen und es auf den Boden legen.« Er sprach langsam und deutlich. Dabei hatte er beide Hände erhoben. Langsam und betont führt er das Gesagte aus. Nun war er froh über die vielen Trainings. Er hatte sowohl von Meister Manabu, wie auch von Umashankar gelernt, dass Angst und Verzweiflung eine gefährliche Kombination waren. Auch hatte er gelernt, dass ein guter Kommandant in solchen Momenten beweisen musste, warum er das Kommando innehatte.

»Ich bitte, dass ihr einen Befehlsberechtigten herbeiholt.«

»Nein!« Diesmal wurde es beinahe gebrüllt. Der junge Krieger war sichtlich überfordert. Doch bevor die Situation weiter eskalieren konnte, tauchte Mizuki auf. Sie trat neben den Soldaten:

»Erinnere dich an die Worte der zukünftigen Herrin!«

»Der Herr Grigori wird kommen und uns retten.« Der Satz erzielte, was Grigoris Worte nicht konnten. Der Krieger schien endlich zu verstehen und damit brach die Spannung. Er lässt seine Waffe fallen und beginnt zu weinen. Mizuki legt eine Hand auf seine Schulter und spricht leise auf ihn ein. Momente später war der Weg frei und alle, die dazu in der Lage waren, jubelten. Grigori musste entsetzt immer wieder die Worte hören:

»Der Herr Grigori ist gekommen und hat uns gerettet!«

Das Lager war kaum mehr als eine Ansammlung Sterbender und schwer Verletzter. Die wenigen, die noch auf den Beinen waren, wiesen alle Wunden auf. Es stank nach Blut, Schweiss und Ausscheidungen. Wie ein finsteres Miasma lag ein Gefühl der Hoffnungslosigkeit über dem Lager. Der Jubel, der beim Tor noch hoffnungsvoll klang, wurde im Lager seltsam dumpf.

»Komm, Grischa, du musst mit mir in die Mitte des Lagers. Dort habe ich meinen Kommandostand. Und den Alten sei Dank für dein Kommen.«

Er folgt der Kitsune und kurz darauf waren sie in der Mitte. Hier hatte Mizuki mit allen verfügbaren Mitteln eine kleine Küche eingerichtet und geplünderte Vorratskisten bewiesen, da sie alles an Verbandsmaterial aufgebraucht hatten. Die wenigen Heiler, die sie dabei hatten, waren entweder an der Arbeit oder lagen schlafend beim Kommandostand.

»Ich vermute, die Drachen kamen von dir?«

»Ja, wann waren sie hier?«

»Vor etwa ein bis zwei Stunden? Ich kann es nicht genauer sagen. Ich weiss nur, dass wir ohne sie nicht mehr leben würden.«

»Wo ist Thea?«

»Mit den wenigen noch kampftauglichen Soldaten die Front am Vergrössern. Wir hatten nach den Drachen etwa eine halbe Stunde Ruhe und konnten unsere Kräfte neu sammeln. Sie hofft, mit dem Angriff die Gegner zu überraschen. Sie hat mir das Kommando hier übergeben. Ich habe alle, die noch kämpfen können, beauftragt, das Lager zu schützen. Du siehst, in welchem Zustand wir sind.«

»Verstehe. Wir beginnen mit den medizinischen Massnahmen. Wo ist Xiri?«

»Unterwegs mit allen Harpyien, die wir noch hatten. Ich fand während einer Meditation eine der Störquellen. Sie hat sich dazu entschlossen, sie aufzusuchen. Ich konnte sie nicht aufhalten.« Sie wirkt sichtlich unglücklich darüber.

»Nun, da können wir nichts ändern, aber ich kenne Xiri, sie wird das hinbekommen!« Er gab sich Mühe, überzeugend zu wirken. Unauffällig drückt er ihren Arm, er würde sie am liebsten tröstend umarmen, aber noch mussten sie die Gefassten und Ruhigen mimen. Sie war genauso am Ende wie die anderen.

»Ja, das glaube ich auch.« Sie klang niedergeschlagen. Er konnte verstehen, wie sie sich fühlt.

»Was war das am Tor?«

»Wir waren so dumm, auf einen billigen Trick reinzufallen. Wir hatten uns gerade gesammelt, Thea war aufgebrochen, als auf einmal eine Gruppe aus Soldaten auftauchte. Mitglieder der ersten und zweiten Brigade. Wir dachten, es seien Überlebende, die ihren Weg hierher gefunden hatten. Wir liessen sie ein. Sie griffen uns danach sofort an. Sie waren unter den Einfluss der Medaillons geraten und töteten die Wache. Der junge Soldat war einer der wenigen, die überlebten. Es waren etwa zwanzig Verräter und sie kosteten uns die restlichen Soldaten, die ich hatte.«

»Verflucht.«

»Ja, der einzige Grund, wieso ich noch lebe, ist Thelamos. Er hatte die Verräter aufgehalten und hielt, bis der letzte fiel, durch. Er hat das mit seinem Leben bezahlt.« Sie sah betreten zu Boden.

»Er hat seine Aufgabe erfüllt.« Grigoris Mine war versteinert. Er hatte schon mit dem Tod seiner Wache gerechnet. Selbst die besten Krieger waren nicht unbesiegbar. »Lebt von meiner Wache noch jemand?«

»Arses und Hinata sind bei Thea. Hotaru ist hier. Sie liegt aber im Sterben.«

»Verstehe, Mari, wie weit bist du?«

»Moment, ich habe so viel vorbereitet, wie ich konnte. Dauert noch ein paar Minuten, das Wasser muss erst noch kochen.« Die Alchemistin hatte zusammen mit Una und ein paar Freiwilligen einen Tisch aufgebaut und die Produktion der Tränke begonnen. Erst jetzt sah Grigori, dass sie die Kräuter und Zutaten bereits fein säuberlich zubereitet hatte. Una baute eine weitere der Anlagen auf. Sie mussten den Trank destillieren, was zwar Zeit kostete, aber die Nebenwirkungen reduzieren sollte. So wie es aussah, würde es noch eine Viertelstunde dauern. Doch bevor Grigori etwas sagen konnte, eilt Manabu zu ihm:

»Herr Grigori?«

»Ja?«

»Ich habe mir einen ersten Eindruck verschafft. Es sieht schlecht aus.«

»Soll heissen?« Grigori kann seine Sorge kaum verbergen. Der Heiler hatte nicht den Hang, unnötig dramatisch zu sein.

»Der Zustand vieler hier wäre selbst unter besten Bedingungen kritisch. So aber werden viele sterben.«

»Trotz der Tränke?«

»Grigori, jeder, der in zwei Tagen noch atmet, wird dir das Leben verdanken. Ich schlage vor, dass wir jeden, der einen Trank bekommen hat, so schnell wie möglich in die Festung schaffen. Dazu müssen die Toten verbrannt werden. Wir brauchen auch mehr frisches Wasser. Alle, die schnell wieder auf die Beine gebracht werden können, werden soeben von meinen Heilern versorgt, aber Akio fürchtet, dass selbst diese nur Zeit gewinnen.«

»Aber, ich dachte, nun, dass wir herkommen können und sie retten?«

»Grigori, ich werde um jedes Leben kämpfen, aber wir sind zu wenig Heiler und müssen priorisieren. Wir können einen Schwerverwundeten retten oder zehn Leichte. Ich denke, du kannst meine Gedankengänge verstehen.«

»Ja, ich verstehe. Ich, ich hatte es mir nicht so schlimm vorgestellt.«

Während Grigori von Mizuki über die Vorfälle informiert wird, die sich seit seinem Verschwinden zugetragen haben, beginnt das Lager, aus seiner Totenstarre zu erwachen. Frisches Wasser und die Anwesenheit der ausgeruhten Soldaten hatten die Moral stark gehoben. Auch hatten die Wärme und das Licht der Sonnensteine die beginnende Dunkelheit vertrieben. Akio hatte unter den Vorräten der Alchemisten ein Kraut entdeckt, das er in kleinen Wassergefässen im Lager verteilt und diese dort erhitzen lässt. Der Gestank nach Tod und Verfall wurde von einem sanften, beruhigenden Duft immer mehr verdrängt. Sie waren keine halbe Stunde vor Ort, als die Stimmung im Lager, laut Mizuki, besser sei, als jemals zuvor. Mit einem der ersten Tränke suchte er Hotaru auf. Er mustert die Kitsune beunruhigt. Manabu, der neben ihr kniend die Wunden neu verbindet, sieht auf:

»Gut, ich versuche, sie zu wecken.«

Es dauerte einen Moment, in der Zeit konnte Grigori die Verletzungen mustern. Ihr rechter Arm fehlte und die Verbände um den Kopf deuteten auf eine üble Kopfwunde hin. Auch fehlte von einem ihrer vier

Schweife der grösste Teil. Die Rüstungsteile, die sie noch trug, waren zerschlagen und verrieten, dass sie ihre Trägerin vor noch Schlimmerem bewahrten.

»Ist mein Herr gekommen?« Ihre Stimme war kaum mehr als ein Flüstern. Mizuki, die sich neben ihr niedergelassen hatte, nickt:

»Ja, wie Thea es versprochen hat.«

»Ich wusste es.« Die Verletzte lächelt schwach. Das rechte Auge war von einem Verband verdeckt, das linke öffnet sich schwach und sieht zu Grigori:

»Ich habe versagt, Herr. Es tut mir leid. Ich werde so kaum noch von Nutzen sein.«

»Blödsinn! Du glaubst wohl, die paar Kratzer würden reichen, um dich von deiner Pflicht zu entbinden! Vergiss es, so einfach wird die Kommandantin meiner Leibwache nicht den Dienst quittieren.« Er gab sich Mühe, seine Stimme stark klingen zu lassen, er würde am liebsten weinen. Sie in diesem Zustand zu sehen, war schlimmer als der tote Thelamos. Er gab Manabu den Trank und dieser flösste ihn der Verletzten ein. Nachdem sie aufgehört hat zu husten, flüstert sie:

»Herr, das ist das Widerlichste, was ich je getrunken habe.«

»Keine Sorge, ich arbeite noch an dem Rezept.« Er musste lächeln. »Nun schlaf, mehr als ein paar Tage Urlaub bekommst du nicht! Ich brauche dich dafür zu dringend.«

»Verstanden. Danke, Herr.« Sie lächelt zufrieden. Momente später beugt sich Manabu vor und schüttelt den Kopf:

»Bewusstlos, danke Grigori, das war genau das Richtige. Sie hat jetzt Hoffnung und das ist besser als jede Medizin.«

»Ich, ich muss kurz aus dem Lager. Ich brauche frische Luft.« Der Junge wendet sich ab und verlässt in Begleitung seiner Wache das Lager. Nysosia, die ihn bisher stumm begleitet hat, deutet auf eine Stelle zwischen den Wagen:

»Dort, Herr. Da kann dich niemand sehen.«

»Danke, ich brauche nur einen Moment.« Er wischt sich die Tränen vom Gesicht, doch die Lamia schüttelt den Kopf:

»Keine Sache, ich kann es nur zu gut nachfühlen. Ruft, wenn etwas ist.«

Als er sich wieder gefasst hatte, begann er, wieder zu organisieren. Die ersten Verletzten wurden in die Festung gebracht. Frische Vorräte trafen ein und weitere Soldaten. Scheinbar hatte Arsax alles aufgeboten, was er finden konnte. In der Ferne war das seltsame Donnern zu hören und die ersten Verwundeten kehrten von der Front zurück. Doch war noch immer nicht sicher, wer diese Schlacht gewinnen würde. Sie waren vor dem Lager, als Hörner erklangen. Verwirrt sieht Grigori von der groben Karte auf, die von den Spähern immer weiter ergänzt wurde. Kurz darauf läuft Una aus dem Lager:

»Die Eisritter! Die Eisritter, Mutter kommt, hörst du das doppelte Horn, Meister? Das ist Mutters Signal.« Sie hält ein leeres Glas in den Händen, scheinbar war sie mitten in den Vorbereitungen für einen neuen Trank.

»Bist du dir sicher?«

»Natürlich, so ziemlich das Einzige, was meine Kitsunenseite hinbekommen hat: gute Ohren!«

»Schon gut, war nicht so gemeint. Was genau bedeutet das Signal?«

»Moment«, sie lauscht mit geschlossenen Augen, »sie kündigt ihr Eintreffen an. Mehr nicht. Halt, da ist ein Angriffssignal, sind wohl auf Gegner gestossen.«

Grigori mustert seine Lehrtochter misstrauisch:

»Das willst du aus den Signalen hören?«

»Ich kenne die Signale der Truppen, Meister. Ich muss nicht regelmässig in zusätzliche Trainings!« Ihr Spott war kaum zu überhören. Sie läuft lachend zurück ins Lager, bevor er sie zurechtweisen kann. Sie schien guter Laune zu sein. Mari, die sehr unter der Situation litt, hatte vor dem Aufbruch Sorgen geäussert, dass sie zu jung sei. Aber gerade ihr jugendliches Gemüt und der unerschütterliche Glaube an das Gute, das sie mit den Tränken bewirken kann, hatte ihre Laune trotz allem erhalten.

Kurz darauf trafen die Reiter ein. An vorderster Front ritt die weisse Hexe, sie trug eine Rüstung aus weissem Leder und Fell. Ihr Gesicht war durch Kriegszeichnungen markiert und sie wirkte erhaben. Kaum war sie bei Grigori, schwang sie sich vom Pferd und tritt auf ihn zu:

»Grigori! Verzeih die Verspätung, wir sind auf eine Blockade gestossen. Zum Glück für uns war die Blockade gegen hier gerichtet. Wir vernichteten sie. Ein Teil meiner Leute hat aber vorhin eine weitere Gruppe angegriffen. Es scheint mir, dass sie mit allen Mitteln versuchen, die Flucht der Eingeschlossenen zu verhindern.«

»Nun, das war zu erwarten. Hattest du viele Verluste?«

»Etwa ein Viertel meiner Leute. Wir hatten Glück. Da ist aber so eine Sache. Wir sahen Drachen?«

»Ja, ich konnte ein paar anheuern.«

»Aha, natürlich, du hast so nebenbei Drachen angeheuert.« Sie verdreht die Augen. »Spielt jetzt keine Rolle. Ich habe Verwundete, kann ich sie hier lassen? Ich reite weiter und versuche, noch etwas zu helfen.«

»Natürlich, brauchst du sonst etwas?«

»Nein, wir sind noch gut dran. Aber für ein Lager in ein bis zwei Stunden wäre ich dankbar.«

»Ich werde alles vorbereiten lassen. Hast du etwas von Harkar gehört?«

»Nein, der Barbar hat sich wohl verlaufen!« Sie lacht und schwingt sich auf ihr Pferd. Ohne weiter zu warten, bläst sie in ein elegantes Horn und eine Flut aus Reitern prescht über den Hügel.

»Hat eine gewisse Ironie, wenn sie jemanden einen Barbaren nennt, während sie genauso aussieht, wie man sich einen Barbar im zentralen Reich und im Osten vorstellt.« Mizuki muss lächeln, sie hatte sich ein wenig erholt. Dennoch starrte sie regelmässig in den dunkeln Himmel. Ihre Angst um Xiri wuchs mit jeder Minute.

»Wo hast du sie hingeschickt? Wir könnten Truppen entsenden.«

»Nein, ich, wir haben kaum genug für uns. Sie muss das einfach schaffen.«

»Mizu, ich meine ... «

»Nein! Ich weiss, dass sie das kann.« Ihre Stimme klang hart und entschlossen.

»Nun, wir müssen warten. Ich wüsste gerne, warum Thea nicht reagiert.«

»Sie steckt wohl mittendrin. Kennst sie doch.«

Wieder das Donnern, diesmal aus der Nähe. Momente später stürzt ein dunkler Schatten über die Klippe. Bevor irgendjemand reagieren kann, fängt sich der Schatten und aus dem Sturz wird ein kontrollierter Flug. Zumindest sieht es im ersten Moment so aus. Sekunden später hört Grigori einen Warnruf:

»Achtung!«

Doch war es zu spät. Xiri flog knapp über den Tisch und der kopfgrosse Stein, den sie mit ihren Füssen hielt, verpasste Grigori nur um Millimeter. Sie krachte mit einem widerlichen Geräusch in die Palisaden und schrie auf. Sie hatte sich sichtlich schwer verletzt. Auch war sofort klar, dass sie sich einen Teil ihrer Wunden bereits zuvor zugezogen hatte. Mizuki eilte sofort zu ihr und versuchte, ihr zu helfen. Ohne Rücksicht auf ihren eigenen Zustand zu nehmen, begann sie mit der Heilung. Kurz darauf war Xiri zumindest so weit vernehmbar, dass Grigori erfuhr, dass sie den Stein gestohlen hatte. Sie hatte dafür alle ihrer Begleiterinnen geopfert, doch konnte sie entkommen. Zumindest bis kurz vor dem Lager. Sie wurde knapp über der Felswand angegriffen und getroffen. Grigori reagierte sofort und alarmierte die Truppen in der Nähe. Augenblicklich begannen Lamien und Kitsunen die Klippe zu ersteigen. Kaum waren die ersten über den Rand verschwunden, konnte er Kampflärm hören. Die Paladine bildeten augenblicklich einen schützenden Kreis um Mizuki, ihn und Xiri.

»Mizu, was ist das für ein Stein?«

»Ich muss mich erst um Xiri kümmern!«

»Nein, wenn das wirklich mit der Kommunikationssperre zu tun hat, ist das jetzt wichtiger. Sie hätte dafür ihr Leben geopfert. Zudem kommt da Akio schon angelaufen.«

»Verdammt! Ich, verdammte Scheisse.« Die Kitsune fluchte und liess dann von der Harpyie ab, die bereits wieder ihr Bewusstsein verloren hatte. Doch nun übernahm Akio soeben die erste Versorgung. Sie hingegen musterte den Stein, den Grigori auf den Tisch gehoben hatte.

»Das sind Runen, ich kenne ein paar davon. Die erinnern mich an die Runen auf den Medaillons und den Portalsteinen.«

»Kannst du sagen, was das ist?«

»Nein, ich kann zu wenige der Runen interpretieren.«

»Was machen wir damit?«

»Zerstören! Wenn es bewacht wurde, dann ist es wichtig, wenn es wichtig für unsere Feinde ist, dann muss es vernichtet werden.« Nysosia, die sich sonst stets zurückhielt, war vorgerückt und deutet auf die Felswand. »Damit nehmen wir ihnen auch den Grund, uns von da anzugreifen. Sie müssen das unbedingt wiederhaben wollen.«

»Auch wahr, kannst du den Stein zerschlagen?« Grigori hatte sich an Mizuki gewendet, doch war sie sichtlich mit dem Zustand der Harpyie abgelenkt. »Mizuki!«

»Nein, ich kann nicht mehr, ich bin am Ende. Ich will nur noch nach Hause. Ich will, dass Xiri in Sicherheit gebracht wird!« Sie beginnt zu weinen und Grigori zuckt schuldbewusst zusammen. Er hatte für einen Moment den Zustand der Kitsune vergessen.

»Es tut mir leid, gut, geh mit Xiri nach Hause. Du brauchst jetzt Ruhe.«

»Nein. Ich, ich habe mich wieder.« Sie kämpft um ihre Fassung. Sie mustert den Stein und nickt dann: »Vernichtet ihn.«

Ohne zu zögern, zieht Nysosia ihr Schwert, holt aus und zerschlägt den Stein. Im selben Moment explodiert die Welt um Grigori. Er wird mehrere Meter zurückgeschleudert. Als er sich wieder aufrichtet, sieht er fassungslos auf den Stein auf dem Tisch, er war in zwei Teile zerbrochen. Die Paladine waren wie er davon geschleudert worden. Einzig Nysosia stand noch beim Tisch, das Heft ihrer Waffe in der Hand. Die Klinge, eine schwache Kopie der Klinge von Casos war verschwunden. Mizuki, Xiri und Akio lagen bewusstlos am Boden. Scheinbar hatten sie stärker auf die Explosion reagiert. Auch waren die Sonnensteine erloschen, das Leuchten kam von den Rüstungen der Lamia und der Paladine. Schutzrunen glühten und zeigten, dass die magische Explosion abgewehrt wurde.

»Lebt ihr noch?«

»Ja.« Die karge Antwort eines Paladins war alles.

»Herr?«

»Ja, Nysoisa, was war das?«

»Keine Ahnung, ich hatte kaum getroffen, da war es vorbei. Ich weiss nicht, was genau passiert ist, aber meine Rüstung ist am Glühen. Ich bräuchte Hilfe.« Sie wirkt ruhig, doch konnte Grigori ihrer Stimme entnehmen, dass sie starke Schmerzen hatte. Ohne zu zögern, greift einer der Paladine zu und Momente später war die Rüstung zum grössten Teil entfernt. Die Lamia hatte selbst die Polsterung abgerissen und trug nur noch das leichte Untergewand. Aber selbst das hatte Brandspuren. Während sie wimmernd die letzten Rüstungsteile entfernt, die von aussen normal aussahen, aber eine ungeheure Hitze abgaben.

»Was auch immer ihr getan habt, sämtliche Heiler sind nun bewusstlos und das Licht ging aus. Mari ist eine der wenigen Kitsunen, die sich aufrecht halten konnte. Sie versucht, die Lichter wieder anzumachen!«

»Una, was soll das heissen?«

»Woher soll ich das wissen. Ich gehe zurück und suche Manabu, wenn wir ihn wachbekommen, nun, vielleicht weiss er eine Antwort.« Die junge Alchemistin rannte in das Lager zurück. Erst jetzt fiel Grigori auf, dass der Kampflärm auf der Felswand aufgehört hat. Er hatte das kaum bewusst wahrgenommen, als ein vielfaches Heulen erklang. Kurz darauf tauchte ein Krieger der Palastwache auf der Felswand auf:

»Sie fliehen. Wir können es von hier aus sehen. Unsere Angreifer und andere. Sie fliehen, aber ohne Koordination. Sollen wir sie verfolgen?«

»Nein, auf keinen Fall. Sichert die Position, wir müssen erst mehr wissen.«

»Verstanden Herr Grigori.«

Niederlage im Sieg

Grigori stand im Zentrum des Lagers. Die Feuer, die von den Heilern entzündet worden waren, sind immer noch die einzige Lichtquelle. Alle Heiler und Magier, die Grigori als erste Hilfe dabei hatte, waren ohne Bewusstsein. Mari und die anderen Kitsunen klagten über furchtbare Kopfschmerzen.

UNA HATTE MIT EIN PAAR FREIWILLIGEN DIE TRANKPRODUKTION AUFGENOMMEN. Mari und alle anderen noch stehenden Kitsunen, Eisritter und die Verstärkung aus der Festung versuchten, die Sonnensteine wieder zu aktivieren.

»Nun, das hätte besser laufen können, Meister.«
»Echt? Was du nicht sagst!« Grigori sah genervt zu Una.
»Schon gut, wir müssen uns in der Festung melden.«
»Wie? Alle Magier sind ausgefallen!«
»Die Portalmagier?«
»Die, verdammt, die habe ich vergessen!« Ohne zu zögern, läuft er aus dem Lager und sieht zu seiner Überraschung, dass die Portalstelle noch immer ausgeleuchtet war. Als er an der Stelle ankommt, sieht einer der Magier auf:
»Was ist passiert?«
»Wir haben etwas Magisches zerstört. Ist bei euch alles in Ordnung?«
»Nicht wirklich. Ich bin der Einzige, der noch steht. Die anderen sind bewusstlos. Wir wurden zwar nur gestreift, aber wir hatten gerade ein Portal geöffnet, um frische Vorräte zu empfangen.«
»Kannst du Kontakt mit den anderen aufnehmen?«
»Nein, tut mir leid. Das ist eine Kunst, die ich nie gelernt habe.«
»Verflucht.«
»Herr, wenn jemand im Portal war, dann ist er jetzt tot.«

»Auch das noch. Was mache ich jetzt?« Grigori rauft sich unbewusst die Haare. Seine Rettungsmission war ein Desaster. Er hatte alles aufgeboten, was er an Magiern und Heilern bekommen konnte. Er hatte keinen Kontakt nach Hause und wusste nicht, wo sich seine Familie befand.

»Herr?« Der Portalmagier sah ihn unsicher an.

»Schon gut. Kannst du die Sonnensteine aktivieren?«

»Ich kann es versuchen.«

»Danke, das hilft viel. Ihr da, bringt die Magier ins Lager.« Er deutet auf die Soldaten. Diese eilen herbei und sammeln die Bewusstlosen ein. Als er zurück im Lager ist, wartet Mari auf ihn:

»Wir haben noch Vorräte für knapp zweihundert Tränke, aber das Wasser reicht nicht.«

»Oh toll, mehr Probleme. Sonst noch welche?«

»Wir haben nichts zu essen, diese Vorräte hatten keinen Vorrang?« Die Kitsune sieht ihn verwirrt an.

»Mari, das war eine rhetorische Frage.«

»Oh, tut mir leid.«

»Schon gut, hast du einen der Tränke genommen?«

»Nein, ich habe nur Kopfschmerzen. Das ist auszuhalten.« Sie lächelt schwach.

»Es tut mir leid, ich habe alles falsch gemacht.«

»Ach, für dich zu arbeiten bedeutet zumindest Abwechslung, Herr.«

Grigori murmelt einen leisen Fluch als Antwort. Er war mit der Situation überfordert. Als auf einmal das Licht anging, zuckt er erschrocken zusammen. Ein Eisritter, einer der wenigen Kitsunen, der noch stand, hatte es endlich geschafft. Im Licht sah Grigori, dass der Krieger böse Wunden hatte, die nur provisorisch verbunden waren.

»Nimm einen Trank und leg dich hin.«

»Herr, ich bin besser dran als viele hier. Ich helfe, solange ich noch kann.«

»Gut, danke. Bitte sag Nysosia deinen Namen und Rang, ich will die weisse Hexe über deine Einsatzbereitschaft informieren. Das soll belohnt werden.«

»Danke, Herr.«

Während Grigori noch überlegt, wie er vorgehen soll, erklingen wieder Hörner. Er sieht erwartungsvoll zu Una, die jedoch nur mit den Schultern zuckt:

»Kenn ich nicht.«

»Schade. Ich gehe nachsehen.«

»Es könnten Feinde sein!« Mari wirkt unruhig.

»Nun, ich muss es riskieren.«

Vor dem Lager angekommen, sieht er mit aufgerissenen Augen auf einen Strom aus Soldaten. Lamien, Nagas, Kitsunen und berittene Soldaten. Er begreift sofort, was er da sah. Das waren die Fusstruppen. Sie hatten den weiten Weg zurückgelegt. Augenblicklich erfüllte ihn Hoffnung. Die Nagas hatten sicher Magier dabei. Eine Gruppe löst sich aus der Armee. An ihrer Spitze erkannte Grigori im Licht der Fackel, die der Reiter hielt, Harkar. Er trug eine einfache Rüstung und sein Helm und Rücken waren mit dem ausgestopften Kopf und Fell eines Geisterwolfes geschmückt. Diese riesigen Wölfe waren schwer zu erjagen und im Norden war es eine unausgesprochene Regel, dass nur jemand diese Markierung tragen durfte, der so eine Bestie selber erlegt hat.

»Grigori!«

»Harkar, ihr seid in der Stunde der Not gekommen.«

»Nun … sind wir nicht deswegen ausgeritten?« Der alte Krieger sah verwirrt aus.

»Ja, aber es ist eine neue Not eingetreten.«

»Gut, weisst du, wo die Hexe ist? Die Barbarin hat sich wahrscheinlich verlaufen!«

»Die kämpft bereits an der Front. Ausserdem hat sie behauptet, du seist der Barbar.«

»Ich? Immerhin schmiere ich mir keine Farbe ins Gesicht!« Er fängt an zu lachen und Grigori merkte, wie er sich augenblicklich besser fühlte. Nachdem er die Neuankömmlinge aufgeklärt hat, nickt Harkar und sieht zu einer Gruppe aus weiblichen Nagas:

»Nun, ihr seid Magier. Eine Idee?«

»Wir versuchen, Kontakt aufzunehmen.«

»Die Kommunikationssperre?«

»Ich kann sie nicht mehr fühlen. Einen Versuch ist es wert.«

»Gut. Ich teile meine Leute auf. Wir sichern die Gegend und ergänzen allfällige Fronten. Einverstanden, Grigori?«

»Ja, natürlich!«

»Ach ja, woher kamen die Drachen? Haben mich ein paar meiner Krieger gekostet. Dazu die Panik, die ausbrach!«

»Tut mir leid, ich hatte sie angeheuert und wollte euch noch warnen.«

»Keine Sorge, wir hätten mehr Krieger in den Kämpfen verloren. Wo und wie genau heuert man Drachen an?«

»Ach, man fragt einfach ganz lieb.«

Der Krieger betrachtet Grigori skeptisch:

»Schon gut, behalte deine Geheimnisse. War ganz schön froh, wir waren den Rittern eindeutig unterlegen. Habe die Fusstruppen eingeholt und entschieden, mit ihnen zusammen zu bleiben. War gut für die Moral.«

»Ich bin froh, das zu hören. Das ist alles, was ich weiss.« Er breitete die grobe Karte aus und will gerade erklären, als ihn jemand packt und an sich zieht. Er japst erschrocken nach Luft, als ihm die bärige Umarmung die Lungen zerdrückt. Im nächsten Moment wird er losgelassen. Kaum hat er Thea erkannt, trifft ihn eine Ohrfeige, die ihn endgültig aus der Fassung bringt:

»Was machst du hier? Woher hast du die Drachen? Warum hat das so lange gedauert, bis du Hilfe geschickt hast?«

»Ich ... «

»Wo ist Mizuki?«

»Thea ... «

»Was ist hier geschehen? Was war das für eine Explosion?«

»Thea!«

»Was?«

»Geht es dir gut?«

»Nein, aber das spielt jetzt keine Rolle!« Die Thronerbin beginnt zu grinsen. Sie hatte die Aufmerksamkeit von allen. Während Harkar und die anderen Nordmänner grinsend das Schauspiel beobachten, sehen sich die Nagas unsicher an. Grigori, der seinen Schrecken überwunden hat und sich die schmerzende Gesichtshälfte reibt, erklärt alles, was er weiss. Thea hört zu und kurz darauf hat sie das Kommando übernommen. Sie hatte neue Informationen über die Fronten und organisiert die Truppen. Einen Moment später waren sie und Grigori einen Moment alleine:

»Ich bin beeindruckt. Nur deine Anwesenheit reicht, um uns alle ins Unglück zu stürzen.«

»Ich bin gekommen, um zu helfen!«

»Oh, ich sehe. Wen genau wolltest du jetzt holen? Soweit ich es verstehe, hast du sämtliche Reserven der Festung selber ausgeschaltet.«

»Ich ... « Grigori sucht nach Worten. Der Vorwurf war leider gerechtfertigt. »Ich wollte doch nur helfen. Ich konnte doch nicht wissen, dass es so schieflaufen würde.«

»Nun, ich würde dich zurück in die Festung schicken, doch will ich die nicht auch noch verlieren.«

»Jetzt bist du gemein!«

»Nein, nur realistisch, du bist ein wandelnder Katastrophenmagnet.« Einen kurzen Kontrollblick später wird Grigori wieder umarmt. Er konnte die Erleichterung und Dankbarkeit seiner Schwester fühlen.

»Weisst du etwas über Mutter?«

»Ja, sie kämpft noch immer. Überall sonst ziehen sich die Amarog zurück. Nur sie, Kaira, Amy und ein paar letzte Leibwächter sind noch am Kämpfen. Man scheint sie unbedingt tot sehen zu wollen.«

»Wir müssen helfen!«

»Ja, aber erst müssen wir das Chaos hier überwinden. Grischa, noch halten sie durch. Mutter vermutet, etwa eine halbe Stunde.«

»Okay, weisst du, was die Explosion war?«

»Nein, aber ich weiss, was sie gemacht hat, hier.« Sie zieht ein Medaillon aus einer Tasche und reicht es ihm. Grigori sah, dass es zerbrochen war.

»Ich nahm die magische Druckwelle wahr und kurz darauf brach Panik unter den Feinden aus. Alle Medaillons, die wir seither gesehen haben, sind zerbrochen.«

»Wie kann so etwas passieren?«

»Ähnliche Magie. Wer auch immer hinter den Medaillons steckt, steckte auch hinter diesem Runenstein. Ich vermute, dass die Zerstörung eine Kettenreaktion auslöste. Das war die Explosion. Mizu war wohl zu erschöpft, um daran zu denken.«

»An was?«

»Dass es mehr dieser Steine geben könnte und dass eine gewaltsame Unterbrechung eine Rückkopplung auslösen könnte.«

»Muss ich das verstehen?« Grigori sieht seine Schwester verwirrt an.

»Nein, dich muss nur interessieren, dass du ein Trottel bist.«

»Hey!«

»Hast du sämtliche Heiler von uns in einem Schlag ausgeschaltet?«

»Ach sei still. Wir müssen Mutter und Kaira retten.«

»Ja, da stimme ich dir zu.«

Nach intensiver Vorbereitung stehen die Portalverbindungen wieder und Grigori erfährt, dass die Kommunikationssperre komplett zusammengebrochen ist. Lys versprach, sich um Heiler zu kümmern. Sie hoffte, im Osten Hilfe zu bekommen. Thea hatte die Truppen versammelt und Grigori übergab auf ihren Wunsch hin das Kommando an Nysosia. Sie, zusammen mit Mari und Una, würden sich um das Lager kümmern. Er stellte ihnen auch einen Paladin zur Seite. Auf die Frage, wo der Rest seiner Leibwache sei, erfährt Grigori, dass Thea ihnen das Kommando über die Front übertragen hat.

»Sie sind mit Abstand die besten Soldaten, die ich zur Verfügung hatte. Ohne sie gäbe es weder das Lager noch die Fronten. Ich muss mit Mutter darüber sprechen, wir sollten das Leibwachenprogramm wieder aufnehmen.«

»Hatte ich doch von Anfang an gesagt!«

»Ich weiss, beruhige dich. Der Plan ist einfach: Du koordinierst vor Ort die Truppen, ich rette Mutter und die anderen.«

»Schon klar. Warum muss ich also durch das Portal?« Er sah sie beunruhigt an.

»Ich will dich in meiner Nähe wissen. Dazu vertraue ich auf dein Talent, das Richtige zu machen. Ich werde mich auf den Kampf konzentrieren müssen.«

»Oh, okay.« Er mustert seine Schwester misstrauisch. Sie hatte zwar Wunden im Kampf abbekommen, aber sie wirkte im Vergleich zu den anderen Überlebenden noch immer aktiv und einsatzbereit. Sie lächelt ihn aufmunternd an:

»Keine Angst, die Paladine werden auf dich aufpassen. Du musst nur die Richtung angeben, in die wir Soldaten brauchen.«

»Und dann?«

»Dann wartest du, bis die Lage sicher ist. Grischa, ich brauche dich als Rückhalt. Du und die Paladine werden zum Fels in der Brandung. Verstehst du das?«

»Ja, gut. Gehen wir?« Er fühlt, wie ihn der Mut verlässt. Es war eine Sache, sich zu duellieren oder auf einem verlassenen Schlachtfeld zu kommandieren, eine andere, in die Schlacht selber zu ziehen.

Als er durch das Portal tritt, wird er gleich zur Seite gezogen. Es dauert einen Moment, bis er sich einen Überblick verschafft hat. Die Nacht wurde durch regelmässiges Aufblitzen erhellt. Es donnerte und knallte um ihn herum. Hier war der Kampf noch immer am Wüten. Sie waren am Fuss eines Hügels herausgekommen, überall lagen Leichen. Hier hatten die Drachen scheinbar nicht wüten können. Von der anderen Seite des Hügels erstrahlte das Leuchten von Zaubern, da musste seine Mutter kämpfen. Auf der Hügelspitze sah er eine Gruppe von Amarog. In einem der Blitze erkennt er Kaira und Amy, die Rücken an Rücken kämpfen. An ihrer Seite waren noch zwei weitere Amarog-Kämpfer. Er sah auch einen Lamia-Krieger in der Rüstung der Leibwache. Sie hielten die Kuppe gegen ein dutzend Angreifer.

»Herr, dort am Waldrand.« Die Stimme war ruhig und wirkte beinahe gelassen. Der Paladin deutet mit seiner Waffe auf die Stelle und Grigori erkennt einen neuen Trupp der Krieger in der Blutgestalt. Er gab augenblicklich die nötigen Anweisungen und kurz darauf kam es zu neuen Kämpfen. Wieder und wieder halfen die Paladine mit ihrer Kampferfahrung, Grigori merkt beschämt, dass er ohne diese Hilfe keine Übersicht hätte. Doch wurden es immer weniger feindliche Amarog. Der Hügel war fast ganz in der Hand der frisch angekommenen Truppen. Ohne es zu merken, hatte er sich dabei um den Hügel bewegt. Er, seine Schwester und seine Mutter bildeten nun ein Dreieck um den Hügel.

Immer häufiger wurden die Paladine getroffen. Doch hatten die Geschosse keine Wirkung auf die Panzerung der Krieger. Doch führte jeder dieser Treffer zu einem neuen Befehl Grigoris an die Truppen. Immer weiter werden die verbissen kämpfenden Amarog zurückgedrängt. Als er endlich wieder auf den Hügel sehen kann, sieht er in einem magischen Blitz, dass nur noch Kaira und Amy standen. Alle anderen waren entweder tot oder ausgeschaltet. Doch war der Hügel frei von Feinden. Sie hatten es geschafft. Aber die Amarog griffen noch immer verbissen an. Sie nahmen keine Rücksicht auf ihr eigenes Leben.

Immer mehr Truppen bestehend aus Nagas, Lamien und Menschen treffen durch die Portale ein. Der Ring der Verteidiger wird immer dichter und weitet sich aus. Erleichtert beginnt Grigori den Hügel zu besteigen. Ein Unterfangen, das im Dunkeln bedeutend schwieriger war, als gedacht. Er hatte erst ein paar Meter zurückgelegt, als er im Mondlicht, das zusammen mit den Fackeln der Soldaten und den magischen Angriffen die Gegend in ein surreales Bild verwandelt, eine Bewegung am Waldrand wahrnimmt. Die Soldaten waren im Wald verschwunden und der

Kampflärm wird immer leiser. Er sieht noch mal hin und erkennt einen einzelnen Krieger. Es war ein Amarog und er hielt eine der seltsamen Waffen in seinen Pranken. Er zielte auf den Hügel und Grigori begriff augenblicklich, was gleich passieren würde. Ohne zu zögern, zieht er seine Waffe und läuft los. Die Paladine dicht auf den Fersen. Doch sie kamen kaum voran, als ein Hagel aus Geschossen unter lautem Donnern die grossen Krieger trifft. Sie wenden sich den neuen Angreifern zu und stürzen sich auf sie. Scheinbar hatte eine Gruppe der Feinde eine Lücke gefunden und nutzte die Chance.

Grigori konnte sich aber nicht auf die neuen Angreifer konzentrieren. Er hatte nur noch Augen für den einzelnen Schützen. Er rannte, so schnell er nur konnte. Doch kam er kaum voran. Er hatte das Gefühl, durch eine dicke Molasse zu laufen. Ein Mix aus Angst und Wut hatten ihn fest im Griff. Noch ein paar Meter. Er beginnt zu hoffen, rechtzeitig einzutreffen, als ein heller Blitz, verbunden mit dem dazugehörenden Donnern, ihm die Sicht raubt. Die heisse Rauchwolke umhüllt ihn und für ein paar Sekunden glaubt er, dass er getroffen wurde. Er sieht über die Schulter und durch den Rauch sieht er im Licht eines Blitzes wie Kaira und Amy zu Boden gehen. Er kann von hier aus sehen, dass der Schuss traf. Alles bewegt sich in Zeitlupe. Er sah zurück zu dem Schützen und konnte den Triumph sehen. Das war zu viel. Ein Hass, wie er ihn noch nie zuvor gefühlt hat, überschwemmt ihn und raubt ihm den Verstand. Im Kopf sieht er immer wieder, wie Kaira getroffen zu Boden fällt. Seiner Wut Luft machend, wirft er sich brüllend auf den Krieger. Dieser hatte die Waffe weggeworfen und holte aus. Doch war Grigori schneller. Die Klinge, geführt aus reinem Instinkt traf ihr Ziel und sank tief in die Brust des Monsters. Überraschung steht in den Augen des Schützen. Von der Wucht des Angriffs zurückgeworfen, prallt sie gegen einen Baum und Grigori kann fühlen, wie seine Klinge sich in den Baum frisst. Augenblicklich lässt er seine Waffe los und springt zurück. Der Amarog hängt am Baum, das Schwert bis zum Heft in der Brust. Noch lebt er und ein gurgelndes Lachen erklingt:

»Die Verräter sind tot. Auch wenn ich den Meister nicht mehr hören kann, weiss ich, dass ich belohnt werde!« Er lacht wieder. Grigori sieht angewidert auf das Bild, das sich ihm bietet. Er hatte noch nie zuvor bewusst ein intelligentes Lebewesen getötet und der Zorn, der ihn so ungestüm handeln liess, war verflogen. Statt der glühenden Hitze war da nur noch stumpfe Leere.

»Grigori!«

Er reagiert nicht auf den Ruf. Noch immer steht er am Waldrand. Er fühlt sich leer und verlassen.

»Grischa, komm.«

Diesmal sieht er auf und erkennt Thea.

»Ich war zu langsam.«

»Was?«

»Sie ist tot, ich konnte nichts tun. Kaira ist tot.«

»Nein! Sie ist verwundet. Ihre Mutter liegt im Sterben, komm jetzt!«

»Was?«

Thea wiederholt und zieht ihn aus dem Wald. Sie deutet auf den Hügel:

»Los, Mutter hat nach dir verlangt, deshalb war ich hier. Wo sind die Paladine?«

»Im Wald, sie haben eine Gruppe angegriffen. Ich wollte den Schützen aufhalten.«

»Verflucht, dich kann man wirklich nicht alleine lassen, lauf auf den Hügel, los!«

Überrascht folgt er der Anweisung. Kaum war er ein paar Schritte den Hügel herauf, als hinter ihm Thea kurzen Prozess mit dem Amarog macht. Die Explosion ihrer Magie brachte Grigori beinahe zu Fall, doch stolpert er weiter. Als er die Kuppe erreicht, wartet die Herrin des Nordens auf ihn. Ihr Gesicht zeigt die Trauer und Erschöpfung. Nachdem sie ihn kurz an sich gedrückt hatte, wollte sie sofort wissen:

»Was ist da passiert?« Sie deutet auf die Stelle, wo Thea ihn aus dem Wald geholt hatte. Grigori erklärt leise und sieht zu Kaira, die neben ihrer Mutter kniet. Erst jetzt sieht er den Kreis aus Toten um sich. Schweigend stehen sie neben der jungen Amarog, die sich von ihrer Mutter verabschiedet. Das Geschoss hatte Kaira an der Schulter verletzt und war danach in die Brust der Alpha der Silberfelle gedrungen. Ihre Wunde war zu tief und selbst die Heilkünste der Apepi reichten nicht mehr. Es dauert einen Moment, bevor Grigori begreift, dass Amy nicht mehr lebt. Kaira, die noch immer den Kopf in ihrem Schoss hat, weint leise. Hörner erklingen und verkünden den Sieg der Nordtruppen. Doch war es kein Sieg für Grigori. Erschöpft, ausgelaugt und von einem Tag andauernder Spannung an den Rand seiner Leistungsfähigkeit gebracht, steht er neben Kaira. Eine Hand auf ihrer Schulter. Er wusste nicht, was sagen. Er wollte jetzt nur noch nach Hause.

»Kaira, komm.« Die Stimme der Herrin war schwer vor Mitgefühl. Zusammen mit Grigori verlassen sie den Hügel und stossen auf Thea und die Paladine. Grigori sieht entsetzt, dass es nur noch zwei waren. Er beginnt zu erahnen, welches Glück er wieder mal hatte.

»Wartet.«

Sie sehen zu, wie die Herrin sich umdreht und die Arme hebt. Sie beginnt, einen Zauber zu wirken, dessen Macht selbst für Grigori spürbar ist. Ein unwirkliches Licht beginnt den Hügel zu umgeben. Grigori sieht das Muster in den Toten und er beginnt zu verstehen, was an diesem Tag geschehen ist. Die ehemalige Leibwache hatte einen heldenhaften Untergang. Vor jedem der schwarzgepanzerten Toten lag ein Dutzend Feinde. Vor ihren Augen verfallen die Leichen. An ihrer Stelle beginnen Pflanzen zu wachsen. Die Leibwache wird zu dornigen Büschen mit schwarzen Beeren. Die Verräter zu roten Blumen. Immer mehr der Leichen verfallen. Je höher man sieht, umso enger stehen die Gebüsche mit den schwarzen Beeren. Auf der Spitze wächst ein silberfarbener Baum. Immer höher winden sich die Äste und kurz darauf krönt ein mächtiger Baum den Hügel. Das Holz hatte dieselbe Farbe wie das Fell von Kaira und die Blätter waren von leuchtendem Weiss. Als die Herrin ihren Zauber beendet, erlöscht das Licht.

»Kaira, hol dir einen Ast von dem Baum.« Die so Aufgeforderte kehrt kurz darauf mit einem Ast zurück.

»Gib ihn Sera, sie wird wissen, wie man aus ihm einen Setzling ziehen kann, so hast du etwas, das dich für alle Zeiten an deine Mutter erinnern wird. Die anderen Pflanzen sollen als Mahnmal dienen. Der letzte Stand der Leibwache.« Sie nimmt die weinende Amarog in die Arme:

»Es tut mir so schrecklich leid. Wir haben versagt und deine Familie musste den Preis zahlen.«

»Schon gut. Wir haben unseren Untergang mit offenen Armen eingeladen.« Die Amarog wischt sich die Tränen vom Gesicht und versucht, Haltung anzunehmen. Doch kennt Grigori sie gut genug, um zu wissen, dass sie innerlich zerbrochen ist.

»Grischa, nimm Thea und Kaira und geh zurück in die Festung. Ich kümmere mich hier um die Aufräumarbeiten. Zudem sehe ich, dass du

ganze Armeen herbeigeholt hast, das muss alles organisiert werden. Ich wäre froh, wenn du mir die Heiler aus der Festung schicken könntest.«
»Das ist leider nicht möglich.« Er gesteht, was passiert ist und die Herrin seufzt ergeben.
»Verstehe, nun, daran können wir auch nichts ändern. Thea? Kümmere dich bitte darum, dass Vorräte gebracht werden und die Truppen Lager errichten.«
»Das ist bereits organisiert, nicht wahr Grischa?«
»Ja.«
Die Herrin sieht verblüfft ihren Jüngsten an:
»Sonst noch was?«
»Eigentlich habe ich alles vorbereitet, deshalb war ich ja wieder hier. Die Festung ist gesichert und jetzt herrscht hier überall Chaos.«
»Gut, dann machen wir es so. Kaira und Thea, ihr kehrt zurück in die Festung, Grigori geht zum Lager. Wir organisieren jetzt alles. Kaira, ich weiss, es ist kaum zu ertragen, aber jetzt musst du genau tun, was ich dir sage. Geh in die Krankenabteilung und lass dir ein starkes Schlafmittel geben. Ich brauche dich morgen. Wir haben viel zu besprechen. Thea, ich kann dir leider noch keine Pause gönnen, du übernimmst die Organisation innerhalb der Festung. Grischa, du arbeitest einfach so lange, wie du es noch aushältst.«

Alle bestätigen und kurz darauf stand Grigori wieder im Lager, wo Mari und Una die traurige Nachricht hören. Zusammen mit Grigori organisieren sie, so viel sie können und Grigori erfährt, dass bereits alle Tränke aufgebraucht waren. Lebensmittel und Zelte werden gebracht und die Truppen der Menschen und Nagas versorgt. Jetzt zeichnete sich seine Vorbereitung aus. Er erfuhr, dass Casos mit den Flüchtlingen in Sicherheit war. Die Drachen hatten gerade noch rechtzeitig ihr Ziel erreicht. Aber auch sie hatten Verluste erlitten. Der Alte, der so nachdrücklich auf eine Belohnung bestand, war gefallen. Überall gab es Verluste und Grigori konnte das Gefühl nicht abschütteln, am Ende für den Tod vieler Menschen und Monster verantwortlich zu sein. Doch lenkte ihn die Arbeit ab. Er war überall zugleich, kümmerte sich um die Verteilung und gönnte sich keine Pause. Als er kaum noch stehen kann, war es tiefste Nacht und noch immer kamen Truppen an und hatten keine Unterkünfte.

»Herr, du musst schlafen!«
»Schon gut, ich schaffe das.« Er sieht auf und Mari schüttelt den Kopf:

»Ich nutze ausnahmsweise mein Machtwort: Du gehst jetzt in die Festung schlafen. Hier sind Quartiermeister von einem halben dutzend Herren des Nordens, die wissen genau, was sie machen. Geh! Schlafen!« Sie verschränkt die Arme und wirkt entschlossen.

»Schon gut, ich gehe ja.« Er lächelt schwach. Es war das erste Mal, dass sie ihr Recht wirklich wahrnahm. Er hatte ihr diese Machtworte zugesprochen, damit sie im Labor notfalls für Ordnung sorgen kann.

Ein neuer Morgen

Als Grigori am nächsten Morgen von Taiki geweckt wird, fühlt er sich zerschlagen. Taiki, der einzige seiner Leibwache, der noch voll gerüstet ist, bringt ihn auf den neusten Stand.

»Herr, Casos eskortiert die Flüchtlinge in den Norden. Die vereinten Truppen haben angefangen, den Weg zu sichern. Dank deiner Truppen können wir jetzt die ganze Strecke sichern, Herr.«
»Danke, das heisst, wir geben den Mondwald auf?«
»Leider, wir können nicht sagen, ob alle Medaillons im Wald zerbrochen sind oder wie viele Gegner noch leben. Zudem ist die Moral unter den Amarog so schlecht wie nie zuvor.«
»Wie geht es Kaira?«
»Sie schläft noch. Wird aber auch bald geweckt. Die Herrin hat eine Notfallsitzung einberufen. Ihr werdet dort erwartet.«
»Gut, ich gehe erst nach Kaira und den anderen sehen.«
»Ich glaube, die Herrin erwartet, dass ihr so schnell wie möglich kommt.« Der Kitsunenkämpfer sieht verlegen zu Boden.
»Dann hat sie Pech!« Er sieht entschlossen auf und strafft seine Kleidung. Ohne weiter zu zögern, eilt er in die Krankenstube. Dort angekommen, erwartet ihn die positive Nachricht, dass alle Heiler wieder auf den Beinen sind. Meister Manabu geleitet ihn zu den Räumen, die als provisorische Krankenlager genutzt werden. Als er in den Raum gebracht wird, in dem Kaira untergebracht ist, sieht er die Amarog mit angezogenen Beinen auf dem Bett sitzen. Ihre Haltung zeigt deutlich, dass sie aufgegeben hat.
»Darf ich reinkommen?«
»Natürlich, du bist immer willkommen.« Ihre Stimme war leise. Er setzt sich neben sie und bevor er reagieren kann, drückt sie sich an ihn und beginnt zu weinen. Es dauert einen Moment, bis er ihr Schluchzen versteht:

»Alles futsch ... was soll ich jetzt machen ...«

Grigori versucht, sie zu beruhigen, aber das Elend des letzten Tages und die Verletzungen brauchten ein Ventil. Als er sie endlich beruhigt hat, sitzt sie neben ihm, ihren Kopf auf seiner Schulter.

»Kaira, wir geben nicht auf.«

»Grischa, ich weiss, dass der Mondwald gefallen ist, Mutter ist tot und mein Volk verloren. Was genau können wir jetzt nicht mehr aufgeben?«

»Nun, Casos begleitet Flüchtlinge aus dem Wald, du bist hier und am Leben. Damit hast du ein Volk und das Volk hat eine Anführerin. Wie wir gelernt haben, die Grundlagen sind damit erfüllt.« Kaira muss lachen. Sie hatten vor Jahren im Unterricht den Witz gemacht, dass Landbesitz keine Grundlage sein sollte, für das Leben eines Volkes.

»Nun, ein zerschlagenes Volk auf der Flucht und eine Anführerin ohne Ahnung und Erfahrung. Die Silberfelle sind vernichtet, die Amarog des Mondwaldes gefallen.« Sie hatte keine Hoffnung mehr und er konnte spüren, dass sie auch keinen Ausweg mehr sehen wollte.

»Noch leben die Silberfelle und eines Tages werden wir den Wald zurückerobern.« Er versucht, entschlossen zu klingen.

»Du gibst wohl nie auf.«

»Nein, warum sollte ich. Selbst wenn es keine Flüchtlinge gäbe, würde ich nicht aufgeben. Wir haben gestern eine Gruppe von Amarogkindern gerettet. Damit gibt es garantiert Silberfelle in Freiheit.«

Die Wolfartige sieht ihn aus traurigen Augen an:

»Und wo, oh grosser Optimist, sollen wir leben? Hier in der Festung?«

»Wenn es sein muss, ja! Wir finden eine Lösung und geben jetzt nicht auf.« Er wusste, dass er seine Aussagen nur schwerlich in die Tat umsetzen kann, aber ihre Niedergeschlagenheit erweckte in ihm beinahe einen kindlichen Trotz, jetzt wollte er erst recht nicht aufgeben. Ihr zuliebe wollte er nicht aufgeben. Auch wenn er selber noch keinen wirklichen Plan hatte. Aber er war schon zufrieden, wenn er ihr nur einen Funken Hoffnung geben konnte.

»Gut, sagen wir, wir finden einen Weg, was dann? Bauen wir alles auf, nur um es wieder zu verlieren? Grischa, ich weiss, du meinst es gut, aber ich, ich weiss nicht mehr weiter.«

»Blödsinn, wir finden jetzt erst mal ein neues Zuhause für dein Volk, dann sehen wir weiter. Schritt für Schritt. Ich werde alles in meiner Macht Stehende tun, um dir zu helfen!«

Zu seiner Überraschung beginnt sie zu lächeln. Seine Worte scheinen endlich fruchtbaren Boden gefunden zu haben:

»Seltsamerweise glaube ich dir das sogar. Vielleicht, vielleicht finden wir wirklich ein neues Zuhause und von da können wir weiter sehen.«

»Genau, aber als Erstes gehen wir jetzt frühstücken.«

»Ich dachte, die Herrin wollte uns sehen? Wir sind bereits zu spät.«

»Blödsinn, wir essen jetzt erst mal erhobenen Hauptes und zeigen, dass wir uns nicht aus der Ruhe bringen lassen.«

»Einverstanden, Maske auf und essen. Ich bin wirklich hungrig.«

Thea, die gerade in den grossen Speisesaal geglitten war, sieht sich um und eilt dann zu ihrem Bruder, der mit Kaira, Hinata und Taiki frühstückte. Die Kriegerin war zwar verwundet, wollte jedoch ihren Dienst sofort wieder aufnehmen. Arses und Hotaru waren beide zu schwer verwundet und Nysosia hatte keine Ausrüstung mehr. Sie übernahm den Wachdienst im Labor, auch wenn es nur widerwillig war. Hinatas Rüstung hatte fehlende Teile und die Schäden waren irreparabel, doch besser als keine Rüstung, wie sie sich ausgedrückt hatte.

»Wo bleibt ihr? Wir warten auf euch!«

»Ich wollte erst was essen, ich weiss nicht, wann sich mir die nächste Chance bietet.« Grigori streicht zufrieden ein weiteres Honigbrot, seine Laune war gut und auch Kaira hatte sich gefangen. Bevor er die Köstlichkeit jedoch verspeisen kann, schnappt sich Thea die Brotscheibe und mampft sie gierig, scheinbar hatte sie bisher noch kein Frühstück gehabt.

»Ausserdem, was ist der Sinn der Sitzung?«

»Besprechung, wie es weitergeht, bisher haben wir nur die Grundlagen diskutiert. Aber wir erwarten um die zehntausend Flüchtlinge. Sie werden zwar zwei, drei Tage brauchen, jedoch brauchen wir Vorräte, Ausrüstung und einen Platz für sie, deshalb die Sitzung!«

»Oh, gut, dann sollten wir uns beeilen, nicht dass wir was verpassen.«

Er springt auf und klatscht zufrieden in die Hände, er hatte während des Essens einen grundlegenden Plan entworfen:

»Hinata, du isst ruhig weiter und erholst dich bitte. Taiki begleitet mich.« Damit verlässt er den Raum. Er kann hören, wie Kaira leise zu Thea flüstert:

»Als wir den Saal betreten haben, war die Stimmung niedergeschlagen, aber seine Ruhe und unser Verhalten schienen Hoffnung ausgelöst zu haben, ich weiss nicht, wie er das gemacht hat.«

»Er folgt seinen Instinkten, vielleicht hat er genau das Richtige gemacht. Mutter hat so etwas vermutet, als er nicht gekommen ist. Dennoch, es ist keine Art, auf eine Aufforderung zu reagieren!«

Als sie den Thronsaal betreten, kann Grigori gerade hören, dass Dhrardekha einen Bericht beendet. Der Rat war anwesend, dazu kamen Lord Byron, die Weisse Hexe und weitere Anführer, die mit ihren Armeen losgezogen waren. Lysixia und Nysahria sassen zusammen. Nysa war mittlerweile gut anzusehen, dass sie in Kürze ihr Kind erwartet. Arsax war bei den militärischen Beratern der Festung. Die Herrin sass auf ihrem Thron. Ihr linker Platz für Thea reserviert. Grigori und Kaira hatten ebenfalls freie Plätze, zur Rechten der Herrin. Als Grigori sich gerade setzen will, kann er gerade noch den spöttischen Kommentar eines der älteren Ratsherren hören, der die Säuberung des Rates überstanden hatte:

»Ah, der junge Herr hat sich geruht, seine Pflichten doch noch wahrzunehmen.«

Ohne zu zögern, richtet er sich wieder auf:

»Ich möchte den Rat um Verzeihung bitten. Aber ich hatte gestern einen langen Tag, der damit endete, dass ich Armeen aushob, eine Belagerung abwehrte, Drachen anheuerte, mich auf einem Schlachtfeld wiederfand und sogar einen Gegner im Kampf tötete. Ratsherr Kosous hatte das wohl verpasst, da er es bevorzugte, seinem normalen Tagesablauf zu folgen. Auch kann ich mich nicht erinnern, von ihm Truppen erhalten zu haben. Wofür ich mittlerweile jedoch dankbar bin, so hatte ich mitten in der Nacht weniger Soldaten zu versorgen.« Er lächelt unschuldig:

»Als ich heute nach ein paar Stunden Schlaf aufwachte, wurde mir klar: Gestern hatte ich ein miserables Frühstück und der Tag war entsprechend. Also habe ich mir heute ein gutes Frühstück gegönnt. Ob meine Theorie stimmt, wird sich heute Abend zeigen.« Unter dem Gelächter der jüngeren Ratsherren und besonders der anwesenden Menschen, setzt er sich. Nysa stöhnt leise und legt ihren Kopf in die Hände. Thea, Arsa und

Lys lachen ebenfalls. Nur die Herrin lässt sich nichts anmerken. Nachdem sich die Stimmung im Saal wieder beruhigt hat, wird die Sitzung fortgeführt:

»Nun, da alle anwesend sind: Wir haben folgende Situation. Casos bewegt sich mit der Armee und nach grober Zählung etwa zehntausend Flüchtlingen nach Norden. Harkar hat das Kommando über die vereinten Truppen übernommen und sichert den Weg für Casos. Die Nagas haben ihre Hilfe weiterhin zugesagt, wofür ich extrem dankbar bin. Nach allem, was wir wissen, haben wir gestern eine lang vorbereitete Falle ausgelöst und knapp überlebt. Goldhafen ist sicher, auch wenn mir bereits vorgeworfen wird, dass wir eine Stadt des Feindes gerettet haben. Doch stimme ich Dhrardekha zu, diese Aktion war genau das, womit der Gegner nicht gerechnet hat.«

Die Naga erhebt sich und bekommt das Wort:

»Ich wollte nur sichergehen, dass allen klar ist, das diese Idee von Herrn Grigori kommt. Mein Vater lässt seine Bewunderung für die ›kreative‹ Kriegsführung, die hier im Norden verwendet wird, ausrichten.«

»Danke, gut. Wir haben nun das generelle Problem, dass wir die Grenze zum Mondwald besser sichern müssen. Ich schlage vor, dass an der Stelle, wo Theameleia ihr Lager errichtet hatte, eine neue Festung errichtet wird. Dazu kommt noch die Aufstockung der anderen Grenzfestungen und Anpassung unserer Kriegsstrategien. Doch sind das alles langfristige Massnahmen. Ich bin übrigens den jeweiligen Festungskommandanten dankbar, dass sie so gut reagiert haben, als jede Kommunikation zusammen gebrochen ist. Alle gingen dazu über, sich einzubunkern und einen Angriff abzuwarten. Wir haben im Moment die dringende Aufgabe, uns mit den Flüchtlingen und dem Schicksal der Silberfelle zu beschäftigen.« Sie wendet sich zu Kaira:

»Ich weiss, du möchtest trauern, doch brauche ich deine Stärke. Ich bestätige hiermit vor allen Anwesenden, dass du die neue Alpha der Silberfelle bist.«

»Ich danke und bitte in meiner neuen Position um die Hilfe des Nordens.« Kaira hatte sich aufgerichtet und von ihrer Schwäche am Morgen war jetzt nichts mehr zu sehen. Grigori bewundert ihre Selbstkontrolle.

»Deine Bitte wurde gehört. Ich bitte den Rat nun um Vorschläge. Wir brauchen Platz, Ausrüstung und Vorräte für ein ganzes Volk, oder leider nur noch, was davon übrig ist.« Sie setzt sich wieder auf den Thron. Damit waren die Förmlichkeiten beendet und die Sitzung kam nun endgültig in Gang.

»Ich würde vorschlagen, dass wir erst einmal hier ein Lager vorbereiten. Es wird mindestens drei Tage dauern, bis sie da sind, das reicht für den ersten Augenblick. Dazu sollten wir Vorräte aus allen Regionen zusammentragen und an den jeweiligen Lagerplätzen von Casos vorbereiten.« Die weisse Hexe setzt sich wieder.

»Gut, das ist eine Sofortmassnahme, die auf jeden Fall getroffen werden muss. Entsprechendes soll vorbereitet werden.« Die Herrin gibt die Befehle und Diener verlassen den Saal, um sie weiterzuleiten und umzusetzen. Doch war es die letzte Entscheidung, die dem Rat so einfach fiel. Zu Grigoris grossem Ärger war schnell klar, dass die Einigkeit, dass man helfen sollte, zwar vorhanden war, jedoch niemand war bereit, dafür selber Opfer zu bringen. Die meisten der Ratsmitglieder waren sogar dafür, dass die Amarog in den Osten geschickt werden, wo die erste Welle der Flüchtlinge ein neues Zuhause bei den dortigen Amarogstämmen gefunden hatte. Auch waren ein paar der Meinung, dass der Norden bereits zu viel investiert hat und dass die Amarog sich kurz erholen und dann zurück in den Mondwald sollen. Als nach einer Stunde noch nicht einmal klar war, ob man die Amarog im Norden unterbringen könnte, geschweige denn, dass jemand bereit war, sie aufzunehmen, erhebt sich Lord Byron:

»Ich bin bereit eintausend Amarog bei mir aufzunehmen, mehr ist mir nicht möglich. Wenn jeder, der hier anwesend ist, dasselbe täte, wäre es kein Problem, doch scheint man sich hier mehr um den eigenen Wohlstand zu sorgen, als um das Leben Unschuldiger!«

»Unsere Leute sind auch unschuldig und würden unter der plötzlichen Belastung so vieler Fremden leiden. Dazu erzählt man sich so einiges über die Amarog und ihre Kultur.« Die Stimmung im Rat wurde auf einen Schlag noch angespannter und Grigori wusste, dass nun Stunden mit nutzlosen Diskussionen folgen würden. Als er zur Seite sieht und erkennt, dass Kaira mit gesenktem Kopf zuhört, während sie die Schreibfeder, die vor ihr auf dem kleinen Schreibpult bereitliegt, zerpflückt, fasst er seinen Entschluss. Er achtet nicht weiter auf die nutzlose Diskussion und winkt Taiki zu sich:

»Hinata muss sofort in die vergessenen Wälder. Dort soll sie Halvar aufsuchen und ihn über die Situation informieren und fragen, ob sein Angebot noch immer gilt. Ist er bereit, alle flüchtigen Amarog auf einmal in den Wäldern zu empfangen? Ich weiss, dass dort genug Platz wäre, aber ich würde es gerne mit seiner Unterstützung schaffen.«

»Verstanden, Herr, ich richte es aus. Noch etwas?«

»Ja, Ketil hat seit Kurzem einen Magier in seinem Dienst, versuche, ihn zu kontaktieren. Ich brauche Preise für Vorräte, diverse Baumaterialien und die dazugehörenden Transportkosten.«

»Gut, soll ich es von hier versuchen?«

»Bitte, wenn dich dieses dumme Geschwafel nicht stört.«

»Keine Sorge, Herr.«

Als er wieder aufsieht, merkt er, dass seine leise Unterhaltung längst von seiner Familie bemerkt wurde und das zufriedene Lächeln seiner Mutter beweist ihm, dass sie genau auf diesen Moment gehofft hatte. Auch Kaira hatte aufgesehen und wirkte überrascht. Doch lässt sich Grigori nichts weiter anmerken und beginnt, Rechnungen aufzustellen. Er hörte nur noch mit halbem Ohr zu und was er hörte, war dasselbe, was er seit einer Stunde hörte.

Die Diskussionen werden immer hitziger, doch Grigori war auf seine Berechnungen konzentriert. Als Taiki ihn antippt, zuckt er zusammen.

»Herr, Hinata hat ihr Ziel erreicht und lässt ausrichten, ich betone, dass ich nur wiederhole, was sie mir sagt, dass dir der Arsch versohlt gehört, für die Frechheit zu glauben, er hätte das Hilfsangebot nicht ernst gemeint.«

»Schon gut. Das ist gut, gibt es mehr?«

»Er hatte bereits einen Ort in der Vorbereitung wegen deiner geplanten Anlage. Aus seiner Sicht sollte das ein guter Ort sein für ›Stadt‹. Ich bin mir nicht sicher, ob ich Hinata da richtig verstanden habe, sie sagte nur Stadt.«

»Keine Sorge, das wird der Name der neuen Siedlung. Spannend, er hat mich bereits über das Projekt informieren lassen. Perfekt, das ist ein guter Anfang.«

»Verstehe, nun, er lässt die Strassenwächter weitere Orte auskundschaften und vorbereiten. Er hofft, bis Ende Woche drei vielleicht vier weitere Standorte zu finden. Er würde direkt mit dem Fällen der Bäume beginnen.«

Grigori beginnt zu lächeln, er konnte sich bildlich vorstellen, wie der Häuptling aus dem Haus stürmt, eine Axt in der Hand und persönlich Hand anlegt.

»Ylva schlägt vor, dass Baumaterialien mit den Portalen geliefert werden sollen, bis die Flüchtlinge eintreffen. Wenn man dazu ein paar hundert Baumeister zusammenbekomme, könnten genug Langhäuser errichtet werden, dass die Flüchtlinge gleich unterkommen. Sie will zum Strand und die Nagas um Hilfe bitten, ihre Stärke wäre eine grosse Hilfe beim Roden der entsprechenden Flächen.«

»Sehr gut, ja, das ist ein Plan. Hinata soll auf einer Karte die potenziellen Standorte eintragen lassen. Ich kann dann Qimo um Hilfe bitten, er ist ziemlich gut darin, Bäume zu entfernen.«

»Verstehe, sonst noch etwas?«

»Ja, lass bitte eine Harpyie mit einer Nachricht zu Ulfrik vorbereiten. Ich brauche Rohmaterial und würde es gerne direkt bei ihm kaufen. Das Erz soll gleich verarbeitet werden, denn ich weiss, dass er über gute Schmiede verfügt. Wir brauchen Nägel und Werkzeuge in grosser Menge.«

»Verstehe, ich lasse das vorbereiten.«

Als Taiki den Raum verlässt, merkt Grigori, dass es still geworden ist. Als er aufsieht, wird ihm klar, dass ihn alle ansehen. Zum Teil verärgert, zum Teil erleichtert.

»Hast du dem Rat etwas zu sagen?« Die Stimme seiner Mutter hatte einen amüsierten, aber auch warnenden Unterton.

»Noch nicht, ich brauche erst noch ein paar Informationen.«

»Grigori?«

»Wirklich, erst ein paar Gedankenspielereien. Wenn alles klappt, habe ich bis zum Mittag ein neues Zuhause für die Amarog, den Aufbau erster Unterkünfte und die wichtigsten Vorräte organisiert.«

»Natürlich, der junge Herr glaubt wohl, wieder alles im Alleingang lösen zu können.« Die Stimme kam aus dem Rat, aber Grigori konnte nicht sehen, wer sprach. Doch war der Hohn klar und verständlich. Lord Byron richtet sich jedoch sofort auf:

»Ich habe dir Baumeister. Wir haben erst vor Kurzem Erweiterungen zu meiner Festung und dem Dorf abgeschlossen, das sie beschützt.«

»Sehr gut, ich brauche alle Baumeister und Handwerker, die ich bekommen kann.«

»Ich kann dir Karren und Pferde geben.« Die weisse Hexe richtet sich ebenfalls interessiert auf.

»Ich hoffte, Portalmagier anzuheuern, wir müssen so viel wie möglich geschafft haben, bevor die Flüchtlinge eintreffen. Ich brauche auch die Erlaubnis von euch, sie durch eure Ländereien zu bewegen.«

»Keine Diskussion, aber wo genau willst du sie hinbringen?«

»In die vergessenen Wälder! Sie gehören mir und dort habe ich Platz. Dazu ist es eine Umgebung, in der sich die Amarog schnell einleben können. Ein Wald gefüllt mit Bestien zum Jagen. Auch sind sie dort sicher vor weiteren Angriffen.« Er strahlt über sein ganzes Gesicht und die meisten der Anwesenden stimmen zu. Nur die Ratsherren, die gehofft hatten, einen Gewinn aus der Sache zu ziehen, wirken verärgert.

»Wie genau gedenkst du, das alles zu bezahlen?« Einer der Häuptlinge mustert ihn interessiert.

»Nun, ich habe ein paar Vorräte, aber ich hoffte auf Vergünstigungen und Hilfe des Nordens, wenn wir alle zusammen etwas zugeben, können wir den Amarog einen guten Neustart gönnen und gewinnen in ihnen neue Freunde und starke Verbündete, die in kürzester Zeit ihre wahre Stärke zeigen können. Ich denke, dass sie sich gut für die Nordwache eignen würden und habe da auch eigene Pläne. Ausser die Alpha der Silberfelle hat etwas gegen den Vorschlag.«

»Nein, natürlich nicht. Dies ist ein Angebot, das ich auf keinen Fall ausschlage, aber ich fürchte, dass ich dir diesen Gefallen nie zurückzahlen kann.« Kaira hat sichtlich Mühe, ihre Haltung zu wahren. Auf einen Schlag hatte sich ihre Situation gebessert und sie war wieder voller Hoffnung. Er kann gerade noch hören, wie Lys halblaut grummelt:

»Das nächste Mal fangen wir mit dieser Option an, das hätte viel unnötiges Gezanke verhindert!«

Am Nachmittag stand Grigoris Plan und er hatte die Unterstützung vieler Herren des Nordens. Baumeister, diverse Baumaterialien und sogar Wachen werden ihm zur Verfügung gestellt. Zur Freude seiner Mutter wurde auch ihr Hilfe versprochen. Sobald die Amarog einigermassen sichere Unterkünfte hätten, würden die Handwerker beim Bau der neuen Grenzfestung und beim Ausbau von Grigoris Wacht eingesetzt. Kaira erhielt einen grösseren Geldbetrag, der ihr helfen sollte, alles andere für einen Neustart zu organisieren. Kurze Nachfragen bei Casos bestätigten jedoch, dass die verzweifelten Flüchtlinge vorhatten, auf dem Rückweg in den Norden, durch den Mondwald, alles zu plündern, was sie tragen könnten. Auch hatte der Tod von Amy grosse Trauer und Verzweiflung ausgelöst. Die Botschaft, dass Kaira jedoch bereits für ein neues Zuhause gesorgt habe, soll die Stimmung sofort angehoben haben. Soweit er es beurteilen könne, sollte Kaira keine Probleme haben, ihr Volk unter Kontrolle zu bekommen. Die Amarog waren bereit, ein neues Zuhause aufzubauen. Sie waren noch mehr bereit, die geleistete Hilfe abzuarbeiten.

Diese Botschaften halfen Kaira, nicht nur ein Licht im Dunkeln zu sehen, sie begann erste Pläne zu schmieden. Grigori sah dies mit grosser Erleichterung, alleine die Hoffnung in ihren Augen, war all die Mühe wert.

Sie erfuhren auch, dass im Osten nach dem Ritual zur Rettung der Festung niemand mehr stark genug gewesen war, um zu helfen. Die Kitsunen hatten alle Reserven für das Ritual selber aufgeboten. Grigori konnte nur vermuten, wie viel Magie da verbraucht wurde. Doch war die Herrin des Ostens mehr als nur bereit, mitzuhelfen. Grigori bekam die Zusage für mehr als einem Dutzend Portalmagier. Dazu kamen auch ein paar Heiler, die anfangs bei den Amarog leben sollten und im ersten Jahr für die notwendige Krankenpflege sorgen würden. Auch wurde entschlossen, dass ein grösseres Kontingent an Spezialeinheiten der Nachtfelle im Norden stationiert werden solle. Alle diese Soldaten waren fähig im Kampf und imstande zu teleportieren. Damit sollte in Zukunft eine schnelle und zuverlässige Verteidigung von jeder Grenzfeste erreicht werden.

Am Abend wurden Grigori und Kaira in den Arbeitsraum der Herrin gerufen. Sie hatte noch immer keinen Schlaf gehabt, jedoch war ihr das nicht anzumerken. Der Raum war gefüllt, da alle Apepi anwesend waren:
»Ich will ein paar Dinge klarstellen: Grigori, ich verdanke dir mehr, als du erahnen kannst. Du hast in kürzester Zeit eine unglaubliche Allianz gebildet und Wesen aller Art für ein gemeinsames Ziel vereint. Trotzdem musst du noch mehr leisten. Die neuen Waffen der Feinde beunruhigen mich, bitte finde alles über sie heraus. Ich habe das Gefühl, dass du und dein Team das Geheimnis am ehesten lüften könnt. Ich stelle dir dafür aber alle Mittel zur Verfügung, die ich habe. Des Weiteren, ich habe hier die Liste, der gewünschten Belohnungen der Drachen. Casos hat sie über-

mittelt, es scheint, dass sie alle entschieden haben, die Flüchtlinge weiter zu begleiten. Ich weiss nicht, wie du das alles geschafft hast, ich kann dir nicht genug danken.« Er nimmt das Pergament entgegen und entrollt es beunruhigt. Kurz darauf beginnt er zu lachen. Die Drachen wollten kein Gold, sie wollten Dinge für ihre Sammlungen. Einer wollte einen Stern des Nordens, ein anderer bestand auf den Erhalt eines Schildes der Blutpaladine. Beides war mit einem Haken versehen. Als Grigori nachfragt, erfährt er, dass seine Mutter beides bereits organisiert hat. Die anderen Anfragen waren schwieriger. So war einer der Wünsche ein seltener Wein aus dem Süden, einer wollte das Schwert von Casos, wobei er bereit sei, es erst nach der erfolgreichen Flucht anzunehmen. Dieser Punkt war ebenfalls mit einem Haken versehen.

»Casos hat dem bereits stattgegeben. Sein Schwert für das Leben aller, die gerettet wurden, ist ein fairer Deal.«

»Nun, das ist ja perfekt, ich hatte schon Sorge.«

»Den letzten Punkt wirst du nicht schaffen.« Die Herrin grinst breit.

»Das persönliche Kochbuch der Herrin des Ostens? Wieso, ich frage sie einfach.«

»Das ist das heiligste Kochbuch der Welt. Zweitausend Jahre Rezepte und alle davon zumindest einmal von ihr persönlich zubereitet. Keine Chance, das ist einer ihrer grössten Schätze.«

»Nun, wir werden sehen. Lys, nur so aus Neugierde, wann willst du das nächste Mal in den Osten?« Alle beginnen zu lachen. Danach fährt die Herrin fort:

»Grischa, du bist der Herr der Wälder. Ich weiss, dass du diese lieber an Kaira abgeben willst, aber es ist im Moment besser, wenn du den Titel behältst.«

»Ich will den Titel nicht!« Kaira wirkt erschrocken.

»Schon gut, ich hatte das geahnt.«

»Gut, dann zu dir, Kaira. Ich hatte noch keine Chance zu sagen, wie sehr du mich beeindruckt hast. Ich wünschte, der gestrige Tag wäre besser verlaufen, doch unter diesen Umständen, muss ich gestehen, ist das wohl der beste Ausgang, auf den wir hoffen konnten.« Die Amarog nickt und dankt für das Lob.

»Ich weiss, dass du Grischa dankbar bist, aber lass dich nicht zu sehr um den Finger wickeln, du musst jetzt auch an dein Volk denken und ihm wenigstens teilweise die Stirn bieten. Wenn du dabei Hilfe brauchst, geh zu Thea, sie verhandelt noch so gerne in deinem Namen.« Theas Grinsen verrät, dass sie sich bereits darauf freut und Kaira dankt für ihr Angebot, wobei sie seltsam verlegen wirkt. Sie scheint da andere Pläne zu haben.

»Nun zum eigentlichen Grund, warum ich hier alle versammelt habe. Ich habe von der Festung ein paar Dinge erfahren. Kaum genug, sie scheint nicht bereit zu sein, alles Wissen auf einmal zu teilen. Der wichtigste Punkt ist eine Abwehrmassnahme gegen die Medaillons. Auch ist klar, dass der Kreuzzug Hilfe erhalten muss. Die Herstellung der Medaillons erfordert ein Wissen, das Jahrtausende alt ist. Ich fürchte, mehr kann ich nicht sagen. Ein Punkt, der für uns alle spannend ist: Die Festung hat Grigori als einen Vertrauten anerkannt. Mein Nachfragen hat ergeben, dass sie sich mit ihm verbunden fühlt. Sie war es, die ihn vor vielen Jahren gerettet hat, wobei das wohl eher ein Unfall war. Eigentlich ein Abwehrzauber, der schiefgelaufen ist. Zudem hat sie ihn auch gestern gerettet. Nur deshalb hast du den Transport von Thea überlebt. Frag mich aber nicht, wie die Festung das gemacht hat.« Sie wirkt unsicher, scheinbar wusste auch sie nicht, was diese Information wirklich bedeuten sollte.

»Auch weiss ich jetzt, dass wir Apepi, die mit dem Thron verbunden sind, kaum mehr als Werkzeuge sind. Die Festung hat mich und Thea gestern am Leben erhalten und mit Magie versorgt, nicht um uns zu dienen, sondern damit wir weiter dienen können. Thea und ich haben das bereits besprochen, wir wissen jetzt, was es mit dem Teil unseres Schwures auf sich hat: Richtet und wacht im Namen der wahren Herrin.«

»Das heisst wir kämpfen gegen jemanden oder etwas, das aus der Zeit der Ur-Monsterlords stammt?«

»Scheint so.« Die Herrin nickt Arsax zu, der bleich wird.

»Nun, Nysa, jetzt bist du gefragt. Zumindest, wenn du überhaupt noch dazu bereit bist. Du wirst Mutter und musst dich auch um dein Kind kümmern. Vielleicht wäre es doch besser, wenn du dich in die Täler der Schwarzschuppen zurückziehst.«

»Ehrlich gesagt, ich glaube, wenn ich jetzt nicht mithelfe, kann ich die Sicherheit meines Kindes kaum noch garantieren. Ein Feind, der über solche Mittel verfügt, ist zu gefährlich. Zudem muss ich meinen Bruder im Auge behalten! Seine Diplomatie ist faszinierend.« Sie grinst breit und legt eine Hand auf ihren Babybauch. Sie würde noch heute zurück zu den Nachtwandlern gehen. Sie wollte ihr Kind dort bekommen. Einen Wunsch, den alle in der Familie respektieren konnten.

»Lys? Wie steht es bei dir? Willst du in den Osten?«

»Ich? Was soll ich in den geheimen Tälern im Osten? Ich will hier mehr wissen. Dazu verfolgen mich noch immer die Feuerdrachen!«

»Ach ja, das sollte ich wohl noch richten«, murmelt Grigori verlegen. Wieder lachen alle. Obwohl die Enttäuschung über die wenigen Informationen für all ihre Fragen gross war, umso grösser war die Erleichterung, dass sie noch immer so gut dastanden und keiner aus der Schwarzschuppenfamilie grösseren Schaden genommen hatte. Als sie den Raum verlassen, um zu essen, ist der grundlegende Plan klar. Sich sammeln, die Verteidigungen neu aufbauen und mehr über den Feind lernen. Trotz dieser Umstände soll die traditionelle Reise von Thea stattfinden. Doch war das ein Ereignis in der Zukunft.

Das Abendessen war gut und die Stimmung in der Festung war deutlich besser. Überall waren sie fleissig. Die Heiler hatten alle Hände voll zu tun und Grigori erfuhr, dass alle dreihundert Tränke ihre Wirkung gezeigt hatten. Die Soldaten, die damit versorgt wurden, hatten alle überlebt. So gut diese Nachricht war, so schrecklich war damit aber auch der Verlust. Von den fünftausend Soldaten hatten mit diesen dreihundert nur knapp fünfhundert überlebt. Das waren kaum genug, um die neue Grenzfestung zu bemannen. Dennoch, die Heiler der Festung waren nun alle ganz und gar auf Grigoris Seite, was die Alchemie betraf. Er hatte nun sogar Anfragen zur Ausbildung, Manabu wollte sogar so weit gehen, dass alle Heiler die Grundlagen lernen sollten.

Am Abend hatte Grigori endlich Zeit für sich und nachdem er nach Hotaru gesehen hat und erfuhr, dass Xiri und Mizuki am nächsten Tag wieder fit sein sollten, war er sichtlich zufrieden. Einer der Ratsherren, dem er begegnet, als er die Krankenabteilung verlässt, spottet, dass Grigori von nun an jeden Tag ein gutes Frühstück zu sich nehmen sollte. Dieser lacht und nach längerem Suchen fand er endlich Kaira. Sie hatte sich auf den höchsten Turm der Festung zurückgezogen.

»Störe ich?«

»Nein, niemals!« Sie rückt zur Seite und macht ihm Platz.

»Wie geht es dir?«

»Gut, schlecht, ich weiss es nicht. Ich wünschte, Mutter würde noch leben, ich vermisse sie. Bisher war es immer klar, ich kehre eines Tages zurück in die Wälder und helfe meiner Mutter. Ich hatte sogar ein bisschen Angst davor. Aber das ist nun nicht mehr. Ich bin auf einmal alleine.«

»Nun, ganz alleine bist du nicht.« Grigori lächelt verlegen.

»Ja, das stimmt.« Sie legt den Kopf auf seine Schulter und seufzt leise:

»Deine Mutter hat vorhin noch mit mir gesprochen. Sie hat gesagt: Egal was kommt, wir stehen dir bei. Selbst wenn Grigori dafür wieder alle Regeln brechen muss.«

»Bei den Alten, so wie sie tut, könnte man ja meinen.«

»Sei jetzt ehrlich, du überlegst bereits, wie du das Kochbuch stehlen kannst!«

»Das spielt doch jetzt keine Rolle.« Er wird verlegen.

»Gauner. Aber du bist mein Gauner.« Sie kichert und kuschelt sich an ihn. Gemeinsam sehen sie zu, wie die Dunkelheit über das verbrannte Land vor der Festung fällt.

»Wir werden das schaffen, oder?«

»Nun, wir werden unser Bestes geben, versprochen.« Er legt verlegen einen Arm um sie. Ja, sie würden das schaffen, auch wenn er keine Ahnung hatte, wie.

Karte

Glossar

1 Die Schöpfer

1.1 Die Alten

Die Götter, auch als die Alten bezeichnet, sind die Grundlage aller Religionen auf der Welt.
Sie haben die Welt erschaffen sowie die vier ersten Ur-Monsterlords.
Nach einem Streit mit ihrer Schöpfung kam es zum Götterkrieg, den sie zwar verloren haben, doch noch immer gelten ihnen die Gebete der Menschen und der meisten Monster.
Sie sind weder böse noch gut, sie waren einfach nicht zufrieden mit ihrem Werk. Nach der Niederlage haben sie sich zurückgezogen und die Welt sich selbst überlassen.

1.2 Die Ur-Monsterlords

Als **Ur-Monsterlord** gelten die vier ersten Wesen, die von den Alten erschaffen wurden:

Leviathan, Gott der Meere und Gewässer
Yasuko, Göttin der Magie und des Lebens
Hoss, Gott des Landes und der Himmel
Theia, Göttin der Ordnung/Licht und des
Chaos/Dunkelheit

Diese Ur-Monsterlords waren beinahe so mächtig wie die Alten, jedoch waren sie an die Welt gebunden.
Am Anfang begnügten sie sich mit kleinen Spielen und Experimenten. Sie erschufen Tiere und Pflanzen, doch mit der Zeit wurden sie immer einsamer. Sie fingen an, höhere Wesen zu erschaffen, wobei sie selber als Vorlage dienten. Alle vier waren einverstanden, sich an diese Limitation zu halten. Diese Wesen wurden die Vorfahren der heutigen Monster.

Leviathan bevölkerte die Meere, Hoss die Wüsten und unwirtlichen Gegenden. Theia und Yasuko bevölkerten das restliche Land. Dabei gab Theia den meisten Monstern ihre Gestalt.

1.2.1 Leviathan

Er hat die Gestalt einer gigantischen Schlange mit humanoidem Oberkörper.

Er erschuf alles Leben im Wasser. Zu seinen Kreationen zählen:

>Die Nagas
>Die Skyllen

Er vergiftete zusammen mit Hoss die erste Menschheit und kämpfte daraufhin im ersten Monsterkrieg gegen Yasuko und Theia.

Es heisst, er liege im Tiefschlaf auf dem Grund der Meere und würde erst erwachen, wenn alles Leben an Land ausgestorben sei.

1.2.2 Hoss

Auch er war einer der vier Ur-Monsterlords, mit der Gestalt einer grossen Echse mit gefiederten Schwingen.

Er starb im ersten Monsterkrieg im Kampf gegen Theia.

Zu seinen Schöpfungen zählen:

>Die Drachen
>Die Chentechtai
>Die Kukulcane

1.2.3 Theia

Theia war die Stärkste der vier Ur-Monsterlords. Sie war es auch, die den Menschen und den Monstern die Fähigkeit gab, sich von alleine weiterzuentwickeln.

Sie erschuf die Apepi, um über den Frieden zwischen den Monstern und der Welt zu wachen. Die Apepi sind beinahe exakte Kopien ihrer selbst.

Sie starb im Kampf gegen Leviathan im ersten Monsterkrieg.

Zu ihren Schöpfungen zählen:
Die Apepi
Die Lamias
Die Nachtwandler
Die Sturmwölfe
Die Harpyien

1.2.4 Yasuko

Yasuko ist eine grosse Füchsin mit neun Schweifen. Ihr Fell ist golden. Sie kann die Gestalt eines Menschen annehmen, hat dann aber noch immer ihre neun Schweife und Fuchsohren.

Sie erschuf nicht nur die Monster, sondern auch die Menschen, wobei sie damit den ersten Monsterkrieg auslöste. Nach dem Krieg war sie die Einzige der vier Ur-Monsterlords, die noch lebte und aktiv über die Welt wachte. Im Auftrag von Theia half sie, die Welt wieder aufzubauen und wacht seither über die Monster und die Menschen.

Ihr aktueller Aufenthaltsort ist unbekannt.

Zu ihren Schöpfungen zählen:
Die Kitsunen
Die Miniri
Die Amarog
Die Onai

1.3 Die Schöpfung der Menschen und der erste Monsterkrieg

Die Schöpfung der Monster war nur für eine Weile spannend, da den meisten Monstern die Fähigkeit fehlt, sich weiterzuentwickeln. Sie können selbstständig denken und planen, doch können sie sich kaum an neue Bedingungen anpassen.

Das war für Yasuko nicht genug, so versuchte sie, eine neue Spezies zu erschaffen. Dabei nahm sie sich Teile verschiedener Monster und vereinte sie zu einem Wesen, das nicht aus einem der vier Monsterlords entstehen konnte. Diese Wesen waren die erste Menschheit. Stärker, schneller und langlebiger als der heutige Mensch.

Dies erzürnte Leviathan, da dies gegen die Abmachung verstiess. Auch Hoss war dagegen, doch er war bereit, den Menschen eine Chance zu geben. Auch Theia erklärte sich bereit, die Menschen zu testen. Die Inhalte dieser Tests sind lange vergessen, doch die erste Menschheit bestand sie laut den Überlieferungen alle. Da beschuldigte Leviathan Yasuko, sie hätte betrogen, diese verstand nicht, was er meinte, sie hatte nie jemanden betrogen, im Gegenteil, sie war stolz auf ihr Werk. Da entschied Hoss, sich mit Leviathan zusammenzuschliessen und sie vergifteten die Vorräte der Menschen. Das Gift sorgte dafür, dass jede neue Generation schwächer und kurzlebiger wurde. Der Plan funktionierte. Als Yasuko es endlich bemerkte, war es zu spät. Die Menschheit war am Ende, bedrängt von Monstern, ohne Möglichkeit, sich zu retten.

Yasuko musste zusehen wie ihre geliebte Menschheit auf einmal in jedem Test versagte, jeden Kampf verlor. Sie begann zu verzweifeln und in ihrer grossen Not griff sie Hoss und Leviathan an, in der Hoffnung dadurch die Menschen retten zu können.

Daraus wurde der erste Monsterkrieg. Theia, die sich zurückgezogen hatte, um über das Problem der Eigenständigkeit der Monster nachzudenken, musste mit Entsetzen mit ansehen, wie die Monster sich auf einmal zu bekriegen begannen, wie die Menschen als besseres Vieh abgeschlachtet wurden und wie Leviathan und Hoss ganze Landstriche im Kampf gegen Yasuko zerstörten.

Sie sah, was mit den Menschen passiert war und hörte die Wut und Verzweiflung der Kitsunen, die sich zwischen die angreifenden Monster und die letzten Überlebenden der Menschheit stellten. Doch auch ihre eigenen Schöpfungen waren in den Kampf verwickelt. Allerdings kämpften sie zum Erstaunen von Theia auf der Seite von Yasuko.

Theia erkannte die Gefahr, die dieser Krieg für alle bedeutet und griff selber ein. Dabei stoppte sie als Erstes die noch immer anhaltende Schwächung der Menschen. Sie schenkte ihnen auch die Gabe, sich selber weiterzuentwickeln und löste sie damit endgültig von den vier Monsterlords. Sie konnte den von Hoss und Leviathan angerichteten Schaden jedoch nicht rückgängig machen. Als Nächstes stellte sie sich Hoss und besiegte ihn in einem Duell. Hoss erlag seinen Wunden, jedoch konnte er vor seinem Tod noch seine Armeen zurückrufen und erwählte die Drachen als Wächter über seine Kreationen. Sie sollten aber nur eingreifen, wenn seine Völker unter der grössten Not litten.

Leviathan und Yasuko kämpften derweilen weiter, wobei Yasuko nicht bereit war, ihren Gegner ernsthaft zu verletzen. Leviathan, der keine Bedenken in dieser Art hatte, schlug ohne zu zögern und mit der Macht der Meere zu. Doch der Schlag wurde von Theia geblockt. Leviathan, verwundert über ihr Eingreifen, erwachte dabei aus seinen von Wut und Hass zerfressenen Gedanken und sah auf einmal klar, was er da angerichtet hatte. Er sah, dass Yasuko bittere Tränen über das Schicksal der Menschen und den Verlust von Hoss weinte. Er sah, dass seine eigene Schöpfung kurz vor dem Untergang stand. Da ergab er sich Theia und Yasuko. Doch für Theia kam das zu spät. Der Schlag, den sie selber abfing, war selbst für sie zu gross und sie hielt sich nur noch mit letzter Kraft aufrecht. Leviathan sah das und verzweifelte daran. Er erwählte die Nagas, sie sollten als Wächter der Meere für den Schutz seiner Schöpfung sorgen, während er sich selbst auf den tiefsten Punkt des Meeres zurückzog. Dabei webte er einen Zauber, der ihm erst dann das Aufwachen gestatten solle, wenn alles Leben an Land ausgestorben sei, sodass er nie wieder Leid darüber bringen könne.

Yasuko stand darauf alleine neben der sterbenden Theia, sie hatte an diesem Tag alle drei Geschwister verloren, die Welt um sie lag in Trümmern und alles an Schönem war vernichtet. Doch Theia war noch nicht bereit, diese Welt zu verlassen. Sie erschuf eine beinahe exakte Kopie von sich selber, in die sie fast ihre ganze Macht legte. Dieses Wesen, die erste Apepi, ist die Stammmutter aller Könige und Königinnen des Nordens. Als Nächstes schenkte sie den Monstern eine gewisse Freiheit, sie sollten nicht länger auf ihre Schöpfer angewiesen sein, sondern sich selbstständig weiterentwickeln. Doch nur die Menschen bekamen ihre volle Freiheit und die Möglichkeit, sich wirklich weiterzuentwickeln.

Yasuko sah traurig dabei zu und fragte, was sie nun machen solle. Da musste Theia lächeln und schlug vor, dass sie als Erstes einmal helfen solle, die Welt wieder in Ordnung zu bringen. Dann solle sie darüber wachen, dass es nie wieder zu einem Krieg dieser Art kommen dürfe, weder gegen die Menschen noch gegen die Götter. Yasuko versprach, ihr Bestes zu geben. Theia starb, allerdings wurden ihre Überreste nie gefunden. Zwei der Ur-Monsterlords waren tot, einer in einem magischen Tiefschlaf gefangen. Yasuko raffte sich zusammen und fing an, Ordnung in die Welt zu bringen. Danach verschwand sie spurlos, doch die Kitsunen behaupten, dass sie noch immer auf die Welt aufpasse, ohne dass es jemand merke.

2 Die Bewohner von Lunore

2.1 Apepi

Apepi wurden von Theia erschaffen. Sie sind die mächtigsten Lebewesen auf Lunore.

Die grossen Wesen haben den Oberkörper eines Menschen und den Unterleib einer Schlange. Ihre Haut ist grau und ihre Schuppen variieren, je nach Klan von Rot, Blau zu Schwarz. Sie erreichen grosse Geschwindigkeiten und können mit einem galoppierenden Pferd mithalten, auch sind ihre Schuppen härter als Eisen. An Kraft können nur wenige andere Arten mit ihnen mithalten. Sie können bis zu 250 Jahre alt werden.

Weibliche Apepi werden bis zu zehn Meter lang, wobei sie ihr ganzes Leben lang wachsen. Sie sind die mächtigsten Magier der Welt. Nur weibliche Apepi können die Thronehre annehmen. Sie lernen schnell und können jedes Handwerk schnell meistern. Sie besitzen einen ausgeprägten Sinn für rechtliche Fragen.

Männliche Apepi sind mit nur sechs Metern Länge kleiner. Auch beherrschen sie keine Magie. Dafür sind sie jedoch extrem stark und schnell. Auch haben sie ein angeborenes Talent für militärische Fragen und sind geborene Anführer.

Sie werden von den meisten Menschen gefürchtet und viele Nichtmenschliche respektieren sie zwar, mögen sie jedoch in den meisten Fällen nicht besonders.

2.2 Kitsune

Kitsunen wurden von Yasuko erschaffen. Sie sind etwas kleiner als Menschen und unterscheiden sich in erster Linie nur durch ihre Fuchsohren und die Fuchsschwänze. Alle Kitsunen haben mindestens einen Schweif, je mächtiger ihre Magie ist, umso mehr Schweife wachsen ihnen. Die Mächtigsten sind die Neunschwänze. Diese gelten nach den Apepi als die besten Magierinnen, offiziell können nur weibliche Kitsunen diesen Rang erreichen.

Kitsunen sind im Verhalten und Leben den Menschen sehr ähnlich, mögen jedoch Spass und Spiele lieber und legen mehr Wert auf gutes Essen. Sie werden deshalb oft als Plagegeister betrachtet, die das Leben nicht ernst nehmen. Einschwänzige Kitsunen leben etwa gleich lang wie Menschen, jedoch verlängert sich ihre Lebensspanne massiv, je mächtiger sie werden. Jedoch ist es nur einer Minderheit der Kitsunen möglich, diese Stufe zu erreichen.

Die Gesellschaft der Kitsunen ist in Klane aufgeteilt, die sich auf ihren Gebieten spezialisieren, dies wird durch die Fellfarbe deutlich. Jedoch ist es Kitsunen aller Klane erlaubt, jede Arbeit zu erlernen, für die sie sich eignen. Auch Menschen, die sich integriert haben, werden gleich behandelt.

Die Herrin des Ostens ist immer eine Kitsune und eine Neunschwanz. Die aktuelle Herrin besetzt dieses Amt seit etwa 2'000 Jahren.

2.3 Lamien

Lamien wurden von Theia erschaffen. Wie die Apepi sind sie halb Mensch, halb Schlange, aber viel kleiner. Weibliche Lamien werden etwa fünf Meter lang, Männliche nur vier.
Sie sind stärker als Menschen und leben länger, jedoch sind sie eher freundlich gesinnt und mögen es, in Gesellschaft zu leben.

Ihre Schuppenfarbe gibt zu erkennen, woher eine Lamia stammt, jedoch ist ihr Klanbewusstsein nur minimal ausgeprägt und sie fühlen sich eher ihrer Heimat verpflichtet.

Sie kommen an sich gut mit Menschen klar, sind sich jedoch auch bewusst, dass sie ihnen überlegen sind. Diese Überlegenheit führt zu starkem Misstrauen vonseiten der Menschen. Deshalb suchen Lamien häufig die Gesellschaft anderer Lamien, sie mögen es nicht, alleine zu sein.

Sie sind weit verbreitet, denn ihre starken Körper erlauben ihnen, auch in extremeren Umgebungen klarzukommen. Sie leben deshalb häufig in den Dörfern und Grenzgebieten, wo ihre Stärke und Ausdauer der Gemeinschaft hilft.

Es gibt keine magisch begabten Lamien.

2.4 Nagas

Nagas wurden von Leviathan erschaffen.

Sie sind von den Lamien nicht nur durch die beschuppten Oberkörper und den Kämmen auf ihrem Rücken zu unterscheiden, sondern sie sie haben auch eine mit Sekret überzogene Haut, die sie regelmässig neu benetzen müssen, um nicht auszutrocknen.

Sie leben normalerweise entlang der Küsten in Unterwasserstädten, können jedoch auch gut an Land leben.

Aggressiver als Lamien und durch ihren Lebensraum von den anderen Arten häufig getrennt, fühlen sie sich unter ihresgleichen am wohlsten. Sie leben an diversen Orten in einem ständigen Krieg mit den Menschen, da diese ohne Rücksicht auf die Nagas, die Meere nutzen. Auch sind die Tiefen der Meere nicht ungefährlich und so kommt es, dass die Nagas eine starke militärische Struktur haben.

Weibliche Nagas können magisch begabt sein und werden Sirenen genannt. Doch ist ihre Magie bedeutend schwächer als die der anderen Völker.

Der Herrscher des Westens ist immer ein Naga.

2.5 Harpyien

Harpyien wurden von Theia erschaffen.

Harpyien sind menschenähnlich, jedoch sind ihre Arme starke Flügel. Sie sind beinahe am ganzen Körper gefiedert und diese Federn geben mit ihrer Farbe die Herkunft der Harpyie an. Sie leben überall und sind im Osten und Norden gut integriert.

Sie sind immer weiblich und brauchen männliche Mitglieder anderer Arten für den Nachwuchs. Diese Verbindungen werden durch eine natürliche Fähigkeit der Harpyien ermöglich, die als Bezirzen bezeichnet wird. Dabei bindet die Harpyie sich an den Erwählten und umgekehrt. Deshalb bevorzugen die eher kurzlebigen Harpyien Menschen als Partner. Sie werden selten älter als 60 Jahre.

Ihre Arme sind lang und wo die Hand beim Menschen ist, haben sie einen Daumen und zwei Finger. Die anderen »Finger« sind ein weiterer Teil des Flügels und werden im Normalfall eingeklappt.

Ihre Beine sind äusserst beweglich und ihre Füsse können gut zugreifen. Sie sind talentierte Bogenschützinnen, müssen jedoch den Nahkampf meiden, da ihre Körper sehr viel empfindlicher reagieren als die der anderen Arten.

Offiziell gibt es keine Magier unter ihnen.

2.6 Drachen

Drachen wurden von Hoss erschaffen.

Drachen sind die grössten intelligenten Lebewesen auf Lunore und allesamt begabte Magier. Sie leben etwa 1'000 Jahre bevor sie sich zum ewigen Schlaf niederlegen.

Drachen lieben es, Dinge zu sammeln und ihre Höhlen sind häufig wie Museen eingerichtet. Diese Sammlungen werden mit viel Liebe gepflegt und können von Kochbüchern bis zu alten Kerzenstummeln alles beinhalten.

Da Drachen die Gestalt wandeln können und sie sich auch in Gesellschaft wohlfühlen, leben viele verborgen unter den Menschen. Jedoch wandern sie in ihrem langen Leben regelmässig weiter.

Im Normalfall mischen sich Drachen nicht in die Ereignisse der Welt ein, da sie sich mehr als Beobachter sehen. Doch brechen vereinzelte diese Regeln, um zu helfen oder aus Spass.

Menschen fürchten Drachen als Ungeheuer, doch ist dies eher eine Verwechslung mit Wyvern, die statt vier Beinen und Flügeln nur über zwei Hinterbeine und ein paar Flügel verfügen und die Gestalt nicht wandeln können.

Drachen, die sich nicht oder nur mit Mühe verwandeln können, werden als Dracaru bezeichnet. Sie leben häufig zurückgezogen.

2.7 Nachtwandler

Nachtwandler wurden von Theia erschaffen.

Sie sind den Menschen am ähnlichsten, bis auf ihre aus Sicht der Menschen unnatürliche Perfektion. Sie sind feiner gebaut, jedoch ein bisschen grösser als Menschen. Ihre Ohren sind spitz und sie haben eine helle, beinahe weisse Hautfarbe.

Sie brauchen zum Überleben die Lebenskraft von anderem Leben. Sie können diese aus frischem Essen gewinnen, jedoch bevorzugen viele Nachtwandler frisches Blut.

Von allen Arten werden Nachtwandler von den Menschen am meisten gefürchtet. Sie gelten als blutgierige Monster, die vor nichts zurückschrecken. Diese Gerüchte haben die Nachtwandler jedoch selber verbreitet.

Sie bevorzugen klar das Blut von freiwilligen Spendern und zeigen sich stets äusserst dankbar. Die Menschen, die im Reich der Nachtwandler leben, sind wohl behütet. Auch wenn die Nachtwandler das Verhältnis gerne mit einem Bauern und seinem Vieh vergleichen, ist allen, die sie besser kennen, klar, dass ihre Fürsorge ernst gemeint ist.

Männliche Nachtwandler können durch Rituale und Magie zu Blutkriegern oder gar Blutpaladinen werden. Dabei sind sie die stärksten Krieger von Lunore.

Nur weibliche Nachtwandler können Magie wirken. Gerade die Blutpaladine müssen von solchen Magierinnen am Leben gehalten werden.

2.8 Sturmwölfe

Sturmwölfe wurden von Theia erschaffen.

Die Sturmwölfe sind grosse, zweibeinige Wölfe. Sie leben nur im Norden und einst waren sie die Einzigen, die dort überleben konnten.

Sie sind wild und lieben es, in der Natur zu sein, doch darf man sie deshalb nicht unterschätzen. Sie sind äusserst klug und ihr einst wildes Volk hat sich zurückgezogen, um anderen Platz zu machen. Dabei haben sie dafür gesorgt, dass es zu einem friedfertigen Umgang gekommen ist und sie werden im Norden mit viel Respekt behandelt. Ohne ihre Hilfe hätten sich weder Lamien noch Menschen verbreiten können und noch immer sind sie die besten Jäger.

Sie leben für eine gute Jagd und wenn sie zusammenkommen, teilen sie ihre Geschichten. Eine Tradition, die im Norden grossen Anklang findet. Viele der Traditionen der Sturmwölfe haben Einzug gehalten: Rituale und Feste. Doch die Sturmwölfe selber werden immer weniger.

Es ist nicht bekannt, ob unter den Sturmwölfen jemals Magier existierten.

2.9 Amarog

Die Amarog wurden von Yasuko erschaffen.

Wo die Sturmwölfe mehr wie Bestien aussehen, sind die Amarog anthropomorphe Wölfe. Sie sind etwa so gross wie Menschen und gehen auf zwei Beinen.

Sie leben einfache Leben in den Wäldern, wo sie sich vor anderen Arten zurückziehen können. Da sie die Fähigkeit besitzen, sich in richtige Wölfe zu verwandeln, sind sie geborene Jäger und benötigen nicht viel, um zu leben. Ihre Dörfer sind einfache Konstruktionen, meistens mehr möblierte Höhlen als Häuser.

Sie leben in Klanen zusammen und fügen sich einer zwar strengen, aber einfachen Hierarchie. Da ihre Sinne scharf genug sind, Lügen zu erkennen und ihre Körper ihre Laune klar präsentieren, sind sie ein ehrliches Volk, das einen Handschlag mehr schätzt als Verträge.

Ihre Instinkte sind gut ausgeprägt und bringen sie häufig in einen Konflikt mit ihrer »Intelligenten Seite«. Dies wird besonders deutlich, wenn sie in einer Notsituation ihre Blutgestalt annehmen. In dieser Form sehen sie endgültig aus wie kleine Sturmwölfe, sind jedoch kaum noch in der Lage aktiv zu denken.

Bis auf das Gestaltwandeln, gibt es keine magisch begabten Amarog.

2.10 Miniri

Miniri wurden von Yasuko erschaffen.

Anthropomorphe Katzen, etwas kleiner als Menschen. Sie leben hauptsächlich im Süden, wo sie ein Reich aufgebaut haben, wo Menschen und Miniri zusammenleben.

Sie sind schnell und stark, jedoch liegt ihre wahre Stärke in ihrer Fähigkeit, in den Schatten zu wandeln. Auch gewisse Kitsunen besitzen diese Fähigkeit, jedoch nicht im Ausmass der Miniri.

Sie mögen einen gewissen Luxus und bevorzugen ein bequemes Leben, wobei sie auch unerbittlich ihre Ziele verfolgen können. Sie gelten als hinterlistig, aber nicht bösartig.

Der Herrscher des Südens ist stets ein Miniri, wobei diese Position aufgrund der vielen Intrigen regelmässig neu besetzt werden muss.

Es gibt magisch begabte Miniri, die als Silberminiri bezeichnet werden. Ihre Magie ist, wie die der Nagas, eher eingeschränkt.

2.11 Onai

Die Onai wurden von Yasuko erschaffen.

Fuchsartige, den Miniri ähnelnde Wesen. Sie lebten ursprünglich im ganzen Osten, sind jedoch beinahe ausgestorben.

Sie waren nicht bereit, ihren Lebensraum zu teilen oder aufzugeben, so wie es für ihren Stolz üblich war. Sie sind kluge und gewiefte Händler und Forscher. Es gab Silberonai, die zur Magie fähig waren. Sie galten als gute Magier, jedoch ist nicht bekannt, ob es jemals wieder welche geben wird.

Die noch lebenden Onai haben sich in den Südosten zurückgezogen und leben dort unter dem Schutz der Kitsunen.

2.12 Kukulcane

Erschaffen von Hoss. Sie sind bis zu zehn Meter lang und haben einen Schlangenkörper und vier gefiederte Flügel. Sie können nicht wirklich sprechen, aber sie verfügen über eine Art Telepathie. Sie können eine menschliche Gestalt annehmen. Tun dies jedoch nur ungerne, weil sie sich dann als unbeweglich empfinden.

Ihr Reich ist eine grosse Insel im Westen, dort leben sie zurückgezogen und als Anführer der dortigen Menschen.

2.13 Chentechtai

Die Chentechtai wurden von Hoss erschaffen.

Ein Echsenvolk, das in der Wüstenregion im Süden lebt. Sie wollen keinen Kontakt zu anderen und bis auf die Miniri dulden sie kaum jemanden.

Sie brauchen die Sonne, um sich aufzuwärmen, da sie kaltblütig sind. Als gute Logiker und fähige Navigatoren können sie sich in der Wüste gleich gut orientieren wie ein Mensch in einer Stadt.

Keine magischen Fähigkeiten bekannt.

2.14 Skyllen

Von Leviathan erschaffene Bewohner der Tiefsee.

Sie bestehen aus menschenähnlichen Oberkörpern und acht Tentakeln als Unterleib. Mehr ist kaum bekannt, da sie das Meer nicht verlassen und bis auf die Nagas keinen Kontakt mit anderen Wesen haben. Sie wünschen auch keinen, da sie den Landbewohnern vorwerfen, dass ihr Schöpfer auf dem Meeresgrund schläft.
Sie mögen Gold, wofür sie es jedoch brauchen, ist unbekannt.

Sie können keine Magie wirken.

2.15 Menschen

Die Menschen wurden von Yasuko erschaffen. Jedoch gegen den Willen der anderen Ur-Monsterlords. Sie nahm dabei von allen anderen Arten etwas und kombinierte es in die erste Menschheit.

Eifersüchtig und von Hass getrieben vergifteten Leviathan und Hoss die erste Menschheit so, dass sie immer schwächer wurden, bis sie den heutigen Menschen ähnlich waren.

Theia schenkte ihnen die Gabe der Weiterentwicklung und Yasuko sorgte dafür, dass am Ende des ersten Monsterkrieges, die Menschen einen guten Start erhielten.

Als Monster bezeichnen die Menschen alle anderen Intelligenzen der Welt, waren sie ihren Launen und körperlichen Überlegenheit oft hilflos ausgeliefert. Der Begriff fand jedoch Einzug in den Sprachgebrauch aller Wesen und somit werden alle Nichtmenschen noch immer als Monster bezeichnet.
Menschen können sich beinahe überall ansiedeln und es gibt viele Städte und Dörfer, wo Menschen und Monster friedlich zusammenleben.

3 Magie

Magie ist die Fähigkeit, mithilfe von Energie die Umwelt zu verändern. Diese Fähigkeit wird von den Monstern und Menschen eingesetzt. Wobei nur ein kleiner Teil der Menschen zu wirklicher Magie fähig ist.

Magie ist Lebenskraft. Eine der stärksten Quellen der Magie ist der Mond. Deshalb nennt man die Monster, die Magie wirken können, auch Mondkinder. Doch ist das nur eine der Quellen. So können Nachtwandler zum Beispiel aus Lebenskraft anderer Wesen Energie ziehen und damit zaubern.

Dabei ist zwischen der Magie, die von den Alten und Ur-Monsterlords eingesetzt wird und der Magie, die von den aktuellen Monstern verwendet wird, zu unterscheiden.

Die Alten konnten Leben selber erschaffen und waren imstande, die Kräfte der Natur selber zu kontrollieren. Diese Fähigkeit gaben sie in minimal abgeschwächter Form an die Ur-Monsterlords weiter.
Die Ur-Monsterlords konnten selber zwar Leben erschaffen, waren dabei aber bereits stärker limitiert. Sie mussten sich mit ihrer Magie an die Richtlinien der Alten halten. Was am Anfang wie ein Nachteil wirkte, wurde zum eigenen Untergang der Alten. Sie kämpften gegen ihre Schöpfung, doch die Ur-Monsterlords besiegten die Alten. Dabei wurde einer

der Alten in eine Falle gelockt und ist noch heute von der Welt aus sichtbar. Er wurde zum Mond und damit zur unerschöpflichen Quelle für die Magie auf der Welt.

Alle neuen Magier mit Ausnahme der Apepi und der Neunschwänze verwenden eine äusserst vereinfachte Form der Magie, wobei sie Silben der Macht kombinieren und die Zauber wirken. Diese Silben sind Überbleibsel der Magie der Alten. Sie können zwar die Welt verändern, aber nur in gewissen Rahmen. So kann kein richtiges, neues Leben geschaffen werden, noch kann die Welt selber grundlegend verändert werden. Diese Silben müssen nicht ausgesprochen werden. Starke Magier können mit entsprechenden Gesten und gedanklicher Stärke denselben Effekt erzielen.

Die Ausnahme davon sind die Apepi, sie wirken noch immer eine Magie wie die Ur-Monsterlords. Sie tun dies jedoch instinktiv und sind nicht imstande, anderen zu erklären, wie ein Zauber, den sie verwenden, funktioniert oder kopiert werden kann.

Sie verwenden aber auch die Silbensprache der Magie im Normalfall, da sie es vermeiden möchten, grösseren Schaden an der Struktur der Welt anzurichten.